JACK
LONDON

Die großen Abenteuer

JACK

LONDON

Die großen Abenteuer

Wolfsblut • Ruf der Wildnis

Der Seewolf

GONDROM

008

Titel der Originalausgaben:
„White Fang“ übersetzt von Dr. Fritz Benke
„The call of the wild“ übersetzt von Franz Mairhofer
„The sea wolf“ übersetzt von Silvia Gartner

Mit Illustrationen von Ulrike Heyne

Satz: DTP, Johanna Boy, Brennberg
Covergestaltung: Monika Kauffeld

ISBN 3-8112-2241-4

Der Umwelt zuliebe gedruckt auf chlorfrei gebleichtem Papier.

Inhaltsverzeichnis

Wolfsblut

Fünfter Teil

Ruf der Wildnis

Der Seewolf

Erster Teil

Zweiter Teil

Wolfsblut

1. Kapitel
Die Fährte nach Fleisch

Finster drohend stand der Tannenwald zu beiden Seiten des eingefrorenen Wasserlaufs. Der Sturm hatte vor ein paar Tagen die weiße Schneedecke von den Bäumen weggewischt, so daß man nun beinahe den Eindruck hatte, sie suchten im düsteren Tageslicht Schutz. Tiefe Stille lag über dem Land, das eine Wildnis war, ohne Leben, ohne Bewegung, einsam und kalt und doch nicht traurig. Eher lag ein Lachen über ihm, das schrecklicher als alle Traurigkeit war, freudlos wie das Lächeln einer Sphinx, kalt wie der Frost und fürchterlich wie die Not. Der unerforschliche Ratschluß des Ewigen lachte hier über die Sinnlosigkeit des Lebens und seiner Nöte. Es war die Wildnis: die unendliche, ungezähmte, grausam-kalte Wildnis des Nordens.

Und doch gab es Leben in diesem Land, trotziges Leben: Den eingefrorenen Wasserlauf entlang zog mühsam eine Reihe von wolfähnlichen Hunden; Atem gefror in der Luft, sowie er in dichten Dampfwolken aus ihrem Maul kam, und bildete phantastische Kristalle an ihrem Pelz. Sie waren mit ledernen Riemen an einen Schlitten gespannt, der keine Kufen hatte, sondern, aus dicker Birkenrinde verfertigt, mit seinem ganzen Gewicht auf dem Boden ruhte. Das vordere Ende war aufgebogen, um den weichen Schnee, der wie Wellenschaum emporstäubte, beiseite zu schieben. Auf dem Schlitten stand ein langer, schmaler, viereckiger Kasten und noch manches andere, wie zum Beispiel Wolldecken, ein Beil, ein Kaffeetopf und eine Bratpfanne, war darauf festgeschnallt. Den weitaus größten Raum nahm jedoch der Kasten ein. Vor den Hunden wanderte ein Mann auf breiten Schneeschuhen, hinter dem Schlitten ein zweiter. In dem Kasten auf dem Schlitten lag ein dritter, für den alle Mühe und Plage vorüber war, ein Mensch, den die Kälte besiegt hatte.

Er rührte sich nicht mehr. Und nichts haßt die Wildnis des Nordens mehr als Bewegung.

Sie haßt das Leben, denn es ist Bewegung. Sie will alle Bewegung aufhören lassen. Sie läßt das Wasser gefrieren und hemmt seinen Lauf zum Meere. Sie treibt den Saft aus den Bäumen und tötet ihr Herz. Und sie verfolgt mit unendlicher Grausamkeit den Menschen und zwingt ihn zur Unterwerfung, ihn, der das ruheloseste aller Wesen ist, ihn, der sich immer gegen ihr Diktat, daß alle Bewegung aufhören müsse, auflehnt.

Unablässig und unerschrocken wanderten vor und hinter dem Schlitten die beiden Männer, die noch lebten. Ihr Körper war durch einen dicken Pelz und weichgegerbtes Leder geschützt. Ihre Wimpern, Wangen und Lippen waren mit den Eiskristallen ihres gefrorenen Atems bedeckt. Dadurch waren ihre Gesichtszüge unkenntlich, so daß sie eher gespenstischen Masken als Menschen glichen: oder Leichenträgern aus einer anderen Welt beim Leichenbegängnis eines Gespenstes.

Und doch waren sie Menschen: Abenteurer, die das Land des Schweigens durchwanderten und den Kampf gegen eine Welt aufnahmen, die fremd und ohne Leben war.

Sie sprachen beim Wandern kein Wort, um den Atem für die Arbeit ihrer Körper zu sparen. Ringsum herrschte lastende Stille, die sie bedrückte wie die Masse des Wassers den Taucher auf dem Grunde des Meeres. Sie machte sie klein und klar: Jede falsche Bewegung, jedes sinnlose Verlangen, jede übertriebene Wertschätzung des Irdischen fiel von ihnen ab. Sie waren nichts als kleine, bedeutungslose Atome im Weltenraum, mit wenig Weisheit ausgerüstet, und bewegten sich, den Naturkräften preisgegeben, bald hierhin, bald dorthin. Stunde um Stunde verstrich. Das blasse Licht des kurzen, sonnigen Tages fing an zu erlöschen und ein ferner, kaum hörbarer Laut stieg zum Himmel empor. Rasch glitt er hinauf, bis er zitternd auf dem höchsten Punkt verweilte und dann wieder versank. Es hätte der Klageruf einer verlorenen Seele sein können, wenn nicht Gier und Wildheit in ihm die Traurigkeit übertönt hätten.

Der Mann, der vorne ging, wandte sich zu seinem Gefährten um. Ihre Blicke trafen sich, und sie verstanden einander vollkommen, ohne ein Wort zu sprechen. Wieder erklang dieser Laut, diesmal schrill das Schweigen zerreißend. Er kam aus der Schneewüste, die die beiden Männer hinter sich gelassen hatten. Und schon war ein dritter Schrei da, aus derselben Richtung.

„Sie verfolgen uns, Bill", sagte der, der vorne ging. Seine heisere Stimme glich der eines Greises. Das Sprechen kostete ihn viel Mühe.

„Ja, es gibt nur wenig Fleisch", erwiderte sein Gefährte, „seit Tagen habe ich keine Kaninchenspur mehr gesehen." Weiter sprachen sie nichts. Immer wieder erklang der Schrei der Verfolger hinter ihnen.

Als die Dunkelheit hereinbrach, lenkten sie die Hunde in ein Tannengebüsch am Rande des Wasserlaufs, um ein Lager zu errichten. Der Sarg stand neben dem Feuer: Er war Sitz und Tisch zugleich. Die wolfsähnlichen Hunde drängten sich beim Feuer zusammen, knurrten und bissen sich, wagten es aber nicht, ins Dunkel vorzudringen.

„Sie bleiben heute bei uns, Heinrich", sagte Bill.

Heinrich, der für das Kaffeewasser ein Stück Eis in den Topf gab, nickte.

„Sie wissen ganz genau, wo sie am sichersten sind. Selber fressen ist besser, als gefressen zu werden. Sie sind gar nicht dumm."

„Ist das so sicher?" Bill schüttelte den Kopf.

Der andere blickte ihn verwundert an. „Seit wann bist du von ihrer Klugheit nicht mehr überzeugt?" Bill kaute an seinen Bohnen. „Hast du vielleicht bemerkt, welchen Krawall sie bei der Fütterung gemacht haben?"

„Ja, es ist mir aufgefallen."

„Wie viele Hunde haben wir?“

„Sechs.“

„Gut ...“ Bill hielt ein wenig inne, wie um dem Gesagten mehr Nachdruck zu verleihen. „Wir haben sechs Hunde. Ich hatte sechs Fische in der Hand, als ich sie fütterte. Und ich gab jedem Hund seinen Fisch. Und ich hatte doch zu wenig, Heinrich.“

„Du hast dich geirrt.“

„Wir haben sechs Hunde“, wiederholte Bill ruhig. „Ich hatte sechs Fische in der Hand. Einohr bekam aber keinen. Für ihn mußte ich einen siebenten Fisch holen.“

„Wir haben aber nur sechs Hunde.“ Heinrich blieb hartnäckig.

„Gewiß, aber ich möchte nicht beschwören, daß alle, die einen Fisch bekommen haben, Hunde waren“, fuhr Bill fort. Heinrich unterbrach seine Mahlzeit, blickte über das Feuer hinweg und zählte die Hunde.

„Es sind nur sechs“, sagte er.

„Einer lief über den Schnee davon“, beharrte Bill kühl und bestimmt, „ich sah es mit eigenen Augen. Außerdem kann ich bis sieben zählen.“

Heinrich warf ihm heimlich einen Blick zu, in dem das Mitleid stand.

„Hoffentlich ist diese Fahrt bald vorüber.“

„Was soll das heißen?“

„Das soll heißen, daß dich unsere Fracht fertig macht. Du siehst Gespenster.“

„Ich habe es zuerst auch geglaubt“, gab Bill ernst zur Antwort. „Darum hab ich, wie ich ihn weglaufen sah, den Schnee untersucht und hab Spuren gefunden. Dann habe ich die Hunde gezählt, und es waren sechs. Die Spur ist noch da. Willst du sie sehen?“

Heinrich erwiderte nichts, sondern kaute schweigend weiter. Als er den Rest der Mahlzeit mit einer Tasse Kaffee hinuntergespült hatte, wischte er sich mit dem Handrücken den Mund und sagte: „Du glaubst also, daß ...“

Ein lang gezogener, trauriger Ton kam aus der Dunkelheit und unterbrach seine Frage. Er hielt inne, um zu horchen. Dann schloß er seinen Satz, nach dem Geheul weisend – „einer von denen?“

Bill nickte. „Jeder andere Glaube wäre mir lieber. Aber du hast ja selbst den Krawall gehört, den die Hunde gemacht haben.“

Plötzlich kam das Geheul von allen Seiten. Es verwandelte die Stille ringsum in den Lärm eines Tollhauses. Jeder einzelne Schrei erklang wie als Antwort auf den anderen. Die Hunde, von Angst gepackt, drängten so dicht an das Feuer heran, daß die Flammen ihren Pelz versengten. Bill warf Holz in die Glut und entzündete seine Pfeife. „Du bist heute nicht gerade guter Laune“, sagte Heinrich.

Bill sog nachdenklich an seiner Pfeife, ehe er antwortete: „Der in der Kiste ist hundertmal besser dran als wir ... Für uns wird es keine Kiste geben. Wir müssen froh sein, wenn so viele Steine auf unserem Kadaver liegen werden, daß die Hunde davon abgehalten werden.“

„Ja, wir haben keine Verwandten und kein Geld. Eine so lange Reise als Leiche könnten wir uns nicht leisten.“

„Eines verstehe ich nicht. Was hat so ein feiner Herr, der im eigenen Land alles hat, was er braucht, in diesem gottverlassenen Erdenwinkel zu suchen? Ich kann das wirklich nicht begreifen.“

„Ja, er wäre alt geworden, wenn er zu Hause geblieben wäre ...“, sagte Heinrich zustimmend.

Bill wollte etwas sagen, besann sich aber eines anderen. Er deutete in das Dunkel hinein, das sie von allen Seiten wie eine Mauer umgab. Im dichten Dunkel waren weder Gestalten noch Formen zu erkennen, was man allein sah, war ein Augenpaar, das wie glühende Kohlen leuchtete. Heinrich deutete mit einer Kopfbewegung nach einem zweiten Augenpaar, nach einem dritten. Ein Kreis von glühenden Augen schien sich um das Lager geschlossen zu haben. Manchmal bewegten sich die glühenden Punkte, verschwanden und tauchten eine Sekunde später wieder auf.

Die Ruhelosigkeit der Hunde nahm zu. Plötzlich – in einem Anfall wilder Angst – rannten sie nach der Innenseite des Feuers und scharten sich dicht um die Männer. Einer kam dabei nahe dem Feuer zu Fall und versengte sich seinen Pelz. Er winselte vor Schmerz und Angst. Und der Kreis der glühenden Augen bewegte sich unruhig hin und her, zog sich ein wenig zurück und stand dann wieder an seinem alten Platz, als die Hunde wieder ruhiger waren. „Es ist ein Jammer, daß wir keine Patronen mehr haben", sagte Bill. Er hatte seine Pfeife ausgeraucht und half nun Heinrich, die wollenen Decken und Pelze auf die Tannenzweige zu legen, die sie vorher auf dem Schnee zurechtgemacht hatten. Heinrich gab durch ein Brummen seine Zustimmung bekannt und begann seine Mokassins aufzuschnallen.

„Wie viele Patronen haben wir noch?"

„Drei. Dreihundert wären mir lieber. Dann würde ich es den verfluchten Bestien schon zeigen." Bill drohte mit der Faust nach den glühenden Augen hin und begann ebenfalls seine Mokassins auszuziehen, die er ans Feuer stellte.

„Wenn diese verdammte Kälte einmal nachlassen würde", fuhr er fort. „Vierzehn Tage lang haben wir nun schon Temperatur unter fünfzig Grad. Ich wollte, ich hätte mich nie auf diese Fahrt eingelassen. Sie gefällt mir nicht, Heinrich. Ich fühle mich nicht wohl in meiner Haut. Wenn sie doch schon vorüber wäre! Wie wäre das schön, wenn wir in Fort McGurry am Feuer säßen und Karten spielten!"

Heinrich kroch ins Bett und brummte etwas vor sich hin. Gerade als er einschlafen wollte, weckte ihn der Gefährte noch einmal.

„Warum haben ihn die Hunde nicht weggebissen? Du weißt schon, wen ich meine ... den, der den Fisch bekam. Das ist beunruhigend."

„Mach dir nicht so viele Gedanken“, erwiderte Heinrich schläfrig. „Du warst doch früher nie so. Schlaf dich ordentlich aus, morgen wirst du wieder frisch und munter sein. Sicher hast du dir den Magen verdorben.“

Die beiden Männer schliefen unter derselben Decke. Sie atmeten schwer. Das Feuer brannte niedriger und der Kreis glühender Augen wurde enger. Die Hunde drängten sich voll Angst aneinander und stießen jedes Mal, wenn ein Augenpaar näher kam, ein drohendes Knurren aus. Einmal wurde der Lärm so arg, daß Bill aufwachte. Er stand vorsichtig auf, um seinen Kameraden im Schlaf nicht zu stören, und warf Holz ins Feuer. Als es aufloderte, zogen sich die Augen sofort zurück. Der Mann blickte nach den Hunden, rieb sich die Augen – und blickte noch einmal hin. Dann kroch er wieder unter die Decken.

„Heinrich“, sagte er leise, „du, Heinrich ...“

Der brummte halb im Schlaf: „Was ist denn los?“

„Nichts weiter. Aber es sind jetzt wieder sieben. Ich habe sie gerade gezählt.“ Heinrichs Antwort war ein Brummen, das bald in ein Schnarchen überging. Heinrich erwachte als erster und weckte seinen Kameraden. Obwohl es schon sechs Uhr war, mußten sie noch drei Stunden auf den Tag warten. Die beiden Männer krochen in der Dunkelheit herum. Heinrich kochte das Frühstück, Bill rollte die Decken zusammen und machte den Schlitten abfahrbereit.

„Wie viele Hunde hatten wir?“ fragte Bill plötzlich.

„Sechs.“

„Stimmt nicht.“ Bill triumphierte.

„Wieder sieben?“ fragte Heinrich.

„Nein, fünf. Einer ist fort.“

„Verflucht!“ rief Heinrich wütend, ließ das Frühstück sein und kam, die Hunde zu zählen.

„Tatsächlich. Fett ist fort.“

„Wie der Blitz war er weg. Kaum war er weg, war auch schon nichts mehr von ihm zu sehen."

„Sie haben ihn bestimmt lebendig gefressen. Ich wette, daß er noch bellte, als sie ihn verschlangen, diese verfluchten Bestien."

„Er war kein sehr kluges Tier."

„Aber, daß er so dumm war und Selbstmord beging ..." Heinrich sah bei diesen Worten prüfend die anderen Hunde an, als wolle er ihren Charakter studieren. „Ein anderer hätte es nicht getan."

„Die könnte man nicht einmal mit einem Stock vom Feuer wegjagen. Fett war eben ein blödes Vieh." So klang hier im Nordland die Grabrede auf einen toten Hund. Sie klang nicht anders als manche andere auf einen Hund oder – auf einen Mann.

2. *Kapitel*

Die Wölfin

Das Frühstück war verzehrt, die geringen Habseligkeiten auf dem Schlitten verpackt. Als die beiden Männer das Feuer verließen und in der Dunkelheit untertauchten, erhob sich sofort wieder das traurige, fürchterliche Geheul, die Kälte und Dunkelheit durchdringend. Die Gespräche der Männer verstummten. Um neun ward es Tag. Mittags erglänzte der Himmel im Süden in einem rosigen Licht, das schnell verblaßte. Das graue Tageslicht, das verblieb, dauerte bis drei. Dann schwand es auch und wieder breitete die Polarnacht ihr dunkles Leichentuch über die tote, trübselige Nacht. Sofort, als die Dunkelheit hereingebrochen war, hatte sich auch das Geheul genähert. Einmal war es so nahe, daß die ermatteten Hunde vor Angst zu zittern begannen und vor Erregung durcheinander gerieten. Das verursachte einen kurzen Aufenthalt, das Gespann mußte wieder in Ordnung gebracht werden.

„Wenn sie nur irgendein Wild aufspüren würden, dann ließen sie uns endlich in Ruhe", sagte Bill.

„Ja, es macht schrecklich nervös", pflichtete Heinrich bei. Das war alles, was sie miteinander sprachen – bis zum Nachtlager.

Heinrich warf kleine Eisstücke in den Topf mit den Bohnen, als ihn ein lauter Schlag und ein Ausruf Bills zusammenfahren ließen. Er richtete sich auf und sah gerade noch eine dunkle Gestalt, die über den Schnee lief und im Dunkel verschwand. Dann erblickte er Bill, der mitten unter den Hunden stand, halb triumphierend, halb niedergeschlagen, und in der einen Hand einen Knüttel, in der anderen das Schwanzende eines gedörrten Lachses hielt.

„Die Hälfte hat das Mistvieh erwischt", sagte er, „aber es hat einen ordentlichen Schlag abbekommen. Hast du die Bestie schreien hören?"

„Wie sah sie denn aus?“ fragte Heinrich.

„Ich konnte sie nicht sehen. Aber sie hatte ohne Zweifel vier Beine, ein Maul und Haare. Ich glaube, daß sie wie ein Hund aussah.“

„Wahrscheinlich ein zahmer Wolf.“

„Aber schon sehr zahm, wenn das Tier zur Fütterung kommt und sich einen Fisch holt ...“

Als das Abendessen vorüber war und die beiden Männer wieder auf der Kiste saßen und ihre Pfeifen hervorholten, zog sich der Kreis glühender Augen wieder dichter zusammen.

„Wenn ihnen doch nur ein Rudel Elche in den Weg käme“, seufzte Bill und entzündete seine Pfeife.

Heinrich brummte eine unverständliche Antwort. Sie saßen eine Viertelstunde schweigend da, Heinrich starrte ins Feuer, Bill auf den glühenden Augenkreis in der Dunkelheit dicht hinter dem Feuer.

„Es wäre schön, wenn wir von hier ohne Unterbrechung direkt bis McGurry fahren könnten“, begann Bill von neuem.

Heinrich wurde es zu bunt. „So gib doch endlich Ruhe und hör mit deinem Gejammer auf? Du hast dir den Magen verdorben, ich habe es schon einmal gesagt. Nimm eine ordentliche Dosis Natron, das wird dir helfen. Und einen angenehmeren Gesellschafter aus dir machen.“

Am Morgen wurde Heinrich durch ein fürchterliches Fluchen Bills geweckt. Er setzte sich auf und sah seinen Kameraden mit wutverzerrtem Gesicht neben dem Feuer mitten unter den Hunden stehen.

„Was ist denn geschehen?“, fragte Heinrich.

„Frosch ist weg!“

„Glaub ich nicht!“

„Er ist weg!“

Heinrich sprang aus der Decke. Er zählte die Hunde und mußte feststellen, daß wieder einer verschwunden war. Nun begann auch er laut zu fluchen.

„Frosch war der stärkste von allen“, sagte Bill.

„Und er war auch nicht dumm“, erklärte Heinrich und hielt damit innerhalb von zwei Tagen die zweite Grabrede. Die Stimmung beim Frühstück war nicht gerade die beste. Schließlich spannten sie die vier restlichen Hunde vor den Schlitten. Und dieser Tag war eine Wiederholung des vergangenen ...

Stumm wanderten sie durch das schweigsame Land, dessen Stille nur durch das Geheul der Bestien, die ihnen unsichtbar folgten, unterbrochen wurde.

Wieder kam das Geheul gleich mit dem Einbruch der Dunkelheit näher, wieder wurden die Hunde aufgeregt und verwickelten sich in ihrer Angst in die Stränge. „Ich habe mir etwas ausgedacht, was die Hunde festnageln wird“, sagte Bill am Abend voll Befriedigung. Heinrich ließ den Kochtopf stehen, um zu sehen, was sein Kamerad beabsichtigte. Bill war dabei, die Hunde nach Indianerart mit Stöcken festzubinden. Er befestigte um den Hals eines jeden einen ledernen Riemen, den er so dicht anlegte, daß ihn der Hund mit den Zähnen nicht fassen konnte. Diesen Riemen band er an einen fünf Fuß langen Stock, das andere Ende des Stockes machte er mit einem zweiten Lederriemen an einem Pfahl im Boden fest. So konnten die Hunde infolge des Stockes weder den einen noch den anderen Lederriemen erreichen, um ihn durchzunagen. Heinrich nickte zufrieden. „Das beste Mittel, um Einohr festzubinden. Der beißt das Leder sonst glatt mit den Zähnen durch, schöner als mit einem Messer. – Morgen werden alle da sein.“

„Darauf wette ich“, erwiderte Bill. „Wenn morgen einer fehlt, verzichte ich auf meinen Kaffee.“

„Die wissen ganz genau, daß wir weder Pulver noch Blei haben“, sagte Heinrich beim Schlafengehen.

Er deutete auf den Kreis glühender Augen. „Mit einem einzigen Schuß könnten wir uns Respekt verschaffen. Sie werden Nacht für

Nacht frecher. Schau einmal eine Zeitlang nicht ins Feuer, sondern scharf darauf hin."

Sie beschäftigten sich nunmehr damit, die Bewegungen der undeutlichen Gestalten zu beobachten. Wenn sie die Augen eine Zeit lang auf eines der im Dunkel leuchtenden Augenpaare hefteten, nahm die Gestalt des Tieres allmählich erkennbare Formen an. Ja, man konnte sogar die Bewegungen erkennen.

Plötzlich entstand großer Lärm unter den Hunden. Einohr heulte und winselte und versuchte von seinem Stock loszukommen, den er wütend mit den Zähnen bearbeitete. „Bill, um Gottes willen, schau", flüsterte Heinrich. Von der Seite her schlich verstohlen ein Tier herbei, das im Schein des Feuers deutlich erkennbar war und einem Hund auffallend ähnelte. Seine Bewegungen waren ein Gemisch von Argwohn und Kühnheit, es beobachtete argwöhnisch die Männer, ließ aber dabei auch den Hund nicht aus den Augen. Einohr winselte jämmerlich und versuchte mit allen Mitteln, sich dem Eindringling zu nähern.

„Einohr fürchtet sich nicht!" flüsterte Bill.

„Es ist eine Wölfin", erwiderte Heinrich leise, „sie ist der Köder für das ganze Rudel. Nun weiß ich, warum die beiden Hunde fort sind. Sie lockt die Hunde an und die Wölfe fressen sie." Leise knisterte das Feuer. Mit lautem Geprassel fiel ein Stück Holz auf den Boden. Durch das Geräusch erschreckt, sprang das fremde Tier ins Dunkel zurück. „Ich glaube ...", begann Bill.

„Was?"

„Daß das die Bestie war, die ich mit dem Knüttel erwischt habe."

„Sicher sogar ..."

„Weißt du, was mir auffällt ..., daß das Tier mit dem Lagerfeuer vertraut ist."

„Er weiß ganz sicher mehr davon, als ein Wolf anständigerweise wissen sollte", gab Heinrich zu. „Ein Wolf, der so viel weiß, daß er mit den Hunden zur Fütterung kommt, hat schon seine Erfahrungen gehabt."

„Der alte Villan besaß einen Hund, der davonlief und zu den Wölfen ging. Ich erschoß ihn und der Alte weinte wie ein Kind. Er sagte, er hätte ihn drei Jahre lang nicht mehr gesehen. Er war die ganze Zeit bei den Wölfen gewesen."

„Ich bin der Meinung, dieser Wolf ist ein Hund, der den Menschen schon aus der Hand gefressen hat."

„Und wenn es nach mir ginge, hätte er die längste Zeit gelebt. Wir dürfen keinen Hund mehr verlieren."

„Wir haben nur noch drei Patronen", mahnte Heinrich. „Ich warte auf einen ganz sicheren Schuß."

Am Morgen fachte Heinrich das Feuer an und kochte das Frühstück. Bill schnarchte noch.

„Ich hab es nicht übers Herz gebracht, dich zu wecken. Du hast so gut geschlafen", sagte Heinrich, als er ihn schließlich zum Frühstück rief.

Schlaftrunken begann Bill zu essen.

Er bemerkte, daß seine Kaffeetasse leer war und streckte die Hand nach dem Topf aus. Aber er konnte ihn nicht erreichen.

„Gib mir meinen Kaffee", wandte er sich daher an seinen Kameraden. Er hielt ihm bei diesen Worten seine leere Tasse hin.

„Du bekommst keinen", sagte Heinrich.

„Haben wir keinen mehr?"

„Doch, doch."

„Dann bitte ich dich höflichst, mir den Grund zu sagen." Bill wurde ärgerlich.

„Treiber ist fort."

Apathisch, in das Schicksal ergeben, drehte sich Bill langsam um und zählte die Hunde.

„Wie war das möglich?“ fragte er ruhig.

Heinrich zuckte die Achseln. „Keine Ahnung. Wahrscheinlich hat ihn Einohr losgemacht. Selber hat er es nicht vermocht.“

„Verfluchter Kerl! Konnte sich selbst nicht losbeißen, hat aus Bosheit Treiber losgebissen.“

„Na, ich glaube, daß er sich umsonst geplagt hat. Treiber dürfte um diese Zeit schon verdaut sein und im Bauch von zwanzig Wölfen durch das Land laufen“, war Heinrichs Grabrede auf diesen letzten verlorenen Hund. „Aber – trink einen Schluck Kaffee.“

„Ausgeschlossen.“

„Sei doch nicht verrückt!“ sagte Heinrich und schob ihm den Topf hin.

„Bevor ich trinke, laß ich mich hängen. Ich habe gesagt, daß ich keinen trinke, wenn ein Hund fehlt, und nun trinke ich auch keinen.“

„Guter Kaffee ...“

Aber Bill hatte seinen Dickschädel und aß sein Frühstück trocken. Den Kaffee ersetzte er durch Flüche und Scheltereien.

„Heut am Abend bind ich sie anders an, weit voneinander“, sagte Bill, als sie sich auf den Weg machten. Sie waren kaum hundert Meter gegangen, als Heinrich sich bückte und etwas aufhob. Es war so dunkel, daß er nicht sehen konnte, woran er da mit dem Schneeschuh gestoßen war, aber es war nicht schwer zu erraten. Es war – was von Treiber übriggeblieben war – der Stock.

„Sie haben ihn mit Haut und Haar gefressen“, sagte Bill.

„Der Stock ist vollkommen kahl, sogar der Lederriemen fehlt. Die müssen schrecklichen Hunger haben. Sie bekommen uns auch noch.“

Heinrich lachte trotzig. „Ich habe zwar so eine Verfolgung noch nie mitgemacht, aber doch auch schon Ärgeres erlebt. Da muß schon etwas anderes daherkommen, um mir und dir den Garaus zu machen!“

„Ich bin nicht so sicher“, murmelte Bill, den böse Vorahnungen erfüllten.

„In McGurry reden wir weiter.“

„Ich glaube nicht, daß ...“, begann Bill wieder.

„Dein Magen ist es“, unterbrach ihn Heinrich, „du brauchst nichts als Chinin, und das wirst du in McGurry bekommen.“ Bill brummte irgendetwas vor sich hin, sagte dann aber nichts mehr. Der Tag verging – so wie die vorhergegangenen. Um neun Uhr wurde es hell, um zwölf erhellte sich der Himmel im Süden und um drei kam der graue Nachmittag. Drei Stunden später war wieder die Nacht da.

Gerade als sich die Sonne vergeblich bemühte, Licht zu spenden, nahm Bill seine Büchse vom Schlitten und sagte zu seinem Kameraden: „Geh ruhig weiter, ich komme nach.“

„Bleib lieber beim Schlitten, du hast noch drei Patronen. Wer weiß, wozu wir sie noch brauchen.“

„Wer jammert nun?“

Heinrich gab keine Antwort mehr und ging allein weiter. Von Zeit zu Zeit sah er ängstlich in die graue Einöde, in der Bill verschwunden war. Eine Stunde später sah er ihn wieder. Er hatte die Biegungen, die der Schlitten machen mußte, abgeschnitten.

„Sie laufen weit verstreut“, meldete er, „sie verfolgen uns und sind zugleich auf Raub aus. Sie wissen genau, daß wir ihnen sicher sind. Sie wissen aber auch, daß sie warten müssen. Einstweilen sehen sie sich nach anderer Beute um.“

„Du sagst, daß wir ihnen sicher sind. Sie werden sich täuschen.“

Bill überhörte diese Worte. „Ich habe sie gesehen. Sie sind schrecklich mager. Außer den drei Hunden haben sie in den letzten Wochen bestimmt nichts gefressen. Ja, schrecklich mager sind sie. Die Rippen stehen weit heraus, der Bauch liegt direkt unter dem Rückgrat. Sie werden vor Hunger bestimmt noch toll werden.“

Wenige Augenblicke später ließ der hinter dem Schlitten gehende Heinrich ein warnendes Pfeifen hören. Bill wandte sich um und hielt die Hunde an. Hinter ihnen kam gerade um die letzte Wegbiegung eine Gestalt in einem dicken Pelz. Sie hielt sich auf der Bahn, die sie gerade zurückgelegt hatten, die Nase dicht am Boden. Als die Männer stehen blieben, blieb sie auch stehen, sah sie an und sog die Witterung ein. „Die Wölfin", sagte Bill.

Die Hunde legten sich ermattet in den Schnee, die Männer waren in den Anblick des Tieres versunken, das sie seit Tagen verfolgte und drei Hunde gekostet hatte. Sehr vorsichtig ging das Tier weiter, bis auf hundert Schritte Entfernung. Dann hielt es neben einer Tanne still und beobachtete die beiden Männer. Nase und Augen waren in ständiger Bewegung. Der Blick war der eines Hundes, aber die Gier, die in ihm zu lesen war, war die des Hungers, grausam, unbarmherzig und kalt. Für einen Wolf war das Tier entschieden zu groß. Auch die Farbe war sonderbar. Grau und Rot vermischten sich miteinander.

„Es hat eine Schulterhöhe von gut zwei und einem halben Fuß", bemerkte Heinrich. „Ich wette, es ist nicht weniger als fünf Fuß lang."

„Und was für eine eigentümliche Farbe für einen Wolf!" gab Bill zurück. „Ich habe noch nie einen roten Wolf gesehen, und dieser sieht ganz zimmetfarben aus." Nun war das Tier allerdings nicht zimmetfarben, denn die vorherrschende Farbe des Felles war die des echten Wolfes, nämlich Grau. Dennoch lag darüber ein rötlicher Schimmer, der aber auch eine Augentäuschung sein konnte, denn bald sah das Fell grau, entschieden grau aus, bald zeigte es jene seltsame rötliche Färbung.

„Sieht wie ein Schlittenhund aus. Gleich wird er mit dem Schwanz wedeln. He, du Hund, deinen Namen weiß ich nicht, komm einmal zu uns! Komm heran und zeige dich!"

„Er fürchtet uns nicht im Geringsten."

Heinrich lachte. Tatsächlich verriet das Tier keinerlei Furcht. Es sah die Männer gierig an. Sie waren Fleisch und es hätte sie gerne gefressen, wenn es sich näher gewagt hätte.

„Heinrich", sagte Bill plötzlich, „wenn ich auch nur noch drei Patronen habe, das ist ein sicherer Schuß. Das Biest hat uns drei Hunde gestohlen. Was glaubst du?"

Heinrich nickte zustimmend. Bill hob vorsichtig die Flinte. Aber das Tier machte einen raschen Satz zur Seite und verschwand wie ein Blitz.

„Oh, ich Dummkopf", fluchte Bill, „Gott soll mich verdammen. Natürlich kennt ein Wolf, der zur Fütterung kommt, eine Flinte. Diese verdammte Bestie, die an allem schuld ist! Ohne sie hätten wir noch sechs Hunde. Die kann man nicht offen schießen, dazu ist sie viel zu schlau. Aber ich werd ihr schon auflauern und dann muß sie dran glauben, so wahr ich Bill heiße."

„Geh nur nicht zu weit weg!" warnte Heinrich. „Wenn sie über dich herfallen, helfen dir deine drei Patronen genauso viel wie drei Hilferufe in der Hölle. Sie haben entsetzlichen Hunger. Wenn sie dich einmal eingekreist haben, ist es aus mit dir."

An diesem Abend schlugen sie ihr Lager früher auf. Drei Hunde konnten den Schlitten nicht mehr so schnell und so lange ziehen wie sechs und sie zeigten deutlich, daß sie müde waren.

Auch die Männer legten sich sofort nieder. Bill band diesmal die Hunde so weit voneinander an, daß sie sich gegenseitig nicht losbeißen konnten.

Aber – die Wölfe waren frecher geworden. Immer wieder fuhren die Männer auf, wenn die Hunde vor Angst wild wurden. Denn die Bestien kamen diesmal ganz nahe heran. Dann mußte einer von ihnen ein Scheit ins Feuer werfen. Das war das einzig sichere Rezept, sie in ungefährlicher Entfernung zu halten.

„Matrosen haben mir einmal von Haifischen erzählt“, begann Bill, „die ein Schiff verfolgten. Diese Bestien sind Haifische auf dem Lande. Sie sind hartnäckig. Sie verfolgen uns nicht zum Spaß. Und sie werden uns bekommen, darauf kannst du dich verlassen, mein Freund.“

„Wer so redet, ist schon halb verloren.“ Heinrich ärgerte sich über die Worte Bills. „Wer sich besiegt gibt, wird auch besiegt. Und du, du bist schon halb gefressen, wenn du so daherredest.“

„Sie haben klügere Leute als dich und mich erwischt.“

„Jetzt aber Schluß mit diesem Quatsch! Das hält man auf die Dauer nicht aus!“

Der sonst so empfindsame Bill wurde nicht einmal böse. Das war ein schlechtes Zeichen. Es war wirklich arg um ihn bestellt.

3. Kapitel

Der Hunger heult

Der Tag begann nicht schlecht. In der Nacht war kein Hund verschwunden, und schweigend, aber besser gelaunt machten die Männer sich in Dunkelheit und Kälte auf den Weg. Bill war weniger trübselig gestimmt und trieb mit den Hunden, die an einer schlechten Stelle des Weges den Schlitten umgeworfen hatten, seine Scherze, obwohl das entstandene Durcheinander mehr als groß war.

Der Schlitten hatte sich zwischen einem Baumstamm und einem großen Felsblock eingeklemmt, so daß die Männer gezwungen waren die Hunde auszuspannen, um ihn wieder aufzustellen. Die Gelegenheit benützte Einohr, sich beiseite zu schleichen.

„Hierher, Einohr!" rief Heinrich, der bemerkte, daß sich der Hund davonmachen wollte. Aber dieser begann rasch über den Schnee zu laufen, die Stricke hinter sich herschleppend, denn nicht weit von der Stelle, an der sie sich befanden, stand wartend – die Wölfin. Als Einohr näher an sie herankam, wurde er plötzlich vorsichtig. Er lief nicht mehr, sondern machte ein paar kurze, zierliche Schritte und blieb dann stehen. Er beobachtete sie aufmerksam und mißtrauisch; aber doch voll Verlangen. Es schien, als lächelte sie ihm zu: Sie zeigte die Zähne, schmeichelnd, nicht drohend. Auch sie machte jetzt ein paar spielerische Schritte auf ihn zu und blieb dann stehen. Wieder näherte sich Einohr ein Stück, noch immer vorsichtig, mit gespitzten Ohren, erhobener Rute, den Kopf hoch in der Luft. Schließlich versuchte er sie zu beschnuppern, aber sie sprang sofort zurück. Jedes Mal, wenn er seine Annäherungsversuche wiederholte, wich sie zurück und lockte ihn so Schritt um Schritt aus der schützenden Nähe seiner Gefährten. Einmal schien er mißtrauisch zu werden, denn er wandte sich nach dem umgeworfenen Schlitten und den rufenden Männern um. Aber die Lockungen der Wölfin waren doch stärker. Bill erinnerte sich der Büchse, die unter dem umgeworfenen Schlitten lag. Doch bis sein Gefährte ihm geholfen hatte diesen wieder aufzurichten, stand Einohr schon neben der Wölfin. Die Entfernung für einen Schuß war bereits zu groß. Einohr sah seinen Fehler zu spät ein. Er versuchte zwar noch, sich zu den Männern zurückzuflüchten, aber die hageren, grauen Wölfe, die plötzlich wie aus dem Nichts auftauchten, schnitten ihm den Rückzug ab, indem sie sich der Bahn im rechten Winkel näherten. Auch die Liebenswürdigkeit der Wölfin war vorbei; wild knurrend sprang sie Einohr an. Er parierte ihren Angriff mit der Schulter und versuchte, da ihm der direkte Rückweg zu den Männern abgeschnitten war, in einem Bogen dorthin zu gelangen. Aber immer mehr Wölfe tauchten auf und verfolgten ihn, während sich die Wölfin auf seine Spur setzte.

Bill konnte das nicht länger ansehen. „Sie sollen keinen Hund mehr haben!" schrie er wütend. Er packte die Flinte und sprang in das Gebüsch neben der Bahn. Was er beabsichtigte, war klar: Er wollte den Bogen, den Einohr beschrieb, noch vor den verfolgenden Wölfen berühren und hoffte, daß er den Bestien mit der Büchse Angst einjagen und auf diese Weise den Hund retten konnte.

„Sei auf der Hut, Bill!" rief ihm Heinrich nach. „Geh nicht zu weit!"

Heinrich setzte sich auf den Schlitten und wartete. Was konnte er auch sonst tun? Bill war zur Gänze aus seinem Gesichtskreis entschwunden, zu sehen war nur Einohr, der bald im Gebüsch und hinter den Tannen verschwand, bald wieder sichtbar wurde.

Heinrich hielt den Hund für verloren. Auch das Tier selbst schien seine schwierige Lage zu erkennen, denn es rannte im weiten Bogen, während die Wölfe den inneren, also kleineren Kreis beschrieben. Einohr hoffte, vor seinen Verfolgern einen so großen Vorsprung gewinnen zu können, daß er an ihnen vorbei zum Schlitten gelangen konnte. Er hoffte vergebens. Schon näherten sich die verschiedenen Linien dem verhängnisvollen Punkt. Heinrich wußte, daß die Wölfe draußen im Schnee mit dem Hund und Bill zusammenstoßen würden, von Bäumen und Büschen verdeckt. Und was er fürchtete, kam nur zu bald. Ein Schuß fiel, ein zweiter, noch einer – Bills Munition war verbraucht. Gleich darauf entstand ein schrecklicher Lärm, ein heiseres, wütendes Kläffen und Knurren. Einohrs Todesschrei durchschnitt die Stille, ein sterbender Wolf klagte – dann war es wieder still, als sei nichts geschehen. In tiefem Schweigen lag das einsame Land da ...

Eine Zeit lang noch saß Heinrich auf dem Schlitten. Es war nicht notwendig, daß er nachsah, was geschehen war. Er wußte es auch so. Einmal sprang er auf und packte die auf dem Schlitten liegende Axt. Aber er setzte sich gleich wieder nieder und dachte weiter nach. Zitternd drängten sich die beiden letzten Hunde an ihn heran. Todmüde erhob er sich schließlich, ein gebrochener Mensch, und spannte die beiden Hunde und sich selber vor den Schlitten. Sie kamen nicht weit. Als die Dunkelheit sich niedersenkte, schlug er rasch ein Lager auf und sammelte einen großen Holzvorrat. Er fütterte die Hunde, kochte sein Abendessen und machte dann sein Bett so nahe als möglich neben dem Feuer.

Aber der Schlaf blieb ihm versagt. Ehe er noch die Augen geschlossen hatte, waren die Wölfe schon so nahe gekommen, daß Schlafen Selbstmord bedeutet hätte. Er sah sie ganz deutlich, wie sie sich in einem engen Kreis um das Feuer zusammenrollten. Die einen saßen, andere lagen, jene wieder krochen auf dem Bauch näher, manche schliefen sogar im Schnee, wie Hunde zusammengerollt. Er wußte genau, daß er nur durch ein kräftiges Feuer ihre gierigen Zähne von seinem Leibe fern halten konnte. Die zwei Hunde blieben in seiner Nähe, sie schmiegten sich schutzsuchend an ihn und knurrten wild oder winselten vor Angst, wenn ein Wolf dem Feuer zu nahe kam. Jedes Mal wurde dann der Ring lebendig, die Wölfe sprangen auf und drängten vorwärts. Gekläff und wildes Knurren durchdrang die Stille. Dann legte sich der Lärm wieder und hier und da versank ein Wolf wieder in Schlaf ...

Aber der Kreis wurde immer enger. Langsam, Zoll um Zoll zog er sich zusammen. Bald kam hier ein Wolf näher, bald dort. Schließlich befanden sich die Bestien in Sprungweite. Jedes Mal, wenn es so weit war, warf Heinrich ein brennendes Holzscheit mitten in das Rudel hinein. Und jedes Mal zogen die Tiere sich ärgerlich kläffend und knurrend zurück, besonders wenn eines durch einen wohl gezielten Wurf getroffen und sein Pelz versengt worden war. Am Morgen war Heinrich todmüde, der Schlaf ging ihm ab. Schon im Dunkel kochte er sein Frühstück. Als sich das Wolfsrudel zurückzog, machte er sich an die Arbeit, die er in den langen durchwachten Nachtstunden erdacht hatte. Er fällte einige junge Tannenbäume und verfertigte aus ihnen Stangen, die er in den Kronen einiger Bäume zu einem festen Gerüst verschränkte. Dann zog er mit Hilfe der Hunde, den Schlittenriemen als Seil benutzend, den Sarg auf das Gerüst hinauf.

„Bill haben sie erwischt, vielleicht erwischen sie auch mich, aber dich sollen sie nicht bekommen“, wandte er sich an den Toten auf dem Baum.

Dann zog er weiter. Der Schlitten, der Last bar, tanzte rasch hinter den Hunden her. Die Tiere beeilten sich, als wüßten sie, daß ihr Leben von der Ankunft in Fort McGurry abhing. Aber die Wölfe wurden immer frecher. Sie verfolgten nun nicht mehr im Rücken allein, sondern liefen zu beiden Seiten des Schlittens her. Die roten Zungen hingen aus ihren Mäulern, bei jeder Bewegung sah man die Rippen aus den mageren Körpern hervortreten. Sie waren nur noch Haut und Knochen und man mußte sich wundern, daß ihre Beine sie noch trugen und sie nicht im Schnee zusammenbrachen. Der Mann wagte es nicht, bis zum Einbruch der Dunkelheit weiterzuziehen. Zu Mittag zeigte sich zum ersten Mal ein blasser, goldener Streifen am Himmel. Das war ein gutes Vorzeichen: Nun würde die Sonne bald wiederkehren, die Tage würden länger werden. Als dieser blasse Schein verschwunden war, schlug er sofort sein Lager auf. Die Stunden, da das matte Tageslicht und die graue Dämmerung noch anhielten, mußten ausgenützt werden: Er schlug eine große Menge Brennholz.

Diese Nacht war noch schrecklicher. Nicht nur, daß die Wölfe zudringlicher wurden, es überkam ihn auch ein großes Bedürfnis nach Schlaf. Immer wieder verfiel er in Halbschlaf, die Decken um die Schultern, die Axt zwischen den Knien, umgeben von den Hunden, die sich ans Feuer herandrängten.

Als er einmal auffuhr, sah er ganz nahe vor sich einen großen, grauen Wolf, einen der größten des Rudels. Das Tier dehnte sich gemütlich wie ein Hund, als es ihn sah, und gähnte ihm ins Gesicht. Du bist nichts als eine hinausgeschobene Mahlzeit, schien es zu sagen, bald kommt deine Stunde ...

Und diese Sicherheit zeigte auch das ganze Rudel. Er zählte zwanzig Wölfe, die ihn hungrig anstarrten. Man konnte sie mit Kindern vergleichen, die vor einem gedeckten Tisch stehen und warten, bis ihnen die Erlaubnis zum Essen gegeben wird. Und die Mahlzeit war – er selbst. Wann würde sie beginnen?

Er warf wieder ein Holzscheit ins Feuer. Und plötzlich kam er auf den Gedanken, seinen Körper zu betrachten. Wie wunderbar war dieser, wie köstlich das Spiel der Muskeln, wie sinnvoll die Mechanik der Finger. Er bewegte sie mehrmals langsam im Schein des Feuers, bald einzeln, bald alle zusammen. Er betrachtete seine Nägel, betastete sie, prüfte die Spitzen seiner Finger! Wie herrlich war dieser so kunstvoll zusammengefügte Körper! Wie automatisch gehorchte er ihm! Auf einmal liebte er diesen Körper.

Dann warf er wieder einen Blick auf seine Feinde. Voll Gier und Erwartung hatten sie einen Kreis um ihn gezogen, um diesen seinen wunderbaren Körper, sein Fleisch, mit den Zähnen zu zerreißen, so wie das eines Elches oder Kaninchens. Er war nichts als eine Speise. Der Halbschlaf, der ihn umfing, war nichts als ein böser Traum. Als er neuerdings auffuhr, sah er die rötliche Wölfin nahe bei sich. Sie blickte ihn starr an. Die beiden Hunde winselten und knurrten, aber sie kümmerte sich nicht darum. Sie sah nur den Mann, der auch sie anstarrte. In ihrem Blick lag keine Drohung, eher ein sinnender Zug, der aber, wie er wußte, eine Folge des schrecklichen Hungers war. Er war eine Speise, auf die sie Appetit hatte. Das bezeugte der Speichel, der ihr aus dem Mund floß. Plötzlich packte ihn die Angst. Er griff nach einem brennenden Holzscheit, um es nach ihr zu werfen. Aber noch ehe er es erfaßt hatte, war sie schon zurückgesprungen; er wußte, daß sie nicht zum ersten Mal mit Feuerbränden beworfen wurde. Bei ihrem Rückzug stieß sie ein wildes Knurren aus, sie entblößte ihre weißen Zähne bis auf die Wurzeln. An Stelle des sinnenden Ausdrucks trat nackte Gier, die ihm Schauder einflößte.

Wieder betrachtete Heinrich seine Hand. Wie sinnvoll waren die Finger geformt, die das brennende Holzscheit noch immer hielten und das rauhe Holz umklammerten. Wie von selbst zog sich der kleine Finger, als er dem brennenden Teil des Holzes zu nahe kam, zurück, um eine kühlere Region aufzusuchen. Und diese feinnervigen Hände sollten von einer Wölfin gefressen werden ... Nein, niemals! Noch nie hatte er seinen Leib so geliebt wie jetzt, da er ihn bald verlieren würde. Die ganze Nacht hindurch verjagte er die hungrigen Bestien mit Feuerbränden. Wenn er einschlummerte, weckte ihn das Winseln und Knurren der Hunde. Als der Morgen kam, verscheuchte das Tageslicht zum ersten Mal die Wölfe nicht mehr.

Der Mann wartete vergeblich, daß sie sich zurückziehen würden.

Obwohl sein Mut durch diese Tatsache schwer erschüttert wurde, machte er einen verzweifelten Versuch, aufzubrechen. Jedoch in dem Augenblick, als er das schützende Feuer verließ, sprang ihn der kühnste Wolf an – zum Glück zu kurz. Er konnte gerade noch zurückspringen, ungefähr sechs Zoll vor seiner Hüfte klappten die Zähne der Bestie zusammen. Sofort drang auch das übrige Rudel auf ihn ein, und nur durch die nach links und rechts geschleuderten Feuerbrände trieb er die Wölfe zurück.

Jetzt konnte er es nicht einmal am hellichten Tage wagen, das Feuer zu verlassen, um Holz zu schlagen. Etwa zwanzig Fuß entfernt befand sich eine riesige vertrocknete Tanne. Den ganzen Vormittag verbrachte er damit, das Feuer zu diesem Baume hinzuziehen, wobei er immer brennende Reisigbündel wurfbereit in der Hand hielt. Als er die Tanne endlich erreicht hatte, überlegte er, in welcher Richtung er den Baum fällen sollte. Natürlich nach dieser Seite hin, wo es das meiste Brennholz gab.

Die Nacht glich der vergangenen, nur daß sein Bedürfnis zu schlafen, noch größer wurde. Das Knurren der Hunde weckte ihn nicht mehr, da sie ununterbrochen knurrten, und seine ermüdeten Sinne konnten nicht mehr wahrnehmen, wenn ihre Warnung lauter wurde. Einmal fuhr er empor: Die Wölfin war kaum noch einen Meter von ihm entfernt. Mechanisch packte er einen Feuerbrand und warf ihn mitten in ihren offenen Rachen. Vor Schmerz aufheulend, sprang sie zurück, der Gestank versengten Haares und Fleisches erfüllte die Luft. Nun ergriff er eine neue Sicherheitsmaßnahme: Er band sich einen brennenden Fichtenast an die rechte Hand. Sofort schlief er ein, aber der Schmerz weckte ihn noch rechtzeitig. So ging es ein paar Stunden weiter, bis er den Ast einmal nicht fest genug angebunden hatte; sobald sich seine Augen geschlossen hatten, fiel er zu Boden. Er träumte, er sei in Fort McGurry. Es war dort warm und gemütlich und er spielte mit dem

Agenten Karten. Dann wurde das Fort plötzlich von Wölfen umzingelt. Sie heulten Einlaß begehrend vor dem Tor, manchmal hielt der Agent im Spiel inne und lachte über die vergebliche Belagerung. Plötzlich gab es einen schrecklichen Lärm – die Bestien hatten das Tor aufbekommen und drangen in das Fort ein. Nun wurde das Geheul fürchterlich. Es störte ihn jetzt. Dann träumte er von etwas anderem – aber das Geheul blieb. Plötzlich wurde er hellwach und – der Lärm war Wirklichkeit. Heulend und kläffend drangen die Wölfe auf ihn ein. Einer verbiß sich in seinem Arm, und während er blitzschnell ins Feuer sprang, drangen die Zähne eines anderen in sein Bein. Die dicken Pelzhandschuhe schützten seine Hände, und er konnte glühende Kohlen nach allen Seiten werfen, so daß das Lagerfeuer einem Vulkan glich, und die Tiere wieder vertreiben. Aber wie lange? Die Hitze wurde langsam unerträglich, vor allem an den Füßen. Mit einem brennenden Ast in jeder Hand sprang er aus dem Feuer heraus. Die glühenden Kohlen zischten im Schnee, die Wölfe liefen knurrend und aufgeregt hin und her. – Diesmal noch waren sie geflohen. Er warf noch ein paar Feuerbrände nach ihnen und dämpfte das Glosen seiner Pelzhandschuhe im Schnee. Die beiden Hunde waren fort, er kannte ihr Schicksal.

„Aber mich habt ihr noch nicht!" schrie er, außer sich vor Wut, und schüttelte drohend die Faust gegen die Wölfe. Beim Ton seiner Stimme geriet das ganze Rudel in Aufregung. Die Wölfin kam sofort wieder näher und sah ihn voll Gier an. Nun versuchte er eine neue Verteidigungsmethode. Er dehnte das Feuer zu einem großen Kreis aus und legte sich innerhalb des Kreises auf die Schlafdecken, um sich gegen den schmelzenden Schnee zu schützen. Gleich kam das ganze Rudel näher, um zu sehen, was mit ihm geschehen wäre. Hatten sich die Bestien bisher doch nur vereinzelt bis in die allernächste Nähe des Feuers gewagt, legten sie sich jetzt rings um dasselbe nieder und streckten und dehnten sich wohlig in der ungewohnten Wärme. Auf einmal hob die Wölfin ihre

Nase zu den Sternen empor und begann zu heulen. Sofort stimmten die Wölfe mit ein und ließen mit himmelwärts erhobenen Nasen das durch Mark und Bein gehende Hungergeheul ertönen.

Der Morgen kam, endlich das Licht des Tages. Heinrich mußte Brennholz holen, sein Vorrat war zu Ende, das Feuer niedergebrannt. Als er den Flammenkreis verließ, gingen die Wölfe sofort zum Angriff über. Wieder schleuderte er Feuerbrände, aber die Wölfe kümmerten sich kaum noch darum. Er gab es schließlich auf und zog sich in den Schutz des Feuers zurück, ein Wolf sprang ihn an, zu kurz, und fiel mitten in die glühenden Kohlen. Das Tier schrie erschrocken auf, fletschte die Zähne und zog sich jammernd zurück. Heinrich kauerte sich auf die Decken. Sein Oberkörper fiel vornüber, den Kopf legte er verzweifelt auf die Knie.

Der Kampf war hoffnungslos geworden. Von Zeit zu Zeit sah er auf das niederbrennende Feuer. Der Verteidigungswall zeigte bedenkliche Lücken, die immer größer wurden.

„Jetzt könnt ihr mich bald holen", murmelte er. „Auf jeden Fall werde ich jetzt schlafen."

Noch einmal erwachte er, und da stand in einer Lücke zwischen den Flammen die Wölfin und starrte ihn an. Er wußte nicht, wie lange er geschlafen hatte. Aber es war irgendetwas geschehen, irgendetwas Unerklärliches. Die Wölfe waren fort. Der zusammengetretene Schnee ringsum ließ erkennen, wie nahe sie gewesen waren. Der Schlaf drohte ihn von neuem zu übermannen, aber da hörte er plötzlich – war es möglich? war er verrückt geworden? – Menschenstimmen. Nein, da knirschte der Schnee unter Schlitten, da knarrten Lederriemen, da bellten Hunde. Vier Schlitten kamen vom Fluß her auf seinen Lagerplatz zu. Und da standen Männer vor ihm. Er stammelte: „Rothaarige Wölfin – kam mit den Hunden zur Fütterung – fraß zuerst das Hundefutter, dann die Hunde, dann Bill ..."

„Wo ist Lord Alfred?“ brüllte einer der Männer und schüttelte ihn, sodaß er wieder zu sich kam.

„Oben in den Bäumen. Ihn haben sie nicht bekommen ...“

„Tot?“, fragte der Mann.

„Ja – im Kasten.“ Dann schüttelte Heinrich die Hand des Fragenden von seiner Schulter und fuhr fort: „Gib mir Ruhe! Ich bin sterbensmüde. Gute Nacht!“

Die Augen fielen ihm zu, sein Kopf sank auf die Brust. Sie legten ihn auf die Decken, und sofort begann er zu schnarchen. Und noch ein anderer Ton durchdrang die kalte Luft: das Geheul der hungrigen Wölfe, die eine andere Beute suchten, da sie den Menschen nicht bekommen hatten.

ZWEITER TEIL

1. Kapitel
Der Stärkste siegt

Als die rothaarige Wölfin den Klang der Menschenstimmen und das Gebell der Schlittenhunde hörte, sprang sie sofort aus dem Flammenkreis zurück. Die anderen Wölfe folgten ihr zögernd und verweilten noch einige Augenblicke, weil sie die so lange gejagte Beute nur ungern aufgaben. An der Spitze des Rudels lief ein großer grauer Wolf, einer der Führer. Er zwang die anderen, der Fährte der Wölfin zu folgen, und jedes Mal, wenn ein jüngerer Wolf ihn überholen wollte, knurrte er drohend und biß zu. Die Wölfin lief neben ihm her, als gebühre ihr dieser Platz. Ihr jedoch zeigte er die Zähne nicht, selbst dann nicht, wenn sie ihm zufällig vorauslief. Ganz im Gegenteil: Er behandelte sie sehr freundlich, für ihren Geschmack sogar zu freundlich, denn er drängte sich zuweilen dicht an sie heran. Dann knurrte sie und zeigte ihm die Zähne. Einmal biß sie ihn sogar in die Schulter. Aber auch das machte ihm nichts aus, er schien es gar nicht zu spüren, sondern sprang beiseite und hüpfte mit steifen Beinen linkisch um sie herum wie ein verlegener Freier vom Lande. Aber sie hatte noch einen zweiten Verehrer. Auf ihrer rechten Seite lief ein magerer, einäugiger, alter Wolf, schon grau, mit Narben aus unzähligen Schlachten bedeckt. Auch er näherte sich ihr des öfteren und berührte mit seiner narbenbedeckten Schnauze ihre Schulter oder ihren Hals. Aber es ging ihm nicht besser als seinem Nachbarn zur Linken, sie drängte ihn mit den Zähnen zurück. Sie hatte es nicht leicht. Von beiden Seiten bedrängten sie ihre Liebhaber, gleichzeitig mußte sie mit dem Rudel Schritt halten und auf den Weg achten. Manchmal knurrte sie die beiden Rivalen drohend an.

Es wäre zum Kampf gekommen, wenn der Hunger nicht die Eifersucht verdrängt hätte.

Jedes Mal, wenn der alte Wolf den Bissen der Wölfin auswich, stieß er mit einem jungen, dreijährigen Nebenbuhler zusammen, der auf seiner blinden Seite lief. Dieser junge, aber schon voll ausgewachsene Wolf besaß außerordentliche Kühnheit, wagte es aber doch nicht, seinen Kopf über die Schulter des anderen, einäugigen Wolfes hinauszuschieben. Einmal nur hatte er es versucht, aber das hatte ihm einen schmerzenden Biß eingetragen. Er hatte auch versucht, sich zwischen den Alten und die Wölfin zu drängen. Das war noch schlechter für ihn ausgegangen. Außer der Wölfin und dem Einäugigen hatte sich auch noch der Führer zur Linken gegen ihn gewandt. Geschah dies, blieb der junge Wolf, von drei scharfen Gebissen angegriffen, stehen, setzte sich fest auf die Hinterbeine, stemmte die Vorderbeine steif auf, sträubte das Haar und knurrte drohend. Ein solcher Aufenthalt an der Spitze des Rudels verursachte stets große Verwirrung an seinem Ende. Die Wölfe prallten nachdrängend auf den jungen und zeigten ihr Mißfallen durch scharfe Bisse in seine Flanken. So brachte er sich stets in großes Ungemach; dennoch wiederholte er mit der Hoffnungsfreudigkeit der Jugend stets wieder dieses Manöver. Hätte es Fressen gegeben, wäre es ohne Zweifel zu einem schweren Kampf gekommen. Aber die Lage der Wölfe war verzweifelt. Durch das lange Hungern waren sie zu Skeletten abgemagert und liefen weniger rasch als sonst. Die Nachhut bildeten die am meisten geschwächten, die Jungen und die ganz Alten. An der Spitze trabten die Kräftigsten, und wenn sie auch eher Skeletten als Wölfen glichen, waren ihre Bewegungen doch leicht und mühelos. Die dünnen Muskeln schienen aus Stahl zu sein und über unerschöpfliche Kraftreserven zu verfügen. Sie liefen an jenem Tage viele Meilen weit, auch in der Nacht rasteten sie nicht. Am kommenden Tage ging es genauso. Sie trabten über die weite Fläche einer eingefrorenen, gestorbenen Welt, in der sich außer ihnen kein Leben regte. Nur sie waren lebendig, und sie waren auf der Suche nach anderem Leben, um es zu verschlingen, damit sie leben konnten. Sie kamen über niedrige Wasserscheiden und an einem Dutzend kleiner Ströme vorüber in eine tiefer gelegene Gegend, wo ihr Suchen endlich belohnt wurde. Hier stießen sie auf Elche. Ihr erstes Opfer war ein gewaltiger Bulle. Das war Leben, das war Fleisch, das sich nicht durch geheimnisvolle, fliegende Feuerbrände schützte. Mit gespaltenen Hufen und gezacktem Geweih kannten sie sich aus. Der Kampf dauerte nicht lange.

Der Elch wurde von allen Seiten gleichzeitig angegriffen. Wohl zerschmetterte er dem einen mit einem genau berechneten Schlag den Schädel, brach einem anderen mit dem Geweih die Knochen, zertrampelte einen dritten, aber die Wölfin saß an seiner Kehle und viele, viele Zähne drangen von überall in sein Fleisch ein. Er wurde gefressen, ehe er noch seinen letzten Atemzug getan hatte.

Hier gab es übergenug Fressen. Der Elch wog über achthundert Pfund, so daß auf jeden der ungefähr vierzig Wölfe zwanzig Pfund Fleisch kamen. Sie hatten lange und ausdauernd hungern können, aber noch besser konnten sie fressen. In kurzer Zeit waren von dem herrlichen Geschöpf nur noch ein paar Knochen übrig. Dann schliefen sie lange. Doch der volle Magen machte vor allem die jüngeren Wölfe streitsüchtig. So begann sich das Rudel aufzulösen.

Die Zeit der Not war vorüber. Sie waren in einem Lande, wo es Wild in Hülle und Fülle gab. Immer ein Wolf und eine Wölfin, verschwanden sie. Die Wölfin, der alte Einäugige und der junge Führer zu ihrer Linken blieben beisammen. Einige Wölfe schlossen sich ihnen an. Sie liefen nach dem Mackenziefluß hinunter, in das Land der Seen im Osten. Tagtäglich verminderte sich der Rest des Rudels. Zuletzt waren sie nur noch vier: die Wölfin, der junge Führer, der Alte und der ehrgeizige Dreijährige.

Die Wölfin war jetzt schlechter Laune. Ihre Liebhaber bekamen dies oft genug zu spüren. Aber sie verteidigten sich nie, noch vergalten sie Gleiches mit Gleichem.

Sie wichen den drohenden Zähnen aus, wedelten mit dem Schweife und versuchten den Zorn der Wölfin dadurch zu beschwichtigen, daß sie dieselbe mit zierlichen Schritten umtänzelten. Gegeneinander allerdings waren sie weniger freundlich. Der Dreijährige fiel eines Tages sogar den Alten an, von der blinden Seite her, und riß ihm das Ohr in Fetzen. Gewiß, der alte Wolf konnte nur auf einer Seite sehen, aber er brachte gegen die Jugendkraft seines Gegners die Erfahrung aus vielen Schlachten ins Feld. Er hatte zu viele Kämpfe überlebt, um nur einen Augenblick zu zögern. Der Kampf begann ehrlich, das Ende war anders. Niemand hätte es voraussagen können, wenn der dritte Wolf nicht dem Alten beigesprungen wäre. Nun fielen sie den Dreijährigen zu zweit an, um ihn zu töten. Sie vergaßen die Tage gemeinsamer Not, gemeinsamen Hungers, gemeinsamer Jagd. Das war vorbei. Jetzt ging es um mehr.

Die Wölfin, Ursache und Preis dieses Kampfes, hatte sich geduldig hingesetzt und wartete. Sie sah sogar befriedigt drein. Dieser Kampf war ein Triumph für sie, wie schön es war, wenn sich ihretwegen die Haare der Gegner sträubten, wenn sie sich ihretwegen totbissen. Der junge Dreijährige verlor bei diesem Kampf das Leben. Die überlebenden Nebenbuhler standen zu beiden Seiten seiner Leiche und sahen auf die Wölfin, die zufrieden im Schnee saß. Der alte Wolf war sehr klug, sowohl in der Liebe als auch im Kampfe. Als der jüngere den Kopf wandte, um eine Wunde an seiner Schulter zu belecken, kehrte er die Krümmung seines Halses dem Rivalen zu. Der Alte sah mit seinem einen Auge die günstige Gelegenheit. Er sprang ihn an und biß ihn tief und scharf in die Gurgel, so daß er die große Schlagader zerriß. Dann zog er sich rasch zurück. Der junge Anführer stieß ein fürchterliches

Knurren aus, aber dieses ging plötzlich in ein Husten über. Er war zum Tode verurteilt. Er versuchte zu kämpfen, aber die Glieder versagten ihm den Dienst.

Auch dieses Ereignis störte die Wölfin in ihrer Zufriedenheit nicht. Sie freute sich über den Kampf. Das Liebeswerben in der Wildnis war nicht anders, die Tragödie, die sich abgespielt hatte, war natürlich. Und war Tragödie nur für die Sterbenden, für die Überlebenden aber Triumph und Sieg. Als sich der junge Führer nicht mehr regte, ging der Einäugige mit großen Schritten zu der Wölfin hin. In seiner Haltung vermischten sich Triumph und Vorsicht. Er war offenbar auf eine Zurückweisung gefaßt und war überrascht, als sie ihm diesmal nicht die Zähne zeigte. Zum ersten Mal benahm sie sich freundlich gegen ihn. Sie beroch ihn, ja sie sprang sogar um ihn herum und spielte mit ihm wie ein Hund. Das gefiel ihm trotz seiner grauen Haare, er benahm sich sogar noch viel närrischer und kindischer als sie.

Die besiegten Rivalen und die mit Blut in den Schnee geschriebene Liebesgeschichte waren bald vergessen bis auf den Augenblick, wo Einauge stillstand, um sich die Wunden zu lecken. Seine Lippen kräuselten sich dabei, er entblößte seine Zähne, sein Haar auf Nacken und Schultern hob sich und er stemmte zum Sprung die Pfoten fest auf den Boden, daß sich die Krallen tief in den Schnee drückten. Aber im nächsten Augenblick war alles vorbei und er sprang der Wölfin nach, die ihm voraneilte.

Miteinander trabten sie in die Wälder. Die Tage vergingen, sie blieben beisammen, jagten zusammen, töteten ihre Beute und fraßen sie gemeinsam. Einige Zeit darauf wurde die Wölfin ruhelos, sie schien etwas zu suchen, aber nicht finden zu können. Besonders die Höhlungen unter gestürzten Bäumen schienen es ihr angetan zu haben, ebenso die Schneegruben und die Höhlen an den steilen Flußufern, in denen sie gern herumstöberte. Der Einäugige kümmerte sich nicht darum. Wenn ihm ihre Untersuchungen zu lange dauerten, legte er sich nieder und wartete, bis sie wiederkam, bereit, weiterzutraben. Sie verweilten nie lange an ein und derselben Stelle, sondern zogen quer durchs Land, bis sie den Mackenzie erreichten. Sie folgten seinem Laufe und verließen ihn nur, wenn sie an den kleinen Nebenflüssen auf die Jagd gingen. Aber sie kehrten immer wieder zum Hauptstrom zurück. Manchmal stießen sie auf Wölfe, meistens Paare, ohne sich darüber zu freuen oder gar eine Verbindung aufzunehmen. Sie hatten kein Verlangen nach Geselligkeit. Manchmal trafen sie auch auf einen einsamen Wolf, der sich sofort anschließen wollte. Aber das nahm Einauge übel auf, er fletschte die Zähne, das Haar sträubte sich auf seinem Rücken, und der einsame Wolf mußte wieder allein weiterziehen. Als sie an einem hellen Mondscheinabend durch die einsamen Wälder streiften, blieb der Einäugige plötzlich stehen. Seine Schnauze richtete sich empor, sein Schwanz wurde steif, seine Nasenlöcher weiteten sich, als er die Witterung einsog. Er kannte sich nicht aus, die Kunde, die ihm die Luft brachte, war ihm unverständlich. Seine Gefährtin dagegen hatte nur ein wenig geschnüffelt und trabte dann ruhig und gleichgültig weiter. Er folgte ihr zwar, blieb aber unruhig. Die Wölfin schob sich langsam bis an den Rand einer großen, von Bäumen umgebenen Lichtung vor. Eine Zeitlang stand sie allein, dann folgte ihr leise der Einäugige, jedes Haar seines Körpers argwöhnisch gesträubt. So standen sie knapp nebeneinander, lauernd, horchend, witternd. Hundegebell drang an ihr Ohr, dann Männerstimmen, das schrille Schimpfen einer Frau, das Weinen eines Kindes. Zu sehen war bei den großen Zelten aus Fell nicht viel, außer den Flammen des Feuers, dem in die Luft steigenden Rauch und dann und wann auftauchenden Gestalten. Aber die Gerüche, die in ihre Nasen stiegen, die Gerüche eines Indianerlagers waren bemerkenswert. Für den Einäugigen waren sie unverständlich, die Wölfin hingegen verstand sie umso besser. Eine merkwürdige Aufregung bemächtigte sich ihrer, die Luft, die sie einsog, wirkte seltsam auf sie ein. Einauge war besorgt und wollte weitergehen. Aber sie berührte, um ihn zu beruhigen, seinen Hals mit der Schnauze, ohne den Blick vom Lager zu wenden. Kein Anzeichen von Gier war in ihm zu lesen, wohl aber das Verlangen, ins Lager zu laufen, sich am Feuer zu erwärmen und mit den Menschen und den Hunden zu spielen. Einauge wurde ungeduldig und übertrug seine Unruhe auf seine Gefährtin. Sie besann sich, daß sie das, was sie suchte, finden müsse. Sie machte kehrt und lief wieder in den Wald zurück, zur Freude des Wolfes, der sich erst wieder im Schutze der Bäume sicher fühlte. Als sie, geräuschlosen Schatten vergleichbar, im Mondlicht dahinhuschten, kamen sie auf einen ausgetretenen Fußpfad. Sofort untersuchten sie die frischen Spuren im Schnee. Einauge pirschte sich vorsichtig weiter, die Wölfin blieb ihm dicht auf den Fersen. Plötzlich sah der Einäugige etwas Weißes über den Schnee huschen. Wie der Blitz war er dahinter her. So schnell sein schleichender Gang auch gewesen war, war er nichts gegen die Geschwindigkeit, mit der er nun rannte, da der weiße Fleck, den er entdeckt hatte, vor ihm hersprang.

Der schmale Pfad, auf dem sie liefen, war von jungen Tannen bestanden und durch diese hindurch konnte man das Ende des auf eine mondbeglänzte Lichtung mündenden Ganges sehen. Einauge näherte sich mit unheimlicher Geschwindigkeit dem fliehenden weißen Schatten, jeder Satz brachte ihn näher. Einer noch, dann mußte er ihn haben. Aber dieser Satz wurde nie gemacht. Denn das weiße Ding befand sich plötzlich hoch über ihnen, sprang lustig in der Luft hin und her und kam nicht wieder auf den Boden zurück. Einauge starrte das Kaninchen wie eine Erscheinung aus einer anderen Welt an, er knurrte – vor Angst. Die Wölfin jedoch drängte sich an ihm vorbei, schätzte eine Sekunde lang die Entfernung und sprang. Nicht hoch genug, ihre Zähne klappten leer und mit metallischem Klang zusammen. Noch einmal sprang sie, wieder vergebens. Der Wolf beobachtete sie, er hatte sich schon wieder von seinem Schreck erholt. Ihre Fehlsprünge ärgerten ihn, er versuchte die Sache selbst. Mit einem mächtigen Sprung holte er das Kaninchen herunter. Aber in demselben Augenblick raschelte etwas verdächtig neben ihm, ein junges Bäumchen beugte sich zu ihm nieder, um ihn zu schlagen. Er ließ seine Beute los und sprang zurück, um der vermeintlichen Gefahr zu entkommen. Seine Lefzen zogen sich in die Höhe, aus seiner Brust kam ein drohendes Knurren, seine Haare sträubten sich vor Angst und Wut. Und in demselben Augenblick stand das Bäumchen schon wieder gerade, und das Kaninchen hüpfte von neuem in der Luft herum. Über seine Ungeschicklichkeit verärgert, biß ihn die Wölfin in die Schulter. Er erschrak über diesen neuen Angriff, schnappte zurück und biß sie in die Schnauze. Sie hatte nicht damit gerechnet, daß er ihr den Verweis so übel nehmen werde, und sprang wütend auf ihn los. Jetzt erst bemerkte er seinen Irrtum, versuchte aber vergeblich, sie zu besänftigen. Sie biß ihn immer wieder, allen Besänftigungsversuchen zum Trotz. Mit abgewandtem Kopf ließ er die Züchtigung über sich ergehen, bis sie endlich von ihm abließ.

Das Kaninchen befand sich noch immer über ihnen in der Luft. Die Wölfin setzte sich wieder in den Schnee und Einauge sprang mehr aus Angst vor seiner Gefährtin als vor dem geheimnisvollen Bäumchen wieder hinauf. Als er das Kaninchen diesmal erwischte, behielt er das Bäumchen fest im Auge. Mit gesträubtem Haar wartete er auf den Schlag, der nicht kam. Das Bäumchen beugte sich nur über ihn. Bewegte er sich, bewegte es sich auch, hielt er still, hielt es auch still. Es war also sicherer, sich ruhig zu verhalten. Seine Gefährtin befreite ihn aus seiner merkwürdigen Lage, indem sie ihm das Kaninchen, dessen warmes Blut ihm gut geschmeckt hatte, wegnahm. Sie biß dem Tierchen ruhig den Kopf ab, indes das Bäumchen sich raschelnd hin und her bewegte. Und nun stand dieses wieder so wie zuvor da, gänzlich harmlos, so wie es die Natur geschaffen hatte. Und die beiden fraßen gemeinsam den Raub, den das Bäumchen für sie gefangen hatte. Es gab noch mehr Orte, wo Kaninchen in der Luft hingen. Sie fanden sie immer leichter, denn die Wölfin hatte die Führung übernommen. Der Einäugige folgte ihr gehorsam und lernte das Ausgraben der Schlingen, was ihm in Zukunft sehr viel helfen sollte.

2. *Kapitel*

Das Indianerlager

Zwei Tage lang umkreisten die beiden das Lager der Indianer. Einauge hatte Angst, daß die Wölfin der Lockung erliegen und ihn verlassen würde. Als jedoch eines Tages in ihrer nächsten Nähe eine Büchse ertönte und eine Kugel Einauges Kopf nur knapp verfehlte, flüchteten sie, bis viele Meilen sie von den Menschen trennten.

Das Verlangen der Wölfin nach dem, was sie suchte, wurde immer größer. Sie war schwerfällig geworden und konnte nicht mehr so rasch wie früher laufen. Einmal mußte sie sogar die Verfolgung eines Kaninchens, das sie sonst leicht erwischt hätte, aufgeben und sich niederlegen. Und als Einauge zu ihr kam und mit der Schnauze ihren Hals berührte, biß sie so wild nach ihm, daß er einen Purzelbaum schlug und sich davonmachte. Aber je unfreundlicher sie ihn behandelte, desto geduldiger und fürsorglicher wurde er. Das, was sie suchte, fand sie endlich an einem Nebenfluß des Mackenzie, der im Sommer wohl lustig dahinfließen mochte, nun aber zur Gänze zugefroren war und tot und weiß dalag. Sie war müde weitergetrabt, der Wolf war ein Stück voraus gewesen, als sie zu einer hohen, steilen Lehmwand kam. Die Frühlingsstürme und die Schneeschmelze hatten das Ufer hier an einer Stelle unterwaschen und aus einem engen Spalt eine kleine Höhle gebildet.

Vor der Öffnung der Höhle hielt sie an und untersuchte genau die Wand. Nachdem sie auch die Umgebung geprüft hatte, kroch sie durch die enge Öffnung. Innen wichen die Wände zurück und bildeten eine kleine, runde Kammer, die ungefähr sechs Fuß im Durchmesser hatte. Der Raum war nicht hoch, aber trocken und behaglich. Sie besah sich alles ganz genau, während Einauge draußen stand, geduldig wartend. Schließlich senkte sie den Kopf, drehte sich wie ein Kreisel mehrmals herum, stieß dann einen, einem leichten Brummer ähnlichen Seufzer aus und legte sich, die Beine ausgestreckt und den Kopf nach dem Eingang gerichtet, nieder. Einauge spitzte die Ohren und sah ihr zufrieden zu, was er mit dem Wedeln seines Schweifes bekundete. Als die Wölfin das sah, öffnete sie das Maul und ließ die Zunge weit heraushängen. Sie zeigte ihrem Gefährten damit an, daß sie glücklich und zufrieden war.

Aber Einauge hatte Hunger. Wohl legte er sich am Eingang der Höhle zum Schlafen nieder, aber er erwachte immer wieder. Dann spitzte er die Ohren und sah nach der hellen Welt draußen, in der die Aprilsonne warm auf den Schnee fiel. Gespannt lauschte er auf das unsichtbare Fallen der Wassertropfen. Ja, die Sonne war wieder da, die Welt des Nordens erwachte. Das Leben regte sich, man fühlte sein Wachstum überall, selbst unter dem Schnee. Man merkte, wie der Saft in den Bäumen stieg, und die Knospen verkündeten, daß die Herrschaft des Winters gebrochen war. Einauge warf der Wölfin bittende Blicke zu, aber sie machte keine Anstalten aufzustehen. Draußen flogen einige Schneehühner vorbei. Wieder sah er auf seine Gefährtin, aber sie legte sich zum Schlafen nieder. Plötzlich traf ein schrilles, scharfes Surren an sein Ohr. Und dann saß dieses Surren auf seiner Nase. Es war eine große Mücke, die den Winter über eingefroren in einem Stück Holz gelegen hatte und nun aufgetaut war. Einauge fegte sie mit der Pfote von seiner Schnauze weg. Aber er konnte nun den Lockungen der rufenden Welt nicht länger widerstehen. Auch der Hunger trieb ihn hinaus.

Wieder versuchte er, die Wölfin zum Aufstehen zu bewegen. Vergeblich, sie knurrte ihn nur an. So zog er allein in den hellen Sonnenschein hinaus, wo der Schnee weich und das Traben beschwerlich war. Er wanderte das gefrorene Flußbett entlang, wo der Schnee im Schatten der Bäume noch hart war. Stundenlang trabte er so, und erst in der Dunkelheit kehrte er zurück, hungriger als zuvor. Er hatte nichts erwischt. Durch die Kruste des schmelzenden Eises war er eingebrochen, die weißen Kaninchen dagegen waren leichtfüßig darüber hinweggesprungen.

Am Eingang der Höhle blieb er mißtrauisch stehen. Von drinnen hörte er schwache, merkwürdige Laute, die nicht von der Wölfin stammten, ihm aber doch irgendwie bekannt vorkamen.

Vorsichtig kroch er auf dem Bauch hinein, ein unfreundliches Knurren begrüßte ihn. Gehorsam blieb er in respektvoller Entfernung liegen, wollte aber doch wissen, was dieses schwache, erstickte Wimmern zu bedeuten hatte. Wieder knurrte die Wölfin warnend, und so rollte er sich zusammen und schlief am Eingang der Höhle ein. Als der Morgen kam und ein schwaches Licht in die Höhle sandte, erwachte seine Neugier von neuem. Wieder knurrte die Wölfin, und diesmal war ein merkwürdiger Ton in diesem Knurren, der nach Eifersucht klang und ihn weiter fern hielt. Immerhin sah er zwischen ihrem Körper und den Beinen fünf drollige, lebende Bündel, die schwach und hilflos waren und leise winselten. Nicht einmal ihre Augen waren dem Licht geöffnet. Er war überrascht. Gewiß, er sah das nicht zum ersten Mal in seinem langen Leben, und doch war es jedes Mal eine Überraschung für ihn gewesen.

Die Wölfin sah ihn angstvoll an. Von Zeit zu Zeit grollte sie leise, begann aber sofort zu knurren, wenn er ihr zu nahe kam. Natürlich wußte sie aus eigener Erfahrung nichts, aber aus Instinkt, aus der Erfahrung ihrer Vorfahren, der Wolfsmütter, wußte sie, daß es Väter gegeben hatte, die ihre Nachkommen mit Haut und Haaren gefressen hatten. Diese Erinnerung verwandelte sich in Furcht, und darum wollte sie verhindern, daß Einauge seinen Jungen zu nahe kam. Aber es bestand gar keine Gefahr, denn auch der alte Wolf gehorchte einem Triebe, der ihm von den Urwölfen überliefert worden war. Er dachte nicht darüber nach, es lag in seinem Blut, er gehorchte seiner Natur und kehrte seinen neugeborenen Jungen den Rücken, um für sie, die Mutter und sich Nahrung zu suchen.

Etwa acht bis zehn Kilometer von der Höhle aufwärts teilte sich der Strom und ein Arm führte im rechten Winkel bis in die Berge hinauf. Einauge wandte sich nach links und traf bald auf eine frische Spur. Er beroch sie, sie war so frisch, daß er sich niederlegte und in die Richtung, in der sie sich verlor, blickte. Dann machte er langsam kehrt und folgte dem rechten Flußlauf. Die Fußspuren, auf die er gestoßen war, waren größer als seine eigenen gewesen und er wußte, daß auf einer solchen Spur für ihn nichts zu holen war. Nachdem er ungefähr tausend Schritte gelaufen war, hörte er das Geräusch nagender Zähne. Er näherte sich vorsichtig und fand ein Stachelschwein, das die Rinde eines Baumes mit den Zähnen bearbeitete. Er kannte dieses Tier, obgleich er noch nie eines im hohen Norden angetroffen hatte. Auch hatte er noch nie eines gefressen. Da er aber an Zufälle und günstige Gelegenheiten glaubte, schlich er sich näher heran. Man konnte nicht wissen, was geschehen würde. Wenn es um Lebewesen ging, kam immer alles anders, als man dachte. Das Stachelschwein rollte sich sofort zu einem Ball zusammen und streckte die langen, scharfen Stacheln abwehrend nach allen Richtungen. In seiner Jugend war Einauge einmal einem solchen scheinbar bewegungslosen Ball mit der Nase zu nahe gekommen. Da war ihm der Schwanz desselben mitten ins Gesicht gefahren, ein Stachel war in seiner Nase steckengeblieben. Er erinnerte sich noch, daß er wie Feuer gebrannt hatte. So wartete er jetzt ruhig, die Nase immer mehr als einen Fuß von der stacheligen Kugel entfernt. Vielleicht würde sich das Stachelschwein aufrollen und ihm Gelegenheit geben, die Pfote rasch in den weichen, schutzlosen Leib zu schlagen. Er wartete über eine halbe Stunde vergeblich, dann knurrte er den regungslosen Ball wütend an und trabte weiter. Er konnte nicht noch mehr Zeit verlieren. Aber der Vormittag verging, ohne daß er zu einer Beute gekommen wäre. Die Vaterliebe erwachte in ihm. Er mußte Nahrung finden. Da stieß er endlich am Nachmittag auf ein Schneehuhn. Der dumme Vogel saß keine drei Fuß von ihm entfernt auf einem umgefallenen Baumstamm. Er schoß aus dem Dickicht hervor, schlug mit der Pfote nach ihm und packte ihn mit den Zähnen, als er versuchte über den Schnee zu laufen. Als er das zarte Fleisch und die weichen Knochen durchbiß, bekam er Lust, seine Beute selbst zu verzehren. Aber dann erinnerte er sich und machte sich, das Schneehuhn im Maul tragend, auf den Heimweg.

Als er so wie ein gleitender Schatten auf seinen Samtpfoten dahinlief, stieß er wieder auf die großen Fußspuren, die er am Morgen entdeckt hatte. Sie führten auf seinem Weg weiter und er folgte ihnen in der Erwartung, bei der nächsten Biegung des Flußes auf das Tier, von dem sie herrührten, zu stoßen. Als er einmal den Kopf um die Felsecke steckte, wo eine außergewöhnlich lange Biegung des Flußes ihren Anfang nahm, erspähte er etwas, was ihn blitzschnell sich niederducken ließ. Die Spuren rührten von einem großen Luchs her, der geduckt vor dem zusammengerollten Stachelschwein lag. War der Einäugige vorhin wie ein Schatten dahingeglitten, wurde er nun der Schatten eines Schattens. Vorsichtig kroch er näher, von der Seite und gegen den Wind, bis er dicht an das bewegungslos schweigende Paar herankam. Er legte das Schneehuhn neben sich in den Schnee und duckte sich. Dann spähte er durch die Zweige einer niedrigen Tanne auf das Drama vor sich, den wartenden Luchs und das wartende Stachelschwein. Beide klammerten sich fest an das Leben und das Seltsame an dem Drama war, daß für den einen das Leben darin bestand, den anderen zu fressen, und für den anderen, nicht gefressen zu werden. Und der einäugige alte Wolf spielte auch seine Rolle – er wartete auf einen glücklichen Zufall, der ihm auf seiner Jagd nach Beute, die wieder für ihn das Leben bedeutete, helfen sollte. Zwei Stunden vergingen, ohne daß etwas geschah. Die Stachelkugel hätte ein Stein sein können, sie bewegte sich nicht. Der Luchs schien zu Marmor erstarrt, der alte Wolf tot zu sein. Und dennoch war das Leben in diesen Tieren niemals lebendiger als in diesem

Augenblick, da sie leblos zu sein schienen. Sie empfanden es nahezu als Schmerz. Einauges Spannung erhöhte sich. Jetzt geschah etwas. Das Stachelschwein schien zu glauben, sein Feind sei fort, vorsichtig rollte es den unverwundbaren Panzer auf. Keine Vorahnung warnte es, langsam streckte es sich aus. Einauge tropfte der Speichel aus dem Munde, als er diese lebendige Speise gleichsam ausgebreitet vor sich liegen sah. Doch bevor das Stachelschwein sich ganz aufgerollt hatte, erblickte es den Feind. Da schlug der Luchs auch schon zu. Die Pfote mit den ausgestreckten Krallen, die sich wie Fänge krümmten, fuhr nach dem weichen Bauch hin und zog sich rasch wieder zurück. Wäre das Stachelschwein ganz ausgerollt gewesen und hätte es den Feind nicht doch noch den Bruchteil einer Sekunde vor dem Angriff entdeckt, wäre die Pfote unbeschädigt davongekommen. So aber schoß das Stachelschwein durch eine blitzschnelle Bewegung des Schwanzes scharfe Stacheln hinein. Schlag und Gegenschlag, der Schmerzensschrei des Stachelschweins und das gellende Geheul der erschreckten Katze – das alles war das Geschehen eines Augenblicks. Einauge erhob sich erregt, seine Ohren spitzten sich, sein Schwanz stand steif in die Höhe. Der Schmerz ließ den Luchs jede Vorsicht vergessen, rasend sprang er auf das Geschöpf, das ihn verwundet hatte, los. Das grunzende Stachelschwein machte noch mit aufgeschlitztem Bauche den Versuch, sich wieder zu einer Kugel zusammenzurollen. Außerdem schlug es mit dem Schwanze nach der großen Katze, die wieder vor Schmerz und Schreck zu kreischen begann und sich prustend zurückzog. Ihre Nase sah wie ein Stecknadelkissen aus.

Der Luchs fuhr mit den Pfoten über seine schmerzende Schnauze, rieb sie im Schnee, an Ästen und Zweigen und sprang dabei vor Angst und Schmerz hin und her. Der kurze Schwanz peitschte die Flanken. Plötzlich ließ er sich fallen. Einauge beobachtete ihn, erschrak aber selbst zu Tode, als er auf einmal ohne jede Warnung hoch in die Luft sprang und dabei einen gellenden Schrei ausstieß. Dann entfernte sich der Luchs in großen Sätzen flußaufwärts, immer wieder neue Schreie ausstoßend. Erst als sich der Lärm in der Ferne verlor, wagte sich der Wolf aus seinem Versteck hervor. Er trat ganz vorsichtig auf, als fürchte er die im Schnee verstreuten Stacheln. Das Stachelschwein empfing ihn mit einem wütenden Grunzen und klappte drohend die langen Zähne zusammen. Neuerdings versuchte es, sich zusammenzurollen, aber das gelang ihm nicht mehr, dazu waren seine Muskeln zu sehr zerrissen. Es blutete stark. Einauge leckte den blutbefleckten Schnee auf und fraß ganze Stücke davon. Das reizte seinen Appetit, sein Hunger wuchs. Trotzdem blieb er vorsichtig, legte sich hin und wartete, während das Stachelschwein mit den Zähnen klappte, stöhnte und grunzte. Auf einmal senkten sich die Stacheln, die Zähne klappten nicht mehr zusammen, der Körper streckte sich und bewegte sich nicht mehr. Vorsichtig legte Einauge das Stachelschwein mit der Pfote auf den Rücken. Es geschah ihm nichts dabei, also war es tot. Dann packte er es mit den Zähnen und trabte den Fluß hinunter. Plötzlich fiel ihm ein, daß er das Schneehuhn vergessen hatte. Er legte seine Beute in den Schnee, machte kehrt und fraß das Schneehuhn ohne Bedenken auf. Dann kehrte er zurück und nahm seine Last wieder auf. Als er die Jagdbeute in die Höhle brachte, sah die Wölfin zunächst diese an, dann drehte sie die Schnauze zu ihm und leckte ihm den Nacken. Doch schon im nächsten Augenblick – er hatte sich den Jungen genähert – knurrte sie wieder, aber es war keine Drohung mehr, eher eine Bitte.

Die angeborene Angst vor dem Vater ihrer Kinder legte sich. Er hatte sich als anständiger Vater gezeigt und kein Verlangen geäußert, seine Nachkommen aufzufressen.

3. Kapitel

Das graue Wölflein

Der kleine graue Wolf war anders als die übrigen Jungen. Ihr Haar hatte den rötlichen Schimmer, den sie von der Mutter geerbt hatten, während er als das einzige wirklich graue Junge dem Vater glich. Er war ein echter Wolf, ein richtiger Einauge selbst im Äußeren, nur mit dem Unterschied, daß er zwei Augen hatte. Als diese noch nicht ganz geöffnet waren, sah er schon. Aber schon vorher hatte er gefühlt, geschmeckt und gerochen. Er machte mit den beiden Brüdern und den beiden Schwestern auf diese Weise Bekanntschaft, er tollte und zankte mit ihnen, und wenn er zornig war, kam ein komischer rasselnder Ton aus seiner kleinen Kehle. Ebenso hatte er, bevor sich seine Augen dem Licht öffneten, durch Berührung, Geschmack und Geruch die Mutter zu erkennen versucht, die für ihn ein Born von Wärme, Nahrung und Zärtlichkeit war. Es tat ihm gut, wenn ihn ihre sanfte Zunge liebkoste, wenn sie sein weiches Körperchen berührte, und vor dem Einschlafen drückte er sich fest an sie. In den ersten vier Wochen seines Daseins schlief er meistens. Erst als er sehen konnte, blieb er länger wach und lernte die ihn umgebende Welt kennen. Diese Welt war dunkel, aber wie konnte er das wissen – er kannte ja keine andere. Sie war nur schwach erleuchtet, aber seine Augen hatten sich noch an kein anderes Licht angepaßt. Sie war auch sehr klein. Ihre Grenzen waren die Wände der Höhle, aber auch diese Enge seines Daseins machte ihm nichts aus, da er die große Welt draußen nicht kannte. Sehr bald entdeckte er, daß eine Wand seiner Welt sich von der anderen unterschied: Dies war der Höhleneingang, die Quelle des Lichtes. Er machte diese Entdeckung, bevor er noch selbständig denken und wollen konnte, und diese Wand zog ihn mit unwiderstehlicher Kraft an. Ja, sie hatte sogar schon auf seine geschlossenen Lider gewirkt, seine noch blinden Augen hatten seltsam angenehme Empfindungen gehabt, wenn sie von Licht, Wärme und Farben getroffen wurden.

Das Leben in seinem Körper, das unbewußte Leben, hatte Sehnsucht nach diesem Licht empfunden und diesen seinen Körper dem Licht entgegengetrieben – genauso wie die Pflanzen zur Sonne hingezogen werden. Von allem Anfang an, ehe noch sein bewußtes Leben sich zu regen begann, war er zum Eingang der Höhle gekrochen, genauso wie seine Geschwister.

Der dunkle Winkel der hinteren Wand blieb unerforscht. Das Licht zog sie wie Pflanzen an, die chemischen Bestandteile ihres Körpers, die Leben erzeugten, brauchten das Licht als das Notwendigste des Daseins und die winzigen Körperchen krochen ihm entgegen wie Ranken eines Weinstockes. Später, als sich die Triebe entwickelten und Begierden laut wurden, wurde die Anziehungskraft des Lichtes noch stärker. Immer wieder krochen sie hin und immer wieder wurden sie von der Mutter zurückgejagt. Dabei lernte der kleine graue Wolf, daß seine Mutter außer der liebkosenden Zunge noch andere Eigenschaften besaß. Er entdeckte ihre Nase, die ihm durch einen Puff einen Verweis erteilte, er lernte ihre Pfote kennen, die ihn umwarf. So machte er die erste Bekanntschaft mit dem Schmerz und zugleich auch mit den Möglichkeiten, ihm durch geschicktes Ausweichen zu entgehen.

Das waren schon bewußte Handlungen und die ersten abstrakten Begriffe von dieser Welt. Vorher war er wie ein Automat vor dem Schmerz geflohen, nun wich er zurück, weil er ihn kannte. So wie seine Geschwister war er ein kleines wildes Tier. Schließlich war er ja ein Fleischfresser und stammte von Fleischfressern ab. Die Milch, die er in den ersten Tagen seines Lebens getrunken hatte, hatte sich aus Fleisch gebildet, und jetzt, da er vier Wochen alt war, da sich seine Augen gerade geöffnet hatten, fing er schon selbst an, von der Mutter vorgekautes Fleisch zu fressen. Er war der stärkste, der wildeste von allen Jungen. Er konnte lauter knurren als alle anderen, er lernte als erster, wie man die Geschwister mit einem raschen Schlag der Pfote umwerfen konnte. Er zerrte die anderen am Ohr und knurrte dabei durch die zusammengebissenen Zähne, die er auch schon der Mutter zeigte, wenn sie ihn vom Höhleneingang zurücktrieb. Der Zauber des Lichtes wuchs von Tag zu Tag. Immer wieder kroch er zum Höhleneingang, und immer wieder wurde er verjagt. Natürlich wußte er nicht, was ein Eingang ist. Ebenso wenig hatte er eine Ahnung davon, daß und wie man zu anderen Orten gelangen konnte. Der Begriff „andere“ existierte noch nicht für ihn. So blieb der Höhleneingang für ihn eine lichte Wand. Was den draußen Wohnenden die Sonne bedeutete, das war diese Wand für ihn. Sie zog ihn an wie das Licht die Motte. Immer wollte er zu ihr hin. Das sich schnell in ihm entwickelnde Leben trieb ihn unablässig zu ihr, denn das Leben in ihm wußte, was er selber noch nicht wußte: daß der Weg hinausführte. Er wußte ja überhaupt nicht, daß es ein Draußen gäbe. Merkwürdig war diese Wand! Der Vater – er erkannte den Vater schon als ein der Mutter ähnliches Geschöpf, das er liebte, weil es Fleisch brachte – konnte durch diese Wand verschwinden. Das war unbegreiflich. Wenn er sich auch dieser Wand nicht nähern durfte, war er doch den anderen nahe gekommen und war mit seiner empfindlichen Nase an eine harte Mauer gestoßen. Und das hatte ihm Schmerz verursacht. Ohne darüber nachzudenken, fand er sich mit diesem Verschwinden des Vaters ab: Das gehörte so zu ihm wie die Milch zur Mutter. Überhaupt – er dachte über alle diese Probleme nicht nach, wenigstens nicht nach Menschenart. Sein Gehirn arbeitete auf eine unklare Art, aber die Schlußfolgerungen waren ebenso scharf und richtig wie die eines Menschen. Er nahm die Dinge hin, wie sie waren, ohne sich um das Warum und Wozu zu scheren. Ihn interessierte nicht, warum etwas geschah, sondern das Wie. Das allein war ihm wichtig.

Er hatte sich die Nase angerannt – also konnte er nicht durch Mauern, der Vater konnte es. Durch das Verlangen, den Grund hierfür zu finden, wurde er nicht gequält. Logik und Physik gehörten nicht zu den Tätigkeiten seines Gehirns. Wie die meisten wilden Tiere machte er bald mit dem Hunger Bekanntschaft. Es kam eine Zeit, wo es kein Fleisch mehr gab und die Mutter keine Milch mehr hatte. Zuerst schrien und jammerten die Kleinen, dann verfielen sie in einen langen Schlummer. Spiele, Zank und Wanderungen zu der Wand waren zu Ende. Das Leben in ihnen glimmte zwar noch, versiegte aber allmählich.

Einauge suchte verzweifelt nach Nahrung. In den ersten Tagen nach der Geburt der Jungen hatte er den Indianern die Kaninchen aus den Schlingen gestohlen, aber nun, da der Schnee schmolz und die Ströme eisfrei wurden, waren die Indianer fortgezogen und mit ihnen die letzte Nahrungsquelle. Als der kleine Wolf wieder ins Leben zurückkehrte und sich wieder mit der weißen Wand zu beschäftigen begann, war die Bevölkerung seiner kleinen Welt dezimiert. Nur noch eines seiner Geschwister war da, die anderen waren verschwunden. Und als er wieder kräftiger wurde, mußte er allein spielen, denn auch die letzte Schwester tollte nicht mehr herum. Sie hob nicht einmal mehr den Kopf. Ihr Körper wurde durch das Fleisch, das sie jetzt wieder bekam, zwar runder, aber es war schon zu spät. Die Lebensflamme in ihr versickerte und erlosch endlich ganz.

Und dann kam der Vater nicht mehr durch die Wand. Das geschah am Ende der zweiten, weniger harten Hungersnot. Die Wölfin wußte, was mit Einauge geschehen war. Sie hatte dort, wo der Luchs wohnte, das gefunden, was von ihm übrig war. Sie hatte auch gesehen, daß gekämpft worden war. Seither vermied sie diese Stelle. Sie wußte, daß der Luchs Junge hatte und ein starkes, gefährliches Geschöpf war. Drei Wölfe hätten wohl einen Luchs in die Flucht geschlagen, doch für einen Wolf allein war es gefährlich, mit ihm anzubinden, noch dazu dann, wenn er Junge hatte. Aber Wildnis ist Wildnis, und Mutterliebe bleibt die schützende, verteidigende Liebe, in der Wildnis und anderswo. Und es sollte der Tag kommen, an dem sich die Wölfin um ihres Jungen willen auch dem Luchs stellte.

4. Kapitel
Die weiße Wand

Als die Mutter begann, die Höhle zu verlassen, um Beute zu suchen, hatte sich der kleine graue Wolf ihr Verbot, sich dem Eingang zu nähern, gut gemerkt. Das war ihm nicht nur durch die mütterliche Nase und Pfote mit viel Nachdruck eingeschärft worden, sondern es hatte sich in ihm auch ein neuer Instinkt entwickelt: die Angst. Gewiß, in seinem kurzen Leben war in der Höhle nie etwas vorgekommen, was ihm Angst eingejagt hätte, dennoch war dieses Gefühl in ihm lebendig, es war ihm von seinen Vorfahren vererbt worden. Er hatte es von der Mutter und dem Vater geerbt, sie von Generationen von Wölfen, die vor ihnen gelebt hatten. So also kannte der kleine Wolf die Angst, ohne zu wissen, was sie eigentlich sei. Vielleicht hielt er sie für ein Hindernis in seinem Leben, denn er wußte schon, daß es Hindernisse gäbe. Er kannte den Hunger, die Wände, den Puff der mütterlichen Nase, den Schlag ihrer Pfote, und all das hatte ihn gelehrt, daß es außer der Freiheit noch Schranken gäbe. Diese Schranken waren Gesetze. Befolgte man sie, wurde man nicht bestraft und war glücklich. Er kam zu diesen Schlüssen nicht wie ein Mensch – nein, er teilte die Dinge in angenehme und unangenehme ein und vermied die letzteren, um die ersteren zu genießen.

So kam es, daß er sich, sich sowohl dem Verbot der Mutter als auch der Angst fügend, vom Höhleneingang fern hielt. Er blieb für ihn eine lichte, weiße Wand. Überhaupt – wenn die Mutter nicht da war, schlief er am liebsten, zumindest verhielt er sich ruhig.

Als er einmal so dalag, hörte er von der weißen Wand her einen merkwürdigen Ton. Er wußte nicht, daß ein Vielfraß draußen stand und vorsichtig die Höhle beschnupperte. Er wußte nur, daß er diesen Ton noch nie gehört hatte, und das erschreckte ihn wie alles Unbekannte. Sein Rückenhaar stellte sich lautlos auf. Natürlich wußte er nicht, daß sich sein Haar bei irgendeinem Ton aufstellen sollte. Das war kein angeborener Instinkt, das war nichts als der sichtbare Ausdruck seiner Angst, die von einem Instinkt, dem, sich zu verbergen, begleitet war. Der kleine Wolf war außer sich vor Angst, aber er hielt sich mäuschenstill und regungslos.

Als die Mutter heimkam und die Spur des Vielfraßes fand, knurrte sie, stürzte sofort in die Höhle und leckte und liebkoste ihr Junges mit außergewöhnlicher Zärtlichkeit. Sie wußte, daß es soeben einer großen Gefahr entronnen war. Die Kraft des jungen Wolfes nahm rasch zu. Angst und mütterliches Verbot warnten ihn vor der weißen Wand, das Wachstum aber drängte ihn zum Ungehorsam. Wachstum ist Leben und Leben strebt nach Licht. Die wachsende Lebenskraft durchbrach die Schranken, sie wurden mit jedem Bissen und jedem Atemzug stärker. Und dann verdrängte sie eines Tages Furcht und Gehorsam – das Wölflein schritt breitbeinig und wackelnd dem Eingang zu. Diese Wand war anders als die übrigen. Sie wich zurück, als er sich ihr näherte. Seine tastend vorgestreckte Nase stieß an keine harte Fläche. Das, woraus die Wand gemacht war, wich wie das Licht zurück, man konnte durchschreiten. Da in den Augen des Wölfleins Substanz und scheinbare Form dasselbe waren, trat es in die Wand hinein und badete sich gleichsam darin.

Merkwürdig war das: Man konnte durch feste Wände gehen und das Licht wurde immer heller. Die Furcht trieb ihn zurück, das drängende Leben vorwärts. Und plötzlich war er am Rande der Höhle. Die Wand, die er vermutet hatte, wich in unermeßliche Fernen zurück. Das Licht blendete und schmerzte ihn, die plötzliche Unermeßlichkeit des Raumes machte ihn schwindelig. Erst nach und nach paßten sich seine Augen der Helligkeit und der größeren Entfernung der Dinge an. Am meisten fiel ihm auf, daß die Wand so weit zurückgewichen war und daß sich ihr Aussehen so sehr verändert hatte. Sie war bunt geworden, Bäume waren auf ihr, ein Fluß, über den Bäumen ein Berg und über diesem der Himmel. Und wieder überfiel ihn die Angst. Da gab es noch mehr unbekannte Dinge. Der kleine Wolf saß am Rande seiner Höhle und besah sich die Welt. Seine Angst war groß, denn vor ihm lag das Unbekannte, und dieses Unbekannte war sein Feind. Unwillkürlich sträubte sich sein Rückenhaar, seine Lippen zogen sich in die Höhe und er versuchte, grimmig und warnend zu knurren. Wenn dieser Versuch auch nur schwach ausfiel, war er doch die erste an die Welt gerichtete Herausforderung. Es geschah ihm jedoch nichts. Er fuhr fort zu schauen, und das beschäftigte ihn derart, daß er das Knurren und die Angst vergaß. Einen Augenblick wenigstens verdrängte das Leben in ihm unter der Maske der Neugier die Angst. Er sah die nahen Gegenstände, eine eisfreie Stelle im Strom, die von der Sonne beleuchtet war, einen vom Blitz getroffenen Tannenbaum, das Ufer.

Bisher hatte der Wolf auf ebener Erde gelebt. Er wußte also nicht, daß ein Fall wehtat. Er wußte überhaupt nicht, was ein Fall war. Also stieg er kühn in die Luft hinaus. Seine Hinterbeine befanden sich noch am Höhlenrand, als er auf einmal kopfüber hinunterfiel. Die Erde gab ihm einen festen Schlag auf die Nase und er jammerte kläglich. Dann rutschte er über den Abhang hinunter. Er war außer sich vor Angst, jetzt hatte ihn das Unbekannte gepackt und würde ihm einen weiteren Schmerz zufügen. Jetzt verjagte die Angst all seine Kraft, er winselte wie ein erschreckter junger Hund. Weiter trug ihn das Unbekannte, er wußte nicht, wohin. Unaufhörlich winselte und heulte er. Damals war das Unbekannte draußen gewesen, aber jetzt hatte es ihn gepackt, jetzt half das Stillsein nichts. Seine Angst ging in Entsetzen über. Doch der Abhang nahm allmählich ein Ende, das Wölflein landete im Grase. Als es zur Ruhe gekommen war, stieß es noch einen letzten Schmerzensschrei aus und winselte dann eine Weile weiter. Zugleich aber begann es, das graue Fell von der trockenen Erde, die sich angeheftet hatte, zu reinigen. Es machte zum ersten Mal Toilette. Dann setzte sich der kleine Wolf auf und besah sich die Welt genauso, wie es etwa der erste Mensch auf dem Mars tun würde. Die Wand zur Welt war durchbrochen, das Unbekannte hatte ihn gepackt, aber wieder losgelassen. Es war ihm nichts geschehen. Aber er fühlte sich in dieser neuen Welt fremder, als sich der erste Mensch auf dem Mars fühlen würde. Er hatte von dieser Welt bis jetzt nichts gewußt und jetzt befand er sich auf einmal als ihr Erforscher mittendrin.

Da ihm nichts geschehen war, vergaß er die Angst rasch wieder – die Neugier kam zurück. Da gab es viel zu sehen: das Gras zu seinen Füßen, den Moosbeerenstrauch dort, die vom Blitz getroffene Tanne, die vielen Bäume. Plötzlich erschrak er von neuem, ein Eichhörnchen kam direkt auf ihn zu. Er duckte sich und knurrte wild. Und das Eichhörnchen erschrak so wie er, flüchtete auf einen Baum und fauchte dort auf ihn herunter.

Das erhöhte seinen Mut. Wenn ihn gleich darauf auch ein Specht erschreckte, setzte er seinen Weg doch fort. Ja, er wurde sogar so frech, daß er, als ein Häher auf ihn zukam, die Pfote nach ihm ausstreckte. Dafür bekam er einen scharfen Hieb auf die Nase, und nun duckte er sich und begann wieder zu schreien. Das erschreckte den Häher, der schleunigst die Flucht ergriff. Der kleine Wolf lernte dazu. Wenn sein Verstand auch noch so schwach war, konnte er doch schon lebende und leblose Dinge unterscheiden. Er wußte auch schon, daß man den lebenden mit Vorsicht begegnen mußte. Die leblosen Dinge blieben dort, wo sie waren, die anderen aber bewegten sich, und man wußte nie, was sie tun würden. Man mußte von ihnen das Unerwartete erwarten und – man mußte darauf vorbereitet sein.

Er bewegte sich sehr ungeschickt vorwärts, denn er rannte gegen die Dinge an. Ein Zweig, der ihm weit entfernt schien, gab ihm einen

Schlag auf die Nase, ein anderer traf seine Seite. Der Boden war uneben, mehrmals stolperte er oder fiel auf die Nase. Dann trat er wieder auf einen Stein, der unter seinen Füßen wegrollte, und er erkannte, daß auch die leblosen Dinge beweglich waren, die kleineren mehr als die großen. Er lernte aus jedem Fehltritt. Und je länger es dauerte, desto besser wurde er. Er begann sich den Dingen anzupassen, er lernte seinen Körper zu beherrschen, die Bewegungen seiner Muskeln zu erkennen, die Entfernungen zwischen den Gegenständen und sich selbst richtig einzuschätzen. Er hatte das Glück des Anfängers. Von Geburt ein Fleischfresser – ohne es zu wissen –, stieß er auf seinem ersten Ausflug in die Welt auf Fleisch. Aus reiner Ungeschicklichkeit fiel er mitten in das schlau versteckte Nest eines Schneehuhns. Er hatte sich auf den umgestürzten Stamm der Tanne gewagt, die vermoderte Rinde hatte unter seinen Füßen nachgegeben und mit einem Geheul der Verzweiflung war er durch die Zweige und Blätter eines kleinen Busches mitten unter sieben junge Schneehühner gefallen. Diese schrien laut, was ihm einen fürchterlichen Schrecken einjagte. Immerhin, sie waren klein, und das machte ihn kühner. Sie bewegten sich unruhig und er legte seine Pfote auf eines von ihnen. Das machte die Bewegungen noch unruhiger. Das gefiel ihm und er beroch das Vögelein. Dann nahm er es in den Mund, es zappelte und kitzelte ihm die Zunge. Zu gleicher Zeit empfand er Hunger. Seine Kinnbacken schlossen sich fester, er hörte das Krachen der harten Knochen und spürte das warme Blut – und das schmeckte ihm. Das Fleisch war, wie er es von der Mutter bekam, aber viel besser, viel frischer. So fraß er das Schneehuhn und dann die ganze Brut. Dann leckte er sich so wie die Mutter das Maul und versuchte, das Nest wieder zu verlassen. In diesem Augenblick war wieder etwas Unbekanntes über ihm: ein Wirbelwind von Federn. Der plötzliche Angriff der Schneehuhnmutter erschreckte ihn. Er steckte den Kopf zwischen die Pfoten und winselte erbärmlich. Aber der Vogel wurde immer wilder, die Schläge immer ärger. Da wurde auch er böse. Er hob den Kopf, knurrte und schlug mit der Pfote zu. Mit seinen winzigen Zähnen packte er einen Flügel des Schneehuhns und zog und zerrte mit aller Kraft daran. Das Schneehuhn wehrte sich und schlug mit dem freien Flügel nur noch heftiger auf ihn ein.

Das war sein erster Kampf und er gefiel ihm. Das Unbekannte und die Angst waren vergessen, er fürchtete sich nicht mehr. Er kämpfte gegen ein Wesen, das Fleisch war, und die Lust am Töten wurde in ihm wach. Er hatte soeben kleine Wesen vernichtet, nun sollte es ein großes sein. Der Kampf machte ihn glücklich, ohne daß er wußte, daß er glücklich war, er hatte nie gekannte Empfindungen, die ihn entzückten. Er hielt den Flügel fest und knurrte durch die zusammengebissenen Zähne. Die Schneehenne schleppte ihn aus dem Busch und vollführte dabei einen Höllenlärm. Die weißen Federn stoben umher. Aber auch das Wölflein war voll Erregung, das Blut seiner kampflustigen Ahnen kreiste rascher in seinen Adern. Das war das wahre Leben! Und die Bedeutung der Welt lag darin: Man war dazu geschaffen, seine Nahrung zu töten und darum zu kämpfen. Das war der Zweck und zugleich der Gipfelpunkt des Lebens.

Nach einer Weile hörte das Schneehuhn zu kämpfen auf. Der kleine Wolf hielt noch immer seinen Flügel fest, beide lagen auf der Erde und sahen einander an. Er versuchte, grimmig zu knurren. Dabei bekam er einen festen Hieb auf seine von den vorhergegangenen Abenteuern schmerzende Nase. Er winselte vor Schmerz, ließ aber nicht los. Immer mehr Hiebe hagelten auf seine Nase nieder, vergeblich versuchte er auszuweichen. Schließlich verließ ihn die Lust zu kämpfen, er gab nach, drehte dem Schneehuhn den Rücken zu und floh schmachvoll in das Buschwerk.

Auf der anderen Seite des Gebüsches legte er sich nieder. Die Zunge hing ihm aus dem Halse, seine Brust hob und senkte sich keuchend und er winselte, da ihn die Nase noch immer schmerzte. Wie er so dalag, überkam ihn plötzlich die Ahnung von etwas Schrecklichem. Das Unbekannte war wieder da. Rasch kroch er in den Schutz des Gebüsches. Da traf ihn auch schon ein heftiger Luftzug, ein gewaltiger Habicht war vom blauen Himmel heruntergestoßen und hatte ihn nur um Haaresbreite verfehlt. Als er so, sich von seinem Schrecken erholend und ängstlich umherblickend, im Gebüsch lag, kam das Schneehuhn aus seinem zerstörten Nest heraus. Der Schmerz ließ es den Himmelspfeil nicht beachten. Aber der kleine Wolf sah das blitzschnelle Niedersausen des Habichts, sah, wie er die Fänge in das Schneehuhn schlug, hörte dessen Schmerzensschrei und sah, wie der Habicht das Schneehuhn mit sich in die blaue Luft davontrug. Das alles war ihm eine gute Lehre und Warnung.

Lange blieb der junge Wolf in seinem Versteck. Er hatte viel gelernt. Das Leben war Beute und schmeckte gut, aber wenn es groß war, konnte es auch wehtun. Es war besser, die großen Geschöpfe unbehelligt zu lassen und kleine, wie zum Beispiel junge Schneehühner, zu fressen. Aber zugleich neben dieser Erkenntnis war auch der Ehrgeiz in ihm wach geworden. Er hätte gerne noch einmal den Kampf mit dem Schneehuhn begonnen. Nun hatte es der Habicht davongetragen. Vielleicht gab es noch mehr in der Welt zu sehen. Auf jeden Fall wollte er wieder dieses Gebüsch verlassen. Über den sanften Abhang begab er sich zum Fluß hinunter. Noch nie hatte er eine Wasserfläche gesehen. Sie sah so glatt, so ohne alle Unebenheiten aus, so gut zum Gehen. Er trat kühn darauf, aber sogleich ging er unter und schrie vor Angst, denn das Unbekannte hatte ihn von neuem gepackt. Das Wasser war kalt, keuchend schnappte der junge Wolf nach Luft. Statt der Luft, die er bisher immer geatmet hatte, hatte nun das Wasser seine Lungen gefüllt, er glaubte ersticken zu müssen. Und ersticken war für ihn gleichbedeutend mit Tod. Er kannte den Tod zwar nicht, aber er fürchtete ihn wie jedes Tier der

Wildnis instinktiv. Der Tod war der größte aller Schmerzen, er war das eigentliche Unbekannte, die Summe aller Ängste. Er kam wieder an die Oberfläche und konnte atmen. Er ging auch nicht mehr unter, er arbeitete mit allen vier Beinen und – schwamm. Es war wie eine alte Gewohnheit. Das Ufer, das er verlassen hatte, lag hinter ihm, so suchte er das gegenüberliegende zu erreichen. Das Flüßchen war nur schmal, aber an der Stelle, zu der er nun kam, bildete es ein Becken von ungefähr zwanzig Fuß Breite. Mitten im Wasser erfaßte ihn die Strömung und zog ihn stromabwärts in eine Stromschnelle hinein. Auf einmal konnte er nicht mehr schwimmen, das bisher so ruhige Wasser benahm sich wie verrückt. Es drehte ihn auf den Rücken, dann wieder auf den Bauch, schleuderte ihn gegen Steine und Felsen, so daß er jämmerlich aufschrie. Und auf einmal hob es ihn hoch in die Luft und warf ihn ans Ufer. Rasch kroch er vom Wasser weg und legte sich nieder. Er hatte wieder ein Stück Welt kennengelernt. Das Wasser gehörte nicht zu den lebendigen Dingen, aber es bewegte sich doch. Es sah fest wie die Erde aus und war es doch nicht. Die Dinge waren also nicht immer so, wie sie aussahen. Man mußte sich vor dem Schein hüten, mußte die Dinge genau untersuchen, ehe man sich auf sie verlassen konnte.

Noch ein Abenteuer erlebte er an diesem Tage. Auf einmal fiel ihm ein, daß er eine Mutter hatte. Plötzlich wünschte er sie herbei. Er war müde, das galt für den Körper und für das kleine Hirn, das noch nie so viel gearbeitet hatte wie heute. Auch wurde er schon schläfrig. Also machte er sich auf den Weg zur Höhle und zur Mutter.

Ein Gefühl der Einsamkeit und der Hilflosigkeit überkam ihn, als er breitbeinig zwischen den Büschen dahinschritt. Plötzlich hörte er einen scharfen, warnenden Schrei. Etwas Gelbes schoß an ihm vorüber und er sah ein kleines Geschöpf, ein Wiesel, fortspringen. Da es klein war, fürchtete er sich nicht. Dann sah er vor seiner Nase ein noch viel kleineres Wiesel, das so wie er auf Abenteuer ausgegangen war. Es versuchte zu entkommen, aber er drehte es mit seiner Pfote einmal um, um es zu untersuchen. Es gab lustige, schrille Töne von sich, gleichzeitig schoß der gelbe Blitz wieder an ihm vorüber. Und dann spürte er einen starken Schlag gegen seinen Hals, die Zähne der Wieselmutter verbissen sich in seinem Fleische. Der kleine Wolf schrie gellend auf und zog sich zurück, während die Wieselmutter auf ihr Junges zusprang und im Gebüsch verschwand. Der Biß schmerzte arg und so setzte er sich hin und winselte laut. Das Wiesel war nur so klein und doch so böse. Er hatte noch zu lernen, daß es trotz seines unscheinbaren Aussehens einer der schrecklichsten und blutdürstigsten Mörder der Wildnis ist. Aber er sollte das bald lernen.

Er hatte noch gar nicht zu winseln aufgehört, als die Wieselmutter wieder auftauchte. Da sie ihr Junges in Sicherheit gebracht hatte, schoß sie diesmal nicht auf ihn los, sondern näherte sich vorsichtig. Der kleine Wolf sah den dünnen, schlangenartigen Leib mit dem erhobenen, spitzen Kopf und hörte das drohende, durchdringende Geschrei. Er knurrte wild. Aber das Wiesel kam immer näher. Plötzlich machte es einen Satz, dem der kleine Wolf mit seinen ungeübten Augen gar nicht folgen konnte, und der gelbe Körper, den er einen Augenblick lang gar nicht gesehen hatte, hing an seinem Halse. Die Zähne bohrten sich rasch durch das Fell in sein Fleisch. Zuerst knurrte der kleine Wolf nur und wehrte sich, aber dann wurde sein Knurren zu einem Gewinsel. Er versuchte verzweifelt zu fliehen. Aber das Wiesel ließ nicht los, es hielt sich fest und versuchte, mit den Zähnen zu der großen Schlagader zu gelangen. Es sog ja den Tieren das Blut aus und am liebsten tat es das bei lebendigem Leibe. Die Geschichte des jungen Wolfes wäre zu Ende gewesen, wenn nicht die Wölfin durch das Gebüsch herangerast wäre. Sofort ließ das Wiesel den jungen Wolf los und sprang nach der Kehle der Wölfin. Aber der Sprung ging fehl und traf nur den Kinnbacken. Die Wölfin schleuderte das Wiesel hoch in die Luft, fing es wieder auf und zermalmte mit den Zähnen sein Leben. Voll mütterlicher Zärtlichkeit liebkoste die Wölfin dann ihr Junges. Ihre Freude, ihr Kind wiedergefunden zu haben, war größer als die des Wölfleins. Sie leckte seine Wunden und dann verzehrten sie zusammen das Wiesel. Hierauf trabten sie zur Höhle, um zu schlafen.

5. Kapitel
Das Recht auf Fleisch

Rasch entwickelte sich das Wölflein. Schon nach zwei Tagen Ruhe verließ es die Höhle wieder. Draußen stieß es wieder auf das junge Wiesel und sorgte dafür, daß das Junge der Mutter nachfolgte.

Ein Verirren gab es nicht mehr. Wenn es müde war, kehrte es in die Höhle zurück, um zu schlafen.

Tag für Tag ging es auf neue Abenteuer, immer weiter hinaus. Der kleine Wolf lernte, seine Stärken gegen seine Schwächen genau abzuwägen. Er wußte bald, wann er kühn und wann er vorsichtig sein mußte. Es war immer gut, vorsichtig zu sein, von jenen seltenen Momenten abgesehen, wo er auf seine Kraft unbedingt vertrauen und sich den Freuden der Wut und der Begierde hingeben konnte. Wenn er auf ein verirrtes Schneehuhn stieß, führte er sich wie ein Teufel auf und das Geschnatter des Eichhörnchens erregte ihn stets von neuem. Am meisten aber brachte ihn der Anblick eines Hähers in Wut, denn er vergaß nie den Hieb, den er von dem ersten Vogel dieser Gattung hatte einstecken müssen. Es gab auch Zeiten, wo ihn dieser Vogel kalt ließ, und das war, wenn er sich in Gefahr glaubte. Nie vergaß er den Habicht, und wenn ein Schatten durch die Lüfte kam, war er auch schon im nächsten Gebüsch. Schon längst kam er nicht mehr breitbeinig und ungeschickt daher, sondern nahm allmählich den schleichenden Gang seiner Mutter an, indem er scheinbar ohne Mühe rasch dahinglitt. Aber er hatte nur an seinem ersten Ausflugstag Glück gehabt. Die sieben jungen Schneehühner waren lange alles, was er getötet hatte. Sein Verlangen zu töten, wuchs mit jedem Tage. Hunger und Ehrgeiz ließen ihn sogar nach dem Eichhörnchen verlangen, das er haßte, weil es alle Tiere der Wildnis vor ihm warnte. Aber wie die Vögel in der Luft flogen, so kletterte das

Eichhörnchen auf die Bäume. Man konnte es nur beschleichen, wenn es auf dem Boden war.

Vor der Mutter hatte er großen Respekt. Wenn sie auf Raub ausging, brachte sie ihm stets etwas mit. Auch hatte sie vor nichts Angst. Er wußte nicht, daß diese Furchtlosigkeit auf Erfahrung beruhte, er hielt sie für Macht. Die Mutter war die Macht, und je älter er wurde, desto mehr bekam er sie zu spüren. Sie äußerte sich in einem Schlag der Pfote, einem scharfen Biß der Zähne. Der sanfte Stoß der Nase gehörte schon vergangenen Zeiten an. Die Mutter verschaffte sich Respekt vor ihm, indem sie ihn zum Gehorsam zwang, und je älter er wurde, desto reizbarer wurde sie. Wieder kam eine Hungersnot und der kleine Wolf mußte von neuem die Pein des Hungerns verspüren. Die Wölfin magerte zum Skelett ab, sie kam kaum noch in die Höhle, immer war sie auf Nahrungssuche, immer ohne Erfolg. Die Hungersnot dauerte nicht sehr lange, war aber arg genug. Der kleine Wolf bekam weder Milch von der Mutterbrust noch Fleisch. Früher war die Jagd ein Spaß gewesen, jetzt war sie bitterer Ernst, aber er fand nichts. Doch gerade die Mißerfolge entwickelten seine Fähigkeiten. Er studierte die Bewegungen des Eichhörnchens genauer und versuchte es zu überlisten. Er studierte auch die Waldmäuse und versuchte sie aus ihren Löchern herauszubekommen. Er studierte die Spechte und andere Vögel. Es kam der Tag, an dem ihn der Schatten des Habichts nicht mehr in ein Versteck trieb, er saß ganz ruhig da und forderte ihn heraus, da er wußte, daß er Speise war, die sein Magen haben wollte. Aber der Habicht kam nicht herab und der kleine Wolf kroch, vor Hunger und Enttäuschung winselnd, in die Höhle zurück. Die Hungersnot ging vorüber, die Wölfin brachte wieder Fleisch heim. Die Beute war seltsam, ganz anders als früher. Es war ein halb ausgewachsener junger Luchs, nicht so groß wie das kleine Wölflein, aber ganz allein für ihn. Die Mutter hatte ihren Hunger schon gestillt, der ganze Wurf des Luchses war ihr zum Opfer gefallen. Es war eine Tat der Verzweiflung gewesen. Aber das alles wußte der kleine Wolf nicht, es wäre ihm auch gleichgültig gewesen, ihn interessierte nur, daß das Kätzchen mit dem weichen Fell Fleisch war und ihm mit jedem Bissen wohler wurde. Ein voller Bauch verleitet zur Trägheit und der kleine Wolf lag in der Höhle neben seiner Mutter und schlief. Er wurde durch ihr Knurren, das furchtbar klang, aus dem Schlaf gerissen. Noch nie hatte sie so schrecklich geknurrt, und das hatte auch seinen guten Grund: Draußen, vor dem Höhleneingang, lag, im vollen Licht der Nachmittagssonne, geduckt, der Luchs. Das Rückenhaar des Wölfleins sträubte sich. Etwas Furchtbares stand bevor, das mußte ihm nicht erst der Instinkt sagen. Und schon drang der Luchs mit Knurren und wütendem Kreischen in die Höhle ein. In dem kleinen Wolf erwachte die Liebe zum Leben, er stand auf und stellte sich tapfer knurrend neben die Mutter. Aber diese schob ihn beiseite und stellte sich vor ihn. Die Luchsin konnte, da der Eingang für sie zu niedrig war, nicht in die Höhle springen, aber als sie behende hereinkroch, sprang die Wölfin auf sie los und drückte sie zu Boden. Der kleine Wolf konnte von dem Kampf nicht viel sehen, er hörte nur das Knurren, Fauchen und Kreischen. Die beiden Tiere hieben aufeinander los, die Katze mit den Krallen und Zähnen, die Wölfin mit den Zähnen allein. Das Wölflein konnte nicht länger zusehen, Kampfesmut erwachte in ihm, und es sprang auf die Luchsin los und biss sie ins Hinterbein. So lähmte es, ohne es zu wissen, die Bewegung dieses Beines und ersparte der Mutter manche Wunde. Aber es kam unter die beiden Kämpfenden und mußte das Bein loslassen. Eine Sekunde später trennten sich die beiden Feinde, und bevor sie von neuem aufeinander losstürzten, versetzte der Luchs dem kleinen Wolf einen Schlag, riß ihm die Schulter bis zum Knochen auf und warf ihn an die Wand. Nun wurde der Lärm der Kämpfenden noch durch das Schmerzensgeschrei des Wolfes übertönt. Dennoch wagte sich der Kleine noch einmal in den Kampf und packte den Luchs wieder beim Hinterbein und hielt dieses wütend und knurrend fest, bis zum Ende. Der Luchs war tot, aber auch die Wölfin schwer verletzt. Sie liebkoste ihr Junges, leckte seine wunde Schulter, aber der große Blutverlust hatte sie dem Tode nahe gebracht. Einen Tag und eine Nacht lag sie bewegungsunfähig und schwer atmend neben der toten Feindin. Acht Tage lang verließ sie die Höhle nur, um zu trinken. Als Nahrung diente für beide der tote Luchs.

Die Schulter des kleinen Wolfes blieb eine Zeit lang steif. Auch hinkte er beim Gehen. Aber die Welt hatte sich wieder verändert. Sein Mut war gewachsen, er kam sich wie ein Held vor. Er hatte gekämpft und war am Leben geblieben. Nun fürchtete er sich vor kleineren Tieren nicht mehr. Nur das Unbekannte konnte ihm noch Angst einjagen. Als die Wölfin wieder auf Raub ausgehen konnte, begleitete er sie. Er lernte sein Recht auf Fleisch kennen. Es gab zweierlei Leben, das eigene mit dem der Mutter, und das der anderen. Es gab zweierlei Geschöpfe, solche, die er fressen konnte, und jene, die ihn fressen konnten. Aus dieser Einteilung entstand das Recht.

Fleisch war die Voraussetzung für das Leben, daher lebte das Leben vom Leben. Das Gesetz lautete: Friß, sonst wirst du gefressen. Und nach diesem Gesetz lebte der kleine Wolf, ohne weiter darüber nachzudenken. Das Gesetz war ringsum in Geltung. Er hatte einmal die Jungen eines Schneehuhns gefressen, der Habicht das Schneehuhn selbst. Der Habicht hatte auch ihn fressen wollen. Er hatte den jungen Luchs gefressen, die Luchsmutter hätte dasselbe mit ihm getan, wenn sie nicht getötet worden wäre. Alle Wesen ringsum lebten nach diesem Gesetz, ihre einzige Nahrung war das Fleisch, das überall herumlief, herumflog, auf die Bäume kletterte oder sich am Boden versteckte, das sich wehrte oder selbst jagte.

Wäre das Wölflein ein Mensch gewesen, dann hätte es festgestellt, daß das Leben nichts ist als die Gier nach Fressen und anderen Annehmlichkeiten. Daß die Geschöpfe einander jagen, verfolgen, vernichten. Aber der kleine Wolf besah sich die Welt nicht von dieser Warte aus. Er hatte nur den einen Zweck im Auge, den einen Gedanken, die eine Begierde. Es gab außer dem Raubgesetz noch andere, die er lernen und befolgen mußte. Die Welt war voll von Überraschungen. Das eigene Leben bereitete dem jungen Wolf Freude, das Spiel seiner Muskeln Behagen, die Jagd die größte Wonne. Selbst Zorn und Kampf waren schön. Und auch die Angst vor dem Unbekannten erhöhte das Lebensgefühl.

Und es gab auch leichte, zufriedene Tage. Wenn man mit vollem Magen faul in der Sonne lag, wurde man für alle Arbeit entschädigt. War sie doch eine Betätigung des Lebens, das nur froh ist, wenn es sich betätigen kann.

So war der junge Wolf mit seiner Umgebung zufrieden, da er lebte. Und er war auf sich selbst stolz und glücklich.

DRITTER TEIL

1. Kapitel

Die Herren des Feuers

Eines Tages entdeckte der kleine Wolf etwas Neues. Er war wie immer aus der Höhle zum Bach hinuntergelaufen, um zu trinken. Er kannte diesen Weg genau, er war ihn oft gegangen und noch nie war ihm dort irgendetwas geschehen. Als er an der umgefallenen Tanne vorbei über den freien Platz hinter den Bäumen gekommen war, witterte und erblickte er das Neue. Vor seiner Nase saßen auf der Erde fünf lebende Wesen, wie er ähnliche noch nie in seinem Leben gesehen hatte. Die fünf sprangen bei seiner Annäherung nicht auf, sie wiesen ihm auch nicht knurrend die Zähne. Ohne sich zu bewegen, schweigend, unheimlich saßen sie da. Der kleine Wolf erblickte zum ersten Mal Menschen. Auch er regte sich nicht. Alle seine Instinkte trieben ihn dazu, davonzulaufen, aber es regte sich in ihm zum ersten Mal auch ein anderer, entgegengesetzter Trieb. Etwas wie Ehrfurcht überkam ihn, ein Gefühl der Bedeutungslosigkeit. Hier, fühlte er, war Macht und Herrschaft, etwas, was viel größer war als er. Der kleine Wolf hatte zwar noch nie Menschen gesehen, aber er kannte sie dem Instinkte nach. Irgendwie wußte er, daß sie die Tiere seien, die über allen anderen herrschten. Er sah auf die Menschen nicht nur mit seinen eigenen Augen, sondern auch mit denen seiner Vorfahren. Es waren die Augen, die sich in der Dunkelheit um viele Lagerfeuer geschart hatten, die aus dem Gebüsch und der sicheren Entfernung auf das merkwürdige, zweibeinige Lebewesen geschaut hatten, das die anderen beherrschte. Die Furcht und der Respekt, die ein uralter Kampf und die gesammelte Erfahrung ganzer Generationen erzeugt hatten, belasteten ihn. Dieses Erbteil war für ihn zu mächtig. Wäre er erwachsen gewesen, wäre er davongelaufen. So aber drückte ihn die Angst zu Boden, er unterwarf sich. Es war dieselbe Unterwerfung, die der erste Wolf, der ans menschliche Feuer kam, um sich zu wärmen, angeboten hatte. Einer der Indianer erhob sich, ging auf ihn zu und bückte sich. Der kleine Wolf duckte sich tiefer, das Unbekannte, das Fleisch und Blut geworden war, wollte ihn packen. Von selbst sträubte sich sein Haar, die Lippen zogen sich zurück und gaben die kleinen Zähne frei. Die Hand, die wie ein Verhängnis über ihm schwebte, zögerte. Der Mann sagte lachend: „Schaut euch die weißen Zähne an!" Auch die anderen lachten und forderten den Mann auf, das Wölflein aufzuheben. Als sich die Hand ihm näherte, bekämpften sich widerstrebende Gefühle in ihm. Er hatte sowohl den Wunsch, sich berühren zu lassen, als auch den, sich zu wehren. Er tat beides: Er ließ sich berühren und biß zu. Daraufhin bekam er eine Ohrfeige, die ihn umwarf. Sofort hatte er jeden Mut verloren, er rappelte sich auf und winselte kläglich. Doch der Mann, den er gebissen hatte, gab ihm aus Ärger noch eine Ohrfeige auf die andere Seite. Deshalb schrie er noch kläglicher. Die anderen Indianer lachten laut, selbst der Gebissene mußte jetzt lachen. So standen sie im Kreis um den kleinen Wolf herum und lachten, während dieser in seinem Jammer und in seiner Angst immer mehr winselte. Plötzlich hörte er einen wohlbekannten Ton. Die Indianer horchten auf, aber der kleine Wolf wußte, was dieser Ton bedeutete: Seine Mutter kam, seine wilde, unbesiegbare Mutter, die mit allem, was da lebte, kämpfte, die alles, was sich widersetzte, tötete und keine Furcht kannte. Die Wölfin, die den Ruf ihres Jungen gehört hatte, stürmte knurrend heran. Sie sprang mitten unter die Männer, ihre Mutterangst und ihr wilder Kampfesmut machten sie furchtbar. Dem kleinen Wolf gefiel ihr Zorn, da er Schutz verhieß. Er stieß einen Freudenschrei aus und lief ihr entgegen, während die Männer rasch zurückwichen. Die Wölfin stellte sich mit gesträubtem

Haar vor ihr Junges, ein tiefes, bösartiges Grollen kam aus ihrer Brust. Auf einmal schrie einer der Indianer: „Kische!"

Erstaunen lag in diesem Ausruf. Das Wölflein sah, wie die Mutter zusammenzuckte.

„Kische!" rief der Mann noch einmal, diesmal scharf und befehlend. Und nun mußte der kleine Wolf sehen, wie seine sonst so tapfere Mutter sich duckte, bis sie fast den Boden berührte, und schweifwedelnd um Frieden bat.

Er verstand nicht, was da vorging, er war entsetzt. Der Mutter ging es wie ihm: Sie unterwarf sich. Der Mann näherte sich jetzt der Wölfin. Er legte seine Hand auf ihren Kopf und sie duckte sich noch tiefer. Sie biß nicht zu, sie machte nicht einmal Anstalten, es zu tun. Nun kamen auch die anderen näher, umringten sie, betasteten und streichelten sie und sie ließ es sich gefallen. Sie waren alle aufgeregt und machten mit dem Munde merkwürdige Töne.

Das Wölflein sah, daß diese Töne nicht gefährlich waren, und so kroch es zur Mutter hin und gab auch seine Unterwerfung bekannt.

„Ist es verwunderlich?" sagte einer der Indianer. „Ihr Vater war ein Wolf, wenn auch die Mutter eine Hündin war. Denn mein Bruder band sie in der Paarungszeit oft nachts im Walde an. Darum war Kisches Vater ein Wolf!"

„Es ist ein Jahr her, daß sie fortlief, nicht wahr, Grauer Biber?" sagte ein anderer.

„Ja", antwortete der Graue Biber, „es war eine schlechte Zeit, wir hatten für die Hunde kein Fleisch."

„Sie hat bei den Wölfen gelebt", erklärte ein Dritter.

„Dürfte stimmen, Drei Adler", erwiderte der Graue Biber, die Hand auf den kleinen Wolf legend, „und das ist dabei herausgekommen." Das Wölflein knurrte, als ihn die Hand berührte. Sofort gab es wieder eine Ohrfeige. Daraufhin unterließ er es, die Zähne zu zeigen, und legte sich stattdessen unterwürfig nieder. Und sofort streichelte ihm die Hand den Rücken.

„Ja, das ist dabei herausgekommen“, fuhr der Graue Biber fort, „es ist sonnenklar, daß Kische seine Mutter ist. Aber sein Vater ist ein Wolf. Er hat auch wenig vom Hund und viel vom Wolfe an sich. Wir wollen ihn Wolfsblut nennen. Ich habe gesprochen. Er gehört mir. Gehörte nicht Kische meinem Bruder? Und ist mein Bruder nicht tot?“

Der junge Wolf, der so seinen Namen bekommen hatte, lag da und wartete. Eine Zeitlang machten die Männer noch mit dem Munde Lärm, dann nahm der Graue Biber ein Messer aus der Scheide, die er am Halse trug, schritt zum Dickicht hin und schnitt einen Stock ab.

Wolfsblut beobachtete ihn genau.

Er kerbte den Stock oben und unten ein und befestigte dann Riemen aus ungegerbtem Leder in den Einschnitten. Den einen Riemen befestigte er an Kisches Hals, dann führte er sie zu einer Tanne, um die er den anderen Riemen legte.

Wolfsblut lief der Mutter nach und legte sich neben ihr nieder. Lachszunge rollte ihn mit der Hand auf den Rücken. Kische sah ängstlich zu. Wolfsblut fühlte wieder die Angst in sich emporsteigen. Er konnte ein Knurren nicht ganz unterdrücken, hatte aber nicht die Absicht, zu beißen. Die Hand mit den gespreizten Fingern kraulte ihm den Bauch und rollte ihn von einer Seite auf die andere. Es war nicht schön, so auf dem Rücken zu liegen und alle viere in die Luft zu strecken, außerdem kam man sich sehr hilflos vor, wogegen sich seine Natur empörte. Aber man konnte sich in dieser Stellung nicht verteidigen, man konnte vor allem nicht aufspringen. Wenn der Mann Böses beabsichtigte, war man wehrlos. Man konnte knurren. Das machte dem Mann aber gar nichts aus. Und das Allerseltsamste war, daß die Hand Vergnügen machte, ein Vergnügen, das wuchs, wenn die Hand den Kopf kraulte. Mit der Zeit verlor Wolfsblut jede Furcht. Er sollte zwar später beim

Umgang mit den Menschen noch öfter Furcht empfinden, aber der furchtlose Verkehr mit ihnen bereitete sich jetzt schon vor.

Nach einiger Zeit hörte Wolfsblut den Ton fremder, näher kommender Stimmen. Er erkannte sogleich, daß es der Lärm war, den die Menschen mit dem Munde machten. Nun erschien der Rest des Stammes, viele Männer, Frauen und Kinder, ungefähr vierzig Personen, alle schwer mit Lager- und Hausgerät beladen. Auch viele Hunde waren dabei, und auch von ihnen waren alle mit Ausnahme der noch nicht erwachsenen schwer bepackt. Sie trugen auf dem Rücken Säcke von zwanzig bis fünfzig Pfund. Wolfsblut hatte noch nie in seinem Leben Hunde gesehen. Dennoch wußte er sofort, als er sie sah, daß sie zu seiner Gattung gehörten. Sie waren zwar ein wenig anders, unterschieden sich aber nicht von Wölfen, als sie Wolfsblut und seine Mutter erblickten. Sie stürzten sofort auf die beiden los. Wolfsbluts Haare stellten sich auf, er knurrte und schnappte zu, als ihn die Hunde anfielen. Aber er wurde umgeworfen und bekam ihre scharfen Zähne zu spüren, während er sie selbst in die Beine und den Bauch biß. Es entstand ein fürchterlicher Lärm. Auch Kische knurrte und kämpfte für ihr Junges. Man hörte die Rufe der Menschen, das Niedersausen der Knüttel und das Geschrei der geprügelten Hunde. Wenige Minuten später stand Wolfsblut wieder auf den Beinen. Er sah, wie die Menschen die Tiere seiner Gattung, die doch auch nicht zu seiner Gattung gehörten, mit Knütteln und Steinwürfen vertrieben und ihn so retteten. Wenn in seinem Gehirn auch keine Vorstellung von der Idee der Gerechtigkeit bestand, lernte er die Menschen doch als das, was allein sie waren, kennen: als Gesetzgeber und Wächter des Gesetzes. Ebenso lernte er die Macht, mit der sie das Gesetz handhabten, kennen. Im Gegensatz zu den anderen Geschöpfen, auf die er bisher gestoßen war, bissen und kratzten sie nicht, sondern unterstützten ihre lebendige Stärke durch leblose Dinge, die ihren Befehlen gehorchten. Stöcke und Steine sprangen durch die Luft wie lebendige Dinge, von diesen seltsamen Wesen gelenkt, und verursachten den Hunden Schmerz.

Diese Macht war ungewöhnlich, unbegreiflich, übernatürlich und – gottähnlich. Wolfsblut wußte natürlich nichts von Göttern, er kannte nur das Unbegreifliche. Aber die Ehrfurcht, die er vor den Menschen empfand, war in mancher Beziehung den Empfindungen vergleichbar, die ein Mensch haben würde, sähe er ein himmlisches Wesen von der Spitze eines Berges Blitze und Donner schleudern. Der letzte Hund war vertrieben. Wolfsblut leckte sich die Wunden und sann über sein erstes Zusammentreffen mit einem grausamen Rudel nach. Nie hätte er geglaubt, daß seine Gattung aus mehr als Einauge, der Mutter und ihm selber bestehen könne. Die drei hatten eine Gattung für sich gebildet, jetzt aber hatte er plötzlich viele andere ähnliche Geschöpfe gesehen. Er war gleichsam beleidigt darüber, daß diese neue Verwandtschaft ihn so schlecht behandelt hatte. Es war ihm auch nicht recht, daß seine Mutter angebunden war, wenn dies auch die Menschen getan hatten. Das schmeckte nach Falle, nach Knechtschaft – wenn er auch von diesen Begriffen keine Ahnung hatte. Er wollte frei herumlaufen, wann und wo es ihm paßte, das war sein Erbteil, und nun konnte er das nicht. Die Freiheit der Mutter war durch einen Stock eingeschränkt, also war es auch seine, denn er brauchte die Mutter. Das gefiel ihm nicht. Ebenso wenig gefiel ihm, daß die Menschen, als sie weiterzogen, den Stock einem kleinen Menschen in die Hand gaben, der Kische als Gefangene hinter sich herführte. Er folgte der Mutter, aber nun jagte ihm das neue Abenteuer wieder Angst ein.

Sie wanderten das Flußtal entlang und kamen bis an die Stelle, wo das Flüßchen in den großen Mackenzie einmündet. So weit hatte er sich nie gewagt. Und was er hier sah, erregte seine Verwunderung: Boote waren an Stangen mitten in der Luft befestigt, außerdem gab es merkwürdige Vorrichtungen, an denen getrocknete Fische hingen. Hier wurde das Lager aufgeschlagen. Wolfsbluts Ehrfurcht vor den Menschen wuchs.

Was vermochten die Menschen nicht alles! Welche Macht übten sie über die bissigen Hunde aus! Aber noch größer war seiner Meinung nach ihre Macht über leblose Dinge, denen sie Bewegung gaben und mit welchen sie das Aussehen der Welt veränderten. Jetzt wurden die Gerüste gar mit Fellen und Geweben behangen und verwandelten sich in Zelte, ungeheuer große Zelte, die auf allen Seiten ringsum emporstiegen wie rasch wachsende Lebewesen. Wolfsblut fürchtete sich vor ihnen, sie sahen so unheimlich auf ihn herab, und wenn der Wind sie hin und her bewegte, duckte er sich und ließ sie nicht aus den Augen, immer bereit, davonzulaufen, wenn sie sich auf ihn stürzen sollten. Diese Furcht vor den Zelten schwand jedoch bald wieder. Er sah, daß Frauen und Kinder aus und ein gingen, ohne daß ihnen etwas geschah, ja sogar Hunde versuchten – allerdings vergeblich – einzudringen. Vorsichtig stahl er sich von seiner Mutter fort und kroch bis zu der Wand des nächsten Zeltes. Er war neugierig, außerdem wollte er lernen und Erfahrungen sammeln. Die letzten Schritte machte er sehr langsam und vorsichtig, denn er wußte, daß das Unbekannte sich oft auf überraschende Weise offenbart. Er wartete. Nichts geschah. Endlich berührte seine Nase die Zeltleinwand. Er beroch das seltsame Gewebe, das die Gerüche der Menschen trug, dann biß er hinein und zerrte daran. Wieder geschah nichts, als daß sich die Leinwand ein wenig bewegte. Er zog stärker daran, nun bewegte sich auch die Leinwand stärker. Das machte ihm Spaß und so zerrte er immer mehr, bis das ganze Zelt wackelte. Plötzlich ertönte eine scharfe scheltende Stimme. Er zog sich zu seiner Mutter zurück, aber die Angst vor den hohen Wesen war gewichen. Einige Minuten später verließ er die Mutter wieder. Ein junger Hund, etwas größer und älter als er, kam mit deutlich zur Schau getragenen feindseligen Absichten auf ihn zu. Er hieß, wie Wolfsblut später erfahren sollte, Liplip. Er hatte schon Erfahrung im Kampf mit jungen Hunden und war ein Raufbold. Zunächst hielt ihn Wolfsblut für ungefährlich, da er jung war wie er, aber als Liplip mit steifen Beinen und zähnefletschend auf ihn zukam, wurde auch sein Gang steif, und er knurrte drohend. Eine Zeitlang umkreisten die beiden Hunde einander, es sah wie ein Spiel aus. Plötzlich aber sprang Liplip auf Wolfsblut los, biß ihn in die seinerzeit vom Luchs verwundete Schulter und zog sich blitzschnell wieder zurück. Wolfsblut heulte gellend auf, sprang in seinem Schmerz den Gegner an und biß kräftig zu. Aber Liplip lebte schon lange im Lager und hatte Erfahrung gesammelt. Immer wieder erwischte er Wolfsblut und richtete ihn übel zu, bis er heulend zu seiner Mutter floh.

Das war sein erster Kampf mit Liplip. Es sollten noch viele folgen, denn sie waren geborene Feinde. Kische leckte Wolfsbluts Wunden und versuchte, ihn bei sich zu behalten. Aber die Neugier hatte ihn bald wieder in ihren Klauen und trieb ihn zu neuen Abenteuern. Er stieß auf den Grauen Biber, der auf dem Boden saß und Reisig und trockenes Moos vor sich liegen hatte. Der Graue Biber machte mit dem Munde ein Geräusch, das keine Drohung enthielt, also wagte er sich näher.

Eine wichtige Sache schien im Gange zu sein. Kinder trugen immer mehr Reisig für den Grauen Biber herbei. Wolfsblut drängte sich noch näher heran, er war so schrecklich neugierig. Plötzlich kam aus den Händen des Grauen Bibers etwas Nebelähnliches. Dann erschien zwischen den Holzstücken etwas Lebendiges, das sich bewegte und dieselbe Farbe wie die Sonne hatte. Wolfsblut kannte das Feuer nicht, aber es zog ihn an, wie es seinerzeit das Licht am Eingang der Höhle getan hatte. Er kroch zur Flamme hin, der Graue Biber kicherte, aber gar nicht unfreundlich. Dann berührte Wolfsblut die Flamme mit der Nase und streckte gleichzeitig die Zunge heraus.

Einen Augenblick war er wie gelähmt. Das Unbekannte hatte ihn in die Nase gezwickt. Dann brach er in ein jämmerliches Geheul aus und sprang zurück. Kische knurrte und sprang, so weit es der Stock zuließ, hin und her, aber sie konnte ihrem Jungen nicht zu Hilfe kommen. Der

Graue Biber lachte laut, schlug sich auf die Schenkel und erzählte allen im ganzen Lager, was geschehen war. Wolfsblut saß heulend da, ein armes, verlassenes Geschöpf mitten unter den Menschen. Einen so argen Schmerz hatte Wolfsblut noch nie gefühlt. Nase und Zunge waren von dem sonnenähnlichen Wesen, das unter den Händen des Grauen Bibers hervorgesprungen war, verletzt worden. Er heulte ununterbrochen, und je mehr er heulte, desto mehr lachten die Menschen. Dann aber begann er sich zu schämen. Er verstand, was das Gelächter zu bedeuten hatte. Wir Menschen haben keine Ahnung, wieso manche Tiere wissen, daß man sie auslacht. Wolfsblut wußte es und er schämte sich, weil die Menschen über ihn lachten. Darum lief er davon, zu Kische, seiner Mutter, die auf ihn wartete und das einzige Wesen in der Welt war, das Mitleid mit ihm hatte. Die Dämmerung kam, dann die Nacht. Wolfsblut lag neben seiner Mutter und wimmerte leise. Aber nicht allein Nase und Zunge peinigten ihn, er hatte noch einen größeren Schmerz – er hatte Heimweh. Er hatte Sehnsucht nach Ruhe und der Höhle am Flußufer. Das Leben war so geräuschvoll geworden, es waren zu viele Menschen da, Männer und Frauen und Kinder, sie alle lärmten und störten ihn. Auch die Hunde machten tollen Lärm, denn unaufhörlich zankten und stritten sie. Die ruhige Einsamkeit seines bisherigen Lebens war dahin; sogar die Luft schien hier mit Lärm erfüllt. Das gefiel ihm nicht, es erregte seine Nerven und Sinne, machte ihn ängstlich und quälte ihn durch die ewige Erwartung des Kommens und Gehens der Menschen. So wie er sie anblickte, würden Menschen Götter ansehen. Für ihn waren sie wirklich höhere Wesen, für ihn vollbrachten sie Wunder, für ihn besaßen sie unbekannte, geheimnisvolle Kräfte, die das Lebendige und Leblose beherrschten, die das Bewegliche bewegungslos und das Bewegungslose beweglich machten, die sonnenähnliche Lebewesen erschufen, welche aus totem Reisig heraussprangen. Sie entzündeten das Feuer, und darum waren sie für ihn Götter!

2. Kapitel
In der Knechtschaft

Wolfsblut sammelte in diesen Tagen viele neue Erfahrungen. Während Kische angebunden blieb, lief er neugierig herum. Es gab ja so viel zu sehen und zu lernen, vor allem die Gewohnheiten der Menschen. Obwohl er sie näher kennenlernte, wuchsen sie in seiner Achtung, er kannte ihre Überlegenheit und die geheimnisvollen Kräfte, die ihnen zur Verfügung standen.

Der Mensch erleidet oft den Schmerz, daß die Götter, die er anbetet, vom Altare gestoßen werden oder zu Staub zerfallen. Der Wolf aber oder der wilde Hund, der aus der Wildnis zu den Menschen findet, bleibt von dieser Enttäuschung verschont. Seine Götter sind nicht unsichtbar, sie leben nicht im Reich der Phantasie, sie sind greifbare Wesen aus Fleisch und Blut. Sie stehen auf zwei Beinen und haben den Knüttel in der Hand und man kann ihnen nicht entkommen. Sie sind bald zornig, bald freundlich, aber immer sind sie gewaltig, mächtig und geheimnisvoll.

Auch Wolfsblut erkannte, daß man ihnen nicht entrinnen konnte. Als seine Mutter Kische gerufen worden war, hatte sie gehorcht, nun lernte auch er den Gehorsam. Kamen sie, wich er ihnen aus, riefen sie ihn, kam er zu ihnen; drohten sie, duckte er sich, schickten sie ihn fort, entfernte er sich schleunigst. Denn er wußte, daß hinter ihren Wünschen die Macht stand, denselben Nachdruck zu verleihen. Diese Macht bestand in Schlägen und Peitschenhieben, sie bestand in dem Schmerz, den sie ihm zufügen konnten. Er gehörte ihnen, wie alle Hunde ihnen gehörten, und alle seine Handlungen waren von ihrem Willen diktiert. Sie konnten ihn mit Füßen treten oder dulden, das hatte er schnell gelernt, wenn es auch mit vielem, was in seiner Natur lag, im

Widerspruch stand. Dafür konnte er ihnen sein Schicksal überantworten, ebenso die Verantwortung für seine persönlichen Bedürfnisse. Das war ohne Zweifel ein angenehmer Ausgleich. Das Aufgeben der eigenen Persönlichkeit zugunsten der Menschen geschah nicht an einem Tage. Das Erbe der Wildnis und die Erinnerung an das freie Leben in ihr wurden nicht sofort ausgelöscht.

Es kamen Tage, an denen er zum Rande des Waldes lief und dort auf etwas lauschte, was ihn aus der Ferne zu rufen schien. Dann kehrte er ruhelos und unglücklich zu seiner Mutter zurück und drückte sich leise winselnd und sehnsüchtig an Kisches Seite oder leckte ihr zärtlich Gesicht und Schnauze. Die Gewohnheiten des Lagers lernte er rasch kennen. Er erkannte, wie gierig und ungerecht die älteren Hunde waren, wenn ihnen Fleisch oder ein Fisch hingeworfen wurde. Er erkannte, daß die Männer meistens gerecht, die Kinder grausam und die Frauen gutmütig waren. Am gefährlichsten waren die Mütter junger Hunde, mit ihnen war nicht zu spaßen, also ging er ihnen aus dem Wege. Sein Todfeind aber war Liplip. Er war älter, größer und stärker als er und verfolgte ihn mit einer wahren Begeisterung. Wolfsblut raufte ganz gern, aber es war nicht schön, immer den Kürzeren zu ziehen. Kaum hatte er seine Mutter verlassen, heftete sich der andere an seine Fersen, knurrte ihn an und stürzte auf ihn los. Stets blieb Liplip Sieger. Das gefiel ihm. So wurde Wolfsblut Liplips größtes Vergnügen, während der andere für ihn höchste Qual bedeutete.

Dennoch wurde er nicht eingeschüchtert. Sein Mut blieb ungebeugt, wenn er auch immer den Kürzeren zog. Aber auf seinen Charakter blieb diese Behandlung nicht ohne schlechten Einfluß: Er wurde verdrossen und bissig. Er war schon von Natur aus mit einer gehörigen Portion Wildheit ausgestattet, diese ständigen Verfolgungen trugen nur dazu bei, dieselbe zu vergrößern. Das Verspielte des jungen Hundes kam bei ihm fast gar nicht mehr zum Vorschein, Liplip erlaubte ihm das Spielen auch nicht. Tollte er mit anderen jungen Hunden im Lager umher, stürzte sich Liplip auf ihn und verscheuchte ihn. Dadurch wurde seine Jugend verbittert, er wurde älter, als er tatsächlich war. Der Überschuß seiner Kräfte fand im Spiel keinen Ausgleich, wodurch seine geistige Entwicklung beschleunigt wurde. Er wurde schlau, denn er hatte Zeit genug, auf allerlei Unfug zu sinnen. Erhielt er bei der Fütterung nicht den ihm gebührenden Anteil an Fleisch oder Fisch, stahl er. Er schlich im Lager umher, paßte auf alles, was vorging, auf und ersann Wege, wie er seinem unversöhnlichen Feinde entkommen könne.

Zu Beginn dieser Feindschaft spielte er seinem Gegner einen wirklich schlauen Streich und lernte die Süßigkeit der Rache kennen. Wie Kische seinerzeit die Hunde aus dem Lager der Menschen herausgelockt hatte, so lockte Wolfsblut Liplip zu den Zähnen seiner Mutter hin. Scheinbar zog er sich vor Liplip zurück und floh im Zickzack um die Wigwams herum. Er war ein guter Läufer, schneller als die gleichaltrigen Hunde und auch schneller als Liplip. Diesmal aber beeilte er sich nicht so sehr, sondern blieb immer nur ein kleines Stück vor seinem Verfolger, der, durch die ständige Nähe seines Opfers außer sich, alle Vorsicht vergaß und die Falle erst erkannte, als es schon zu spät war. Er rannte direkt in Kische, die am Ende ihres Stockes lag, hinein. Er kläffte erschreckt, aber da hatten ihn die Zähne der Hündin schon gepackt. Obwohl sie angebunden war, konnte er sich nicht mehr freimachen, und sie bearbeitete ihn gründlich mit den Zähnen. Als es ihm endlich gelang, loszukommen, war er arg zugerichtet und an Leib und Seele zutiefst verletzt. Er brach in ein lang gezogenes Klagegeheul aus. Aber jetzt schoß Wolfsblut auf ihn los und biß ihn ins Hinterbein. Der Raufbold zog seinen Schwanz ein und rannte davon, während ihm Wolfsblut auf den Fersen blieb und sich als Sieger gebärdete. Erst die Frauen kamen Liplip zu Hilfe und verscheuchten Wolfsblut durch Steine.

Endlich ließ der Graue Biber Kische frei. Er hatte nun keine Angst mehr, daß sie davonlaufen würde. Wolfsblut empfand über die Freiheit der Mutter große Freude, er begleitete sie ständig und Liplip hielt sich fern, ja er nahm nun nicht einmal Wolfsbluts ständige Herausforderungen an. Er war kein Narr und würde sich an ihm schadlos halten, wenn er allein war. Mutter und Sohn wanderten auch in den Wald hinein, der das Lager säumte. Schritt für Schritt lockte Wolfsblut Kische vorwärts, denn der Fluß, die Höhle und der stille Wald riefen ihn, und er wollte, daß sie mitkäme. Blieb sie stehen, versuchte er, sie vorwärts zu locken, indem er ein Stückchen vorauslief, anhielt und sich umblickte. Als sie ihm nicht folgte, machte er kehrt, leckte ihr die Schnauze und rannte wieder weiter. Als sie ihm immer noch nicht nachkam, blieb auch er stehen und sah sie an. Jeder Nerv, jede Fiber seines Wesens waren gespannt, als sie jedoch den Kopf wandte und nach dem Lager zurückblickte, ließ auch bei ihm die Spannung langsam nach. Auch die Mutter hörte, was ihn im Walde drinnen rief, aber sie hörte auch den anderen, den lauteren Ruf, die Stimme des Menschen und die des Feuers. Langsam kehrte Kische um und lief ins Lager zurück. Die Anziehungskraft, die das Lager für sie hatte, war stärker als der körperliche Zwang des Stockes. Geheimnisvoll und unsichtbar griffen die Götter nach ihr und ließen sie nicht mehr los.

Wolfsblut setzte sich unter eine Birke und winselte leise. Es roch stark nach Tannen, und dieser Geruch erinnerte ihn an das alte, freie Leben, das er vor den Tagen der Knechtschaft geführt hatte. Aber er war noch ein junger Hund, und das Band, das ihn an seine Mutter fesselte, war stärker als die Stimme des Menschen und der Ruf der Wildnis. Bis jetzt war er in jeder Stunde seines Lebens von ihr abhängig gewesen, die Zeit der Unabhängigkeit sollte erst kommen. Darum stand er auf und trabte traurig ins Lager zurück, wobei er hin und wieder anhielt, sich niedersetzte, winselte und auf die Stimme lauschte, die noch immer aus der Tiefe des Waldes rief. In der Wildnis sorgte die Mutter für ihre Kinder nur kurze Zeit, unter der Herrschaft der Menschen aber wird diese Zeitspanne noch geringer. Das war auch bei Wolfsblut so. Der Graue Biber hatte an Drei Adler eine Schuld, und ein Stück rotes Tuch, zwanzig Patronen und Kische waren erforderlich, um dieselbe zu tilgen. Als Wolfsblut sah, wie die Mutter in das Boot Drei Adlers gebracht wurde, wollte er ihr folgen, aber der Indianer warf ihn wieder hinaus. Das Boot wurde abgestoßen, Wolfsblut sprang ins Wasser und schwamm hinterher, ohne auf den Grauen Biber, der ihm befahl zurückzukommen, zu hören. Seine Angst, die Mutter zu verlieren, war so groß, das er selbst den Ruf der Götter nicht mehr befolgte. Aber diese waren daran gewöhnt, daß man ihnen gehorchte, und wütend bestieg der Graue Biber ein Boot, um ihn zu verfolgen. Als er ihn eingeholt hatte, streckte er die Hand nach ihm aus und hob ihn aus dem Wasser. Er legte ihn nicht gleich ins Boot, sondern hielt ihn mit der einen Hand in der Luft, während er ihm mit der anderen eine gehörige Tracht Prügel verabreichte. Wolfsblut schwang unter den auf ihn niederfallenden Schlägen wie ein Pendel hin und her. In seiner Brust tobte ein Streit zwischen Überraschung, Furcht und Ärger über diese Behandlung. Schließlich knurrte er den wütenden Gott furchtlos an, wodurch dieser noch wütender wurde und noch fester zuschlug.

Aber das konnte nicht ewig dauern. Einer mußte nachgeben, und dieser eine mußte Wolfsblut sein. Von neuem packte ihn die Angst: Zum ersten Mal hatte ihm ein Mensch übel mitgespielt, denn die Püffe, die er bisher dann und wann erhalten hatte, waren angenehm im Vergleich zu diesen Schlägen gewesen. Sein Mut verließ ihn, er begann bei jedem Schlag jämmerlich zu schreien, aber dann überkam ihn Todesangst, er schrie nun nicht mehr im Takt der Schläge, sondern ununterbrochen.

Endlich hörte der Graue Biber auf. Er warf das wimmernde Tier in den Kahn, der unterdessen ein Stück stromaufwärts getrieben war. Der

Graue Biber nahm das Ruder in die Hand, wobei ihm Wolfsblut im Wege war. Er stieß ihn derb mit dem Fuße. Sogleich kam Wolfsbluts freie Natur wieder zum Vorschein und er biß fest in den Mokassin seines Herrn. Die Prügel, die er gerade bekommen hatte, waren nichts im Vergleich zu denen, die er jetzt erhielt. Der Zorn des Grauen Bibers war furchtbar, Wolfsbluts Angst war ebenso groß. Diesmal wurde nicht nur die Hand, sondern auch das Ruder gebraucht, um ihn zu schlagen. Und immer wieder stieß ihn der Graue Biber mit dem Fuße, aber er biß nicht mehr zu. Er hatte eine tüchtige Lehre bekommen. Es war ihm verboten, sich gegen seinen Herrn aufzulehnen. Der Leib desselben war heilig und durfte durch seine Zähne nicht verletzt werden. Das war offenbar das größte Verbrechen, dessen er sich schuldig machen konnte. Es gab keine Verzeihung dafür. Als das Boot ans Ufer stieß, lag Wolfsblut regungslos und wimmernd auf dem Boden und erwartete sein Schicksal. Es war anscheinend der Wille des Grauen Bibers, daß er an Land gehen sollte, denn er nahm ihn und warf ihn ans Ufer, so daß sein zerschlagener Körper erneut zu schmerzen anfing. Zitternd erhob er sich und winselte kläglich, aber da war auch schon Liplip, der vom Ufer her alles mit angesehen hatte, da und stürzte sich auf ihn. Er warf ihn um und bearbeitete ihn mit den Zähnen. Wolfsblut war viel zu zerschunden, um sich wehren zu können, und es wäre ihm schlecht ergangen, wenn nicht der Graue Biber Liplip gepackt und mit aller Kraft auf die Erde geworfen hätte. Das war die menschliche Gerechtigkeit, selbst in seinem Elend überkam ihn ein Gefühl der Dankbarkeit. Gehorsam hinkte er hinter dem Grauen Biber her. So lernte Wolfsblut, daß die Menschen das Recht zu strafen, für sich selbst wohl in Anspruch nahmen, dasselbe aber geringeren Geschöpfen nicht einräumten. In der Nacht, wenn alles ruhig war, dachte Wolfsblut voll Trauer an seine Mutter. Er trauerte so laut um sie, daß der Graue Biber erwachte und ihn prügelte. Daraufhin tat er es leise und wenn niemand in der Nähe war. Oft, wenn er sich am Rande des Waldes befand, machte er seinem Schmerz in langgezogenen Klagetönen Luft.

Dann hätte er vielleicht den Ruf aus dem Wald befolgt und wäre in die Wildnis zurückgelaufen, aber die Erinnerung an die Mutter hielt ihn zurück. Er hoffte, daß sie zurückkehren werde. Also blieb er in der Knechtschaft und wartete auf sie. Aber die Knechtschaft machte ihn nicht immer unglücklich. Es gab im Lager viel Interessantes, viel Merkwürdiges, was die Menschen taten, viel, was seine Neugierde erregte. Er lernte auch, wie er sich dem Grauen Biber gegenüber zu verhalten hatte. Dieser verlangte unbedingten Gehorsam, war er gehorsam, erhielt er keine Schläge. Ja, manchmal gab ihm der Graue Biber sogar ein Stück Fleisch und schützte ihn gegen andere Hunde, die es ihm nehmen wollten. Ein Stück Fleisch aus der Hand des Herrn war mehr wert als zehn gleiche aus der Hand irgendeiner Indianerin. Wenn ihn der Graue Biber auch nie streichelte, nahm Wolfsbluts Anhänglichkeit doch von Tag zu Tag zu.

So wurden allmählich und ohne daß Wolfsblut es merkte, die Fesseln der Knechtschaft immer enger. Das Leben im Lager der Indianer gewann trotz allem Elend einen immer größeren Reiz für ihn. Er wußte nicht, daß er sich immer noch um seine Mutter kränkte, ihre Wiederkehr ersehnte und sogar eine unbändige Sehnsucht nach dem freien Leben empfand, das er geführt hatte.

3. Kapitel

Ausgestoßen ...

Liplip machte Wolfsblut durch seine Verfolgungen weiter das Leben sauer. Dadurch wurde dieser wilder und bösartiger, als er es von Natur aus gewesen wäre, ja er bekam sogar bei den Menschen einen schlechten Ruf.

Wo es im Lager Lärm gab, wo eine Indianerin über ein gestohlenes Stück Fleisch jammerte, konnte man mit Sicherheit damit rechnen, daß Wolfsblut entweder der Übeltäter oder zumindest mit im Spiel gewesen sei. Niemand interessierte es, wieso das kam, man sah nur, daß er ein Dieb und Unruhestifter war. Wütende Frauen sagten ihm ins Gesicht, daß er ein richtiger Wolf und nichts wert sei und daß es einmal ein schlechtes Ende mit ihm nehmen werde. Mitten in dem dicht bevölkerten Lager war er also ein Ausgestoßener. Alle jungen Hunde folgten Liplip, vielleicht deshalb, weil sie den Unterschied zwischen sich selbst und Wolfsblut ahnten, weil sie seine Herkunft aus dem wilden Walde ahnten und jene Feindschaft gegen ihn empfanden, die der Haushund gegen den Wolf hegt. Jedenfalls schlossen sie sich Liplip in der Verfolgung Wolfsbluts an; da sie ihm den Krieg erklärt hatten, blieben sie auch dabei. Jeder von ihnen bekam hie und da Wolfsbluts Zähne zu spüren, denn er wehrte sich tüchtig und gab, was er empfing, mit Zinsen zurück. Manche hätte er auch im Einzelkampf besiegt, aber dazu kam es nie, da jedes Mal alle Hunde im Lager über ihn herfielen.

Aber er lernte sich im Massenkampf zu behaupten, inmitten der Masse der Feinde auf den Füßen zu bleiben und jedem einzelnen den größtmöglichen Schaden zuzufügen. Er war in dieser Hinsicht geschmeidig wie eine Katze, und das war sein Glück, denn dadurch behielt er sein Leben. Selbst ältere Hunde konnten ihn nicht werfen.

Wenn Hunde miteinander einen Streit beginnen, gibt es vor dem eigentlichen Kampf verschiedene Plänkeleien: Sie knurren sich an, sträuben das Haar, gehen mit steifen Beinen auf und ab. Wolfsblut kümmerte sich nicht um diese Vorbereitungen zum Kampf, er mußte rasch handeln, da sonst alle Hunde gleichzeitig über ihn herfielen. Ohne jede Warnung stürzte er auf seine Gegner los, biß zu und sprang zurück. Nahm sich ein Hund nicht in acht, wurde ihm die Schulter aufgerissen oder das Ohr aufgeschlitzt, ehe er es noch wußte. Es war auch leichter, einen ahnungslosen Hund zu überfallen, umzuwerfen und nach der ungeschützten Stelle am Halse zu trachten, die tödlich verwundbar ist. Wolfsblut kannte diese Stelle gut, er hatte das Wissen um sie von seinem Vater. Da er noch nicht ausgewachsen war, reichte seine Kraft nicht aus, einen tödlichen Biß anzubringen. Aber es lief so mancher junge Hund mit zerbissenem Halse im Lager umher und bezeugte mit seiner Verletzung Wolfsbluts Absichten. Eines Tages aber, als er einen seiner Feinde allein am Waldesrand erwischte, gelang es ihm, die große Ader am Halse durchzubeißen.

Am Abend gab es natürlich im Lager einen Auflauf, der Herr des getöteten Hundes schlug gewaltigen Lärm, und die Frauen, die Wolfsblut bestohlen hatte, schlossen sich alle an. Der Graue Biber ließ das alles über sich ergehen, er stand unbewegt in der Tür seines Wigwams, in den sich Wolfsblut geflüchtet hatte, und weigerte sich seinen Hund auszuliefern. So wurde Wolfsblut sowohl von den Hunden als auch von den Menschen gehaßt. Er war keinen Augenblick seines Lebens sicher, die Zähne der Hunde und die Hände der Menschen waren gegen ihn. Seine eigene Gattung begrüßte ihn mit Geknurr, die Menschen mit Flüchen und Steinen. Ständig war er auf der Hut, immer auf einen unerwarteten Angriff gefaßt und bereit, zuzuspringen oder die Flucht zu ergreifen. Kein Hund im ganzen Lager konnte so wie er knurren. In seinem Knurren war alles, Bosheit, Wut, Angst und Haß, vereinigt. Wenn er knurrte, bot er einen fürchterlichen Anblick: Seine Nase zuckte ununterbrochen, das Haar stand wie eine Bürste empor, die Zunge spielte im Munde wie eine Schlange, die Ohren waren platt zurückgelegt, die hochgezogenen Lippen entblößten die Zähne, aus dem Maul floß der Geifer. Oft machte er seine Gegner durch diesen Anblick einen Augenblick, den er blitzschnell ausnützte, stutzig. Oft auch trieb er sie durch ihn allein in die Flucht. Er zahlte den jungen Hunden die Art, wie sie ihn behandelten, reichlich heim. Da sie ihn nicht in ihren Reihen duldeten, duldete er nicht, daß einer von ihnen außerhalb der Reihen lief. Sie fürchteten alle – Liplip ausgenommen – seine Überfälle aus dem Hinterhalt und wurden auf diese Weise gezwungen, zum gegenseitigen Schutz gegen den Feind, den sie sich gemacht hatten, beisammenzubleiben. Wenn Wolfsblut einen jungen Hund allein erwischte, war dieser so gut wie verloren. Oder er schreckte durch schrille Schmerzens- und Angstlaute das Lager auf, wenn er vor Wolfsblut entfloh. Er war auch den anderen Hunden an Schnelligkeit überlegen, durch sie konnte er sich immer in Sicherheit bringen. Die Hunde wußten, daß sie ihn nur gemeinsam angreifen durften, aber wehe dem, der bei der Jagd vorauslief. Wolfsblut verstand es gut, den Verfolger, der voran war, blitzschnell anzugreifen und mit den Zähnen zu bearbeiten. Das kam oft vor, da die Hunde in der Erregung der Jagd auf alle Vorsicht vergaßen, was bei Wolfsblut nie der Fall war.

Immer öfter gelang es Wolfsblut, einen der jungen Hunde zu töten. Er lockte sie in die Wälder, wobei sie ihn plötzlich aus den Augen verloren, während er, einem Schatten gleich wie einst seine Eltern, auf Samtpfoten unter den Bäumen dahinschlich. Er kannte auch die Vorteile, die die Wildnis bei einer Verfolgung bot, besser. Er liebte es, seine Spur ins fließende Wasser zu führen und dort verschwinden zu lassen, sich dann ruhig ins Dickicht zu legen, während das Rudel verblüfft um ihn herum ein lautes Gekläff erhob und ihn vergeblich suchte.

So von den Hunden und Menschen gehaßt, ungezähmt, immer verfolgt und verfolgend, entwickelte er sich rasch. Aber diese Entwicklung war einseitig. Er kannte keine freundlichen Gefühle, Liebe und Zuneigung waren ihm fremd. Was er gelernt hatte, war: dem Starken zu gehorchen und den Schwachen zu unterdrücken. Der Graue Biber war sein Gott und stark, kleinere, schwächere Hunde konnte er töten. Stärke und Macht war alles. Da er ständig in Gefahr schwebte, verletzt oder getötet zu werden, wurde er flinker, behender, schlauer und blutdürstiger als die anderen. Seine Sehnen und Muskeln waren dünn und geschmeidig wie Stahl, er war ausdauernd, grausam und klug. Und er mußte das alles sein, sonst hätte er sich gegen seine Feinde nicht behaupten können.

4. Kapitel
Die Götter wandern

Als der Herbst nahte, die Tage kürzer wurden und häufiger Fröste die Luft abkühlten, versuchte Wolfsblut, seine Freiheit wiederzuerlangen. Seit einigen Tagen herrschte im Dorfe lebhaftes Treiben, das Sommerlager wurde abgebrochen und der Stamm machte sich daran, die herbstlichen Jagdgründe zu beziehen. Wolfsblut ließ sich nichts entgehen, und als die Wigwams abgebrochen und die Boote beladen wurden, wußte er, welche Bedeutung das alles hatte. Schon fuhren einige Boote den Strom hinunter. Wolfsblut wartete auf eine günstige Gelegenheit und schlich sich aus dem Lager in den Wald. Dort führte er seine Spur ins Wasser, verkroch sich dann im Dickicht und wartete.

Die Zeit verging, er schlief ein paar Stunden, endlich weckte ihn die Stimme des Grauen Biber, der seinen Namen rief. Auch die Frau des Grauen Biber und sein Sohn Mitsah nahmen an der Suche teil. Wolfsblut bebte am ganzen Körper, teils vor Angst, teils vor Verlangen, das Versteck zu verlassen. Aber er widerstand dieser Regung. Nach einer Weile verschwanden die Stimmen wieder, er konnte ins Freie kriechen und die Früchte seiner Tat genießen.

Die Dunkelheit brach rasch herein, und da fühlte er sich plötzlich einsam. Er setzte sich nieder, um nachzudenken, und lauschte auf das drückende Schweigen des Waldes. Nichts bewegte sich, kein Ton wurde hörbar, es war unheimlich. Etwas Schreckliches, Unsichtbares schien ringsum auf ihn zu lauern. Die hohen Bäume, die dunklen Schatten, hinter denen sich alle möglichen Gefahren verstecken konnten, ängstigten ihn. Außerdem wurde es kalt. Hier gab es kein Feuer, an dem man sich erwärmen konnte, keine Zelte, keine Menschenstimmen.

Mit der Kälte kam auch der Hunger. Aber hier warf ihm niemand Fleisch oder einen Fisch vor. Hier gab es nichts zu essen, nichts als drohende Stille, von der man nicht satt wurde.

Die Knechtschaft hatte Wolfsblut verweichlicht, außerdem konnte er nicht mehr für sich selbst sorgen, da andere es für ihn getan hatten. Seine an den Lärm des Lagers und fortwährende Eindrücke gewöhnten Sinne waren müßig. Hier war nichts zu sehen, nichts zu hören, nichts zu tun. Er bemühte sich, einen Laut in der Stille zu vernehmen, einen Gegenstand in der Dunkelheit zu unterscheiden. Die Untätigkeit machte ihm Angst, das Gefühl, daß etwas Schreckliches auf ihn lauerte. Er fuhr vor einem unförmigen Ding, das sein Auge traf, entsetzt zurück, doch war es nichts als der Schatten eines Baumes, als der Mond aus den Wolken hervorkam. Als er sich beruhigt hatte, winselte er leise, unterdrückte diesen Laut aber sofort wieder, weil er fürchtete, dadurch die Aufmerksamkeit des Schrecklichen auf sich zu ziehen. Als ein Baum, dessen Holz sich in der kalten Nacht zusammenzog, laut knarrte, schrie er vor Schreck auf. Entsetzen ergriff ihn und er rannte wie toll nach dem Dorfe. Das Verlangen nach dem Schutz und der Gesellschaft der Menschen überwältigte ihn.

Er glaubte, den Rauch des Lagerfeuers zu riechen, Stimmen im Lager zu hören. Er rannte aus dem Walde auf die vom Mondlicht übergossene Fläche zu, wo es keine Schatten und keine Dunkelheit gab. Aber kein Dorf begrüßte sein Auge. Er hatte vergessen, daß es nicht mehr da war.

Mitten im Lauf hielt er inne. Wohin sollte er nun fliehen? Unglücklich schlich er durch das verlassene Lager und beschnupperte die Kehrichthaufen und weggeworfenen Lumpen seiner Götter. Ein Steinhagel würde ihn glücklich gemacht haben, mit Freuden hätte er sich jetzt vom Grauen Biber prügeln lassen, ja sogar ein Überfall des feigen Rudels hätte ihn entzückt.

Er kam zu der Stelle, wo sich der Wigwam des Grauen Biber befunden hatte. Mitten auf dem Platz setzte er sich nieder und hob den Kopf zum Mond empor. Ein Krampf erfaßte seine Kehle, er öffnete den Mund, und in einem herzzerreißenden Geheul stieg seine Verlassenheit, seine Angst, seine Sehnsucht nach der Mutter, all der Jammer der Vergangenheit und die Furcht vor der Zukunft empor. Es waren langgezogene, laute, traurige Töne, das erste Wolfsgeheul, das er ausstieß.

Das Licht des anbrechenden Tages ließ seine Angst zwar verschwinden, zeigte ihm aber seine Verlassenheit nur noch deutlicher. Die vor kurzem noch dicht bevölkerte Erde, die jetzt einsam dalag, führte sie ihm richtig vor Augen. Aber er überlegte nicht lange, was er zu tun habe. Er rannte in den Wald und am Flußufer entlang. Er lief den ganzen Tag, ohne zu rasten. Sein eiserner Körper kannte keine Ermüdung, und als diese schließlich doch kam, machte ihn seine ererbte Ausdauer zu endloser Anstrengung fähig, die den schmerzenden Körper immer wieder vorwärts trieb. Wo sich der Fluß um steile Ufer krümmte, kletterte er auf die Anhöhen, wo Bäche und Nebenflüsse in den Hauptstrom einmündeten, schwamm er hinüber. Oft lief er über das Eis, mehrmals brach er ein und kämpfte in der eiskalten Flut um sein Leben. Immer aber hielt er Ausschau nach der Spur seiner Götter.

Er lief die ganze Nacht hindurch, Hindernisse konnten ihn zwar aufhalten, aber nicht abschrecken. In der Mitte des zweiten Tages war er dreißig Stunden lang gelaufen und selbst seine eisernen Muskeln gaben nach. Doch Mut und Ausdauer trieben ihn vorwärts. Seit vierzig Stunden hatte er nichts gefressen, der Hunger trug dazu bei, ihn zu schwächen. Auch das Untertauchen in den kalten Fluten hatte sich ausgewirkt. Sein glattes Fell war über und über mit Schmutz bedeckt, die breiten Sohlen seiner Füße waren zerrissen und wund. Er hinkte, und das wurde von Stunde zu Stunde ärger. Das Schlimmste aber war, daß es zu schneien begann: Der nasse, rasch schmelzende, zusammenklebende Schnee verdeckte die Unebenheiten des Bodens und machte das Laufen nur noch beschwerlicher und schmerzhafter. An jenem Abend hatte der Graue Biber beabsichtigt, am anderen Ufer zu übernachten, da die Jagdgründe in dieser Richtung lagen. Aber kurz vor dem Dunkelwerden war ein Elch hier am Fluß herangekommen, um zu saufen, und Klukutsch, die Frau des Grauen Biber, hatte ihn gesehen. Wäre der Elch nicht zum Fluß gekommen, hätte Mitsah, geblendet durch den Schnee, nicht die Richtung beim Steuern verloren, hätte Klukutsch das Tier nicht gesehen und der Graue Biber es nicht mit einem guten Schuß erlegt, wäre alles anders gekommen. Der Graue Biber hätte dann nämlich nicht am diesseitigen Ufer des Mackenzie übernachtet und Wolfsblut wäre weitergelaufen und entweder gestorben oder zu seinen wilden Brüdern gestoßen und wie sie bis an sein Lebensende ein Wolf geblieben.

Die Nacht brach herein. Immer dichter fiel der Schnee, leise vor sich hin wimmernd, stolperte und hinkte Wolfsblut vorwärts. Plötzlich stieß er auf eine frische Spur im Schnee, die er sofort erkannte. Winselnd begann er sie zu verfolgen. Sie führte vom Flußufer ins Land hinein. Und dann trafen Töne des Lagers sein Ohr. Er sah den Schein des Feuers, sah, wie Klukutsch kochte und der Graue Biber auf dem Boden hockte und ein Stück Talg verzehrte.

Wolfsblut konnte nicht wissen, daß Klukutsch, die Frau des Grauen Biber, einen Elch gesehen und daß der Graue Biber das Tier mit einem glücklichen Schuß erlegt hatte. Er roch nur, daß es frisches Fleisch im Lager gab. Wolfsblut rechnete mit Schlägen. Bei dem Gedanken an diese duckte er sich, sein Haar sträubte sich, aber er ging vorwärts. So sehr er auch die Prügel haßte, so angenehm war andererseits der Gedanke an das Feuer, das ihn erwartete, an den Schutz der Menschen, ja selbst an die ihm feindlich gesinnten Hunde.

Der Graue Biber erblickte ihn und hörte auf zu kauen. Langsam kroch Wolfsblut näher, demütig und unterwürfig, geradewegs auf den

Grauen Biber zu. Endlich lag er zu Füßen seines Herrn und wartete auf die Strafe. Schon bewegte sich die Hand über ihm, er duckte sich noch tiefer, um den Schlag zu empfangen, aber es kam keiner. Verstohlen sah er auf. Da brach der Graue Biber das Stück Talg entzwei und gab es ihm. Wolfsblut beroch es argwöhnisch, dann aber fraß er es gierig. Dann ließ ihm sein Herr Fleisch bringen und verscheuchte die anderen Hunde, die sich mit großem Geheul auf ihn stürzen wollten.

Als Wolfsblut gefressen hatte, legte er sich dankbar und zufrieden zu den Füßen seines Herrn nieder. Zwinkernd sah er ins wärmende Feuer, bis er einschlief. Er wußte, daß er am Morgen nicht mehr einsam sein würde, sondern bei den Menschen, seinen Göttern, denen er untertänig war.

5. Kapitel
Mit den Menschen verbündet

Mitte Dezember zog der Graue Biber mit Klukutsch und Mitsah den Mackenzie hinauf. Den einen Schlitten, vor den gekaufte oder geborgte Hunde gespannt waren, lenkte er selbst, den kleineren, den junge Hunde zogen, Mitsah. Dieser hatte mit seinem Gespann, wenn es auch wie ein Spielzeug aussah, viel Freude, weil er mit ihm in die Welt der Arbeit des erwachsenen Mannes hineinwuchs. Zugleich lernte er, wie die jungen Tiere gelenkt und abgerichtet werden mußten. Außerdem war der Schlitten auch noch von Nutzen, da auf ihm fast zweihundert Pfund lagen. Wolfsblut hatte gesehen, daß die Hunde der Indianer im Gespann gingen, also fügte er sich, als er zum ersten Mal eingespannt wurde. Um den Nacken bekam er ein mit Moos wattiertes Halsband, an dem ein um die Brust und über den Rücken gehender Riemen befestigt war. An diesen war der lange Strick gebunden, mit dem er den Schlitten zog. Das Gespann bestand aus sieben jungen Hunden, die alle etwas älter als Wolfsblut waren. Jeder war mit einem eigenen Strick an den Schlitten gebunden, und alle diese Stricke waren ungleich lang, sodaß der Unterschied mindestens die Körperlänge eines Hundes ausmachte. Der Strick war mit einem Ring am vorderen Ende des kufenlosen, aus Birkenrinde verfertigten Schlittens befestigt. Das Vorderende des Schlittens war aufgebogen, um den Schnee leichter unterzupflügen, außerdem verteilte sich durch diese Bauart das Ladungsgewicht und das des Schlittens selbst auf die breiteste Fläche des weichen, lockeren Schnees. Nach demselben Prinzip breitete sich das Gespann am Ende der Stricke vor dem Schlitten wie ein Fächer aus, so daß keiner in die Fußstapfen des anderen trat.

Ein weiterer Vorteil lag darin, daß die ungleiche Länge der Stricke die Hunde daran hinderte, sich anzufallen. Wollte einer den anderen angreifen, mußte er sich gegen den an seinem kürzeren Strick Ziehenden wenden, und dann hatte er sowohl den Angegriffenen als auch die Peitsche des Lenkers gegen sich. Der größere Vorteil dieses Gespanns lag darin, daß der Hund, der einen vorderen angreifen wollte, den Schlitten schneller ziehen mußte. Bewegte sich jedoch dieser schneller, mußte auch der Angegriffene schneller laufen. So konnte kein Hund den anderen einholen, denn je schneller einer lief, desto schneller lief auch der, hinter dem er her war, und desto schneller liefen auch alle anderen. Mitsah hatte viel von der Schlauheit seines Vaters geerbt. Er wußte, daß Liplip Wolfsbluts Feind war. Als Liplip noch einem anderen Indianer gehört hatte, hatte er ihn hie und da mit einem Stein beworfen. Nun, da er ihm gehörte, nahm er Rache an ihm, indem er ihn an den längsten Strick band. Liplip wurde dadurch zwar Führer, was eine Ehre war, aber große Nachteile für ihn hatte. Denn von nun an wurde er von den anderen gehaßt und verfolgt, anstatt sie zu beherrschen und anzuknurren. Da er an dem längsten Strick zog, kam es den anderen vor, als liefe er vor ihnen davon. Sie sahen immer nur seinen buschigen Schwanz und die fliehenden Hinterbeine, und das erzeugte in ihnen sowohl das Verlangen, ihm nachzurennen, als auch das Gefühl, als liefe er aus Angst vor ihnen davon. Von dem Augenblick an, da der Schlitten sich in Bewegung setzte, jagte also das Gespann hinter Liplip her. Zuerst versuchte er, seine Würde zu wahren und sich gegen seine Verfolger umzuwenden, aber dann bekam er die Peitsche zu spüren, was ihn rasch zum Weiterlaufen bewog. Er konnte sich wohl gegen die Hunde auflehnen, nicht aber gegen die Peitsche, und so blieb ihm nichts anderes übrig, als den Strick straff zu halten und seine Beine aus dem Bereich der Zähne seiner Verfolger zu bringen. Aber damit hatte Mitsah noch nicht genug. Um Liplip zur Zielscheibe unaufhörlicher Verfolgungen zu machen, tat er ihm vor den anderen Hunden schön und bevorzugte ihn bei der Fütterung. Dadurch wuchs der Haß der Hunde gegen ihren Führer ins Ungemessene. In ihrer Gegenwart pflegte er ihn zu füttern, aber nur ihn allein, was sie toll machte vor Aufregung. Sie rasten dann um ihn herum, immer knapp außerhalb der Reichweite der Peitsche, während Liplip das Fleisch verzehrte und Mitsah ihn bewachte. Und wenn kein Fleisch mehr da war, hielt Mitsah das Gespann in der Entfernung und tat so, als ob er ihn noch weiter füttere.

Wolfsblut gefiel diese neue Arbeit. Er war von weit her gekommen, um sich dem Menschen zu unterwerfen, und er wußte, daß es zwecklos sei, sich seinem Willen zu widersetzen. Das Rudel war unwichtig, entscheidend war der Mensch. Er hatte nie mit seinesgleichen gespielt, Kische hatte er fast ganz vergessen, also fand das, was er an Anhänglichkeit besaß, seinen Ausdruck in der Treue, die er den Menschen, die er als seine Herren anerkannte, entgegenbrachte. Die anderen Hunde haßte er nach wie vor. Er gab die Bisse, die er, als Liplip die Hunde gegen ihn hetzte, empfangen hatte, hundertfach zurück. Liplip war nur insofern Führer, als er vor dem Gespann herlief. Im Lager versteckte er sich jetzt bei dem Grauen Biber oder Klukutsch. Er wagte sich nicht von ihnen weg, da die Hunde über ihn herfielen.

Wolfsblut hätte die Stelle Liplips einnehmen können, aber dazu war er zu einsam und zu verbittert. Er strafte die anderen nur, sonst wollte er nichts mit ihnen zu tun haben. Sie gingen ihm aus dem Wege und auch der Frechste unter ihnen wagte es nicht, ihm ein Stück Fleisch zu stehlen. Im Gegenteil, sie beeilten sich, mit ihrer Portion fertig zu werden, aus Angst, daß er ihnen einen Bissen wegschnappen könnte. Wolfsblut kannte das Gesetz gut: Den Schwachen unterdrücken, dem Starken gehorchen. Er verschlang sein Essen, so rasch er konnte, und wehe dem Hund, der dann nicht fertig war. Ein Knurren, ein Zuschnappen der Zähne, und der andere klagte den gleichgültigen Sternen seinen Verlust, während Wolfsblut die Portion des Bestohlenen verschlang. Wenn sich einer dagegen wehrte, wurde er rasch zum Schweigen gebracht. Wolfsblut hütete und verteidigte die einsame Stellung, die er sich geschaffen hatte, eifersüchtig. Kämpfe dauerten nicht lange. Er war den anderen zu flink. Sie bluteten, ehe sie wußten, was geschehen war. Er war ein fürchterlicher Tyrann, wer seine Überlegenheit nicht anerkannte, dem wurde sie mit den Zähnen eingebläut. Seine Macht war unbeugsam wie Stahl. Nicht umsonst war er als kleines Wölflein dem harten Kampf ums Dasein, der mitleidlosen Wildnis ausgesetzt gewesen. Nicht umsonst hatte er gelernt, sich leise aus dem Staube zu machen, wenn ein Stärkerer kam. Er unterdrückte zwar die Schwachen, verschwand aber geräuschlos, wenn er irgendwo auf einen erwachsenen Hund stieß. Die Zeit verging. Immer weiter zog der Graue Biber. Wolfsbluts Kräfte wuchsen, auch seine geistige Entwicklung näherte sich ihrem Ende. Er kannte nun die Welt, in der er lebte. Sie war öde und materialistisch, rauh und roh, ohne Wärme. Liebkosungen, Zuneigung und Liebe gab es in ihr nicht.

Was er für den Grauen Biber empfand, war keine Zuneigung. Das war sein Herr, sein rauher Herr, dessen Überlegenheit er erkannte, weil sie durch größere Klugheit und Stärke gestützt wurde. Wolfsblut brauchte einen Herrn, sonst wäre er in der Wildnis geblieben. Es gab aber in seiner Natur Tiefen, in die bis jetzt nichts und niemand vorgedrungen war. Vielleicht hätte ein freundliches Wort, eine Liebkosung diese Tiefen ausloten können, aber der Graue Biber streichelte ihn nicht, er gab ihm auch kein freundliches Wort. Das lag nicht in seiner Art. Er bewies ihm seine Überlegenheit dadurch, daß er mit einem Stock Gerechtigkeit austeilte, jedoch wurde ein Verdienst nicht durch Güte, sondern einzig und allein dadurch belohnt, daß keine Schläge ausgeteilt wurden. So ahnte Wolfsblut nicht, daß die Hand eines Menschen auch Gutes geben könnte. Er liebte die Hände des Menschen auch nicht. Sie waren ihm verdächtig. Gewiß, sie teilten Fleisch aus, öfter aber Schläge. Es war besser, mit ihnen nichts zu tun zu haben. Er lernte auch die Grausamkeit von Kinderhänden kennen.

Einmal hätte ihm ein Kind, das kaum gehen konnte, beinahe ein Auge ausgestoßen. Solche Erfahrungen machten ihn gegen alle Kinder mißtrauisch. Er konnte sie nicht leiden; wenn sie ihm mit ihren Händen zu nahe kamen, stand er auf und ging fort.

In einem Dorfe am großen Sklavensee erfuhr er, daß das Gesetz von der Unantastbarkeit des Menschen Ausnahmen gestattete. Wie die anderen Hunde war er auf Raub ausgegangen. Ein Indianerknabe hieb gerade mit einem Beil gefrorenes Elchfleisch in kleine Stücke. Wolfsblut schlich zufällig vorbei und erwischte eines der in den Schnee fliegenden Stückchen. Daraufhin legte der Junge das Beil nieder und ergriff einen derben Knüttel, um Wolfsblut zu schlagen. Wolfsblut lief davon, aber der Junge verfolgte ihn und trieb ihn zwischen zwei Wigwams und einem hohen Erdwall in die Enge, so daß es kein Entrinnen gab. Der Knabe ging mit erhobenem Knüttel auf Wolfsblut los. Dieser war empört, denn er war im Recht. Alle Fleischabfälle gehörten den Hunden, und nun wollte ihn der Bursche schlagen, obwohl er nichts Unrechtes getan, kein Gesetz verletzt hatte. Zähnefletschend sprang er den Knaben an und schuf sich durch einen raschen Biß freie Bahn. Er wußte, daß er das heilige Fleisch eines Gottes mit den Zähnen zerrissen hatte und eine schreckliche Strafe auf ihn wartete. Er flüchtete zu dem Grauen Biber und verkroch sich hinter ihm, als die Familie des gebissenen Knaben ankam, um Rache zu fordern. Aber der Graue Biber, Mitsah und Klukutsch verteidigten ihn. Wolfsblut hörte den Streit und begriff, daß es auch unter den Göttern Unterschiede gebe. Vom eigenen Herrn mußte man sich alles gefallen lassen, nicht aber von den anderen, besonders, wenn sie im Unrecht waren. Da durfte man seine Zähne gebrauchen. An demselben Tage sollte Wolfsblut dieses Gesetz noch genauer kennenlernen. Mitsah sammelte im Walde Brennholz und stieß auf den gebissenen Jungen und seine Freunde. Es kam zu einem Streit, und Mitsah wurde verprügelt. Zuerst sah Wolfsblut zu, in Angelegenheiten der Menschen hatte er sich nicht einzumischen. Aber als Mitsah zu schreien anfing, ließ ihn zwar kein bewußter Trieb handeln, aber von wildem Zorn getrieben, sprang er unter die Kämpfenden und verjagte die Gegner Mitsahs rasch. Als Mitsah dies dem Grauen Biber erzählte, ließ dieser viel, viel Fleisch für Wolfsblut kommen. Er durfte so lange fressen, bis er voll gestopft war. Schläfrig lag er dann vor dem Feuer und wußte, daß er richtig gehandelt hatte. Solche Erfahrungen lehrten ihn auch das Gesetz vom Eigentum und die Pflicht, dieses zu verteidigen. Der Schritt vom Schutze seines Herrn zum Schutze seines Eigentums war für ihn nicht schwer. Was dem Herrn gehörte, mußte gegen die ganze Welt, auch gegen andere Götter verteidigt werden. Man durfte sie in diesem Falle sogar beißen. Das war zwar gefährlich, aber kein Frevel. Die Pflicht ging über die Furcht – denn der Hund war dem Menschen nicht gewachsen –, aber man mußte Dieben mutig die Stirn bieten. Und die Diebe lernten es bald, das Eigentum des Grauen Biber zu respektieren. Wolfsblut wußte bald, daß Diebe meistens Feiglinge waren und beim ersten Angriff davonliefen. Er schlug keinen Lärm – denn er bellte nie –, sondern versuchte sofort, den Eindringling zu beißen.

Da er sich um die anderen Hunde nicht kümmerte, sondern einsam und ungesellig lebte, war er ein idealer Wächter. Aber er wurde auf diese Weise immer wilder, unbezähmbarer und einsamer.

Immer enger wurden die Bande zwischen Hund und Mensch. Es war ein einfaches Tauschgeschäft. Wolfsblut tauschte seine Freiheit gegen einen Gott aus Fleisch und Blut ein, der ihm Speise, Feuer, Schutz und Gesellschaft bot. Er hütete das Leben des Herrn und dessen Eigentum, leistete Arbeit für ihn und gehorchte ihm. Er gehorchte aus Pflichtgefühl und Angst, nicht aus Liebe. Er wußte auch gar nicht, was Liebe sei. Kische war nur noch eine blasse Erinnerung. Dennoch hätte er seinen Herrn niemals wieder aufgegeben, selbst dann nicht, wenn Kische noch gelebt hätte und eine Rückkehr in die Wildnis möglich gewesen wäre.

6. Kapitel
Hungersnot

Zu Beginn des Frühlings beendete der Graue Biber seine lange Fahrt. Es war wieder April und Wolfsblut ein Jahr alt, als ihn Mitsah im Dorfe ausspannte. Obwohl er noch nicht ausgewachsen war, war er neben Liplip der größte Hund seines Alters. Er konnte sich jetzt sogar schon mit erwachsenen Hunden messen, er hatte von den Eltern die Wucht und Stärke geerbt, es fehlte ihm nur noch an Breite. Sein Körper war hager und eckig, sein graues Fell hatte die echte Wolfsfarbe. Allem Anschein nach war er ein echter Wolf, denn Kisches Erbe machte sich äußerlich nicht bemerkbar, wenn es auch seinem Geist den Stempel aufdrückte. Im Dorfe fand er die Götter wieder, die er vor der langen Fahrt gesehen hatte, die jungen Hunde, die wie er herangewachsen waren, und auch die erwachsenen, die nicht mehr so groß und schrecklich aussahen wie das Bild, das er von ihnen im Gedächtnis trug. Darum fürchtete er sie jetzt auch weniger und schritt mit einer sorglosen Sicherheit umher.

Unter den älteren Hunden gab es einen namens Besik, der früher Wolfsblut durch das bloße Fletschen der Zähne vertrieben hatte. Durch ihn sollte Wolfsblut erfahren, wie sehr er sich verändert hatte. Er hatte von einem frisch erlegten Elch einen Huf und einen Teil des Schienbeins bekommen, an dem noch ein schönes Stück Fleisch hing. Um dieses in Ruhe fressen zu können, hatte er sich von den anderen Hunden entfernt und sich hinter ein Gebüsch zurückgezogen. Plötzlich stürzte Besik auf ihn los, war aber auch schon zweimal gebissen, ehe er überhaupt wußte, was los war. Verblüfft stand er da und starrte Wolfsblut finster an, während der aufreizende Knochen zwischen den beiden Hunden lag. In Wolfsblut erwachte infolge dieses Blickes ein Teil der früheren Ehrfurcht. Er überlegte schon, ob er nicht doch zurückweichen und den Rückzug antreten solle. Hätte Besik sich damit begnügt, weiter drohend und finster zu blicken, hätte Wolfsblut sich zurückgezogen. Aber jener beging den Fehler, nicht zu warten. Er fühlte sich schon als Sieger und machte einen Schritt auf den Knochen zu. Als er ihn sorglos beschnupperte, sträubten sich Wolfsbluts Haare. Selbst jetzt wäre es für Besik nicht zu spät gewesen, wäre er finster blickend stehengeblieben. Aber der Geruch des frischen Fleisches stieg ihm in die Nase, er begann zu fressen. Das war für Wolfsblut zu viel. Er, der monatelang ein Gespann beherrscht hatte, sollte zusehen, wie ein anderer sein Fleisch fraß? Ohne Warnung, wie er es immer tat, schnappte er zu und Besiks rechtes Ohr hing in Fetzen herab. Dieser war durch den unerwarteten Angriff verblüfft, und diese Verblüffung sollte ihn teuer zu stehen kommen. Er wurde umgeworfen, in den Hals und die Schulter gebissen, ohne daß er sich richtig wehren konnte, denn seine Zähne schnappten immer wieder ins Leere. Wolfsblut schlitzte ihm noch die Nase auf, dann sprang er zurück.

Nun stand Wolfsblut knurrend über dem Knochen. Aber es sollte zu keinem Kampf mehr kommen. Besik schickte sich zum Rückzug an. Mit Bitterkeit fühlte er die Schwäche des herannahenden Alters. Es gab nur eines für ihn: die Würde zu wahren. Ruhig kehrte er dem jungen Hund den Rücken zu und schritt stolz davon. Erst als er außer Sicht war, leckte er seine Wunden.

Dieser Kampf erhöhte Wolfsbluts Stolz und Selbstvertrauen. Nun bezeugte er den älteren Hunden keine Demut mehr. Er suchte keinen Streit, aber er verlangte, daß sie ihn achteten. Er wollte nicht belästigt werden, er wollte nicht ausweichen müssen, er wollte nicht wie die jungen Hunde seines Gespanns übersehen werden, er wollte auch seinen Anteil am Fleisch. Und er erreichte, was er wollte: Die erwachsenen Hunde behandelten ihn, der ungesellig, einsam und verdrossen kaum nach rechts oder links blickte und zurückhaltend war, wie ihresgleichen.

Nach einigen erbitterten Zusammenstößen ließen sie ihn in Ruhe und kamen weder als Angreifer noch als Freunde nahe.

Und er tat dasselbe.

Als Wolfsblut um die Sommersonnenwende um einen neuen Wigwam strich, der am Ende des Dorfes errichtet worden war, stieß er plötzlich auf Kische. Er blieb stehen und blickte sie an. Er erinnerte sich ihrer, wenn auch dunkel, was man von ihr nicht behaupten konnte. Drohend wies sie ihm die Zähne, aber gerade dadurch wurde in ihm die Erinnerung an seine Kindheit lebendig. Kische war für ihn der Mittelpunkt der Welt gewesen, bevor er die Menschen kennen gelernt hatte. Die alten, vertrauten Gefühle jener Zeit stiegen in ihm auf. Er sprang voll Freude auf sie zu, aber sie empfing ihn mit blitzenden Zähnen und riß ihm die Wange bis auf die Knochen auf. Das verstand er nicht und zog sich verwirrt zurück. Kische war nicht zu tadeln. Eine Wölfin erinnert sich ihrer früheren Kinder nicht, Wolfsblut war für sie ein Fremder, vor dem sie ihre jetzigen Jungen schützen mußte. Eines der Kleinen kam auf Wolfsblut zugewackelt. Sie waren, ohne es zu wissen, Halbbrüder. Wolfsblut beroch das Hündchen neugierig, worauf Kische auf ihn zuraste und ihn neuerdings biß. Er wich weiter zurück. Die alten Erinnerungen kehrten wieder in die Gruft zurück, aus der sie emporgestiegen waren. Er sah zu, wie Kische das Junge ableckte und ihn dazwischen anknurrte. Sie war ihm nichts mehr, er hatte auch ohne sie mit dem Leben fertig werden müssen. So wie er in ihrem Dasein keinen Platz mehr hatte, hatte sie von nun an in dem seinen keinen mehr. Er hatte sich beißen lassen, weil sie eine Hündin war. Er wußte nicht aus Erfahrung, daß die Geschlechter sich nie bekämpfen durften, ein geheimer Trieb, ein Instinkt sagte es ihm, genauso wie ihn ein Instinkt zwang, nachts den Mond und die Sterne anzuheulen und das Unbekannte zu fürchten. Die Zeit verstrich. Wolfsblut nahm an Stärke, Gewicht und Breite zu, sein Charakter entwickelte sich nach dem Gesetz der Vererbung und dem seiner Umgebung. Das Erbteil war gleichsam der Lehm, aus dem er geformt war, die Umgebung knetete ihn in verschiedene Formen, ohne ihm aber eine besondere Gestalt zu geben. Nun hatten ihm die Menschen eine andere Umgebung gegeben, er war zum Hund geworden, der zwar viel vom Wolfe hatte, aber doch mehr Hund als Wolf war.

Also nahm infolge der Beschaffenheit seiner Natur und durch die besonderen Umstände sein Charakter immer bestimmtere Formen an. Das war nicht zu ändern. Er wurde immer mürrischer, ungeselliger, einsamer und wilder, die Hunde vermieden jeden Streit mit ihm und der Graue Biber schätzte ihn von Tag zu Tag höher ein.

Nur eine Schwäche konnte er nicht abstreifen. Er vertrug es nicht, wenn ihn die Menschen auslachten. Sie konnten über alles lachen, nur nicht über ihn. Das machte ihn rasend, es beleidigte ihn so sehr, daß er sich nachher stundenlang wie ein Wahnsinniger aufführte. Wehe dem Hunde, der ihm dann über den Weg lief! An dem Grauen Biber durfte er seine Wut nicht auslassen, der verfügte über einen Knüttel – aber die Hunde hatten keinen und flohen, wenn Wolfsblut, durch ein Gelächter rasend geworden, auftauchte.

Im dritten Jahre seines Lebens brach über das Dorf eine Hungersnot herein. Im Sommer hatte es nur wenige Fische gegeben und im Winter verließen die Rentiere ihr gewöhnliches Standquartier. Die Elche wurden immer seltener, die Kaninchen waren kaum noch zu sehen, die Raubtiere starben oder fraßen sich gegenseitig auf. Am Leben blieben nur die Starken. Die Indianer waren seit eh und je nur Jäger gewesen, also starben die Schwachen und Alten vor Hunger. Es ertönte viel Klage im Dorfe, denn auch die Frauen und Kinder hungerten, damit das wenige, was noch da war, für die hohläugigen, vergeblich auf die Jagd gehenden Männer bliebe. Die Not war so groß, daß die Menschen ihre Mokassins und Handschuhe, die Hunde die Riemen und Peitschenschnüre verzehrten. Dann fraßen die Hunde einander auf, die Menschen fraßen die Hunde. Die Schwächsten kamen zuerst dran. Die überlebenden Hunde sahen das und machten sich aus dem Staube. Einige der kühnsten flohen in die Wälder, wo sie jedoch entweder verhungerten oder eine Beute der Wölfe wurden. In dieser Zeit der Not stahl sich auch Wolfsblut fort in die Wälder. Er war durch seine erste Kindheit für das Leben in der Wildnis besser als die anderen Hunde geeignet. Besonders geschickt war er im Überfallen kleiner Lebewesen. Stundenlang lag er hinter einem Gesträuch und beobachtete geduldig ein Eichhörnchen. Selbst wenn dieses sich auf den Boden wagte, ließ er sich nicht zu einer Voreiligkeit verleiten, sondern wartete, bis seinem Opfer der Rückzug zu seinem Baume abgeschnitten war. Dann erst schoß er blitzschnell und geschmeidig aus seinem Versteck hervor und verfehlte auch nie sein Ziel.

Aber es waren zu wenig Eichhörnchen da, als daß er seinen ärgsten Hunger hätte stillen können. Also machte er auch auf kleinere Tiere Jagd. Er schämte sich nicht, die Waldmäuse aus ihren Löchern auszugraben, ebenso wenig hielt er es unter seiner Würde, mit irgendeinem Wiesel, das noch hungriger war als er selbst, zu kämpfen.

Wenn es im Walde nichts zu holen gab, schlich er sich in die Nähe des Indianerlagers und bestahl die Schlingen und Fallen. Allerdings waren auch die meistens leer. Ja, er stahl sogar dem Grauen Biber ein Kaninchen, als dieser, taumelnd vor Schwäche und öfter stehenbleibend oder sich setzend, durch den Wald kam. Eines Tages stieß er im Wald auf einen jungen Wolf, der vor Hunger schwach und matt und so mager wie ein Gerippe war. Wäre er nicht selber hungrig gewesen, wäre er vielleicht mitgelaufen und hätte den Weg zu seinen Brüdern gefunden. So aber warf er den Wolf zu Boden, tötete ihn und fraß ihn. Er hatte immer Glück. Wenn es ihm am schlechtesten ging, fand er Beute, wenn er am mattesten war, stieß er auf kein größeres Raubtier. Eines Tages verfolgte ihn ein Rudel hungriger Wölfe, aber da er besser als sie genährt war (er hatte tags zuvor einen Luchs verzehrt), entkam er ihnen, ja, noch mehr, er überfiel einen seiner Verfolger und tötete ihn. Er verließ die Gegend und kam in das Tal, in dem er das Licht der Welt erblickt hatte. In der alten Höhle traf er Kische wieder, die wie er das ungastliche Feuer der Menschen verlassen und den alten Schlupfwinkel aufgesucht hatte, um für ihre Jungen Schutz zu suchen. Aber es war nur noch mehr eines am Leben und auch dieses hatte wenig Aussicht davonzukommen.

Kische begrüßte ihren erwachsenen Sohn auch diesmal nicht liebevoll. So machte er sich wieder auf den Weg und trabte den Fluß hinauf. Er kam an das Lager des Luchses, mit dem er und seine Mutter einst auf Leben und Tod gekämpft hatten. Hier ließ er sich nieder und ruhte einen Tag aus. Am Anfang des Sommers, als die Not ein Ende nahm, stieß er auf Liplip, der ebenfalls in die Wälder geflohen und halb verhungert war. Die beiden Hunde kamen aus entgegengesetzter Richtung, sie standen sich plötzlich unerwartet gegenüber, als sie gerade um eine Felsenecke bogen. Sie erschraken beide und sahen sich mißtrauisch an. Wolfsblut hatte in den letzten Tagen mit Erfolg gejagt und war wohlgenährt, Liplip hingegen glich einem Skelett. Wolfsblut verlor keine Zeit, der Angriff erfolgte schnell. Der andere wollte ausweichen, aber Wolfsblut warf ihn mit der Schulter zu Boden und rollte ihn auf den Rücken. Ein Biß in den mageren Hals und – Liplip rang mit dem Tode, während Wolfsblut mit steifen Beinen und gespanntem Blick rund um den Feind ging. Dann setzte er seine Wanderung fort und trabte weiter, den Bergabhang entlang. Einige Tage später kam Wolfsblut an den Rand eines Waldes, wo sich ein schmaler Streifen freien Landes nach dem Mackenzie hinabzog. Früher war die Gegend verlassen gewesen, jetzt stand ein Dorf dort. Wolfsblut verbarg sich hinter den Bäumen und übersah die Gegend. Der Anblick, die Töne, die Gerüche waren ihm gut bekannt. Es war sein altes Dorf, nur daß es jetzt an einem anderen Platz stand. Aber es hatte sich vieles geändert, seit er in den Wald entflohen war. Kein Jammern und Klagen war zu hören. Töne behaglicher Zufriedenheit klangen an sein Ohr. Er vernahm zwar dazwischen auch die keifende Stimme einer Frau, allein er wußte, daß dieser Ärger nur aus einem vollen Magen kommen konnte. Und in der Luft roch es verlockend nach Fischen. Es war also wieder Speise da, die Zeit der Not war vorüber.

Wolfsblut kam frech aus dem Walde heraus und trabte ins Lager, gerade auf den Wigwam des Grauen Biber zu. Sein Herr war nicht anwesend, aber Klukutsch begrüßte ihn voll Freude und gab ihm einen ganzen Fisch.

Und Wolfsblut legte sich nieder, um die Rückkehr seines Herrn zu erwarten.

Vierter Teil

1. Kapitel

Der Feind

Wenn Wolfsbluts Natur ein freundschaftliches Verhältnis zu den anderen Hunden erlaubt hätte, wäre dieses doch dadurch, daß er Leithund des Gespanns wurde, zerstört worden. Von nun an haßten ihn die anderen nur noch mehr. Sie haßten ihn wegen des Fleisches, das er von Mitsah als Begünstigung erhielt, sie haßten ihn, weil er tatsächlich oder ihrer Meinung nach bevorzugt wurde, vor allem aber haßten sie ihn, weil er mit wehendem Schwanze und fliehenden Hinterbeinen immer und ewig vor ihnen herlief und sie dadurch bis zum Wahnsinn reizte. Wolfsblut vergalt diesen Haß seiner Gefährten mit Zinsen und Zinseszinsen. Es war kein Vergnügen, Leithund zu sein. Denn als solcher war er gezwungen, vor dem kläffenden Rudel herzulaufen, das er fast drei Jahre lang tyrannisiert hatte. Und das war mehr als unerträglich. Aber er konnte nichts dagegen tun, sonst wäre es sein Tod gewesen, und den wünschte er sich nicht herbei. Wenn Mitsah das Zeichen zur Abfahrt gab, sprang das ganze Gespann mit wildem Gekläff hinter ihm drein. Wehren konnte er sich nicht, denn kehrte er sich um, bekam er die Peitsche zu spüren. Er mußte laufen. Mit dem Schwanz und den Hinterbeinen konnte er dem heulenden Rudel nichts tun, die halfen gegen so viele unbarmherzige Zähne nichts. Also rannte er weiter. Jeder Satz, den er machte, tat seiner Natur und seinem Stolz Gewalt an. Aber man kann sein eigenes Ich nicht mit Gewalt niederzwingen, ohne daß sich dieses auflehnt. So erging es auch Wolfsblut. Jede Faser seines Herzens trieb ihn dazu, die Hunde, die ihm an den Fersen waren, anzufallen, aber die Peitsche und der Wille seiner Götter zwangen ihn zum Gegenteil.

Daher nährte er in seinem Innersten einen Haß und Groll, der sich nicht entladen konnte und ebenso groß war wie seine unbändige Wildheit und Unzähmbarkeit. Wolfsblut wurde der Feind seiner Gattung. Er nahm keine Rücksicht und verlangte auch keine. Wunden und Narben zeugten von der Grausamkeit der Zähne der anderen Hunde, aber er vergalt Gleiches mit Gleichem. Andere Leithunde suchten des Abends den Schutz der Menschen – er verschmähte ihn. Ruhig schritt er im Lager umher und strafte jene, die ihn am Tage gequält hatten. Vorher waren ihm die anderen ausgewichen. Nun war das nicht mehr so: Die Hunde, durch das Nachlaufen hinter ihm erregt, durch den ewigen Anblick seiner Flucht gereizt, erfüllt von dem Gefühl der Übermacht, das sie tagsüber erfüllte, gingen ihm nicht mehr aus dem Wege. Ewig gab es Streit, die Luft war voll Haß und Groll. Wenn Mitsah dem Gespann Halt gebot, so gehorchte Wolfsblut zuerst. Anfangs verursachte dies große Aufregung unter den Hunden. Alle wollten sie auf den verhaßten Leithund losspringen, aber schon stand Mitsah hinter ihnen und die große Peitsche pfiff in seiner Hand. So lernten sie verstehen, daß sie Wolfsblut zufriedenlassen mußten, wenn das Gespann anhielt. Aber wenn er ohne Befehl stehenblieb, dann durften sie auf ihn losspringen, um ihn zu zerreißen – wenn sie es konnten. Nach mehreren solchen Erfahrungen blieb Wolfsblut nie mehr ohne Befehl stehen. Er lernte schnell, daß er dies tun mußte, wenn er am Leben bleiben wollte.

Allein die Hunde lernten es nie, ihn im Lager zufriedenzulassen. An jedem Tag, wenn sie ihn wütend angriffen, war vergessen, was sie am vorhergehenden Tag gelernt hatten, es wurde von neuem gelernt und wurde von neuem wieder vergessen. Allerdings waren für ihre Abneigung noch tiefere Gefühle vorhanden. Sie witterten in ihm eine Verschiedenartigkeit, und das war ausreichend genug für eine Feindschaft. Gewiß, auch sie waren gezähmte Wölfe, aber sie waren das schon seit vielen Generationen gewesen. Eigenschaften, die aus der Wildnis stammten, hatten sich bei ihnen verloren, während sie Wolfsblut noch anhafteten. Für sie war die Wildnis das Unbekannte, Schreckliche, das Drohende, Feindselige. Wenn sie ihn daher angriffen, verteidigten sie sich gegen die Mächte der Finsternis und der Zerstörung, die im Schatten der Wälder und hinter den Lagerfeuern im Dunkeln lauerten. Die Hunde lernten bald, daß sie gegen ihn zusammenhalten mußten. Für den Einzelnen war nichts zu holen. So traten sie ihm nur in Haufen gegenüber, sonst hätte er sie in einer Nacht einzeln umgebracht. So aber konnte er ihnen doch nicht so beikommen. Wohl war er im Stande, einen umzuwerfen, aber ehe er ihm noch den tödlichen Biß versetzen konnte, stürzten schon die anderen über ihn her. Die Hunde hatten auch untereinander Streit, aber dieser war sofort vergessen, wenn es gegen Wolfsblut ging.

Aber so wie er ihnen nicht beikommen konnte, konnten auch sie gegen ihn nichts ausrichten. Er war zu flink, zu stark, zu klug für sie. Er ließ sich nicht in die Enge treiben, ebenso wenig gelang es ihnen, ihn einzuschließen. Kein Hund konnte ihn niederwerfen, er stemmte sich mit derselben Zähigkeit gegen die Erde, mit der er sich an das Leben klammerte. Er wußte, daß Auf-den-Füßen-bleiben gleichbedeutend mit leben war. So wurde Wolfsblut der Feind der Gattung, der gezähmten Wölfe, die bei den Feuerstätten der Menschen einen Teil ihres wilden Wesens verloren hatten und unter dem menschlichen Schutz verweichlicht worden waren. Er war verbittert und unversöhnlich, das war die Form, die der Lehm, aus dem er geknetet war, angenommen hatte. Selbst der Graue Biber, der auch nichts anderes als ein Wilder war, wunderte sich über die Wildheit seines Hundes. Er beschwor, daß es noch nie einen solchen Hund gegeben hätte, und die Indianer in den fremden Dörfern gaben ihm fluchend Recht, wenn sie die Zahl der Opfer Wolfsbluts unter ihren Hunden zählten.

2. *Kapitel*
Die große Fahrt

Als Wolfsblut nahezu fünf Jahre alt war, nahm ihn der Graue Biber abermals auf eine weite Fahrt mit. Noch lange erinnerte man sich des Massakers, das er unter den Hunden in den Dörfern am Mackenzie, im Felsengebirge, am Porcupine und bis zum Yukon hin anrichtete. Mit Vorliebe ging er ganz gewöhnliche, harmlose Hunde an, die auf einen Angriff ohne vorhergehende Warnung nicht gefaßt waren. Sie kamen ihm mit steifen Beinen herausfordernd entgegen und waren von ihm, der derlei Einleitungen nicht kannte, am Halse gepackt und umgebracht, bevor sie sich von ihrer Überraschung erholt hatten.

Er wurde ein richtiger Preisfechter, er verschwendete seine Kraft niemals. Er war blitzschnell im Angriff und, wenn dieser mißglückte, ebenso rasch im Rückzug. Er besaß in hohem Grade die Abneigung des Wolfes gegen den Kampf Seite an Seite, er konnte eine längere Berührung seines Körpers mit einem anderen nicht ertragen. Frei mußte er dastehen, auf den eigenen Füßen, kein lebendes Wesen durfte ihn berühren. Das war noch die Wildnis, die in ihm weiterlebte, und dieses Gefühl war durch das Ausgestoßensein in seiner Jugend noch verstärkt worden. Berührung war Gefahr, war Falle. Aus diesem Grunde konnte ihm keiner an, er wich fremden Zähnen aus. Er besiegte den Gegner oder trollte sich – auf jeden Fall blieb er unverletzt. Natürlich fielen manchmal mehrere Hunde zugleich über ihn her und bissen ihn, bevor er davonlaufen konnte, aber das war sehr selten der Fall. Seine Anlagen waren besser als die des gewöhnlichen Hundes. Nerven, Hirn und Muskeln arbeiteten zusammen und funktionierten wie eine hervorragende Maschine. Er schien zu wissen, welcher Zeitraum zur Vollendung einer Handlung erforderlich wäre. So konnte er den Sprung oder den Biß eines Hundes vermeiden und auch zugleich die winzig kleine Zeitspanne sich ausersehen, in der er selber angreifen konnte. Das war nicht sein Verdienst, die Natur war nur ihm gegenüber freigebiger als gegen die anderen gewesen.

Im Sommer kam Wolfsblut in Fort Yukon an. Der Graue Biber hatte im Winter vorher die große Wasserscheide zwischen dem Mackenzie und dem Yukon überschritten, im Frühling war er in den Ausläufern des Felsengebirges auf der Jagd gewesen. Dann, als das Eis geschmolzen war, hatte er ein Boot gebaut und war den Porcupine hinabgerudert, bis zu der Stelle, wo sich derselbe gerade unter dem Polarkreis mit dem Yukon vereinigt. Hier stand das alte Fort der Hudsonbai-Gesellschaft, in dem sich viele Indianer versammelt hatten. Es gab Nahrungsmittel in Hülle und Fülle und die Aufregung war ebenso groß. Es war der Sommer des Jahres 1898 und Tausende von Goldsuchern zogen den Yukon hinauf nach Dawson und Klondike. Sie waren noch Hunderte von Meilen von ihrem Ziel entfernt, aber viele waren schon über ein Jahr unterwegs. Die meisten hatten schon fünftausend englische Meilen hinter sich und waren von der anderen Seite der Welt gekommen. Hier machte der Graue Biber halt. Er hatte von der Jagd nach dem Golde gehört und deshalb viele Pelze, Handschuhe und Mokassins aus Fellen, die mit Därmen zusammengenäht waren, mitgebracht. Er hatte diese lange Reise unternommen, weil er auf einen großen Gewinn rechnete. Aber dieser ging über seine kühnsten Erwartungen. Aus hundert Prozent Gewinn wurden tausend. Wie jeder echte Indianer ließ er sich häuslich nieder und verkaufte seine Waren bis zum letzten Stück sehr langsam und mit viel Vorsicht.

In Fort Yukon sah Wolfsblut die ersten Weißen. Er verglich sie mit den Indianern und sie erschienen ihm als noch höhere Wesen. Ihre Macht mußte noch größer sein: Waren ihm bisher die Wigwams als Offenbarung der menschlichen Macht erschienen, so erregten nun die aus gewaltigen Blöcken erbauten Holzhäuser des großen Forts seine Ehrfurcht. Die Weißen besaßen noch viel mehr Macht über die Dinge als die Menschen, die er bisher gekannt hatte. Auch der Graue Biber war nur ein Kind im Vergleich mit den Bleichgesichtern. Natürlich kamen diese Eindrücke Wolfsblut nicht klar zu Bewußtsein, aber er fühlte sie und traute deshalb den höheren Wesen nicht. Man konnte nie wissen, welche Schrecken und Schmerzen sich hinter ihnen verbargen. Die Neugierde trieb ihn dazu, sie näher zu betrachten; da auch andere Hunde das ungestraft taten, konnte er es schon wagen. Er selbst war bei den Weißen Gegenstand allgemeiner Neugier. Einer zeigte dem anderen sein wolfsartiges Äußeres. Aber wenn sie mit dem Finger auf ihn wiesen, wich er scheu zurück und zeigte die Zähne. Keiner durfte ihn berühren – und das war gut für sie.

Daß im Orte selbst nur wenige Weiße wohnten, erkannte er bald. Aber es kam alle zwei, drei Tage ein Dampfer (ein großartiges Zeichen ihrer Macht) und blieb einige Stunden. Die Weißen, die mit diesem Dampfer kamen, verschwanden wieder aus seinem Gesichtskreis, aber es waren ihrer viel mehr, als er in seinem Leben Indianer gesehen hatte. Die weißen Menschen waren groß und mächtig – ihre Hunde waren es nicht. Das wußte Wolfsblut bald. Sie waren an Gestalt und Größe verschieden, die einen hatten zu kurze, die anderen zu lange Beine, manche an Stelle des Pelzes nur ein glattes Fell. Kämpfen konnte keiner von ihnen.

Wolfsblut, der Todfeind seiner Gattung, suchte den Kampf mit ihnen. Aber bald hatte er nichts als tiefe Verachtung für sie übrig. Sie waren dumm und ungeschickt, sie machten viel Lärm und sprangen sinnlos hin und her und versuchten, ihre Tölpelhaftigkeit durch Kraft auszugleichen. Es war nicht schwer, sie umzuwerfen und in die Kehle zu beißen. War das geschehen, fielen die Indianerhunde, die wartend im Kreise herumgestanden hatten, über den besiegten Hund her und rissen ihn in Stücke.

Wolfsblut war sehr schlau. Er wußte, daß die Menschen sich ärgerten, wenn ihre Hunde getötet wurden. Und die Weißen bildeten davon keine Ausnahme. Daher begnügte er sich, seine Gegner zu besiegen, und überließ es dem großen Haufen, ihnen den Garaus zu machen. Dann pflegten aber die Weißen einzuspringen und ihren Zorn an den anderen Hunden auszulassen, während Wolfsblut ungestraft davonkam. In solchen Fällen pflegte er in geringer Entfernung stehenzubleiben und zuzuschauen, wie Steine, Knüttel, Beile und andere Waffen gegen die Gefährten seiner Missetat gebraucht wurden. Ja, Wolfsblut war schlau! Während er sich trollte, bekamen die Indianerhunde Prügel! Einmal feuerte auch ein Weißer, dem ein kostbarer Hühnerhund vor den Augen in Stücke gerissen worden war, blitzschnell mit dem Revolver in die balgende Menge und tötete sechs Hunde. Das war für Wolfsblut eine neuartige Kundgebung der Macht des Weißen, die ihn zu noch größerer Vorsicht veranlaßte. Da er nichts zu tun hatte – der Graue Biber war mit dem Ansammeln von Reichtümern beschäftigt –, wurde ihm der Mord an den Hunden der Weißen zur Beschäftigung. Er trieb sich mit den Indianerhunden am Landungsplatz herum und wartete auf die Dampfboote. Allein man konnte kaum sagen, daß Wolfsblut zu der Bande gehörte, denn er mischte sich nicht unter die anderen Hunde, sondern hielt sich abseits und wurde sogar von ihnen gefürchtet. Allerdings machte er insofern mit ihnen gemeinsame Sache, als er den Streit mit dem fremden Hund anfing, während die anderen zusahen und – wenn er ihn niedergeworfen hatte – ihm den Garaus machten. Dann zog er sich jedoch zurück und überließ die anderen der Rache der erzürnten Weißen. Es war nicht schwer für ihn, einen Streit zu beginnen, er mußte sich den fremden Hunden, wenn sie an Land kamen, nur zeigen. Denn sie stürzten sich auf ihn, sobald sie ihn erblickten. Für sie war er die Verkörperung der Wildnis, des Unbekannten, Furchtbaren und des Dunkels, das um die Feuer im Walde lauerte.

Da sich viele Generationen dieser Hunde um das Feuer des Menschen geschart hatten, war ihr Instinkt umgeformt worden, sie fürchteten die Wildnis, aus der sie stammten, die sie verlassen und verraten hatten, die Wildnis, die für sie Symbol des Schreckens war. Und hatten sie doch bisher immer die Geschöpfe der Wildnis töten dürfen!

So kamen die Hunde aus dem milden, weichen Süden gemächlich über das Laufbrett und betraten das Ufer des Yukon, um beim Anblick Wolfsbluts den unwiderstehlichen Trieb zu empfinden, sich auf ihn zu stürzen und zu töten. Sie sahen das wolfsähnliche Tier, das da im hellen Sonnenschein vor ihnen stand, nicht nur mit den eigenen Augen, sondern auch mit denen ihrer Vorväter und erkannten in ihm den Erbfeind, den Wolf.

Aber auch Wolfsblut war ihr Anblick verhaßt. Nicht umsonst war er in einer einsamen Höhle aufgewachsen, nicht umsonst hatte er in seiner früheren Jugend mit dem Schneehuhn, dem Wiesel und dem Luchs gekämpft, nicht umsonst hatte ihn Liplip mit seinem Haß verfolgt. Niemals hatte er mit Hunden gespielt, niemals hatte ihn ein Mensch gestreichelt, keiner hatte seine freundlichen Eigenschaften zu fördern versucht. Man hatte aus ihm ein einsames, blutdürstiges Geschöpf gemacht. Niemand durfte sich darüber wundern, daß er der Feind seiner Gattung geworden war.

3. Kapitel
Der grausame Gott

Es lebten nur wenige Weiße in Fort Yukon, und diese waren schon seit langer Zeit dort ansässig. Sie nannten sich „Sauerteig" und waren auf diesen Namen stolz. Die anderen, die mit den Dampfern kamen, nannten sie geringschätzig „Chekaquos", weil sie ihr Brot mit Hefe zubereiteten. Dabei war dies nichts als Neid der „Sauerteigs", denn die Ansässigen buken ihr Brot nur deshalb so, weil sie es nicht besser verstanden. Also: Die Leute in Fort Yukon verachteten die Ankömmlinge und freuten sich, wenn es ihnen schlecht ging. Sie freuten sich ganz besonders über das Unheil, das Wolfsblut samt Anhang unter den Hunden der Fremden anrichtete. Kam ein Dampfer an, erschienen auch sie, um sich den Spaß anzusehen. Vor allem ein Mann weidete sich an diesem Schauspiel. Beim ersten Pfiff des Dampfers kam er gerannt, er stand mit glitzernden Augen da und es war sein größtes Vergnügen, wenn ein sanfter Südland-Hund in Todesangst aufschrie. War der Kampf vorüber, ging er zurück und warf begehrliche Blicke auf Wolfsblut. Der Mann hieß „Der Schöne". Da man seinen Vornamen nicht wußte, hieß er auch „Der schöne Schmitt". Dabei war er alles eher denn schön. Die Natur hatte ihn im Gegenteil sehr stiefmütterlich behandelt. Er war sehr klein, auf dem hageren Körper saß ein winziger Kopf, die Stirn war flach, der Hinterkopf zeigte keine Wölbung. Die Gesichtszüge waren dafür umso breiter, die Augen waren groß und so weit voneinander entfernt, daß noch ein Paar dazwischen Platz gehabt hätte. Was aber dem Gesicht die größte Breite gab, war der ungeheure Kiefer, der so massig vorsprang, daß er für den hageren Hals fast zu schwer erschien. Man hätte diese Kinnbacken für das Zeichen großer Standhaftigkeit halten können, aber das Gegenteil war der Fall: Schmitt war weit und breit als gemeiner Feigling bekannt. Die beiden Augenzähne, die breiter als die anderen gelben Gefährten waren, ragten wie Stoßzähne zwischen den schmalen Lippen hervor. Die Augen schien die Natur aus allen ihren Farbtöpfen zusammengekratzt zu haben, so unbestimmt war ihre Farbe. Dasselbe konnte man von dem schütteren Haar sagen, das auf dem Kopfe zu Berge stand, im Gesicht jedoch wie Korn wuchs. Dieses Monstrum Schmitt war im Fort Koch, Aufwaschfrau und Mädchen für alles. Man behandelte ihn nicht schlecht, denn man hatte Angst vor ihm. Man traute ihm ohne weiteres einen Meuchel- oder Giftmord zu. Außerdem – irgendwer mußte diese Arbeiten machen, warum sollte das nicht er sein? Schmitt war von Wolfsbluts Mut und Blutdurst so sehr begeistert, daß er ihn besitzen wollte. Er näherte sich Wolfsblut, ohne daß dieser von ihm Notiz nahm. Als Schmitt zudringlicher wurde, zeigte er ihm die Zähne und zog sich zurück. Dieser Mann gefiel ihm nicht, er witterte Böses und haßte seine freundlichen Worte und seine ausgestreckte Hand.

Die Tiere unterscheiden Gut und Böse leicht. Wolfsblut fühlte, daß Schmitt böse war, er roch es auch. Von diesem mißgestalteten Körper gingen wie von einem fieberschwangeren Sumpf ungesunde Gerüche aus. Wie durch unerforschliche Kanäle kam ihm das Gefühl, daß dieser Mensch Übles im Schilde führe, daß er ihm schaden könnte, kurz, daß er schlecht sei und verabscheut werden müsse. Als Schmitt das erste Mal in das Lager des Grauen Biber kam, war Wolfsblut anwesend. Als die Fußtritte noch fern waren und er den Ankömmling noch nicht sehen konnte, wußte er schon, wer da käme. Sein Haar sträubte sich, er stand rasch auf und zog sich in den äußersten Winkel zurück. Er wußte nicht, worüber gesprochen wurde, aber er verstand es dennoch. Als Schmitt einmal mit dem Finger auf ihn wies, zeigte er die Zähne. Schmitt lachte darüber und Wolfsblut schlich sich aus dem Zelt in den Wald hinaus.

Der Graue Biber hatte jedoch keine Lust, den Hund zu verkaufen. Er hatte viel Geld verdient und brauchte nicht mehr.

„Er ist ein wertvolles Tier“, sagte er, „der stärkste Schlittenhund und der beste Leithund, den ich je gehabt habe. Er hat nicht seinesgleichen, weder am Mackenzie noch am Yukon. Und er kann kämpfen. Er bringt die Hunde um, wie man Mücken totschlägt.“

Bei diesen Worten zuckte ein Blitz in den Augen des schönen Schmitt auf und er leckte sich die dünnen Lippen.

„Nein, Wolfsblut ist nicht zu verkaufen!“ sagte der Graue Biber abschließend. „Um keinen Preis!“

Doch Schmitt kannte die Indianer. Er besuchte den Grauen Biber oft und trug jedes Mal unter dem Rock versteckt ein paar dunkle Flaschen. Der Branntwein erzeugt bekanntlich Durst und der Graue Biber verlangte immer mehr. Sein Gehirn, durch das ungewohnte Reizmittel beirrt, trieb ihn an, alles zu tun, um dasselbe zu bekommen. Das verdiente Geld wurde immer weniger und der leere Geldbeutel verschlechterte seine Laune.

Schließlich waren Geld, Waren und Standhaftigkeit beim Teufel. Übrig blieb nur der Durst, der von Tag zu Tag größer wurde. Da bot Schmitt für Wolfsblut kein Geld, sondern Flaschen an. Der Graue Biber spitzte die Ohren. „Wenn du den Hund erwischst, gehört er dir!“, sagte der Graue Biber und übernahm die Flaschen. Aber schon nach zwei Tagen erschien Schmitt wieder und forderte den Grauen Biber auf, Wolfsblut zu übergeben.

„Ich habe dir die Flaschen gegeben, gib mir du nun den Hund“, sagte er. „Sonst wirst du etwas erleben.“

„Wenn du mir noch eine Flasche gibst“, erwiderte der Indianer. Aber Schmitt hatte sie schon mitgebracht. Eines Abends hatte sich Wolfsblut ins Lager geschlichen und mit einem Seufzer der Zufriedenheit darüber, daß der verhaßte Weiße nicht da war, niedergelegt. Er ahnte, daß ihn dieser mitnehmen wollte, deshalb hatte er das Lager gemieden. Aber kaum hatte er sich niedergelegt, als der Graue Biber auf ihn zuwackelte und ihm einen ledernen Riemen um den Hals schlang. Dann setzte er sich neben Wolfsblut nieder und behielt den Riemen in der einen Hand. In der anderen Hand hielt er eine Flasche, die er von Zeit zu Zeit umgekehrt über seinen Kopf hielt, wobei er merkwürdige Töne von sich gab. Eine Stunde verging. Dann verkündeten Tritte einen Ankömmling. Wolfsblut hörte sie zuerst, sein Haar sträubte sich, denn er erkannte den sich Nähernden. Wolfsblut versuchte, den Riemen aus der Hand seines Herrn zu ziehen, aber gerade dadurch wurde der Graue Biber munter und packte den Riemen fester. Schmitt betrat das Lager und blieb vor Wolfsblut stehen. Der Hund knurrte fürchterlich und behielt die Hände des verhaßten Weißen im Auge. Die eine näherte sich jetzt seinem Kopfe. Je näher die Hand kam, desto lauter wurde das Knurren, dann duckte sich Wolfsblut blitzschnell und schnappte zu. Aber die Hand war noch rascher als er, die Zähne klappten leer zusammen. Immerhin war Schmitt sehr erschrocken und der Graue Biber gab Wolfsblut ein paar saftige Ohrfeigen, so daß er sich gehorsam duckte.

Schmitt ging weg und kam mit einem derben Stock zurück. Dann ergriff er den Riemen und wandte sich zum Gehen. Aber Wolfsblut weigerte sich mitzukommen und mußte erst vom Grauen Biber regelrecht aus dem Lager hinausgeworfen werden. Draußen sprang er Schmitt sofort an, aber dieser schien das erwartet zu haben und prügelte ihn. Der Graue Biber sah ihm dabei zu und nickte billigend. Schmitt zog den Riemen wieder straff an und Wolfsblut schlich mit gesenktem Kopf und eingezogenem Schweif hinterdrein.

Er widersetzte sich nicht mehr. Ein Schlag mit dem Stock hatte ihn davon überzeugt, daß der weiße Mann ihn zu gebrauchen verstand. Er mußte sich ins Unvermeidliche fügen. Also folgte er verdrossen und leise knurrend, aber Schmitt ließ kein Auge von ihm und hielt den Stock zum Schlag bereit. Im Fort angekommen, band Schmitt Wolfsblut fest an. Dieser ließ eine Stunde verstreichen, dann biß er den Riemen in einer Sekunde glatt durch, als hätte er ein Messer zur Verfügung gehabt. Hierauf trabte er in das Lager des Grauen Biber zurück. Er war nicht verpflichtet, Schmitt die Treue zu halten, er gehörte dem Grauen Biber.

Am nächsten Tag wiederholte sich die Szene, nur mit dem Unterschied, daß Schmitt Wolfsblut ordentlich verprügelte. Wolfsblut war angebunden, alles Toben half ihm nichts, als sein neuer, grausamer Gebieter Stock und Peitsche gebrauchte. Noch nie in seinem Leben war er so geschlagen worden, selbst die Prügel, die er seinerzeit vom Grauen Biber erhalten hatte, waren ein Kinderspiel dagegen gewesen. Die Augen Schmitts leuchteten, als er das Tier schlug. Wie alle Feiglinge war er grausam. Er duckte sich vor den Worten eines Stärkeren und rächte sich an den Schwächeren. Wie alles, was lebt, liebte er die Macht, und da er über andere Menschen keine Macht besaß, hielt er sich an die wehrlosen Tiere. Wolfsblut wußte, warum er geschlagen wurde. Als der Graue Biber ihn Schmitt übergeben hatte, ahnte er, daß es der Wille seines Herrn sei, mit dem anderen zu gehen. Und als dieser andere ihn im Fort angebunden hatte, erkannte er, daß es der Wille seines Herrn sei, daß er hier bleibe. Er war also gegen beide ungehorsam gewesen und hatte Strafe verdient. Es kam vor, daß Hunde ihre Eigentümer wechselten, er hatte das schon gesehen und auch, daß sie geschlagen wurden wie er jetzt, wenn sie entliefen. Er war klug, aber es lagen höhere Kräfte in seiner Natur als die Klugheit, und dazu gehörte die Treue. Er konnte nicht anders, er liebte den Grauen Biber zwar nicht, den neuen Herrn aber haßte er.

Wolfsblut wurde wieder ins Fort zurückgeschleppt. Diesmal wurde er mit einem Stock angebunden. Als die Leute schliefen, machte er sich über diesen her. Das Holz war hart und trocken, der Stock so dicht an seinem Hals angebunden, daß er ihn nur durch allergrößte Anstrengung der Halsmuskeln zwischen die Zähne bekommen konnte, trotzdem gelang es ihm – unter einem Aufwand von unendlicher Geduld –, den Stock zu zerbeißen. Hunde tun das fast nie, Wolfsblut tat es und wanderte am frühen Morgen wieder zum Grauen Biber zurück. Es wäre besser für ihn gewesen, in den Wald zu laufen, aber die Treue zwang ihn, zu dem zu gehen, der ihn schon zweimal verraten hatte. Wieder bekam er den ledernen Riemen um den Hals, wieder wurde er geprügelt (nur schlimmer als je zuvor). Der Graue Biber sah unbewegt zu, während der Weiße die Peitsche schwang. Der Hund gehörte ihm ja nicht mehr, also nahm er sich seiner auch nicht mehr an. Als es vorüber war, blieb Wolfsblut liegen. Ein weichlicher Hund aus dem Südland wäre daran gestorben, aber Wolfsbluts Lebensschule war eine harte gewesen und der Stoff, aus dem er gemacht war, war zäher, also überlebte er es.

Der schöne Schmitt mußte eine halbe Stunde warten, bis Wolfsblut aufstehen und sich halb blind und taumelnd nach dem Fort schleppen konnte.

Diesmal wurde er an eine Kette gebunden, gegen die seine Zähne nichts ausrichten konnten. Auch der Holzpflock ließ sich nicht aus dem Boden reißen.

Zwei Tage später zog der Graue Biber bankrott, aber nüchtern den Porcupine hinauf, um die lange Reise nach dem Mackenzie anzutreten. Wolfsblut blieb am Yukon. Er war nun das Eigentum eines verrückten, verrohten Menschen. Aber – was kann ein Hund von menschlicher Verrücktheit wissen? Für ihn war Schmitt der Herr, wenn auch ein schrecklicher. Ihm mußte er gehorchen.

4. Kapitel

Die Herrschaft des Haßes

Unter der Herrschaft Schmitts wurde Wolfsblut zum Teufel. Der schöne Schmitt warf ihn in einen Stall im Fort und legte ihn an die Kette. Er reizte und quälte ihn täglich. Außerdem hatte er bald herausbekommen, daß Wolfsblut nicht vertrug, daß man ihn auslachte, daher lachte er ihn aus, wenn er ihn gemartert hatte. Dieses Lachen war laut und höhnisch, dabei wies er mit dem Finger auf ihn. Dann verließ Wolfsblut der letzte Rest von Überlegung, er tobte und raste noch ärger als der schöne Schmitt selbst. Früher war Wolfsblut der Feind seiner Gattung gewesen, jetzt wurde er der Feind aller. Er wurde so gemartert, daß er blind und ohne Verstand haßte. Er haßte die Kette, mit der er angebunden war, er haßte die Leute, die ihn durch die Spalten seines Käfigs ansahen, er haßte die Hunde, die in ihrer Begleitung kamen und sich über seine Ohnmacht freuten, er haßte das Holz, aus dem der Käfig verfertigt war, vor allem aber haßte er Schmitt. Schmitt quälte Wolfsblut aus reiner Lust am Quälen, verfolgte aber auch einen ganz bestimmten Zweck. Eines Tages versammelten sich viele Menschen vor dem Käfig, Schmitt, einen Stock in der Hand, ging hinein und machte Wolfsblut von der Kette los. Als er wieder draußen war, raste Wolfsblut im Gefängnis hin und her und versuchte vergeblich, die Leute anzufallen. Das sah schrecklich und herrlich zugleich aus. Wolfsblut war aber auch ein prächtiges Tier: Er war volle fünf Fuß lang und hatte eine Schulterhöhe von zwei und einem halben Fuß. Er war größer als ein gewöhnlicher Wolf, sein Körper besaß keinerlei Fettansatz und nicht ein Gramm überflüssiges Fleisch. Er wog mehr als neunzig Pfund. Alles an ihm war Muskeln, Knochen und Sehnen, also bestens zum Kampf geeignet.

Wieder wurde die Tür des Käfigs geöffnet. Wolfsblut blieb wartend stehen, denn etwas Ungewöhnliches geschah. Die Tür wurde noch weiter aufgemacht und ein großer Hund hereingeschoben. Dann wurde die Tür wieder geschlossen. Der Ankömmling war ein Kettenhund von gewaltiger Größe und drohendem Aussehen, aber Wolfsblut fürchtete sich nicht vor ihm. Hier war etwas, was weder aus Holz noch aus Eisen war, an dem er seine Wut auslassen konnte. Wie ein Blitz sprang er den anderen an und riß ihm den Hals auf. Der Kettenhund brüllte auf und stürzte sich auf Wolfsblut. Aber dieser war überall und nirgends, sprang zu, wich aus, biß zu, sprang wieder zurück.

Die Menschen draußen brüllten vor Begeisterung, am meisten aber brüllte Schmitt. Der Kettenhund hatte von allem Anfang an wenig Aussichten gehabt, aber je länger der Kampf dauerte, desto mehr erwies sich, daß er zu langsam und schwerfällig war. Endlich trieb Schmitt Wolfsblut mit einem Stock zurück und der Kettenhund wurde von seinem Herrn herausgeholt. Dann hörte man Geld klimpern, die Wetten wurden Schmitt ausgezahlt.

Wolfsblut freute sich, wenn sich die Leute vor seinem Käfig ansammelten: Das bedeutete Kampf und war seine einzige Abwechslung. Da er gefangen war und zum Haß erzogen wurde, konnte er sich nur im Kampfe mit einem Hund Luft machen. Schmitt hatte ihn richtig eingeschätzt, er blieb stets Sieger. Er brachte einmal drei Hunde hintereinander um, dann wieder einen Wolf, der gerade aus der Wildnis gekommen war, einmal kämpfte er mit Erfolg gegen zwei Hunde gleichzeitig.

Als der erste Schnee fiel, kaufte der schöne Schmitt für Wolfsblut und sich Karten zu einer Dampferfahrt nach Dawson. Wolfsblut war bereits bekannt. Man nannte ihn den „streitbaren Wolf“ und der Käfig auf dem Schiff war stets von Neugierigen umlagert, die er wütend anknurrte oder hasserfüllt anstarrte. Haß war sein Lebenselement, so wie sein Leben zur Hölle geworden war. Er war nicht für den Käfig geschaffen – dieser war wohl die ärgste Marter für ihn, der immer frei gewesen war –, außerdem mußte er sich in einem fort von den Leuten anstarren, mit Stöcken stoßen und auslachen lassen.

Die Menschen waren seine Umgebung, die den Stoff, aus dem er gemacht war, zu etwas noch Grimmigerem formten, als wozu ihn die Natur bestimmt hatte. Ein anderes Tier wäre wahrscheinlich unter diesen Umständen gestorben, Wolfsblut paßte sich ihnen an und lebte weiter.. Vielleicht konnten die teuflischen Quälereien seines neuen Herrn auch seinen Lebenswillen vernichten, aber so weit war es noch nicht. Dazu war sein Haß zu groß. Der bloße Anblick Schmitts versetzte ihn in Raserei, wurde er geprügelt, fletschte er dennoch die Zähne und knurrte. Nie konnte er zum Schweigen gebracht werden, je mehr er geschlagen wurde, desto mehr knurrte er, und wenn Schmitt ihn verließ, sprang er rasend vor Wut gegen die Latten des Käfigs. Der Haß hielt ihn aufrecht. Als der Dampfer in Dawson ankam, wurde Wolfsblut an Land gebracht, natürlich in seinem Käfig. Er wurde zur Schau gestellt und die Leute bezahlten dafür, daß sie ihn sehen durften, fünfzig Cent in Goldstaub. Man gönnte ihm nun auch den Schlaf nicht mehr, da viele Besucher in der Nacht kamen und nach ihm mit Stöcken stießen, um ihn in Wut zu sehen. Aber schlimmer als alles andere war die Atmosphäre des Haßes, in der er lebte und die durch die Stäbe des Käfigs zu ihm drang.

Er wurde jetzt überhaupt behandelt wie das wildeste Raubtier und jedes Wort, jede Bewegung der Leute draußen führten ihm die eigene, schreckliche Wildheit zu Gemüte. Es gab fortwährend neuen Brennstoff für dieses Gefühl und das Ergebnis war, daß seine Wildheit immer mehr zunahm. Neben diesen Schaustellungen wurde Wolfsblut auch als Preiskämpfer verwendet. Man schleppte ihn nachts, um den Augen der Wächter des Gesetzes zu entgehen, in den Wald. Wenn das Tageslicht kam, strömten die Zuschauer herbei, außerdem wurde der Hund, mit dem er kämpfen mußte, gebracht. Er kämpfte mit Hunden aller Gattungen und Größen.

In einem wilden Lande und unter wilden Menschen enden solche Kämpfe fast immer mit dem Tode des einen, aber stets blieb Wolfsblut am Leben. Er kannte keine Niederlage, die Kämpfe, die er seinerzeit mit Liplip und den anderen jungen Hunden ausgetragen hatte, kamen ihm jetzt zugute. Es gelang keinem, ihn umzuwerfen. Viele versuchten es, Hunde vom Mackenzie und von Labrador, Eskimohunde, Polarhunde und Malemuten, aber Wolfsbluts Beine schienen mit dem Boden verwachsen zu sein. Die Leute erzählten dies einander, und sie warteten jedes Mal darauf, daß es doch anders käme, aber er erfüllte nie ihre Erwartungen.

Was ihm einen so ungeheuren Vorteil über seine Gegner gab, war seine schnelle Angriffsweise. Wie erfahren sie auch immer im Kampfe waren, nie hatten sie einen Gegner gefunden, der so flink in der Bewegung war. Außerdem verzichtete er – wie immer schon früher – auf alle dem Kampfe vorangehenden Plänkeleien, er hielt sich nicht mit Knurren, Brummen und Zähnefletschen auf, sondern ging sogleich zum Angriff über. Deshalb pflegte man ihn auch erst loszulassen, wenn der andere mit seinen Plänkeleien fertig war und sich zum Angriff anschickte. Aber Wolfsbluts größter Vorteil war seine unendlich große Erfahrung. Er wußte mehr von den Kniffen und Methoden des Kampfes als irgendein anderer Hund und hatte selber eine Methode, wie sie nicht vortrefflicher sein konnte. Und seine Erfahrung wuchs, je mehr Kämpfe er austrug. Aber mit der Zeit wurden diese Kämpfe immer seltener. Die Leute hatten keine Lust mehr, ihre Hunde abschlachten zu lassen. Schmitt mußte sich Wölfe besorgen, die er von Indianern einfangen ließ. Mit der Zeit flaute auch das Interesse für dieses Schauspiel ab, da Wolfsblut auch mit ihnen fertig wurde. Im Frühling kam ein gewisser Tim Keenan, der Besitzer einer Spielbank, nach Dawson. Er brachte eine Bulldogge mit, die erste, die man je in Klondike gesehen hatte. Man beschloß einen Kampf zwischen den beiden Hunden. Er war eine Woche lang das Gespräch gewisser Leute in dieser Stadt.

5. Kapitel
Dem Tod entrissen

Schmitt löste Wolfsbluts Kette und trat zurück. Aber Wolfsblut zögerte mit dem Angriff. Er stand still, mit gespitzten Ohren, und sah sich neugierig das merkwürdige Tier an, das da vor ihm stand. Einen solchen Hund hatte er noch nie gesehen.

Tim Keenan schob die Bulldogge vorwärts und murmelte: „Pack ihn!“ Klein, breit und häßlich, wie sie war, watschelte sie in die Mitte des Kreises, blieb stehen und sah zwinkernd nach Wolfsblut hinüber. Aus der Menge ertönten Rufe: „Pack ihn, Cherokee!“ Aber Cherokee hatte gar keine Lust zu kämpfen. Er zwinkerte die schreienden Männer an und wedelte freudig mit dem Schwanzstummel. Er hatte keine Angst, er war nur faul, außerdem wußte er überhaupt nicht, daß er kämpfen sollte. Tim Keenan trat näher, beugte sich zu Cherokee hinab und strich ihm mit beiden Händen die Schultern entlang gegen das Haar, wobei er ihn mit kurzen Bewegungen vorwärts schob. Cherokee begann zu knurren, ganz leise, tief unten in der Kehle, und man konnte feststellen, daß zwischen diesem Knurren und den ruckweisen Bewegungen der Hände des Mannes ein gewisser Zusammenhang bestand. Dieses Knurren verfehlte seine Wirkung auf Wolfsblut nicht. Sein Haar sträubte sich. Tim Keenan trat zurück, und nun rannte die Bulldogge vorwärts. Wolfsblut schnappte zu, ein Schrei der Überraschung ertönte, denn Wolfsblut war rasch wie eine Raubkatze vorwärts gesprungen, hatte gebissen und war ebenso rasch zurückgesprungen.

Das eine Ohr Cherokees blutete, außerdem hatte er einen Riß an seinem dicken Halse. Aber das schien ihm nichts auszumachen, er knurrte nicht einmal, sondern machte kehrt und verfolgte seinen Gegner. Die verschiedenartige Kampfweise der beiden, die Geschwindigkeit des einen, die Beharrlichkeit des anderen, erregte die Zuschauer und die Wetten stiegen. Immer wieder sprang Wolfsblut zu, biß und sprang unverletzt zurück, aber der komische Gegner verfolgte ihn weiter, ohne sich zu beeilen, doch auch nicht langsam, in geschäftsmäßiger Weise. In seiner Methode lag ein Ziel, das er erreichen wollte und von dem er nicht abließ. Wolfsblut war verwundert. Einen solchen Hund hatte er noch nie gesehen, einen Hund, der kein Haar, keinen schützenden Pelz, sondern ein weiches, leicht blutendes Fleisch hatte, in das die Zähne ohne weiteres eindrangen. Noch verwunderlicher aber war, daß der andere, wenn er zubiß, nicht aufschrie, wie es doch alle Hunde taten. Er nahm alle Verwundungen schweigend hin, ohne aber seine Verfolgung aufzugeben. Cherokee war keineswegs unbeholfen. Er drehte sich rasch im Kreise herum, aber Wolfsblut war nie da. Auch Cherokee hatte noch nie mit einem solchen Hunde, dem man nicht nahe kommen konnte, einen Kampf ausgefochten. Auch er wunderte sich. So sprang Wolfsblut unverletzt hin und her, ohne jedoch an die weiche Stelle der Kehle gelangen zu können. Dazu war Cherokee zu niedrig, außerdem schützten ihn seine mächtigen Kinnladen. Cherokee blutete aus vielen Wunden, vor allem der Kopf und der Hals waren vollkommen zerrissen. Er zeigte jedoch keine Spur von Ermüdung, sondern setzte seine Verfolgung mit Beharrlichkeit fort. Einmal zwinkerte er die Zuschauer an und wedelte mit dem Schwanze, zum Zeichen, daß er weiterkämpfen wolle. Doch diesen Moment nützte Wolfsblut aus, schoß blitzschnell auf den Gegner zu und riß ihm das eine Ohr in Fetzen. Sofort nahm Cherokee die Verfolgung wieder auf und versuchte, Wolfsblut am Halse zu packen. Er verfehlte ihn um die Breite eines Strohhalms, Rufe der Begeisterung ertönten, als Wolfsblut dieser großen Gefahr durch einen mächtigen Sprung entging.

Die Zeit verging. Noch immer teilte Wolfsblut Wunden aus, noch immer verfolgte ihn Cherokee beharrlich. Früher oder später mußte

Letzterer das Ziel, das er vor Augen hatte, erreichen und den Kampf gewinnen, einstweilen nahm er die Verwundungen hin. Seine kurzen Ohren hingen in Fetzen herab, sein Hals und seine Schultern waren voller Wunden, ja selbst seine Lippen bluteten. Von Zeit zu Zeit versuchte Wolfsblut seinen Gegner umzuwerfen, was ihm aber mißlang, da sie zu ungleich in der Höhe waren. Und das sollte sein Verhängnis werden. Einmal sprang er ihn wieder kräftig an, um ihn umzuwerfen, und verlor durch die Wucht des Stoßes das Gleichgewicht. Er fiel über die Dogge und lag zum ersten Mal in seinem Leben auf dem Boden, allerdings fiel er nicht auf den Rücken, sondern überschlug sich in der Luft wie eine Katze, landete auf der Seite und stand in der nächsten Sekunde wieder auf den Beinen. Aber Cherokee hatte diesen Augenblick ausgenützt und ihn bei der Kehle gepackt. Cherokees Zugriff war zu wenig hoch gewesen, er hatte nicht die Kehle, sondern die Brust erwischt. Immerhin hielt er fest. Wolfsblut versuchte, die Dogge abzuschütteln, indem er wie wild im Kreis herumrannte. Das Gewicht am Halse machte ihn rasend, es behinderte seine Bewegungen und schränkte seine Freiheit ein. Er kam sich vor wie in einer Falle. Immer rascher wurde er, der Wille zu leben, hatte ihn gepackt, Vernunft und Verstand hatten ihn verlassen. Er wollte leben, nichts als leben, sich bewegen, da Bewegung der Ausdruck des Lebens war.

So raste er im Kreise herum, immer bemüht, das Gewicht an seinem Halse abzuschütteln. Aber Cherokee hielt fest, wenn seine Beine auch selten den Boden berührten. Mit der Zeit wurde Wolfsblut müde. Er konnte diesen Gegner nicht abschütteln, und das verstand er nicht. Noch nie hatte ein Hund so wie dieser Gegner gekämpft. Er legte sich nieder und rang keuchend nach Luft. Cherokee versuchte, Wolfsblut ganz umzuwerfen, aber das mißlang. Immerhin konnte er die Kinnlade ein klein wenig lockern und gleich darauf wieder ein wenig höher hinauf schließen.

Der wulstige Nacken Cherokees war der einzige Körperteil, den Wolfsblut mit seinen Zähnen noch erreichen konnte. Er packte ihn und zerriss ihn, aber nun gelang es der Dogge, ihn ganz auf den Rükken zu wälzen. Sofort griff Wolfsblut zu einem neuen Mittel, er grub die Hinterfüße in den Unterleib des über ihm stehenden Feindes und versuchte, ihn mit den langen, scharfen Krallen aufzureißen. Aber Cherokee war nicht beizukommen. Er sprang, ohne loszulassen, zur Seite, so daß er nun im rechten Winkel zu seinem Gegner stand. Es gab kein Entrinnen aus den Kinnladen, die Wolfsblut gepackt hatten. Sie waren unerbittlich wie das Schicksal. Langsam kamen sie der großen Ader am Halse näher. Nur noch der dicke Pelz, welcher die Hautwülste am Halse bedeckte, rettete Wolfsblut vor dem Tode, da ihn Cherokees Zähne nicht durchdringen konnten. Aber mit unheimlicher Stetigkeit arbeiteten sich diese in die Höhe, indem die Dogge bei jedem Lockern der Zähne mehr Hautfalten zwischen die Kinnbacken bekam und Wolfsblut gleichzeitig dem Ersticken nahe brachte. Schon ging Wolfsbluts Atem schwer und immer schwerer. Der Kampf schien beendet zu sein. Die Partei Cherokees triumphierte und bot lächerlich hohe Wetten an.

Nun versuchte Schmitt ein letztes Mittel. Er trat in den Kreis, wies mit dem Finger auf Wolfsblut und lachte laut und höhnisch. Das wirkte. Wolfsblut wurde rasend vor Wut. Mit dem Aufgebot der letzten Kräfte sprang er auf und begann von neuem, den fünfzig Pfund schweren Gegner im Kreise herumzuschleppen.

Plötzlich verwandelte sich seine Wut in wahnsinnige Angst. Der Wille zu leben, gewann in ihm die Oberhand, der Verstand wich vor dem Drang des Fleisches nach Leben. Immer wieder rannte er im Kreise. Er stolperte, stürzte, stand wieder auf, erhob sich auf die Hinterbeine, den Gegner emporhebend – vergeblich, er konnte dem Rachen des Todes nicht entkommen. Zuletzt stürzte er nieder, schnell schob die Dogge die Zähne wieder ein Stück empor und schnürte seinen Hals enger zusammen. Jubelrufe für den Sieger wurden laut: „Hoch Cherokee!“, und dieser beantwortete die ihm dargebrachten Ovationen mit einem kräftigen Wedeln des Schwanzes, ohne allerdings sein Opfer loszulassen. Zwischen dem Schwanzstummel und den Kiefern bestand keinerlei Verbindung. Plötzlich wurden der Ton von Schlittenglocken und die Rufe eines Hundetreibers hörbar. Alle, Schmitt ausgenommen, sahen besorgt in die Richtung, aus der sie gekommen waren, denn sie fürchteten Schutzleute. Aber es erschienen nur zwei Männer mit einem von Hunden gezogenen Schlitten, sie waren offenbar in einer Rekognoszierungsfahrt begriffen. Als sie die erregte Menschenmenge sahen, hielten sie an und kamen neugierig näher.

Der Hundetreiber trug einen Schnurrbart, der andere, größere und jüngere Mann hingegen war glatt rasiert. Sein Gesicht war durch die rasche Bewegung in der kalten Luft rosig gefärbt.

Wolfsblut hatte es inzwischen aufgegeben, sich ernsthaft zu wehren, er bemühte sich nur noch hie und da vergeblich, freizukommen. Unter dem erbarmungslosen Zugriff der Dogge begann ihm die Luft auszugehen und die große Ader am Halse wäre schon längst durchgebissen gewesen, wenn ihn Cherokee nicht zu tief gepackt hätte. Er brauchte noch einige Zeit, die Zähne aufwärts zu schieben – immerhin hatte er schon wieder mehr von den dicken Falten des Felles zwischen dieselben bekommen.

Schmitt sah, daß Wolfsbluts Augen glasig wurden und der Kampf verloren war. Da nahm ihm die Wut das letzte bißchen gesunden Menschenverstand. Er sprang in den Kreis und trat Wolfsblut mit den Füßen. Ein paar von den Umstehenden erhoben Einspruch, aber das war auch alles. Plötzlich kam Bewegung in die Menge. Der große, junge Mann drängte sich rücksichtslos durch die Leute. Als er den Kreis betrat, bearbeitete Schmitt gerade Wolfsblut mit neuen Fußtritten. Das ganze Gewicht seines Körpers ruhte dabei auf einem Fuß.

Da gab ihm der junge Mann eine saftige Ohrfeige, Schmitts Fuß verlor den Boden, er machte einen Bogen durch die Luft und landete im Schnee. Dann wandte sich der junge Mann an die anderen: „Ihr dreckigen Bestien“, schrie er ihnen ins Gesicht, „ihr ganz gemeinen Schweinehunde!“

Seine Augen blitzten bei diesen Worten wie Stahl. Inzwischen war Schmitt wieder hochgekommen und kam heran. Der Fremde wußte nicht, daß Schmitt ein erbärmlicher Feigling war, und meinte, er wolle für den Schlag Rache nehmen. Daher gab er ihm eine zweite Ohrfeige. Worauf Schmitt es für das beste hielt, im Schnee liegenzubleiben und zunächst einmal nicht mehr aufzustehen. „Kommen Sie, Matt“, rief der Fremde dem Hundetreiber zu, der ihm inzwischen in den Kreis gefolgt war, „helfen Sie mir!“

Beide Männer beugten sich über die Hunde. Matt versuchte, Wolfsblut aus Cherokees Rachen zu ziehen, der Jüngere, die Kinnlade der Dogge aufzubrechen. Aber es war vergeblich!

Während jener zog und zerrte und drückte und drehte, machte er seinem Unwillen von Zeit zu Zeit mit einem gemurmelten „Die Bestien!“ Luft.

Die Umherstehenden wurden unruhig, einige beklagten sich sogar darüber, daß man ihnen ihr Vergnügen raubte. Aber der Fremde hob nur den Kopf und sie schwiegen sofort wieder.

„Verfluchte Bestien, die ihr seid!“ brach er dann los; darauf machte er sich wieder an die Arbeit.

„Es geht nicht, Herr Scott“, sagte der Hundetreiber. „Wir können sie so nicht auseinanderbringen.“ Die beiden Männer hielten einen Augenblick inne und sahen auf die ineinander verbissenen Hunde nieder. „Dabei wäre er noch zu retten. Die Ader ist noch nicht durch.“

„Sie wird aber gleich durch sein“, entgegnete Scott. „Die Dogge kommt immer höher.“

Scott schlug Cherokee ein paar Mal fest auf den Kopf, aber auch das nützte nichts. Cherokee wedelte mit dem Schwanze und ließ nicht los.

„Hilft denn hier keiner?“ wandte sich Scott verzweifelt an die Zuschauer.

Statt einer Antwort bekam er höhnische Bemerkungen zu hören. Niemand rührte sich.

„Mit einem Keil ginge es“, sagte Matt.

Scott griff nach der Hüfte, zog den Revolver heraus und versuchte, den Lauf zwischen die Kinnladen der Dogge zu schieben. Man hörte das Knirschen des Stahls an den zusammengebissenen Zähnen.

Beide Männer lagen auf den Knien und beugten sich über die Hunde.

Tim Keenan trat in den Kreis. Er bückte sich zu Scott herab, berührte seine Schulter und sagte drohend: „Wehe Ihnen, wenn Sie ihm die Zähne brechen!“

„Vielleicht breche ich ihm den Hals“, entgegnete Scott und schob den Lauf des Revolvers tiefer hinein.

„Ich warne Sie“, wiederholte der andere noch drohender. Scott ließ sich in seiner Arbeit nicht stören und fragte ruhig: „Gehört der Hund Ihnen?“ Der Spielbankbesitzer bejahte. „Dann brechen Sie ihm die Kinnladen auf!“

„Das ist die Höhe“, erwiderte Keenan wütend, „ich kann das nicht.“

„Dann halten Sie den Mund und gehen Sie mir aus dem Wege“, sagte Scott gefährlich ruhig, ohne aber aufzustehen. Keenan blieb neben Scott stehen, aber er machte den Mund nicht mehr auf. Es war Letzterem gelungen, den Lauf auf der einen Seite zwischen die Kinnladen der Dogge zu bekommen, nun versuchte er, ihn auf der anderen Seite durchzuschieben. Als er so weit war, bewegte er ihn vorsichtig wie einen Hebel, indem er allmählich die Kinnbacken lockerte, während Matt ebenso langsam Wolfsbluts zerfleischten Hals herauszog. „Bleiben Sie da und fassen Sie Ihren Hund!“ wandte sich Scott befehlend an den Spielbankbesitzer.

Dieser bückte sich gehorsam und packte die Dogge.

„Jetzt!“ rief Scott warnend und setzte den Hebel noch einmal in Bewegung.

Die Hunde waren getrennt, aber die Dogge wollte sich sofort wieder auf Wolfsblut stürzen.

„Weg mit dem Hund!“ befahl Scott, und Tim Keenan zog Cherokee in den Kreis der Zuschauer zurück. Wolfsblut versuchte vergeblich, wieder auf die Beine zu kommen, aber er war zu schwach dazu und sank langsam in den Schnee zurück. Seine Augen waren halb geschlossen und glasig, das Maul stand weit offen, die Zunge hing schlaff aus dem Halse heraus. Er sah aus, als sei er erwürgt.

Matt untersuchte ihn. „Viel hat nicht gefehlt“, sagte er, „aber er atmet noch.“

Jetzt hatte sich auch der schöne Schmitt wieder erholt und kam heran, um nach Wolfsblut zu sehen.

„Was kostet ein guter Schlittenhund, Matt?“ fragte Scott. Der noch immer kniende Hundetreiber beugte sich über Wolfsblut und erwiderte: „Dreihundert Dollar!“

„Und was kostet einer, der so wie dieser aussieht?“ fragte Scott weiter.

„Die Hälfte“, erwiderte Matt.

Scott wandte sich an Schmitt: „Verstanden, Herr – Bestie? Ich gebe Ihnen für den Hund hundertfünfzig Dollar.“ Er zählte bei diesen Worten die Scheine ab. Schmitt legte die Hände auf den Rücken, zum Zeichen, daß er das Geld nicht nehmen wolle.

„Ich verkaufe nicht“, sagte er.

„Doch“, erwiderte der andere, „Sie verkaufen ihn, weil ich ihn kaufe. Hier ist das Geld. Der Hund gehört mir.“ Schmitt, die Hände noch immer auf dem Rücken, machte ein paar Schritte rückwärts. Scott ging ihm ruhig nach und hob die Hand.

Schmitt bückte sich und rief weinerlich: „Ich habe doch ein Recht auf ihn!“

„Das Recht auf den Hund haben Sie verwirkt“, erwiderte Scott. „Nehmen Sie das Geld? Oder soll ich ...“ Er hob wieder die Hand.

„Ja“, schrie Schmitt rasch, „aber unter Protest. Der Hund ist eine Goldgrube. Ich lasse mich nicht berauben. Jedem das Seine.“

„Richtig“, sagte Scott und gab ihm das Geld. „Jedem Menschen das Seine. Aber Sie sind kein Mensch, Sie sind eine Bestie.“

„In Dawson verklage ich Sie“, drohte Schmitt.

„Wenn Sie es wagen, sich noch einmal in Dawson blicken zu lassen, lasse ich Sie aus der Stadt hinausprügeln. Verstanden?“

Schmitt brummte irgendetwas.

„Verstanden?“ donnerte ihn Scott an.

„Ja“, brummte Schmitt und wich zurück.

„Ja – und was sonst noch?“

„Ja, Herr.“

Die Leute begannen über Schmitts Feigheit zu lachen. Scott wandte sich ab und trat zu Matt, der sich noch immer mit Wolfsblut beschäftigte.

Langsam machten sich die Menschen auf den Heimweg, Gruppe um Gruppe.

„Wer ist dieser großmäulige Laffe?“ fragte Tim Keenan. Er fragte sehr leise.

„Weedon Scott“, antwortete einer.

„Und wer ist Weedon Scott, zum Teufel?“ fragte der Spielbankbesitzer.

„Der erste Minenexperte hier. Er steht auf gutem Fuße mit all den großen Tieren und ist ein intimer Freund des Gouverneurs. Gehen Sie ihm aus dem Wege, wenn Sie nicht Unannehmlichkeiten haben wollen."

„Ich dachte mir gleich, daß er ein großes Tier ist", erwiderte Keenan, „ich habe dafür eine Nase. Darum habe ich mich auch zurückgehalten."

6. Kapitel
Unzähmbar

Es hilft nichts", sagte Weedon Scott, „es hilft wirklich nichts." Er saß auf den Stufen des Blockhauses und sah bei diesen Worten den Hundetreiber an, der ebenfalls die Achseln zuckte. Dabei blickten beide nach Wolfsblut hinüber, der mit gesträubtem Haar und zähnefletschend an der Kette riß. Matt hatte die Schlittenhunde mit einem Stock so weit gebracht, daß sie Wolfsblut in Ruhe ließen. Sie hatten sich in einiger Entfernung niedergelegt und scheinbar seine Existenz vergessen.

„Er ist Wolf, es hilft nichts", wiederholte Scott.

„Ganz so sicher ist das nicht", widersprach Matt. „Er hat auch etwas vom Hunde. Aber eines weiß ich todsicher." Er machte eine kleine Pause.

„Tun Sie doch nicht so geheimnisvoll mit Ihrem Wissen", wies ihn Scott ärgerlich zurecht.

„Was wissen Sie? Heraus damit!"

„Wolf oder Hund", erwiderte Matt, „das ist gleichgültig. Auf jeden Fall ist er schon gezähmt."

„Glaub ich nicht."

„Es ist so. Er ist auch schon eingespannt gewesen. Sehen Sie ihn doch genauer an. Auf seiner Brust sind die Spuren erkennbar."

„Ja, Matt, Sie haben Recht. Er ist ein Schlittenhund gewesen, bevor ihn der schöne Schmitt in die Hände bekam."

„Folglich kann er auch wieder einer werden."

„Glauben Sie das wirklich?" fragte Scott eifrig. Aber die Hoffnung schwand gleich wieder. Kopfschüttelnd setzte er hinzu: „Wir haben ihn nun schon vierzehn Tage, aber er ist noch genauso wild wie am ersten."

„Sie müssen Geduld haben", erklärte Matt. „Lassen Sie ihn einmal los!" Scott sah ihn zweifelnd an. „Ich weiß, daß Sie schon einen Versuch gemacht haben. Aber damals nahmen Sie keinen Stock mit."

„Dann versuchen Sie es!"

Der Hundetreiber nahm den Stock und näherte sich Wolfsblut. Dieser ließ den Stock nicht aus den Augen, genauso wie der Löwe im Käfig die Peitsche des Dompteurs nicht aus den Augen läßt. „Sehen Sie", sagte Matt, „wie er kein Auge vom Stock läßt. Das ist ein gutes Zeichen. Er ist nicht dumm. Daher wird er mir nichts tun, solange ich den Stock in der Hand habe."

Als Matts Hand sich dem Halse des Hundes näherte, wies dieser knurrend die Zähne und duckte sich. Er beobachtete gleichzeitig die Hand und den Stock, der drohend über ihm schwebte. Als Matt die Kette gelöst hatte, trat er rasch zurück. Wolfsblut konnte nicht glauben, daß er frei sei. Unter der Herrschaft des schönen Schmitt hatte er die Freiheit keinen Augenblick gekannt, außer wenn er mit anderen Hunden kämpfen mußte. Und stets war er nachher wieder eingesperrt worden.

Er fand keine Erklärung für die wiedergewonnene Freiheit. Sicherlich steckte da eine Teufelei der Menschen dahinter. Vorsichtig machte er ein paar Schritte, darauf gefaßt, daß man ihn angreifen werde. Er wußte nicht, was tun, er hatte das Freisein verlernt. Mißtrauisch mied er die Nähe der beiden Männer und ging langsam zur Ecke des Blockhauses. Als ihm nichts geschah, kehrte er verwundert um und blieb ein Dutzend Schritte weit vor den beiden stehen und sah sie an.

„Wird er davonlaufen?" fragte Scott.

„Keine Ahnung. Darauf müssen wir es ankommen lassen."

„Armer Kerl", sagte Scott mitleidig. „Ich weiß, was ihm fehlt. Nichts als ein bißchen Liebe." Er stand auf und ging ins Haus. Er kam mit einem Stück Fleisch wieder, das er Wolfsblut hinwarf. Dieser sprang zurück und sah es argwöhnisch aus der Entfernung an.

„Fort, Major!" schrie Matt, aber es war schon zu spät. Einer der Schlittenhunde hatte sich auf das Fleisch gestürzt; als er es gerade gepackt hatte, rannte ihn Wolfsblut um. Major erhob sich taumelnd, das Blut spritzte aus seinem Halse und färbte den Schnee rot.

„Verfluchter Kerl!" sagte Scott. „Zu dumm. Aber er hat es ehrlich verdient."

Matt hob den Fuß, um Wolfsblut einen Tritt zu geben. Ein Sprung, ein Aufblitzen der Zähne, ein Schmerzensschrei, und Wolfsblut zog sich, fürchterlich knurrend, zurück, während Matt sich bückte und das verletzte Bein untersuchte. „Hat mich ganz schön erwischt", erklärte er und zeigte auf die zerrissene Hose und das Unterzeug, das sich rot färbte.

„Ich sagte ja, daß es nichts hilft", seufzte Scott. „Ich habe alles versucht. Aber das war zu viel." Bei diesen Worten zog er langsam den Revolver heraus und untersuchte die Ladung.

„Herr Scott", sagte Matt, „bedenken Sie, daß der Hund in letzter Zeit ein Leben wie in der Hölle geführt hatte. Sie können doch nicht verlangen, daß er mit einem Schlag ein Engel wird. Haben Sie doch Geduld!"

„Sehen Sie Major an!"

Der Hundetreiber blickte den verletzten Hund an, der offenbar im Sterben lag.

„Sie sagten selbst, daß er es verdient hat. Er wollte Wolf das Fleisch wegnehmen. Dafür ist er jetzt tot. Haben Sie etwas anderes erwartet? Ich wollte keinen Hund, der sich um sein Fleisch nicht wehrt."

„Aber er hat Sie gebissen. Das war zu viel."

„Auch mir ist recht geschehen", erwiderte Matt eigensinnig. „Wer hat mir angeschafft, ihm einen Fußtritt zu geben?"

„Trotzdem wäre der Tod das beste für ihn. Er ist doch nicht zu zähmen."

„Geben Sie dem armen Teufel doch eine Gelegenheit! Er hat ja noch keine gehabt. Er kommt aus der Hölle und ist zum ersten Mal frei. Versuchen Sie es doch noch einmal. Wenn das nichts hilft, will ich ihn selber töten."

„Gut", erklärte Scott und steckte den Revolver ein. „Wir wollen ihm die Freiheit lassen. Vielleicht hilft Güte etwas. Ich will es gleich versuchen."

Er näherte sich Wolfsblut und begann leise und freundlich mit ihm zu sprechen.

„Nehmen Sie einen Stock!" rief Matt.

Scott schüttelte den Kopf und fuhr fort, mit freundlichen Worten um Wolfsbluts Zuneigung zu werben. Aber dieser traute dem Frieden nicht. Er hatte einen Hund getötet und einen Menschen gebissen. Er hatte also Strafe zu erwarten. Sein Haar sträubte sich, mit sprungbereitem Körper ließ er den Mann ganz nahe kommen, da dieser keinen Stock hatte. Und da kam auch schon die Hand und senkte sich langsam auf seinen Kopf herab. Wolfsblut bückte sich sprungbereit. Gefahr war im Verzug, irgendein Verrat. Er kannte die Hände des Menschen und wußte, daß sie Schmerzen brachten. Er wollte nicht beißen, er ertrug die ihm drohende Gefahr bis zum letzten Moment, bis der Wille zum Leben die Oberhand gewann.

Weedon Scott hatte geglaubt, den Biß vermeiden zu können.

Aber Wolfsblut war flink wie eine Schlange. Scott schrie auf, ergriff die verletzte Hand mit der anderen, Matt sprang fluchend hinzu. Wolfsblut zog sich geduckt, zähnefletschend, mit drohendem Blick zurück. Nun hatte er schreckliche Prügel zu erwarten, wie er sie je von dem schönen Schmitt erhalten hatte, das wußte er.

„Was tun Sie, Matt?" rief Scott plötzlich aus. Matt war ins Haus gelaufen und kam mit einer Büchse zurück. „Ich werde das tun, was ich vorhin gesagt habe. Ich werde ihn erschießen."

„Das werden Sie nicht tun."

„Doch."

Aber wie vorhin Matt sich für Wolfsblut eingesetzt hatte, so plädierte nun Weedon Scott für ihn.

„Sie haben selbst gesagt, daß wir ihm Zeit lassen müssen. Wir dürfen nicht gleich die Geduld verlieren. Geben Sie ihm noch eine Chance. – Aber sehen Sie sich das an!" Wolfsblut hatte sich zum Blockhaus zurückgezogen und knurrte fürchterlich nicht etwa Scott, sondern den Hundetreiber an.

„Kennen Sie sich aus?" rief dieser.

„Ja, er ist ein kluges Tier", erwiderte Scott rasch. „Er kennt die Feuerwaffen. Er hat Verstand! Wir müssen ihm Zeit lassen. Legen Sie die Büchse weg!"

„Meinetwegen", sagte Matt bereitwillig und lehnte die Büchse an einen Holzstoß.

„Aber sehen Sie sich das nur an!" rief er im nächsten Augenblick aus, denn Wolfsblut hatte sich beruhigt und knurrte nicht mehr. „Das ist der Mühe wert, näher untersucht zu werden. Passen Sie einmal auf." Er griff nach der Büchse und im selben Augenblick zeigte Wolfsblut die Zähne. Dann trat er von der Büchse zurück und sogleich senkte Wolfsblut die Lippen und die Zähne verschwanden.

„Jetzt nur zum Spaß!"

Matt ergriff die Büchse und hob sie langsam zur Schulter empor. Sogleich begann Wolfsblut zu knurren, immer lauter, je länger dieses Manöver dauerte. Allein kurz bevor die Büchse schußbereit war, sprang Wolfsblut zur Seite und verschwand hinter der Ecke des Blockhauses. Matt starrte auf den Schnee, wo der Hund eben noch gestanden hatte. Dann stellte er die Büchse feierlich weg und blickte seinen Brotherrn an. „Sie haben recht, Herr Scott. Er ist ein gescheiter Kerl. Der Hund ist viel zu klug. Es wäre wirklich schade um ihn."

7. Kapitel
Der neue Gebieter

Das Haar Wolfsbluts richtete sich steil auf, als Weedon Scott sich ihm näherte. Er knurrte drohend, um zu verstehen zu geben, daß er sich freiwillig keiner Strafe unterwerfen werde. Vor vierundzwanzig Stunden hatte er die Hand des Herrn gebissen, die nun verbunden in einer Schlinge hing. Früher waren öfter Strafen aufgeschoben worden, offenbar war es auch jetzt so. Konnte es überhaupt anders sein? Er hatte sich an dem heiligen Fleisch eines Menschen vergangen, also erwartete ihn Furchtbares.

Der Mann setzte sich jetzt einige Fuß weit von ihm entfernt nieder. Das sah nicht gefährlich aus. Wenn die Menschen straften, standen sie aufrecht. Außerdem hatte dieser Mann weder Peitsche noch Stock, noch eine Büchse. Er selbst war frei, konnte sich also in Sicherheit bringen, ehe der andere aufstand. Er wollte abwarten. Als Scott ruhig, ohne sich zu bewegen, sitzenblieb, verwandelte sich Wolfsbluts Knurren langsam in ein Grollen, das tief unten aus der Kehle heraufkam. Nun fing der Mann zu sprechen an, und beim ersten Ton der Stimme grollte Wolfsblut stärker, sein Nackenhaar richtete sich auf. So grollte Wolfsblut eine Zeitlang im Takt mit der Stimme des Menschen. Aber dieser hörte nicht zu reden auf und redete so, wie noch niemand zu Wolfsblut gesprochen hatte. Es klang friedlich und freundlich, irgendeine Saite in Wolfsbluts Innerem wurde davon angenehm berührt. Unwillkürlich begann er zu diesem Menschen Vertrauen zu fassen, obwohl ihn sein Instinkt warnte und an seine bisher mit Menschen gemachten Erfahrungen erinnerte. Das währte eine Weile, dann stand Scott ruhig auf und ging ins Haus hinein. Als er herauskam, betrachtete Wolfsblut ihn scheu und prüfend. Er hatte weder eine Peitsche noch einen Stock noch irgendeine Waffe bei sich. Auch war die gesunde Hand nicht auf dem Rücken versteckt. Scott setzte sich auf denselben Platz nieder, nur wenig von Wolfsblut entfernt, und hielt ihm ein Stück Fleisch hin. Wolfsblut spitzte die Ohren und besah es mißtrauisch, ließ aber Scott nicht aus den Augen. Er war auf einen Angriff gefaßt, sein ganzer Körper war gespannt und wartete sprungbereit auf das erste Zeichen der Feindschaft. Doch die Züchtigung kam immer noch nicht. Scott hielt ihm nur das Stück Fleisch hin, an dem nichts Unrechtes zu sein schien. Dennoch blieb Wolfsblut argwöhnisch, obwohl Scott eine einladende Handbewegung machte. Die Menschen waren so schlau, man konnte nie wissen, was hinter einem harmlosen Stück Fleisch lauerte. Er hatte Erfahrungen von früher, besonders mit Indianerinnen, wobei ein Stückchen Fleisch und eine Züchtigung in nahem Zusammenhang gestanden hatten.

Endlich warf Scott das Fleisch knapp vor Wolfsbluts Füßen in den Schnee. Wolfsblut beroch es sorgfältig; immer noch ließ er kein Auge von dem Mann. Da ihm nichts geschah, verschlang er das Fleisch. Wieder geschah nichts, außer daß ihm abermals ein Stück Fleisch hingehalten wurde, und da er sich weigerte, es zu nehmen, wurde es, wie beim ersten Mal, vor ihn hingeworfen. Dies wiederholte sich mehrere Male. Endlich aber kam der Augenblick, wo Scott sich weigerte, das Fleisch hinzuwerfen, und es ihm in der Hand hinreichte. Das Fleisch schmeckte gut und Wolfsblut war hungrig. Schritt für Schritt, mit unendlicher Vorsicht, näherte sich der Hund. Zuletzt mußte er sich entschließen, das Fleisch zu nehmen; aber er ließ den Mann nicht aus den Augen. Die Ohren zurückgelegt, das Haar gesträubt, streckte er den Kopf vor und ließ ein leises Grollen als Warnung ertönen. Wolfsblut fraß das Fleisch, Stück für Stück, aber es kam keine Züchtigung. Dann leckte er sich das Maul und wartete, während Scott zu ihm redete. Die Stimme war gütig, es lag etwas darin, wovon Wolfsblut noch keine Erfahrung hatte, sie erweckte Empfindungen in ihm, die er früher nicht gekannt hatte. Eine seltsame Zufriedenheit überkam ihn, eine Leere in seinem Inneren schien ausgefüllt. Dann wurde jedoch die Stimme des Instinkts in ihm laut und warnte ihn. Die Menschen waren so klug! Sie konnten immer wieder überraschen! Ah – da war es schon, was er gefürchtet hatte! Der Mann streckte die Hand aus, um sie seinem Kopf zu nähern. Dabei redete er immer weiter. Welche Hinterlist steckte dahinter? Und doch – die Stimme klang so sanft und freundlich. Widerstreitende Gefühle bemächtigten sich Wolfsbluts. Die Stimme beruhigte ihn trotz der erhobenen Hand, die erhobene Hand machte ihn trotz der freundlichen Stimme mißtrauisch. Er wählte den Mittelweg: Er knurrte, sträubte das Haar, aber er blieb und er biß nicht. Immer näher kam jetzt die Hand, schon berührte sie die Spitzen der zu Berge stehenden Haare. Er duckte sich, aber die Hand folgte ihm und preßte sich an ihn. Die Berührung verursachte ihm Qual, da sie seinen Instinkt vergewaltigte. Er konnte nicht an einem Tag all das Böse vergessen, das ihm Menschenhände angetan hatten. Aber dieser neue Herr wollte es so und – er unterwarf sich. Die Hand erhob und senkte sich wieder, und jedes Mal, wenn sie emporgehoben wurde, richtete sich das Haar darunter wieder auf. Und wenn sie ihn berührte, kam Grollen aus der Kehle herauf. Es war eine Warnung: Jeder angetane Schmerz würde heimgezahlt werden. Diese freundliche Stimme konnte plötzlich zu Wutgebrüll werden, diese freundliche Hand plötzlich Schmerzen austeilen.

Aber die Hand liebkoste Wolfsblut weiter, die Stimme blieb freundlich. Immer widerstrebender wurden Wolfsbluts Empfindungen: Auf der einen Seite war es seinem Instinkt verhaßt, daß er gestreichelt wurde, weil es seine Freiheit einschränkte, auf der anderen Seite war das Streicheln angenehm, besonders in der Nähe der Ohren. So blieb er vorsichtig, noch immer eine unvorhergesehene Bosheit fühlend, und litt und freute sich abwechselnd, je nachdem das eine oder das andere Gefühl in ihm Oberhand bekam.

„Da soll mich doch gleich der Teufel holen!“ rief Matt, der aus dem Blockhaus heraustrat, um Wasser auszuschütten. Beim Ton dieser Stimme sprang Wolfsblut zurück und knurrte Matt an.

Weedon Scott folgte Wolfsblut und legte neuerlich die Hand auf seinen Kopf. Wieder streichelte er ihn und sprach freundlich auf ihn ein. Wolfsblut ließ es sich gefallen, sah aber mißtrauisch auf den Mann, der vor dem Blockhaus stand und noch immer darauf vergaß, das Wasser auszuschütten.

„Sie verstehen zwar Ihre Sache bei den Goldgruben gut“, sagte Matt, „aber dennoch haben Sie Ihren Beruf verfehlt. Sie hätten Tierbändiger werden sollen.“

Bei diesen Worten sprang Wolfsblut nicht mehr weg, die Hand, die mit langen Strichen seinen Rücken liebkoste, verursachte ihm nun wirkliches körperliches Vergnügen. Das war für Wolfsblut der Anfang vom Ende seines alten Lebens und der Herrschaft des Haßes. Ein neues, schönes Leben begann für ihn.

Weedon Scott brauchte viel Geduld dazu. Denn in Wolfsbluts Wesen vollzog sich eine vollständige Umwälzung. Er mußte sich den Mahnungen seines Instinkts und Verstandes verschließen, alle seine Erfahrungen Lügen strafen. Das Leben, das er jetzt führte, war das Gegenteil seines früheren. Die äußeren Umstände hatten ihn zu einem harten, grimmigen, unliebenswürdigen und von niemandem geliebten Wesen, zu einem Wolf und Preiskämpfer gemacht. Die Umwandlung seines Wesens mußte daher eine völlige Wiedergeburt sein, in einer Zeit, da die Formbarkeit der Jugend vorüber war, da sein Geist eine Form von Eisen angenommen hatte und Instinkte, Wahrnehmungen und Erfahrungen sich zu Grundsätzen, Mißtrauen, Abneigung oder Begierde gefestigt hatten.

Und wieder waren es die Umstände, die sein Wesen umformten. Die Hand Weedon Scotts knetete ihn zurecht, machte das Harte in ihm weich und goß es in eine schönere Form. Sie machte in Wolfsbluts Innerem Kräfte lebendig und frei, die bisher geschlafen hatten und unterdrückt waren. Und eine dieser Kräfte war die Liebe. Sie ersetzte jetzt die Neigung, das höchste aller Gefühle, die Wolfsblut bisher im Verkehr mit den Menschen gekannt hatte. Die Liebe kam nicht an einem Tage, auch sie begann mit der Neigung und entwickelte sich aus ihr. Wolfsblut lief nicht davon, obwohl er den ganzen Tag frei war, denn er hatte den neuen Herrn gern. Und er mußte einen Herrn haben, die Unterordnung unter den Menschen entsprach einem Bedürfnis seiner Natur. Seit dem Tage, da er der Wildnis den Rücken gekehrt und vor die Füße des Grauen Biber gekrochen war, um Prügel zu bekommen, seit dem Tage, da er nach der langen Hungersnot aus der Wildnis zurückgekehrt war ...

Also blieb Wolfsblut bei Weedon Scott, da er einen Herrn haben mußte. Seine Untertänigkeit zeigte er dadurch, daß er das Eigentum des Herrn bewachte. Wenn die Schlittenhunde schliefen, schlich er um das Blockhaus herum, und der erste Besucher, der in der Nacht zu Scott kam, mußte sich mit einem Stock verteidigen, ehe ihm der Hausherr zu Hilfe kam. Aber bald lernte Wolfsblut Diebe von ehrlichen Leuten unterscheiden, er erkannte das an ihrem Gang. Ehrliche Leute kamen mit lauten Schritten direkt auf das Blockhaus zu, Diebe machten einen Bogen, blickten scheu umher und traten leise auf. Das hatte er mit sicherem Instinkt festgestellt. Weedon Scott hatte sich vorgenommen, das Unrecht, das die Menschen Wolfsblut angetan hatten, wieder gutzumachen. Daher war er nicht nur gut und freundlich zu ihm, sondern streichelte ihn jeden Tag lange. Wolfsbluts Mißtrauen gegen das Streicheln schwand, ja er gewann es mit der Zeit sogar lieb. Nur das Grollen konnte er nicht lassen, er grollte, so lange er gestreichelt wurde. Aber in diesem Grollen war ein neuer Klang, den ein Fremder nicht gehört hätte. Wolfsbluts Kehle war mit der Zeit rauh geworden, er konnte, um die freundlichen Regungen seiner Seele zu bekunden, diese Töne nicht sanfter machen. Weedon Scotts Ohr war jedoch fein genug, diesen neuen Klang trotz aller Wildheit zu hören. Die Neigung Wolfsbluts entwickelte sich immer schneller zu Liebe. Er fühlte sie, ohne zu wissen, was Liebe sei. Er verspürte sie als eine Leere in seiner Seele, als eine dem Hungergefühl ähnliche Sehnsucht, die befriedigt werden wollte. Die Abwesenheit seines neuen Herrn machte ihn unruhig, seine Gegenwart erfreute ihn. Dann ging diese Liebe oft in eine wilde Freude über, die sein ganzes Wesen durchzitterte. Aber fern von seinem Herrn kehrte die peinvolle Unruhe wieder, die Leere war wieder da und die Sehnsucht verfolgte ihn unaufhörlich. Wolfsblut war auf dem Wege, sein eigentliches Wesen zu finden.

Etwas wuchs in ihm, obwohl er nicht mehr jung war, dehnte sich aus und entfaltete sich. Unbekannte Triebe und Empfindungen wurden lebendig, sein Betragen veränderte sich. Er, der die Bequemlichkeit geliebt hatte, nahm nun oft seinem Herrn zuliebe Unbequemlichkeiten auf sich. Statt – wie früher – schon am Morgen auf Raub auszugehen oder in einem warmen Winkel zu liegen, wartete er auf den kalten Treppenstufen auf den Herrn und abends verließ er oft das warme Nest, das er sich im Schnee gegraben hatte, um seinen heimkehrenden Herrn zu begrüßen. Selbst ein Futter konnte er stehenlassen, wenn er den Herrn in die Stadt begleiten durfte. Ja, Liebe hatte die Stelle der Neigung eingenommen, aber sie war auch das Senkblei gewesen, das die Tiefen seines Wesens berührt hatte, wohin die Neigung nie gedrungen war. Und aus diesen Tiefen war etwas Neues emporgestiegen: die Gegenliebe.

Und die Liebe, die ihm gegeben wurde, gab er reichlich wieder. Scott war für ihn ein liebevoller, warmer, strahlender Gott, im Lichte seiner Liebe entfaltete sich Wolfsbluts Wesen wie eine Blume im Lichte der Sonne.

Wolfsblut war aber nie aufdringlich. Er war zu alt, sein Wesen zu fest geformt, als daß er für seine Liebe eine neue Ausdrucksform gefunden hätte. Das einsame Leben hatte ihn zurückhaltend, bescheiden und scheu gemacht. Nie im Leben hatte er gebellt, so lernte er es auch jetzt nicht, seinen Herrn mit Gebell zu begrüßen. Er lief ihm auch nicht entgegen, sondern wartete in der Entfernung, aber er war immer da und wartete immer. Seine Liebe war mit einer stummen Verehrung vergleichbar, die sich nur in seinen Augen ausdrückte. Und blickte der Gebieter ihn dann und wann an oder sprach mit ihm, dann zeigte er eine Art linkischer Verlegenheit, als ob er mit sich kämpfte, seine Liebe zu äußern, aber unfähig war, es zu tun.

Allmählich paßte er sich dem neuen Leben an. Er begriff, daß er die Hunde des Herrn in Ruhe lassen müsse, allerdings machte er seine Herrschernatur dadurch geltend, daß er die Anerkennung seiner Überlegenheit über sie von ihnen erzwang. Sie wichen ihm aus, wenn er herumstolzierte, und gehorchten ihm. Er begriff auch, daß Matt zum Herrn gehörte. Der Herr fütterte ihn fast nie, das war Matts Geschäft. Dennoch erriet Wolfsblut, daß er das reichliche Futter seinem Herrn verdankte. Als Matt ihn zum ersten Mal anspannen wollte, widersetzte er sich. Aber als Weedon ihm das Riemenzeug anlegte, begriff er, daß es des Herrn Wille sei, daß er mit den anderen Hunden fahre.

Die Schlitten von Klondike waren von denen vom Mackenzie verschieden: Sie hatten Kufen. Auch die Hunde wurden hier anders eingespannt; nicht fächerförmig, sondern sie zogen, einer hinter dem anderen, in doppelten Strängen. In Klondike war der Leithund wirklich der Klügste und Stärkste und das Gespann mußte ihm gehorchen und fürchtete ihn. Daß Wolfsblut Leithund wurde, war selbstverständlich, mit weniger gab er sich nicht zufrieden. Wenn er auch am Tage fuhr, bewachte er abends das Eigentum seines Herrn. Immer wachsam, immer treu, war er bald der wertvollste Hund Weedon Scotts.

„Ich möchte mir die Bemerkung erlauben“, sagte eines Tages Matt zu Weedon Scott, „daß Sie mit Wolfsblut ein gutes Geschäft gemacht haben. Sie haben den schönen Schmitt ordentlich hereingelegt, von den Ohrfeigen ganz abgesehen.“ In Scotts Augen blitzte es zornig auf, als er murmelte: „Diese Bestie!“

Im Spätfrühling kam ein großes Leid über Wolfsblut. Plötzlich verschwand sein Herr. Was das Packen eines Koffers bedeutete, wußte er damals noch nicht. In der ersten Nacht wartete er umsonst. Der kalte Wind trieb ihn um Mitternacht, eine geschützte Stelle hinter dem Blockhaus aufzusuchen. Er verfiel in einen unruhigen Schlummer, immer die Ohren gespitzt und den bekannten Schritten lauschend. Allein eine gute Stunde später jagte ihn die ängstliche Sorge wieder vor und er legte sich auf die kalten Stufen, um zu warten.

Auch am Morgen kam der Herr nicht aus dem Blockhaus, nur Matt erschien. Wolfsblut sah ihn fragend an, aber es gab ja keine Sprache, durch die sich die beiden verständigen konnten. Die Tage kamen und gingen, aber kein Herr erschien. Wolfsblut, der nie in seinem Leben krank gewesen war, begann zu kränkeln, ja er wurde so schwach, daß ihn Matt mit ins Blockhaus nehmen mußte. Er verlor auch jeden Appetit und die Hunde des Gespanns verloren den Respekt vor ihm. Er kümmerte sich nicht um Matt, der sich um ihn bemühte, höchstens wandte er die trüben Augen nach ihm und ließ traurig den Kopf auf die Vorderpfoten sinken. Als Matt an seinen Brotherrn schrieb, widmete er Wolfsblut eine Nachschrift; und Weedon Scott las in Circle Town folgendes: „Der verdammte Wolf will nicht arbeiten. Er frißt auch nicht mehr. Hat gar keinen Lebensmut. Alle anderen Hunde sind ihm überlegen. Er weiß nicht, was aus Ihnen geworden ist, und ich kann es ihm nicht beibringen. Am Ende stirbt er noch!“ Ja, Wolfsblut hatte Appetit und Lebensmut verloren! Als Matt an einem Abend in der Hütte saß und las, ließ Wolfsblut plötzlich ein leises Winseln hören. Der Hund hatte sich aufgerichtet und lauschte aufmerksam nach der Tür hin. Einen Augenblick später hörte auch Matt Fußtritte. Die Tür öffnete sich und Weedon Scott trat ein. Die beiden Männer schüttelten sich die Hände, dann blickte sich Scott um. „Wo ist Wolfsblut?“ fragt er.

Wolfsblut stand nahe beim Ofen. Er stürzte nicht auf den Herrn zu, er wartete. „Gott im Himmel!“ rief Matt. „Sehen Sie nur, er wedelt ja mit dem Schwanze!“

Weedon Scott ging auf ihn zu und sah den Glanz in seinen Augen, aus dem ein großes und tiefes Gefühl leuchtete. Er kniete nieder, so daß er Wolfsblut in die Augen sehen konnte, und liebkoste ihn, indem er ihm die Ohren kraulte, Nacken und Schultern streichelte und ihn sanft auf den Rücken klopfte. Wolfsblut grollte als Antwort und tat außerdem etwas, was er noch nie in seinem Leben getan hatte: Er streckte seinen Kopf tief unter den Arm seines Herrn, so tief, daß nichts als die Ohren zu sehen war. Immer tiefer schmiegte er sich hinein. Die beiden Männer blickten einander an und in Scotts Augen schimmerte es feucht.

„Nun sehen Sie es“, sagte Matt, „er ist kein Wolf, sondern ein Hund. Ich habe es immer gesagt.“

Wolfsblut erholte sich rasch. Die Schlittenhunde hatten seinen Mut und seine Stärke vergessen und erinnerten sich nur noch seiner Schwäche. Als sie ihn aus dem Blockhaus kommen sahen, stürzten sie auch schon über ihn her. „Wie die Verrückten“, murmelte Matt, der, in der Türe stehend, lächelnd zuschaute. „Nimm sie, Wolf! Gib es ihnen nur ordentlich!“

Aber Wolfsblut brauchte keine Ermunterung. Die Rückkehr des Gebieters hatte ihm neuen Lebensmut geschenkt. Er raufte mit ihnen schon aus lauter Übermut, daß sein Herr wieder da war. Das Ende war, daß die Hunde einen schmachvollen Rückzug einschlugen und erst nach Dunkelwerden einzeln zurückgeschlichen kamen und demütig und unterwürfig Gehorsam bezeigten.

Er schmiegte seinen Kopf nun oft unter den Arm des Herrn. Das war die höchste Liebkosung, die er geben konnte. Sein Kopf war bisher immer der von ihm am eifersüchtigsten gehütete Körperteil gewesen, er hatte es nie leiden mögen, wenn er berührt wurde. Das war die Wildnis in ihm gewesen, die Furcht vor der Falle, der Instinkt hatte ihm zugeflüstert, daß der Kopf frei bleiben müsse. Jetzt war das Verbergen des Kopfes unter dem Arm des Herrn eine Handlung, durch die er sich mit voller Absicht in eine hilflose Lage brachte. Sie war der Ausdruck völligen Vertrauens und gänzlicher Hingabe, wie wenn er damit sagen wollte: „Ich gebe mich in deine Hand, du kannst machen mit mir, was du willst."

Einige Tage nach Scotts Heimkehr – dieser saß mit Matt in der Hütte beim Kartenspiel – ertönte draußen ein gellender Schrei. Die beiden Männer sprangen auf.

„Wolf hat jemand erwischt!" schrie Matt.

Ein wilder Schrei, wie der eines Menschen in Todesangst, beschleunigte ihre Schritte.

„Bringen Sie ein Licht!" rief Scott, ins Freie stürzend.

Matt folgte ihm mit der Lampe und in dem Schein sahen sie einen Menschen auf dem Rücken im Schnee liegen. Er hatte Gesicht und Hände mit den Armen bedeckt, um sich vor Wolfsbluts Zähnen zu schützen. Der Hund wollte ihm offensichtlich an die Kehle kommen. Rock, Unterjacke und Hemd des Mannes waren in Fetzen gerissen, die Arme zerrissen und blutüberströmt. Weedon Scott stürzte hin und riß Wolfsblut, der sich widersetzte, zurück. Matt half dem Mann auf, ließ ihn aber sofort wieder fallen, als er sein Gesicht gesehen hatte. Es war der schöne Schmitt.

Langsam rappelte sich dieser in die Höhe. Neben ihm lagen eine stählerne Kette und ein derber Stock. Beide Männer sahen diese Gegenstände gleichzeitig. Es wurde kein Wort gesprochen. Der Hundetreiber legte dem schönen Schmitt die Hand auf die blutende Schulter und zeigte mit einer nicht mißzuverstehenden Geste in die Weite. Schmitt verstand diesen Wink und machte sich rasch aus dem Staube, obwohl ihm das Gehen sichtlich schwer fiel. Unterdessen beruhigte Weedon Scott Wolfsblut und sagte zu ihm: „Hat dich dieser Kerl stehlen wollen? Und du hast dich nicht stehlen lassen? Ja, der hat sich geirrt, Wolf."

FÜNFTER TEIL

1. Kapitel
Wolfsblut kommt mit

Es lag etwas in der Luft. Wolfsblut witterte ein Unglück, lange bevor es da war. Es kam auf unbekannten Wegen zu ihm, er wußte weder das Wie noch das Warum, aber er erhielt die Botschaft von den Menschen selber. Auch sie konnten nicht erklären, wieso sie ihre Gedanken auf das Tier übertrugen, das da draußen vor der Hütte lag und wußte, was die Bewohner dachten.

„Hören Sie sich das an!“ rief der Hundetreiber eines Abends, als sie beim Nachtmahl saßen.

Weedon Scott horchte hinaus. Durch die Tür kam ein leises, angstvolles Stöhnen, das wie ein unterdrücktes, kaum hörbares Schluchzen klang. Dann hörte man ein langgezogenes Schnüffeln, als ob Wolfsblut sich davon überzeugen wollte, daß der Herr noch drinnen sei und nicht wieder auf geheimnisvolle Weise allein die Flucht ergriffen habe. „Ist es möglich, daß Wolfsblut Verdacht geschöpft hat?“ fragte Matt.

Weedon Scott blickte seinen Gefährten flehend an, obgleich er zu diesem kühl sagte: „Was soll ich auf der Reise und was in Kalifornien mit einem Wolf machen?“

„Ganz meiner Meinung“, erwiderte Matt, „was sollen Sie in Kalifornien mit einem Wolf anfangen?“ Aber Scott schienen diese Worte nicht zu befriedigen. Gar so selbstverständlich war die Sache nun wieder nicht.

„Die Hunde der weißen Leute wären gegen ihn hilflos“, fuhr Scott fort, „er würde sie alle sofort umbringen, außerdem würde ihn mir die Behörde wegnehmen.“

„Ja, er ist ein Totschläger“, sagte Matt roh.

Weedon Scott sah ihn mißtrauisch an. „Es geht wirklich nicht“, sagte er dann entschieden.

„Nein, es geht nicht“, echote Matt. „Sie brauchten einen eigenen Wächter für ihn.“

Scotts Mißtrauen schwand, er nickte zustimmend. Beide Männer schwiegen. Vor der Tür hörte man das Schluchzen des Hundes.

„Er hängt sehr an Ihnen“, begann Matt wieder.

Nun wurde Scott ärgerlich. So hören Sie doch endlich auf, Matt. Ich halte das nicht mehr aus. Ich weiß, was ich zu tun habe.“

„Bin ganz Ihrer Meinung, nur ...“

„Was – nur?“

„Nur ...“, begann Matt ruhig, brauste aber plötzlich auf: „Sie müssen nicht gleich so bissig werden. Man sollte glauben, Sie wüssten nicht, was Sie zu tun hätten.“

Weedon Scott dachte eine Weile nach, dann sagte er freundlicher: „Sie haben ganz recht, Matt. Ich weiß auch nicht, was ich tun soll, und das ist das Ärgste an der Sache. – Aber ich kann doch den Hund nicht mitnehmen.“

„Ganz Ihrer Meinung“, erwiderte Matt, und abermals war sein Brotherr mit der Antwort nicht zufrieden.

„Woher kann er nur wissen, daß Sie fortfahren? Das geht über meinen Horizont!“ begann Matt wieder harmlos.

„Über meinen auch“, antwortete Scott und schüttelte traurig den Kopf.

Endlich war der Tag da, an dem Wolfsblut durch die offene Tür der Blockhütte den Unheil verkündenden Koffer auf dem Boden stehen sah. Es gingen und kamen auch viele Leute, die sonst so ruhige Hütte war voller Unruhe und Hast. Das waren ohne Zweifel eindeutige Vorzeichen. Was Wolfsblut bis jetzt nur geahnt hatte, das verstand er jetzt. Der Herr wollte wieder fliehen, und da Wolfsblut letzthin nicht mitgenommen worden war, würde er auch diesmal zurückbleiben müssen.

In der Nacht, die diesem Tage folgte, brach er in ein langgezogenes Wolfsgeheul aus. Wie in seiner Jugend, als er aus der Wildnis in das Dorf zurückgekehrt war und an Stelle des Zeltes des Grauen Biber einen Kehrichthaufen gefunden hatte, so richtete er auch nun die Nase zu den Sternen empor und klagte ihnen sein bitteres Leid.

Drinnen im Blockhaus waren die beiden Männer soeben schlafen gegangen.

„Er hat heute wieder nichts gefressen", sagte Matt.

Von Weedons Lagerstätte kam ein Gebrumm, die Decken wurden hin und her geworfen.

„Er hat es sich schon damals sehr zu Herzen genommen, als Sie weg waren, diesmal wird er wahrscheinlich eingehen." Die Decken wurden wieder hin und her geworfen. „So geben Sie doch endlich einmal Ruhe!" schrie Scott ärgerlich. „Sie sind ja ärger als ein Frauenzimmer!"

„Das stimmt", erwiderte der Hundetreiber. Und es hatte den Anschein, als ob Matt unter der Decke gekichert hätte. Am folgenden Tage wurden Wolfsbluts Ruhelosigkeit und Angst nur noch größer. Er blieb seinem Herrn ständig auf den Fersen, wenn dieser das Haus verließ, und wartete draußen, wenn er drinnen war. Durch die offene Tür konnte er das Gepäck sehen, das sich um zwei große Reisetaschen und einen weiteren Koffer vermehrt hatte. Matt rollte gerade die Decken in ein Wachstuch ein, was Wolfsblut ein langgezogenes Winseln entlockte. Gleich darauf kamen zwei indianische Träger, nahmen das Gepäck auf die Schultern und trugen es fort. Matt ging mit ihnen. Aber Wolfsblut ging nicht mit. Der Herr war ja noch drinnen.

Nach einer Weile rief der Herr Wolfsblut in die Hütte. „Du armer Kerl", sagte er und kraulte seine Ohren, „ich muß fort und kann dich nicht mitnehmen. Nun grolle zum Abschied noch einmal!"

Aber Wolfsblut wollte nicht. Er steckte seinen Kopf tief unter den Arm seines Herrn. „Da pfeift es!“, rief der inzwischen zurückgekommene Matt, und vom Yukon her ertönte der heisere, heulende Ton der Dampfpfeife. „Sie müssen sich beeilen. Vergessen Sie nicht, die vordere Tür zu schließen. Ich gehe hinten hinaus. Gehen Sie voran!“

Sie schlugen die Türen zu gleicher Zeit zu. Weedon Scott wartete, bis Matt nach vorne kam. In der Hütte wurde ein klägliches Winseln laut.

„Sie müssen gut für ihn sorgen, Matt“, sagte Scott. „Schreiben Sie mir, wie es ihm geht!“

„Sicherlich“, erwiderte Matt, „aber hören Sie sich das an!“ Beide blieben stehen. Wolfsblut heulte, wie die Hunde es tun, wenn ihr Herr gestorben ist. Es war eine zu Herzen gehende Wehklage, sie erhob sich zu lauten Jammertönen und erstarb in zitterndem Schmerz, um dann von neuem in ein lautes Geheul überzugehen.

Das Verdeck der „Aurora“ war voll von Abenteurern und Goldsuchern, es herrschte ein lebensgefährliches Gedränge. Scott stand bei der Landungsbrücke und schüttelte Matt, der im Begriffe war, zum Ufer zurückzukehren, die Hand. Aber Matts Hand wurde plötzlich in des anderen schlaff, seine Augen weiteten sich und hefteten sich auf etwas hinter Scotts Rücken.

Scott drehte sich um. In der nächsten Nähe saß Wolfsblut auf dem Verdeck und blickte sie unverwandt an. Der Hundetreiber begann zu fluchen, Scott brachte überhaupt kein Wort heraus.

„Wir haben doch beide Türen zugemacht?“ fragte Matt.

„Ohne Zweifel“, erwiderte Scott.

Wolfsblut legte schmeichelnd die Ohren zurück, blieb aber, wo er war.

„Ich werde ihn an Land bringen“, sagte Matt und ging auf Wolfsblut zu. Aber dieser lief einfach davon. Es war Matt unmöglich, ihn bei dem herrschenden Gedränge einzufangen. Erst als Scott ihn rief, kam er sofort. „Er will nicht zu mir kommen und dabei habe ich ihn doch die ganzen Monate hindurch gefüttert“, brummte Matt tief verletzt. „Und Sie haben ihn nach den ersten Tagen der Bekanntschaft doch nie mehr gefüttert. Ich möchte wissen, wieso er weiß, daß Sie von uns beiden der Herr sind.“

Scott beugte sich über Wolfsblut und sah frische Wunden an der Schnauze und einen Riß zwischen den Augen. Auch Matt beugte sich hinab und fuhr mit der Hand über Wolfsbluts Unterleib.

„Wir hatten das Fenster vergessen! Er ist unten ganz zerschlitzt und zerrissen. Er ist ganz einfach mit einem Satz beim Fenster hinaus!“ sagte er.

Allein Scott hörte nicht auf ihn. Die „Aurora“ gab das Signal zur Abfahrt. Die Leute rannten über die Laufbrücke ans Ufer zurück. Matt nahm sein Halstuch, um Wolfsblut anzubinden. „Was Wolfsblut betrifft“, sagte Weedon Scott langsam, „brauchen Sie mir nicht zu schreiben. Ich werde Ihnen schreiben.“

„Sie wollen ...“, schrie Matt und sprang rasch von der Landungsbrücke fort.

„Ja“, sagte Scott.

„Lassen Sie ihn scheren“, schrie Matt noch, „sonst verträgt er das kalifornische Klima nicht.“

Das Laufbrett wurde ans Ufer gezogen und in einem weiten Bogen schwang sich das Schiff zur Abfahrt herum. Weedon Scott winkte noch einmal, dann beugte er sich über den Hund. „Nun grolle, du verdammter Kerl“, sagte er und streichelte den sich anschmiegenden Kopf.

2. *Kapitel*
Im Süden des Landes

Als Wolfsblut in San Franzisko an Land ging, war er starr vor Staunen. Er hatte schon früher den Menschen die Macht von Göttern zuerkannt, aber so mächtig wie jetzt, da er auf dem schmutzigen Pflaster der Stadt einhertrabte, waren sie ihm noch nie erschienen. An Stelle der Blockhütten erhoben sich hier himmelhohe Häuser, Gefahren lauerten in den Straßen. Wagen, Autos, Fuhrwerke, elektrische Wagen und andere Fahrzeuge fuhren hin und her und kreischten wie die Luchse in der Wildnis. Es war ungeheuerlich und wunderbar zugleich und betäubte Wolfsblut, der hinter all diesen Dingen die Macht des Menschen erkannte. Aber mit der Zeit bekam er Angst. So wie ihm in seiner Kindheit der Anblick des indianischen Dorfes seine eigene Bedeutungslosigkeit vor Augen geführt hatte, so fühlte er sich hier, obwohl erwachsen, winzig und unbedeutend. Der Straßenlärm betäubte sein Ohr, die ewige Bewegung der Dinge verwirrte ihn. Mehr denn je fühlte er sich von seinem Herrn, den er hier um keinen Preis aus den Augen verlieren durfte, abhängig.

Der Eindruck, den Wolfsblut von der Großstadt empfing, sollte nur als Vision, als Alptraum seiner späteren Träume weiterleben. Denn der Herr brachte ihn in einen Gepäckwagen der Eisenbahn, wo er mitten unter den aufgehäuften Koffern angehängt wurde. Ein kräftiger Mann führte hier das Regiment, warf die Koffer von Zeit zu Zeit durcheinander, brachte neue und warf die alten hinaus.

Wolfsblut fühlte sich zuerst verlassen, als er aber das Gepäck seines Herrn neben sich gewittert hatte, beruhigte er sich nicht nur, sondern übernahm sogar die Bewachung desselben. „Höchste Zeit, daß Sie da sind“, murrte der Mann im Packwagen eine Stunde später, als Weedon

Scott an der Tür erschien. „Ich durfte Ihren Koffer nicht einmal anrühren."

Wolfsblut sprang heraus. Es gab auf einmal keinen Lärm mehr, in träger Ruhe dehnte sich eine lachende Landschaft vor seinen Augen aus. Wolfsblut wunderte sich über die Verwandlung nicht. Das war nichts als eine Kundgebung der menschlichen Macht.

Draußen wartete ein Wagen. Ein Mann und eine Frau kamen auf den Herrn zu. Die Frau streckte die Arme aus und packte den Herrn beim Hals – also ein Feind! Rasch packte Scott den Hund, der sich wie ein Rasender gebärdete. „Darf ich meinen Sohn nur mehr umarmen, wenn der Hund nicht da ist?" fragte die Mutter lachend. Wolfsblut sah sie knurrend und böse an.

„Er wird es sofort lernen müssen", antwortete Scott. Er beruhigte Wolfsblut zuerst, dann befahl er mit fester Stimme: „Leg dich!" Wolfsblut gehorchte, wenn auch widerwillig und verdrossen.

„Jetzt, Mutter", sagte Scott und breitete, ohne die Augen von Wolfsblut zu lassen, die Arme aus.

Wolfsbluts Haar sträubte sich, als er die Umarmung sah, zum Sprung geduckt, blieb er sitzen. Da aber weder diese noch die folgende Umarmung dem Herrn ein Unheil brachte, ließ es Wolfsblut zu, daß das Gepäck des Herrn auf den Wagen geladen wurde. Dann stiegen die Fremden ein, der Herr nach ihnen, und nun folgte Wolfsblut wachsam dem Wagen, um acht zu geben, daß dem Gebieter kein Leid geschehe. Eine Viertelstunde später bog der Wagen in einen Torweg ein und fuhr unter dem dichten Laubdach einer Allee von Walnußbäumen dahin. Ringsum waren grüne Rasenflächen, braungoldene Felder und viele Hügel und Wiesen zu sehen. Am Ende des Rasens stand auf einer Anhöhe ein Haus mit einer breiten Veranda und vielen Fenstern. Aber Wolfsblut hatte gar keine Zeit, das alles zu sehen. Denn kaum war der Wagen durch das Tor gefahren, als er auch schon von einem Schäferhund mit hellen Augen und spitzer Schnauze angefallen wurde. Dieser rannte zwischen ihn und den Herrn und schnitt ihm den Weg ab. Wolfsblut gab kein Warnzeichen von sich – nur sein Haar sträubte sich – und setzte zum tödlichen Angriff an. Mitten im Sprung hielt er linkisch inne, stemmte die Vorderpfoten steif auf den Boden und kam, da er sich bemühte, jede Berührung mit dem anderen Hunde zu vermeiden, auf die Hinterbeine zu sitzen. Das war ja eine Hündin! Die durfte er nicht angreifen! Aber der Schäferhund hatte auf Wolfsblut gerade wegen seines Geschlechtes keine Rücksicht zu nehmen. Für sie war außerdem dieses Tier da der Wolf, der Erbfeind, der in grauer Vorzeit den von ihren Ahnen behüteten Schafen aufgelauert hatte. Darum sprang sie ihn an, er knurrte zwar, als er ihre Zähne in seiner Schulter fühlte, machte aber keinen Versuch, ihr wehzutun. Steifbeinig und verlegen zog er sich zurück und versuchte, an ihr vorbei zu seinem Herrn zu kommen, aber sie blieb immer zwischen ihm und der Richtung, die er einschlagen wollte.

„Hierher, Collie“, rief der fremde Mann im Wagen. Weedon Scott lachte. „Laß sie nur, Vater, das ist eine gute Schule für ihn. Er wird noch mehr zu lernen haben. Es schadet nichts, wenn er gleich damit beginnt.“

Der Wagen fuhr weiter und noch immer versperrte Collie Wolfsblut den Weg. Er versuchte, sie zu überholen, indem er den Fahrweg verließ und auf dem Rasen einen Halbkreis beschrieb, aber sie lief in dem inneren, kleineren Kreise und bedrohte ihn mit den Zähnen.

Der Wagen trug den Herrn fort, Wolfsblut sah ihn zwischen den Bäumen verschwinden. Er war der Verzweiflung nahe. Er versuchte, einen anderen Bogen zu machen, aber Collie blieb ihm auf den Fersen. Da nahm er zu einem alten Fechterkunstgriff Zuflucht. Er drehte sich plötzlich um und stieß sie fest gegen die Schulter. Sie fiel um, überschlug sich und schrie und bellte vor Ärger und verletztem Stolz.

Jetzt war der Weg frei. Mehr hatte Wolfsblut nicht haben wollen. Er lief drauflos. Collie folgte ihm zwar schon wieder mit gellendem Gebell, aber sie war zu langsam für ihn. Wolfsblut kam gerade noch zurecht. Der Herr stieg eben aus. Und nun geschah etwas, was ihm in seinem Leben erst ein einziges Mal passiert war: Als er in vollem Lauf auf den Herrn zustürzte, tauchte plötzlich ein Jagdhund auf und rannte gegen ihn. Wolfsblut hatte zu viel Schwung, der Stoß traf ihn außerdem unerwartet, und so wurde er zu Boden geschleudert und überschlug sich. Aber er war ebenso rasch wieder auf den Beinen. Sofort stellte er sich und fuhr dem Jagdhund an die Kehle. Und nun wurde er zum zweiten Mal umgeworfen. Collie, ganz beleidigte Würde und gerechter Zorn, einem Wirbelwind vergleichbar, von instinktmäßigem Haß gegen den Räuber der Wildnis erfüllt, raste im rechten Winkel gegen Wolfsblut, als er gerade im Sprung war, und wieder verlor er das Gleichgewicht und rollte zu Boden. Und da war auch schon der Herr da und trieb die Hunde auseinander. „Netter Empfang für einen armen, einsamen Wolf aus dem Norden“, sagte er und beruhigte Wolfsblut. „Zweimal hintereinander umgeworfen zu werden, das ist ein bißchen viel für dich Armen!“

Der Wagen war verschwunden, fremde Leute kamen aus dem Haus heraus. Einige blieben dem Herrn vom Leibe, andere aber machten die feindselige Bewegung, ihm um den Hals zu fallen. Wolfsblut hatte jedoch schon gelernt, dies zu dulden. Es schien nichts Gefährliches zu sein, auch die Geräusche, die die Menschen mit den Lippen machten, hatten nichts Schreckliches an sich. Man näherte sich auch Wolfsblut mit freundlichen Worten, aber er knurrte drohend und blieb bei seinem Herrn, der ihm beruhigend den Kopf kraulte. Der Jagdhund war, nachdem ihm der Herr die Worte „Leg dich nieder, Dick!“ zugerufen hatte, über die Stufen hinaufgegangen und hatte sich auf die Veranda niedergelegt. Von dort aus blickte er mürrisch und brummend auf den

Eindringling. Collie war noch immer außer sich, winselte kläglich und ließ sich nicht beruhigen. Es empörte sie, daß man diesen Wolf hier duldete, sie war überzeugt davon, daß die Menschen damit einen großen Fehler begingen.

Alle gingen die Stufen hinauf, um ins Haus zu treten. Wolfsblut blieb dicht bei seinem Herrn. Dick auf der Veranda knurrte, Wolfsblut auf den Stufen knurrte ebenfalls. „Nehmt Collie hinein, die beiden sollen es ausfechten, nachher werden sie gute Freunde sein“, schlug Scotts Vater vor. „Was mit Dicks Leichenbegängnis enden würde“, sagte Weedon Scott und lachte.

„Du glaubst wirklich ...“, sagte der ältere Scott ungläubig. Weedon nickte. „Ja, Dick würde in einer Minute tot sein.“ Dann wandte er sich an Wolfsblut. „Komm mit, Wolf. Du mußt hinein.“

Wolfsblut schritt steifbeinig über die Stufen hinauf. Er blickte einerseits auf Dick, um auf einen plötzlichen Angriff vorbereitet zu sein, andererseits in das Innere des Hauses, wo sicherlich allerlei neue Gefahren auf ihn lauerten. Aber er sah nichts Besorgniserregendes. So legte er sich mit einem Seufzer der Zufriedenheit zu den Füßen seines Herrn nieder, immer bereit, aufzuspringen und sich gegen das Furchtbare, das in diesem hinterhältigen Haus notwendigerweise auf ihn lauern mußte, zu verteidigen.

3. Kapitel
Die neue Welt

Wolfsblut fühlte sich bald in Sierra Vista, dem Besitz Richter Scotts, heimisch. Er war viel in der Welt herumgekommen und hatte gelernt, daß man sich fügen müsse. Auch mit den anderen Hunden hatte er nun keinen Streit mehr. Diese wußten besser als er, daß man ihn dulden müsse, da er ins Haus genommen worden war. Es war dies der Wille des Herrn, wenn er auch ein Wolf war. Dick hätte mit ihm sogar Freundschaft geschlossen, wenn Wolfsblut dies gewollt hätte. Aber Wolfsblut wollte keine Freundschaften, er wollte nichts, als daß man ihn in Ruhe ließe. Er hatte sich sein ganzes Leben lang Hunden fern gehalten und wünschte dies auch weiter zu tun. Dicks Annäherungsversuche waren ihm unangenehm und er knurrte so lange, bis jener wegging. Im Nordland hatte er gelernt, daß man die Hunde des Herrn unbehelligt lassen müsse, also hielt er sich daran. Aber er wollte auch selbst seine Ruhe und übersah Dick so gründlich, daß der gutmütige Jagdhund sich nicht mehr um ihn kümmerte. Collie hingegen ließ ihn nicht in Ruhe. Sie duldete zwar seine Gegenwart, weil es ihre Herren so wünschten, aber das war noch kein Grund für sie, ihm seine Ruhe zu lassen. Die Erinnerung an die zahlreichen Verbrechen, die der Wolf an ihren Vorfahren begangen hatte, war ihr so in Fleisch und Blut übergegangen, daß sie die ermordeten Schafe nicht an einem Tage vergessen konnte. Sie mußte Rache nehmen. Gegen die Menschen, die den Wolf duldeten, durfte sie sich nicht kehren, aber das hinderte sie nicht, ihm das Leben sauer zu machen. Zwischen ihr und dem Wolf bestand eine jahrhundertealte Fehde und sie wollte schon dafür sorgen, daß er das nicht vergesse. Also benützte sie ihr Geschlecht, um ihn zu verfolgen und zu quälen. Sein Instinkt ließ es nicht zu, sie anzugreifen, aber er konnte ihre ewigen Angriffe auf die Dauer nicht übersehen. Wenn sie auf ihn lossprang, hielt er als Schutz gegen ihre Zähne die bepelzte Schulter hin und machte sich steifbeinig und würdevoll aus dem Staube. Trieb sie es zu arg, ging er, Gesicht und Schulter immer ihr zugewendet, im Kreise um sie herum, wobei in seinen Augen neben Geduld ein Ausdruck der Langeweile zu lesen war. Manchmal veranlaßte ihn ein rascher Bißin eines seiner Hinterbeine zu einer überstürzten Flucht, die durchaus nicht würdevoll aussah, meistens aber gelang es ihm, seine Würde zu wahren. Am liebsten nahm er keine Notiz von ihr und wich ihr aus. Hörte oder sah er sie kommen, stand er auf und verschwand. Es gab sehr viel hier zu lernen, denn die Gesetze in Sierra Vista waren sehr verwickelt gegenüber jenen des Nordens. Zuerst mußte er die Familie des Herrn kennenlernen. Er kannte Ähnliches schon: Mitsah und Klukutsch hatten auch zum Grauen Biber gehört, hatten mit ihm Bett und Mahlzeiten geteilt. Aber hier gab es viel mehr Leute. Da waren Richter Scott und seine Frau, Betty und Mary, die Schwestern des Herrn, Alice, seine Frau, Weedon und Maud, seine Kinder. Wolfsblut wußte nichts von Verwandtschaftsgraden und Blutsverwandtschaften, aber er begriff, daß diese Menschen zu seinem Herrn gehörten. Aus Gebärden und Tonfall der Stimme des Herrn lernte er, ob dieser sie liebte oder nicht. Und – liebte sie der Herr, duldete auch er sie und bewachte sie.

Dasselbe galt für die beiden Kinder, die vier und sechs Jahre alt waren. Er hatte Kinder nie leiden können, er haßte und fürchtete ihre kleinen Hände. Als er noch in den Indianerdörfern gelebt hatte, hatte er oft ihre Grausamkeit zu spüren bekommen. Als sich daher der kleine Weedon und die kleine Maud ihm das erste Mal genähert hatten, hatte er warnend gegrollt und sie böse angesehen. Aber ein Puff seines Herrn hatte ihn dazu bewogen, ihre Liebkosungen zu dulden, wobei er unter den winzigen Händchen immer weitergrollte, ohne daß ein freundlicher Ton aus dem Grollen herauszuhören war. Später erkannte er, daß der

Herr die beiden Kinder sehr liebte, und von da an ließ er sich streicheln, ohne vorher gepufft zu werden. Übermäßige Liebe legte er allerdings nie an den Tag. Er begrüßte die Kinder nicht gerade freundlich, war aber auch nicht tückisch und ließ ihre Liebkosungen wie eine schmerzhafte Operation über sich ergehen. Konnte er es nicht länger aushalten, stand er auf und ging fort. Mit der Zeit begann er aber auch die Kinder gern zu haben, ohne es allerdings zu zeigen. Er lief ihnen nicht entgegen, wenn er sie sah, wartete aber auf sie. Und wieder einige Wochen später konnte man sogar einen freundlichen Glanz in seinen Augen sehen, wenn er sie erblickte.

Das alles brauchte natürlich Zeit. Neben den Kindern hatte er auch Richter Scott gern. Er liebte es, auf der breiten Veranda zu seinen Füßen zu liegen, wenn dieser Zeitung las. Aber das tat er nur, wenn der Herr nicht da war, in dessen Gegenwart existierte kein anderer Mensch für ihn. Er ließ sich von den Mitgliedern der Familie auch streicheln, aber sie konnten seiner Kehle keinen freundlichen Ton entlocken, keiner außer dem Herrn konnte ihn dazu bewegen, den Kopf zu verstecken.

Diesen Ausdruck völliger Hingabe und restlosen Vertrauens hatte er nur für den Herrn übrig.

Wolfsblut lernte es auch bald, zwischen der Familie und den Dienstboten zu unterscheiden. Letztere fürchteten ihn, und er ließ sie in Ruhe, weil sie dem Herrn gehörten. Es herrschte zwischen ihnen und ihm der Zustand der Neutralität – sonst nichts. Sie arbeiteten für den Herrn, so wie es Matt in Klondike getan hatte, also gehörten sie zum Hause. Auch außerhalb des Hauses gab es viel zu lernen. Der Besitz des Herrn war groß, aber begrenzt, denn er hörte mit der Straße auf. Draußen gab es Wege, die allen gehörten, und Besitzungen, die nicht dem Herrn gehörten. Zahlreiche Gesetze, die zu beachten waren, regelten das alles. Da Wolfsblut die Sprache nicht verstand, mußte er die Gesetze durch Erfahrung lernen. Also gehorchte er seinen Trieben, bis er gegen ein

Gesetz verstieß, war dies öfter geschehen, lernte er das Gesetz kennen. Das wirksamste Erziehungsmittel für ihn waren ein Puff oder ein scharfes Wort des Herrn. Bei der großen Liebe, die er für diesen empfand, tat ihm ein Puff von ihm mehr weh als die ärgsten Prügel, die ihm seinerzeit der Graue Biber verabreicht hatte. Er wußte, daß es seinem Herrn mißfallen hatte, und das kränkte ihn. Auch nach der Stimme des Herrn konnte er sein Betragen einrichten. Sie war der Kompaß, nach dem er steuerte, um Sitten und Gebräuche eines neuen Lebens und Landes zu lernen. Im Norden war der Hund das einzige Haustier gewesen. Alle anderen Tiere hatten in der Wildnis gelebt und waren seine rechtmäßige Beute gewesen. Er hatte sie gejagt und gefressen, also kam er nicht auf den Gedanken, daß das im Süden anders sein könne. Aber er sollte auch dieses neue Gesetz bald erlernen.

Als er an einem frühen Morgen um die Ecke des Hauses kam, stieß er auf ein kleines Hühnchen, das den Hühnerhof verlassen hatte. Er machte einen Satz und packte es. Da es fett und zart war, ließ er es sich gut schmecken. Am Nachmittag fand er wieder ein Hühnchen. Ein Stallknecht lief herbei, um es zu retten. Aber da er von Wolfsbluts Abstammung keine klare Vorstellung hatte, griff er ihn mit einer Peitsche an. Wolfsblut ließ beim ersten Peitschenhieb das Hühnchen los und wandte sich gegen den Mann. Ein Stock hätte ihn vielleicht aufgehalten, aber nicht eine Peitsche. Ohne Laut nahm er einen zweiten Hieb hin und sprang dem Manne an die Kehle. Dieser erschrak furchtbar, ließ die Peitsche fallen und schützte sein Gesicht mit dem Arm, der bis zum Knochen aufgerissen wurde. Gleichzeitig versuchte er zu flüchten. Doch das hätte ihm alles nichts genützt. Seine Rettung war Collie. Wie sie einst das Leben Dicks gerettet hatte, rettete sie nun das des Stallknechts. Wütend fuhr sie auf Wolfsblut los. Sie hatte also diesen Räuber besser eingeschätzt als die Menschen: Der Wolf war auf neue Streiche aus.

Der Stallknecht konnte in den Schuppen flüchten, während Wolfsblut sich gegen Collies Zähne verteidigen mußte. Wie immer kehrte er ihr die Schulter zu und drehte sich im Kreise, aber sie gab die Verfolgung nicht auf, sondern drang auf ihn ein, bis er die Flucht ergriff. „Er wird es schon lernen, die Hühner in Ruhe zu lassen“, sagte Weedon Scott, „aber ich muß ihn auf frischer Tat ertappen.“

Zwei Tage später war dies der Fall, aber anders, als Scott es sich vorgestellt hatte. Wolfsblut hatte den Hühnerhof und die Gewohnheiten seiner Bewohner genau studiert und kletterte, als diese zur Ruhe gegangen waren, auf einen Holzhaufen, erreichte von diesem aus das Dach des Hühnerstalles, kroch darüber hinweg und sprang auf der anderen Seite in den Hof. Einen Augenblick später befand er sich im Stall und das Morden begann.

Als Scott am Morgen auf die Veranda hinauskam, erblickte er fünfzig weiße Hühner, die der Stallknecht in einer Reihe ausgerichtet hatte. Scott pfiff leise vor sich hin und rief Wolfsblut, der aber keine Spur von Schuldbewußtsein zeigte. Ganz im Gegenteil, er schien auf seine Tat stolz zu sein und eine Belobung zu erwarten. Er war auch sehr verwundert, als der Herr ihn ausschalt, seine Nase auf die toten Hühner niederhielt und ihm dabei einige feste Püffe versetzte. Von dieser Zeit an hielt sich Wolfsblut vom Hühnerhof fern. Es war der Wille des Herrn, daß er auf die lebendige, vor seiner Nase herumflatternde Speise verzichtete, also tat er es auch, obwohl es seinem Trieb und Instinkt widersprach. „Du kannst den Hund nicht so weit bringen, daß er die Hühner in Ruhe läßt“, sagte Richter Scott bei Tische, als er von Wolfsbluts Tat erfuhr und als der Sohn ihm erzählte, welche Lektion er Wolfsblut gegeben habe. „Wenn einer einmal Blut geleckt hat, dann –“

„Ich bin nicht deiner Meinung, Vater“, erwiderte Weedon Scott, „ich werde Wolfsblut den ganzen Nachmittag bei den Hühnern einsperren.“

„Die armen Hühner!“

„Außerdem werde ich dir für jedes von ihm totgebissene Huhn einen Dollar zahlen.“

„Aber auch Vater muß zahlen, wenn er die Wette verliert“, mischte sich Betty ein.

Die Schwester stimmte ihr bei und jubelnder Beifall erhob sich. Richter Scott war einverstanden. Weedon Scott dachte einen Augenblick nach, dann sagte er: „Wenn Wolfsblut keinem einzigen Huhn etwas tut, mußt du für alle zehn Minuten, die er im Hühnerhof zubringt, würdevoll, so wie ein Urteil bei Gericht, sagen: ‚Wolfsblut, du bist gescheiter, als ich gedacht habe.‘ “

Wolfsblut wurde in den Hühnerhof geführt und die Familie wartete in einem Versteck auf das Schauspiel, das da kommen sollte. Sie wurden alle sehr enttäuscht, denn Wolfsblut legte sich nieder und schlief. Nur ein einziges Mal stand er auf, um beim Trog zu trinken. Um die Hühner kümmerte er sich überhaupt nicht. Er hatte seine Lektion gut gelernt, und Richter Scott mußte vor der jubelnden Familie sechzehnmal das Sprüchlein sagen: „Wolfsblut, du bist gescheiter, als ich gedacht habe.“

Aber es gab noch so viele andere Gesetze im Südland, daß es kein Wunder war, wenn Wolfsblut sich manchmal dagegen versündigte. Er durfte auch die Hühner anderer Leute nicht fressen, es gab ferner Katzen, Kaninchen und Truthühner, die man in Ruhe lassen mußte. Fast schien es so, als dürfte man überhaupt kein lebendes Geschöpf angreifen. Am Ende wagte er es nicht einmal mehr, nach einer auffliegenden Wachtel zu schnappen.

Eines Tages sah Wolfsblut, wie Dick auf einer Wiese ein Kaninchen aufscheuchte und verfolgte. Der Herr stand dabei und verbot es nicht, im Gegenteil, er forderte Wolfsblut auf, sich an der Jagd zu beteiligen. Dadurch lernte er, daß die wilden Kaninchen gejagt werden durften. Nur die Haustiere mußte er in Ruhe lassen, die Geschöpfe der Wildnis durften angegriffen werden – sie schützte der Mensch nicht. Die Eichhörnchen, Wachteln und wilden Kaninchen, sie hatten dem Menschen keine Treue geschworen. Darum waren sie auch für einen Hund rechtmäßige Beute. Nur die zahmen Tiere schützte der Mensch; darum war mit ihnen allen die tödliche Fehde verboten.

Sehr schwierig war das Leben im Tal von Santa Clara, es forderte viel Selbstbeherrschung. Tausendfach war hier das Gesicht der Welt und Wolfsblut lernte all diesen verschiedenen Gesichtern zu begegnen. Wenn er zum Beispiel nach San José kam, hinter dem Wagen herlief oder sich in der Straße herumtrieb, empfingen seine Sinne ununterbrochen neue Eindrücke, die rasche Entschlüsse forderten und ihn fast immer zwangen, seine natürlichen Triebe zu unterdrücken.

Da gab es Fleischerläden, wo das Fleisch vor seiner Nase hing. Aber man durfte es nicht nehmen. Da gab es viele Katzen, die man nicht umbringen durfte. Da gab es Hunde, die ihn anknurrten, aber dennoch nicht angefallen werden durften. Da gab es Menschen, die ihn streichelten, ohne daß er sie beißen durfte. Die gefährliche Berührung all dieser fremden Hände mußte er ertragen lernen; er tat es, und was noch mehr war, er überwand dabei seine linkische Verlegenheit. Von oben herab nahm er die Aufmerksamkeiten der vielen fremden Menschen hin. Herablassend verhielt er sich gegen ihre Herablassung, und doch war an ihm etwas, was allzu große Vertrautheit verbot. Man fuhr ihm wohl über den Kopf, aber man ging weiter, zufrieden über die eigene Kühnheit. Es gab kleine Jungen, die Steine nach ihm warfen, die er aber deshalb nicht verfolgen und niederwerfen durfte. Nichtsdestoweniger fühlte er sich damit nicht einverstanden. Er hatte von Gerechtigkeit wohl keine abstrakte Vorstellung, aber in jedem lebenden Geschöpf wohnt ein Gerechtigkeitsgefühl, und es empörte ihn, daß er sich gegen diese Jungen nicht wehren durfte. Er vergaß aber, daß in dem Bündnis, das er mit dem Menschen gemacht hatte, sich dieser verpflichtet hatte, für ihn zu sorgen und ihn zu beschützen. Also sprang auch eines Tages der Herr mit der Peitsche vom Wagen und gab den Knaben, die Wolfsblut immer mit Steinen bewarfen, eine ausgiebige Tracht Prügel. Von nun an hörten sie auf, Steine nach ihm zu werfen, und Wolfsblut verstand die Handlungsweise seines Herrn und war zufrieden.

Und da gab es vor allem drei lächerliche Hunde, die vor dem Wirtshaus, in dem der Herr stets einkehrte, auf ihn lauerten und über ihn herfielen. Gewiß scheuchte er sie mit Knurren sofort zurück, aber es ärgerte ihn, daß sie es wagten, mit wütendem Gebell hinter ihm herzulaufen, als hätten sie ihn in die Flucht gejagt. Eine Zeitlang beherrschte er sich, dann aber begannen die Wirtsleute die Hunde auf ihn zu hetzen. Und da sagte der Herr in seiner grenzenlosen Gerechtigkeit eines Tages zu ihm: „Faß sie!“ Er sah den Herrn zuerst verwundert an. Aber dieser wiederholte: „Faß sie nur, gib es ihnen ordentlich!“

Und da zögerte er nicht länger. Ohne einen Laut von sich zu geben, sprang er mitten in die Feinde. Alle drei griffen ihn gleichzeitig an. Eine Staubwolke verhüllte die Kämpfenden, ein furchtbares Knurren und Grollen war zu hören. Aber der Kampf dauerte nicht lange, nach wenigen Minuten waren zwei Hunde tot, der dritte hatte die Flucht ergriffen. Wolfsblut setzte ihm nach, übersprang einen Graben, kroch unter einem Drahtzaun durch und erwischte ihn auf offenem Felde, wo er ihm den Garaus machte. Seither wurde er von anderen Hunden nicht mehr belästigt. Sein dreifacher Sieg sprach sich herum und die Leute sorgten dafür, daß ihre Hunde ihm nicht in die Nähe kamen.

4. Kapitel
Wolfsblut bellt

Die Zeit verstrich. Es gab im Süden genügend Futter und wenig Arbeit, Wolfsblut lebte herrlich und war zufrieden. Unter den Händen gütiger Menschen gedieh er wie eine Pflanze in gutem Boden. Dennoch unterschied er sich von den anderen Hunden. Wenn er die Gesetze der Zivilisation auch jetzt alle kannte und sogar genauer befolgte als die übrigen Hunde, die kein anderes Leben gelebt hatten, blieb doch etwas Wildes in seinem Wesen zurück, als schliefe der Wolf in ihm nur. Nie schloß er Freundschaft mit anderen Hunden, er lebte so einsam weiter, wie er immer gelebt hatte. Seit er von Liplip verfolgt worden war, konnte er Hunde nie leiden. Sie hatten ihn immer zurückgewiesen, und er hatte sich, da er von seinem eigenen Geschlecht verstoßen worden war, den Menschen angeschlossen. Aber auch die anderen Hunde liebten ihn nicht. Sie fürchteten in ihm die Wildnis und begrüßten ihn stets mit Brummen und Knurren. Er lernte jedoch bald, daß er nur die Zähne zu zeigen brauchte, um sie zu einem schleunigen Rückzug zu veranlassen. Nur bei Collie half das alles nichts. Sie war und blieb der einzige dunkle Punkt in seinem Leben voll Zufriedenheit. Nie ließ sie ihn in Ruhe, überallhin verfolgte ihn ihr Knurren. Sie konnte ihm den Mord an den Hühnern nicht verzeihen und war nach wie vor überzeugt, daß er ein schlimmer Räuber sei. In ihren Augen war er von vornherein schuldig und dementsprechend behandelte sie ihn. Sie machte ihm das Leben zur Qual, wie ein Wächter folgte sie ihm überall hin, und wenn er ein Huhn nur anzublicken wagte, begann sie schon wütend zu bellen. Wurde es ihm zu bunt, legte er den Kopf auf die Vorderpfoten und stellte sich schlafend. Das schloß ihr wenigstens für eine Zeit den Mund.

Collie war, wie gesagt, der einzige wunde Punkt in seinem Leben, das sonst so glatt und schön verlief. Er benahm sich jetzt anständig und wie ein gesetzter alter Herr, wie ein Philosoph. Die Angst vor dem Unbekannten war geschwunden, nichts beunruhigte und schreckte ihn mehr. Nur der Schnee ging ihm ab. Hätte er sprechen können, hätte er gesagt: „Daß dieser Sommer kein Ende nimmt!" Und wenn ihn die Sonne quälte, erfaßte ihn eine unbestimmte Sehnsucht nach dem Nordland und trieb ihn ruhelos und rastlos hin und her, ohne daß er eigentlich wußte, was ihm fehlte. Es lag nicht in seiner Natur, seine Liebe sehr zu zeigen. Er konnte sie nur durch Anschmiegen und den freundlichen Ton in seinem Grollen ausdrücken. Aber er sollte noch eine andere Ausdrucksform lernen. Früher war er immer sehr empfindlich gegen das Gelächter der Menschen gewesen, es hatte ihn wütend, ja toll gemacht. Nur wenn ihn der Herr auslachte, konnte er nicht böse werden. Zuerst wußte er sich nicht zu helfen, da der alte Ärger in ihm aufstieg, er aber auch gegen die Liebe nicht ankommen konnte. So stelzte er gravitätisch und würdevoll davon. Aber gerade das brachte den Herrn noch mehr zum Lachen. Und da erfand er ein Gegenmittel: Er öffnete den Mund ein wenig, seine Lippen teilten sich, während ein sonderbarer Ausdruck in seine Augen kam, der mehr auf Liebe als auf Freude schließen ließ: Wolfsblut lachte. Wolfsblut lernte es auch, mit dem Herrn zu spielen. Er ließ sich umwerfen und boxen, stellte sich zornig, sträubte das Haar, knurrte und schnappte mit den Zähnen in die leere Luft. Zum Schluß, wenn das Spiel aus war, steckte er dann den Kopf unter die Schulter des Herrn.

Aber er spielte nur mit dem Herrn. Er liebte nur ihn und wollte seine Liebe nicht herabwürdigen. Selbst den Kindern gegenüber ging er aus seiner würdevollen Rolle nicht heraus.

Wolfsbluts einzige Arbeit bestand darin, den Herrn auf seinen Ritten zu begleiten. Im Norden hatte er seine Dankbarkeit als Zugtier bewiesen, aber hier im Süden gab es weder Schlitten noch lasttragende Hunde. So diente er dem Herrn, indem er neben ihm herlief. Auch der längste Ritt machte ihn nicht müde, mit dem echten, mühelosgleitenden Wolfsschritt trabte er Meile um Meile neben dem Pferd her. Bei einem dieser Ritte fand Wolfsblut noch eine andere Ausdrucksmöglichkeit für seine Gefühle. Das Merkwürdige dabei war, daß er sie nur zweimal in seinem Leben fand. Zum ersten Male, als der Herr seinem Pferde beibringen wollte, wie man, ohne abzusteigen, Gattertüren öffnet und schließt. Das Pferd verstand nicht, was Weedon Scott wollte, und wurde unruhig. Immer wieder scheute das Tier zurück und schlug mit den Hinterbeinen aus. Auch Wolfsblut, der die Absicht des Herrn längst durchschaute, wurde unruhig und brach schießlich in ein wildes, drohendes Gebell aus. Er wollte später noch öfter bellen, der Herr munterte ihn sogar dazu auf, aber es gelang ihm nur noch ein einziges Mal, und das nicht in Anwesenheit seines Herrn.

Als Weedon Scott einmal über ein Feld ritt, sprang plötzlich knapp vor den Füßen des Pferdes ein Kaninchen auf. Das Pferd scheute und stolperte, Scott wurde aus dem Sattel geworfen und brach sich ein Bein. Wolfsblut sprang dem Pferd sofort an die Kehle, aber ein Wort des Herrn rief ihn zurück.

„Geh nach Hause, Wolf!“ befahl er ihm, als er sah, was geschehen war. Aber Wolfsblut wollte seinen Herrn nicht im Stich lassen. Er machte ein paar Schritte vorwärts, winselte leise und kehrte wieder um. Wieder sagte Scott zu ihm: „Geh nach Hause, Wolf, und erzähle, was geschehen ist. Marsch, nach Hause!“ Wolfsblut verstand den Befehl und die Bedeutung der Worte „nach Hause“ und machte sich widerstrebend auf den Weg. Immer wieder blieb er stehen und sah auf den Herrn zurück. Erst als dieser ihm mit schärferer Stimme noch einmal denselben Befehl gab, trabte er davon. Die Familie befand sich auf der Veranda, als Wolfsblut keuchend ankam.

„Weedon ist zurück“, sagte die Mutter. Die Kinder begrüßten Wolfsblut jubelnd und liefen ihm entgegen. Er wich ihnen aus, aber sie drängten ihn in eine Ecke der Veranda. Er grollte und versuchte, an ihnen vorbeizukommen. Besorgt sah die Mutter auf. „Ich kann mir nicht helfen“, sagte sie, „aber ich habe immer Angst um die Kinder.“

In diesem Augenblick sprang Wolfsblut fürchterlich knurrend aus der Ecke heraus und warf die Kinder um. „Wolf bleibt Wolf!“ erklärte Richter Scott. „Man wird ihm nie trauen dürfen.“

„Nein, er ist ein Hund“, sagte Betty, für den Bruder Partei ergreifend.

„Das würde Dick nie tun“, widersprach die Mutter und beruhigte die weinenden Kinder.

Aber sie sollten einen noch größeren Schreck erleben. Wolfsblut ergriff nämlich mit den Zähnen ihr Kleid und zerrte daran, daß das dünne Gewebe zerriß. Sie sprang entsetzt auf und auch alle anderen wandten sich Wolfsblut zu. „Hoffentlich wird er nicht toll“, sagte Weedons Mutter, „ich habe Weedon gesagt, daß er das warme Klima nicht vertragen wird.“

Wolfsblut benahm sich tatsächlich sonderbar. In seinem Halse arbeitete es heftig, ohne daß er einen Ton von sich gab, sein ganzer Körper zitterte und wand sich vor Anstrengung, einen Ausdruck für das zu finden, was er mitteilen wollte. „Er will etwas sagen“, erklärte Betty. „Ihr tut ihm alle unrecht.“ In diesem Augenblick fand Wolfsblut wirklich die Sprache und bellte.

„Weedon ist etwas passiert. Oh, du kluges Tier!“ rief Weedons Frau. Alle sprangen auf und folgten Wolfsblut, der die Stufen hinablief und immer wieder zurückblickte, ob ihm auch alle folgten.

Zum zweiten und zum letzten Male in seinem Leben hatte Wolfsblut gebellt und sich dadurch verständlich gemacht. Nach dieser Tat schlossen ihn alle Bewohner von Sierra Vista in ihr Herz und selbst der Stallknecht, der von ihm gebissen worden war, gab zu, daß er ein kluges Tier sei. Die Tage kamen und gingen, wurden kürzer, und Wolfsbluts zweiter Winter im Süden nahte heran. Und da machte er die Entdeckung, daß auf einmal Collies Zähne weniger scharf wurden. Wenn sie ihn zauste, tat sie es jetzt nur zum Scherz und vermied es, ihm wehzutun. Er vergaß, daß sie ihm das Leben zur Qual gemacht hatte, und wenn sie ihn spielend umkreiste, ging er gravitätisch auf sie zu und versuchte selbst zu spielen, wobei er eine sehr lächerliche Figur abgab.

Eines Tages jagte sie mit ihm auf den Wiesen umher und versuchte immer wieder, ihn in den Wald zu locken. Das Pferd des Herrn stand vor der Tür, Wolfsblut wußte, daß der Herr ausreiten würde. Aber da war auf einmal etwas in ihm, was stärker als alle erlernten Gesetze und Bräuche, ja sogar stärker als die Liebe zum Herrn war – als Collie ihn wegen seines Zögerns zauste und vor ihm herlief, rannte er hinter ihr drein.

Der Herr ritt an diesem Tage allein aus und im Walde lief Wolfsblut neben Collie her, so wie vor vielen Jahren Einauge neben Kische im stillen Walde des Nordens gelaufen war.

5. Kapitel
Der schlafende Wolf

Zu dieser Zeit berichteten die Zeitungen von den bestialischen Taten eines Sträflings, der tollkühn aus dem Gefängnis von San Quentin entsprungen war. Es war ein wilder, mordlustiger Bursche, dem schon die Natur schlimme Gaben verliehen und den die Umstände nicht besser gemacht hatten. Er war zur menschlichen Bestie geworden, furchtbar wie ein Raubtier. Zwangsjacke, Hunger und Prügel waren nicht die richtige Behandlung für ihn gewesen. Er war schon als kleines Kind, da er noch weicher, auch zum Guten zu formender Ton war, in einem finsteren Gäßchen von San Franzisko zu viel geprügelt worden. Im dritten Jahr seiner Haft bekam er außerdem einen Wächter, der genauso gemein war wie er selbst und ihn verleumdete und verfolgte. Der Wärter hatte einen Schlüsselbund und einen Revolver, Jim Hall nichts als seine nackten Hände und Zähne, und so kam es, daß er eines Tages wie ein wildes Tier über den Wärter herfiel. Daraufhin wurde Jim Hall auf drei Jahre in die Zelle der Unverbesserlichen verbannt. Diese Zelle war ganz aus Eisen, nie durfte er sie verlassen, nie bekam er den Himmel oder die Sonne zu sehen. Nie sah er einen Menschen, nie sprach er mit einem. Sein Essen wurde ihm hineingeschoben. Manchmal schrie er ganze Tage und Nächte lang, manchmal verharrte er monatelang in finsterem Schweigen. Und in einer Nacht war er fort.

Man hatte zwar behauptet, daß eine Flucht aus dieser Zelle unmöglich sei, dennoch war sie leer, der Wärter tot, und die Waffen des Erschlagenen hatte Jim Hall mitgenommen. Man setzte einen hohen Preis auf seinen Kopf aus, habgierige Farmer verfolgten ihn, um mit dem Blutgeld eine Hypothek zu tilgen oder einen Sohn auf die Universität zu schicken. Patriotische Bürger ergriffen das Gewehr, um den bezahlten Hütern des Gesetzes zu helfen, die Jim Hall verfolgten. Manchmal hörte man von aufregenden Kämpfen mit ihm, aber man konnte ihn nie fassen. Tote und Verwundete blieben zurück. Und plötzlich ging die Spur Jim Halls verloren.

In Sierra Vista las man die Zeitungen weniger aus Neugierde denn aus Angst. Besonders die Frauen waren furchtsam. Richter Scott lachte sie aus, obwohl er keinen Grund dazu hatte, denn er war es gewesen, der Jim Hall verurteilt hatte. Und dieser hatte ihm im Gerichtssaal Rache geschworen. Wolfsblut wußte davon nichts. Aber es bestand zwischen Alice, der Frau des Herrn, und ihm ein Geheimnis. Wenn alle schliefen, ließ sie den Hund ins Haus, und am Morgen, bevor die Familie aufstand, ließ sie ihn wieder hinaus. In einer Nacht, als alle schliefen, erwachte Wolfsblut, blieb aber ganz still. Er sog die Luft ein, die ihm die Anwesenheit eines Fremden mitteilte. Er hörte auch Laute, die dasselbe besagten. Er bellte nicht, das war nicht seine Art, und wenn sich der Fremde geräuschlos fortbewegte, bewegte er sich noch geräuschloser fort, da er keine Kleider trug. Lautlos folgte er dem Eindringling, er hatte in der Wildnis scheues Wild gejagt und kannte die Vorsicht eines plötzlichen Überfalls. Der Fremde blieb am Fuße der großen Treppe stehen und horchte. Wolfsblut stand genauso still und horchte auch.

Die Treppe führte zum Herrn und den anderen, die er liebte. Sein Haar sträubte sich, als er so wartete. Da hob der Fremde den Fuß und setzte ihn auf die erste Stufe. Ohne Warnung, ohne Knurren fegte Wolfsblut hoch durch die Luft, packte den Fremden beim Nacken und riß ihn nieder. Ein schrecklicher Lärm entstand, Revolverschüsse ertönten, ein Mensch schrie in Todesangst auf, Geschirr fiel klirrend zu Boden. Aber so plötzlich der Lärm entstanden war, so rasch erstarb er wieder. Der Kampf hatte nicht länger als drei Minuten gedauert. Die verängstigte Familie versammelte sich oben auf der Treppe. Von unten kam wie aus einem Abgrund ein Laut, der an das Aufsteigen von Luftblasen im Wasser gemahnte. Dann verwandelte sich dieser Ton in ein zischendes Pfeifen, wurde immer schwächer und hörte ganz auf. Nun hörte man nichts mehr als ein schweres Keuchen, als ob ein Erstickender nach Luft ränge.

Weedon schaltete das Licht ein. Dann stieg er mit dem Richter, den Revolver in der Hand, vorsichtig die Treppe hinunter. Aber Vorsicht war nicht mehr notwendig, Wolfsblut hatte gründliche Arbeit geleistet. Jim Hall hatte eine klaffende Wunde am Halse und war tot.

Aber auch Wolfsbluts Augen waren geschlossen, er hob nur die Lider ein wenig, als sich die beiden Männer über ihn beugten. Weedon Scott streichelte ihn, als Antwort kam ein Grollen, wurde rasch leiser und erstarb. Die Augenlider senkten sich wieder, der Körper streckte sich steif auf dem Boden aus. „Es ist aus mit dem armen Kerl“, murmelte Weedon Scott.

„Das werden wir erst sehen“, erwiderte der Richter und ging zum Telefon.

Der Doktor kam und arbeitete anderthalb Stunden an Wolfsblut herum.

„Wenn er es übersteht, ist es ein Wunder“, sagte er, „unter Tausenden kommt bei solchen Verletzungen nur einer mit dem Leben davon.“

Der Morgen dämmerte auf, das elektrische Licht erschien dadurch trübe. Mit Ausnahme der Kinder war die ganze Familie um den Doktor versammelt, um seinen Ausspruch zu hören.

„Ein Hinterbein gebrochen“, setzte dieser fort, „ferner drei Rippen, fast das ganze Blut verloren, drei Kugeln im Leib, wahrscheinlich auch innere Verletzungen, der Mann ist auf ihm herumgetrampelt. Chancen tausend zu eins, daß er es nicht übersteht.“

„Aber es muß alles versucht werden“, beharrte der Richter, „egal, was es kostet. Röntgen Sie ihn, tun Sie überhaupt alles, was möglich ist.“

Der Doktor lächelte. „Natürlich, natürlich. Er verdient es, daß man alles für ihn tut. Er muß gepflegt werden wie ein kleines Kind. Um zehn Uhr bin ich wieder da.“

Und Wolfsblut wurde gepflegt. Die Töchter des Richters wachten bei ihm wie bei einem kranken Kind. Die ganze Familie nahm sich seiner an. Und er kam durch, den Prophezeiungen des Doktors zum Trotz.

Der Doktor hatte Wolfsblut falsch eingeschätzt. Er hatte zeitlebens nur verzärtelte Geschöpfe der Zivilisation behandelt, die selber wieder von verzärtelten Geschöpfen abstammten. Sie waren Schwächlinge gegen Wolfsblut, der aus der Wildnis gekommen und von niemand verzärtelt worden war, aus der Wildnis, in der die Schwachen jung sterben. Weder sein Vater noch seine Mutter noch seine Ahnen hatten irgendeine Schwäche gekannt. Eine eiserne Gesundheit und die Zähigkeit der Wildnis waren sein Erbteil, er hing mit jeder Fiber seines Wesens am Leben und klammerte sich mit jener Beharrlichkeit daran, die einmal alle Geschöpfe besaßen. Monatelang lebte er, von Gipsverbänden gefesselt, wie ein Gefangener. Er schlief und träumte viel, die Bilder des Nordlandes zogen in endloser Reihe an ihm vorüber. Die Geister der Vergangenheit standen auf und umgaben ihn. Er war wieder mit Kische in der Höhle, lag wieder zitternd zu Füßen des Grauen Biber, lief, von Liplip gehetzt, um sein Leben. Er erlebte die große Hungersnot noch einmal und lauerte in der Wildnis auf Beute. Dann wieder befand er sich an der Spitze des Gespanns, das von Mitsah gelenkt wurde. Und er erlebte die Schreckenstage bei dem schönen Schmitt wieder. Dann winselte und knurrte er im Schlafe und die Menschen sagten, daß er schlimme Träume habe. Am meisten aber ängstigten ihn die rasselnden, tutenden Wagen, die wie ungeheure Luchse aussahen. Sie lauerten ihm überall auf und spien Feuer auf ihn.

Endlich fiel der letzte Verband. Es war ein richtiger Festtag für Sierra Vista, und die ganze Familie hatte sich versammelt. Der Herr kraulte ihm die Ohren und Wolfsblut grollte sein Lieblingslied. Die Frau des Herrn nannte ihn einen lieben und guten Wolf und dieser Name wurde in Zukunft auch beibehalten. Wolfsblut versuchte aufzustehen, aber er war zu schwach dazu, er hatte zu lange liegen müssen, seine Muskeln hatten alle Spannkraft verloren. Er schämte sich seiner Schwäche und versuchte es nochmals. Endlich stand er schwankend und taumelnd auf allen vieren.

„Der brave, gute Wolf!" riefen die Frauen, und Richter Scott triumphierte.

„Ich sagte es ja immer, daß er ein Wolf ist. Ein Hund hätte das nicht fertiggebracht."

„Aber ein guter Wolf", entrüsteten sich die Frauen.

„Ja, ein guter Wolf", gab der Richter zu.

„Er wird das Gehen wieder lernen müssen", sagte der Doktor. „Wir wollen gleich den Anfang machen und ihn hinausbringen."

Wolfsblut schritt hinaus wie ein König, ganz Sierra Vista folgte ihm. Er war sehr schwach, und als er den Rasen erreicht hatte, legte er sich nieder. Nach einer Weile erhob er sich wieder und ging auf den Stall zu. Dort lag Collie und ein halbes Dutzend dickbäuchige Hündchen krabbelten um sie herum. Sie knurrte warnend, aber der Herr hob einen der jungen Hunde auf und legte ihn vor Wolfsbluts Nase. Mißtrauisch sträubte er das Haar, aber der Herr beruhigte ihn wieder und erklärte ihm, daß alles in Ordnung sei. Collie allerdings war nicht dieser Meinung, knurrte argwöhnisch und mußte von einer der Frauen gehalten werden. Das Hündchen stand breitbeinig vor Wolfsblut. Dieser spitzte die Ohren und beschnupperte es neugierig. Das Hündchen streckte die Zunge heraus und leckte seine Schnauze. Da streckte auch er seine Zunge heraus und leckte dem Hündchen das Gesicht. Beifall wurde laut. Verwundert sah er auf. Von neuem überkam ihn die Schwäche, er legte sich nieder, spitzte die Ohren, drehte den Kopf zur Seite und blinzelte die Hündchen an. Zu Collies Entsetzen wackelten nun auch die anderen herbei und er ließ es sich gefallen, daß sie auf ihm herumkletterten. Zuerst war er ein wenig verlegen, dann aber, als die Kleinen ihn zu zausen begannen und immer kecker wurden, seufzte er zufrieden. Die Sonne war warm, er schloß die Augen und verfiel in den Halbschlummer der Genesung.

Ruf der Wildnis

Kapitel 1
In die Wildnis

Buck las keine Zeitung, sonst hätte er gewußt, daß sich ein Unheil zusammenbraute, nicht nur für ihn selbst, sondern für jeden Hund, der starke Muskeln und langes, dichtes Haar hatte. Die Menschen hatten sich in die arktische Dunkelheit vorgetastet und ein gelbes Metall gefunden; und seitdem Schiffs- und Eisenbahngesellschaften sich anstrengten, auch diese öde Gegend dem Verkehr zu erschließen, zog es Tausende von Menschen mit magischer Gewalt dorthin. Diese Männer brauchten Hunde mit kräftigen Knochen und dichtem Haar, die auch bei der bittersten Kälte den größten Anstrengungen gewachsen waren.

Bucks Heimat war ein großes Haus im sonnendurchfluteten Tal von Santa Clara. Es lag ein wenig abseits von der Straße, halb versteckt unter Bäumen, hinter denen man die luftige Veranda sehen konnte, die rings um das stattliche Haus lief. Zwischen grünen Rasenflächen führte ein kiesbestreuter Zufahrtsweg gerade darauf zu. Hinter dem Hause lagen große Pferdestallungen, die weinumrankten Wohnungen der Dienerschaft, die Wirtschaftsgebäude, langgestreckte Laubengänge, Obstgärten und daran anschließend ausgedehnte Weideplätze. Da war auch noch die Pumpanlage für den Springbrunnen und das große zementierte Bassin, in dem die Jungen des Farmers ihr Morgenbad nahmen und sich an heißen Nachmittagen abkühlten.

Über diesem großen Reiche herrschte Buck. Hier wurde er geboren und hier hatte er die ersten vier Jahre seines Lebens zugebracht. Freilich gab es noch viel mehr Hunde auf Millers Farm, wie sich das auch für einen so großen Betrieb schickte, aber sie zählten nicht viel. Sie kamen und gingen, hielten sich in den Ställen auf, trieben sich herum oder wohnten auch im Hause, wie Toot, der dicke japanische Mops, oder

Bella, der winzig-kleine mexikanische Pinscher, seltsame Wesen, die kaum ihre Nase zur Tür heraussteckten. Miller besaß auch noch etwa zwanzig Terriers, eine freche Gesellschaft, die gemeine Drohungen ausstießen, wenn sie Toot und Bella am Fenster erblickten. Sie trieben es manchmal so arg, daß die Dienstmädchen, mit Besenstielen bewaffnet, eingreifen mußten, um Ordnung zu schaffen.

Buck aber war weder ein Stuben- noch ein Kettenhund. Er war der Herr des ganzen Reiches, und er herrschte über alle. Wenn es ihm paßte, schwamm er mit den Söhnen des Pflanzers im Bassin oder begab sich mit ihnen auf die Jagd. Auch begleitete er Molli und Alice, die beiden Töchter, auf ihren langen Streifzügen durch Wald und Flur. An den langen Winterabenden lag er zu Millers Füßen vor dem lodernden Kaminfeuer der Bibliothek; er ließ auch die Enkelkinder auf seinem breiten Rücken reiten, balgte sich mit ihnen im Grase oder behütete ihre Schritte auf den Entdeckungsreisen durch die Ställe, den Park und den Obstgarten. Mit den Allüren eines Königs stelzte er durch die Meute der anderen Hunde, während er die beiden Schoßhündchen überhaupt nicht beachtete, er, der Herrscher über alles.

Schon sein Vater Elmo, der riesige Bernhardiner, war der unzertrennliche Jugendfreund seines Herrn gewesen, und Buck versprach, seinem Vater in allen Dingen nachzugeraten. So groß wie er war er freilich nicht – er wog nur einhundertvierzig Pfund –, denn seine Mutter war eine schottische Schäferhündin gewesen. Dafür konnte er, als Ausgleich sozusagen, ein ungemein würdevolles Benehmen in die Waagschale werfen, und wenn er so mit erhobenem Haupte umherstolzierte, war jeder Zoll an ihm adelig.

Und in der Tat, die ersten vier Jahre seiner Kindheit verlebte er wie ein Edelmann, sogar mit jener Eigenliebe und jenem Stolz, die dieser Sorte von Menschen seit jeher anhaftet. Trotzdem wurde aus ihm kein verzärtelter Haushund, dafür sorgten die Jagd und ähnliche Freiluftübungen, die ihn nicht nur davor bewahrten, Fett anzusetzen, sondern ihm auch zu kräftigen Muskeln verhalfen.

So war die Lage, als im Herbst des Jahres 1897 die großen Goldfunde in Klondike die Menschen aus allen Ländern der Welt nach dem Norden lockten. Da aber Buck, wie gesagt, keine Zeitungen las, so erfuhr er von alledem nicht das geringste. Leider wußte er auch nicht, daß Manuel, der Gärtnergehilfe, keine sehr wünschenswerte Bekanntschaft für ihn war. Dieser Kerl hatte eine recht schlechte Eigenschaft: er spielte. Und da er nach einem bestimmten System spielte, brauchte er Geld, viel Geld sogar, so daß sein Lohn als Hilfsgärtner eben nicht mehr ausreichte.

Der Abend, an dem sein Herr einer Versammlung von Weinbau-Interessenten beiwohnte, und die Buben über die Gründung eines Athletik-Klubs berieten, wurde Buck zum Verhängnis. Niemand hörte, wie Manuel Buck zu sich rief, und kein Mensch bemerkte es, wie er mit ihm über die Felder ging, gleichsam als wollte er einen kleinen Spaziergang unternehmen. Auch Buck glaubte an nichts anderes. Ebensowenig sah es jemand, daß aus dem Schatten des kleinen Bahnhofgebäudes ein Mann hervortrat, der mit Manuel einige Worte wechselte, und daß gleich darauf Geld in seiner Hand klimperte.

„Du hättest die Ware wohl gleich anständig verpacken können“, brummte der Mann mürrisch. Daraufhin zog Manuel einen festen Strick aus der Tasche und legte ihn Buck doppelt um den Hals.

„Zieh nur fest an, dann wird ihm der Atem schon ausgehen“, riet Manuel und der Unbekannte grinste zustimmend.

Buck hat alles mit ruhiger Würde über sich ergehen lassen. Recht war es ihm freilich nicht, aber er hatte gelernt, den Menschen zu vertrauen und ihnen Kenntnisse zuzubilligen, die seine eigenen übertrafen. Als jedoch Manuel die Enden des Strickes in die Hände des Fremden legte, knurrte er drohend. Er hatte damit bloß sein Mißfallen zum Ausdruck bringen wollen, weiter nichts. Er hatte nur andeuten wollen, daß er mit fremden Leuten nichts zu tun haben möchte. Doch zu seinem peinlichen Erstaunen schnürte sich der Strick um seinen Hals zusammen und raubte ihm den Atem. In rasender Wut sprang er den Mann an, der aber packte ihn an der Gurgel und warf ihn zu Boden. Buck zerrte an dem Strick, vergebens, immer fester legte sich die Schlinge um den Hals, seine Zunge hing weit heraus und die mächtige Brust keuchte. Nie in seinem Leben war er so niederträchtig behandelt worden und noch niemals hatte er eine solche Wut gefühlt. Er sah rot vor seinen Augen, in seinen Ohren brauste es, aber seine Kraft ließ nach und seine Sinne schwanden. Er spürte nicht, wie ihm etwas Dunkles über den Kopf gezogen wurde und wie ihn die zwei Männer in den Gepäckwagen des Zuges warfen.

Das nächste, was er fühlte, war, daß ihn seine Zunge schmerzte und daß ein sonderbares Rütteln durch seinen Körper ging. Der heisere Pfiff einer Lokomotive belehrte ihn jedoch, wo er war, denn er hatte schon öfters mit seinem Herrn Reisen unternommen und kannte die Geräusche des Eisenbahnfahrens sehr gut. Er öffnete langsam seine Augen und sah um sich mit dem zornigen Blick eines geraubten Königs. Der Mann neben ihm griff hastig nach den Strickenden, aber nicht schnell genug, um den Zähnen des Hundes auszuweichen, die sich tief in seine Hand eingruben und sie erst dann wieder losließen, als er neuerdings die Besinnung verlor.

„Er hat fortwährend Anfälle", sagte der Mann und verbarg seine verletzte Hand vor dem Wagenmeister, der durch den Lärm des Kampfes aufmerksam geworden war. „Ich bring' ihn im Auftrag seines Herrn nach Frisco. Der Narr von einem Hundedoktor da glaubt, er könne ihn kurieren. Lumpige fünfzig kriege ich dafür neben der Fahrt. Ich würd's kein zweites Mal machen, nicht für fünfhundert."

Er umwickelte seine Hand mit einem schmutzigen Taschentuch und sah mit Bedauern auf seine bis zu den Knien aufgeschlitzte Hose hinab.

„Wenn nur keine Tollwut draus wird!“ meinte er ängstlich.

„Wird schon nicht“, lachte der Wagenmeister, „aber nun los, wir müssen das Frachtstück besser verpacken.“ Buck, noch durch die Schmerzen am Hals und an der Zunge halb betäubt, wurde aus dem Sack herausgezogen und in einen käfigähnlichen Verschlag gestoßen, nachdem ihm vorher der Strick abgenommen worden war. Hier lag er nun für den Rest der Nacht, geladen mit Groll und verletztem Stolz. Er konnte nicht verstehen, was das alles bedeuten sollte. Was hatten sie mit ihm vor, diese fremden Männer? Warum hielten sie ihn in diesem Käfig eingeschlossen? Er fühlte, daß ihm ein großes Unglück bevorstand. Jedesmal, wenn die große Schiebetür in ihren Angeln kreischte, glaubte er, daß sein Herr oder dessen Kinder hereintreten würden. Aber immer war es nur das fletschende Gesicht des Wagenmeisters, der im flackernden Schein einer Laterne hereinstarrte, und sein freudiges Bellen verwandelte sich jedesmal in ein wildes Knurren.

Erst bei Morgengrauen hielt der Zug und vier Männer bestiegen ihn, zerrissene und ungepflegte Kerle. Noch mehr Quälgeister, dachte sich Buck und bellte sie wütend an, aber sie lachten nur, steckten ihre Stöcke in den Holzverschlag und stießen ihn damit. Er schnappte danach und versuchte die Prügel in Stücke zu beißen, bis er daraufkam, daß es gerade das war, worauf sie warteten und was sie ergötzte.

Da legte er sich ergeben nieder, schloß die Augen und wehrte sich nicht, als die Männer den Käfig aufhoben und ihn zu einem anderen Zuge trugen, der sich bald darauf in Bewegung setzte. Nach vielen Stunden, es war schon Abend, brachte man ihn auf ein Fährboot, das einen Fluß übersetzte, von dort verlud man ihn wieder in den Gepäckwagen eines Schnellzuges, wo er zwischen vielen Kisten und Koffern verstaut wurde.

Zwei Tage und Nächte verbrachte Buck in dieser Umgebung und erhielt während dieser langen Zeit weder zu fressen noch zu trinken.

Daß sich seine Laune dadurch nicht besserte, war begreiflich, und so kam es, daß er die freundlichen Annäherungsversuche der Bahnangestellten mit bösem Knurren beantwortete. Wenn er sich dann in seiner Wut bebend und schäumend gegen die Stangen warf, lachten sie ihn aus oder verhöhnten ihn. Sie bellten wie abscheuliche Hunde oder miauten wie elende Katzen, klatschten mit den Händen oder krähten und pfiffen in den höchsten Tönen. Er wußte, daß sie ihn mit diesen Albernheiten nur foppen und reizen wollten, trotzdem ärgerte er sich und fühlte sich in seiner Ehre gekränkt. Der Hunger wäre noch zu ertragen gewesen, aber der Durst bereitete ihm arge Qualen.

Eines aber tröstete ihn: der Strick war von seinem Nacken weg. Der hatte ihnen einen unfairen Vorteil verschafft; jetzt aber, da er weg war, würde er's ihnen schon zeigen! Die würden ihm keinen Strick mehr um den Hals legen, das stand bei ihm fest. Wehe dem, der zuerst seinen Weg kreuzen würde!

Noch immer erhielt er nichts zu essen und zu trinken. Seine Kehle war wie ausgedörrt, die Zunge verschwollen und die Schmerzen im Halse steigerten sich. Seine Augen waren blutunterlaufen und er verwandelte sich in einen rasenden Bösewicht. So sehr verändert sah er aus, daß ihn selbst sein Herr nicht wiedererkannt hätte.

Die Bediensteten waren froh und atmeten erleichtert auf, als er am Morgen des dritten Tages in Seattle ausgeladen wurde.

Die vier Männer setzten den Holzverschlag behutsam auf einen Rollwagen und führten ihn durch enge, gewundene Straßen in einen von hohen Mauern umgebenen Hinterhof. Ein dicker, untersetzter Mann in einem roten, am Halse etwas zu weiten Sweater trat ihnen entgegen, nahm den Leuten den Frachtschein ab und bestätigte den Empfang. Das ist also der nächste Peiniger, dachte Buck und rüttelte mit gesträubten Rückenhaaren an den Stäben seines Gefängnisses. Der Mann lächelte nur höhnisch und holte ein Beil und einen Stock herbei.

„Ihr wollt ihn doch nicht etwa herauslassen?“ fragte der Kutscher.

„Freilich“, entgegnete der Rote und trieb das Beil in die Kiste, um eine Öffnung zu schaffen.

Im selben Augenblick war der Platz von den vier Männern, die die Kiste getragen hatten, wie leergefegt, und von einer hohen Mauer aus warteten sie neugierig auf das kommende Schauspiel.

Halb wahnsinnig vor zurückgehaltenem Grimm stürzte sich Buck auf das splitternde Holz und verbiß sich darin. Sooft die Axt eine Latte losgelöst hatte, versuchte er den Mann anzugehen, der sich aber nicht beirren ließ und ruhig weiterarbeitete, bis die Öffnung groß genug war, um den Körper des Hundes herauszulassen.

„Heraus mit dir, du rotäugiger Teufel!“ rief er, ließ das Beil fallen und faßte den Stock mit der rechten Hand.

Wahrhaftig, Buck sah wirklich wie ein Teufel aus, als er, die Haare gesträubt, Schaum vor dem Mund und ein irres Leuchten in seinen blutunterlaufenen Augen, zum Sprung ansetzte. Pfeilgerade schnellte er seine mit Haß und Leidenschaft vollgestopften hundertvierzig Pfund gegen seinen Widersacher. Mitten im Sprung, gerade als er seine gewaltigen Zähne in dem Hals des Mannes verbeißen wollte, erhielt er einen Schlag, wie er ihn noch nie gefühlt hatte. Seine Kiefer wurden mit einem durch Mark und Bein gehenden Knirschen zusammengedrückt, er taumelte und fiel auf den Rücken. Noch nie in seinem Leben war er mit einem Stock in Berührung geraten, er kannte ihn also nicht. Mit einem Geheul, das eher dem Schrei eines Raubtieres als dem Bellen eines Hundes glich, stellte er sich wieder auf die Beine, um seinen Angriff zu wiederholen. Und wieder traf ihn ein Schlag, daß ihm Hören und Sehen verging.

Dieses Mal merkte er, daß es der Knüppel war, der ihm solche entsetzliche Schmerzen zufügte. Doch er kümmerte sich nicht darum, seine Raserei ließ ihn jede Vorsicht vergessen. Ein dutzendmal noch setzte er zum Sprung an, und ebenso oft schmetterte ihn der Stock zu Boden.

Nach einem besonders kräftigen Schlag erhob er sich mühsam auf seine Vorderbeine, zu betäubt, um nochmals zu springen. Er taumelte hinkend umher, während Blut aus Nase, Maul und Ohren floß und sein wunderschönes Fell mit blutigem Geifer besudelte. Jetzt näherte sich ihm der Rote noch einmal und versetzte ihm, diesmal bedächtig zielend, einen furchtbaren Hieb auf die Nase. Alles, was er bisher erduldet hatte, war nichts im Vergleich zu der ausgesuchten Pein dieses Schlages. Fast blind, warf er sich mit einem Brüllen, das löwenähnlich klang, aufs neue auf den Mann. Schnell schleuderte dieser den Stock weg, packte den Hund mit beiden Händen kaltblütig am Unterkiefer und schleuderte ihn hin und her, bis er ihn mit einem furchtbaren Krach zu Boden warf, wo er bewußtlos liegen blieb.

Von der Mauer her ertönte frenetischer Beifall.

„Zum Donnerwetter, der versteht sein Geschäft!" schrie einer der Männer enthusiastisch, während der Kutscher hinzusetzte: „Bei dem heißt's biegen oder brechen!" Mit diesen Worten kletterte er auf sein Fuhrwerk und brachte die Pferde in Gang.

Buck kam bald wieder zu sich, aber seine Kräfte waren dahin. Regungslos lag er, wo er gefallen war, nur mit den Augen belauerte er den Mann mit dem roten Sweater, der nun einen Brief in der Hand hielt, den er aufmerksam durchlas.

„Hört auf den Namen Buck", murmelte er halblaut vor sich hin, faltete das Schreiben zusammen und ließ es in seiner Tasche verschwinden.

„Also Buck heißt du, alter Knabe", fuhr er mit freundlicher Stimme fort, „wir haben zusammen unseren kleinen Auftritt gehabt, und das beste, was wir tun können, ist, es dabei zu belassen. Du hast deinen Platz gesehen und ich kenne meinen. Sei ein braver Hund, dann ist alles in Ordnung. Bist du ein böser Hund, dann räum' ich dir das Wilde runter. Verstanden?"

Er tätschelte beim Sprechen furchtlos den Schädel, den er soeben mitleidslos behämmert hatte. Bucks Haare sträubten sich zwar bei der Berührung durch seinen Peiniger, er blieb aber trotzdem still liegen, trank auch Wasser aus dem Napf, den ihm der Mann hinstellte, und verschlang gierig die Fleischstücke, die ihm die Hand reichte, die vordem so erbarmungslos zugeschlagen hatte.

Sein Stolz war geknickt, das wußte er, gebrochen war er jedoch nicht. Er sah ein für allemal ein, daß er gegen einen Mann mit einem Stock nichts ausrichten konnte, und er merkte sich diese Lehre für sein ganzes Leben.

Die Tage gingen dahin und immer mehr Hunde bevölkerten den kleinen, mit Mauern umgebenen Hof. Manche kamen so wie er in Käfigen an, andere wieder wurden an der Leine, ja sogar an einer Kette geführt, ein Teil benahm sich brav und ergeben, ein anderer raste und heulte wie er, aber allesamt mußten sie sich der Knute des roten Mannes beugen. Jedesmal, wenn er bei einem dieser brutalen Schauspiele zusah, wurde ihm immer wieder die Lehre eingehämmert: ein Mann mit einem Prügel ist ein Gesetzgeber, ein Herr, dem man gehorchen muß, dem man aber nicht zu schmeicheln braucht. Dieser Charakterschwäche machte sich Buck nie schuldig, obwohl es genug Hunde gab, die den Mann umschmeichelten, mit dem Schwanz wedelten und seine Hand leckten. Aber er sah auch Hunde, die sich weder versöhnen ließen noch gehorchen wollten und schließlich im Kampf um die Oberhand erschlagen und vom Hofe geschafft wurden.

Dann und wann kamen auch Männer, Fremde, die erregt und in allen möglichen Sprachen auf den Mann mit dem roten Sweater einsprachen. Und jedesmal klimperte nach einer Weile Geld in seiner Hand und einer oder mehrere Hunde wurden fortgeführt. Buck hätte zu gerne wissen mögen, wohin sie kamen, denn keiner von ihnen kehrte wieder zurück; aber jedesmal freute er sich, daß nicht er an die Reihe kam; er hatte Furcht vor der Zukunft, von der er sich nichts Gutes versprach.

Aber auch seine Zeit kam, und zwar in der Gestalt eines kleinen, dürren Mannes, dessen Englisch kaum verständlich war, der mit Ausdrücken herumwarf, die Buck gänzlich unbekannt waren.

„Gottverdamm mich!“ schrie er, als er Buck zu Gesicht bekam, „das ist eine feine Riesenhund. Wieviel kostet er?“

„Dreihundert und ein kleines Trinkgeld“, war die prompte Antwort des Roten, „seid nicht schäbig, Perrault! Es geht ja nicht aus eurer Tasche und ist obendrein ein gutes Geschäft.“

Perrault grinste. Wenn er bedachte, daß durch die ungewöhnliche Nachfrage die Hundepreise ins Blitzblaue gestiegen waren und höchstwahrscheinlich noch höher hinaufgeschraubt werden würden, dann waren dreihundert keine übermäßige Summe für ein so schönes Tier. Die kanadische Regierung hatte ja ein Interesse daran, daß ihre Kuriere so schnell wie möglich von der Stelle kamen. Perrault verstand etwas von Hunden, und als er Buck anschaute, wußte er, daß er der beste unter Tausenden war. „Einer unter Zehntausenden“, fügte er bedächtig hinzu.

Wiederum klimperte das Geld, und Buck war gar nicht erstaunt, als Curly, ein gutmütiger Neufundländer, und er von dem kleinen, mageren Mann weggeführt wurden. Den Mann mit dem roten Sweater hatte er jetzt zum letzten Male gesehen, und als er vom Deck der „Narwhal“ auf das entschwindende Seattle blickte, nahm er von dem sonnigen Süden für immer Abschied. Perrault schaffte die beiden Hunde ins Zwischendeck und übergab sie dort einem schwarzhaarigen Riesen, der François hieß. Hatte Perrault schon eine sehr dunkle Hautfarbe, so war diejenige François', eines Mulatten, fast doppelt so dunkel, beinahe schwarz. Beide bedeuteten für Buck einen neuen Menschenschlag (von dem er noch viele sehen sollte), er empfand für sie zwar keine besondere Zuneigung, aber er lernte sie schätzen. Bald kam er dahinter, daß Perrault und Francois richtige Männer waren, besonnen und unparteiisch in der Behandlung des Rechts und zu erfahren mit den Schlichen der Hunde, um von ihnen zum besten gehalten zu werden.

Auf dem Zwischendeck der „Narwhal“ kamen Buck und Curly mit noch zwei anderen Hunden zusammen. Der eine von ihnen war ein großer, schneeweißer Kerl aus Spitzbergen, der früher einem Kapitän eines Walfängers gehört und schon eine geologische Vermessungsexpedition in die Arktis begleitet hatte. Er tat sehr freundlich, war aber ein heimtückischer Geselle und gerade, wenn er am liebenswürdigsten war, sann er über irgend eine Lumperei nach. Gleich bei der ersten Mahlzeit stahl er aus Bucks Schüssel einen großen Fleischknochen. Ehe ihm Buck noch einen Denkzettel geben konnte, sauste schon François' Peitsche durch die Luft und traf den Rücken des Übeltäters, und Buck konnte sich seinen Knochen wieder zurückholen. Das war von François sehr, sehr anständig, fand er, und das Halbblut begann in seiner Achtung zu steigen.

Der andere Hund, der noch da war, versuchte überhaupt keine Annäherung, weder im guten noch im bösen, er ging auch nicht darauf aus, den Neulingen etwas zu stehlen. Er war ein düsterer, mürrischer, in sich gekehrter Bursche, dem es am liebsten war, ungeschoren zu bleiben. Curly, die diesen Wunsch nicht respektierte und versuchte, sich ihm anzubiedern, bekam ihn sofort von der unangenehmsten Seite zu spüren. Er wurde Dave genannt. Er tat nichts als fressen, schlafen oder gähnen und kümmerte sich um nichts. Selbst als die „Narwhal“ beim Überqueren des Königin-Charlotte-Sunds rollte, stampfte und bockte wie ein besessenes Wesen, so daß Buck und Curly halb wahnsinnig vor Angst außer sich gerieten, hob er nur verärgert sein Haupt, blickte mürrisch um sich, gähnte und schlief weiter.

Tag und Nacht stampfte das Schiff nach dem Takt der Maschine; ein Tag war wie der andere, nur merkte Buck ganz deutlich, daß die Luft rauher und kälter wurde. Eines Morgens stand die Schraube still und auf der „Narwhal“ machte sich ein aufgeregtes Durcheinander bemerkbar. Die Hunde fühlten, daß es mit dem Einerlei des Bordlebens zu Ende war. François koppelte sie an und brachte sie an Deck. Beim ersten Schritt auf der kalten Fläche des Landes sanken Bucks Füße in ein weißes, weiches Etwas, das einige Ähnlichkeit mit Schlamm besaß. Schnaubend sprang er zurück. Auch vom Himmel fiel dieses weiße Zeug herab und je mehr er versuchte, es abzuschütteln, desto mehr fiel davon auf ihn herunter. Er schnupperte neugierig daran herum und beleckte es vorsichtig mit der Zunge. Zuerst biß es wie Feuer, aber im nächsten Augenblick war es nicht mehr da. Das verwirrte ihn. Die Zuschauer brüllten vor Vergnügen und Buck begann sich zu schämen, da er nicht verstand, warum sie lachten. Woher sollte er auch wissen, daß es Schnee war?

Kapitel 2
Das Recht des Stärkeren

Der erste Tag auf dem Strand von Dyea drückte auf Buck wie ein böser Alptraum. Jede Stunde versetzte ihn in Erschrecken oder verblüffte ihn. Der Übergang vom Leben in der Zivilisation zu dem in der Wildnis bedrückte ihn. Er konnte kein faules Leben im Sonnenschein mehr führen, hier gab es weder Ruhe noch Rast, nicht einmal persönliche Sicherheit. In jedem Augenblick drohte eine Gefahr. Da mußte man ständig auf der Hut sein, denn es herrschte hier weder Recht noch Sitte.

Die Hunde hier waren keine Stadthunde und die Männer keine Stadtleute. Sie waren Wilde, die nur das Recht des Stockes und der Peitsche anerkannten. Solche Kämpfe, wie sie sich hier abspielten, hätte er nie für möglich gehalten, nie würde er den Tag vergessen, an dem er zum ersten Male einem solchen Kampf zusehen konnte, dem Curly zum Opfer fiel. Die Lehre, die er daraus zog, blieb ihm unvergeßlich.

Sie lagerten alle zusammen in der Nähe eines großen Holzstoßes, als Curly in ihrer freundlichen Art an einem Wolfshund herumschnüffelte. Ohne Warnung, ohne Knurren machte der Köter einen blitzartigen Satz, ein metallisches Zuschnappen der Zähne und Curlys Gesicht war vom Auge bis zum Kiefer aufgerissen.

Dieses blitzschnelle Zuschlagen entsprach der Kampfesweise der Wölfe, ebenso der weitere Verlauf des Streites. Dreißig oder vierzig Huskies, so wurden die zottigen Polarhunde genannt, kamen herbeigelaufen und umkreisten schweigend, mit einem gierigen Ausdruck die Kämpfenden. Von Zeit zu Zeit konnte man ein Schmatzen hören, und man sah, wie sich einige eifrig mit ihrer langen Zunge das Maul leckten. Buck verstand nicht, was sie eigentlich wollten, begriff nicht diese schweigende Erwartung. Curly sprang in heller Wut auf ihren Gegner zu, der aber geschickt auswich, gleichzeitig aber doch Gelegenheit fand, ihr neuerlich einen Biß zu versetzen. Wiederum sprang Curly an, und nochmals verstand es der Wolfshund, sich zu decken, dann griff er selbst an, und zwar so kräftig, daß Curly das Gleichgewicht verlor, taumelte und zu Boden fiel. Sie kam nicht mehr hoch. Darauf hatten die Huskies gerade gewartet. Sie stürzten sich mit furchtbarem Gebrüll über sie her und die arme Hündin wurde, vor Schmerz jaulend, unter der borstenstarrenden Masse begraben.

So plötzlich und unerwartet war dies alles geschehen, daß Buck der Atem wegblieb. Er stand wie versteinert. Er sah, wie Spitz seine scharlachrote Zunge herausstreckte und ein Zug von Schadenfreude über sein Gesicht ging; dann sah er, wie François eine Axt ergriff und zwischen die sich drängenden Hundeleiber sprang. Drei Männer, mit Knütteln bewaffnet, halfen ihm dabei, sie auseinander zu treiben. Nach ein paar Minuten war der Platz leergefegt, nur Curly lag schlaff und leblos, eine blutige Masse, auf dem weißen, zertrampelten Schnee, buchstäblich in Stücke zerrissen; der Mulatte stand daneben und seinem Munde entströmten unvorstellbare Flüche.

Buck konnte diesen Anblick niemals mehr vergessen, selbst im Traume wurde er von ihm verfolgt. Jetzt wußte er, wie's in Wirklichkeit stand: keine Ritterlichkeit, kein ehrliches Spiel. Wer am Boden lag, der kam nicht mehr auf, der war erledigt. Sich nicht unterkriegen lassen, das war die Hauptsache. Spitz stand noch immer da, ließ die Zunge heraushängen und Schadenfreude lachte aus seinen Augen. Von diesem Augenblick an haßte ihn Buck mit einem bitteren, nie endenden Groll. Spitz hatte einen Todfeind erhalten.

Noch ehe er sich von dem schrecklichen Ende Curlys erholt hatte, wurde er aufs neue beunruhigt. François schnallte ihm wie einem Pferd Riemen und Seile an. Und wie ein Pferd spannte man ihn mit den anderen Hunden vor einen Schlitten. Seine erste Arbeit bestand darin, François in den Wald zu ziehen und mit einer Ladung Brennholz zurückzukehren. Er war zum Arbeitstier geworden. Wenn seine Würde dadurch auch schwer verletzt wurde, besaß er dennoch so viel Klugheit, sich nicht dagegen aufzulehnen. Er unterwarf sich und tat sein Bestes, obwohl ihm alles neu und fremd war, denn François war ein strenger Herr und verlangte unbedingten Gehorsam, den er auch mit Zuhilfenahme seiner Peitsche erreichte.

Dave, der ein erfahrener Zughund war, kniff Buck sofort, wenn er etwas falsch machte, während Spitz, der als Leithund ganz vorne ging, nur drohend knurrte oder sich so geschickt mit seinem Gewicht in die Stränge warf, daß Buck auf den richtigen Weg dirigiert wurde. Buck lernte leicht und machte unter der vereinten Aufsicht seiner zwei Kameraden und der von François bemerkenswerte Fortschritte. Nach seiner ersten Fahrt verstand er es schon, auf „Brr!“ stehenzubleiben, bei „Hüt!“ loszuziehen, bei den Kurven einen großen Bogen zu machen und sich von den Kurven fernzuhalten, wenn der beladene Schlitten bergab schoß.

„Drei sehr gute Hunde“, sagte François zu Perrault. „Dieser Buck, er ziehen wie der Teufel. Ick lehre so schnell wie nur etwas.“

Nachmittags kehrte Perrault, der es mit der Abreise sehr eilig hatte, mit noch zwei Hunden zurück. „Billie“ und „Joe“ hießen sie, zwei Brüder und richtige Eskimohunde. Obzwar sie Söhne derselben Mutter waren, unterschieden sie sich wie Tag und Nacht. Billies größter Fehler war seine übermäßige Gutmütigkeit, während Joe das gerade Gegenteil war, unfreundlich und verschlossen, mit einem unaufhörlichen Schnauben und einem bösen Blick. Buck nahm sie in freundschaftlicher Weise auf, während Dave an ihnen vorbei sah. Spitz hingegen nahm sich vor, zuerst dem einen und dann dem anderen durch einen Biß Achtung beizubringen. Billie wedelte anfangs freundlich mit dem Schweif, jaulte aber, als sich die scharfen Zähne von Spitz in seine Flanken gruben, und suchte das Weite, einsehend, daß Friedfertigkeit nichts fruchtete und keinen Sinn hatte. Bei Joe versagte diese Methode, denn er stellte sich auf seine Hinterbeine, zeigte seine Zähne, sträubte das Fell, legte die Ohren zurück und knurrte. In seinen Augen funkelte eine solche Angriffslust, daß es Spitz vorzog, sich zurückzuziehen, sich aber dafür an Billie schadlos zu halten.

Gegen Abend brachte Perrault noch einen Hund herbei, einen alten Husky, lang, hager und dürr, über und über mit Narben bedeckt, mit nur einem einzigen Auge, das aber mehr Furcht verbreitete, als hätte er zwei gehabt. Er wurde „Solleks“ genannt, was in der Landessprache „der Brummige“ bedeutet. Und den Namen trug er mit Recht. So wie Dave wollte auch er in Ruhe gelassen werden. Er wollte nichts, tat nichts und erwartete auch nichts. Und als er sich langsam und bedächtig in ihrer Mitte niederlegte, ließ ihn sogar Spitz in Frieden. Er hatte eine Eigentümlichkeit, und Buck hatte das Pech, als erster damit Bekanntschaft zu machen. Er konnte es nämlich nicht vertragen, wenn jemand auf seiner blinden Seite auf ihn zukam. Dieses Vergehens machte sich Buck, ohne es zu wissen, schuldig. Erst als Solleks auf ihn loswirbelte und seine Schulter drei Zoll lang aufschlitzte, dämmerte ihm diese Erkenntnis auf. Seither vermied Buck stets seine blinde Seite und hatte bis ans Ende ihrer Kameradschaft keine Unannehmlichkeiten mehr. Im übrigen war er ein guter Kamerad. Aber er und Dave besaßen noch ihren ganz besonderen Ehrgeiz, wovon Buck jedoch erst später erfahren sollte.

Ein Problem für ihn war es, wo er schlafen sollte. Das vom Kerzenlicht erleuchtete Zelt lag friedlich und einladend inmitten der weißen Ebene; und als er es mit einer gewissen Selbstverständlichkeit betrat, um dort zu nächtigen, wurde er sowohl von Perrault als auch von François mit Flüchen und Kochgeschirren bombardiert, so daß er gezwungen war, schmählich in die Nacht hinaus zu fliehen. Ein frostiger Wind durchdrang sein Fell und brannte ganz besonders in seinen frischen Wunden. Er ließ sich still auf dem Schnee nieder und versuchte zu schlafen, aber der Frost trieb ihn bald wieder auf die Füße. Am ganzen Leibe durchfroren, elend und verlassen, wanderte er zwischen den Zelten umher, nur um festzustellen, daß ein Platz genau so kalt wie der andere war. Dort und da stürzten sich die fremden Hunde auf ihn, aber, sobald er seine Rückenhaare sträubte und sie anknurrte, ließen sie von ihm ab.

Schließlich kam er auf eine Idee: wie wär's eigentlich, nachzusehen, wie sich seine Schlittengefährten mit der Kälte abgefunden hatten? Zu seinem Erstaunen fand er sie nirgends. Er durchwanderte wiederum das ganze Lager, er entdeckte nicht die kleinste Spur von ihnen. Waren sie im Zelt? Nein, das konnte nicht der Fall sein, denn sonst hätte man ihn nicht hinausgeworfen. Wo konnten sie also noch sein? Mit hängender Rute und frostdurchschauertem Körper, Trostlosigkeit im Herzen, umkreiste er ziellos das Zelt. Plötzlich gab der Schnee unter seinen Vorderfüßen nach und er versank. Etwas Dunkles bewegte sich unter ihm hin und her. Mit gesträubten Haaren sprang er knurrend zurück, zutiefst von dem Ungesehenen, Unbekannten erschreckt, und machte sich zum Angriff bereit. Jedoch ein kurzes, freundliches Kläffen beruhigte ihn, und er trat wieder näher, um der Sache auf den Grund zu gehen. Ein warmer Hauch stieg in seine Nase, und das schwarze Knäuel unter ihm entpuppte sich als Billie, der sich behaglich in den Schnee eingebuddelt hatte. Nun winselte er besänftigend, wedelte mit dem Schweif, um seinen guten Willen und seine guten Absichten zu zeigen, und wagte es sogar, Bucks Gesicht mit seiner warmen, nassen Zunge zu belecken.

Buck hatte wieder etwas Neues gelernt. So also wurde es gemacht! Er wählte sich nun ebenfalls ein Plätzchen aus und mit viel Umständlichkeit und noch mehr Kraftvergeudung ging er daran, sich ein Loch zu graben. Dann legte er sich hinein, rollte sich wie ein Igel zusammen, und als seine Körperwärme den Raum ausgefüllt hatte, schlief er ein.

Von Zeit zu Zeit knurrte und stöhnte er, wenn seine Träume allzu lebhaft waren und ihn an die Ereignisse des Tages erinnerten.

So gut und mollig warm hatte er schon lange nicht mehr geschlafen, und es war schon heller Morgen, als ihn die Geräusche des Lagers aufweckten. Er brauchte einige Zeit, ehe er sich besann, wo er war, denn in der Nacht hatte es mächtig geschneit und eine hohe Schichte Schnee bedeckte ihn. Er fühlte etwas Unbekanntes neben und über sich, und es überfiel ihn die Angst, in eine Falle geraten zu sein.

Er lauschte jetzt zum ersten Male durch sein eigenes Dasein hindurch zum Leben seiner Ahnen zurück, denn er war ein zivilisierter Hund, ein überzivilisierter sogar, kannte aus eigener Erfahrung keine Falle und war daher ahnungslos. Unwillkürlich zogen sich die Muskeln seines ganzen Körpers krampfhaft zusammen, seine Haare sträubten sich und mit einem grimmigen Knurren stieß er geradewegs in den blendenden Tag hinein, wobei der Schnee wie eine glitzernde Wolke emporstob. Ehe er noch auf den Füßen landete, sah er das weiße Lager vor sich ausgebreitet, und nun wußte er, wo er war; blitzschnell sah er im Geiste sein Leben vorüberziehen, von dem Zeitpunkt an, da er mit Manuel spazierenging, bis zu dem Loch, das er sich gestern abends gegraben hatte.

Ein Ausruf von François empfing ihn. „Was sagen ick?“ rief er Perrault zu, „der Buck ganz gewisslik lernen schneller wie andere.“

Perrault nickte ernst. Als Kurier der kanadischen Regierung oft mit wichtigen Nachrichten betraut, sah er darauf, die besten Hunde zu seiner Verfügung zu haben, und von allen seinen Erwerbungen freute er sich über Buck am meisten.

Noch zwei Eskimohunde wurden innerhalb einer Stunde dem Gespann beigegeben, so daß sie jetzt ihrer neun waren; nach kaum einer halben Stunde waren sie angeschirrt und fort gings auf der Spur nach dem Dyea Cañon zu. Buck freute sich, aus dem Lager fortzukommen und so über die weiße Schneedecke hinzusausen, obwohl das Ziehen viel Schweiß kostete. Der Feuereifer, der das ganze Gespann beseelte, überraschte ihn, noch erstaunlicher aber war die Veränderung, die er bei Dave und Solleks bemerkte. Alle Schläfrigkeit und Gleichgültigkeit waren von ihnen abgefallen. Frisch und lebendig trachteten sie ihre Arbeit zu verrichten und waren über alles erbittert, was die Fahrt hätte hindern können, und nichts ärgerte sie mehr als ein unnützer Aufenthalt. Die Arbeit im Geschirr schien der höchste Ausdruck ihres Daseins zu sein, dafür lebten sie und nichts anderes erstrebten sie. Dave war „Wheeler" oder Zughund, vor ihm lief Buck, dann folgte Solleks; der Rest des Gespanns reihte sich hinter Spitz, der als Leithund an der Tête lief.

Buck war mit Absicht zwischen Dave und Solleks eingespannt worden, damit er lernen konnte. Er war ein fähiger und gelehriger Schüler, sie aber ebenso gute Lehrmeister, die ihn auf jeden Fehler aufmerksam machten und ihren Lehren mit scharfen Zähnen Nachdruck verliehen. Dave war ein feiner Kerl und sehr klug. Er zwackte Buck nie ohne Grund. Er gewöhnte sich an diese etwas schmerzlichen Zurechtweisungen und als ihn François' Peitsche einmal fühlbar belehrte, daß sie zu Recht bestanden, dachte er nicht mehr daran, Vergeltung zu üben. Einmal, während eines kurzen Haltens, verwickelte er sich in die Stränge, sofort flogen Dave und Solleks auf ihn zu und versetzten ihm einen Denkzettel, daß ihm Hören und Sehen verging. Von da an paßte Buck sehr auf, die Stränge in Ordnung zu halten; und so gut hatte er seine Aufgabe gemeistert, daß, ehe der Tag um war, seine Gefährten aufhörten, an ihm herumzunörgeln. Die Peitsche hinter ihm klatschte weniger oft, und Perrault klopfte ihm sogar freundschaftlich auf den Rücken, als er abends die Füße der Hunde untersuchte.

Ein schwerer Tagesmarsch lag hinter ihnen. Sie fuhren über die Baumgrenze hinaus über hundert Fuß tiefe Gletscher und Schneewächten. Sie überquerten die große Wasserscheide am Chilcoot, die das Salzwasser vom Süßwasser trennt, kamen zu den Seen, die nichts anderes darstellten als mit Wasser angefüllte Krater erloschener Vulkane, und erst spät am Abend erreichten sie das riesige Lager am Bennet-See, wo Tausende von Goldwäschern auf das Aufbrechen des Eises im Frühling warteten. Wieder machte sich Buck sein Loch im Schnee und schlief den Schlaf des Gerechten, wurde aber nur allzufrüh hinaus in das kalte Dunkel gejagt, um mit seinen Gefährten neuerdings an den Schlitten gespannt zu werden.

An diesem Tage legten sie vierzig Meilen zurück, da sie eine ausgefahrene Spur benützen konnten; doch am nächsten Tag und an vielen folgenden mußten sie sich ihren eigenen Weg bahnen, mühten sich ab und kamen trotzdem langsamer vorwärts. Perrault stapfte voran und trat den Schnee mit seinen Reifenschuhen zusammen, um dem nachfolgenden Gespann den Weg zu erleichtern, während François, daneben gehend, den Schlitten lenkte. Manchmal – nicht sehr oft – wechselten sie ab. Perrault, der es sehr eilig hatte, rühmte sich, die Schneeverhältnisse recht genau zu kennen, ein Wissen, das unerläßlich war, denn die unter dem Schnee liegende Eisschichte war oftmals sehr dünn, und an manchen Stellen, meistens über schnellfließenden Gewässern, bildete sich überhaupt keine.

Tag für Tag – endlose Tage – marterte sich Buck in den Strängen. Jeder Tag brachte dasselbe Einerlei. Immer brachen sie noch bei Dunkelheit das Lager ab, und beim ersten Morgengrauen hatten sie schon eine Anzahl neuer Meilen hinter sich. Und immer wieder schlugen sie bei Dunkelheit das Lager auf, die Hunde fraßen ihre wenigen Fische und krochen in den Schnee, um zu schlafen. Buck war stets ausgehungert und daher von besonderer Gefräßigkeit. Ein und ein halbes Pfund von gedörrtem Lachs, seine Tagesration, schien wie in einem grundlosen Schlund zu verschwinden. Die anderen Hunde erhielten, weil sie nicht so groß waren und sich an dieses Leben schon gewöhnt hatten, nur ein Pfund und brachten es trotzdem fertig, in guter Verfassung zu bleiben.

Nicht lange dauerte es, und Buck hatte seinen ganzen Stolz verloren, der sein früheres Leben charakterisiert hatte. Auch sein gutes Benehmen verlor er allmählich. Früher aß er langsam und bedächtig, jetzt mußte er trachten, früh mit seinem Fraß fertig zu werden, sonst schnappten ihm die anderen den Rest weg. Sich dagegen zu wehren, war Kraftverschwendung. Zwei oder drei konnte er vielleicht verjagen, den übrigen gegenüber half keine Verteidigung. Das einzige, was er dagegen tun konnte, war, die Nahrung ebenso schnell zu verschlingen wie die anderen. Der Hunger ist die stärkste Triebkraft, wenigstens bei Tieren, er setzt sich über alle Sitten hinweg. Buck schaute zu und lernte. Als er Pike, einen der neuen Hunde, einen schlauen Simulanten und Dieb, heimlich eine Scheibe Speck stehlen sah, während ihm Perrault den Rücken kehrte, folgte er am nächsten Tage dem bösen Beispiel und suchte mit einer ganzen Speckseite das Weite. Bei dem großen Aufruhr, der daraufhin entstand, verdächtigte ihn niemand, hingegen wurde Dub, ein dummer Tölpel, der sich immer erwischen ließ, für Bucks Missetat bestraft.

Dieser erste Diebstahl zeigte, wie weit es Buck schon gebracht hatte, um in der feindlichen Umwelt des Nordlandes weiterzuleben. Er bewies seine Anpassungsfähigkeit, ohne die er einen schrecklichen Tod gefunden hätte. Er lernte ferner, daß Moral nur ein Hindernis im unbarmherzigen Existenzkampf ist. Im Südland, wo Sitte und Anstand herrschte, war es ganz schön, Privateigentum und persönliche Gefühle zu achten; aber wer im Nordland, unter dem Gesetz des Knüppels und des Reißzahnes, solche Dinge in Betracht zog, war ein Narr und wäre dabei unzweifelhaft schlecht gefahren.

Nicht, daß Buck dieses bewußt empfunden hätte, aber er fühlte es instinktiv. Früher hätte er ohne weiteres sein Leben für eine gute Sache hingegeben, wenn zum Beispiel jemand versucht hätte, seinem ehemaligen Herrn die Reitpeitsche wegzunehmen, aber hier wären solche

Dinge bestimmt nicht angebracht gewesen. Der Stock des roten Mannes hatte ihm eben ein fundamentaleres und primitiveres Gesetz eingebläut. Er stahl nicht aus bloßer Freude am Stehlen, sondern weil sein Magen knurrte. Er raubte nicht offen, sondern stahl heimlich und geschickt, aus Furcht vor dem Stock. Kurzum, die Dinge, die er tat, wurden deshalb getan, weil es leichter war, sie zu tun, als sie nicht zu tun.

Seine Entwicklung oder eigentlich Rückentwicklung vollzog sich rapid. Das Muskelsystem wurde hart wie Stahl und unempfindlich gegen jeden gewöhnlichen Schmerz. Sparsamkeit, alles bis aufs äußerste auszunützen, wurde oberstes Gesetz. Er konnte alles fressen, ohne Rücksicht darauf, wie scheußlich und unverdaulich es auch war; und wenn es einmal gefressen war, sogen die Magensäfte auch das letzte, geringste Partikelchen Nährwert heraus, und sein Blut trug es zu den entferntesten Regionen des Körpers und baute damit die zähesten und festesten Gewebe auf. Sicht und Geruch schärften sich, während sein Gehör eine solche Feinfühligkeit entwickelte, daß er auch im Schlafe den schwächsten Laut vernahm und wußte, ob er Friede oder Gefahr verkündete. Er lernte das Eis, wenn es sich zwischen den Zehen festsetzte, herausbeißen; und wenn er durstig war und eine dicke Eisschichte das Wasserloch bedeckte, zerstampfte er es immer wieder durch Stöße mit seinen steifen Vorderbeinen. Sein am klarsten hervortretender Zug aber war die Fähigkeit, den Wind zu schnuppern und für eine Nacht vorauszusagen. Wie windstill die Luft auch augenblicklich sein mochte, wenn er sein Lager an Bäumen und Flußbänken grub, der Wind, der sich später erhob, fand ihn unweigerlich geschützt und behaglich auf der Leeseite.

Und er lernte nicht nur durch Erfahrung, längst abgestumpfte Instinkte wurden wieder lebendig. Die gezähmten Haustiergenerationen fielen von ihm ab, und uralte Kenntnisse kamen ganz von selber, ohne sein Zutun, zum Vorschein. Ganz undeutlich erinnerte er sich an die Jugend seiner Rasse zurück, da wilde Hunde in Rudeln den urzeitlichen Wald durchstreiften und ihre Beute töteten. Es war keine besondere Aufgabe für ihn, mit Reißen, Aufschlitzen und schnellem Zuschnappen kämpfen zu lernen. Auf diese Weise hatten schon vergessene Vorfahren gekämpft. Wenn er in den Nächten heulende Töne von sich gab, so war es nicht seine eigene Stimme, sondern die seiner Ahnen. Er fand zu sich selbst zurück und dies nur deshalb, weil die Menschen im Norden ein gelbes Metall gefunden hatten, und weil Manuel ein Hilfsgärtner war, dessen Lohn für die Bedürfnisse eines Weibes und seiner kleinen Ebenbilder nicht ausreichte.

Kapitel 3
Das wilde Tier

Es war verständlich, daß bei einer solchen Lebensweise die Raubtierinstinkte in Buck immer stärker wurden. Aber es war ein geheimnisvolles Wachstum. Seine ihm von Natur aus beigegebene Schlauheit und Verschlagenheit verhinderten vorläufig eine noch vorzeitige Entfaltung. Er hatte bisher überhaupt noch keine Zeit gefunden, sich über diese Veränderung klar zu werden. Zuerst mußte er sich in die neuen Verhältnisse einleben. Er vermied jede Gelegenheit, irgendeinen Streit vom Zaune zu brechen. Mehr noch, er ging jeder Möglichkeit eines Streites sorgfältig aus dem Wege. Selbst der Haß, den er gegen Spitz empfand, verleitete ihn nicht zu irgendeinem Angriff.

Dagegen versäumte Spitz, möglicherweise weil er in Buck einen gefährlichen Rivalen ahnte, nie eine Gelegenheit, seine Stärke zu zeigen. Zwar ging er ihm aus dem Wege, aber nur um Buck zu täuschen, wartete jedoch auf die erste Gelegenheit, den entscheidenden Kampf zu beginnen, der nur mit dem Tod des einen oder des anderen enden konnte. Das wußten beide, und dieser Kampf hätte schon längst ausgetragen werden können, wäre nicht ein ungewöhnlicher Vorfall dazwischen gekommen.

Eines Tages schlugen sie am Abend ein ödes, elendes Lager unmittelbar am Ufer des Le-Barge-Sees auf. Schneetreiben, ein Sturm, der wie ein weißglühendes Messer schnitt, und Dunkelheit hatten sie gezwungen, früher als sonst nach einem Lagerplatz zu suchen. Sie hätten es kaum schlimmer treffen können. Hinter ihrem Rücken stieg eine senkrechte Felsmauer auf und Perrault und François mußten ihr Feuer auf dem Eis des Sees selbst machen und auch ihre Schlafsäcke dort ausbreiten. Das Zelt hatten sie in Dyea zurückgelassen, um die Ladung zu erleichtern.

Mit etwas Treibholz vermochten sie gerade noch ein bescheidenes Feuer anzuzünden, das bald wieder verlöschte. Sie waren daher genötigt, das kärgliche Abendbrot im Dunkeln zu verzehren.

Dicht unter dem schützenden Fels grub sich Buck sein Nest. Er hatte es dort so gemütlich, daß er es nur widerwillig verließ, um sein von François am Feuer etwas aufgetautes Abendessen zu holen. Als Buck zu seiner Schlafstätte zurückkam, fand er sie besetzt. Ein warnendes Knurren sagte ihm, daß Spitz der Eindringling war. Bis jetzt hatte Buck Zusammenstöße mit seinem Feinde vermieden, doch dies war zu viel. Das Urtier brüllte in ihm auf. Er sprang mit einer Wut auf den Missetäter los, die beide überraschte, besonders Spitz, denn seine ganze Erfahrung mit Buck hatte ihn gelehrt, daß sein Rivale ein ungewöhnlich furchtsamer Kerl war, der sich nur durch seine Größe behaupten konnte.

Auch François wunderte sich, als die beiden Hunde in einem Knäuel aus dem zerstörten Nest herausschossen, und er ahnte den Grund des Streites. „Fass an", rief er Buck zu, „gib ihm's, bei Gott! Gib ihm's, dem schmutzigen Dieb."

Spitz hatte es nicht leicht. Es war ihm unmöglich, an Buck heranzukommen. Vorläufig begnügten sie sich damit, sich gegenseitig zu umkreisen und suchten eine Blöße, um dann zum tödlichen Angriff überzugehen. Es wäre sicherlich zu einem Kampf auf Leben und Tod gekommen, wenn nicht ein unerwartetes Ereignis die Entscheidung auf lange Zeit hinausgeschoben hätte.

Ein Fluch Perraults, der hohle Schlag eines Stockes auf ein Knochengerüst und schrilles Schmerzensgekläff übertönten auf einmal den Lärm des Kampfes. Das Lager wimmelte plötzlich von schleichenden, struppigen Leibern – hungernden Eskimohunden, die das Lager von irgendeinem Indianerdorf aus gewittert hatten. Während Buck und Spitz die ganze Aufmerksamkeit der anderen auf sich lenkten, waren sie hereingekrochen; erst als die zwei Männer mit festen Knüppeln unter sie sprangen, zeigten sie ihre Zähne und wehrten sich. Sie waren durch den Geruch des Proviants in Raserei geraten und über eine umgestürzte Kiste hergefallen. Die ausgehungerten Köter machten sich über den Proviant her und ließen sich auch durch Hiebe, die hageldicht niedersausten, nicht eher vertreiben, bis das letzte Stückchen Speck und die letzte Brotkrume aufgefressen war.

Mittlerweile waren die überraschten Zughunde hervorgekrochen, doch nur, um sich die grimmigen Eindringlinge auf den Hals zu hetzen. Niemals hatte Buck solche Biester gesehen. Wie wenn ihre Knochen durch das Fell stechen würden, so mager waren sie. Sie sahen aus wie mit schmutzigen Häuten behängte Skelette, mit brennenden Augen und geifernden Rachen, nur ihre weißen Zähne leuchteten. Ihr wahnsinniger Hunger machte sie schrecklich, unwiderstehlich. Jeder Widerstand war zwecklos.

Beim ersten Ansturm wurden die Schlittenhunde gegen die Klippe zurückgefegt. Buck allein wurde von drei Huskies umringt, und ehe er noch zur Besinnung kam, hatten sie ihm die Schulter aufgerissen und zerschlitzt. Das Getöse war furchtbar. Billie bellte wie gewöhnlich in schrillen Tönen. Dave und Solleks, denen das Blut aus vielen Wunden floß, kämpften vereint gegen die heillose Bande. Joe biß wie ein Teufel um sich und zermalmte dabei einen Knochen im Vorderbein eines Huskies. Diese Gelegenheit machte sich Pike zunutze, indem er auf das zerfetzte Tier sprang und ihm mit einem blitzschnellen Ruck den Hals brach. Buck wiederum erwischte einen schäumenden Widersacher an der Kehle, so daß sich das Blut in sein Maul ergoß, als sich seine Zähne in die Gurgel gruben; der fade Geschmack des Blutes stachelte ihn zu noch größerer Wildheit an. Sogleich warf er sich auf einen anderen, da spürte er plötzlich Zähne an seinem Halse. Es war Spitz, der ihn verräterisch von der Seite angegriffen hatte. Nachdem Perrault und François ihren Teil des Lagers gesäubert hatten, gingen sie daran, ihren Schlittenhunden zu helfen. Die wilde Woge halbverhungerter Kreaturen wich vor ihnen zurück, und Buck bekam wieder Luft. Aber nur für einen Augenblick.

Die zwei Männer mußten zurücklaufen, um von neuem die Verpflegung zu retten, der sich die Huskies nach dem Angriff auf das Gespann wieder zugewandt hatten. Billie sprang, in seiner Angst tollkühn geworden, über die grausame Meute hinweg und floh, Pike und Dub folgten ihm auf dem Fuß, hinter ihnen die übrigen. Als Buck ihnen nachsetzen wollte, bemerkte er, wie Spitz von der Seite her auf ihn zusprang, mit der offenbaren Absicht, ihn niederzustoßen. Strauchelte er und kam unter die Masse der Wolfshunde zu liegen, dann war seine Lage hoffnungslos. Aber es gelang ihm, den Stoß abzuwehren und er stürmte den anderen nach, in den See hinaus.

Später sammelten sich die neun Hunde des Gespannes und suchten Schutz im Walde. Obzwar sie nicht verfolgt wurden, befanden sie sich dennoch in einer traurigen Lage; es gab keinen, der nicht an vier oder fünf Stellen blutete, manche hatten sogar schwere Verletzungen erlitten. Dub hatte ein verletztes Hinterbein, Dolly, als jüngster des Gespanns, hatte eine schlimm aufgerissene Kehle, Ive hatte ein Auge verloren, Billie hingegen, der gutmütige, schrie und wimmerte mit seinem zerbissenen Ohr die ganze Nacht hindurch. Bei Tagesanbruch schlichen sie alle behutsam ins Lager zurück, das die Plünderer, nachdem sie sich angefressen, schon verlassen hatten. Sie fanden die Männer in einer sehr schlechten Laune vor, denn die Huskies hatten nicht nur fast die gesamten Vorräte vertilgt, sondern sogar ein paar von Perraults Renntierhaut-Mokassins verzehrt.

Mehr noch: die Schlittenriemen waren angefressen, ebenso ein Stück von François' Peitsche. Als dieser die erbärmlich zugerichteten Hunde erblickte, fing er zu klagen an:

„Ah, ihr braven Burschen“, sagte er weich, „wer weiß, ob diese verdammten Biester nikt waren toll. Und ihr alle werdet dann auch toll. Sacredam. Was glaubst du, eh, Perrault?“

Der Kurier schüttelte verstimmt sein Haupt. Wenn er daran dachte, daß es noch vierhundert Meilen bis Dawson war, konnte er sich keine größere Katastrophe vorstellen, als wenn unter den Hunden die Tollwut ausbrechen würde. Nach zwei Stunden Fluchen und harter Arbeit war das Geschirr wieder in Form, und das Gespann, durch die Verwundungen der Hunde schwer behindert, machte sich auf den Weg, den mühseligsten Teil der Strecke, nach Dawson.

Der Dreißig-Meilen-Fluß war weit offen. Seine wilde Strömung verhinderte das Zufrieren, und nur an einigen ruhigen Stellen konnte sich etwas Eis ansetzen. Sechs Tage furchtbarer Plackerei bedurfte es, jene schrecklichen dreißig Meilen zurückzulegen. Jeder unbedachte Schritt konnte Hunden und Menschen das Leben kosten. Wohl ein dutzendmal brach Perrault beim Aufspüren des Weges durch die dünnen Eisschichten, und nur mit Hilfe einer langen Stange, die er quer über die Einbruchstelle hielt, rettete er sich vor dem Versinken. Zu allem Unglück waren sie gerade mitten in eine Kältewelle geraten – das Thermometer zeigte fünfzig Grad Fahrenheit unter Null – und jedesmal, wenn er einbrach, mußte ein Feuer angemacht werden, denn es hätte ihm das Leben gekostet, wenn er keine Möglichkeit gefunden hätte, seine vor Kälte erstarrten Füße zu erwärmen und die steif gefrorenen Kleider wieder aufzutauen. Die Regierung hätte ihn sonst nicht an einen so wichtigen Posten gestellt, wenn sie nicht von seiner Ausdauer, seinem Mut und seiner Geschicklichkeit überzeugt gewesen wäre. Er nahm jedwedes Risiko auf sich, steckte entschlossen sein kleines, dürres Gesicht in den Frost hinaus und kämpfte unermüdlich vom fahlen Morgenschimmer bis in die dunkle Nacht hinein. Sie mußten ihren Schlitten hart am Rande des Ufers führen, oft schwankte der Boden unter ihnen, das Eis krachte verdächtig, und sie wagten nicht anzuhalten, um nicht durchzubrechen. Aber einmal geschah es dennoch, und als man Buck und Dave halb erfroren herauszog, mußte auf der Stelle ein Feuer angezündet werden. Die beiden Hunde waren mit einer festen Eisschichte bedeckt und die zwei Männer ließen sie so lange um das Feuer herumrennen, bis das Eis aufgetaut und sie wieder trocken waren. Allerdings wäre dabei das Fell beinahe versengt worden.

Etwas später versank Spitz und zog das ganze Gespann nach bis auf Buck, der sich mit seinen Vorderpfoten aus Leibeskräften nach rückwärts stemmte, wobei das Eis ringsum erzitterte und krachend entzweibrach. Hinter ihm schob Dave ebenso zurück, und am Schlittenende zog François, und nur mit größter Anstrengung gelang es ihm, den Schlitten zu halten.

Ein anderes Mal zerbrach das Eis vor und hinter ihnen. Es war ein Wunder, daß es Perrault gelang, sich auf einen Felsen zu retten. Mit aneinandergeknoteten Peitschen und Riemen wurden die Hunde samt dem Schlitten einzeln zum Kamm der Klippe emporgezogen. François kam als letzter hinauf. Der Abstieg gestaltete sich fast noch schlimmer, und die Nacht war schon hereingebrochen, als sie wieder auf einer sicheren Stelle des Ufers stehen konnten. An diesem Tage legten sie ganze zweieinviertel Meilen zurück.

Als sie endlich am Hootalinqua eintrafen, der eine gute Schlittenbahn zeigte, war Buck völlig ausgepumpt. Die übrigen Hunde waren in einer ähnlichen Verfassung; Perrault aber trieb sie früh und spät vorwärts, um die verlorene Zeit einzubringen. In den folgenden Tagen konnten sie daher ganz bedeutende Tagesleistungen aufweisen. So erreichten sie am ersten Tage mit fünfunddreißig Meilen den Großen Lachs. Mit ebensoviel Meilen drangen sie bis zum Kleinen Lachs vor, und der dritte Tag mit vierzig Meilen brachte sie hinauf zum Fünffingergebirge.

Leider waren Bucks Füße nicht so fest und hart wie die der Eskimohunde oder wie die seiner Ahnen, die die Höhlenmenschen auf ihren Wanderungen begleitet hatten. Den ganzen Tag über hinkte er unter rasenden Schmerzen, und wenn abends Rast gemacht wurde, fiel er wie tot hin. Er rührte sich nicht einmal vom Fleck, um seine Fischration in Empfang zu nehmen; François war hilfreich genug, sie ihm zuzutragen. Dieser ließ es sich auch nicht nehmen, Bucks Füße jeden Tag eine halbe Stunde zu massieren, und Perrault opferte sogar das Oberteil seiner eigenen Mokassins, um für den armen Hund vier kleine Schuhe herzustellen. Das war für ihn eine große Erleichterung. Eines Morgens verzog sich sogar das sonst so ernste Gesicht Perraults zu einem Grinsen, als François vergaß, Buck seine Schuhe anzuziehen. Dieser, auf dem Rücken liegend, wackelte flehentlich mit allen vieren und weigerte sich, ohne sie an die Arbeit zu gehen. Später verhärteten sich seine Füße, und die abgetragene Fußbekleidung wurde weggeworfen.

Eines Morgens, gerade beim Anschirren, zeigte Dolly, die damals von den Wolfshunden in die Kehle gebissen worden war, ein ganz merkwürdiges Benehmen. Sie brach zuerst in ein langgezogenes, schreckliches Geheul aus, so daß sich jedem Hund vor Furcht die Haare sträubten, und sprang dann pfeilgerade auf Buck los. Dieser hatte noch nie einen tollen Hund gesehen, aber was sich hier vor seinen Augen abspielte, erfüllte ihn mit einem furchtbaren Entsetzen; er rannte davon, und hinter ihm raste die keuchende und schäumende Dolly. Er rannte durch die Wälder der Insel, überquerte einen Kanal, auf dem Eisblöcke schwammen, wechselte auf eine andere Insel hinüber, gewann eine dritte, drehte zum Hauptstrom zurück, begann ihn, getrieben von seiner Verzweiflung, zu durchschwimmen. Hinter sich vernahm er das Schnaufen des verfolgenden tollen Hundes. Als er seine Füße wieder aufs Land setzte, hörte er plötzlich die gellende Stimme François', der seinen Namen rief, er rannte auf ihn zu, und während er an ihm vorbeisauste, ließ der Hundeführer seine Axt auf den Schädel des tollen Köters niederschmettern. Buck taumelte, erschöpft und hilflos nach Atem ringend und blieb halb bewußtlos vor dem Schlitten liegen.

Jetzt sah Spitz seine Stunde gekommen. Er sprang auf Buck los und zweimal gruben sich seine Zähne in das Fell des wehrlosen Hundes. Sie rissen und schlitzten das Fleisch bis auf die Knochen auf. Da sauste François' Peitsche nieder, und Buck hatte die Genugtuung zu sehen, wie Spitz geprügelt wurde, so gründlich, wie es noch bei keinem Hunde des ganzen Gespanns der Fall gewesen war.

„Dieser Spitz ist ein verfluchter Teufel", bemerkte Perrault. „Er wird einmal umbringen diesen Buck."

„Dies Buck zwei Teufeln in sich", erwiderte François. „Ick beobachte dieses Buck ganze Zeit, ick weiß sicker. Eines ssonen Tag', er wird verteufelt wild werden und dann er werden zerkauen dies Spitz und spucken auf den Schnee. Ssicher. Ick weiß."

Seither lebten die beiden Hunde auf offenem Kriegsfuß. Spitz als Leithund und anerkannter Herr des Gespannes fühlte seine Vorrangstellung durch diesen merkwürdigen Südländer gefährdet. Für ihn war ein Südlandhund im vorhinein schon ein minderwertiges Geschöpf, und er hatte noch keinen gefunden, der lange vor dem Schlitten gegangen wäre; früher oder später war jeder von ihnen bei der Plackerei, dem Frost und dem Hunger eingegangen. Buck war eine Ausnahme. Er allein hielt durch, gedieh und war den Huskies an Kraft, Wildheit und Schlauheit ebenbürtig. Er war ein herrischer Hund, aber das wilde Draufgängertum hatte ihm der Stock des roten Mannes herausgeschlagen. Er war hervorragend schlau und konnte seine Zeit mit einer Geduld abwarten, die bestimmt nicht ursprünglich in ihm gewohnt hatte.

Der Kampf um die Vorherrschaft im Gespann mußte einmal kommen. Buck war auch dazu bereit, denn Stolz und Ehrgeiz hatten ihn mächtig gepackt, jener Stolz, der den Hund bis zum letzten Atemzug zur Arbeit anhält, der ihn bereit macht, mit Freuden im Geschirr zu verrecken. Derselbe Stolz, der Dave an der Stange hielt, der Solleks zum Ziehen veranlaßte, der Stolz, der sie alle beim Abbau des Lagers ergriff und aus verdrießlichen, schläfrigen Tieren angespannte, gierige und ehrgeizige Geschöpfe machte; der Stolz, der sie den ganzen Tag anspornte, und der erst nachließ, wenn sie sich abends müde und unzufrieden im Lager verkrochen. Das war derselbe Stolz, der Spitz in Wut brachte und ihn die Schlittenhunde beißen ließ, wenn sie unterwegs Fehler machten, sich drückten oder sich morgens zur Zeit des Anspannens versteckten. Ebenfalls dieser Stolz war es, der Spitz die Furcht vor Buck als zukünftigem Leithund einflößte. Es wurde immer offenkundiger, daß Buck die Vorherrschaft anstrebte.

In einer Nacht trat heftiger Schneefall ein und am Morgen fehlte Pike wie schon öfters. Lieber schlief er geborgen in seinem Nest unterm Schnee. François rief und suchte ihn vergeblich. Spitz war wild vor Zorn. Er raste durch das Lager, schnüffelte und grub an jeder verdächtigen Stelle und knurrte so furchtbar, daß Pike, als er ihn hörte, sich in seinem Versteck noch tiefer verkroch.

Als man ihn endlich doch entdeckte, und Spitz auf ihn zuschnellte, um ihn zu züchtigen, warf sich Buck dazwischen, ebenfalls, um sein vermeintliches Züchtigungsrecht auszuüben. Der Angriff kam so überraschend, daß Spitz das Gleichgewicht und damit den Halt verlor. Pike, der soeben noch elendiglich gezittert hatte, gewann angesichts dieser offenen Meuterei seinen Mut zurück und stürzte sich auf den am Boden liegenden Leithund. Buck, für den das „fair play" nicht mehr existierte, sprang ebenfalls auf Spitz.

François lachte zwar über den Vorfall, war jedoch so gerecht, daß er mit aller Macht auf Buck einhieb, der hierauf schleunigst das Weite suchte. Jetzt erst konnte Spitz dem Übeltäter die wohlverdiente Strafe zuteilen.

Auch an den folgenden Tagen hörte Buck keineswegs auf, sich zwischen Spitz und die Schuldigen zu mischen, aber er tat es nur dann, wenn François nicht in der Nähe war. Dadurch entstand eine allgemeine Auflockerung des Gehorsams, die fast zur offenen Meuterei führte. Nur Dave und Solleks blieben davon unberührt, aber bei allen anderen nahm die Disziplinlosigkeit ständig zu. Es gab fortwährend Zank und Mißklang und hinter allem steckte Buck. François mußte stets eingreifen, um wenigstens äußerlich die Ordnung aufrechtzuerhalten, obwohl er wußte, daß die Auseinandersetzung zwischen Buck und Spitz unvermeidlich war und wahrscheinlich mit dem Tode des einen enden würde. Alles, was er tun konnte, war, diesen Kampf möglichst hinauszuschieben. Und mehr als einmal kam es vor, daß er aus seinem Schlafsack fuhr, wenn er draußen irgendein Geräusch vernahm, das auf Streit schließen ließ.

Er war herzlich froh, als sie an einem stürmischen Nachmittag in Dawson einzogen. Hier sah Buck viele Männer und zahllose Hunde, die alle arbeiteten. Es schien zur festgesetzten Ordnung der Dinge zu gehören, daß Hunde arbeiten sollten. Den ganzen Tag zogen sie Brennholz und Balken und bis in die Nacht hinein bimmelten die Schellen an den Schlitten. Es war die Arbeit der Pferde, die sie hier in Dawson verrichten mußten. Mit Ausnahme von ein Paar Südländern gehörten alle Hunde der Nordlandrasse an. Jede Nacht stimmten sie um neun, zwölf und drei Uhr ein infernalisches Geheul an, und Buck fiel in diesen unheimlichen geisterhaften Nachtgesang mit ein.

Unter der matten Mitternachtssonne, im hellen Schein der unzähligen Sterne, die in der Kälte am Himmel flimmerten, saßen sie im Kreise und sangen das uralte Lied, das so alt war wie das Geschlecht der Hunde selbst, das Lied von den Leiden und Schmerzen der Welt. Aus der Kehle Bucks schrie der Geist seiner Vorfahren, und diese Klage war erfüllt von dem Weh unzähliger Generationen. Wenn er stöhnte und schluchzte, dann war's aus Weltschmerz, der von altersher der Schmerz seiner Väter war, für die Kälte und Finsternis ein schreckliches Geheimnis bedeutete.

Sieben Tage nach ihrer Ankunft in Dawson stiegen sie bei den Barracks die steile Bank zum Yukon Trail hinunter und zogen gegen Dyea dem Meere zu. Perrault führte Depeschen mit sich, die noch dringender waren als jene, die er hergebracht hatte. Nun packte ihn der Ehrgeiz und er versuchte, den Rekord des Vorjahres noch zu überbieten. Verschiedene Umstände begünstigten ihn dabei. Die einwöchige Rast hatte die Hunde aufgefrischt und ihnen das alte Gleichgewicht wieder gegeben. Die Schlittenbahn war von den nachfolgenden Gespannen gut ausgefahren worden, auch hatte die Polizei an zwei oder drei Stellen Proviantdepots errichtet, so daß die Schlitten nicht übermäßig beladen werden mußten.

Am ersten Tag legten sie über fünfzig Meilen zurück und schon am zweiten Tage erreichten sie den Yukon. Leider hatte François mit den Hunden viel Verdruß. Das hinterlistige Benehmen Bucks hatte das Gemeinschaftsgefühl des Gespannes zerstört. Die Unterstützung, die Buck den Aufrührern angedeihen ließ, führte zu allerhand kleineren Vergehen und Spitz fehlte die Macht, sich Geltung zu verschaffen. Die frühere Scheu vor ihm wich, und die Hunde überboten sich, ihn herauszufordern. Es konnte vorkommen, daß ihm Pike einen halben Fisch raubte und Buck dabei den Aufpasser machte. Ein anderes Mal lehnten sich Dub und Joe sogar gegen eine wohlverdiente Strafe auf, drehten den Spieß um und gingen auf Spitz los. Selbst Billie, der sonst so gutmütige, winselte weniger erbarmungswürdig als früher und zeigte rebellische Gelüste. Buck wich Spitz aus, wo er konnte, und wenn eine Begegnung nicht zu umgehen war, dann knurrten beide und sträubten drohend die Haare. Bucks Benehmen näherte sich dem eines Stänkerers, und er konnte es sogar nicht unterlassen, in Hörweite seines Gegners auf alle mögliche Art zu prahlen.

Auch untereinander stritten sie, so daß das Lager zu manchen Zeiten einem Tollhaus glich. Selbst Dave und Solleks, die sich um all diese Dinge wenig kümmerten, wurden ob dieses endlosen Haders reizbar und empfindlich. François' Fluchen half nur wenig und wenn er auch oft in ohnmächtiger Wut auf den Boden stampfte und seine Peitsche mitten in die Meute niedersausen ließ, nützte es nicht viel. Sobald er ihr den Rücken kehrte, ging's von neuem los. François wußte genau, daß hinter dem ganzen Ärger Buck steckte, aber da er ihn nie auf frischer Tat ertappen konnte, nützte ihm diese Erkenntnis nicht viel. Buck war viel zu klug, um sich eine Blöße zu geben, er schaffte redlich im Geschirr, denn die Arbeit war ihm ein Vergnügen geworden. Aber viel mehr freute es ihn, Unruhe zu stiften und die Stränge in Unordnung zu bringen.

An der Mündung des Takhena-Flusses, abends nach dem Essen, stöberte Dub einen Schneehasen auf, verfehlte ihn aber unglücklicherweise. Innerhalb einer Sekunde beteiligte sich das ganze Gespann an der Jagd und etwa fünfzig Hunde aus einem in der Nähe befindlichen Polizeilager schlossen sich an. Der Hase rannte den Fluß hinunter, bog in eine kleine Bucht ein, auf deren Schneedecke er weiterlief. Seine leichten Füße berührten kaum die Oberfläche des Schnees, während die Hunde mit ihren schweren Pfoten tief einsanken. Buck lief an der Spitze des Rudels. Knapp über der Erde fegte er dahin und winselte gierig, während sein glänzender Körper Sprung auf Sprung in dem fahlen Mondlicht vorwärtsflitzte. Aber einholen konnte er den Hasen nicht.

Dieselben Instinkte, die die Menschen zu bestimmten Zeiten aus ihren lärmerfüllten Städten in die Wälder treiben, wo sie mit Pulver und Blei versuchen, das Wild zu töten, dieselbe Mordlust, dieselbe Freude am Umbringen ergriff auch Buck, nur unendlich vertrauter. Er stürmte und hetzte das Wild zu Tode, das lebende Fleisch, nur um mit seinen eigenen Zähnen töten und die Schnauze im warmen Blut baden zu können.

Spitz, der auch in so aufregenden Momenten kalt und berechnend blieb, machte sich vom Rudel los und schnitt den großen Bogen, den der Bach machte, ab. Buck, der nichts gemerkt hatte, stürmte weiter und als er um die Biegung herum war, sah er etwas Weißes, das dem Hasen entgegenlief. Es war Spitz. Der Hase vermochte nicht mehr zu wenden und als sich die spitzen Zähne in sein Rückgrat eingruben, schrie er angstvoll und laut auf, wie ein Mensch in höchster Todesnot. Als die Hunde diesen Todesschrei vernahmen, brachen sie in ein höllisches Freudengeheul aus.

Das war zu viel für Buck. Er konnte sich nicht mehr zurückhalten und fuhr wie besessen auf Spitz los, verfehlte aber seine Kehle. Nun überkugelten sie sich in dem pulvrigen Schnee. Spitz stand zuerst wieder auf den Beinen und riß Buck die Schulter auf. Zweimal klappten seine Zähne zusammen wie die Stahlbalken einer Falle, dann sprang er mit verzerrten Lippen, aus denen heiseres Knurren drang, wieder zurück.

Buck erkannte blitzschnell, daß die Stunde der Entscheidung da war. Jetzt ging es um's Leben. Als sie sich jaulend, mit zurückgelegten Ohren umkreisten, jeder scharf auf einen Vorteil bedacht, kam Buck die Szene gewissermaßen vertraut vor. Er schien sich an den weißen Wald, an die Erde, an das Mondlicht und an den Schauer des Kampfes zu entsinnen. Eine geisterhafte Windstille lag über der weißen Fläche. Nicht das leiseste Lüftchen bewegte sich, nur der sichtbare Atem der Hunde stieg langsam und zögernd in die frostige Luft hinauf. Die übrigen Hunde, die schon längst mit dem Schneehasen kurzen Prozeß gemacht hatten, umkreisten nun erwartungsvoll die beiden Rivalen. Von diesen Kötern, die im Grunde nichts anderes waren als gezähmte Wölfe, sah man nur den heißen Atem, der in der kalten Luft wie eine weiße Wolke sichtbar wurde, und das grünlich schillernde Blitzen ihrer gierigen Augen. Für Buck war der Vorgang nichts Neues oder Seltsames. Er hatte ihn in alten Zeiten oft erlebt, und die Dinge spielten sich seit jeher so und nicht anders ab.

Spitz war ein erfahrener Kämpfer. Von Spitzbergen bis Kanada hatte er sich gegen alle Hundearten behauptet und war ihrer Herr geworden. Niemals war er blind in seiner Wut. Er wollte seinen Gegner in Stücke reißen und unschädlich machen, aber niemals vergaß er, daran zu denken, daß sein Gegner dasselbe wollte. Niemals griff er an, ohne sich gleichzeitig zu decken. Am liebsten war es ihm, den Ansturm zuerst abzuwehren, um dann erst selber loszugehen.

Vergeblich suchte Buck nach einem Angriffspunkt, aber jedesmal sah er den Rachen seines Gegners vor sich. Immer wieder glaubte er, die Kehle des weißen Hundes erwischt zu haben, aber seine Zähne schlugen stets in das feindliche Gebiß und prallten ab. Hochaufgerichtet standen sich beide gegenüber.

Noch mehrere Male wiederholte Buck diese Art des Angriffes, bis er sich entschloß, die Taktik zu ändern und zu versuchen, Spitz in die Flanken zu kommen; aber auch dieser Angriff scheiterte und blutüberströmt mußte sich Buck zurückziehen. Die Schlacht war auf dem Höhepunkt.

Und noch immer standen die anderen Hunde im Kreis herum und warteten auf den Ausgang des Kampfes.

Was Buck nicht gelang, das erreichte nun Spitz. Er griff seinen Gegner so hart an, daß dieser zu taumeln begann. Die sechzig Zuschauer reckten schon lüstern die Köpfe, aber noch war es nicht so weit.

Nur die List konnte jetzt noch helfen. Scheinbar richtete Buck wieder einen Angriff gegen die Kehle seines Gegenübers, aber im letzten Augenblick senkte er seinen Kopf, bis er den Schnee berührte. Ein Krachen von splitternden Knochen, ein gräßlicher Schrei und Spitz besaß nur mehr drei heile Pfoten. Aber sie hielten noch. Spitz strauchelte nicht einmal. Noch einmal gelang es Buck, an die Pfoten zu kommen. Die zuschauenden Hunde kamen näher und näher, der Kreis verengte sich mehr und mehr. Spitz erkannte die Bedeutung dieser Bewegung sehr wohl, er wußte, daß er keine Hoffnung mehr hatte. Er fühlte schon den Atem der sich nähernden Köter und hörte das Hecheln ringsum. Noch aber stand er. Noch hatte Buck sein Ziel nicht erreicht.

Da, mit einem Male machte er einen neuerlichen Flankenangriff und diesmal konnte Spitz nicht mehr ausweichen, auch keinen Widerstand mehr leisten. Er war erledigt.

Nun verengte sich der Kreis zu einem schwarzen Knäuel sich drängender Hunde inmitten einer mondbeschienenen, weißen Ebene. Etwas weiter weg stand ein schwarzer Punkt: Buck. Er hatte die Schlacht gewonnen.

Kapitel 4
Der Sieger

Oh, was sag' ick? Ick sprechen warr, wenn ick sagen, in dies Buck sein zwei Teufel."

Dies sagte Frangois am nächsten Morgen, als er die Abwesenheit von Spitz bemerkte und Bucks Wunden entdeckte. Er zog ihn ans Feuer und besah sich die einzelnen Verletzungen.

„Dies Spitz kämpfen wie Teufel", meinte Perrault kopfschüttelnd.

„Und dies Buck kämpfen wie zwei Teufel", antwortete François, „aber jetzt wir schnell vorwärts kommen. Kein Spitz mehr, kein Ärger, siker."

Während Perrault die Lagerausrüstung packte und den Schlitten belud, ging der Hundeführer daran, die Hunde anzuschirren. Buck hinkte zu dem Platz, den Spitz als Leithund innegehabt hatte; aber François, der ihn bemerkte, brachte Solleks zu der begehrten Stelle. Seiner Meinung nach war Solleks der beste verfügbare Leithund. Buck aber sprang wutentbrannt auf Solleks los, trieb ihn zurück und stellte sich auf seinen Platz.

„Eh? eh?" rief Frangois und schlug sich amüsiert auf die Schenkel. „Schau dir dies Buck an. Er töten dies Spitz, er glauben, auch seine Stelle nehmen." Dann schrie er Buck an:

„Scher dich fort, du Teufel!"

Aber Buck dachte nicht daran, sich von der Stelle zu rühren. Da packte er ihn am Genick, zog ihn, obwohl der Hund drohend knurrte, auf die Seite und ersetzte ihn durch Solleks. Der alte Hund gehorchte nicht gern und zeigte deutlich, daß er vor Buck Angst hatte. Doch François gab nicht nach, kaum aber hatte er sich umgedreht, trat Buck wieder an Solleks' Stelle, der ihm den Platz gern überließ.

Nun wurde Frangois böse.

„Bei Gott, ick schlagen dick!“, schrie er und griff nach einem schweren Stock. Buck dachte an den Mann mit dem roten Sweater, zog sich schnell zurück und mußte zusehen, wie Solleks wieder an die Spitze gebracht wurde. Er umkreiste François erbittert und vor Wut knurrend, aber so, daß er außerhalb der Reichweite des Stockes blieb; vorsichtig behielt er den Prügel im Auge, damit er ihm nicht unversehens an den Kopf flog, denn er war, was Stöcke anlangte, klug geworden.

François setzte das Anschirren fort, doch als Buck an die Reihe kommen sollte, rief er ihn vergeblich. Selbst als François den Knüppel weggeworfen hatte, kam Buck nicht näher, er verweigerte offensichtlich den Gehorsam. Er wollte entweder Leithund sein oder – nichts mehr.

Perrault hatte nicht mehr Glück als François. Sie hetzten ihn eine geschlagene Stunde hin und her. Sie warfen ihm Knüttel nach. Er duckte sich. Sie verfluchten nicht nur ihn, sondern auch seine Väter und Mütter, seine Kindeskinder, jedes Haar an seinem Körper und jeden Blutstropfen in seinen Adern. Buck aber knurrte weiter und blieb außerhalb ihrer Reichweite. Vom Weglaufen war keine Rede, er hetzte sie bloß im Lager herum und gab deutlich zu verstehen, daß er zurückkommen und brav sein würde, wenn man seinen Wunsch erfülle.

François setzte sich nieder und kratzte sich den Schädel. Perrault schaute auf seine Uhr und schimpfte. Seit einer geschlagenen Stunde sollten sie schon auf dem Weg sein. François kratzte noch immer seinen Kopf und ratlos grinste er seinen Kameraden an, der jedoch mit seinen Achseln zuckte, zum Zeichen, daß auch er keinen Ausweg wisse. So konnte es nicht weitergehen, irgendetwas mußte geschehen. Daher entschloß sich François, zu Solleks hinzugehen und Buck herbeizurufen. Der aber lachte, wie eben Hunde zu lachen pflegen, blieb aber dort, wo er war. Nun machte der Hundeführer Solleks Stränge los, stellte ihn an seinen früheren Platz zurück und wartete. Wer aber nicht kam, war Buck.

„Wirf den Stock weg!“, rief Perrault.

François befolgte den Rat und sofort setzte sich Buck in Bewegung, näherte sich triumphierend und lachend und stellte sich an die Spitze des Gespannes. Seine Stränge wurden festgemacht, der Schlitten sauste los, so schnell, daß beide Männer kaum folgen konnten.

In Buck steckten nicht nur zwei Teufel, wie die beiden Männer vorhin festgestellt hatten, sondern er war auch ein vorzüglicher Leithund. Wenn François früher dasselbe von Spitz behauptet hatte, so mußte er jetzt zugeben, daß ihm Buck bedeutend überlegen war, besonders in Dingen, wo es auf Urteilsvermögen, schnelles Denken und Handeln ankam.

Dave und Solleks berührte der Wechsel der Leitung nicht. Er ging sie nichts an. Ihre Arbeit war es, zu ziehen und nichts als zu ziehen. Solange sie daran nicht gehindert wurden, kümmerten sie sich nicht um die Vorgänge. Ihretwegen hätte sogar der gutmütige Billie führen können, wenn nur die Ordnung nicht darunter litt. Die übrigen waren jedoch in der letzten Zeit unlenksam geworden, und ihr Erstaunen war daher groß, als Buck jetzt daranging, sie wieder in die rechte Form zu bringen.

Pike, der hinter Buck ging und niemals mehr Kräfte verschwendete als unumgänglich notwendig war, wurde schnell und zu wiederholten Malen wegen Faulheit durchgebeutelt, und ehe der Tag um war, zog er ebenso fleißig wie die anderen. Auch Joe erhielt schon am ersten Abend seinen Denkzettel, was Spitz nie fertig gebracht hatte, Buck drückte ihn einfach durch sein überlegenes Gewicht nieder und zerkratzte ihn, bis er zu schnauben aufhörte und um Erbarmen zu winseln anhub.

Der Ton im Gespann verbesserte sich. Es gewann seine ehemalige Ordnung wieder und die Hunde zogen in ihrer alten Einmütigkeit an den Strängen. Bei den Rinkstromschnellen kamen noch zwei einheimische Wolfshunde, Teek und Koona, zum Gespann; und die Schnelligkeit, mit der sie Buck anlernte, raubte François fast den Atem.

„Nie solch Hund gehabt wie dies' Buck", schrie er. „No, nie! Er wert tausend Dollar, bei Gott! Eh? Was sagst du, Perrault?"

Perrault nickte bloß. Er hatte den Rekord jetzt schon gebrochen und gewann Tag für Tag einen größeren. Vorsprung. Die Strecke war in vorzüglichem Zustand, festgetreten und hart, Neuschnee war nicht zu befürchten, dazu war es zu kalt, denn die Temperatur sank auf fünfzig Grad Fahrenheit unter Null und hielt sich während der ganzen Fahrt auf dieser Tiefe. Die Männer fuhren und rannten abwechselnd, und die Hunde blieben mit nur seltenen Atempausen im Lauf.

Der Zwanzigmeilenfluß war verhältnismäßig gut mit Eis überkrustet und sie legten dasselbe Stück, zu dem sie bei der Herfahrt zehn Tage gebraucht hatten, jetzt in einem Tag zurück. In einem Zug machten sie einen sechzig Meilen langen Vorstoß vom Fluß des Le-Barge-Sees nach den Stromschnellen der Weißen Pferde. Über Marsh, Tagish und Bennet fuhren sie so schnell, daß der Mann, der gerade neben dem Schlitten lief, kaum mehr folgen konnte und sich am Seil nachziehen lassen mußte. Am letzten Abend der zweiten Woche überstiegen sie den Weißen Paß und glitten den Küstenhang hinunter, von wo sie schon die Lichter von Skaguay und seinem Hafen aufblitzen sahen.

Es war eine richtige Rekordfahrt. Vierzehn Tage lang hatten sie täglich durchschnittlich vierzig Meilen zurückgelegt. Drei Tage stolzierten Perrault und François mit geschwellter Brust die Hauptstraße von Skaguay auf und ab und wurden mit Einladungen zu „Drinks" überschüttet, während das Gespann der ständige Mittelpunkt einer ehrfürchtigen Menge von Hundeliebhabern war. Erst als drei oder vier Rowdies, die versucht hatten, die Stadt zu plündern, wie Pfefferkisten durchlöchert wurden, ließ das allgemeine Interesse für die Hunde wieder nach. Gleich darauf kamen amtliche Befehle, die beiden Schlittenführer erhielten andere Aufgaben. Als sich der Mulatte von Buck verabschiedete, schlang er seinen Arm um ihn und weinte. Wie so viele andere Menschen verschwanden auch François und Perrault für immer aus seinem Leben.

Ein schottisches Halbblut übernahm Buck und seine Gefährten, und zusammen mit einem Dutzend anderer Hundegespanne fuhren sie die mühsame Strecke nach Dawson zurück. Das war kein leichtes Laufen mehr, sondern schwere Schinderei, denn sie führten den Postschlitten, der den Männern, die da oben in der Polargegend Gold suchten, Nachrichten aus der zivilisierten Welt brachte.

Buck gefiel dieses Leben nicht, aber er hielt willig bei der Arbeit aus und setzte seinen Stolz darein, dafür zu sorgen, daß jeder Hund seines Gespannes seine Pflicht tat. Es war ein eintöniges Leben. Ein Tag war fast wie der andere. Zu einer bestimmten Zeit an jedem Morgen standen die Köche auf, Feuer wurde angezündet und dann gefrühstückt. Während einige das Lager abbrachen, schirrten andere die Hunde an, und eine Stunde vor dem Morgengrauen waren sie schon unterwegs. Abends wurde das Lager wieder aufgebaut. Man stellte die Zelte auf, schnitt Brennholz und Fichtenäste für die Betten und schleppte Wasser oder Eis für die Küche. Die Hunde erhielten ihre Mahlzeit. Auch für sie verlief der Tag mit einer großen Regelmäßigkeit; das Schönste für sie war, nach dem Essen mit den Kameraden noch eine Stunde herumzulungern. Streitbare Gesellen waren unter ihnen, aber drei Balgereien mit Buck genügten, um auch den wildesten unter ihnen von seiner Überlegenheit zu überzeugen. Er brauchte nur seine Zähne zu fletschen und die Rückenhaare aufzustellen, und jeder ging ihm aus dem Wege.

Am liebsten lag er nahe dem Feuer, die Hinterbeine unter den Körper gezogen, die Vorderbeine ausgestreckt, das Haupt erhoben und träumerisch in die Flammen blinzelnd. Manchmal wanderten seine Gedanken zum großen Haus seiner sonnigen Heimat zurück, zu Ysabel, der haarlosen Mexikanerin, und Toot, dem japanischen Mops, aber viel häufiger noch erinnerte er sich an den roten Mann, an den Tod Curlys, an den großen Kampf mit Spitz und an die guten Dinge, die er gefressen hatte oder gern fressen wollte. Nicht, daß er Heimweh gehabt hätte. Das Sonnenland erschien ihm nur sehr undeutlich und entfernt, und diese Erinnerungen berührten ihn nicht allzu stark. Weit mächtiger waren die Erinnerungen an seine Vorfahren, die so lange in ihm geschlafen hatten und nun erwachten und wieder lebendig wurden.

Wenn er manchmal da so kauerte und in die Flammen blinzelte, schien es ihm, daß die Flammen von einem anderen Feuer waren, und daß bei diesem anderen Feuer ein anderer Mann als dieses Halbblut neben ihm saß. Dieser andere Mann hatte kürzere Beine und längere Arme mit Muskeln, die aber mehr sehnig und knotig als rundlich und schwellend aussahen. Das Haar dieses Mannes war lang und verflochten, seine Kinnbacken traten zurück. Er stieß seltsame Laute aus und schien große Angst vor dem Dunkel zu haben, in das er unaufhörlich starrte, wobei seine Hand, die weit über die Knie reichte, einen Stock mit einem am Ende befestigten schweren Stein umkrampfte. Er war fast nackt, nur ein zerrissenes feuerversengtes Fell hing über seine Schultern herab, und sein Leib war voll von Haaren, die sich an manchen Stellen der Brust und der Schultern und auf der Außenseite der Arme und Schenkel fast zu einem Pelz ausgewachsen hatten. Er stand nicht aufrecht, sondern mit vorgeneigtem Oberkörper, und auf Beinen, die sich an den Knien bogen. Diesen Körper belebte eine gewisse fast katzenähnliche Spannkraft und Elastizität, eine Beweglichkeit wie bei jemandem, der in beständiger Furcht vor sichtbaren und unsichtbaren Dingen lebt.

Ein andermal wieder hockte dieser haarige Mann mit dem Kopf zwischen den Beinen am Feuer und schlief. Bei solchen Gelegenheiten ruhten seine Ellbogen auf den Knien, seine Hände schlossen sich über dem Kopf, um gleichsam mit den haarigen Armen den Regen abzuhalten. Und jenseits des Feuers, in der umgebenden Dunkelheit, konnte

Buck viele glühende Kohlen sehen, zwei und zwei, immer zwei und zwei, und er wußte, daß sie die Augen großer Raubtiere waren. Und er konnte hören, wie ihre Körper durch das Unterholz brachen, und er hörte die Geräusche, die sie in der Nacht vollführten. Und bei diesen Träumen an den Ufern des Yukon, wenn er mit schläfrigen Augen ins Feuer blinzelte und diese Laute und Bilder einer fernen Welt in sich aufnahm, sträubten sich seine Haare, er wimmerte tief und unterdrückt, bis ihn das Halbblut anrief „He, du Buck, wach auf!" Dann verschwanden diese Bilder und die Wirklichkeit trat wieder in ihre Rechte; hierauf pflegte er aufzustehen, zu gähnen und sich zu strecken, als ob er geschlafen hätte.

Sie hatten eine lange Reise mit dem Postschlitten hinter sich und die schwere Arbeit zehrte sie auf. Sie hatten an Gewicht verloren und waren in elender Verfassung, als sie Dawson erreichten. Sie hätten eine Rast von zehn Tagen oder mindestens einer Woche verdient. Aber schon zwei Tage später mußten sie, mit Briefen und Paketen beladen, den Rückweg antreten. Die Hunde waren müde, die Führer murrten und zu allem Überfluß schneite es jeden Tag. Dies bedeutete eine weiche Bahn, größere Reibflächen an den Kufen und schweres Ziehen für die Hunde; doch die Leute sorgten, so gut sie es vermochten, für die Tiere.

Jeden Abend wurden zuerst die Hunde abgerieben. Sie bekamen ihre Mahlzeit zuerst, dann erst aßen die Männer, und keiner von ihnen ging schlafen, ehe er nicht die Pfoten seiner Hunde untersucht hatte. Trotzdem nahm ihre Kraft ständig ab. Seit Beginn des Winters hatten sie achtzehnhundert Meilen zurückgelegt und auf der ganzen mühsamen Strecke ihren Schlitten gezogen; achtzehnhundert Meilen mußten auch den Zähesten in die Beine gehen. Buck aber hielt durch, feuerte seine Gefährten zur Arbeit an und hielt die Ordnung aufrecht, obwohl auch er todmüde war. Billie dagegen schrie und wimmerte jede Nacht im Schlafe. Joe war verdrießlicher denn je und Solleks durfte man sich überhaupt nicht nähern, weder auf seiner blinden noch auf seiner anderen Seite. Von allen aber litt Dave am meisten. Etwas war bei ihm nicht in Ordnung. Er wurde immer mürrischer und gereizter und machte sich, wenn das Lager aufgeschlagen wurde, sofort sein Nest, wo ihn sein Lenker füttern mußte. Sobald er einmal ausgeschirrt war und am Boden lag, stand er nicht wieder auf, bis morgens, wenn er zum Schlitten mußte. Manchmal schrie er vor Schmerz auf, wenn er auf der Strecke beim plötzlichen Anhalten des Schlittens gestoßen wurde. Die Leute untersuchten ihn, konnten aber nichts finden. Alle Schlittenlenker interessierten sich für seinen Fall. Sie sprachen von ihm zur Essenszeit und bei ihren letzten Pfeifen vor dem Schlafengehen, und eines Abends untersuchten sie ihn ganz genau. Er wurde aus seinem Nest ans Feuer gebracht, dort rieben sie an ihm herum und viele Male schrie er dabei auf. Etwas stimmte in seinem Inneren nicht, doch sie konnten weder gebrochene Knochen noch innere Verletzungen feststellen.

Als man die Cassiar Bai erreicht hatte, war er so schwach, daß er wiederholt in den Strängen zusammenbrach. Das Halbblut ließ halten, nahm ihn aus dem Gespann heraus und an seine Stelle trat Solleks. Nun konnte sich Dave ausruhen und frei hinter dem Schlitten herlaufen. Er nahm es jedoch übel auf, ausgespannt zu werden, knurrte und grollte, während die Stränge gelöst wurden, und wimmerte herzzerreißend, als er Solleks auf dem Platz sah, auf dem er so lange treu gedient hatte, und er konnte es selbst als Todkranker nicht ertragen, daß ein anderer Hund seine Arbeit verrichten sollte.

Als der Schlitten anlief, stolperte er in dem weichen Schnee neben Solleks her, griff ihn mit den Zähnen an, stürzte sich auf ihn und versuchte, ihn beiseite zu stoßen und sich an seine Stelle zu setzen. Dabei winselte und kläffte er vor Kummer und Schmerz. Das Halbblut versuchte, ihn mit der Peitsche wegzutreiben; aber ihn zu schlagen, dazu hatte er doch nicht das Herz. Eine Zeitlang schleppte sich Dave noch weiter, dann aber stolperte er und blieb liegen und heulte kläglich, als der Schlittenzug an ihm vorüberzog und sich immer weiter von ihm entfernte.

Noch einmal raffte er sich auf und taumelte hinter den Schlitten her, die anhielten, um auf ihn zu warten. Sofort stolperte er zu seinem Schlitten und blieb neben Solleks stehen. Das Halbblut zögerte einen Augenblick, um sich für seine Pfeife beim Hintermann Feuer zu holen. Dann kam er zurück und trieb die Hunde wieder an. Sie begannen zu ziehen, blieben aber im gleichen Augenblick wieder stehen. Sie wandten erstaunt die Köpfe, der Führer wunderte sich, denn der Schlitten hatte sich nicht vom Fleck gerührt. Dann rief er seine Kameraden, Zeuge dieses Bildes zu sein. Dave hatte nämlich beide Stränge Solleks' durchgebissen und stand nun vor dem Schlitten an seinem richtigen Platz.

Er bettelte mit seinen Augen, dableiben zu dürfen. Der Lenker war verwirrt. Seine Kameraden erzählten, daß einem Hunde das Herz brechen könnte, wenn man ihn von der gewohnten Arbeit ausschaltete, und führten Beispiele an, wie Hunde, die zu alt für die Schinderei oder verletzt waren, eingingen, weil sie aus dem Zug ausgeschlossen wurden. Sie hielten es für das beste, dem Hunde nachzugeben und ihn wieder an seine Stelle zu setzen, denn es wäre barmherziger, ihn in den Sielen sterben zu lassen, als ihm seine letzte Freude zu nehmen. Er wurde wieder angeschirrt und stolz trabte er wieder dem Schlitten voraus, obwohl er manchmal vor allzugroßen Schmerzen aufheulte. Es kam mehrere Male vor, daß er stolperte und die Schlittenkufen über seine Hinterbeine hinweggingen, so daß er von da an hinkte.

Aber er hielt aus, bis das Lager erreicht war und sein Lenker ihm am Feuer einen Platz zurechtmachte. Der Morgen fand ihn zu schwach, um aufzustehen. Um die Anschirrzeit versuchte er, zu seinem Lenker zu kriechen. Mit unsäglichen Anstrengungen kam er auf die Füße, taumelte und fiel wieder hin. Aber sein ganzes Sinnen ging dorthin, wo seine

Kameraden waren. Er schob die Vorderbeine voraus und schleppte den Körper ruckartig nach, bis ihn die Kraft endgültig verließ. Das letzte, was seine Gefährten von ihm sahen, war, wie er keuchend im Schnee lag und sich nach ihnen sehnte. Sie konnten ihn noch traurig heulen hören, als sie ihn hinter einem Hügel aus den Augen verloren. Der Schlittenzug hielt an. Das Halbblut ging langsam längs der Schlittenspur zurück. Die Männer hörten zu sprechen auf. Ein Revolverschuss, und der Mann kam eilig zurück. Die Peitschen klatschten, die Glöcklein bimmelten hell und die Schlitten fuhren die Strecke weiter; aber Buck und jeder Hund wußte, was hinter dem Felsen geschehen war.

Kapitel 5
Arbeit

Dreißig Tage, nachdem sie Dawson verlassen hatten, kamen die Postschlitten mit Buck und seinen Gefährten in Skaguay an. Sie waren in einem elenden Zustand, übermüdet und abgerackert. Bucks hundertundvierzig Pfund waren auf hundertfünfzehn zusammengeschrumpft. Die anderen hatten im Verhältnis zu ihrer Größe noch mehr Gewicht verloren. Pike, der oft ein wundes Bein vorgetäuscht hatte, hinkte nun wirklich. Solleks lahmte ebenfalls, während Dub mit einem verrenkten Schulterblatt aufwarten konnte.

Alle hatten verletzte Füße und den Sprunggelenken fehlte die Schnellkraft. Schwerfällig trotteten sie vor dem Schlitten, ihn zu ziehen, dazu brauchten sie die doppelte Kraft. Das war keine gewöhnliche Müdigkeit mehr, die sich durch ein paar Ruhestunden beseitigen ließ, sondern ein Erschlaffen des gesamten Körpers, eine Folge wochenlanger Überanstrengung, und, da die Kraftreserven fehlten, hätte es langer Zeit bedurft, sie wieder auf die Höhe zu bringen. Wenn man bedenkt, daß sie in weniger als fünf Monaten zweitausendfünfhundert Meilen zurückgelegt hatten, durfte sich kein Mensch über diesen Zustand wundern. Als sie in Skaguay ankamen, stolperten sie offensichtlich auf ihren letzten Beinen. Sie waren nur mehr imstande, die Stränge straff zu halten, und mußten achtgeben, beim Bergabgleiten nicht unter die Kufen zu kommen.

„O ihr armen wunden Füße“, redete ihnen das Halbblut zu, als sie die Hauptstraße hinuntertorkelten, „gleich sind wir da! Dann gibt's eine lange Rast. Ganz sicher! Eine verdammt lange Rast.“

Alle Leute hofften auf eine lange Rast. Wer zwölfhundert Meilen neben dem Schlitten herläuft, verdient eine Zwischenpause, wenn es mit

Recht und Vernunft zugeht. Aber sie sollte ihnen nicht beschieden sein, denn da oben in Klondike lebten zu viele Menschen, die sehnsüchtig auf Post warteten, und viel zu viel Frauen und Kinder hofften auf ein Lebenszeichen von ihren Gatten und Vätern. Rechnete man noch die amtlichen Schriftstücke hinzu, die befördert werden mußten, dann konnte sich jeder an den fünf Fingern abzählen, daß mit einer längeren Pause nicht gerechnet werden durfte. Die alten Hunde waren für eine neue Fahrt nicht mehr tauglich, daher sollten sie durch neue ersetzt werden, die von der Hudson Bay herabgebracht wurden. Um aber doch noch etwas aus ihnen herauszupressen, sollten sie verkauft werden.

Nach drei Tagen erst merkten Buck und seine Gefährten, wie übermüdet und schwach sie waren. Am Morgen des vierten Tages erschienen zwei Männer aus den Staaten und kauften sie in Bausch und Bogen um einen Pappenstiel. Sie nannten sich „Hal“ und „Charles“. Charles war ein Mann mittleren Alters, leicht gebräunt, mit schwachen, wäßrigen Augen, und sein grimmig und unternehmungslustig aufwärtsstrebender Schnurrbart stand im sonderbaren Gegensatz zu seinen schlaff herabhängenden Lippen. Hal dagegen war ein Kerl von neunzehn oder zwanzig Jahren, der an seinem Gürtel einen großen Revolver und ein Jagdmesser hängen hatte. Dieser mit Patronen gespickte Gürtel war das einzig Bemerkenswerte an ihm, denn er verriet seine schier strafbare Unreife. In ihrer Gesellschaft war auch eine Frau zu sehen, Mercedes hieß sie, und sie nannte Charles ihren Mann und Hal ihren Bruder. Beide Männer waren hier fremd und paßten auch gar nicht hieher. Zu ergründen, warum sie überhaupt den Norden unsicher machten, reichte der menschliche Verstand nicht aus.

Buck hörte das Schachern, sah, wie zwischen den Männern und dem Regierungskurier Geld gewechselt wurde, und wußte nun, daß das Halbblut samt den anderen Schlittenlenkern aus seinem Leben ebenso verschwinden würde, wie seinerzeit Perrault und François. Als Buck mit seinen Gefährten zum Lager seiner neuen Besitzer getrieben wurde, sah er dort eine heillose Wirtschaft: das Zelt war nur unordentlich gespannt, die Eßgeschirre und Schüsseln verschmutzt, das übrige verschlampt. Und dies alles trotz der Anwesenheit einer Frau.

Buck schaute ihnen neugierig zu, wie sie sich daranmachten, das Zelt abzureißen und die Schlitten zu beladen. Sie gingen dabei sehr umständlich zu Werke, denn es fehlte ihnen jede Erfahrung. Das Zelt wurde zu einem plumpen Bündel zusammengerollt, das dreimal so groß war, als es hätte sein dürfen. Das Geschirr wurde ohne vorherige Reinigung einfach auf den Schlitten geworfen. Anstatt zu helfen, stand Mercedes den Männern nur im Wege, sie rannte bald dahin, bald dorthin, redete ohne Unterbrechung und tat doch nichts.

Wenn sie zum Beispiel einen Kleidersack vorne auf den Schlitten legten, schlug sie vor, ihn hinten anzubringen, und wenn sie ihn dann rückwärts verstauten und darauf noch ein paar andere Bündel verschnürten, entdeckte sie, daß zuunterst Dinge lägen, die sie notwendig brauchte, also mußte neuerdings umgepackt werden.

Die Männer vom Nachbarzelt beobachteten dieses unsinnige Getue und zwinkerten sich gegenseitig zu.

„Ihr habt da eine ganz schöne Ladung beisammen", sagte einer von ihnen, „es geht mich zwar nichts an, aber ich an eurer Stelle würde das Zelt nicht mitschleppen."

„Nicht daran zu denken!" schrie Mercedes und rang mit theatralischen Gebärden ihre Hände, „ich kann doch ohne Zelt nicht auskommen!"

„Aber ja, wird schon gehen, es ist Frühling und das kalte Wetter ist vorbei", erwiderte der Mann.

Sie schüttelte entschieden das Haupt und legte die letzten Kleinigkeiten auch noch auf die Riesenladung.

„Glaubt ihr, daß ihr damit weiterkommt?" fragte ein anderer.

„Warum nicht?" entgegnete Charles kurz angebunden.

„Schon gut, schon gut. Ich erlaubte mir nur, mich zu wundern; sie schien mir eine Kleinigkeit zu schwer."

Charles kehrte ihm den Rücken zu und zog die Verschnürungen fest, so gut es eben ging.

„Dies alles sollen die Hunde ziehen", fragte ein eben hinzukommender Mann.

„Selbstverständlich. Dazu sind sie ja da", antwortete Hal mit eiskalter Höflichkeit, ergriff das Steuer mit der einen, die Peitsche mit der anderen Hand. „Hüh!" schrie er. „Hüh! Vorwärts marsch!" Die Hunde zogen mit aller Kraft an, setzten aber sofort wieder aus. Der Schlitten hatte sich nicht von der Stelle gerührt.

„Ihr faulen Biester, ich werd's euch schon zeigen!" schrie Hal und holte mit der Peitsche zum Schlag aus.

Jedoch Mercedes fiel ihm in den Arm und beschwor ihn: „O Hal, bitte, nicht schlagen, das darfst du nicht!" Sie versuchte dabei ihm die Peitsche zu entwinden. „Ihr armen Lieblinge! Du mußt mir versprechen, den Rest der Fahrt nicht mehr streng mit ihnen zu sein, sonst gehe ich keinen Schritt weiter."

„Was weißt denn du von Hunden?" antwortete ihr Bruder grob. „Laß mich zufrieden! Sie sind faul, damit basta, und will man aus ihnen etwas herausholen, dann muß man sie peitschen. Das kann dir jeder bestätigen. Frag nur einen dieser Männer."

Mercedes blickte flehentlich um sich, und in ihrem hübschen Gesicht stand die Abneigung gegen häßliche Dinge geschrieben.

„Sie sind zu schwach, das ist alles, wenn ihr's wissen wollt", antwortete einer von den Umstehenden. „Höllisch ausgerackert sind sie, das ist alles. Ruhe brauchen sie."

„Rutsch mir mit deiner Ruhe den Buckel runter!" rief der milchgesichtige Hal. Mercedes gab daraufhin einen schmerzlichen Seufzer von sich, ob aus Mitgefühl für die Hunde oder wegen der ordinären

Ausdrucksweise ihres Bruders, blieb dahingestellt. Aber da sie Familienstolz besaß, kam sie trotzdem ihrem Bruder sofort zu Hilfe.

„Kümmere dich nicht um den Mann. Die Hunde gehören uns, und was wir mit ihnen tun, ist unsere Sache.“

Und wieder sauste Hals' Peitsche auf die Hunde nieder. Wiederum warfen sie sich verzweifelt in die Stränge und setzten ihre ganze Kraft ein. Aber der Schlitten rührte sich nicht von der Stelle, als ob er verankert wäre. Nach zwei weiteren Versuchen standen sie keuchend still. Zum dritten Male pfiff die Peitsche durch die Luft. Das war für Mercedes zu viel. Sie warf sich vor Buck auf die Knie, Tränen in den Augen, und schlang ihre Arme um seinen Hals.

„Ihr armen, armen Lieblinge“, rief sie mitfühlend aus, „warum wollt ihr nicht ziehen? Dann würdet ihr nicht gepeitscht werden. Also gebt euch Mühe.“

Buck wußte mit diesen Liebkosungen nichts anzufangen. Sie waren ihm sogar zuwider. Aber da er zu müde war, sie abzuschütteln, ließ er sie über sich ergehen, sozusagen als ein Teil seiner Arbeitsleistung.

Einer der Zuschauer, der bisher nur mit Mühe seinen Unwillen unterdrückt hatte, brach jetzt los: „Ich scher' mich einen blauen Teufel um euch und was aus euch wird, aber die Hunde tun mir leid. Seht ihr denn nicht, ihr gottverlassenen Kerle, daß der Schlitten festsitzt, brecht ihn zuerst los, dann könnt ihr weitersehen.“

Widerwillig, etwas beschämt folgte Hal dem Rat, und mit Hilfe Charles brach er die Kufen los. Trotzdem kam der überladene, ungefügige Schlitten nur mühsam vorwärts, auch die Schläge, die wahllos auf die Hunde niederprasselten, halfen nichts. Hundert Yards weiter bog der Pfad ab und fiel steil zur Hauptstraße hinunter. Selbst für einen erfahrenen Mann wäre es nicht leicht gewesen, den hochbeladenen Schlitten im Gleichgewicht zu halten, für Hal jedoch war es ein Ding der Unmöglichkeit. Als sie in die Kurve einschwenkten, kippte der

Schlitten um und die halbe Ladung rollte auf die Straße. Die Hunde, wütend über die schlechte Behandlung, sahen wohl die Bescherung, aber es fiel ihnen nicht ein, anzuhalten, im Gegenteil, sie begannen unter Bucks Führung ein rasendes Tempo vorzulegen. Obwohl Hal sein „Brr“ schrie, hörten sie nicht auf ihn. Er strauchelte und verlor den Halt. Der umgekippte Schlitten schleifte ihn unter dem Gejohle der Zuschauer die Straße hinab, während zu beiden Seiten die Ladung herunterfiel und die Straße einsäumte.

Ein paar gutherzige Leute hielten die Hunde auf und sammelten die zerstreuten Habseligkeiten. Dann aber redeten sie mit den drei Ankömmlingen ein ernstes Wort: halbe Ladung, doppelt so viel Hunde, dann wäre es vielleicht möglich, Dawson zu erreichen. Hal samt Schwester und Schwager hörten unwillig zu, dann aber bequemten sie sich, auszupacken. Die seltsamsten Dinge kamen zum Vorschein, über die sich die Umstehenden krank lachen konnten. „Wozu braucht ihr Leintücher?“ rief einer von den Männern. „Halb so viel ist noch zu viel. Schmeißt das Zelt weg und all dies Tellerzeug, wer, glaubt ihr, wird es euch denn waschen? Guter Gott, meint ihr, in einem Schlafwagen zu reisen?“

In diesem Tone ging's fort. Mercedes jammerte, als man ihre Kleidersäcke auf den Boden entleerte. Sie kämpfte um jede Kleinigkeit, und als sie die Aussichtslosigkeit ihres Tuns einsah, setzte sie sich mit verschränkten Armen auf den umgestürzten Schlitten und erklärte, um keinen Preis weiterfahren zu wollen. Aber da niemand Mitleid mit ihr hatte, gab sie den Widerstand auf und warf ihre Sachen fort, auch jene, die ihre Männer notwendig gebraucht hätten.

Die Ausrüstung war zwar jetzt nur mehr halb so groß, aber noch immer schwer genug. Charles und Hal kauften abends noch sechs Hunde. Zusammen mit den sechs alten und Teek und Koona, den beiden Wolfshunden, die man bei den Rink Rapids auf der Rekordfahrt erstanden hatte, bestand das Gespann nun aus vierzehn Hunden.

Aber die meisten zählten nicht mit, da sie noch neu und unerfahren waren. Drei waren kurzhaarige Pinscher, einer ein Neufundländer und die anderen zwei gehörten überhaupt keiner Rasse an. Sie besaßen vom Schlittenführen keine Ahnung, und die alten, erfahrenen Hunde betrachteten sie mit Unwillen. Buck konnte ihnen zur Not beibringen, was sie nicht tun durften, aber was sie tun sollten, sie das zu lehren, war ganz und gar unmöglich. Mit Ausnahme der zwei Bastarde standen sie ihrer Umgebung fremd gegenüber, die schlechte Behandlung hatte sie verwirrt und widerspenstig gemacht, während die beiden stumpfsinnigen Köter nur fürs Fressen Interesse aufbrachten. Das waren recht trostlose Aussichten.

Die beiden Männer sahen das alles nicht, im Gegenteil, sie bildeten sich auf das Gespann noch etwas ein und waren überzeugt, ihre Sache groß angelegt zu haben. Sie hatten schon so manche Schlitten über den Paß nach Dawson fahren oder von Dawson kommen sehen, aber nie einen Schlitten mit, sage und schreibe, vierzehn Hunden. Aber es kam ihnen nicht in den Sinn, daß vierzehn Hunde auch fressen wollten, und daß man die Nahrung für sie auf dem Schlitten mitführen mußte. Sie hatten die Route auf dem Papier fein säuberlich ausgearbeitet, so viel für einen Hund, so viele Hunde, so viele Tage, und je mehr Hunde, desto schneller die Fahrt. Das war doch so einfach. Diese Meinung teilte auch Mercedes, wenn sie ihnen beim Plänemachen über die Schulter sah und verständig nickte.

Spät am nächsten Morgen waren sie so weit, daß Buck das lange Gespann die Straße hinauf aus den Ort führen konnte. Aber es war kein Leben in den Tieren, sie zogen ohne Schwung, ohne Lust und ohne Freude. Viermal schon hatte Buck diesen Weg zurückgelegt, aber niemals in einem so abgehetzten und übermüdeten Zustand. Weder sein Herz noch das eines anderen Hundes war bei der Sache. Die Neulinge waren furchtsam und verstört und die alten Veteranen hatten zu ihren neuen

Herren kein Vertrauen. Besonders Buck hatte das bestimmte Gefühl, sich auf diese Männer und die Frau nicht verlassen zu können. Sie konnten nichts, wollten aber auch nichts lernen. In allen Dingen waren sie lax, ohne Ordnung und Disziplin. Sie brauchten die halbe Nacht, nur um ihr schlampiges Lager aufzubauen, und den halben Vormittag, um es wieder abzubrechen und den Schlitten zu beladen, sie taten es aber so nachlässig, daß sie tagsüber oftmals anhalten mußten, um die Last umzupacken. Manchmal kam es vor, daß sie überhaupt nicht in der Lage waren, wegzufahren, dann war der ganze Tag verloren. Aber niemals gelang es ihnen, mehr als die Hälfte der Entfernung zurückzulegen, die sie als Basis für ihre Hundefutter-Berechnung angenommen hatten.

So war es nicht weiter verwunderlich, daß bald Futtermangel eintrat und Hungerrationen bevorstanden. Besonders die Neulinge, die die schwere Arbeit noch nicht gewohnt waren, verlangten immer mehr zu fressen, und, um sie anzuspornen, verdoppelte Hal die Portionen. Um dem Ganzen aber die Krone aufzusetzen, fütterte Mercedes die Tiere heimlich, wenn es den Tränen in ihren hübschen Augen nicht gelang, den Männern mehr Fressen abzuschmeicheln. Aber es war ja nicht das Futter, was ihnen fehlte. Sie brauchten Ruhe, das war alles.

Dann kam der Hunger wirklich. Eines Tages entdeckte Hal, daß das Hundefutter halb verbraucht, der Weg jedoch erst zu einem Drittel zurückgelegt war. Nirgends war zusätzliche Nahrung aufzutreiben, weder mit Geld noch mit guten Worten. Hal machte das Dümmste, was er tun konnte: er kürzte die Rationen und erhöhte gleichzeitig die Tagesleistung. Das erstere hätten die Tiere vielleicht noch ausgehalten, das letztere ging über ihre Kräfte. Es fehlte eben den Leuten jede Überlegung, jede Erfahrung, vor allem aber jede Selbstdisziplin.

Als erster schied Dub aus. Wenn er auch nur ein armer dummer Dieb war, der stets erwischt und bestraft wurde, hatte er doch seine Arbeit redlich verrichtet. Sein verrenktes Schulterblatt wurde, da es keine Behandlung fand, immer schlechter, bis ihn schließlich Hal mit seinem großen Revolver erschoß. Wenn der Erfahrungssatz richtig ist, daß nicht eingewöhnte Hunde doppelt so viel Futter als die alten Wolfshunde brauchen, dann durfte man sich nicht wundern, daß die sechs Neulinge bei der auf die Hälfte herabgesetzten Futterration bald mit ihrer Kraft zu Ende waren. Eines Tages fand man den Neufundländer tot am Boden liegen, ihm folgten die drei kurzhaarigen Pinscher, während die beiden Mischhunde noch eine Zeitlang aushielten, endlich aber auch eingingen.

Für Mercedes und die Männer war der Norden ein Land des Zaubers, der Romantik gewesen, die rauhe Wirklichkeit hatte jedoch ihre gute Laune auf den Nullpunkt gebracht. Die Tränen, die Mercedes früher für die Hunde vergossen hatte, brauchte sie nun für ihren eigenen Bedarf. Sie weinte jetzt über sich selbst, bemitleidete sich oder stritt sich mit den Männern herum. Sie konnten noch so müde sein, die Lust zum Zanken fehlte ihnen nie. Während bei den echten Nordleuten mit den härteren Entbehrungen eine zunehmende Geduld und Ausdauer Hand in Hand geht, war's bei diesen drei Leuten gerade umgekehrt. Je mehr sie leiden mußten und je mehr Kraft von ihnen gefordert wurde, desto streitsüchtiger und unduldsamer wurden sie.

Vom frühen Morgen bis zum späten Abend zankten sie sich. Sie warfen sich Faulheit und Bequemlichkeit vor. Jeder glaubte, seine eigene Leistung sei etwas ganz besonderes, und war tief beleidigt, wenn das die anderen nicht anerkannten. Nicht etwa, daß Mercedes ausschließlich auf der Seite ihres Mannes oder ihres Bruders gestanden hätte, sie hielt bald die Partei des einen, bald die des anderen. Bei den Männern war es dasselbe, und so kam es jeden Tag zu einem regelrechten Familienskandal, in den auch die verschiedenen Väter und Mütter, Vettern und Basen mit hineingezerrt wurden, auch solche, die schon längst tot waren. Mehr noch, politische Meinungen oder Kunstanschauungen, die mit ihrer gegenwärtigen Lage gar nichts, aber schon gar nichts zu tun hatten, gaben Anlaß zu unerhörten Auseinandersetzungen. Was, um Himmels willen, hatten die Dramen, die ein Onkel schrieb, mit dem Herbeischaffen von Brennholz zu tun? Über ihrem Zank vergaßen sie alles. Sie vergaßen die Hunde zu füttern, das Feuer anzumachen, das Lager aufzubauen.

Mercedes war stets gekränkt oder fühlte sich beleidigt. Sie war eine ganz hübsche, ein wenig rundliche Person und gewöhnt, galant und ritterlich behandelt zu werden. Was sie aber jetzt von ihrem Mann und ihrem Bruder zu hören bekam, hatte mit Ritterlichkeit nicht die geringste Ähnlichkeit mehr. Sie spielte gern die Hilflose und pochte auf Vorrechte, die, wie sie glaubte, einer Frau gebührten. Aber die Männer hatten in der Lage, in der sie sich befanden, keinen Sinn dafür. Liebe und Mitleid mit den Hunden hatte sie längst aufgegeben, und da sie müde war, nahm sie keinen Anstand, auf dem Schlitten zu fahren. Mit ihren hundertzwanzig Pfund war das keine kleine Belastung für die ausgerackerten Tiere. Tagelang saß sie auf dem Schlitten, bis es den Hunden endlich zu viel wurde und sie einfach stehenblieben. Charles und Hal baten sie inständigst abzusteigen, und als dies nichts nützte, schimpften sie. Mercedes aber vergoß bittere Tränen und rief den Himmel zum Zeugen für die Brutalität ihrer Männer an.

Einmal wandten sie sogar Gewalt an und warfen sie vom Schlitten herunter. Sie taten es aber nicht wieder, denn sie setzte sich wie ein ungezogenes Kind einfach in den Schnee. Sie fuhren weiter, sie aber blieb sitzen. Nachdem sie drei Meilen weitergefahren waren, und nichts mehr von ihr zu sehen war, blieb ihnen nichts anderes übrig, als den Schlitten abzuladen, kehrt zu machen, um sie wieder zu holen. Sie saß noch an derselben Stelle.

Das eigene Elend machte sie zu Egoisten. Jeder dachte nur mehr an sich. Die Theorie Hals', man müsse hart werden, bezog er nur auf die anderen, nicht aber auf sich selbst. Als sie aber bei seiner Schwester und bei seinem Schwager nichts fruchtete, hämmerte er sie den Hunden mit seinem Stock ein. Am Fünffingergebirge nahm das Hundefutter ein Ende. Glücklicherweise trafen sie eine zahnlose, alte Indianerin, die sich bereit erklärte, einige Pfund gefrorener Pferdehaut gegen den Revolver an Hals' Gürtel abzugeben. Diese alte Haut, die man vor einem halben Jahr einem verhungerten Pferd abgezogen hatte, war ein recht armseliger Ersatz. Den Hunden blieben die Stücke wie hartes Eisen im Magen liegen, tauten sie dann auf, so ballten sie sich zu einer unverdaulichen, haarigen Masse zusammen.

In all diesem Elend schritt Buck wie im Traum an der Spitze des Gespanns. Wenn er sich genug stark fühlte, dann zog er, wenn er nicht mehr konnte, fiel er hin und blieb liegen, bis ihn Peitschenschläge oder Stockhiebe wieder auf die Füße trieben. Er sah jammervoll aus. Der Glanz und die Schönheit seines Fells waren dahin, und die Haare hingen verfilzt und mit Blut beschmiert von seinem Körper. Man konnte jede Rippe an ihm zählen. Nur sein Herz schlug noch im alten Takt, es schien unzerbrechlich zu sein. Der Mann im roten Sweater hatte es ihm gestählt.

Die anderen Hunde sahen nicht anders aus. Sie waren wandelnde Skelette. Alles in allem zogen nur mehr sieben Hunde den Schlitten und ihr Elend war so groß, daß sie die Schläge, die auf sie niederprasselten, gar nicht mehr spürten. Der Schmerz kam ihnen nur mehr schwach und verschwommen zum Bewußtsein. Alles, was sie sahen und hörten, schien von ihnen weit weg zu sein. Sie waren nur mehr ein Haufen Knochen, in denen schwache Lebensfünkchen zuckten. Wenn angehalten wurde, dann fielen sie wie leere Säcke um, bis die Hiebe sie auf kurze Zeit wieder auf die Beine brachten.

Eines Tages stand der gutmütige Billie nicht mehr auf. An Stelle des verschacherten Revolvers nahm Hal die Axt und schlug Billie den

Schädel ein, dann schnitt er die Leiche aus dem Geschirr und zerrte sie beiseite. Buck und seine Gefährten sahen zu und sie wußten, daß ihr Ende genau so aussehen würde.

Am nächsten Tag schied Koona aus, und so blieben nur mehr fünf von ihnen übrig: Joe, zu matt, um noch bösartig zu sein; Pike, der nicht mehr zu simulieren brauchte; der einäugige Solleks, traurig darüber, daß er nur mehr so wenig Kraft zum Ziehen hatte; Teek, der in diesem Winter noch wenig geleistet hatte, daher am frischesten war, dafür aber die meisten Schläge erhielt; Buck endlich, zwar noch immer an der Spitze des Gespanns, war nur ein Schatten seiner selbst und hatte es endgültig aufgegeben, Disziplin zu fordern.

Nun setzte wunderbares Frühlingswetter ein, jedoch keiner nahm davon Notiz, weder Hund noch Mensch. Jeden Tag ging die Sonne früher auf und später unter. Es dämmerte um drei Uhr früh und bis neun Uhr abends stand das strahlende Gestirn am Himmel. Mit der geisterhaften Stille des Winters war es vorbei, dafür begann das Regen und Rühren des Frühlings. Der Saft stieg in den Föhren hoch. Die Weiden und Espen setzten junge Knospen an, Sträucher und Büsche kleideten sich in neues Grün. In den Nächten sangen die Heimchen und am Tage raschelten alle Arten von Kriech- und Krabbeltieren im frischen Gras. Rebhühner machten sich bemerkbar und im Walde pochten die Spechte. Eichkätzchen schwatzten und Wildgänse strebten in keilförmigen Flügen dem Norden zu.

Von jedem Berghang rauschten die Eiswasser, die Quellen fingen wieder zu rieseln an. Die Eisblöcke in den Flüssen bekamen Risse und zerbarsten. Und inmitten dieses gewaltigen Pochens des erwachenden Lebens, unter der flammenden Sonne und den milden Südwinden, wankten, dem Tode nahe, zwei Männer, die Frau und die Hunde einher, bis sie endlich John Thorntons Lager am Weißen Fluß erreichten.

Als die Schlitten haltmachten, fielen die Hunde wie tot zusammen. Mercedes trocknete ihre Tränen und lächelte John Thornton an. Charles ließ sich auf einem Baumstamm nieder, um zu rasten. Ganz langsam und vorsichtig setzte er sich, denn jedes Glied schmerzte ihn. Hal leitete die Unterhaltung ein. John Thornton war gerade dabei, die letzten Unebenheiten an einem Axtgriff zu glätten, den er aus Birkenholz geschnitzt hatte. Er ließ sich in seiner Arbeit nicht im geringsten stören, hörte notgedrungen zu, gab nur einsilbige und kurze Antworten, erteilte auch Ratschläge, wenn er darum angegangen wurde, obwohl er genau wußte, daß diese Gesellschaft sie doch nicht befolgen würde.

„Die Leute da oben haben uns gesagt, daß in dieser Jahreszeit die Flüsse nicht mehr tragfähig sind. Aber, wie Sie sehen, sind wir trotzdem da", triumphierte Hal und seine Stimme bekam einen höhnischen Beiklang:

„Der Dumme hat's Glück, sagt ein altes Sprichwort", antwortete Thornton, „die da oben hatten ganz recht. Ich sag euch gerade heraus, ich würde jetzt meinen Kadaver nicht um alles Gold von Alaska auf diesem Fluß spazierenführen."

„Dafür aber wir", rief Hal eigensinnig. „Steh auf, Buck! Wir fahren nach Dawson." Er schwang wieder seine Peitsche: „Auf, sag ich! He! Go on!"

Aber die Hunde rührten sich nicht, denn sie reagierten nur mehr auf Schläge, die auch nicht mehr lange auf sich warten ließen. Ununterbrochen sauste die Peitsche auf die Rücken der armen Hunde nieder. John Thornton nagte an seiner Unterlippe. Solleks erhob sich als erster, Teck folgte, Joe, winselnd vor Schmerzen, versuchte, mühselig auf die Beine zu kommen, während Pike erst nach dem dritten Versuch zum Stehen kam.

Nur Buck bemühte sich nicht. Er lag ruhig dort, wo er hingefallen war. Immer wieder schnalzte die Peitsche auf ihn nieder, er winselte und regte sich nicht. Mehrere Male setzte Thornton zum Sprechen an, besann sich jedoch eines besseren, seine Augen wurden feucht, er stand auf und ging unentschlossen auf und ab.

Es war das erste Mal, daß Buck versagte, was an sich schon ein hinreichender Grund war, um Hal in Raserei zu versetzen. Nun vertauschte er die Peitsche mit einem gewöhnlichen Prügel. Aber Buck rührte sich noch immer nicht. So viel hatte er schon erleiden müssen, daß er die Schläge kaum mehr fühlte.

Plötzlich, ohne Warnung, stieß John Thornton einen Schrei aus, ähnlich dem Brüllen eines wilden Tieres, und sprang auf Hal los, der zu taumeln anfing und wie ein gefällter Baum zu Boden stürzte. Mercedes schrie entsetzt auf, Charles dagegen schaute teilnahmslos zu, rieb sich seine wässerigen Augen, war aber viel zu müde, um einzugreifen.

John Thornton beugte sich zu Buck herab. Er war kreidebleich und es kostete ihn Mühe, sich wieder zu fassen.

„Wenn Sie den Hund noch einmal schlagen, bringe ich Sie um!" stieß er schließlich mit erstickter Stimme hervor.

„Mit meinem Hund kann ich machen, was ich will", erwiderte Hal, während er sich das Blut vom Munde wischte, „weg da, oder es passiert etwas. Ich fahre nach Dawson und damit Schluß!"

Thornton stand zwischen ihm und Buck und machte keine Miene, aus dem Weg zu treten. Hal zog sein langes Jagdmesser, Mercedes schrie zuerst auf, dann brach sie in ein hysterisches Lachen aus. Thornton aber schlug ihm mit dem Axtgriff das Messer aus der Hand, das klirrend zu Boden fiel. Als Hal es aufheben wollte, schlug er ihn nochmals auf die Knöchel. Dann hob er es selbst auf und trennte damit Bucks Stränge vom Schlitten.

Hal gab jetzt seinen Widerstand auf. Seine Schwester, die nun ohnmächtig in seinen Armen lag, machte ihm ohnehin genug zu schaffen. Außerdem, was soll er mit einem Hund machen, der zu nichts mehr zu gebrauchen war?

Einige Minuten später zogen sie mit ihrem Schlitten dem Flusse zu. Buck hörte sie fortfahren und hob schwerfällig den Kopf. Pike führte,

Solleks zog an der Deichsel, zwischen ihnen trotteten Joe und Teek. Alle hinkten und taumelten. Mercedes thronte auf dem hochbeladenen Schlitten, während Hal das Steuer führte und Charles hinterdrein stolperte.

Buck sah dem Zug nach, Thornton kniete neben ihm und suchte mit rauhen und gütigen Händen nach gebrochenen Knochen. Aber er konnte nur Wunden und Schrammen entdecken. Inzwischen kroch der Schlitten langsam über das Eis des Flusses. Plötzlich versank das Ende im Wasser, Hal klammerte sich in Todesangst vergeblich ans Steuer. Ein schriller Schrei einer Frauenstimme ertönte. Charles versuchte, sich noch ans Ufer zu retten. Aber ehe jemand zu Hilfe eilen konnte, hatte das Wasser die Menschen, die Hunde und den Schlitten verschlungen und nur ein schwarzes Loch im Eise zeigte die Stelle an, wo das Unglück geschehen war.

John Thornton und Buck blickten einander an.

„Armer Teufel", sagte John Thornton leise und Buck leckte ihm die Hand.

Kapitel 6
Um die Liebe eines Menschen

John Thornton hatte sich im vergangenen Dezember die Füße erfroren und so mußten ihn seine Gefährten zurücklassen, während sie selbst den Fluß hinauf fuhren, um Schnittholz für Dawson herunterzubringen. Sie hatten ihm ein Zelt aufgestellt und alles getan, um ihm das Leben so gemütlich wie möglich zu machen.

Er hinkte zwar immer noch leicht, aber das beständige, schöne Wetter war für seine Gesundung äußerst förderlich. Buck lag den ganzen Tag am Flußufer, sah dem vorüberfließenden Wasser nach, lauschte dem Gesang der Vögel und gewann langsam seine alte Kraft wieder.

Endlich konnte er sich wieder so richtig ausfaulenzen. Seine Wunden vernarbten, die Muskeln festigten sich wieder, ja er setzte sogar Fleisch an. Es war wie in einer richtigen Sommerfrische, nicht nur für ihn, sondern auch für Thornton und die beiden anderen Hunde, Skeet und Nig.

Sie warteten auf das Floß, das sie alle zusammen nach Dawson bringen sollte. Skeet war eine kleine irische Vorstehhündin, die bald mit Buck Freundschaft schloß. Sie war die geborene Pflegeschwester, und Buck war viel zu faul und teilnahmslos, sie abzulehnen. Sie leckte und reinigte Bucks Wunden und benahm sich ganz so wie eine Katze ihren Jungen gegenüber. Jeden Morgen, gleich nach dem Frühstück, fing sie mit ihrem Liebeswerk an und setzte es mit einer solchen Beharrlichkeit fort, daß sich Buck daran ebenso wie an die Pflege Thorntons gewöhnte. Der andere Hund, der Nig hieß, war ebenfalls ein freundlicher Bursche, nur etwas zurückhaltender, ein großer, schwarzer Hund unbestimmbarer Rasse, in dessen Augen man eine grenzenlose Gutmütigkeit lesen konnte.

Zu Bucks Erstaunen schienen diese Hunde Eifersucht nicht zu kennen. Sie waren genau so großherzig wie ihr Herr. Als Buck seine Kräfte wiedergewann, verleiteten sie ihn zu allen möglichen lustigen Streichen, an denen sich auch Thornton mit großem Vergnügen beteiligte. Und so balgte sich Buck in ein neues Leben hinein und zum ersten Male spürte er Liebe, echte, leidenschaftliche Liebe. Er hatte sie nie kennengelernt, selbst bei seinem ersten Herrn in Santa Clara nicht. An ihn hatte ihn nur eine gute, feste Freundschaft gebunden, für die Söhne war er ein Arbeitskamerad, für die Enkel ein Spielkamerad gewesen, aber Liebe, die fiebernde, brennende Liebe lernte er erst bei John Thornton kennen.

Dieser Mann hatte sein Leben gerettet, das war schon viel, aber darüber hinaus war er der ideale Herr. Für andere Männer bedeuteten Hunde nur Werkzeuge zur Erfüllung von Pflichten und Arbeit, für John aber waren sie Lebewesen, genau so wie seine Kinder, für deren Wohlergehen er verantwortlich war. Mehr noch. Nie vergaß er, ihnen ein nettes, aufmunterndes Wort zuzurufen, oder er setzte sich in ihren Kreis und hielt mit ihnen lange Gespräche, die ihm genau so viel Vergnügen bereiteten wie ihnen. Es war Bucks größte Freude, wenn ihn sein Herr an den Ohren zauste oder mit beiden Händen seinen Kopf hin und her beutelte, ihm dabei Schimpfworte wie „alter Lump“, „verrückter Gauner“ oder ähnliches ins Ohr flüsterte.

Buck seinerseits erwiderte diese Zärtlichkeit, indem er die Faust Thorntons in sein Maul nahm und mit den Zähnen so fest drückte, daß sich ihre Spur auf der Hand abzeichnete. Für beide aber bedeuteten die Schimpfnamen und die Bisse den höchsten Grad der Liebkosung. Grenzenlos war die Verehrung, die Buck seinem Herrn entgegenbrachte, seine Glückseligkeit stieg ins Ungemessene, wenn dieser ihn auch nur ansprach oder berührte.

Skeet dagegen hatte die Gewohnheit, seine Nase unter Thorntons Hand zu schieben und so lange anzustoßen, bis sie getätschelt wurde,

Nig wiederum legte seinen mächtigen Schädel auf Thorntons Knie. Buck konnte dies alles entbehren, ihm genügte es, seinen Herrn aus der Entfernung zu verehren und stundenlang zu seinen Füßen zu liegen und zu seinem Gesicht aufzuschauen, um mit schärfstem Interesse jedem flüchtigen Ausdruck und jeder Bewegung der Züge zu folgen. Oft spürte Thornton diesen Blick, dann drehte er sich wortlos um, und ihre Augen begegneten sich in einer stummen Zärtlichkeit.

Zuerst war Buck sehr ungern allein. Stets folgte er seinem Herrn auf Schritt und Tritt, und wenn dieser sein Zelt verließ, blieb er ihm auf den Fersen, denn er hatte Angst, Thornton würde aus seinem Leben entschwinden wie Perrault, François und das Halbblut. Selbst im Traum verließ ihn diese Furcht nicht. Erwachte er, dann kroch er zur Zeltöffnung und lauschte dem Atem seines Herrn.

Aber trotz dieser großen Liebe, die er John Thornton entgegenbrachte, die eigentlich eine Rückkehr in sein früheres weichliches Leben im Süden bedeutete, lebte in ihm das Ursprüngliche, das durch das Nordland geweckt worden war, weiter. Das Raubtier blieb auch weiterhin in ihm lebendig und wirksam. Wenn er auch Thornton nicht bestahl, so doch nur deshalb, weil er ihn liebte. Fremde bestahl er genau so wie früher und die Schlauheit, mit der er die Diebstähle durchführte, bewahrte ihn vor jeder Entdeckung.

Sein Körper war mit Schrammen bedeckt, die von den Zähnen vieler Hunde herrührten, und er raufte genau so grimmig wie früher, nur noch hinterlistiger. Skeet und Nig waren zu gutmütig, als daß es sich gelohnt hätte, mit ihnen zu streiten – überdies gehörten sie zu John Thornton; aber fremde Hunde, ohne Unterschied der Rasse, hatten es mit dem Leben zu büßen, wenn sie seine Überlegenheit nicht sofort anerkannten und sich mit ihm in Raufhändel einließen. Erbarmen oder Milde waren ihm unbekannt. Er wußte genau, welches Gesetz im Norden herrschte, und er verpaßte daher nie einen Vorteil oder räumte das Kampffeld, ehe er seinem Gegner den Gnadenstoß versetzt hatte. Einen Mittelweg kannte er nicht.

Seine Parole hieß: töten oder getötet werden. Mitleid galt als Schwäche, denn die Natur legte Mitleid als Angst aus, und wer das nicht wußte, verlor das Leben. Das Gesetz hieß: friß, sonst wirst du gefressen. Dieses Gebot, das aus der Urzeit seiner Väter stammte, befolgte er.

Er war älter als die Tage, die er selbst gesehen hatte. Er verknüpfte die Vergangenheit mit der Gegenwart und die Ewigkeit suchte sich ihren Weg durch ihn in die Zukunft. Zwar lag am Herde Thorntons ein Hund mit einer breiten Brust und langen zottigen Haaren, aber hinter ihm standen die Schatten aller Arten von Hunden, Halbwölfe und wilde Wölfe, die sich um ihn drängten und ihn beeinflußten. Sie schmeckten den Geruch des Fleisches, das er fraß, dürsteten nach dem Wasser, das er trank, witterten mit ihm den Wind, lauschten mit ihm und verrieten ihm die Geräusche des Waldes, zwangen ihm ihre Stimmungen auf, lenkten seine Handlungen, legten sich mit ihm schlafen, träumten mit ihm und über ihn hinaus und wurden selbst Gegenstand seiner Träume.

Diese Schatten winkten ihm so gebieterisch zu, daß ihm die Menschen mit ihren Forderungen immer fremder wurden. Aus der Tiefe des Waldes klang ein Ruf, und so oft er diesen geheimnisvoll lockenden Ruf vernahm, überlief ihn ein Schauder und er fühlte den Trieb, dem Feuer und der zusammengetretenen Erde ringsum den Rücken zu kehren und in den Wald zu stürzen, weiter und immer tiefer hinein, wohin und warum, das wußte er nicht und wollte es auch gar nicht wissen. Aber sobald er die weiche, unberührte Erde und die stillen. grünen Schatten des Waldes erreicht hatte, trieb ihn die Liebe zu seinem Herrn wieder zum Feuer zurück.

Thornton war der einzige Mensch, der ihn hielt, die übrigen gingen ihn nichts an, sie waren für ihn nicht da. Besucher mochten ihn loben oder tätscheln, er blieb kalt, und wenn einer allzu zärtlich wurde, ließ er ihn einfach stehen und ging weg. Als Thorntons Gefährten, Hans und Pete, mit dem lange erwarteten Floß ankamen, weigerte sich Buck, etwas mit ihnen zu tun zu haben, bis er merkte, daß sie so wie er selbst zu seinem Herrn gehörten. Dann duldete er, daß sie seinen Rücken beklopften, aber auf eine Art, als ob er ihnen damit eine Gnade erweisen würde. Sie gehörten zum gleichen Schlag wie Thornton, waren gut und ehrlich, dachten einfach und sahen klar, und ehe sie noch mit dem Floß in Dawson ankamen, verstanden sie Buck und seine Eigenheiten und behandelten ihn anders als die übrigen Hunde.

Die Liebe zu seinem Herrn schien noch zu wachsen. Thornton allein konnte es sich erlauben, während der Reise einen Sack auf Bucks Rücken zu legen. Nichts war für ihn zu anstrengend, wenn Thornton es befahl.

Während ihrer Weiterreise in der Richtung nach den Quellengewässern des Tanana saßen eines Tages die drei Männer in der Nähe eines Abhanges, der etwa dreihundert Fuß fast senkrecht abfiel. Thornton befand sich ganz nahe am Rande, Buck lag neben ihm. Einer plötzlichen Laune folgend, wollte Thornton Bucks Gehorsam prüfen. Hans und Pete sahen zu. Ohne sich Rechenschaft über die Folgen zu geben, streckte er die Hand über die gähnende Tiefe und rief: „Hopp, Buck!" Er hatte Mühe, den Hund zurückzuhalten, sie rangen miteinander, und erst seinen Gefährten gelang es, beide vom Abgrund wegzureißen.

„Der Hund ist unheimlich", rief Pete, nachdem sie sich wieder von ihrem Schrecken erholt hatten.

Thornton verneinte kopfschüttelnd. „Nicht unheimlich, wunderbar ist er."

„Ich möchte es keinem raten, dich in seiner Gegenwart anzugehen", meinte Pete und deutete auf Buck hin. „Ich auch nicht", bestätigte Hans.

Nach einiger Zeit, es war in Cercle City, trat der befürchtete Fall ein. Der schwarze Burton, ein jähzorniger, bösartiger Bursche, hatte in der Bar Streit mit einem Neuangekommenen gesucht, und es war sogar zu Tätlichkeiten gekommen. Thornton wollte Frieden stiften. Buck lag nach seiner Gewohnheit in einer Ecke und beobachtete, den Kopf auf den Pfoten, jede Bewegung seines Herrn. Burton wandte sich gegen Thornton und schlug derart auf ihn ein, daß dieser zurücktaumelte und sich vor dem Fall nur dadurch retten konnte, daß er sich am Bartisch festklammerte.

Die Anwesenden vernahmen plötzlich einen Laut, der weder als Bellen noch als Kläffen bezeichnet werden konnte, sondern eher dem Brüllen eines Raubtieres glich. Dann sahen sie, wie Buck auf Burton lossprang. Er hatte es nur einer mechanischen Abwehrbewegung seines Armes zu verdanken, daß der Hund seine Kehle verfehlte und die Zähne sich nur im Arm festbissen. Buck hatte den Mann schon furchtbar zugerichtet, als es den Umstehenden gelang, ihn zurückzureißen.

Eine auf der Stelle einberufene Versammlung der anwesenden Zeugen entschied, der Hund sei im Recht gewesen, da es die Pflicht eines jeden Hundes sei, seinen Herrn mit allen Mitteln zu verteidigen. Buck wurde freigesprochen, und von diesem Tage an kannte jeder in Alaska seinen Namen.

Später dann, im Herbst, hatte Buck noch einmal Gelegenheit, das Leben seines Herrn zu retten. Die drei Partner treidelten ein langes, schmales Boot über eine wilde Wasserstrecke bei den Stromschnellen des Fünfzigmeilenflusses. Hans und Pete gingen am Ufer entlang und zogen das Boot stromaufwärts, während Thornton im Boot selbst stand und es mit Hilfe einer langen Stange um die Felsen steuerte. Buck, besorgt und ängstlich, hielt sich auf gleicher Höhe mit dem Boot und ließ die Augen nicht von seinem Herrn, der den Männern von Zeit zu Zeit Anweisungen zurief.

An einer besonders reißenden Stelle wollte Thornton das Boot mehr in die Mitte dirigieren und verlangte daher mehr Seil. Gleich darauf wurde es von der Strömung ergriffen und flußabwärts gerissen. Hans wollte es mit einem Ruck festhalten, aber gerade dadurch kippte es um. Thornton flog kopfüber ins Wasser und trieb den gefährlichen Stromschnellen zu. Auch dem geübtesten Schwimmer wäre es unmöglich gewesen, sich in diesem Wasserwirbel zu behaupten.

Buck war augenblicklich seinem Herrn nachgesprungen und überholte ihn, nachdem er etwa sechshundert Fuß stromabwärts geschwommen war. Thornton gelang es, ihn beim Schwanz zu erwischen, und sofort wandte sich Buck schwimmend dem Ufer zu, wurde aber durch die reißende Strömung immer wieder zurückgetrieben. Nun bestand für beide die Gefahr, in die Tiefe gezogen zu werden, und Thornton spürte, daß er nicht mehr imstande war, sich zu halten. Schon hörte er das Rauschen des wilden Wassers, das sich durch die Felsen wie durch die Zähne eines Kammes seinen Weg suchte, als es ihm gelang, sich im letzten Augenblick festzuklammern. Er ließ Buck los und befahl ihm, weiterzuschwimmen. Der Hund hob beim Klang der geliebten Stimme den Kopf und schwamm gehorsam dem Ufer zu. Mit Mühe und Not gelang es den beiden Männern, das vollständig erschöpfte Tier ans Land zu ziehen.

Sie wußten sehr gut, daß sich Thornton an dem schlüpfrigen Felsen nicht lange halten würde, daher rannten sie, so schnell sie konnten, das Ufer entlang bis weit über die Stelle hinaus, wo Thornton hing. Sie befestigten das Seil, mit dem sie das Boot getreidelt hatten, an Buck's Hals und Schultern, doch so, daß es ihn weder würgen noch beim Schwimmen hindern konnte. Dann setzten sie ihn dem Strom aus. Obwohl er sich mächtig ins Zeug legte, kam er nicht gerade hinüber. Als er es merkte, war es schon zu spät. Er wurde durch die Strömung etwa sechs Fuß über Thornton hinausgetrieben.

Sofort zog ihn Hans an der Leine zurück, aber er war schon bewußtlos, als er das Land erreichte. Sie versuchten auf alle möglichen Arten,

Buck wieder ins Leben zurückzurufen, alles ohne Erfolg. Da ertönte vom Felsen her der schwache Hilferuf Thorntons. Die Stimme seines Herrn wirkte auf das Tier wie ein elektrischer Schlag. Buck sprang auf die Füße und lief den Männern voraus, dem Ufer zu, dorthin, von wo er vorhin abgeschwommen war.

Buck war durch seinen Mißerfolg gewitzigt. Während Hans das Seil durch die Hände gleiten ließ und Pete es festhielt, sprang der Hund neuerlich ins Wasser, diesmal aber schwamm er genau über die Stelle, wo sein Herr hing, und ließ sich dann treiben. Thornton sah ihn kommen und als er knapp neben ihm war, warf er beide Arme um den zottigen Hals. Hans verknotete das Seil um einen Baum und zog dann mit Pete die beiden ans Land. Fast wären sie erstickt, manchmal war der eine obenauf, manchmal der andere, öfter stießen sie an die zackigen Felsen, endlich aber lagen sie im Gras am Ufer.

Es dauerte lange, bis Thornton mit Hilfe seiner Gefährten wieder das Bewußtsein erlangt hatte. Sein erster Blick galt Buck, neben dessen schlaffem, scheinbar leblosem Körper Nig ein Geheul anstimmte, während Skeet das nasse Gesicht und die geschlossenen Augen beleckte. Erst nach einer geraumen Zeit kam er wieder zu sich. Thornton, der selbst übel zugerichtet war, stellte fest, daß Buck drei Rippen gebrochen hatte.

„Wir müssen hier bleiben", ordnete er an.

Und so geschah es. Sie lagerten an Ort und Stelle solange, bis der Hund wieder vollständig hergestellt war.

Im folgenden Winter, als sie wieder in Dawson waren, erwies Buck seinem Herrn neuerlich einen Dienst. Er vollbrachte eine neue Heldentat, die ihn in ganz Alaska nur noch berühmter machte.

Die drei hätten schon lange gern einen Abstecher zu den jungfräulichen Orten gemacht, wo der Boden von den Goldsuchern noch nicht so sehr durchwühlt war, aber es fehlte ihnen an den nötigen Mitteln.

Eines Tages kam in der Eldoradowirtschaft die Rede auf Hunde. Im Verlauf dieses Gesprächs pries jeder der Männer die Vorzüge seiner eigenen Tiere. Immer wieder wurde Buck, um den Thornton allgemein beneidet wurde, zum Vergleich herangezogen, und jeder wollte seinen eigenen Hund herausstreichen. Einer von den Männern behauptete, sein Hund sei imstande, eine Ladung von fünfhundert Pfund auf dem Schlitten durchs Eis zu ziehen, ein anderer übertrumpfte ihn um hundert Pfund, während ein dritter seinem Tier sogar siebenhundert Pfund zutraute.

„Was wollt ihr", sagte Thornton wegwerfend, „Buck kann tausend ziehen."

„Er kann allein starten und tausend Pfund hundert Yard weit ziehen?" forschte Matthewson, ein Bonanza-König.

„Jawohl, starten und hundert Yard ziehen", antwortete John Thornton kühl.

„Well!" sagte Matthewson langsam und bedächtig, so daß es alle hören konnten. „Ich wette tausend Dollar, daß er es nicht kann. Da liegen sie." Bei diesen Worten warf er einen Sack mit Goldstaub von der Größe einer Bologneser Wurst auf den Schanktisch.

Niemand sprach ein Wort.

Thornton war herausgefordert worden und er fühlte, wie ihm eine Blutwelle zu Kopf stieg. Er war überzeugt davon, daß seine Zunge mit ihm durchgegangen war, denn er wußte ja gar nicht, ob Buck tatsächlich tausend Pfund ziehen konnte. Eine halbe Tonne! Dieses gewaltige Gewicht erschreckte ihn. Er kannte die Kraft seines Hundes und hätte ihm auch jederzeit diese Leistung zugetraut, aber er war noch nie vor der Notwendigkeit gestanden, sie beweisen zu müssen. Er besaß auch keine tausend Dollar, ebensowenig seine Gefährten. Die gespannt auf ihn gerichteten Augen von etwa einem Dutzend Männer zwangen ihn zu einer Entscheidung.

„Ich habe einen Schlitten mit zwanzig Mehlsäcken draußen stehen. Jeder wiegt fünfzig Pfund. Die Probe kann sofort gemacht werden“, sagte Matthewson mit brutaler Offenheit.

Thornton gab keine Antwort. Er wußte nicht, was er sagen sollte. Seine Augen wanderten ratlos von einem zum anderen, er benahm sich wie ein Mann, der seine Denkkraft verloren hat und nicht weiß, was er tun soll. Da traf sein Blick seinen alten Kameraden Jim O'Brian, einen der erfolgreichsten Männer von Klondike. Das war für ihn ein Wink des Schicksals, er war der einzige, der ihm helfen konnte.

„Kannst du mir tausend Dollar leihen?“ flüsterte er ihm zu.

„Gewiß“, antwortete O'Brian und legte gleichfalls einen großen Sack neben dem Matthewsons nieder, „wenn ich auch nicht glaube, daß dein Hund dieses Kunststück fertigbringt.“

Die ganze Wirtshausgesellschaft strömte auf die Straße. Selbst die Spieler verließen ihre Tische, um zuzusehen, vor allem aber, um Wetten abzuschließen. Mehrere hundert mit Pelzen bekleidete Männer umringten den Schlitten. Es herrschte bittere Kälte – sechzig Grad Fahrenheit unter Null – und Matthewsons schwerer Schlitten hatte schon stundenlang im Schnee gestanden, so daß die Kufen angefroren waren. Die Wetten standen jetzt zwei zu eins gegen Buck. Nun entstand ein Streit über den Begriff „allein anziehen“. O'Brian behauptete, es wäre Thorntons Recht, die Kufen zuerst vom gefrorenen Schnee loszubrechen, während Matthewson auf dem Gegenteil bestand.

Da die Mehrheit der Anwesenden sich für Matthewson entschied, schnellte die Quote sogleich auf drei zu eins gegen Buck hinauf. Keiner glaubte, daß der Hund dieses Kunststück zusammenbringen werde. Thornton befand sich in keiner beneidenswerten Lage, er war selbst nie fest überzeugt davon gewesen, daß Buck dies leisten werde, jetzt aber, als er die zehn Hunde sah, die den Schlitten gezogen hatten, erschien ihm seine Sache fast hoffnungslos.

Matthewson, der den Umschwung recht gut bemerkt hatte, rief frohlockend aus:

„Drei zu eins! Ich setze noch weitere tausend gegen Sie, Thornton. Was sagen Sie dazu?“

Dieser Übermut erweckte in Thornton jenen Widerspruchsgeist, der es ablehnt, etwas für unmöglich zu halten, und taub gegen alle Vernunftgründe macht. Er rief Hans und Pete zu sich. Aber sie waren arme Teufel und nur mit Mühe und Not gelang es ihnen, dreihundert Dollar zusammenzukratzen. Es war ihr ganzes Kapital, aber sie setzten es ohne Zögern gegen den hohen Einsatz Matthewsons.

Die zehn Hunde wurden ausgespannt und an ihre Stelle trat Buck in seinem eigenen Geschirr. Die Aufregung hatte auch ihn ergriffen, er fühlte, daß er auf irgendeine Weise etwas Besonderes für seinen Herrn tun müsse. Ein Gemurmel ging durch die Menge, sein ausgezeichnetes Aussehen war auch mehr als auffallend. Er war vollendet in Form, besaß keine überflüssige Unze Fett und sein Fell glänzte wie Seide. Als Folge der Aufregung sträubten sich seine Rückenhaare. Die mächtige Brust und die schweren Vorderbeine standen im richtigen Verhältnis zu den übrigen Teilen seines Körpers. Die Leute bestaunten seine stahlharten Muskeln und die Quoten ermäßigten sich wieder auf zwei zu eins.

„Bei Gott, Herr!“ rief einer der Ansiedler, den man wegen seines Reichtums den König von Skokum nannte, „ich biete achthundert für ihn. Verstehen Sie, Herr, so wie er da steht.“

Thornton machte eine abweisende Geste und trat an Bucks Seite.

„Ihr dürft nicht an seiner Seite stehen!“ protestierte Matthewson. „Freies Spiel und viel Platz.“

Die Menge wich zurück. Die Stille wurde nur noch durch die aufgeregten Stimmen jener, die noch Wetten abschließen wollten, unterbrochen. Nur wenige setzten auf Buck. Wenn er auch ein wundervolles Tier war – zehn Zentner Säcke Mehl, nein, das war zu viel!

Nun kniete Thornton an Buck's Seite nieder, nahm seinen Kopf in beide Hände und flüsterte ihm ins Ohr:

„Wenn du mich liebst, Buck, wenn du mich liebst."

Buck verstand und winselte erregt.

Die Menge schaute neugierig zu. Die leisen Worte Thorntons hörten sich wie Beschwörungsformeln an. Als er sich erhob, nahm Buck seine behandschuhte Hand zwischen die Zähne und ließ sie nur langsam, fast widerstrebend, los. Das war seine Antwort.

Thornton trat zurück.

„Nun los, Buck!" sagte er ruhig.

Buck spannte die Stränge an und lockerte sie dann wieder mehrere Zoll, wie er es gelernt hatte. Dann zog er mit einem Ruck scharf nach rechts. Die Ladung erzitterte ein wenig und leises Knirschen wurde hörbar. Dann folgte ein neuerlicher Ruck, diesmal aber nach links. Ein Krachen, die Kufen bewegten sich, der Schlitten war frei.

Die Spannung der Zuschauer stieg ins Ungemessene. „Hüh!" Wie ein Schuß klang die Stimme Thorntons durch die Stille.

Nun warf sich Buck nach vorne und spannte die Stränge, sein ganzer Körper zog sich bei dieser ungeheuren Anstrengung fest zusammen, die Muskeln krümmten sich unter dem seidigen Fell wie Lebewesen und schwollen an. Seine mächtige Brust berührte fast den Boden, sein Schädel lag niedergebeugt auf seinen Pfoten, die wie rasend die Schneedecke aufkratzten. Der Schlitten schwankte, zitterte und zuckte ein wenig nach vorwärts, ganz langsam, wieder ein Stückchen, zehn, zwanzig, dreißig Zoll und dann – kam er ins Gleiten.

Die Männer keuchten vor Aufregung, dann klang es wie ein einziges Aufatmen. Thornton rannte neben dem Schlitten her und ermutigte Buck mit kurzen, aufmunternden Worten. Die Strecke war vorher ausgemessen worden und als sich der Schlitten dem Stapel Brennholz näherte, der das Ende der hundert Yards anzeigte, erhob sich ein Rufen und Gebrüll, das sich immer mehr steigerte, als Buck das Ziel passiert hatte und auf Kommando stehenblieb. Die Menge tobte vor Begeisterung, sogar Matthewson schrie mit. Pelzmützen und Handschuhe flogen in die Luft. Man schüttelte sich die Hände, ganz gleich, ob man sich kannte oder nicht. Es herrschte eine unbeschreibliche Begeisterung.

John Thornton lag jetzt neben seinem Hund auf den Knien, zauste ihn und schüttelte ihn hin und her.

„Du Dummkopf, du Strolch, du verfluchter Kerl!" Diese und ähnliche Koseworte rief er ihm zu, mit einer so zärtlichen Stimme, daß sich alle, die dieser Szene beiwohnten, verwundert ansahen.

„Donnerwetter, hören Sie", rief der Skokum-König, „Herr, ich gebe Ihnen für diesen Hund tausend Dollar, was sage ich, zwölfhundert! Aber der Hund gehört mir!"

Thornton erhob sich. Seine Augen waren feucht. Tränen liefen ihm über die Wangen.

„Herr, gehen Sie zum Teufel mit Ihrem Geld, das ist das beste, was Sie tun können!"

Buck faßte mit den Zähnen die Hand seines Herrn und schüttelte sie kräftig hin und her.

Die Zuschauer aber zogen sich zurück. Sie hatten das Gefühl, hier nicht länger stören zu dürfen.

Kapitel 7
Der Ruf ertönt

Mit den tausend Dollar, die Buck seinem Herrn in wenigen Minuten verdient hatte, konnten ein paar dringliche Schulden bezahlt werden, außerdem stand einer Reise nach dem sagenhaften Osten nun nichts mehr im Wege. Verschiedenen Gerüchten zufolge sollte es dort eine ungeheuer wertvolle Goldmine geben, deren Geschichte so alt wie die des Landes war. Viele Männer hatten schon den Versuch gemacht, sie zu finden, aber die meisten von ihnen waren nicht mehr zurückgekehrt. Man erzählte sich von dieser Mine unheimliche Geschichten, und so manche Tragödie mußte sich dort abgespielt haben. Kein Mensch wußte, wer sie entdeckt hatte, selbst die ältesten Überlieferungen reichten nicht so weit zurück. Aber es gab Männer, die auf ihrem Totenbette ihr Vorhandensein beschworen und zum Beweis sogar Goldkörner von einer Größe und einem Aussehen vorwiesen, wie sie sonst nirgends gefunden wurden. Seit urdenklichen Zeiten sollte dort auch eine baufällige Hütte stehen, doch kein lebendes Auge hatte sie je gesehen. Kein Lebender hatte diese Schatzkammer je geplündert und die Toten blieben stumm.

Thornton beschloß nun auf gut Glück, diese Mine zu suchen. Mit seinen beiden Gefährten Pete und Hans, mit Buck und noch einem halben Dutzend anderer Hunde fuhr er auf seinem Schlitten siebzig Meilen den Yukon hinauf, bog dann rechts ab zum Stuartfluß, dessen Lauf er bis zu seiner Quelle folgte.

John Thornton brauchte die Menschen nicht, und die Wildnis bot ihm keine Schrecken. Eine Handvoll Salz und eine Flinte hätten ihm vollauf genügt, ein fremdes Land zu durchstreifen, so lange es ihm beliebte. Nach Indianerart, ohne jegliche Hast, erjagte er sich sein Essen während

des Tages, und mißglückte ihm dies, wanderte er gleich dem Indianer weiter, sicher in der Überzeugung, daß er es früher oder später doch erhalten würde. So bildete das Wild auf dieser großen Fahrt nach dem Osten die einzige Nahrungsquelle; Munition und Werkzeuge machten die hauptsächliche Schlittenladung aus, und der Kalender war auf eine grenzenlose Zukunft aufgebaut.

Buck fand an diesem Leben ein unbändiges Vergnügen. Jagen, Fischen und Herumstrolchen, das war seine größte Lust. Wochenlang zog er Tag für Tag seinen Schlitten, um dafür dann wochenlang auf der faulen Haut zu liegen oder in der Umgebung des Lagers herumzustreifen, während die Männer Feuer anmachten, und in ihren Pfannen Erdreich auftauten und auswuschen, um nachzusehen, ob es Gold enthalte. Die Mühe war aber stets vergeblich, nirgends fanden sie das kostbare Metall. Manchesmal war Schmalhans Küchenmeister, ein anderes Mal wieder gab es Wild und Fische in Hülle und Fülle, wie es eben der Wildreichtum und das Jagdglück mit sich brachten.

Mit dem Beginn des Sommers hörte das Schlittenfahren auf, jeder Mensch und jeder Hund hatte nun seine Last auf dem Rücken zu tragen. Sie marschierten über kahle Berge, durch sonnige Täler, durchflößten blaue Gebirgsseen und befuhren unbekannte Flüsse auf schlanken Booten, die sie mit Beilen aus Waldbäumen gehauen hatten.

Sie wanderten durch Gegenden, die keines Menschen Fußspur trugen, und wo doch Menschen gewesen sein mußten, wenn die Geschichte von der verlassenen Hütte und dem vielen Golde der Wahrheit entsprach.

So vergingen die Monate. Sie erlebten die Gewitter im Hochsommer und froren beim fahlen Schein der Mitternachtssonne. Sie litten unter den vielen Mücken und Fliegen und pflückten im Schatten von Gletschern Erdbeeren und Blumen, die ebenso gut schmeckten und in ebenso leuchtenden Farben prangten wie die im Süden. Im Herbst durchstießen sie das unheimliche Seenland, das in alten Zeiten von wilden Urvögeln besiedelt wurde, jetzt aber traurig und verlassen den kalten Winden ausgesetzt war und von melancholischen Wellen bespült wurde.

Einmal stießen sie auf verwischte Spuren von Menschen, die einmal hier gewandert waren. Ein anderes Mal trafen sie auf einen Pfad, und sie meinten, die Hütte müsse nun schon nahe sein. Aber der Weg begann nirgends, endete nirgends und blieb ein Geheimnis wie die Männer, die ihn angelegt hatten, und der Grund, warum sie ihn schufen. Später kamen sie zu einer alten, verfallenen Jagdhütte, und mitten unter verfaulten Decken lag ein langschäftiges Zündnadelgewehr.

Thornton erkannte es als ein Erzeugnis der Hudson-Bai-Kompanie aus einer längst vergangenen Zeit, wo diese Gewehre noch mit Gold aufgewogen wurden. Nichts sonst, nicht der kleinste Hinweis auf den Mann, der diese Hütte errichtet und die Büchse unter den Decken zurückgelassen hatte, war zu finden.

Wieder zog der Frühling ins Land, sie hatten zwar die Hütte immer noch nicht gefunden, dafür aber ein breites Tal, über dessen Sohle eine Lage Sand, gemischt mit Gold, lagerte. Damit war die Reise zu Ende. An jedem Arbeitstag verdienten sie Tausende von Dollar an reinem Staub oder kleinen Goldkörnern. Das Gold wurde in Säcke aus Rentierhaut geschüttet, fünfzig Pfund in jeden Sack, und wie das Brennholz außerhalb der Hütte aufgestapelt.

Wie Zwangsarbeiter schufteten sie, die Tage vergingen wie die Träume einer Nacht.

Die Hunde hatten in dieser Zeit nichts zu tun als höchstens einmal geschossenes Wild nach Hause zu führen. Buck konnte nun lange Stunden beim Feuer zubringen. Die Vision des kurzbeinigen, haarigen Mannes erschien ihm jetzt häufiger, und oft wanderte er, ins Feuer blinzelnd, mit ihm in jene andere Welt, die nur in seiner Erinnerung lebte.

Diese andere Welt beherrschte die Angst. Wenn Buck den haarigen Mann, der mit dem Kopf zwischen den Knien und den darüber gefalteten Händen beim Feuer schlief, beobachtete, sah er, wie jener aus dem Schlaf aufschreckte, angsterfüllt ins Dunkel starrte und dann mehr Holz in die Flammen warf. Gingen sie am Ufer eines Sees, wo der haarige Mann Schellfische fing und gleich nachher roh hinunterwürgte, dann wanderten die Augen des Mannes angsterfüllt umher und seine Beine waren stets bereit, beim ersten Zeichen einer Gefahr wie der Wind davonzurennen. Lautlos krochen sie durch den Urwald, Buck an seine Fersen geheftet, stets spitzten sie die beweglichen Ohren und witterten jedes Unheil schon von weitem, denn der Mann hörte und roch geradesogut wie Buck. Der haarige Mann vermochte auch auf die Bäume zu springen und sich ebenso schnell von Ast zu Ast zu schwingen wie am Boden dahinzulaufen.

Niemals machte er einen falschen Griff und er schien zwischen den Bäumen genauso zu Hause zu sein wie auf der Erde. Buck erinnerte sich an die Nächte, da er unter dem Stamm eines starken Baumes Wache hielt, während der haarige Mann oben, zwischen den Zweigen versteckt, schlief.

Ebenso genau wie an diesen merkwürdigen Menschen einer längstvergangenen Zeit erinnerte er sich an den Ruf, der noch immer aus den Tiefen des Urwaldes ertönte. Er hörte ihn ganz deutlich und es überkam ihn dabei ein sonderbares Glücksgefühl, das er bisher nicht gekannt hatte, eine brennende Sehnsucht nach irgendetwas Unbestimmtem; ein wildes Verlangen und eine merkwürdige Erregung packten ihn.

Zuweilen lief er dem Ruf nach, suchte ihn, als wäre er ein greifbares Ding und bellte sanft oder herausfordernd, je nach seiner Laune. Oft stieß er mit der Nase ins kühle Waldmoos oder in den schwarzen Humus, aus dem lange Gräser wuchsen, und schnaubte vor Freude über den Geruch der fetten Erde; auch kroch er stundenlang zwischen schwammbewachsenen, geheimnisvollen Strünken gestürzter Bäume umher, und seine weit offenen Augen und Ohren beobachteten alles, was um ihn vorging. Er wollte diesen Ruf ergründen, er wollte wissen, warum er so und nicht anders handelte. Es war ein Trieb in ihm, von dem er nicht wußte, woher er kam.

Oft lag er träge vor dem Zelt, in der Tageshitze dahindösend, bis er plötzlich seinen Kopf hob, die Ohren spitzte, auf die Füße sprang und fortlief, stundenlang, durch die Waldlichtungen und über offene Plätze, wo Schwarzbeeren in zahllosen Büscheln wuchsen. Er liebte es, trockene Wasserläufe hinunterzurennen und dem Vogelleben in den Wäldern nachzuspüren. Manche Tage lag er im Unterholz, wo er den herumlaufenden Rebhühnern zusah. Besondere Freude bereitete es ihm, im matten Zwielicht der Sommer-Mitternächte umherzustöbern und dem unterdrückten, schläfrigen Säuseln des Waldes zu lauschen. Und immer wieder suchte er die Stimme, die ihn rief.

Eines Nachts schreckte er aus dem Schlaf auf, er zitterte am ganzen Leibe und seine Rückenhaare sträubten sich. Vom Wald her kam wieder der Ruf, deutlich und bestimmt wie nie zuvor – ein langgezogenes Heulen, ähnlich dem Heulen der Polarhunde und doch wieder anders. Er erkannte diese altvertraute Stimme, diesen Laut, den er schon zuvor einmal gehört hatte. Er rannte durchs schlafende Lager und lautlos brach er ins Gehölz ein. Je näher er dem Schrei kam, desto vorsichtiger und langsamer schlich er sich vorwärts, bis er auf einen offenen Platz unter Bäumen kam und dort einen langen, abgemagerten Wolf antraf, der seine Nase gegen den Himmel streckte.

Obwohl sich Buck fast lautlos herangeschlichen hatte, hörte der Wolf doch sofort zu heulen auf. Buck näherte sich halb geduckt, den Körper fest an den Boden gedrückt, den Schweif aufgerichtet, und seine Füße berührten mit ungewöhnlicher Behutsamkeit den Boden. Jede Bewegung war Drohung, gemischt mit Freundschaftsversicherung. Sie enthielt das Angebot eines Waffenstillstandes, das für das Zusammentreffen wilder Tiere auf ihrem Beutezug so kennzeichnend ist. Aber der Wolf sprang auf und suchte das Weite. Buck folgte ihm mit wilden Sätzen, in der Absicht, ihn zu überholen. Er drängte ihn in einen Hohlweg und sperrte ihm den Rückzug ab. Der Wolf drehte sich herum, wobei er sich nach Art aller bedrängten Wolfshunde knurrend und mit gesträubten Haaren auf die Hinterbeine stellte und seine Zähne ununterbrochen aufeinanderschnappen ließ.

Buck aber nahm die Herausforderung nicht an, sondern umkreiste ihn und versuchte, sich ihm freundlich zu nähern. Der Wolf jedoch hegte Mißtrauen und hatte Angst, denn Buck war wohl dreimal so stark, sein Schädel reichte ihm kaum bis zur Schulter. Einen kleinen Vorteil benützend, schoss er pfeilschnell davon und die Jagd begann von neuem. Immer wieder wurde der Wolf in die Enge getrieben und neuerlich gestellt, aber jedesmal gelang es ihm, das Weite zu suchen.

Endlich aber fand er doch heraus, daß Buck ihm freundschaftlich gesinnt war, und beschnüffelte ihn. Damit war eine Freundschaft geschlossen, die sich zunächst darin zeigte, daß sich die beiden Tiere spielend herumbalgten. Nach einer Weile lief der Wolf einen sanften Hang hinab und gab dabei deutlich den Wunsch zu erkennen, daß Buck ihm nach einem bestimmten Ziele folgen solle. So rannten sie Seite an Seite durch das düstere Zwielicht entlang dem Flußbett, durchquerten eine Schlucht und kamen endlich bis zur Quelle des Wasserlaufes.

Aber noch immer hielten sie nicht an. Weiter ging's über ebenes Land mit finsteren Wäldern und glitzernden Strömen. Sie rannten ohne Unterlaß, Stunde um Stunde, während die Sonne höher stieg und der Tag wärmer wurde. Buck war restlos glücklich, denn jetzt wußte er, daß er dem sooft an ihn ergangenen Rufe folgte, da er an der Seite seines wilden Bruders zu dem Ort lief, von wo der Ruf seinen Ursprung genommen hatte. Alte Erinnerungen tauchten in ihm auf, als hätte er dies schon irgendeinmal erlebt, irgendwo in jener anderen Welt, als wiederholte sich alles nur …

Erst, als sie an einem schnellfließenden Flusse haltmachten, um zu trinken, fand Buck endlich Zeit, an John Thornton zu denken. Er setzte sich nieder und stierte vor sich hin. Der Wolf aber hielt weiter auf den Ort zu, von wo offenbar der Ruf herkam. Als er bemerkte, daß ihm Buck nicht folgte, kehrte er wieder um, beschnupperte seine Nase und trieb ihn an, ihm zu folgen. Aber Buck drehte um und begann die alte Fährte langsam zurückzulaufen. Fast eine Stunde lief sein wilder Bruder leise winselnd neben ihm her. Dann setzte er sich nieder, streckte seine Nase zum Abendhimmel empor und heulte. Es war ein klagendes Geheul, und Buck, der dennoch seinen Weg unbeirrt fortsetzte, hörte, wie es immer schwächer wurde, bis es sich endlich ganz in der Ferne verlor.

John Thornton saß gerade beim Mittagessen, als Buck ins Lager stürmte, ihn voll rasender Liebe ansprang, umwarf, auf ihm herumkletterte, sein Gesicht beleckte, in seine Nase biß und den „Hanswurst" spielte, während Thornton den Hund hin- und herschüttelte und ihm liebevolle Schimpfworte ins Ohr flüsterte.

Zwei Tage und Nächte lang verließ Buck das Lager nicht und behielt seinen Herrn ununterbrochen im Auge. Er folgte ihm zu seiner Arbeitsstätte, schaute ihm beim Essen zu, begleitete ihn, bis er sich abends in seine Decken wickelte, und holte ihn morgens wieder heraus.

Aber nach zwei Tagen begann der Ruf aus dem Walde befehlender denn je zu tönen. Neuerlich kam eine Unruhe über Buck, deren er nicht Herr werden konnte. Er mußte an den wilden Bruder denken, an das heitere Land, an die dunklen Wälder, durch die sie Seite an Seite gerannt waren. Wieder verließ er das Lager, aber er suchte vergebens. Er traf weder seinen Begleiter noch hörte er den Ruf, so wachsam er auch lauschen mochte.

Er fing an, die Nächte draußen zu schlafen, und es kam vor, daß er tagelang vom Lager wegblieb; einmal war es, daß er die Wasserscheide am Oberlauf des Creek überquerte und in das Land der Wälder und Ströme hinabstieg. Er wanderte eine Woche lang und suchte vergebens nach frischen Fährten des wilden Bruders. Er zog mit jenem leichten Trott dahin, der ihn scheinbar nie ermüdete. An einem breiten Strom suchte er nach Lachsen, einmal tötete er sogar einen großen schwarzen Bären, der, von Moskitos geblendet, hilflos durch die Wälder torkelte. Trotzdem war es noch ein harter Kampf und in Buck erwachte eine Wildheit wie noch nie in seinem Leben. Als er zwei Tage später zum Kampfplatz zurückkehrte, fand er den Bären von einem Dutzend von Vielfraßen besetzt, die sich um die Überreste der Beute stritten. Mühelos zerstreute er sie und die zwei, die am Kampfplatz zurückblieben, mußten in alle Ewigkeit nicht mehr um ihre Nahrung kämpf en.

Der Blutdurst in Buck wuchs zusehends. Er war zum Reißer geworden, dem alles, was lebte, gehörte, kraft seiner eigenen Stärke und Tapferkeit. Stets blieb er Sieger in einer ihm feindlichen Umgebung, wo das Recht des Stärkeren herrschte.

In ihm wuchs ein Stolz, der sich auch in seinem Benehmen kenntlich machte, in seinen Bewegungen, im Spiel seiner Muskeln ausdrückte und seinem wunderschönen Fell einen noch glänzenderen Schimmer verlieh.

Hätte er nicht die braunen Flecken auf seiner Schnauze und über den Augen gehabt und die paar weißen Haarbüschel auf seiner Brust, man hätte ihn leicht mit einem riesigen Wolf verwechseln können. Von seinem Vater, einem Bernhardiner, hatte er die Größe und das Gewicht geerbt, von seiner Mutter, einer Schäferhündin, stammte die Leichtigkeit und das schöne Aussehen. Seine Schnauze war etwas länger als die eines Wolfes, auch sein Kopf, wenn auch breiter, hatte viel Ähnlichkeit mit dem eines Wolfes.

Ebenso besaß er seine Schläue, während sich seine Intelligenz von seinen Eltern ableitete, vermehrt um die Erfahrungen einer harten Lebensschule. All dies machte ihn zu einem furchtbaren Gegner. Wenn Thornton mit der Hand zärtlich über seinen Rücken strich, spürte er ein Knistern, als würde jedes einzelne Haar elektrischen Strom aussenden.

Alle Teile seines Körpers, alle Nerven und Muskeln waren wunderbar aufeinander abgestimmt; und zwischen allen diesen Teilen herrschte eine vollkommene Harmonie. Auf jeden Laut, auf jeden Vorfall, der eine Tat verlangte, reagierte Buck mit Blitzesschnelle. Jede seiner Bewegungen war doppelt so schnell als bei den Polarhunden. Mit einer Geschwindigkeit sondergleichen konnte er sich in eine Abwehrstellung begeben oder selbst angreifen. Entschluß und Ausführung erfolgten fast gleichzeitig. Seine Muskeln strotzten von Vitalität und waren scharf wie Stahlfedern.

„Nie gab es einen solchen Hund", sagte John Thornton eines Tages zu seinen Gefährten, als er Buck im Lager herumstreichen sah.

„Als er gegossen wurde, ging die Form entzwei", meinte Pete.

„Wahrhaftig, das glaub' ich auch", setzte Hans hinzu.

Sie sahen ihn zwar das Lager verlassen, merkten aber die augenblickliche, schreckliche Veränderung nicht, die mit ihm vorging, sobald ihn das Dunkel des Waldes umfing. Er schritt nicht mehr; auf einmal wurde er zum Raubtier, das katzenartig dahinschlich, zu einem gleitenden Schatten, der plötzlich auftauchte und im Schatten wieder verschwand. Er wußte jede Deckung auszunützen, er kroch wie eine Schlange auf dem Bauche, starrte wie sie auf das Opfer, um dann unversehens hervorzuschießen und zuzustoßen. Er konnte ein Schneehuhn aus einem Nest nehmen, ein Kaninchen im Schlaf töten und die kleinen gestreiften Truthühner mitten im Fluge schnappen. Kein Fisch war ihm zu flink, kein Biber war in seinem Bau vor ihm sicher. Er tötete nur aus Hunger, nicht aus bloßer Lust am Morden. Das größte Vergnügen bereitete es ihm, Eichhörnchen zu beschleichen. Hatte er sie gefangen, dann ließ er sie wieder laufen, und er empfand eine diebische Freude daran, wenn sie laut schimpfend in die höchsten Wipfel der Bäume flüchteten.

Als der Herbst nahte, tauchten Elche in größeren Scharen auf und zogen langsam ins Land hinein, um in den tieferen, weniger rauhen Tälern zu überwintern. Buck hatte schon einmal ein vereinzeltes halbwüchsiges Kalb niedergerissen, aber es gelüstete ihn nach größeren Tieren. Eines Tages stieß er auf eine Herde von zwanzig Elchen, die vom Land der Ströme und der Wälder herübergewechselt waren. Ihr Oberhaupt war ein außergewöhnlich großer Bulle. Er erhob sich mehr als sechs Fuß über den Erdboden, und da er sich obendrein in gereizter Stimmung befand, so konnte sich Buck keinen würdigeren Gegner wünschen. Nach allen Seiten stieß er seine mächtigen Schaufeln; er war ein Vierzehnender und sein Geweih hatte gewiß seine sieben Fuß im Durchmesser. Seine kleinen Augen brannten in einem bösartigen Licht und laut fing er zu röhren an, als er Bucks ansichtig wurde. Seine Wut war begreiflich, denn aus seiner Flanke ragte das gefiederte Ende eines Pfeiles, wie ihn die Indianer zu gebrauchen pflegten. Von dem Instinkt geleitet, der von den alten Jagdtagen der urzeitlichen Welt herrührte, ging Buck daran, den Bullen von der Herde abzusondern. Es war keine leichte Aufgabe. Er bellte und tanzte um ihn herum, aber so, daß er stets außer Reichweite des mächtigen Geweihs und der furchtbaren Spalthufe blieb, die mit einem einzigen Schlag sein Leben zerstampft hätten. Es war dem Elch nicht möglich, weiterzuziehen, und seine Wut steigerte sich zur Raserei. Notgedrungen griff er Buck an, der jedoch dem Angriff geschickt auswich und ihn nun seinerseits in der Flanke zu packen versuchte. Doch jedesmal, wenn Buck glaubte, den Bullen von seiner Herde getrennt zu haben, mischten sich drei oder vier jüngere Tiere ein und beschäftigten ihn so lange, bis der alte Schaufler wieder Anschluß an seine Herde gefunden hatte.

Jedes Tier, das sich seine Nahrung selbst erjagen muß, verfügt über eine Geduld, die uns kaum begreiflich ist.

Die Spinne kann endlose Stunden regungslos in ihrem Netz sitzen, die Schlange zusammengerollt auf ihr Opfer lauern und der Panther in seinem Hinterhalt liegen. Auch Buck bewies in der Verfolgung der Herde eine unendliche Geduld. Er heftete sich an ihre Seite, behinderte ihren Marsch und reizte die jungen Tiere, während er die Kühe mit ihren halbwüchsigen Kälbern ängstigte und den verwundeten alten Elch vor hilfloser Wut fast wahnsinnig machte. Einen halben Tag lang dauerte diese Jagd. Buck war überall, griff stets an und bedrohte die Herde von allen Seiten, so daß die Tiere überhaupt nicht mehr zur Ruhe kamen.

Als sich der Tag neigte und die Sonne im Nordwesten versank, kehrten die jungen Bullen immer widerwilliger zur Unterstützung ihres bedrängten Anführers zurück. Der anbrechende Winter trieb sie mit größter Eile zu den tiefergelegenen Ebenen, und der sie in diesem Lauf aufhielt, war der unermüdliche Quälgeist, der sich nicht abschütteln ließ. Dabei galt die ganze Verfolgung nur einem einzelnen von ihnen. Stand es wirklich dafür, um dieses einen willen die ganze Herde in Gefahr zu bringen?

Als das Zwielicht hereinbrach, stand der alte Bulle mit gesenktem Haupte allein und verlassen da und blickte seinen Artgenossen nach, wie sie in rasenden Sprüngen in der Dämmerung verschwanden, den Kühen, die er gekannt, den Kälbern, denen er ein Vater gewesen, und den Bullen, die er gemeistert hatte. Er konnte nicht folgen, denn vor seiner Nase hüpfte der erbarmungslose, zähnefletschende Schrecken. Um dreihundert Pfund mehr als eine halbe Tonne wog der Bulle, er hatte ein langes, starkes Leben gelebt, voll von Kämpfen und Anstrengungen, und nun stand ihm der Tod durch die Zähne eines Tieres bevor, dessen Kopf nicht über seine Knie hinausreichte.

Nun ließ Buck seine Beute keinen Augenblick mehr in Ruhe. Er hinderte den Bullen sogar daran, die Blätter junger Birken und Weiden abzuäsen, ebensowenig gab er ihm eine Gelegenheit, seinen brennenden Durst in den karg rieselnden Bächen, die sie überquerten, zu stillen. In heller Verzweiflung flog der Elch oft in langen Fluchten davon. Es fiel Buck nicht im entferntesten ein, ihm nachzurennen, er folgte ihm nur so weit, daß er ihn nicht außer Sicht bekam. Zufrieden mit dem Spielverlauf legte er sich nieder, wenn der Elch stillstand, und griff ihn mächtig an, wenn er äsen oder trinken wollte.

Das große Haupt des Elches senkte sich immer mehr unter seinem Hörnerschmuck und der schlenkernde Gang wurde unsicherer und schwächer. Er verlegte sich jetzt darauf, lange und oft zu verhoffen, die Muffel berührten fast den Boden, während die gesenkten Lauscher schlaff herabhingen. Buck fand dadurch Zeit genug, sich mit Wasser zu versorgen und Nahrung zu holen.

Wenn er so still dalag und den Elch im Auge hatte, dann war es Buck manchmal, als ob etwas vorginge im Lande. Als die Elche einzogen, schien auch etwas anderes gekommen zu sein, aber er wußte nicht, was es war. Er konnte es nicht sehen, nicht hören und nicht riechen, aber mit einem anderen namenlosen Sinn vernahm er es doch. Es gingen seltsame Dinge vor, und wenn er die Sache mit dem Elch erledigt hatte, wurde es Zeit, danach zu sehen.

Gegen Ende des vierten Tages riß er den alten Bullen nieder. Einen Tag und eine Nacht verblieb er bei der erlegten Beute, abwechselnd fressend und schlafend. Er wandte sich dann, erfrischt und stark, dem Lager und John Thornton zu.

Er fiel in einen langen, leichten Trott, lief stets geradeaus, ohne jemals in Verlegenheit zu kommen, welchen Weg er einschlagen sollte;

schnurstracks hielt er auf das Lager zu, mit einem Richtsinn, der jeden Menschen und jede Magnetnadel beschämte.

Und immer überzeugter wurde er, daß etwas im Lande geschehen sei, von dem er nichts wußte. Die Vögel sprachen davon, die Eichhörnchen schwätzten darüber, sogar das sanfte Lüftchen wisperte diese Kunde. Mehrere Male blieb er stehen und sog die frische Morgenluft ein, mit ihr aber auch etwas, das ihn zu immer größerer Eile antrieb. Ihn überkam das Gefühl eines drohenden Unheils, vielleicht eines schon geschehenen Unglücks, und als er sich dem Lager näherte, geschah es nur mit größter Vorsicht.

Vorher aber stieß er noch auf eine frische Fährte, die geradewegs ins Lager zu John Thornton führte. Seine Rückenhaare sträubten sich, er bebte am ganzen Körper und jeder Nerv war aufs höchste angespannt. Buck hastete eilig, jedoch ungemein vorsichtig weiter, er wußte jetzt, was vorging; die Spur erzählte ihm eine Geschichte, deren Schluß er nicht kannte. Seine Nase vermittelte ihm eine vage Vorstellung von dem Lebewesen, dessen Fährte er folgte. Er merkte das angstvolle Schweigen des Waldes: die Vögel hatten sich verzogen, die Eichhörnchen waren in ihren Verstecken. Nur etwas sah er, einen glatten, grauen Kerl, der flach gegen einen grauen, toten Ast gepresst war, so daß er als ein Teil davon erschien, ein hölzerner Auswuchs auf dem Holz selbst.

Als Buck gleich einem gleitenden Schatten dahinschlich, war es ihm, als würde er plötzlich durch eine unwiderstehliche Macht getrieben und zur Seite gezogen. Er folgte der neuen Witterung ins Dickicht und fand Nig. Er lag lang ausgestreckt, und aus seinem Körper ragte ein mit Federn verzierter Pfeil.

Hundert Schritt weiter stieß Buck auf einen der Schlittenhunde, die Thornton in Dawson gekauft hatte. Er wand sich noch im Todeskampf, und Buck umging ihn, ohne anzuhalten. Vom Lager drang ein schwacher, eintöniger Singsang, der bald anschwoll, bald wieder abebbte.

Am Rande der Lichtung fand er Hans auf dem Gesicht liegend und mit Pfeilen bespickt, genau so wie ein Stachelschwein mit Stacheln. Im selben Augenblick starrte Buck dorthin, wo die Hütte gewesen war, und da sah er etwas, was seine Haare auf den Schultern senkrecht aufstellte. Eine Wut ohnegleichen packte ihn. Er wußte nicht, daß er selbst es war, der ein Geheul ausstieß, daß die Luft erzitterte. Zum letzten Mal trug die Leidenschaft den Sieg über die Klugheit und Vernunft davon, und um seiner großen Liebe zu Thornton willen verlor er den Kopf.

Es waren Yeehats-Indianer, die dort vor der Hütte ihre Tänze aufführten und dazu sangen. Sie hörten das Gebrüll und sahen, wie ein Tier auf sie zusprang, desgleichen sie noch nie gesehen hatten. Es war Buck, der sich, gleich einem lebenden Hurrikan, in wahnsinniger Wut auf sie warf. Er sprang den vordersten Mann an – es war zufällig der Häuptling selbst – und riß ihm die Kehle auf, so daß aus seiner aufgeschlitzten Gurgel eine Blutfontäne hervorschoß. In der nächsten Minute machte er es mit dem zweiten ebenso und auch über den dritten fiel er her. Nichts konnte ihn aufhalten. Von rechts und links, nach hinten und nach vorne sprang er, alles, was ihm in den Weg kam, zerriß, zerbiß und zermalmte er. Der Überfall erfolgte so schnell, und die Indianer saßen so eng beisammen, daß sie von ihren Pfeilen keinen Gebrauch machen konnten. Ein junger Krieger, der seinen Speer auf den in der Luft schwebenden Buck warf, traf einen anderen mit solcher Gewalt, daß die Spitze seinen ganzen Körper durchbohrte. Da ergriff die Menge ein derartiger Schrecken, daß sie glaubten, ein böser Geist sei eingebrochen, und alle flohen in das Dunkel der Wälder.

Buck sah wirklich wie der fleischgewordene böse Feind aus, als er ihnen auf den Fersen blieb und sie wie Rehe niederriß, als sie zwischen den Bäumen das Weite suchten. Es war ein schwarzer Tag für die Yeehats. Sie zerstreuten sich weit und breit über das Land und erst eine Woche später sammelten sich die letzten Überlebenden in einem niedriger gelegenen Tal und zählten ihre Verluste. Als Buck, von der Verfolgung müde, ins verlassene Lager zurückkehrte, fand er Pete, der im ersten Augenblick der Überraschung schlafend in seinen Decken ermordet worden war. Thorntons Verzweiflungskampf las er aus den Fußspuren im Sande, die er bis zum Rande eines tiefen Tümpels verfolgte. Am Ufer lag, Kopf und Vorderfüße im Wasser, treu bis zum Tode, Skeet. Was das trübe Wasser selbst enthielt, war nicht zu sehen, aber Buck wußte um das Geheimnis, denn John Thorntons Spuren führten hinein, aber nicht mehr heraus.

Den ganzen Tag verbrachte Buck beim Tümpel oder streifte ruhelos im Lager umher. Der Tod war das Ende jeder Bewegung, jedes Lebens. Das kannte er von früher her und er wußte, daß sein Herr tot war. Es hinterließ in ihm eine große Leere, ein dem Hunger verwandtes Gefühl, aber es war ein Hunger, der weh tat und nie mehr gestillt werden konnte. Zuweilen, wenn er anhielt und die Leichen der Yeehats betrachtete, vergaß er den Schmerz und ein unbändiger Stolz trat an seine Stelle, ein Stolz, wie er ihn noch nie gefühlt hatte. Er hatte Menschen getötet, das edelste Wild von allen, und er hatte sie getötet nach Fug und Recht, nach dem Recht des Stärkeren. Neugierig beschnüffelte er die Toten. Sie waren so leicht zu töten, viel leichter als Polarhunde. Sie wären ihm überhaupt nicht gewachsen, hätten sie nicht ihre Pfeile und Speere. In Zukunft würde er vor ihnen keine Angst mehr haben, außer wenn sie Waffen in den Händen trugen.

Die Nacht nahte und der Vollmond stieg am Himmel hoch über die Bäume auf, das Land mit Licht übergießend, so daß es in einen geisterhaften Schimmer getaucht war. Buck lag traurig am Ufer, und sein Herz öffnete sich für die Laute und Geräusche der Nacht, die so ganz anders als jene waren, die von Menschen herstammten. Lauschend und witternd stand er auf. Von weit her ertönte ein schwaches, scharfes Kläffen, zuerst einzeln, dann im Chor. Es verstärkte sich und wurde lauter und lauter. Es waren dieselben Töne, die er in jener Welt gehört hatte, die in seiner Erinnerung fortlebte. Er schritt knapp an den Rand des Teiches und lauschte. Es war der alte, geheimnisvolle Ruf; nur daßer noch verlockender und zwingender klang als früher. Nie vorher war er so bereit, ihm zu folgen. John Thornton war tot. Das letzte Band mit den Menschen war durchschnitten. Sie und ihre Forderungen hielten ihn nicht länger.

Auf seiner Jagd nach lebendem Wild war das Wolfsrudel vom Land der Ströme und Wälder ins Tal hinübergewechselt. Auf einer Lichtung, vom Mondlicht übergossen, stand Buck bewegungslos wie eine Staue und erwartete sein Kommen. Er flößte den Wölfen Furcht ein, wie er so still und massig dastand, und es verstrich eine kleine Weile, ehe ihn der Kühnste ansprang. Wie ein Blitz biß Buck zu und brach ihm das Genick. Dann stand er wieder bewegungslos wie zuvor, während sich der besiegte Wolf im Todeskampf wälzte. Nun griffen ihn hintereinander drei andere an, aber jeder von ihnen mußte sich mit aufgeschlitzter Kehle oder blutenden Schultern zurückziehen.

Plötzlich ging das ganze Rudel auf ihn los. Rasend geworden, fielen sie über ihn her, und nur seine wunderbare Gewandtheit und Beweglichkeit konnten ihn retten. Er drehte sich auf den Hinterbeinen, hieb zu und war überall zugleich; er gab sich keine Blöße, so schnell wirbelte er umher und wehrte sich nach allen Seiten. Um aber nicht umgangen zu werden, zog er sich in das Flußbett zurück, wo er auf einen Sandhaufen stieß, der noch vom Goldwaschen herrührte. Da hinein arbeitete er sich, so daß er von drei Seiten gedeckt war und nur die vierte zu verteidigen brauchte.

Er verstand es, diesen Platz so gut zu halten, daß sich die Wölfe nach einer halben Stunde entmutigt zurückzogen. Ihnen allen hing die Zunge heraus, die weißen Zähne blitzten und sie schnaubten vor Wut und Mordlust. Sie wußten aber nicht, was sie zunächst tun sollten. Einige lagen mit erhobenen Köpfen und gespitzten Ohren da, andere standen und beobachteten ihn scharf, während die übrigen zum Tümpel gingen, um Wasser zu schlürfen. Endlich näherte sich ein magerer, grauer Wolf, ein alter, erfahrener Geselle. Er hob die Nase schnuppernd in die Höhe und knurrte freundschaftlich. Da erkannte Buck in ihm den wilden Bruder wieder, mit dem er eine Nacht und einen Tag gelaufen war. Er begann auf gleiche Weise zu winseln, dann rieben sie die Nasen aneinander.

Nun trat ein anderer alter, hagerer, narbenbedeckter Wolf vor. Buck begann wieder zu knurren, zog es aber dann doch vor, seine Nase zu beschnuppern. Daraufhin ließ sich der alte Wolf nieder, richtete die Schnauze gegen den Mond und brach in das lange Wolfsgeheul aus. Die anderen Wölfe folgten seinem Beispiel und heulten mit. Buck horchte auf. Das war der Ruf, jetzt erkannte er den geheimnisvollen Ruf, er hatte ihn knapp vor sich. Nun ließ auch er sich nieder und stimmte mit ein. Es kam Leben in die Herde, von allen Seiten drängten sich die Tiere heran und beschnupperten ihn. Mit einem Male erhoben die Leitwölfe den Lockruf des Rudels und eilten in die Wälder davon. Die Wölfe, im Chor kläffend, schnellten hinter ihnen her, und Buck rannte bellend mit ihnen.

Und damit endet die Geschichte von Buck. Es dauerte nur wenige Jahre, da stellten die Yeehats eine merkwürdige Veränderung im Aussehen der Wölfe fest; sie sahen auf einmal braune Flecke auf den Köpfen, ebenso ein weißes Mal auf der Brust. Aber noch bemerkenswerter war das Gerücht von einem Geisterhund, der an der Spitze des Rudels laufen sollte. Die Menschen fürchteten sich vor ihm, denn er war schlauer als sie alle zusammen. Sie wußten, daß er es war, der ihr Lager bestahl, ihre Fallen beraubte und ihre Hunde tötete.

Noch viel Schlimmeres ereignete sich: Jäger kamen nicht mehr zum Lager zurück, man fand sie mit gräßlich aufgerissener Kehle, umgeben von Spuren, die viel größer waren als die der Wölfe. Im Herbst, wenn die Yeehats dem Zuge der Rentiere folgten, vermieden sie fortan ein bestimmtes Tal. Und die Frauen wurden traurig, wenn am Feuer davon geredet wurde, was geschehen war, als dieser böse Geist zum erstenmal hierherkam.

Dieser Geist ist ein großes Tier mit prächtigem Fell; er gleicht wohl einem Wolfe, ist aber doch keiner. Er wechselt ganz allein von den Wäldern herüber und läßt sich auf dem offenen Platz zwischen den Bäumen nieder. Da, wo aus verrotteten Säcken von Elchhaut ein glänzender gelber Strom zwischen die langen Grashalme fließt, liegt er oft stundenlang und starrt vor sich hin. Manchmal geht er auch zum Ufer des stillen Tümpels hinunter und sieht in das dunkle Wasser, dann heult er jämmerlich und klagend auf.

Nicht immer ist er allein. Wenn die Wölfe in den langen Winternächten ihre Beute dem Süden zu verfolgen, dann kann man an der Spitze des Rudels im Scheine des Mondes oder im flimmernden Nordlicht ein ungeheuer großes Tier sehen, das seine mächtige Kehle zum Himmel hebt und das uralte Lied der Wölfe singt.

Der Seewolf

Erster Teil

1. Kapitel

Ich weiß kaum, wo ich anfangen soll, obwohl ich zuweilen im Spaß die Schuld für all das, was folgt, auf Rechnung des Charley Furuseth buche. Er hatte ein Sommerhäuschen im Mill-Tal, das er jedoch nur benutzte, wenn er während der Wintermonate herumlungerte und, um seinen Geist zu entspannen, Nietzsche und Schopenhauer las. Sobald der Sommer begann, zog er es vor, in Schweiß gebadet, ein heißes und staubiges Leben in der Stadt zu führen und unaufhörlich zu arbeiten. Wäre es nicht meine Gewohnheit gewesen, ihn jeden Samstag nachmittags zu besuchen und bis Montag früh bei ihm zu bleiben, hätte dieser außergewöhnliche Jänner-Montagmorgen mich nicht zu Schiff in der Bucht von San Franzisko gesehen.

Ich fuhr aber nicht etwa auf einem unsicheren Fahrzeug, denn die „Martinez" war ein neuer Fährdampfer, der seine vierte oder fünfte Reise auf der Strecke zwischen Sausalito und San Franzisko zurücklegte. Gefahr lag jedoch in dem dichten Nebel, der die Bucht bedeckte, wovon ich aber als Landratte keine rechte Vorstellung besaß. Ich erinnere mich noch der sanften Verzückung, mit der ich meinen Platz auf dem vorderen Oberdeck unmittelbar unter dem Lotsenhaus bezog und das Spiel meiner Phantasie den Geheimnissen des Nebels überließ. Eine frische Brise wehte. Eine Zeitlang war ich allein im feuchten Dunkel – eigentlich nicht ganz allein, denn unbestimmt fühlte ich die Anwesenheit des Lotsen und des Mannes, den ich als Kapitän ansah, im Glashaus über mir.

Ich erinnere mich, überlegt zu haben, wie bequem doch diese Arbeitsteilung sei, die es mir ersparte, Nebel, Winde, Gezeiten und Navigation zu studieren, um meinen Freund jenseits der Bucht zu besuchen. Ich sann darüber nach, wie gut es sei, dass es Spezialisten gäbe. Die Sonderkenntnisse des Lotsen und Kapitäns genügten für viele Tausende, die nicht mehr von See und Navigation verstanden als ich. Dafür konzentrierte ich meine Energie, statt sie einer Vielfalt von Dingen widmen zu müssen, auf wenige Spezialitäten, wie zum Beispiel die Analyse der Stellung Poes in der amerikanischen Literatur – ein Aufsatz in der neuesten Nummer der „Atlantik". Bei meiner Ankunft an Bord hatte ich, als ich die Kajüte durchschritt, mit neugierigen Augen einen stämmigen Herrn erblickt, der die „Atlantik" las, in der gerade mein Aufsatz aufgeschlagen war. Und da war sie ja wieder, die Arbeitsteilung: die Spezialkenntnisse des Lotsen und Kapitäns, die es dem stämmigen Herrn ermöglichten, meine Abhandlungen über den Dichter Poe zu lesen, während sie ihn sicher von Sausalito nach San Franzisko beförderten.

Ein rotgesichtiger Mann, der die Kajütentüre hinter sich zuknallte und schwerfällig auf das Deck hinausstapfte, unterbrach meine Erwägungen. Ich machte mir noch rasch einige Notizen für eine geplante Abhandlung. Der rotgesichtige Mann warf noch rasch einen Blick zum Lotsenhaus hinauf, musterte den umliegenden Nebel, stapfte übers Deck hin und zurück (er trug anscheinend Beinprothesen), blieb an meiner Seite stehen, die Beine weitgespreizt und im Gesicht einen Ausdruck herber Freude; ich ging nicht fehl wenn ich annahm, dass er sein Leben auf See zugebracht hatte.

„Das scheußliche Wetter wie das da ist's, was die Köpfe vorzeitig ergrauen lässt!" sagte er mit einem Wink auf das Lotsenhaus.

„Ich hätte nicht gedacht, daß es da irgend eine besondere Anstrengung gäbe", antwortete ich. „Es dünkt mich einfach wie das Abc. Sie kennen die Richtung mit Hilfe des Kompasses, die Entfernung und die Geschwindigkeit. Ich würde es nicht anders als mathematische Sicherheit nennen."

„Anstrengung!" schnaubte er. „Einfach wie das Abc! Mathematische Sicherheit!"

Er schien sich ganz durchzuspannen und rücklings gegen den Wind zu legen, als er mich anstarrte. „Wie ist es dann mit den Gezeiten hier im Goldenen Tor?" fragte, oder besser gesagt, brüllte er. „Wie rasch ebbt es zurück, he? – Hören Sie einmal! Eine Glockenboje. Wir sind gerade über ihr. Sehen Sie, wie er den Kurs ändert!"

Aus dem Nebel drang das traurige Läuten einer Glocke. Ich konnte den Lotsen sehen, wie er das Steuerrad mit rasender Geschwindigkeit drehte. Die Glocke, die scheinbar gerade voraus gewesen war, tönte jetzt von der Seite. Unsere eigene Schiffssirene brüllte heiser, und von Zeit zu Zeit drang aus dem Nebel der Ton anderer Pfeifen zu uns.

„Das ist ein Fährboot", sagte der Neuankömmling unter Hinweis auf einen Pfiff von der rechten Seite. „Und dort! Haben Sie das gehört? Mit dem Mund geblasen. Wahrscheinlich irgendein kleiner Schoner. Paß lieber auf, Herr Schoner! Ah, das hab' ich mir ja gedacht! Jetzt geht's schon los!"

Das unsichtbare Fährboot stiess einen Heulton nach dem anderen aus und das mit dem Mund geblasene Horn tutete schreckerregend,

„Und jetzt begrüßen sie sich gegenseitig und trachten klarzukommen", fuhr der rotgesichtige Mann fort, als das ununterbrochene Blasen aufhörte.

Sein Gesicht strahlte, seine Augen blitzten aufgeregt, als er den Ton der Hörner und Sirenen in eine allgemeinverständliche Sprache übersetzte. „Das ist eine Dampfsirene, die da links vorbeifährt. Und hören Sie da diesen Burschen mit dem Frosch in der Kehle – ein Schoner, soweit ich beurteilen kann, der von draußen gegen die Ebbe hereinfährt."

Eine kleine Pfeife tönte schrill wie verrückt geworden, gellend, direkt von vorne und fast zum Greifen nahe. Auf der „Martinez“ wurden Gongs geschlagen. Unsere Schaufelräder stoppten, ihr Schlag erstarb. Und dann begannen sie sich neuerlich zu drehen. Die schrille, kleine Pfeife, wie das Zirpen einer Grille zwischen den Schreien großer Tiere, schoß mehr von der Seite durch den Nebel und wurde rasch schwächer und schwächer. Ich blickte, um eine Erklärung zu erhalten, nach meinem Begleiter.

„Eine von diesen verwegenen Barkassen“, sagte er. „Fast wünsche ich, wir hätten ihn versenkt, diesen kleinen Dreck! Die sind der Grund für noch mehr Schwierigkeiten. Und wozu sind sie eigentlich gut? Jeder Esel setzt sich auf sie und fährt wie der Teufel damit herum, bläst mit seiner Pfeife wie ein Verrückter, nur um der übrigen Welt zu sagen, sie müsse auf ihn achten, weil er daherkommt und nicht in der Lage ist, selbst auf sich aufzupassen! Und noch dazu hat man selbst die Pflicht, achtzugeben! Primitivster Anstand?! – Die haben keine Ahnung davon!“

Ich belustigte mich sehr über seinen unbegründeten Wutanfall. Während er entrüstet auf und ab stelzte, begann ich wieder über die Romantik des Nebels nachzusinnen. Und romantisch war er wirklich, dieser Nebel; wie der graue Schatten eines unendlichen Geheimnisses, brütend über dem sich drehenden Fleckchen Erde; und die Menschen -- winzige Stäubchen von Licht und Funken, gestraft mit einem verrückten Wohlgefallen an der Arbeit – wie sie ihre Rösser aus Holz und Stahl durch das Herz dieses Geheimnisses leiten, indem sie, in dreister Sprache schreiend und brüllend, blind ihren Weg durchs Unsichtbare tasten, während ihre Herzen voll Angst und Furcht sind !

Ein Lachen meines Begleiters brachte mich wieder zu mir. Ich hatte auch getastet und herumgetappt, während ich dachte, mit klaren Augen durch das Mysterium zu fahren.

„Hallo! Uns kommt etwas entgegen!“, rief er. „Und haben Sie das gehört? Es kommt sehr rasch. Es fährt geradeaus weiter! Ich glaube, es hat uns noch nicht gehört. Der Wind weht in entgegengesetzte Richtung!“

Die frische Brise blies direkt auf uns zu, und ich konnte die Sirene ganz deutlich hören, etwas seitlich, doch knapp vor uns.

„Fährboot?“, fragte ich.

Er nickte und fügte hinzu: „Sonst würde es nicht so die Richtung beibehalten.“ Er gab ein kurzes Kichern von sich. „Die dort oben werden ängstlich.“

Ich schaute hinauf. Der Kapitän hatte Kopf und Schultern aus dem Lotsenhaus herausgesteckt und starrte gespannt in den Nebel, als ob er ihn mit seiner bloßen Willenskraft durchdringen könnte. Sein Gesicht war ängstlich, ebenso das meines Begleiters, der zur Reling hinübergestapft war und mit der gleichen Spannung in die Richtung der unsichtbaren Gefahr starrte.

Dann geschah etwas mit unbegreiflicher Geschwindigkeit. Der Nebel schien auseinanderzubrechen, wie von einem Keil gespalten. Der Bug eines Dampfers tauchte auf, zu beiden Seiten Schwaden von Nebel hinter sich nachziehend, wie Meergras in der Schnauze eines Seeungeheuers. Ich konnte das Lotsenhaus sehen und einen weißbärtigen Mann, der sich halb daraus hervorbeugte. Er trug eine blaue Uniform. Ich erinnere mich, daß mir auffiel, wie gepflegt und ruhig er war. Seine Ruhe unter diesen Umständen war unfaßbar. Er empfing das Schicksal, ging mit ihm Hand in Hand und maß kühl den Schlag ab. Wie er so dalehnte, warf er einen ruhigen, forschenden Blick auf uns, wie um den genauen Punkt des Zusammenpralles vorauszubestimmen, und nahm nicht einmal Notiz davon, als unser Lotse, weiß vor Wut, brüllte: „Na, jetzt haben Sie's erreicht!“

Ich blickte um und sah, daß die Bemerkung zu berechtigt war, um eine Erwiderung zu gestatten.

„Ergreifen Sie etwas und hängen Sie sich daran fest!“, sagte mir der rotgesichtige Mann. All sein Toben war vergangen. Er schien von der übernatürlichen Ruhe angesteckt worden zu sein.

„Hören Sie das Weibergeschrei?“, fragte er grimmig, beinahe bitter. Ich dachte mir, er müsse in dieser Hinsicht schon schlechte Erfahrungen gemacht haben.

Bevor ich noch seine Anweisung befolgen konnte, waren die Schiffe zusammengeprallt. Wir mußten gerade mittschiffs getroffen worden sein, da ich nichts sah und der fremde Dampfer schon aus meinem Blickfeld gekommen war. Die „Martinez“ legte sich stark zur Seite; dann gab es ein Krachen und Bersten von Hölzern. Ich wurde flach aufs nasse Deck geschleudert. Bevor ich auf die Beine kam, hörte ich das Kreischen der Frauen. Dies – der unbeschreiblichste aller Töne, der einem das Blut in den Adern stocken läßt – versetzte mich in Panik. Ich dachte an die in der Kabine aufbewahrten Rettungsringe, aber da kam mir durch die Tür ein wilder Schwall von Männern und Frauen entgegen, und ich wurde zurückgeschwemmt. Was in den nächsten paar Minuten geschah, kann ich nicht mehr genau sagen, obwohl ich mich deutlich erinnere, daß ich Rettungsringe von den Gestellen herabriß und der rotgesichtige Mann diese einer Gruppe von hysterischen Frauen anlegte. Diese Erinnerung ist so deutlich und scharf wie ein Bild in mir eingeprägt. Ich kann es noch jetzt deutlich vor mir sehen: die gezackten Konturen des Loches in der Kabinenwand, durch das der graue Nebel wirbelte und brodelte; die verlassenen Polstersessel, übersät mit allen Anzeichen einer wilden Flucht: Gepäckballen, Mappen, Schirmen, Überziehern; der stämmige Herr, der meinen Aufsatz gelesen hatte, eingehüllt in Kork und Segeltuch, die Zeitschrift noch in seiner Hand, wie er mich mit eintöniger Eindringlichkeit fragte, ob ich dächte, daß da irgendwelche Gefähr bestünde; der rotgesichtige Mann, wie er schwerfällig mit seinen Prothesen herumstapfte und allen Neuankömmlingen Rettungsringe anlegte; und schließlich das kreischende Tollhaus der Frauen!

Es war das Schreien der Frauen, das mir am meisten auf die Nerven ging. Auch dem rotgesichtigen Mann muß es so ergangen sein, denn mir ist ein anderes Bild in Erinnerung, das nie aus meinem Gedächtnis schwinden wird: der stämmige Herr steckt gerade die Zeitschrift in seine Manteltasche und blickt neugierig um sich. Eine wirre Masse von Frauen mit weißen, verzerrten Gesichtern, die Münder aufgerissen, schreit wie ein Chor armer Seelen im Fegefeuer. Der rotgesichtige Mann – dessen Antlitz jetzt vor Zorn purpurn leuchtet – wirft seine Arme hoch, als ob er Blitze schleudern wollte und brüllt: „Haltet's Maul! Ach, haltet doch das Maul!"

Ich erinnere mich, durch diese Szene zu einem plötzlichen Lachen gezwungen worden zu sein. Im nächsten Augenblick stellte ich fest, daß auch ich hysterisch wurde; denn dies waren ja Frauen wie ich sie kannte, wie meine Mutter und Schwester, von Todesangst erfüllt, und nicht gewillt zu sterben. Die Töne, welche sie von sich gaben, erinnerten mich an das Quieken von Schweinen unter dem Messer des Fleischers, und ich war vor Schrecken starr ob dieser Ähnlichkeit! Diese Frauen, fähig der hehrsten Gefühle und zartesten Empfindungen, kreischten mit aufgerissenen Mäulern: sie wollten leben; doch sie waren hilflos, wie Ratten in einer Falle – und kreischten.

Das Grauen trieb mich aufs Deck. Ich fühlte mich krank und angeekelt und setzte mich auf eine Bank. Verschwommen hörte ich das Rennen und Schelten von Männern, die dabei waren, Boote herabzulassen. Es war gerade so, wie ich es bei Beschreibung solcher Szenen in Büchern gelesen hatte. Die Seile verklemmten sich. Nichts ging, wie es sollte. Ein mit Frauen und Kindern besetztes Boot wurde herabgelassen. Es füllte sich mit Wasser und kenterte. Ein anderes Boot war mit dem Bug zu Wasser gelassen worden, hing aber mit dem Heck noch in den

Seilen, so wie man es sich selbst überlassen hatte. Nichts war von dem fremden Dampfer, der das Unglück verursacht hatte, zu sehen, obwohl die Leute meinten, er würde zweifellos Boote zu unserer Unterstützung aussenden.

Ich stieg zum unteren Deck hinab. Die „Martinez" sank rasch, das Wasser war schon ganz nahe. Eine Anzahl Passagiere sprang über Bord. Andere, die im Wasser waren, schrien, um wieder an Bord genommen zu werden. Niemand achtete auf sie. Plötzlich erhob sich ein Schrei: „Wir sinken!" Ich wurde von der nun folgenden Panik ergriffen und sprang in einer brandenden Woge von Menschenleibern über Bord. Wie ich hinunterkam, weiß ich nicht, doch war mir sofort klar, warum die im Wasser so dringend an Bord zurück wollten: das Wasser war kalt – so kalt, daß es schmerzte. Der plötzliche Schmerz beim Hineinspringen brannte wie Feuer, drang bis ins Mark, war wie der Griff des Todes. Vor Schreck schnappte ich nach Luft, und noch bevor der Rettungsring mich hochwarf, füllte ein Schwall meine Lungen. Scharf legte sich der Salzgeschmack in den Mund, und die beißende Masse in Kehle und Lungen würgte mich.

Doch das Qualvollste war die Kälte. Ich fühlte, daß ich nur noch wenige Minuten leben konnte. Im Wasser rund um mich mühten und quälten sich Menschen. Ich konnte hören, wie sie sich gegenseitig zuschrien. Dann vernahm ich das Plätschern von Rudern. Offenbar hatte der fremde Dampfer seine Boote ausgesetzt. Die Zeit verging und ich wunderte mich, daß ich noch lebte. In meinen unteren Gliedmassen hatte ich überhaupt kein Gefühl mehr. Eine eisige Erstarrung erfaßte mein Herz und durchbohrte es. Kleine Wellen mit lästigen Schaumkronen brachen sich ständig über mir und in meinem Mund. Sie machten meine Lage noch beklemmender.

Die Laute wurden undeutlich. In der Ferne hörte ich einen letzten verzweifelten Chor von Kreischenden und wußte, daß nun die „Martinez“ gesunken war. Später – wieviel Zeit dazwischen lag, weiß ich nicht – kam ich in einem Anfall furchtbarer Angst zu mir. Ich war allein. Ich vernahm kein Schreien oder Rufen – nur den Ton der Wellen, der durch den Nebel unheimlich hohl und geisterhaft zurückgeworfen wurde. Die Panik in einer Menschenmasse, die von einem gemeinsamen Schicksal betroffen wird, ist nicht so schreckhaft wie das furchtbare Grauen, das man empfindet, wenn man ganz allein ist. Und ein solches Grauen überfiel mich jetzt. Würde ich abgetrieben werden? – Der rotgesichtige Mann hatte gesagt, daß die Strömung durch das Goldene Tor hinausziehe. Ich würde also auf die hohe See abgetrieben werden! Und der Rettungsring, in dem ich schwamm? Konnte er nicht jeden Augenblick in Stücke brechen? Ich hatte gehört, daß solche Dinger aus Papier erzeugt würden, das sich bald ‚ansäuft‘ und alle Tragfähigkeit verliert. Und ich konnte nicht einmal schwimmen! Ich war allein und trieb offenbar in der Mitte einer grauen, urweltartigen Wüstenei. Ich muß bekennen, daß mich Wahnsinn erfaßte, daß ich laut kreischte, wie die Frauen gekreischt hatten, und daß ich das Wasser mit meinen erstarrten Händen schlug.

Ich habe keine Ahnung, wie lange dies dauerte; denn eine Leere überkam mich, von der ich nicht mehr weiss, als man sich von einem sorgenvoll-schmerzhaften Traume merkt. Als ich erwachte, glaubte ich Jahrhunderte geschlafen zu haben. Knapp über meinem Kopf sah ich, aus dem Nebel hervorbrechend, den Bug eines Schiffes und drei dreieckige, windgeblähte Segel.

Als der Bug das Wasser teilte, gab es ein mächtiges Gischten und Rauschen. Ich schien direkt in seiner Bahn zu liegen. Ich versuchte zu schreien, war jedoch zu erschöpft. Der Bug – gerade, daß er mich nicht erfaßte – tauchte unter und warf einen Schwall Wasser über meinen Kopf. Dann begann der lange schwarze Schiffsrumpf an mir vorbeizugleiten, so nahe, daß ich ihn mit meinen Händen hätte greifen können. Ich versuchte ihn zu erfassen, in dem wahnsinnigen Entschluss, mich mit den Nägeln im Holz festzukrallen; aber meine Arme waren schwer und gefühllos. Wieder bemühte ich mich zu schreien, brachte aber keinen Ton heraus.

Das Heck des Schiffes schoß vorbei und versank in einem Wellental. Ich erhaschte gerade noch das Bild eines Mannes, der am Steuerrad stand und das eines zweiten, der scheinbar nichts anderes zu tun hatte, als ein Zigarre zu rauchen. Ich sah den Rauch zwischen seinen Lippen hervorquellen, als er langsam seinen Kopf wandte und über das Wasser in der Richtung zu mir hinausblickte. Es war ein zweck- und gedankenloser Blick, eine von den Zufälligkeiten, die ein Mensch macht, wenn er keinen Anlaß hat, irgend etwas Bestimmtes zu unternehmen, sich dennoch aber bewegt, weil er lebt und irgend etwas tun muß.

Für mich aber hing Leben und Tod von diesem Blick ab. Ich sah, wie das Schiff vom Nebel verschluckt wurde, sah den Rücken des Mannes am Steuerrad und den Kopf des anderen Mannes, wie er ihn drehte, langsam drehte, wie sein Blick das Wasser berührte und zufällig auf demselben weiterglitt – in der Richtung zu mir! Sein Gesicht machte den Eindruck von Geistesabwesenheit, als ob er in tiefen Gedanken wäre. Ich fürchtete, daß, wenn auch sein Blick auf mich fallen sollte, er mich doch nicht sehen würde. Aber sein Blick erfaßte mich, und er schaute mich senkrecht an. Er hatte mich erblickt, denn er sprang ans Steuerrad, stieß den anderen Mann zur Seite, wirbelte das Rad herum und gab gleichzeitig Befehle. Das Schiff schien jedoch seinen bisherigen Kurs beizubehalten und entschwand meinen Blicken in den Nebel hinein.

Ich fühlte mich einer Ohnmacht nahe. Mit aller Willenskraft versuchte ich, gegen die erstickende Leere und Finsternis, die sich um mich erhob, anzukämpfen. Kurz danach vernahm ich Ruderschläge. Ein Mann rief. Als er schon ganz nahe heran war, hörte ich ihn schreien:

„Warum, zum Teufel, gibst du keinen Ton von dir?“

„Er meint mich“, dachte ich, und dann erfaßte mich Leere und Dunkel.

2. Kapitel

Mir schien, als schwebte ich in langsamem Rhythmus durchs Weltall. Flimmernde Lichter sprühten und schossen an mir vorbei. Ich wußte: das waren Sterne und aufleuchtende Kometen, die meine Flugbahn zwischen den Sonnen bevölkerten. Als ich das Ende einer Schwingung erreicht hatte und mich vorbereitete, auf der Gegenschwingung zurückzustürzen, schlug donnernd ein Riesengong an. Eine unermeßliche Zeitspanne, verstrickt im milden Dahingleiten der Jahrhunderte, fühlte ich eine ungeahnte Seligkeit und überdachte meinen kolossalen Flug.

Doch im Traumbild trat eine Wandlung ein; denn, daß es ein Traum sein müsse, sagte ich mir selbst. Mein Rhythmus wurde immer kürzer und kürzer. Ich wurde mit rasender Hast hin- und hergeschwungen. Mit so fürchterlicher Gewalt wurde ich durch den Himmelsraum geschleudert, daß ich kaum Atem schöpfen konnte. Der Gong donnerte heftiger und entsetzlicher. Ich begann ihn mit einem namenlosen Grauen zu erwarten. Dann schien es mir, als würde ich über raspelnden Sand geschleift, der weiß und heiß in der Sonne glühte. Hierauf erfaßte mich ein unerträgliches Angstgefühl. Meine Haut wurde in einem Feuersturm gebraten. Der Gong dröhnte und klang wie eine Totenglocke. Die funkelnden Lichtpunkte schossen an mir in einem endlosen Strom vorbei, als ob das ganze Sternensystem in das unendliche All stürzen wollte. Ich keuchte, holte mühsam Atem und öffnete die Augen. Zwei Männer knieten neben mir und waren mit mir beschäftigt. Der mächtige Rhythmus war das Auf- und Niedertauchen des Schiffes auf See. Der schreckliche Gong war eine an der Wand hängende Bratpfanne, die mit jeder Schiffsbewegung rasselte und klapperte. Der raspelnde glühende Sand waren die groben Hände eines Mannes, der meine nackte Brust rieb. Unter diesem Schmerz wand ich mich und erhob halb meinen

Kopf. Meine Brust war wund, und ich sah zarte Blutperlen aus der geschundenen und entzündeten Haut hervortreten.

„Das wird genügen, Yonson", sagte einer der Männer.

Der als Yonson Angesprochene, ein Mann von schwerem skandinavischen Typus, hörte auf, mich zu reiben und stand schwerfällig auf. Der Mann, der zu ihm gesprochen hatte, war offensichtlich ein Cockney*), feingliedrig und mit einem weichen, beinahe fraulichem Gesicht, der sicher den Ton der Londoner Glocken schon mit seiner Muttermilch eingesogen hatte. Eine verdreckte Mütze auf seinem Kopf und der schmutzige Schurz um seine schmächtigen Hüften kennzeichneten ihn als den Koch dieser offenbar unsauberen Schiffskombüse, in der ich mich befand.

„Und wie geht es Ihnen jetzt, mein Herr?" fragte er mit so unterwürfigem Lächeln, wie es nur durch eine Kette trinkgeldheischender Vorfahren erworben werden kann.

Als Antwort setzte ich mich mühevoll auf, und Yonson half mir auf die Beine. Das Rasseln und Knallen der Bratpfanne nagte entsetzlich an meinen Nerven. Ich konnte mich nicht mehr halten. Zur Stütze erfaßte ich die Holzverkleidung der Kombüse – ich gestehe, daß die Schmiere, mit der sie besudelt war, mich ekelte, – griff über die heiße Kochstelle nach dem lästigen Zeug, hakte es aus und brachte es in der Kohlenkiste in Sicherheit.

Der Koch grinste über meine durchgegangenen Nerven und drückte mir einen dampfenden Becher in die Hand. „Hier, das wird Ihnen guttun!" Es war ein scheußliches Getränk – Schiffskaffee – aber seine Wärme war belebend. Während ich das Zeug trank, warf ich einen Blick auf meine zerschundene und blutende Brust, dann wandte ich mich an den Skandinavier.

---

*) Waschechter Londoner.

„Danke Ihnen, Herr Yonson“, sagte ich. „Aber glauben Sie nicht, daß Ihre Maßnahmen etwas zu heldenmütig waren?“

Er verstand wohl mehr den Vorwurf meines Tonfalles als den der Worte und hielt seine Handflächen zur Untersuchung hin. Ich fuhr mit meiner Hand über die hornigen Erhöhungen und es gruselte mich vor dem schrecklich raspelnden Gefühl, das sie erzeugten.

„Mein Name ist Johnson und nicht Yonson“, sagte er in sehr gutem, wenn auch langsamem und etwas sonderbarem Englisch.

Es lag ein stiller Protest in seinen blaßblauen Augen, aber auch ein zurückhaltender Freimut und eine Männlichkeit, von der ich sofort eingenommen wurde.

„Danke Ihnen, Herr Johnson“, verbesserte ich mich und streckte ihm meine Hand entgegen.

Er zögerte linkisch und verschämt, verlegte sein Körpergewicht von einem Bein aufs andere, dann packte er plump meine Hand und schüttelte sie so herzlich, als wären wir alte Bekannte.

„Haben Sie trockene Kleider, die ich anziehen könnte?“ fragte ich den Koch.

„Jawohl“, antwortete er mit freundlicher Bereitwilligkeit. „Ich werde sofort hinuntergehen und meine Habe durchsehen, wenn Sie nicht Bedenken haben, mein Herr, meine Sachen zu tragen.“

Er tauchte durch die Kombüsentür hinaus oder glitt eher durch sie, mit solcher Geschwindigkeit und Weichheit des Ganges, die mir nicht so sehr katzenähnlich als vielmehr salbungsvoll-ölig erschien. Und tatsächlich – wie ich später noch erfahren sollte – war dieses Salbungs-voll-Schmierige seine hervorstechendste Charaktereigenschaft.

„Und wo bin ich?“ fragte ich Johnson, den ich mit Recht als einen der Matrosen ansah. „Was ist das für ein Schiff und wohin fährt es?“

„Von den Farallonen mit Kurs Südwest“, antwortete er langsam und überlegt, als ob er sein bestes Englisch herausholen müßte, peinlich genau die Reihenfolge meiner Fragen einhaltend. „Der Schoner ‚Ghost‘, unterwegs auf Robbenjagd nach Japan.“

„Und wo ist der Kapitän? Ich muß ihn sprechen, sobald ich angezogen bin.“

Johnson schaute verlegen und verwirrt drein. Er zögerte, während er in seinem Wortschatz kramte, um eine vollständige Antwort zusammenzuzimmern.

„Der Kapitän ist Wolf Larsen, so nennen ihn die Leute. Seinen anderen Namen habe ich nie gehört. Aber ich rate Ihnen, mit ihm behutsam zu sprechen. Er ist heute verrückt. Der Steuermann …“

Aber er konnte seine Rede nicht beenden. Der Koch war hereingeglitten.

„Schau lieber, daß du weiterkommst, Yonson“, sagte er. „Der Alte braucht dich auf Deck, und es hat keinen Zweck, mit ihm übers Kreuz zu kommen!“

Johnson ging folgsam zur Tür. Er beehrte mich dabei, über die Schulter des Kochs hinweg, mit einem verblüffend feierlichen und bedeutsamen Wink, gleichsam, um die unterbrochene Bemerkung und die Notwendigkeit, dass ich mit dem Kapitän sanftmütig sprechen müsse, zu unterstreichen.

Am Arm des Koches hing eine liederlich zerdrückte Auswahl von übel aussehenden und sauer riechenden Kleidungsstücken.

„Sie sind naß weggelegt worden, Herr“, versuchte er zu erklären, „aber Sie werden mit ihnen vorliebnehmen müssen, bis ich die Ihren am Feuer getrocknet habe.“

Angeklammert an die Holzverschalung, mit dem Rollen des Schiffes schwankend, gelang es mir mit Unterstützung des Koches, in ein rauhes Wollunterleibchen hineinzukommen. Im Nu kribbelte und krabbelte meine Haut bei der rauhen Berührung. Er bemerkte mein unwillkürliches Zucken und Gesichtverziehen.

„Ich hoffe nur, daß Sie nicht immer in Ihrem Leben genötigt sein werden, solches Zeug anzuziehen – auf Ihre weiche Haut, weicher, als die einer jeden Frau, die ich kenne. Ich habe ja gleich richtig getippt, daß Sie ein ganz feiner Herr sind!"

Von Anfang an hatte ich eine Abneigung gegen ihn verspürt. Während er mir beim Ankleiden behilflich war, stieg dieselbe. In seiner Berührung lag etwas Abstoßendes. Ich schreckte vor seiner Hand zurück; mein Körper sträubte sich dagegen. Aus diesem Grunde, und auch wegen der nicht gerade verlockenden Gerüche, die aus den verschiedenen Kochtöpfen auf dem Kombüsenherd hochstiegen, beeilte ich mich, an die frische Luft zu kommen. Schließlich mußte ich dringend mit dem Kapitän sprechen, was er unternehmen könne, um mich an Land zu bringen.

Ein billiges Baumwollhemd mit durchschabtem Kragen, entfärbter Brust und mit Flecken, die ich für alte Blutspritzer ansah, wurde mir unter einem ununterbrochenen Schwall von Erläuterungen angelegt. Meine Füße steckten in groben Arbeitsschuhen. Weiter wurde ich mit einer blaßblauen, ausgewaschenen Overallhose ausgestattet, deren eines Bein kürzer war als das andere. Das kürzere Bein sah aus, als ob hier der Teufel mit seinen Krallen nach der Seele des Cockney habe fassen wollen, aber nur die Hose erwischt hätte.

„Und wem muß ich für die Freundlichkeit danken?" fragte ich, als ich vollständig kostümiert dastand, eine winzige Knabenmütze auf meinem Kopf, bekleidet mit einer schmutzigen, gestreiften Baumwolljacke, die schon über dem Kreuz endete und deren Ärmel gerade noch über die Ellbogen reichten.

Der Koch streckte sich in einer selbstzufrieden demütigen Art, mit einem Schmunzeln, das besagen sollte, es sei nicht der Rede wert. Auf Grund meiner Erfahrung mit Stewards auf den Ozeanschiffen hätte ich schwören können, daß er ein Trinkgeld erwartete. Jetzt weiß ich aber auf Grund meiner späteren Erfahrungen, daß seine Haltung ungewollt war. Sie war nur der Ausdruck ererbter Unterwürfigkeit.

„Dem Mudgridge, Herr“, buckelte er, wobei sein weibisches Gesicht ein geschmalzenes Lächeln annahm. „Thomas Mudgridge, mein Herr, stets zu Ihren Diensten.“

„Gut, Thomas“, sagte ich, „ich werde dich nicht vergessen – wenn meine Kleider trocken sind.“

Ein milder Schein überströmte sein Gesicht und seine Augen glänzten, als ob irgendwo in der Tiefe seines Wesens seine Vorfahren sich geregt hätten, mit dunkler Erinnerung an im vergangenen Leben erhaltene Trinkgelder.

„Dank Ihnen, mein Herr“, sagte er sehr dankbar und wirklich unterwürfig.

Wie eine Schiebetür glitt er zur Seite und ich trat aufs Deck hinaus. Ich war noch ganz schwach von all dem Erlebten. Ein Windstoß erfaßte mich und ich taumelte über das schwankende Deck gegen eine Kabinenecke, an der ich mich anklammerte. Der Schoner lag stark auf der Seite und tauchte in den rollenden Wogen des Ozeans auf und nieder. Wenn er, so wie Johnson gesagt hatte, Kurs Südwest hielt, dann, so überlegte ich, blies der Wind fast genau aus Süden. Der Nebel war verschwunden. Die Sonne glitzerte frisch auf dem Wasser. Ich drehte mich nach Osten, wo meines Wissens Kalifornien liegen mußte, konnte aber nur tiefliegende Nebelbänke sehen – zweifellos derselbe Nebel, der der „Martinez“ zum Verhängnis geworden war und mich in meine jetzige Situation gebracht hatte. Gegen Norden, gar nicht weit weg, eine Gruppe nackter Felsen aus dem Meere aufragend. Auf einem davon konnte ich einen Leuchtturm ausnehmen. Im Südwesten sah ich pyramidenförmig, beinahe in unserer Fahrtrichtung, undeutlich verschwommen einige Schiffssegel.

Nachdem ich den Rundblick über den Horizont genossen hatte, wandte ich mich meiner näheren Umgebung zu. Mein erster Gedanke war, daß ein Mensch, der einen Unfall überlebt und dem Tod schon die Hand gereicht hat, mehr Aufmerksamkeit verdiene, als mir zuteil wurde. Nur ein Matrose, der hinter dem Steuerrad stand und neugierig herüberblickte, schien sich für mich zu interessieren.

Alle schienen darauf zu achten, was mitschiffs vorging. Dort lag, auf einem Lukendeckel ausgestreckt, ein Mann auf dem Rücken. Er war vollständig bekleidet, aber sein Hemd war vorne aufgerissen. Trotzdem konnte man von seiner Brust nichts sehen, denn sie war von einer Menge schwarzer Haare wie mit einem Hundepelz bedeckt. Sein Gesicht und Hals waren unter einem schwarzen, graugesprenkelten Bart verborgen, der steif und borstig gewesen wäre, hätte ihn nicht das daraus tropfende Wasser weich und schlapp gemacht. Seine Augen waren geschlossen. Offenbar war er bewußtlos. Er keuchte wie ein Sterbender, während er geräuschvoll nach Atem rang. Ein Matrose warf von Zeit zu Zeit ganz mechanisch einen an einem Seil befestigten Segeltucheimer ins Meer, holte ihn Hand über Hand ein und goß den Inhalt über den ausgestreckt Daliegenden.

Neben der Luke stand, wild an einem Zigarrenende kauend, der Mann, dessen zufälliger Blick mich aus dem Meere gerettet hatte. Er war ungefähr einen Meter achtzig groß. Aber mein erster Eindruck oder das erste Gefühl von diesem Menschen war nicht das seiner Größe, sondern das seiner Kraft. Und doch konnte ich, obwohl er gedrungen und breitschultrig war und einen mächtigen Brustkorb besaß, seine Kraft nicht als grob bezeichnen. Man hätte sie vielleicht mehr als sehnig-knorrige Kraft charakterisieren können, von der Art, wie man sie mageren, zähen Männern zuschreibt, die aber bei ihm wegen seines mächtigen Körperbaues mehr mit der eines vergrößerten Gorillas gemein hatte. Nicht aber, daß er in seiner äußeren Erscheinung auch nur annähernd gorillaähnlich gewesen wäre ! Was ich zum Ausdruck bringen möchte, ist diese Kraft an sich, mehr ein Phänomen, das nicht mit seiner körperlichen Erscheinung zusammenhing. Es war eine Kraft, die wir mit primitiven Dingen zu verbinden gewohnt sind; mit wilden Tieren und mit den Wesen, von denen wir vermuten, daß sie unsere baumbewohnenden Vorfahren waren – eine rohe, wilde Kraft, aus sich selbst heraus geboren, der Ursprung des Lebens, in dem sie die bewegende Energie ist, der Urstoff der Elemente selbst, aus dem die vielen Formen des Lebens geschaffen wurden; in kurzen Worten, das, was sich im Leib einer Schlange windet, wenn der Kopf abgeschlagen und die Schlange als Schlange tot ist, oder was sich in den formlosen Klumpen einer Schildkrötenspeise äussert und zittert, wenn man es berührt.

So war der Eindruck der Kraft, den ich von dem Mann gewann, der bei der Luke auf und ab schritt. Er stand fest auf seinen Beinen. Seine Füsse traten mit Sicherheit auf Deck auf. Jede Muskelbewegung, vom Heben der Schultern bis zum Zusammenziehen der Lippen um die Zigarre, war entschlossen und schien aus einer Kraft zu kommen, die außergewöhnlich und überwältigend war. Und obwohl diese Kraft jede seiner Bewegungen durchdrang, schien sie doch nur der Vorbote einer noch größeren Kraft zu sein, die im Innersten versteckt schlummerte, nur von Zeit zu Zeit sich regte, die aber bereit war, sich jeden Augenblick zu erheben, furchtbar und niederzwingend, wie die Urkraft des Löwen oder das Toben des Sturmes.

Der Koch streckte seinen Kopf aus der Kombüsentür heraus. Er grinste mir aufmunternd zu und deutete mit dem Daumen auf den Mann, der bei der Luke auf und ab schritt. So gab er mir zu verstehen, daß dies der Kapitän sei, „der Alte" in der Ausdrucksweise des Koches, das Wesen, mit dem ich sprechen und das ich mit der Sorge belasten mußte, auf welche Weise ich an Land gebracht werden konnte. Ich war schon halb daran gewesen, auf den Kapitän zuzutreten, als ein noch heftigerer Erstickungsanfall den unglücklichen, am Boden liegenden Menschen erfaßte. Er wand und krümmte sich krampfartig. Das Kinn mit dem nassen schwarzen Bart reckte sich hoch in die Luft, während sich die Rückenmuskeln spannten, und der Brustkorb, in unbewußtem Bemühen, mehr Luft zu bekommen, hob sich. Obwohl ich es unter dem Bart nicht sehen konnte, hatte ich das Gefühl, daß die Haut purpurrot wurde.

Der Kapitän oder Wolf Larsen, wie die Leute ihn nannten, blieb stehen und blickte zu dem Sterbenden hinab. So verzweifelt war der Todeskampf geworden, daß der Matrose in seinem Bemühen, noch mehr Wasser über den Liegenden zu schütten, aussetzte. Er starrte ihn neugierig an und vergoß die Hälfte des Wassers auf das Deck. Der Sterbende trommelte mit den Fersen auf der Luke einen Zapfenstreich, streckte die Beine, verkrampfte sich mit einer riesigen Kraftanspannung und rollte seinen Kopf von einer Seite auf die andere. Dann erschlafften die Muskeln. Der Kopf rollte nicht mehr, und ein Seufzer, gleich einer innersten Erleichterung, kam über seine Lippen. Der Unterkiefer fiel herab, die Oberlippe zog sich in die Höhe, und es erschienen zwei Reihen tabakgebräunter Zähne. Es hatte den Anschein, als ob sein Gesicht zu einem teuflischen Grinsen erstarrt sei, zu einem Hohn auf die Welt, die er verlassen und überlistet hatte.

Dann geschah etwas ganz Überraschendes. Der Kapitän stürzte auf den toten Mann los wie ein Donnerschlag. Flüche kamen in ununterbrochener Reihenfolge von seinen Lippen. Und das waren nicht nur ordinäre Flüche oder nur unanständige Redensarten. Jedes Wort war eine Gotteslästerung – und es waren viele Worte! Sie krachten und knallten wie elektrische Funken. Ich habe etwas Ähnliches in meinem Leben noch nie gehört, noch hätte ich es für möglich gehalten. Mit einem Hang für literarische Ausdrucksweise und eine Neigung für eindringliche Bilder und Redewendungen behaftet, würdigte ich, das kann ich wohl behaupten, wie kein anderer Zuhörer die einzigartige Lebendigkeit und Kraft des gotteslästerlichen Ergusses. Der Grund zu all dem war, soweit ich dies entnehmen konnte, daß der Mann der Steuermann war, vor der Abfahrt in San Franzisko an einer Sauferei teilgenommen hatte und jetzt die Geschmacklosigkeit besaß, zu Beginn der Fahrt zu sterben und Wolf Larsen ohne Ersatz zurückzulassen.

Es ist eigentlich kaum notwendig – wenigstens soweit es meine Freunde betrifft – zu bemerken, daß ich erschüttert war. Flüche und gemeine Reden jeder Art waren für mich stets ein Greuel. Mich gruselte. Ich fühlte einen Druck über dem Herzen und wurde schwindlig. Für mich war der Tod immer von sehr viel Ernst und Würde begleitet und fried- und weihevoll in seinen Zeremonien gewesen. Aber mit dem Tod in seiner schmutzigsten und schrecklichsten Erscheinung war ich bisher noch nicht in Berührung gekommen. Wie gesagt: während ich die Wucht der fürchterlichen Lästerungen ermaß, die aus dem Munde des Wolf Larsen kamen, war ich auf das Tiefste betroffen. Fahrtwind und Brise genügte, um das Gesicht des Toten zu trocknen. Ich wäre nicht überrascht gewesen, wenn der nasse schwarze Bart sich gelockt und gekräuselt hätte, um schließlich in Rauch und Flammen aufzugehen. Aber der Tote blieb ungerührt. Er grinste weiter mit einem grimmigen Humor, mit einem zynischen Hohn und Trotz. Er war Herr der Situation.

3. Kapitel

Ebenso plötzlich, wie er begonnen hatte, hörte Wolf Larsen zu fluchen auf. Er entzündete wieder seine Zigarre und blickte herum. Sein Blick fiel zufällig auf den Koch.

„Na, Kocherl!“ begann er mit einer Verbindlichkeit, die kalt wie Stahl war.

„Jawohl, Herr“, warf der Koch diensteifrig mit besänftigender Unterwürfigkeit ein.

„Glaubst du nicht, daß du deinen Kopf jetzt gerade lang genug herausgestreckt hast? Das ist ungesund. Weißt du? Der Steuermann ist gegangen. So kann ich es nicht brauchen, dich auch noch zu verlieren. Du mußt sehr, sehr auf deine Gesundheit achten, Kocherl. Verstanden?“

Sein letztes Wort, in schlagendem Gegensatz zur Weichheit seiner vorausgegangenen Äusserung, schnalzte wie ein Peitschenhieb. Der Koch zuckte zusammen.

„Jawohl, Herr“, war die demütige Erwiderung, und der beanstandete Kopf verschwand in der Kombüse.

Nach diesem Tadel, der den Koch allein betroffen hatte, zeigte sich die übrige Mannschaft uninteressiert und ging da und dort ihrer Arbeit nach. Nur einige Männer, die zwischen Kombüse und Luke herumlungerten – sie schienen nicht Matrosen zu sein –, fuhren in ihren leisen Gesprächen fort. Sie waren, wie ich später erfuhr, Jäger, die Männer, welche die Robben schossen, eine hohe Kaste im Vergleich zu gewöhnlichen Matrosen.

„Johansen!“ rief Wolf Larsen, und ein Matrose trat gehorsam zu ihm. „Hol’ Nadel und Zwirn und näh’ den Bettler da ein. In der Schiffstruhe wirst du etwas Leinwand finden. Mach weiter!“

„Was soll ich an seinen Füßen befestigen, Herr?“ fragte der Mann nach dem üblichen: „Jawohl, Herr!“

„Wir werden schon sehen“, antwortete Wolf Larsen und rief mit erhobener Stimme: „Kocherl!“

Thomas Mugridge tauchte wie ein Stehaufmännchen aus seiner Kombüse auf.

„Geh’ hinunter und füll’ einen Sack mit Kohlen an!“

„Hat einer von euch eine Bibel oder ein Gebetbuch?“ war die nächste Frage des Kapitäns, diesmal an die Jäger gerichtet, die bei der Luke herumlungerten.

Sie schüttelten die Köpfe. Einer machte eine witzige Bemerkung, die ich nicht verstand, die aber ein allgemeines Gelächter zur Folge hatte.

Wolf Larsen stellte die gleiche Frage an die Matrosen. Bibel und Gebetbücher schienen seltene Artikel zu sein. Einer sagte, er werde unten bei der Wache nachfragen, kehrte aber nach einer Minute mit der Meldung zurück, daß es dort nichts Derartiges gäbe.

Der Kapitän zuckte die Achseln. „Dann werden wir ihn ohne jedes Palaver hineinwerfen, außer unser priesterartig aussehender Neuankömmling kann die Seebestattungszeremonien auswendig.“

Bei diesen Worten hatte er sich herumgedreht und blickte mich jetzt an.

„Sie sind Pfarrer, nicht wahr?“ fragte er.

Die Jäger – es waren deren sechs – drehten sich wie ein Mann um und betrachteten mich. Ich wurde mir meiner Ähnlichkeit mit einer Vogelscheuche bewußt. Mein Anblick löste ein Gelächter aus – ein Gelächter, das durch den vor uns auf Deck liegenden Toten in keiner Weise gedämpft oder gemildert wurde; ein Gelächter, das heiser und rauh war und frei wie das Meer selbst; das ursprünglichen Gefühlen entsprang, von Männern, die weder Anstand noch Feingefühl besaßen.

Wolf Larsen lachte nicht, doch leuchteten seine grauen Augen belustigt kurz auf.

Ich war auf ihn zugegangen und gewann in diesem Augenblick den ersten Eindruck von ihm, abgesehen von seinem Körper und dem Strom der Gotteslästerungen, den ich aus seinem Munde stürzen gehört und zu werten bereits früher Gelegenheit gehabt hatte. Das Gesicht mit seinen festen, eckigen Zügen war gut proportioniert und machte auf den ersten Blick einen massiven Eindruck. Aber ebenso wie beim Körper schien bei näherer Betrachtung das Ungeschlachte zu schwinden, und man gewann die Überzeugung von einer fürchterlichen und außerordentlichen geistigen und seelischen Kraft, die in der Tiefe seines Wesens schlummerte. Mund, Kinn und die hohe Stirn, die sich mächtig über den Augen wölbte – in jedem Teil lag Kraft, außergewöhnliche Kraft –, verrieten in ihrer Gesamtheit eine große Männlichkeit und Geistesschärfe. Es war unmöglich, einen solchen Geist mit irgend welchen Maßen messen oder auch nur mit anderen ähnlichen vergleichen zu können.

Die Augen – es war meine Absicht, sie besonders zu ergründen – waren groß, schön und weit geöffnet wie die Augen eines wirklichen Künstlers, eingebettet unter einer hohen Stirn und von dicken schwarzen Augenbrauen wie von einem Bogen überspannt. Sie waren von jenem veränderlichen Grau, das nicht zweimal gleich ist, das alle Schattierungen und Farbenwerte widerspiegelt wie schillernde Seide im Sonnenschein; das bald hell-, bald dunkelgrau, bald grünlichgrau und dann wieder azurblau ist wie das tiefe Meer. Das waren Augen, die die Seele hinter tausend Vorhängen verbergen, die sich nur selten auf kurze Augenblicke öffnen und ihr gestatten, unbekleidet, wie sie ist, auf einige wunderbare Abenteuer in die Welt zu fliegen, Augen, die mit der hoffnungslosen Düsterkeit eines bleiernen Himmels dahinbrüten konnten, die in der Lage waren, Blitze zu schleudern wie ein geschwungenes Schwert, Augen, die eisig werden konnten wie eine Polarlandschaft und dann wieder warm und erweichend und ganz voll Liebe, eindringlich und männlich, lockend und zwingend, die die Frauen gleichzeitig bezaubern und beherrschen konnten, so daß sie sich in einem Freudentaumel von Glück, Erleichterung und Hingabe unterwarf en.

Aber zurück. Ich erzählte ihm, daß ich, so leid mir dies im Hinblick auf das Seebegräbnis auch täte, nie Pfarrer gewesen sei, worauf er mich scharf fragte:

„Welchen Beruf haben Sie?"

Ich gestehe. Nie zuvor war eine derartige Frage an mich gerichtet worden, noch hatte ich jemals darüber nachgedacht. Ich war wie vor den Kopf gestoßen, und ehe ich mich sammeln konnte, hatte ich schon blödsinnig gestammelt: „Ich – ich bin ein Gentleman."

Seine Lippen kräuselten sich zu einem verächtlichen Lächeln.

„Ich habe gearbeitet und ich arbeite!" schrie ich ungestüm, als ob er mein Richter wäre und ich mich verteidigen müßte. Gleichzeitig kam es mir zum Bewußtsein, wie dumm es von mir war, dieses Thema überhaupt zu erörtern.

„Wovon leben Sie?"

Er hatte etwas derartig Befehlendes und Herrisches an sich, daß ich ganz außer mir war, „verdattert", wie Furuseth dies bezeichnet hätte, wie ein zitterndes Kind vor einem gestrengen Schulmeister.

„Wer ernährt Sie?" war seine nächste Frage.

„Ich besitze Vermögen", antwortete ich laut und hätte mir im nächsten Augenblick die Zunge abbeißen können. „Aber dies alles hat – Sie werden die Bemerkung entschuldigen – mit dem, worüber ich sprechen will, wahrlich nichts zu tun."

Er beachtete meinen Einspruch nicht.

„Wer hat es verdient? He? Ich kann mir's ja denken. Ihr Vater. Sie stehen auf den Beinen eines Toten. Sie haben selbst nie etwas verdient. Sie könnten einen ganzen Tag umherlaufen und wären nicht in der

Lage, Ihrem Bauch drei Mahlzeiten zu verschaffen. Lassen Sie Ihre Hände anschauen!“

Seine schreckenerregende, schlummernde Kraft mußte sich scharf und zielbewußt geregt haben oder ich hatte einen Augenblick geschlafen, denn bevor ich seine Worte erfaßt hatte, war ich zwei Schritte vorgetreten und hatte zur Untersuchung meine rechte Hand in die seine gelegt. Ich versuchte sie zurückzuziehen, aber seine Finger drückten sie ohne sichtbare Anstrengung zusammen, bis ich dachte, daß sie zermalmt würde. Es ist schwer, unter solchen Verhältnissen seine Würde zu bewahren. Ich konnte nicht schreien und zappeln wie ein Schuljunge. Mir blieb nichts übrig als stillzustehen und die Schmach hinzunehmen. Ich hatte Zeit zu beobachten, daß die Taschen des Toten aufs Deck entleert wurden. Sein Körper und sein Grinsen waren nun den Blicken durch ein Leinentuch entzogen, dessen Enden der Matrose Johnson mit einem rauhen weißen Garn zusammennähte, indem er die Nadel mit einem in der Handfläche befestigten Lederfleck durch den Stoff zwängte.

Wolf Larsen ließ meine Hand mit einem verächtlichen Blick fallen.

„Die Hände von Toten haben sie weich erhalten. Höchstens zum Geschirrwaschen und für Küchenarbeit zu brauchen!“

„Ich wünsche an Land gesetzt zu werden“, sagte ich mit fester Stimme, denn ich hatte mich jetzt wieder in der Hand. „Ich werde Sie bezahlen, wie hoch Sie auch die Kosten für Ihre Bemühungen ansetzen mögen.“

Er schaute mich komisch an. Hohn lachte aus seinen Augen.

„Ich habe Ihnen einen Gegenvorschlag zu machen, und zwar zu Ihrem Seelenheil: mein Steuermann ist gestorben. Es wird eine Reihe von Beförderungen geben. Ein Matrose rückt vor und nimmt den Platz des Steuermannes ein, der Kajütenjunge kommt an die Stelle des Matrosen, und Sie besetzen die Stelle des Kajütenjungen und unterschreiben den Vertrag für die Reise; zwanzig Dollar monatlich und Verpflegung. Nun, was sagen Sie? Und bedenken Sie, es ist für Ihr eigenes Seelenheil. Es wird ihre zweite Karriere bedeuten. Sie können beizeiten lernen, auf Ihren eigenen Füßen zu stehen und vielleicht auch ein klein wenig weiterzukrabbeln."

Aber ich nahm keine Notiz davon. Die Segel, die ich im Südwesten gesehen hatte, waren größer und deutlicher geworden. Es war die gleiche Schonertakelung wie auf der „Ghost", doch war der Rumpf des Schiffes kleiner. Es war ein herrlicher Anblick, wie die Segel, hoch- und niederschwebend, auf uns zuflogen, offenbar auf einem Kurs, der knapp an uns vorbeiführen mußte. Der Wind hatte plötzlich an Stärke zugenommen, und die Sonne war nach einigen ärgerlichen Blicken verschwunden. Das Meer hatte sich düster grau verfärbt, war bewegter geworden und warf schäumende Wellen auf. Wir fuhren rascher und lagen stark zur Seite. In einer Böe tauchte die Reling unter. Das Deck wurde für einen Augenblick vom Wasser überflutet, was eine Gruppe von Jägern zwang, eilig die Beine zu heben.

„Das Schiff wird bald an uns vorbeifahren", sagte ich nach kurzer Pause. „Da es in entgegengesetzter Richtung fährt, hält es wahrscheinlich Kurs auf San Franzisko."

„Sehr wahrscheinlich", war Wolf Larsens Antwort, als er sich von mir halb abwandte und rief: „Kocherl! He, Kocherl!'

Der Koch tauchte aus der Kombüse auf.

„Wo ist der Junge? Sag' ihm, daß ich ihn sofort brauche !"

„Ja, Herr", und Thomas Mugridge rannte nach achtern und verschwand in einer Luke neben dem Steuerrad. Im nächsten Augenblick tauchte er wieder auf, hinter sich einen strolchartig aussehenden Jungen von achtzehn bis neunzehn Jahren.

„Hier ist er, Herr", sagte der Koch.

Aber Wolf Larsen beachtete den Ehrenmann nicht und wandte sich an den Kajütenjungen.

„Wie heißt du, Bürscherl?“

„Georg Leach, Herr“, antwortete er unwillig. Das Gehabe des Burschen zeigte deutlich, daß er den Grund, warum man ihn gerufen hatte, erriet.

„Kein irischer Name“, sagte scharf der Kapitän. „O'Toole oder McCarthy würde besser zu deiner Visage passen. Na, dann hat sich halt ein Ire im Holzstoß deiner Mutter versteckt gehabt.“

Ich sah, wie der Junge die Fäuste ballte und das Blut ihm purpurrot in den Nacken schoß.

„Aber laß das gehen!“ fuhr Wolf Larsen fort. „Du wirst ja triftige Gründe haben, deinen Namen zu vergessen, und ich werde dich deswegen nicht weniger gern haben, solange du deine Arbeit verrichtest. Du bist natürlich aus Telegraph Hill, das sieht man dir sofort am Gesicht an. Ein Halunke, wie die dort solche erzeugen, ja, doppelt so häßlich! Ich kenne diese Rasse. Aber du kannst sicher sein, dass ich dich hier auf diesem Schiff schon ändern werde! Verstanden?! Wer hat dich angeheuert?“

„McCready und Swanson.“

„Herr!“ donnerte Wolf Larsen.

„McCready und Swanson, Herr“, verbesserte der Junge. Seine Augen flammten feurig.

„Wer empfing das Angeld?“

„Die haben es bekommen, Herr.“

„Das hab' ich mir gedacht! Du konntest dich gar nicht schnell genug aus dem Staub machen, da schon die verschiedensten Herren hinter dir her waren.“

Den Knaben packte der Zorn. Sein Körper krümmte sich wie zum Sprung, und sein Gesicht wurde wie das eines rasenden Tieres, als er zischte: „Das ist eine...“

„Na, was denn?" fragte Wolf Larsen mit seltsam weicher Stimme, als ob er ungeheuer neugierig wäre, das unausgesprochene Wort zu vernehmen.

Der Junge zögerte. Dann unterdrückte er seinen Zorn. „Nichts, Herr. Ich nehme es zurück."

„Du hast mir bewiesen, daß ich im Recht bin", sagte Wolf Larsen mit belustigtem Schmunzeln. „Wie alt bist du?"

„Gerade sechzehn geworden, Herr."

„Eine Lüge. Du wirst auch die achtzehn nie mehr wieder sehen. Übrigens, auch dafür schon groß und mit Muskeln wie ein Pferd. Du bist Jungmann. Du bist befördert. Siehst du?"

Ohne die Zustimmung des Jungen abzuwarten, wandte sich der Kapitän dem Matrosen zu, der die schreckliche Aufgabe, die Leiche einzunähen, beendet hatte: „Johansen, verstehst du etwas von Schiffahrtskunde?"

„Nein, Herr."

„Das macht nichts. Trotzdem bist du Steuermann. Trag dein Zeug nach achtern in die Steuermannskabine!"

„Ja, ja, Herr", war die freudige Antwort, mit der Johansen davonlief.

In der Zwischenzeit hatte sich der Kajütenjunge nicht gerührt.

„Worauf wartest du?" fragte Wolf Larsen.

„Ich habe nicht als Jungmann unterschrieben, Herr", war die Antwort. „Ich unterschrieb als Kajütenjunge und ich will nicht Jungmann sein."

„Pack' zusammen und geh' nach vorn!"

Diesmal war Wolf Larsens Befehl scharf und herrisch. Der Junge schaute finster drein. Er ging nicht.

Nun erfolgte ein neuerlicher Ausbruch der furchtbaren Kraft in Wolf Larsen. Es geschah vollkommen unerwartet und war binnen zwei

Sekunden erledigt. Er sprang etwa zwei Meter übers Deck und stieß dem Jungen die Faust in den Magen. Im selben Augenblick wurde mir schlecht, als ob ich selbst getroffen worden wäre. Ich erwähne dies, um meinen labilen Nervenzustand zu schildern und zu zeigen, wie ungewohnt mir der Anblick solcher Rohheiten war. Der Kajütenjunge – er wog mindestens achtzig Kilo – sackte zusammen. Sein Körper umhüllte die Faust wie ein nasser Fetzen. Er wurde in die Luft geschleudert, beschrieb einen kleinen Bogen und fiel neben der Leiche auf Kopf und Schultern. Dort blieb er liegen und wand sich in Schmerzen.

„Na?“ fragte mich Wolf Larsen. „Haben Sie sichs überlegt?“

Ich hatte nach dem sich nähernden Schoner ausgeschaut. Jetzt war er fast neben uns, nur ein paar hundert Meter entfernt. Es war ein nettes kleines Fahrzeug. Ich sah eine schwarze Nummer auf einem Segel, wie ich sie auf Bildern von Lotsenschiffen gesehen hatte.

„Was ist das für ein Boot?“ fragte ich.

„Das Lotsenschiff Lady Mine“, antwortete Wolf Larsen unwirsch. „Hat seinen Lotsen abgesetzt und läuft nach San Franzisko. Wird bei diesem Wind in fünf bis sechs Stunden dort sein.“

„Wollen Sie ihm, bitte, signalisieren, damit ich an Land kommen kann?“

„Tut mir leid, aber mein Signalbuch ist mir ins Meer gefallen“, bemerkte er, und die Gruppe der Jäger grinste.

Ich überlegte einen Augenblick, während ich ihn scharf anblickte. Ich hatte die erschreckende Behandlung des Kajütenjungen gesehen und wußte, daß mir das Gleiche, wenn nicht noch Ärgeres, bevorstand. Ich überlegte, wie gesagt, und tat schließlich das, was ich als das größte Heldenstück meines Lebens ansehe: ich rannte zur Reling, winkte mit den Händen und schrie:

„Lady Mine, ahoi! Nimm mich an Land! Tausend Dollar, wenn ihr mich an Land bringt!“

Ich wartete und beobachtete zwei Männer, die beim Ruder standen. Einer steuerte. Der andere hob ein Sprachrohr an den Mund. Ich blickte mich nicht um, obwohl ich jeden Augenblick einen Schlag von der Bestie in Menschengestalt erwartete, die hinter mir stand. Schließlich – mir schienen es Jahrhunderte zu sein – konnte ich nicht länger widerstehen. Ich blickte mich um. Er hatte sich nicht gerührt. Er stand in der gleichen Stellung, leicht mit dem Rollen des Schiffes schwankend, und zündete sich eine neue Zigarre an.

„Was ist los? Irgend etwas nicht in Ordnung?" Dies war der Zuruf der„ Lady Mine".

„ Jaa!" brüllte ich mit ganzer Lungenkraft. „Leben oder Tod! Eintausend Dollar, wenn Sie mich an Land bringen!"

„Die Gesundheit meiner Mannschaft ist stark angegriffen", schrie Wolf Larsen danach. „Dieser da", – er deutete mit dem Finger auf mich – „der phantasiert gerade von Seeschlangen und Affen!"

Der Mann auf der „Lady Mine" lachte durchs Sprachrohr zurück. Das Lotsenschiff fuhr weiter.

„Von mir aus soll ihn der Teufel holen!" war der letzte Zuruf, und die beiden Männer schwenkten ihre Hände zum Abschied.

Ich lehnte mich verzweifelt über die Reling und betrachtete den kleinen schmucken Schoner und die rasch wachsende dunkle Wüste des Ozeans zwischen ihm und uns. Und er würde wahrscheinlich in fünf bis sechs Stunden in San Franzisko sein! Mein Kopf wollte zerspringen. Es würgte mich, als ob mein Herz im Halse steckte. Eine Sturzsee schlug über die Reling und bespritzte meine Lippen mit Salzwasser. Der Wind blies scharf und die „Ghost" lag so weit zur Seite, daß die LeeReling*) unter dem Wasser begraben war. Ich hörte das Wasser über Deck rauschen.

---

*) Dem Wind abgekehrte Schiffsseite.

Als ich mich einen Augenblick danach umblickte, gewahrte ich, daß sich der Kajütenjunge aufrappelte. Sein Gesicht war bleich wie das eines Gespenstes und von unterdrücktem Schmerz verzerrt. Er sah sehr übel und mitleiderregend aus.

„Also, Leach, wirst du jetzt nach vorne gehen?“ fragte Wolf Larsen.

„Ja, Herr“, kam die Antwort aus einer ängstlichen Seele.

„Und Sie?“ wurde ich gefragt.

„Ich möchte Ihnen tausend ...“ begann ich, wurde aber unterbrochen.

„Lassen Sie das! Wollen Sie sofort Ihre Arbeit als Kajütenjunge beginnen oder soll ich Sie erst in meine Hände nehmen?“

Was sollte ich tun? Brutal verprügelt, vielleicht sogar totgeschlagen zu werden, konnte meine Lage nicht verbessern. Ich schaute starr in die grauen Augen. Sie hätten, trotz des Lichtes und der Wärme einer menschlichen Seele, die sich in ihnen spiegelte, aus Granit sein können. In den Augen vieler Menschen kann man Seelenregungen erkennen, aber diese Augen waren leer, kalt und grau wie das Meer selbst.

„Gut?“

„Ja“, sagte ich.

„Sagen Sie: Ja, Herr!“’

„Ja, Herr“, verbesserte ich.

„Wie heißen Sie?“

„Van Weyden, Herr.“

„Vorname?“

Humphrey, Herr. Humphrey van Weyden.“

„Alter?“

„Fünfunddreißig Jahre, Herr.“

„Das genügt. Gehen Sie zum Koch. Er wird Ihnen Ihre Pflichten zeigen!“

Auf solche Art trat ich in ein unfreiwilliges Dienstverhältnis zu Wolf Larsen. Es war wie ein Traum. Und wie ein Traum erscheint es mir noch heute. Stets wird es mir eine ungeheuerliche Begebenheit bleiben, ein schrecklicher Alptraum.

„Halt! Gehen Sie noch nicht!“

Folgsam blieb ich auf meinem Weg zur Luke stehen.

„Johnson, ruf' alle Mann! Jetzt, da wir alles bereinigt haben, werden wir die Bestattung vornehmen und das Deck von nutzlosem Mist säubern.“

Während Johnson die Wache heraufholte, legte eine Gruppe Matrosen nach Weisung des Kapitäns die in Leinwand gehüllte Leiche auf einen Lukendeckel. Auf beiden Seiten des Decks hingen an der Reling ein paar kleine Boote. Einige Mann hoben den Lukendeckel mit seiner grausigen Last auf und trugen ihn nach Lee. Dort legten sie die Leiche in ein Boot. Die Beine hingen über den Bootsrand heraus. An ihnen wurde der Kohlensack, den der Koch geholt hatte, befestigt.

Ich hatte mir eine Bestattung auf See immer als etwas sehr Feierliches und Würdevolles vorgestellt, wurde aber durch dieses Begräbnis rasch und vollständig meiner Illusionen beraubt. Einer der Jäger, ein kleiner dunkeläugiger Mann, den seine Leute „Smoke“ nannten, erzählte reichlich mit Flüchen und Zoten gespickte Geschichten. Und fortwährend brach die Gruppe der Jäger in ein Gelächter aus, das mir wie das Geheul von Wölfen oder das Gebell von Höllenhunden vorkam. Die Matrosen versammelten sich rasch und geräuschvoll achtern, einige rieben sich den Schlaf aus den Augen und sprachen leise miteinander. Auf ihrem Gesicht lag ein unheilverkündender und lustloser Ausdruck. Es war ersichtlich, daß sie von einer Fahrt unter einem solchen Kapitän, die noch dazu unter einem so schlechten Vorzeichen begonnen hatte, nicht viel hielten. Von Zeit zu Zeit blickten sie verstohlen nach Wolf Larsen. Ich konnte feststellen, daß sie sich vor ihm fürchteten.

Er ging zum Lukendeckel, und alle Mann nahmen die Mützen ab. Ich ließ meine Blicke über die Leute schweifen, es waren alles in allem zwanzig Mann, zweiundzwanzig mit dem Mann am Steuerrad und mir. Ich war bei dieser Musterung natürlich sehr neugierig, weil es doch mein Schicksal sein sollte, auf dieser kleinen schwimmenden Miniaturwelt mit ihnen verbunden zu sein, auf, weiß Gott, wieviel Wochen oder Monate.

Die Matrosen waren hauptsächlich Engländer und Skandinavier. Ihre Gesichter waren schwerfällig und stumpf. Die Jäger dagegen hatten scharfe und verschiedenartige Gesichter mit harten Linien, die auf ungezügelte Leidenschaft schließen ließen. Sofort fiel mir auf, daß Wolf Larsens Gesicht nicht solch minderwertige Züge trug. An ihm war auch kein Fehl festzustellen. Es hatte zwar auch scharfe Linien, aber darin lag Entschlossenheit und Stärke. Es erschien frei und offen, was vielleicht noch durch seine Bartlosigkeit unterstrichen wurde. Ich konnte – allerdings nur bis zum nächsten Vorfall – kaum glauben, daß es das Gesicht jenes Mannes sei, der sich derartig gegen den Kajütenjungen benommen hatte.

Im gleichen Augenblick als er seinen Mund zum Sprechen öffnete, traf ein Windstoss nach dem anderen den Schoner und drückte ihn seitlich unter Wasser. Der Wind sang sein wildes Lied durch die Takelung. Ein paar Jäger schauten ängstlich in die Höhe. Die Lee-Reling, wo der Tote lag, war unter der See begraben, und als der Schoner sich hob und wieder aufrichtete, spülte das Wasser übers Deck und nässte unsere Füße. Ein Regenschauer ergoß sich auf uns, jeder Tropfen wie ein Hagelkorn. Hierauf begann Wolf Larsen zu sprechen. Die barhäuptige Besatzung schwankte mit dem Rollen des Schiffes.

„Ich entsinne mich nur eines Teiles der Bestattungszeremonien“, sagte er, „und der ist: ‚... und der Körper soll ins Meer geworfen werden.‘ So werft ihn also hinein!“

Mehr sagte er nicht. Die Männer, die den Lukendeckel hielten, waren verdutzt. Sie waren, daran bestand kein Zweifel, erstaunt über die Kürze der Zeremonie. Er sprach wütend auf sie ein.

„Hebt dieses Ende hier hoch, verflucht noch einmal! Was habt ihr denn, zum Teufel hinein!"

Sie hoben die eine Seite des Lukendeckels mit fliegender Hast, und wie ein über Bord geworfener Hund glitt der Tote, die Füße voraus, ins Meer. Die Kohlen an seinen Beinen zogen ihn hinab. Er war fort.

„Johnson", sagte Wolf Larsen kurz zum neuen Steuermann, „halte alle Leute, die an Deck sind, hier. Hol' die Toppsegel und den Klüver[1)] ein, aber rasch. Gleich werden wir einen Süd-Ost haben. Refft[2)] lieber den Klüver und auch gleich das Großsegel, wenn ihr schon dabei seid!"

In einem Augenblick war alles in Bewegung. Johnson brüllte Befehle und sie hahlten[3)] und fierten[4)] die verschiedenen Seile, was natürlich eine Landratte wie mich verwirren mußte. Aber ganz besonders betroffen war ich durch ihre Herzlosigkeit. Der Tote war eine vergangene Episode, ein Zwischenfall, der in einem Leinensack mit einem Sack Kohlen versenkt worden war, während das Schiff seine Reise fortsetzte und ihre Arbeit weiterging. Niemand war ergriffen. Die Jäger lachten über eine neue Geschichte von Smoke, die Männer hahlten und fierten, und zwei kletterten hinauf. Wolf Larsen studierte auf Luv[5)] den sich bedeckenden Himmel. Und der Tote, der so elend gestorben und so schmählich begraben worden war, sank hinab, hinab ...

Dann brach die Grausamkeit des Meeres, seine Unbarmherzigkeit und Macht, auf mich ein. Das Leben war zu einem billigen Tand

---

1) Dreieckiges Segel vorne.
2) Die Segelfläche verkleinern.
3) Festziehen, einholen.
4) Herablassen, lockerlassen.
5) Dem Wind zugekehrte Schiffsseite.

geworden, ein tierisches, seelenloses Etwas, eine geistlose Bewegung von Schlamm und Schleim. Ich ging zur Luv-Reling in der Nähe der Wanten*) und suchte die erbarmungslos schäumenden Wogen nach den niederliegenden Wolkenbänken, die San Franzisko und die kalifornische Küste verhüllten. Regenböen trieben dazwischen, und kaum konnte ich den Nebel sehen. Und dies seltsame Schiff mit seinen fürchterlichen Menschen, von Sturm und der See hin- und hergeworfen, fuhr mit prallen Segeln nach Südwest, in die riesige unendliche Einsamkeit des Stillen Ozeans.

---

*) Seitliche Haltetaue am Mast.

4. Kapitel

Was ich zunächst auf dem Robbenschoner „Ghost“ erlebte, als ich mir Mühe gab, mich meiner neuen Umgebung anzupassen, war eine Kette von Demütigungen und Qualen. Der Koch, von der Mannschaft „Doktor“, von den Jägern „Tommy“ und von Wolf Larsen „Kocherl“ genannt, war eine andere Person geworden. Die in meiner Stellung eingetretene Änderung hatte eine entsprechende Wandlung seiner Haltung mir gegenüber zur Folge. So dienstbeflissen und unterwürfig er früher gewesen, so herrsch- und streitsüchtig war er jetzt. Ich war nicht mehr der „feine Herr“ mit der „weichen Frauenhaut“, sondern nur ein gewöhnlicher und ganz wertloser Schiffsjunge.

Starrköpfig bestand er darauf, daß ich ihn als „Herr“ Mugridge ansprechen müsse, und sein Gehaben war unerträglich, als er mir meinen Pflichtenkreis zeigte. Außer meiner Arbeit in der Kajüte mit den vier kleinen Kojen hatte ich ihm in der Küche zu helfen, und meine vollkommene Unkenntnis in Dingen wie Kartoffelschälen oder Abwaschen von fetten Töpfen war für ihn eine Quelle endloser sarkastischer Verwunderung. Er bedachte nicht, was ich gewesen und wie mein Leben und die mir gewohnten Dinge beschaffen gewesen waren. Entsprechend war seine Einstellung zu mir. Und ehe der Tag zu Ende war, ich muß dies gestehen, haßte ich ihn mehr als ich jemals einen Menschen gehaßt habe.

Der erste Tag wurde für mich noch dadurch erschwert, daß die „Ghost“ mit gerefften Segeln (einer von den Ausdrücken, mit denen ich bisher nichts zu tun hatte) durch einen, wie Herr Mugridge sich ausdrückte, „heulenden Südost“ stampfte.*) Um halb sechs deckte ich

*) Um die Querachse pendeln.

unter seiner Anweisung den Tisch in der Kajüte, befestigte das Schlingerbrett*) und ging in die Kombüse, um den Tee und die Speisen zu holen. In diesem Zusammenhang muß ich meine erste Erfahrung bei stürmischem Seegang wiedergeben.

„Paß gut auf, sonst wirst du geduscht!" lautete die Warnung des Herrn Mugridge, als ich die Kombüse verließ, in der linken Hand einen großen Teekessel, unter dem rechten Arm frisch gebackene Brotlaibe. Einer der Robbenjäger, ein gelenkiger Bursche namens Henderson, ging gerade vom Zwischendeck (so nannten die Jäger im Spaß ihre mittschiffs gelegenen Schlafplätze) nach achtern zur Kajüte. Wolf Larsen stand achtern auf der Hütte und rauchte seine Zigarre.

„Da kommt's! Da schau her!" schrie der Koch.

Ich blieb stehen, denn ich wußte nicht, was los war. Die Kombüsentür wurde mit einem Knall zugeschlagen. Dann sah ich Henderson wie einen Wahnsinnigen zum Großmast rennen, auf den er hinaufschoß, bis er einige Meter über meinem Kopf war. Jetzt sah ich eine große Woge, die schäumend über der Reling stand. Ich war unmittelbar unter ihr. Mein Gehirn arbeitete nur langsam, da für mich alles neu und ungewohnt war. Ich erfaßte, daß ich in Gefahr sei, aber das war auch alles. Angsterfüllt stand ich da. Wolf Larsen schrie von der Hütte;

„Anhalten, du – du, Hump!"

Aber es war zu spät. Ich sprang gegen die Takelung, wo ich mich hätte anhalten können, doch schon kam mir der herabstürzende Wasserschwall entgegen. Was dann geschah, weiß ich kaum. Ich war unter Wasser, vermeinte zu ersticken und schluckte. Meine Füße verloren den Halt. Ich wurde umgeworfen und einfach fortgeschwemmt. Mehrmals schlug ich an harte Gegenstände. Dann schien die Flut plötzlich zu

*) Vorrichtung zur Abschwächung des Schlingerns.

schwinden, und ich atmete wieder frische Luft. Ich war um die Kajüte, rund um die Luken mittschiffs, von Luv bis gegen die Speigatten* auf Lee geschwemmt worden. Der Schmerz in meinem rechten Knie war entsetzlich. Ich konnte nicht auftreten, zumindest dachte ich es. Ich war sicher, das Bein gebrochen zu haben. Doch der Koch war hinter mir her und brüllte aus der Kombüsentür:

„He, du! Brauchst du die ganze Nacht dazu? Wo ist der Kessel? Über Bord? Recht wär's dir geschehen, wenn du dir das Genick gebrochen hättest!"

Es gelang mir, mich auf die Beine zu bringen. Der Teekessel war noch in meiner Hand. Ich humpelte zur Kombüse und händigte ihn aus. Der Koch schäumte vor wirklicher oder gespielter Wut. Er schien sich an meinen Schmerzen zu weiden.

„Gott soll mich strafen, wenn du kein blöder Kerl bist. Ich möchte wissen, für was du überhaupt taugst. He? Wofür kann man dich gebrauchen? Du kannst nicht einmal ein bißchen Tee tragen, ohne ihn zu verschütten. Jetzt kann ich noch einen kochen!"

„Und weswegen schnaufst du denn?" brach er in einem neuen Wutanfall los. „Hast dein armes Füßchen verletzt, armer, kleiner Liebling?"

Ich schnaufte nicht, obwohl mein Gesicht vor Schmerz verzerrt gewesen sein mag. Mit aller Willenskraft biß ich die Zähne zusammen und humpelte ohne weiteren Zwischenfall zwischen Kombüse und Kajüte hin und her. Zwei Dinge hatte ich durch den Unglücksfall davongetragen: eine verletzte Kniescheibe, an der ich mehrere Monate litt, und den Namen „Hump", den mir der Kapitän von der Hütte aus zugerufen hatte. Von dieser Zeit an war ich nur unter diesem Namen bekannt, bis er in

---

*) Rohrartiges Loch in der Schiffswand, durch das eingedrungenes Wasser ausgepumpt wird.

meine eigene Vorstellungswelt einging und ich ihn mit mir gleichsetzte, als ob „Hump“ und „Hump“ immer nur ich gewesen wäre.

Es war keine leichte Aufgabe, am Kajütentisch zu bedienen, wo Wolf Larsen, Johansen und die sechs Jäger saßen. Die Kajüte, um damit zu beginnen, war eng, und darin mußte ich umhergehen, was durch das heftige Schlingern und Stampfen des Schiffes nicht erleichtert wurde. Was mich aber am meisten berührte, war der vollständige Mangel jedweden Mitgefühls von Seiten der Männer, die ich bediente. Ich fühlte, wie mein Knie unter meiner Kleidung immer mehr und mehr anschwoll. Flüchtig konnte ich im Kajütenspiegel mein Gesicht sehen. Es war gespensterhaft weiß und schmerzverzerrt. Alle mußten meinen Zustand erkannt haben, aber keiner sagte etwas oder nahm Notiz davon. Nur Wolf Larsen und ich war ihm dafür dankbar – sagte später, als ich die Teller wusch:

„Machen Sie sich doch nichts daraus wegen einer solchen Kleinigkeit. Sie werden sich mit der Zeit an solche Dinge gewöhnen. Es mag Sie etwas behindern, aber gleichwohl werden Sie gehen lernen.“

„Sie nennen das paradox, nicht wahr?“ fügte er bei.

Er schien erfreut zu sein, als ich mit dem üblichen „Jawohl, Herr“ nickte.

„Ich nehme an, daß Sie etwas von Literatur verstehen? Nicht wahr? Ich werde mit Ihnen manchmal darüber sprechen.“

Und dann drehte er mir, ohne weiter Notiz zu nehmen, den Rücken und ging auf Deck.

Nachts, nachdem ich eine Unmenge Arbeit verrichtet hatte, wurde ich in das Zwischendeck schlafen geschickt, wo ich eine einfache Koje bekam. Ich war froh, aus der verwünschten Gegenwart des Kochs gekommen zu sein und nicht mehr auf meinen Füßen stehen zu müssen. Zu meiner Überraschung waren die Kleider an mir getrocknet und ich bemerkte keine Anzeichen einer Verkühlung, weder vom letzten Duschbad noch von dem langen Baden nach dem Untergang der „Martinez“. Unter normalen Verhältnissen wäre ich nach all dem, was ich mitgemacht hatte, reif fürs Krankenbett und eine geübte Pflegerin gewesen.

Mein Knie bereitete mir fürchterliche Beschwerden. Soviel ich feststellen konnte, war die Kniescheibe in der Mitte der Geschwulst nach aussen gedreht. Als ich in meiner Koje saß (die sechs Jäger waren am Zwischendeck, wo sie rauchten und sich laut unterhielten), schaute Henderson mein Knie an.

„Schaut häßlich aus“, meinte er. „Bind’ ein Tuch herum und es wird besser werden.“

Das war alles. An Land wäre ich faul auf meinem Rücken gelegen, betreut von einem Arzt, und dem strikten Auftrage, nichts zu tun als nur zu liegen. Gefühllos, wie sie für mein Leiden waren, so gefühllos waren sie auch, wenn sie selbst von einem solchen befallen wurden. Und dies war, wie ich glaube, in erster Linie auf Gewohnheit zurückzuführen, und zweitens auf die Tatsache, daß sie von Natur aus weniger empfindlich waren. Ich glaube tatsächlich, daß ein Mensch mit einem empfindlicheren Organismus an der gleichen Verletzung doppelt oder dreifach leidet.

So ermüdet ich auch war – genau genommen erschöpft –, konnte ich wegen der Schmerzen im Knie nicht schlafen. Alles, was ich tun konnte, war, darauf zu achten, daß ich nicht laut stöhnte. Daheim hätte ich wahrscheinlich meinen Schmerzen Ausdruck verliehen. Aber diese neue, primitive Umgebung schien strengste Beherrschung zu verlangen. Wie bei den Wilden war das Verhalten dieser Männer von einer stoischen Ruhe in grossen Dingen und kindlich in kleinen. Ich erinnere mich, auf der weiten Reise Kerfoot, einen der Jäger, gesehen zu haben, als er einen Finger verlor. Er wurde ihm von einer Jolle zerschmettert. Keinen Ton gab Kerfoot von sich, ja, er verzog nicht einmal das Gesicht.

Doch habe ich denselben Mann oft und oft gesehen, wie er wegen einer Lappalie in schäumende Wut geriet.

Dies war gerade jetzt der Fall. Er schrie, brüllte, fuchtelte mit den Armen und fluchte wie der Leibhaftige, alles nur wegen der Meinungsverschiedenheit mit einem anderen Jäger. Sie stritten, ob ein Robbenjunges von selbst schwimmen könne. Er glaubte, daß es dies könne; daß es schwimmen könne, und zwar schon im Augenblick seiner Geburt. Der andere, Latimer, ein magerer yankeeartig aussehender Bursche mit boshaften Schlitzaugen, glaubte das Gegenteil. Er meinte, daß das Robbenjunge nur deshalb an Land geboren werde, weil es nicht schwimmen könne, und daß seine Mutter es schwimmen lehren müsse, geradeso, wie die Vögel ihren Jungen das Fliegen beibringen müßten.

Die vier anderen Jäger lehnten die meiste Zeit am Tisch oder lagen in ihren Kojen und überliessen die Debatte den beiden Streitenden. Aber sie waren daran doch sehr interessiert, denn von Zeit zu Zeit ergriffen sie hitzig Partei, und manchmal schrien alle gleichzeitig, so daß ihre Stimmen in dem engen Raum wie Donnerrollen klangen. So kindisch und lächerlich das Thema war, so wurde es darin durch die Art der Beweisführung noch übertroffen. In Wahrheit gab es wenig Argumente, eigentlich überhaupt keine. Ihre Methode lag in Versicherungen, Vermutungen und Beschimpfungen. Sie bewiesen, daß ein Robbenjunges bei der Geburt schwimmen oder nicht schwimmen könne, indem sie sehr kampflustig die entsprechende Behauptung aufstellten und sie dann zu beweisen suchten durch Angriffe auf die Urteilsfähigkeit, Vernunft, Nationalität und das Vorleben ihres Gegners. Ich habe dies erzählt, um die geistige Situation der Leute, mit denen ich verkehren mußte, zu kennzeichnen. In geistiger Hinsicht waren sie Kinder, die in Körpern von Männern wohnten.

Und sie rauchten, rauchten unausgesetzt einen billigen und übelriechenden Tabak. Die Luft war davon dick wie zum Schneiden. Dies, verbunden mit den heftigen Bewegungen des Schiffes, wie es im Sturm schaukelte, hätte mich sicher seekrank gemacht, wenn ich zu dieser Krankheit neigen würde. So wurde ich nur schwindlig, obwohl dies auch von dem Schmerz im Knie herrühren konnte.

Als ich so dalag, machte ich mir natürlich Gedanken über mich und meine Lage. Es war einmalig, nicht einmal im Traum ausdenkbar, daß ich, Humphrey van Weyden, ein gebildeter Mann und, wenn Sie wollen, ein Dilettant in künstlerischen und literarischen Dingen, hier auf einem Robbenjägerschiff zur Beringsee fuhr. Als Kajütenjunge! In meinem Leben hatte ich keine schwere Arbeit verrichtet, sondern stets ein angenehmes, ereignisloses, sitzendes Dasein geführt, das Leben eines Wissenschaftlers mit einem entsprechend gesicherten Einkommen. Ein gehetztes Leben, Sport und Leibesübungen hatten mir nie zugesagt. Ich war immer ein Bücherwurm, und so nannten mich meine Eltern und Geschwister in meiner Jugend. Ein einziges Mal in meinem Leben habe ich in einem Zelt übernachtet, und da hätte ich am liebsten gleich zu Beginn die Gesellschaft verlassen, um zu den Bequemlichkeiten eines gemütlichen Heimes zurückkehren zu können. Und nun war ich hier, mit der hoffnungslosen Aussicht auf dauerndes Tischdecken, Kartoffelschälen und Geschirrabwaschen. Dazu kam, daß ich nicht kräftig war. Die Ärzte hatten zwar immer gesagt, daß ich eine vorzügliche Konstitution besäße, doch hatte ich meinen Körper nie trainiert. Meine Muskeln waren schwach wie die eines Weibes. Dies hatten mir wenigstens die Ärzte oft gesagt, wenn sie mich zu Leibesübungen zu überreden versuchten. Ich zog es jedoch stets vor, meinen Kopf an Stelle des Körpers zu gebrauchen, und so stand ich nun da, ohne entsprechende Voraussetzungen für das mir bevorstehende rauhe Leben.

Das waren so einige der Gedanken, die mich plagten. Ich gebe sie wieder, um die lächerlich hilflose Rolle, die zu spielen ich verdammt war, gleich von vornherein zu rechtfertigen. Aber ich gedachte auch meiner

Mutter und meiner Schwestern und malte mir ihre Besorgnisse aus. Ich war unter den vermißten Toten der „Martinez“-Katastrophe und zählte zu den nicht aufgefundenen Leichen. Ich stellte mir die Schlagzeilen der Zeitungen vor und sah, wie meine Bekannten im Universitätsklub und der Bibliothek ihre Köpfe schüttelten und sagten: „Armer Kerl!“ Ich sah Charley Furuseth, wie ich ihn am vergangenen Morgen getroffen hatte: er lungerte in seinem Schlafrock auf dem doppeltgepolsterten Fensterdiwan und gab seine orakelhaften, pessimistischen Epigramme von sich.

Und inzwischen arbeitete sich, rollend und stampfend, über Wogenberge kletternd und in tiefe schäumende Täler hineinstürzend und untertauchend, der Schoner „Ghost“ seinen Weg immer weiter und weiter hinein in das Herz des Pazifischen Ozeans – und ich war auf ihm.

Ich hörte über mir den Wind. Er drang wie ein unterdrücktes Brausen an mein Ohr. Dann und wann stapften über mir Schritte. Ein ewiges Krachen ging durch alles, was um mich war. Das Holzwerk und die gesamte Einrichtung stöhnte, quiekte und ächzte in allen Fugen und Tonarten. Die Jäger stritten und gröhlten noch immer. Die Luft zitterte von Flüchen und Zoten. Ich konnte ihre Gesichter sehen: erhitzt und zornig, die Züge brutal verzerrt, was noch unterstrichen wurde durch den gelben Schein der Seelampen, die mit den Schiffsbewegungen hin- und herschaukelten. Durch den dichten Tabaksdunst sahen die Kojen aus wie Käfige in einer Menagerie. Ölhäute und Seestiefel hingen an der Wand, da und dort standen Gewehre und Flinten, sicher in Gestellen verwahrt. Es erinnerte an die Seeausrüstung von Freibeutern und Piraten aus vergangenen Zeiten. Meine Phantasie arbeitete fieberhaft und ich konnte nicht schlafen. Es war eine lange, lange Nacht, aufregend, furchtbar und endlos.

5. Kapitel

Aber meine erste Nacht im Zwischendeck der Jäger war auch meine letzte. Am nächsten Tag wurde Johansen, der neue Steuermann, von Wolf Larsen zum Schlafen aus der Kajüte in das Zwischendeck verlegt, wogegen ich eine Koje in der winzigen Kajüte bezog, die schon am ersten Reisetag zwei Bewohner gehabt hatte. Den Grund für diese Änderung erfuhren die Jäger sehr rasch, und er gab Anlaß zu beträchtlichem Unbehagen unter ihnen. Es schien, daß Johansen jede Nacht im Schlafe die Tagesereignisse nochmals erlebte. Sein unaufhörliches Reden, Schimpfen und Brüllen von Befehlen war für Wolf Larsen zuviel, und deshalb hatte er dieses Ärgernis auf seine Jäger abgewälzt.

Nach einer schlaflosen Nacht erhob ich mich matt und schwach, um meinen zweiten Tag auf der „Ghost" zu beginnen. Thomas Mugridge warf mich um halb sechs heraus, ungefähr so, wie ein Grobian seinen Hund aufgejagt hätte. Aber seine Rohheit wurde mit Zins und Zinseszinsen vergolten. Der unnötige Lärm, den er machte (ich war die ganze Nacht mit offenen Augen gelegen), mußte einen der Jäger aufgeweckt haben, denn ein schwerer Schuh sauste durch das Halbdunkel und Herr Mugridge bat nach einem durchdringenden Schmerzensschrei jedermann um Entschuldigung. Später bemerkte ich in der Küche, daß sein Ohr gequetscht und geschwollen war. Es wurde nie mehr ganz normal und wurde von den Matrosen „Karfiolohr" genannt.

Der Tag war von einer Reihe verschiedener widriger Begebenheiten ausgefüllt. Am Abend hatte ich meine getrockneten Kleider aus der Kombüse mitgenommen, und das erste war, daß ich sie gegen die Ausstattung des Koches auswechselte. Ich suchte nach meiner Börse. Außer Kleingeld (und ich habe dafür ein gutes Gedächtnis), waren in ihr hundertfünfundachtzig Dollar in Gold und Papier enthalten gewesen.

Ich fand die Börse, doch fehlte aus ihr der Inhalt, bis auf das Kleingeld. Ich sprach darüber mit dem Koch, als ich meine Arbeit in der Küche begann. Obwohl ich eine mürrische Antwort vorausgesehen hatte, war ich auf eine derartige Gemeinheit nicht gefaßt.

„Paß auf, Hump!“ begann er mit einem boshaften Aufleuchten in den Augen und knurrender Stimme. „Willst du, daß ich dir die Nase einschlage? Wenn du glaubst, daß ich ein Dieb bin, behalte das gefälligst bei dir oder du wirst sehen, wie blutig du dich geirrt hast. Blind will ich sein, wenn das bei dir Dankbarkeit ist! Als elender Menschenwurm kommst du daher, ich nehme dich in meine Küche, behandle dich freundlich und was hab' ich davon? Nächstens kannst du von mir aus zum Teufel gehen und am liebsten möchte ich dir dabei noch behilflich sein.“

Er erhob seine Fäuste und ging auf mich los. Zu meiner Schande muß ich gestehen, daß ich vor dem Schlag feige davon- und zur Kombüsentür hinauslief. Was sollte ich anderes tun? Gewalt, nichts als Gewalt regierte auf diesem Schiff. Sittliche Begriffe waren hier unbekannt. Stellen Sie sich vor: ein Mann mittlerer Statur, zart gebaut, mit schlaffen, unentwickelten Muskeln, der ein friedfertiges, angenehmes Leben geführt hat, ein Feind von Gewalttätigkeiten – was konnte so ein Mensch denn unternehmen? Es wäre gleich unvernünftig gewesen, diesen menschlichen Bestien entgegenzutreten, wie einem wütenden Stier Widerstand leisten zu wollen.

So legte ich es mir wenigstens damals zurecht, um mein Gewissen zu beruhigen. Aber diese Rechtfertigung befriedigte mich nicht. Auch heute noch kann es mein Mannesstolz nicht ertragen, auf diese Dinge mit vollkommen ruhigem Gewissen zurückzublicken. Die Lage war derartig außer jeder Norm, daß ihre Beurteilung mehr erforderte als gewöhnliche Verhaltungsmaßnahmen und kalte Verstandesschlüsse. Im Lichte formaler Logik betrachtet, gibt es nicht einen Punkt, dessen ich mich schämen müßte. Aber nichtsdestoweniger erhebt sich bei diesen Erinnerungen in mir ein Schamgefühl.

Aber all dies gehört nicht hierher. Die Hast, mit der ich aus der Kombüse rannte, verursachte qualvolle Schmerzen in meinem Knie, und ich sank hilflos neben der Brücke zusammen. Doch der Koch hatte mich verfolgt.

„Da schau, wie er rennt! Schau, wie er rennt!" konnte ich ihn schreien hören. „Und noch dazu mit seinem wehen Knie! Komm zurück, armer, kleiner Liebling. Ich werde dich nicht schlagen, nein, das werde ich nicht."

Ich ging zurück und setzte meine Arbeit fort. Damit endete dieser Zwischenfall für diesmal, obwohl er noch weitere Folgen nach sich ziehen sollte. Ich deckte den Frühstückstisch in der Kajüte und bediente um sieben Uhr die Jäger und Offiziere. Der Sturm hatte sich im Laufe der Nacht wesentlich abgeschwächt, doch ging die See noch hoch und eine steife Brise wehte. Die Segel waren in den Morgenstunden wieder gehißt worden, so daß die „Ghost" unter vollen Segeln, bis auf die Toppsegel und einen Klüver, dahinschoß. Wie ich aus der Unterhaltung entnahm, sollten die drei fehlenden Segel unmittelbar nach dem Frühstück gesetzt werden. Ich erfuhr auch, daß Wolf Larsen bestrebt war, möglichst viel aus dem Wind herauszuholen, der das Schiff nach Südwesten, in jenes Seegebiet führen sollte, wo er den Nordostpassat anzutreffen hoffte. In der Bahn dieses Windes hoffte er den größten Teil seiner Reise nach Japan zurücklegen zu können, indem er nach Süden in die Tropen eindrehte und dann, sobald er sich der asiatischen Küste näherte, wieder nach Norden umschwenken wollte

Nach dem Frühstück machte ich eine weitere unangenehme Erfahrung. Nachdem ich mit dem Geschirrwaschen fertig war, reinigte ich den Kajütenofen und trug die Asche aufs Deck, um sie über Bord zu werfen. Wolf Larsen und Henderson standen in ein Gespräch vertieft in der Nähe des Steuerrades. Der Matrose Johansen steuerte. Als ich nach der Wetterseite ging, bemerkte ich, daß er eine rasche Kopfbewegung machte, die ich irrtümlich als Gutenmorgengruß auffaßte. Tatsächlich wollte er mich aber warnen und mir raten, die Asche auf der anderen Seite über Bord zu werfen. Ohne zu wissen, was ich anstellte, ging ich an Wolf Larsen und dem Jäger vorbei und warf die Asche windwärts über Bord. Der Wind trug sie zurück und wehte sie nicht nur über mich, sondern auch über Henderson und Wolf Larsen. Im nächsten Augenblicke versetzte mir letzterer einen Tritt wie einem Hund.

Ich hatte nicht geglaubt, daß ein Tritt derart schmerzhaft sein könne. Ich taumelte und lehnte mich halb ohnmächtig an die Kajüte. Vor meinen Augen drehte sich alles und mir wurde schlecht. Es gelang mir noch, zur Reling zu kriechen. Wolf Larsen folgte mir nicht. Er schüttelte sich die Asche aus den Kleidern und setzte die Unterhaltung mit Henderson fort. Johansen, der den Vorfall aus der Hütte beobachtet hatte, schickte einige Matrosen nach achtern, um das Deck zu reinigen.

Am Vormittag erlebte ich noch eine Überraschung ganz anderer Art. Auf des Koches Weisung war ich in Wolf Larsens Kajüte gegangen, um sie aufzuräumen und um aufzubetten. An der Wand, über dem Kopfende der Koje, hing ein mit Büchern gefülltes Gestell. Ich überflog die Buchtitel und konnte mit Verwunderung Namen wie Shakespeare, Tennyson, Poe und De Quincey feststellen. Es waren auch wissenschaftliche Werke darunter, wobei Männer wie Tyndall, Proctor und Darwin vertreten waren. Astronomische und physikalische Werke waren dabei, und ich bemerkte Bulfinchs „Zeitalter der Fabel“, Shaws „Geschichte der englischen und amerikanischen Literatur“ und Johnsons Naturgeschichte in zwei dicken Bänden. Ferner gab es eine Reihe von Grammatiken, wie die von Metcalf, Reed, Kellog und so weiter.

Ich konnte diese Bücher mit ihrem Besitzer, nach dem, was ich bisher von ihm gesehen hatte, nicht in Einklang bringen und war nicht sicher, daß er sie überhaupt lesen konnte. Aber als ich das Bett machte, fand ich zwischen den Decken, anscheinend so wie sie beim Einschlafen heruntergesunken war, eine komplette Cambridge-Ausgabe von Browning. Sie war aufgeschlagen, mehrere Stellen waren mit Bleistift unterstrichen. Als ich bei einem heftigen Schlingern des Schiffes den Band fallen ließ, flatterte daraus ein Blatt Papier. Es war voll von Diagrammen und verschiedenen Berechnungen.

Mir wurde klar, daß dieser fürchterliche Mann kein ungebildeter Dummkopf sein konnte, für den man ihn nach seinen Grobheitsausfällen unbedingt halten mußte. Jetzt wurde er mir zum Rätsel. Die eine oder andere Seite seines Wesens war vollkommen unbegreiflich, beide nebeneinander waren verwirrend. Ich hatte schon bemerkt, daß seine Sprache gewählt war, nur mit gelegentlichen kleinen Ungenauigkeiten behaftet. Freilich, in der gewöhnlichen Rede mit Matrosen und Jägern strotzte sie von Fehlern, was auch mit den Redensarten selbst zusammenhing, aber in den wenigen Worten, die er mit mir gesprochen hatte, war sie fehlerlos gewesen.

Dieser Einblick in sein Wesen mußte mich ermuntert haben, denn ich beschloß, mit ihm über das verlorene Geld zu sprechen.

„Ich bin bestohlen worden“, sagte ich etwas später, als ich ihn allein bei der Brücke auf- und abgehend antraf. „Herr!“ verbesserte er, nicht barsch, aber ernst. „Ich bin bestohlen worden, Herr“, wiederholte ich folgsam.

„Wie trug sich das zu?“ fragte er.

Dann erzählte ich ihm, wie ich meine Kleider zum Trocknen in der Kombüse gelassen hatte und später vom Koch fast geschlagen worden wäre, als ich die Angelegenheit erwähnte.

Er schmunzelte bei meinem Bericht. „Nebeneinnahmen“, schloß er. „Kocherls Nebeneinnahmen. Und glauben Sie nicht, daß Ihr nacktes Leben diesen Preis wert war. Im übrigen betrachten Sie es als eine Lehre. Sie werden mit der Zeit lernen, selbst auf Ihr Geld aufzupassen.

Ich nehme an, daß dies bisher Ihr Rechtsvertreter oder Prokurist für Sie getan hat."

Ich konnte aus seinen Worten einen versteckten Spott entnehmen, fragte aber dennoch: „Wie kann ich es wieder zurückerhalten?"

„Das ist Ihre Sache. Sie haben jetzt keinen Rechtsanwalt oder Prokuristen, und so sind Sie auf sich selbst gestellt. Wenn Sie einen Dollar bekommen, halten Sie ihn fest. Ein Mensch, der sein Geld, so wie Sie es taten, herumliegen läßt, verdient, daß er es verliert. Außerdem haben Sie gesündigt. Sie haben kein Recht, Ihre Mitmenschen derart in Versuchung zu führen. Sie haben Kocherl versucht, und er ist gefallen. Sie haben seine unsterbliche Seele in Gefahr gebracht. Übrigens: glauben Sie an eine unsterbliche Seele?"

Seine Lider hoben sich langsam, als er die Frage stellte, und es schien mir, daß die Tiefe seiner Augen sich öffnete und ich in seine Seele blickte. Aber es war nur eine Einbildung. So unglaublich dies sein mag, bin ich doch davon überzeugt, daß kein Mensch sehr tief in Wolf Larsens Seele geschaut oder sie auch nur zu Gesicht bekommen hat. Es war, wie ich erfahren sollte, eine sehr einsame Seele, die sich nicht aufdeckte, wenn sie es auch in seltenen Augenblicken zum Schein tat.

„Ich lese die Unsterblichkeit in Ihren Augen", antwortete ich, wobei ich das „Herr" wegließ – ein Versuch, der mir durch die Vertraulichkeit des Gespräches gerechtfertigt schien.

Er beachtete es nicht. „Sie sehen also etwas, das lebt, aber das muß doch nicht notwendigerweise ewig leben."

„Ich lese mehr als das", setzte ich kühn fort.

„Dann lesen Sie das Bewußtsein des Lebens, das jetzt vorhanden ist, aber nicht mehr; keine Endlosigkeit des Lebens."

Wie klar er dachte, und wie gut er seine Gedanken ausdrücken konnte! Nachdem er mich betrachtet hatte, wendete er seinen Kopf und blickte windwärts hinaus über das bleierne Meer. Kälte trat in seine Augen, und um seinen Mund legte sich ein ernster und herber Zug. Er war offensichtlich in pessimistischer Stimmung.

„Und dann wozu?“ fragte er unvermittelt, während er sich zu mir zurückdrehte. „Wenn ich unsterblich bin, wozu?“

Ich zögerte. Wie konnte ich meinen Idealismus diesem Manne auseinandersetzen? Wie konnte ich etwas wie ein Gefühl in Worte kleiden, etwas wie Töne einer im Traume vernommenen Musik, etwas, das überzeugend war, aber doch nicht ausgedrückt werden konnte.

„Was glauben Sie denn?“ fragte ich.

„Ich glaube, daß das Leben ein wirrer Schmutz ist“, antwortete er prompt. „Es ist wie Hefe, ein Ferment, ein Ding, das sich bewegt, das sich eine Minute, ein Stunde, ein Jahr oder hundert Jahre fortsetzen kann, das aber schließlich doch aufhören muß, sich zu bewegen. Die Grossen fressen die Kleinen, damit sie sich weiterbewegen können, die Starken fressen die Schwachen, damit sie ihre Stärke erhalten können. Die Glücklichen fressen am meisten und bewegen sich am längsten. Das ist alles. Was halten Sie davon?“

Er machte eine ungeduldige Handbewegung gegen eine Gruppe von Matrosen, die eine Arbeit an der Takelung mittschiffs verrichteten. „Die dort bewegen sich. So bewegt sich auch die Qualle. Sie bewegen sich fürs Essen, um sich wieder weiterbewegen zu können. Da haben sie es. Sie leben zum Wohle ihres Magens und ihr Magen wieder ist zu ihrem eigenen Wohle da. Es ist ein Kreislauf. Schließlich kommen auch sie zu einem Stillstand: sie bewegen sich nicht mehr und sind tot.“

„Und sie haben Träume, strahlend leuchtende Träume...“

„Vom Futter“, schloß er bündig.

„Und von mehr ...“

„Futter! Von mehr Hunger und größerer Möglichkeit, ihn zu befriedigen.“ Seine Stimme klang herb. Es lag keine Frische mehr darin. „Denn sehen Sie! Sie träumen von glücklichen Reisen, die ihnen mehr Geld eintragen, davon, daß sie Steuermänner werden, Reichtümer erwerben – um ihre Stellung zu verbessern und ihre Mitmenschen besser ausnützen zu können, jeden Abend daheim zu sein und andere die Schmutzarbeit verrichten zu lassen. Sie und ich sind gerade so wie diese. Es gibt keinen Unterschied, außer daß wir mehr und besser gegessen haben. Ich bin gerade dabei, diese dort und auch Sie zu verspeisen. Aber in der Vergangenheit haben Sie mehr gegessen als ich. Sie haben in weichen Betten geschlafen, feine Kleidung getragen und gute Mahlzeiten gegessen. Wer hat aber jene Betten, Kleider und Mahlzeiten hergestellt? Sie nicht! Sie haben nie etwas im Schweiße ihres Angesichtes erzeugt. Sie lebten von einem Einkommen, das ihr Vater erwarb. Sie sind einer aus der Gruppe von Menschen, die sich einen sogenannten Staat und eine Regierung geschaffen haben, die die Herren der anderen Menschen sind. Sie essen das Brot, das andere Leute gebacken haben und gerne selbst essen möchten! Sie tragen warme Kleider. Andere haben sie erzeugt, zittern aber selbst in Lumpen und flehen Sie, Ihren Rechtsanwalt oder Prokuristen, die durch ihre Arbeitskraft Geschäfte machen, um Arbeit an.

„Aber das hat doch mit der Sache nichts zu tun!" rief ich.

„Ganz im Gegenteil!" Er sprach jetzt rasch, und seine Augen blitzten. „Das ist Gemeinheit, und das ist das Leben. Welchen Sinn oder Nutzen hätte ein ewiges Leben solcher Gemeinheit? Was wäre der Zweck? Wozu wäre dies alles? Sie haben nie Nahrung erzeugt. Dennoch hätte das von Ihnen verzehrte oder verschmähte Essen das Leben vieler Elender, die das Essen zwar zubereiteten, es aber nicht verzehren durften, retten können. Welchem unsterblichen Zwecke haben Sie gedient? Oder haben die es vielleicht getan? Was hilft Ihnen Ihre vielgepriesene Unsterblichkeit, wenn Ihr Leben mit dem meinen zusammenprallt? Sie möchten gerne an Land zurück, das einen guten Platz für Ihre Art von Gemeinheit darstellt. Mir macht es aber Spaß, Sie auf diesem Schiff zurückzuhalten, wo meine Gemeinheit blüht. Und ich werde Sie zurückhalten, werde Sie biegen oder brechen! Sie können heute sterben, in dieser Woche oder im nächsten Monat. Ich könnte Sie jetzt mit einem Faustschlag niederstrecken, denn Sie sind ein elender Schwächling. Aber wenn wir unsterblich wären, was hätte das für einen Sinn? Gemein zu sein, so wie Sie und ich es unser ganzes Leben lang waren, scheint mir nicht gerade zur ‚Unsterblichkeit' zu passen! Nochmals: wozu wäre dies alles? Warum hätte ich Sie hier behalten ... ?"

„Weil Sie stärker sind", gelang es mir einzuwerfen.

„Aber warum stärker?" setzte er mit seinen Fragen fort. „Weil ich ein größeres Stück Ferment bin als Sie. Sehen Sie das nicht?"

„Doch, die Hoffnungslosigkeit von all dem!" warf ich ein.

„Ich gebe Ihnen recht", antwortete er. „Aber warum sich dann überhaupt bewegen, wenn Bewegung Leben bedeutet? Ohne Bewegung gäbe es keine Hoffnungslosigkeit! Aber – und da haben wir es – wir wünschen zu leben und uns zu bewegen, obwohl wir eigentlich keinen Anlass dazu haben – weil es eben zur Natur des Lebens gehört, zu leben und sich zu bewegen, den Wunsch zum Leben und zur Bewegung zu haben! Wenn dem nicht so wäre, würde das Leben Tod sein. Und wegen diesem Leben in Ihnen träumen Sie von der Unsterblichkeit. Das Leben, das in Ihnen ist, lebt und wünscht ewig zu leben. Bah! – Unsterblichkeit der Gemeinheit!"

Er drehte sich unvermittelt auf seinem Absatz um und ging nach vorn. Bei der Kajütentür blieb er stehen und rief mich zu sich.

„Übrigens, wieviel hat der Koch mitgehen lassen?" fragte er.

„Hundertfünfundachtzig Dollar, Herr", antwortete ich. Er nickte. Ein wenig später, als ich die Kajütentreppe hinabstieg, um den Tisch für das Mittagessen zu decken, hörte ich ihn mittschiffs mit mehreren Leuten schimpfen.

6. Kapitel

Am nächsten Morgen hatte sich der Sturm gelegt und die „Ghost" schaukelte ohne Windhauch leicht auf dem ruhigen Meer. Ab und zu war eine leichte Brise zu verspüren, und Wolf Larsen ging ununterbrochen achtern auf und ab. Seine Augen suchten den Nordosten ab, von wo der große Passatwind wehen sollte.

Alle Mann waren auf Deck und damit beschäftigt, die Boote für die Jagd herzurichten. An Bord befanden sich sieben Boote: die Jolle des Kapitäns und sechs für die Jäger. Drei Mann – ein Jäger, ein Ruderer und ein Steuermann bildeten eine Bootsbesatzung. An Bord des Schoners gehörten die Ruderer und Steuermänner zur Mannschaft. Auch die Jäger mußten an den Wachen teilnehmen und unterstanden immer den Befehlen von Wolf Larsen.

Dies alles und noch mehr habe ich gelernt. Die „Ghost" galt als der schnellste Schoner, sowohl der San-Franzisko- als auch der Viktoria-Flotte. Sie war hauptsächlich auf Geschwindigkeit gebaut. Ihre Linien und die ganze Ausstattung sprachen – obwohl ich von derartigen Dingen nichts verstehe – für sich selbst. Johnson erzählte mir von ihr in einer kurzen Unterredung, die ich gestern während der zweiten Wache, der „Hundewache" *), mit ihm hatte. Er sprach begeistert und mit solcher Liebe von dem schönen Fahrzeug, wie manche Menschen sie für Pferde empfinden. Er war mit den Zukunftsaussichten sehr unzufrieden und gab mir zu verstehen, daß Wolf Larsen einen äußerst schlechten Ruf unter den Robbenjägern besitze. Es war nur die „Ghost" selbst, die Johnson bewog, sich für die Fahrt anheuern zu lassen, aber er begann es bereits zu bereuen.

---

*) Schiffswache von 0 bis 4 Uhr.

Wie er mir erzählte, war die „Ghost“ ein Achtzigtonnen-Schoner einer ganz besonders feinen Art. Ihre Breite betrug etwa sieben Meter und ihre Länge etwas über dreißig. Ein Bleikiel von bedeutendem, aber nicht genau bekanntem Gewicht machte sie sehr stabil, obwohl sie eine sehr große Segelfläche besaß. Von Deck bis zum Großmasttopp waren es ungefähr fünfunddreißig Meter, während der Vormast etwa drei Meter kürzer war. Ich berichte diese Einzelheiten, damit das Ausmaß dieser kleinen schwimmenden Welt mit ihren zwanzig Seelen ermessen werden kann. Es war eine sehr kleine Welt, ein Splitter, ein Pünktchen, und ich wunderte mich, daß Menschen es wagten, das Meer mit einer so kleinen und gebrechlichen Nußschale zu versuchen.

Wolf Larsen stand auch im Rufe eines verwegenen Seglers. Ich hörte Henderson und einen anderen Jäger, Staridish, einen Kalifornier, darüber sprechen. Vor zwei Jahren kappte er in einem Sturm auf der Beringsee sämtliche Masten der „Ghost“, worauf die jetzigen, die in jeder Beziehung stärker und schwerer waren, gesetzt wurden.

Jeder Mann an Bord, ausgenommen Johansen, dem die Beförderung den Kamm schwellen ließ, schien seine Entschuldigung dafür zu haben, daß er auf die „Ghost“ gekommen war. Die Hälfte der Männer waren Hochseematrosen, und ihre Rechtfertigung war, daß sie vorher von dem Schiff und seinem Kapitän nichts gehört hätten.

Andere, die es wissen mußten, flüsterten, daß die Jäger, obwohl sie hervorragende Schützen waren, wegen ihrer Streitsucht und verbrecherischen Neigungen einen derart schlechten Ruf genossen, daß sie auf einem anständigen Schoner nicht angeheuert wurden.

Ich machte noch die Bekanntschaft eines anderen Besatzungsmitgliedes namens Louis. Er war ein rundgesichtiger, sehr freundlicher und verträglicher Bursche, bereit zu reden, solange er einen Zuhörer fand. Nachmittags, während der Koch unten schlief und ich die nie endenwollenden Kartoffeln schälte, kam Louis auf einen Plausch zu mir in die Kombüse.

Seine Entschuldigung für die Anwesenheit auf der „Ghost“ war, daß er beim Unterschreiben betrunken gewesen sei. Er versicherte mir immer wieder, daß ihm nicht einmal im Traum hätte einfallen können, so etwas in einem nüchternen Augenblicke zu tun. Man sagte, daß er seit einem Dutzend Jahren regelmäßig auf Robbenjagd sei, er galt als einer der drei besten Bootssteuermänner beider Flotten.

„Ach, mein Junge!“ sagte er und schüttelte, nichts Gutes andeutend, sein Haupt. „Das ist der schlechteste Schoner, den du dir aussuchen konntest, und dabei warst du damals nicht einmal betrunken so wie ich. Die Robbenjagd ist auf anderen Schiffen ein Paradies für die Matrosen. Der Steuermann war der erste, aber merke dir, was ich dir sage: es wird noch mehr Tote geben, aber es bleibt unter uns. Dieser Wolf Larsen ist der wahrhaftige Satan, und die ‚Ghost‘ wird ein Höllenschiff bleiben, so wie sie es stets war, seitdem er sie übernommen hat. Ich sollte das nicht wissen? Sollte mich nicht daran erinnern, wie er vor zwei Jahren in Hakodate während eines Wutanfalles vier seiner Leute erschossen hat? War ich vielleicht damals nicht auf der ‚Emma L.‘, keine dreihundert Schritte davon entfernt? Und da war im gleichen Jahr ein Mann, den er durch einen Fausthieb erschlagen hat. Ja, Herr, totgeschlagen! Der Schädel wurde zerschmettert wie eine Eierschale. Und war da nicht der Gouverneur der Insel Kura und der Polizeihauptmann, japanische Edelleute, Herr, und kamen sie nicht als Gäste mit ihren Frauen – so herzigen, zarten, feinen kleinen Dingerchen, wie Sie sie auf Fächer gemalt sehen können – an Bord der ‚Ghost‘? Und als er dann fortfuhr, wurden die beiden Ehemänner nicht, als ob es ein unglücklicher Zufall gewesen wäre, zurückgelassen? Und wurden nicht eine Woche später die armen kleinen Frauen auf der anderen Seite der Insel an Land gesetzt, ohne andere Möglichkeit, als mit ihren kleinen dünnen Strohsandalen, die keine Meile zusammenhalten konnten, über das Gebirge zu wandern? Das alles sollte ich nicht wissen. So eine Bestie ist dieser Wolf

Larsen. Die größte Bestie, die es je gegeben hat! Aber er wird kein gutes Ende haben. Doch, ich habe nichts zu dir gesagt, verstehst du? Ich habe nie auch nur ein Wort mit dir geflüstert. Denn der alte dicke Louis will die Reise überleben, wenn auch der letzte Sohn einer Mutter dabei zu den Fischen wandert !"

„Wolf Larsen!" schnaubte er einen Augenblick danach. „Achte auf das Wort, das ich dir sage. Ein Wolf ist er. Er ist nicht herzlos wie manche Leute. Er hat überhaupt kein Herz. Er ist nur ein Wolf. Findest du nicht, daß sein Name zu ihm paßt?"

„Aber wenn er so allgemein verschrien ist, wie ist es dann möglich, daß er Leute auf sein Schiff bekommt?"

„Und wie ist es möglich, daß man Leute bekommen kann, die auf Gottes Erde oder Meer irgend etwas arbeiten?" fragte Louis mit keltischem Feuer. „Wie würde ich mich an Bord befinden, wenn ich nicht betrunken gewesen wäre, als ich meinen Namen unter den Vertrag setzte. Es gibt solche, die mit keinem besseren Schiff segeln könnten, wie zum Beispiel die Jäger, und andere, die es nicht besser verstanden, wie zum Beispiel die armen Teufel da vorne. Aber auch sie werden dahinterkommen und den Tag verfluchen, an dem sie geboren wurden. Ich könnte über diese armen Geschöpfe weinen, wäre ich nur in der Lage, den armen fetten Louis und seine ihm noch bevorstehenden Beschwernisse zu vergessen. Aber, ich habe nicht einen Ton gesagt, merke dir: nicht einen Ton! – Verstanden?"

„Diese Jäger, das sind schlechte Burschen", sprudelte er hervor, denn er litt an angeborener Redesucht. „Warte, bis sie aus reinem Spaß zu raufen beginnen. Er wird die Burschen zur Ruhe bringen. Er wird Gottesfurcht in ihre verkommenen schwarzen Herzen senken. Schau meinen Jäger, Horner, an. Jack Horner nennen sie ihn. Er schaut so ruhig und gutmütig aus, sanft wie ein Mädchen; man könnte glauben, daß in seinem Mund nicht einmal Butter schmelzen würde. Hat er nicht im vergangenen Jahr seinen Bootssteuermann ermordet? Es wurde als Unglücksfall hingestellt; aber ich traf den Ruderer in Yokohama, und er hat mir alles erzählt. Und da ist Smoke, der kleine schwarze Teufel. Hielten die Russen ihn nicht drei Jahre in den sibirischen Salzminen, weil er bei der Copperinsel Fische gestochen hat, ein Privileg der Russen? Er war mit einem zweiten an Händen und Füßen zusammengekettet. Und da hatten sie einen Wortwechsel oder sonst eine Auseinandersetzung, denn Smoke schickte seinen Kameraden im Förderkorb zu Tag, und zwar wurde dieser stückweise hinaufbefördert: heute ein Bein und morgen ein Arm, am nächsten Tag der Kopf und so fort."

„Aber das ist doch nicht dein Ernst!" schrie ich voll Entsetzen auf.

„Nicht mein Ernst?" fragte er blitzschnell. „Ich habe nichts gesagt. Ich bin taub und stumm, wie du sein sollst, um deiner Mutter willen. Und nie habe ich meine Lippen geöffnet, ich hätte denn gute Dinge über ihn berichtet. Gott verdamme seine Seele! Möge sie zehntausend Jahre im Fegefeuer braten und dann hinabfahren zur ärgsten und tiefsten Hölle!"

Johnson, der Mann, der mich wundgerieben hatte, als ich an Bord gekommen war, schien von allen Leuten vorn und achtern der am wenigsten zweifelhafte zu sein. Tatsächlich war an ihm nichts Zweideutiges. Man war sofort von seiner Geradheit und Männlichkeit überzeugt, die allerdings durch eine Bescheidenheit, die man hätte als Ängstlichkeit auslegen können, gemildert schien. Aber er war durchaus nicht ängstlich. Er hatte eher den Mut seiner Überzeugung und die Sicherheit seiner Mannhaftigkeit. Aus diesem Grund protestierte er auch bei unserem Bekanntwerden dagegen, Yonson genannt zu werden. Auf ihn ging Louis mit seinen Beurteilungen und Prophezeiungen jetzt über.

„Das ist ein feiner Kerl, dieser Johnson, den wir da vorn haben", sagte er. „Der beste Seemann auf dem Schiff. Er ist mein Ruderer. Aber daran besteht kein Zweifel: er wird mit Wolf Larsen aneinandergeraten, so sicher, wie die Funken nach aufwärts fliegen. Ich weiß es, ich sehe, wie es sich zusammenbraut wie ein Gewitter am Himmel. Ich habe mit ihm wie mit einem Bruder gesprochen, aber er ist nicht dafür zu haben, seine Signallichter einzuziehen oder falsche Signale auszustecken. Er brummt immer, wenn ihm etwas nicht paßt, und es gibt stets ein Tratschmaul, das seine Worte dem Wolf überbringt. Der Wolf ist stark, und es ist die Art des Wolfes, Stärke zu hassen. Stärke wird er bei Johnson finden – keine Kriecherei und kein ‚Ja, Herr, danke herzlich, Herr!' für eine Beschimpfung oder einen Schlag. Oh, es wird kommen! Es wird kommen! Und weiß Gott, wo ich einen anderen Ruderer herbekomme! Was sagt er, als der Alte ihn ‚Yonson' nennt, anderes als: ‚Mein Name ist Johnson, Herr!', und dann buchstabierte er ihn vor, Buchstaben für Buchstaben. Du hättest das Gesicht des Altensehen sollen. Ich dachte, er würde sofort auf ihn losgehen. Aber er wird es tun, und er wird ihm sein Herz zerdrücken, oder ich verstehe nichts mehr von der Vorgangsweise der Leute auf See!"

Thomas Mugridge wird immer unerträglicher. So oft ich ihn anspreche, muß ich zu ihm „Herr" sagen. Mit ein Grund dafür ist, daß Wolf Larsen Vorliebe für ihn gefaßt zu haben scheint. Ich halte es für eine noch nie dagewesene Sache, daß ein Kapitän mit seinem Koch auf vertrautem Fuße steht. Aber das tut Wolf Larsen. Zwei- oder dreimal steckte er seinen Kopf in die Kombüse und neckte Mugridge gutmütig, und einmal stand er nachmittags mit ihm achtern bei der Tür der Hütte und plauschte mit ihm ungefähr fünfzehn Minuten. Als Mugridge danach in die Kombüse zurückkehrte, strahlte er, setzte seine Arbeit fort und sang dabei in einem fort Gassenhauer, so herzzerreißend falsch, daß man hätte aus der Haut fahren können.

„Ich verkehre immer mit den Offizieren", bemerkte er zu mir in vertraulichem Tone. „Ich verstehe es, mich beliebt zu machen. Da war mein letzter Kapitän, das war selbstverständlich, daß ich zu ihm auf einen kleinen Plausch und ein Gläschen in die Kajüte ging. ‚Mugridge', sagte er zu mir, ‚Mugridge', sagte er, ‚Sie haben Ihren Beruf verfehlt.' ‚Wieso?' frag ich ihn. ‚Ja, Sie hätten als Gentleman geboren werden und nie in ihrem Leben etwas arbeiten müssen.' Gott lasse mich sofort tot umfallen, Hump, wenn er das nicht gesagt hat. Und wir sind in seiner Kajüte gesessen, bequem wie in einer Jolle, und haben seinen Rum getrunken und seine Zigaretten geraucht."

Dieses Geschwätz trieb mich zur Verzweiflung. Ich habe nie eine Stimme gehört, die ich so haßte. Seine öligen, gewundenen Redewendungen, sein fettiges Lächeln und seine ungeheure Selbstzufriedenheit zerrten an meinen Nerven, bis ich manchmal am ganzen Körper zitterte. Tatsächlich war er der unangenehmste und widerwärtigste Mensch, dem ich jemals begegnet bin. Der Schmutz bei seiner Kocherei war einfach unbeschreiblich. Und da er alles kochte, was an Bord gegessen wurde, war ich gezwungen, mit größter Umsicht meine Speisen auszuwählen, indem ich aus dem Fraß das am wenigsten Schmutzige heraussuchte.

Meine Hände, an Arbeit nicht gewöhnt, schmerzten mich sehr. Die Nägel waren einfärbig schwarz, die Haut so mit Schmutz imprägniert, daß auch eine Scheuerbürste ihn nicht mehr entfernen konnte. Außerdem bekam ich Blasen in einer nicht abreißenden Reihenfolge, und am Unterarm hatte ich eine große Brandwunde davongetragen, als ich beim Rollen des Schiffes das Gleichgewicht verlor und gegen den Kombüsenherd stürzte. Auch mein Knie besserte sich nicht. Die Geschwulst war nicht vergangen. Daß ich von früh bis spät herumhumpeln mußte, trug zur Besserung nicht bei. Was ich brauchte, war Ruhe, wenn es überhaupt noch eine Heilungsmöglichkeit gab.

Ruhe! Nie zuvor hatte ich die Bedeutung dieses Wortes ermessen. Ich hatte mein ganzes Leben geruht, ohne es zu wissen. Aber hätte ich jetzt auch nur eine halbe Stunde sitzen dürfen und nichts zu tun brauchen. Nicht einmal denken! Es wäre das Prachtvollste auf der Welt gewesen. Doch war es andererseits auch eine Offenbarung. Ich wurde dadurch befähigt, das Leben der arbeitenden Masse besser werten zu können. Ich hätte mir nie träumen lassen, daß Arbeit eine so fürchterliche Sache sei. Von halb sechs in der Früh bis zehn Uhr abends war ich jedermanns Sklave, ohne einen Augenblick zu meiner Verfügung zu haben, außer den, den ich mir zu Ende der zweiten Wache stehlen konnte. Ließ ich mir eine Minute Zeit, um über das in der Sonne glitzernde Meer zu blicken oder einen Matrosen zu beobachten, wenn er in die Gaffeltoppsegel kletterte oder auf den Bugspriet[1] hinauslief, konnte ich sicher sein, die verhaßte Stimme zu hören: „He, du, Hump! Kein Herumlungern ! Meine Augen ruhen auf dir!"

Es gibt Zeichen steigender Mißstimmung im Zwischendeck, und es geht das Gerede, daß Smoke und Henderson gerauft haben. Henderson scheint der beste Jäger zu sein, ein besonnener Bursche und schwer aus der Ruhe zu bringen. Er muß aber doch aufgebracht worden sein, denn Smoke hatte ein gequetschtes und verfärbtes Auge und schaute sehr hergenommen aus, als er zum Nachtmahl in die Kajüte kam.

Vor dem Nachtmahl ereignete sich etwas, das für die Rohheit und Brutalität dieser Männer bezeichnend war. Unter der Besatzung befand sich ein Grünhorn, Harrison, ein ungeschickt aussehender Bauernbursche, der, wahrscheinlich aus Abenteuerlust zur See getrieben, seine erste Reise machte. Bei dem nur leicht wehenden Winde mußte der Schoner viel manövrieren, wobei die Segel von einer Seite zur anderen wechselten und ein Mann hinaufgeschickt wurde, um das vordere Gaffeltoppsegel zu wenden. Auf irgend eine Art hatte sich die Schot[2] im Block[3] am Ende der Gaffel[4], durch die sie lief, festgeklemmt.

---

1) Schräg nach vorne über den Bug hinausragender Mast. Daran ist, in der gleichen Richtung fortlaufend, der Klüverbaum befestigt.
2) Tau zum Segelspannen.
3) Rolle des Flaschenzuges.
4) Am Mast verschiebbare, schräg nach oben stehende Stange.

Soviel ich verstand, gab es zwei Möglichkeiten, sie freizubekommen. Erstens durch Herablassen des Fockmarssegels, was verhältnismäßig einfach und gefahrlos war, zweitens dadurch, daß einer auf der Piek [1] bis zum Ende der Gaffel hinauskletterte, ein außergewöhnlich gefährliches Unternehmen.

Johansen rief Harrison zu, er solle auf die Piek hinaufklettern. Es war für jedermann klar, daß der Knabe sich fürchtete. Und er mußte es auch mit Recht; denn dreißig Meter über dem Deck – und nur angewiesen auf diese dünnen schwankenden Seile. Hätte eine ständige Brise geweht, wäre es nicht so schlecht gewesen. Aber die „Ghost" rollte unbeladen in der Dünung[2] und mit jeder Bewegung flatterten die Segel und wurden in die Höhe getrieben, die Seile wurden schlaff und strafften sich dann plötzlich wieder. Sie waren in der Lage, einen Mann wegzuschleudern, wie ein Peitschenhieb eine Fliege.

Harrison hörte den Befehl und verstand, was von ihm verlangt wurde, aber er zögerte. Er war wahrscheinlich noch nie in seinem Leben oben gewesen. Johansen, der von Wolf Larsens Herrschsucht angesteckt war, platzte mit einer Flut von Beschimpfungen und Flüchen los.

„Jetzt ist's genug, Johansen", sagte Wolf Larsen schroff, „nimm zur Kenntnis, daß auf dem Schiff nur ich zu fluchen habe. Wenn ich deine Hilfe brauche, werde ich dich rufen!"

„Ja, Herr", pflichtete der Steuermann unterwürfig bei.

Inzwischen hatte Harrison begonnen, auf dem Fall[3] hinauszuklettern. Ich schaute aus der Kombüsentür hinauf und sah ihn, wie vom Fieber geschüttelt, am ganzen Körper zittern. Er stieg sehr langsam und vorsichtig, Spanne um Spanne, hinauf. Auf dem blauen Himmel

1) Schräglage der Gaffel.
2) Lange Meereswellen mit runden Kämmen.
3) Seil zum Spannen der Segel.

zeichnete er sich ab wie eine große Spinne, die auf einem feinen Faden ihres Netzes langsam entlangläuft.

Das Fall, das durch mehrere Blöcke an Gaffel und Mast lief, gab seinen Händen und Füßen Halt. Aber die Schwierigkeit lag darin, daß der Wind weder entsprechend kräftig noch genügend beständig wehte, um das Segel aufgebläht zu halten. Als er halb hinaufgeklettert war, machte die „Ghost" eine lange Schlingerbewegung nach Luv und wieder zurück in ein Wellental. Harrison stieg nicht mehr weiter und klammerte sich an. Trotz der großen Entfernung konnte ich die qualvolle Muskelanspannung sehen, mit deren Hilfe er um sein Leben rang. Die Segel wurden schlaff, und die Gaffel schwang mittschiffs. Das Fall erschlaffte, und obwohl dies sehr rasch vor sich ging, sah ich, wie es unter seiner Körperlast herabsank. Dann schwang die Gaffel mit einem plötzlichen Ruck zur Seite, das Großsegel schwoll unvermittelt an, und eine dreifache Reihe von Tauen schlug wie Gewehrkugeln gegen das Segel. Harrison stürzte, sich verzweifelt festhaltend, durch die Luft. Der Sturz wurde plötzlich gebremst. Die Falltaue strafften sich. Es war wie das Knallen einer Peitsche. Der Griff hielt nicht mehr. Eine Hand wurde ausgedreht und verlor den Halt. Die andere griff einen Augenblick verzweifelt umher – und folgte nach. Sein Körper sauste hinaus und herunter, aber auf irgend eine Weise gelang es ihm, sich mit den Beinen festzuklammern. Er hing an ihnen, den Kopf nach unten. Eine rasche Bewegung brachte seine Hände wieder auf das Fall hinauf. Aber es brauchte lange, bis er seinen früheren Standpunkt wieder erreicht hatte. Dort hing er – ein jammervoller Anblick!

„Ich möchte wetten, daß er heute zum Abendessen keinen Appetit mehr hat", hörte ich Wolf Larsens Stimme, die um die Ecke der Kombüse zu mir drang.

Und tatsächlich war es Harrison sehr schlecht, so wie jemandem, der seekrank ist. Lange hing er in der gleichen Lage, ohne einen Versuch, sich zu bewegen. Johansen hörte nicht auf, ihn heftig zur Vollendung seiner Aufgabe zu drängen.

„Es ist eine Schande“, hörte ich Johnson in einem äußerst langsamen und korrekten Englisch grollen. Er stand beim Großmast, einige Schritte von mir. „Der Bursche ist willig. Er wird lernen, wenn er Gelegenheit hat. Aber das ist …“ Er setzte eine Weile aus, dann war das Wort „Mord“ sein endgültiges Urteil.

„Pst! Hörst du“, flüsterte Louis ihm zu, „beim Andenken deiner Mutter, halt den Mund!“

Aber Johnson schaute nur und brummte weiter.

„Schauen Sie her“, sagte der Jäger Standish zu Wolf Larsen, „das ist mein Ruderer und ich wünsche ihn nicht zu verlieren.“

„Das ist ganz richtig, Standish“, war die Antwort. „Er ist dein Ruderer, sobald er in deinem Boot ist, aber er ist mein Matrose, wenn er an Bord ist. Und ich werde mit ihm tun, was mich freut.“

„Aber es besteht doch kein Grund …“, begann Standish aufzubrausen.

„Jetzt ist’s genug“, erwiderte Wolf Larsen. „Ich habe gesagt, wie die Sache steht, und dabei bleibt es. Der Mann gehört mir, und ich werde, wenn ich es will, aus ihm Suppe machen und sie essen.“

Ein zorniger Blick schoß aus dem Auge des Jägers, aber er drehte sich auf seinem Absatz herum und ging zur Zwischendeckstiege, wo er stehen blieb und hinaufblickte. Alle Mann waren jetzt an Deck und schauten hinauf, dorthin, wo ein Mensch mit dem Tode kämpfte. Die Gefühllosigkeit dieser Männer, denen eine industrielle Organisation Herrschaft über das Leben anderer Menschen gab, war erschreckend. Ich, der ich abseits des Weltgetriebes gelebt hatte, hätte mir nie träumen lassen, daß sich die Seemannsarbeit in solcher Weise abwickelt. Das Leben war mir immer besonders heilig gewesen, aber hier galt es nichts, war höchstens eine Ziffer in den Handelsbüchern. Immerhin muß ich sagen, daß die Matrosen selbst Mitgefühl besaßen, wie zum Beispiel Johnson. Aber die Herren (die Jäger und der Kapitän) waren herzlos gleichgültig. Auch der Einspruch Standishs entsprang nur dem Wunsch, sich einen Ruderer zu erhalten. Wäre er der Ruderer irgend eines anderen Jägers gewesen, wäre auch er, so wie die anderen, nur belustigt gewesen.

Aber, um zu Harrison zurückzukehren. Johansen brauchte zehn Minuten, bis er mit Schimpfen und Drohungen den armen Teufel so weit gebracht hatte, daß er wieder weiterkroch. Kurz darauf erreichte er die Gaffel, wo er, auf der Spiere reitend, bessere Möglichkeit zum Festhalten besaß. Er machte die Schot klar und hätte zurückkehren können. Aber er hatte seine Nerven verloren. So unsicher auch seine derzeitige Lage war, getraute er sich nicht, sie gegen die noch unsicherere auf dem Fall zu vertauschen.

Er blickte den luftigen Weg entlang, den er zu traversieren hatte, und dann hinab aufs Deck. Seine Augen waren weit aufgerissen und starr. Am ganzen Körper zitterte er heftig. Nie habe ich sonst auf dem Antlitz eines Menschen so deutlich die Angst abgezeichnet gesehen. Vergeblich rief Johansen nach ihm. Jeden Augenblick konnte er von der Gaffel geschleudert werden, aber er war vor Angst hilflos. Wolf Larsen, der, mit Smoke in eine Unterhaltung vertieft, auf und ab ging, nahm keine Notiz mehr von ihm, doch rief er einmal dem Mann am Steuer scharf zu: „Du bist aus dem Kurs gekommen, mein Lieber. Paß auf, wenn du keine Scherereien haben willst!“

„Ja, ja, Herr“, antwortete der Steuermann und drehte das Steuerrad ein paar Sprossen zurück.

Er hatte sich dadurch vertan, daß er die „Ghost“ einige Strich aus ihrem Kurs steuerte, damit der schwache Wind das Vorsegel füllen und es prallhalten könne. Er wollte dadurch, selbst auf die Gefahr, Wolf Larsens Zorn heraufzubeschwören, dem armen Harrison helfen.

Die Zeit verging und die Spannung war mir unerträglich. Thomas Mugridge dagegen betrachtete es als eine lächerliche Angelegenheit, steckte fortwährend seinen Kopf zur Kombüsentür heraus und machte dumme Witze. Wie ich ihn haßte! Und wie mein Haß gegen ihn während dieser furchtbaren Zeit immer mehr zu riesenhaften Dimensionen anschwoll. Das erste Mal in meinem Leben empfand ich den Wunsch, zu morden – „sah rot“, wie manche Leute dies ausdrückten. Mochte immerhin das Leben im allgemeinen etwas Heiliges sein, aber das Leben im besonderen Falle des Thomas Mugridge war es nicht mehr. Ich erschrak, als mir zum Bewußtsein kam, daß ich „rot sah“, und mich durchschoß die Frage: war ich schon von der Brutalität meiner Umgebung angesteckt – ich, der ich selbst bei dem schwersten Verbrechen die Berechtigung der Todesstrafe bestritten hatte? Fast eine halbe Stunde verging. Dann bemerkte ich Johnson und Louis in einem Wortwechsel. Er endete damit, daß sich Johnson dem hindernden Arm des Louis entzog und nach vorne rannte. Er lief übers Deck, sprang in die Takelung des Vorschiffes und begann hinaufzuklettern. Aber die Augen von Wolf Larsen hatten ihn rasch entdeckt.

„He, was hast du da oben zu tun?“ schrie er.

Johnson hielt an. Er schaute seinem Kapitän ins Auge und antwortete langsam:

„Ich will diesen Burschen herunterholen.“

„Du wirst herunterkommen, und zwar sofort! Hörst du? Komm herunter !“

Johnson zögerte. Aber der langjährige Gehorsam gegenüber seinen Vorgesetzten übermannte ihn, und er kletterte mürrisch aufs Deck zurück und ging nach vorn.

Um halb sechs Uhr ging ich hinunter, um den Kajütentisch zu decken, aber ich wußte kaum, was ich tat. Ich hatte stets das Bild des bleichen, zitternden Menschen vor Augen, der wie eine Wanze an der hin- und herschwankenden Gaffel hing. Als ich um sieben Uhr an Deck kam, um das Essen aus der Kombüse zu holen, sah ich Harrison noch immer in der gleichen Stellung. Die Unterhaltung bei Tisch drehte sich um ganz andere Dinge. Niemand schien an dem mutwillig gefährdeten Leben interessiert. Als ich etwas später zur Kombüse ging, freute ich mich, Harrison zu erblicken, der aus der Takelung geklettert und gerade nach achtern schwankte. Er hatte doch endlich den Mut gefunden, herunterzusteigen.

Bevor ich diesen Vorfall abschließe, muß ich kurz eine Unterredung beschreiben, die ich mit Wolf Larsen in der Kajüte hatte, als ich die Teller wusch.

„Sie schauten heute nachmittag schlecht aus“, begann er. „Was war der Grund?“

Ich sah, daß er wußte, was mich vielleicht ebenso krank gemacht hatte wie Harrison, und antwortete. „Es war die brutale Behandlung des Jungen.“

Er lachte kurz. „Eine Art Seekrankheit, nehme ich an. Manche Leute leiden daran, andere nicht.“

„Es ist nicht so“, warf ich ein.

„Genau so“, setzte er fort. „Die Erde ist ebenso voll Brutalität, wie das Meer voll Bewegung ist. Und manchem wird durch dies, anderen durch jenes schlecht. Das ist der ganze Unterschied!“

„Aber Sie, der Sie das menschliche Leben verspotten und als einen Schein betrachten, messen Sie ihm gar keinen Wert bei?“ fragte ich.

„Wert? Was für einen Wert?“ Er schaute mich an, und obwohl seine Augen ruhig waren, schien darin doch Zynismus aufzuleuchten. „Welche Art von Wert? Wie wollen Sie ihn ermessen? Wer stellt ihn fest?“

„Ich selbst“, gab ich zur Antwort.

„Dann: was ist es Ihnen wert? Ich meine das Leben eines anderen Menschen. Nun los, was ist es Ihnen wert?“

Der Wert eines Lebens? Wie konnte ich einen ungefähren Preis dafür ansetzen? Irgendwie fehlten mir, der ich immer alles erklären konnte, die Worte, sobald ich es Wolf Larsen gegenüber tun sollte. Späterhin wurde es mir klar, dass die Ursache teils in seiner Persönlichkeit, teils in seinen ganz anderen Gesichtspunkten lag. Im Gegensatz zu anderen materialistisch eingestellten Menschen, mit denen ich bisher zu tun hatte und mit denen mir irgendein Ausgangspunkt gemeinsam war, vermißte ich einen solchen bei ihm. Vielleicht verwirrte mich auch die elementare Einfachheit seines Gedankenganges. Er drang so unmittelbar in den Kern der Materie ein, wobei er alles Unwesentliche vernachlässigte, und er tat es mit solcher Entschiedenheit, daß ich mir vorkam wie in tiefem Wasser, ohne Grund unter meinen Füßen. Wert des Lebens? Wie konnte ich eine solche Frage auf der Stelle beantworten? Die Heiligkeit des Lebens war mir immer etwas Selbstverständliches und Unanfechtbares gewesen. Daß es einen wirklichen Wert besaß, war eine Wahrheit, die ich nie bezweifelt hatte. Aber als er diese Grundwahrheit anfocht, fand ich keine Worte.

„Wir haben gestern darüber gesprochen", sagte er. „Ich war der Meinung, das Leben sei ein Ferment, eine Art Schaum, der Leben verschlingt, damit er selbst lebe, und das Leben sei nur erfolgreiche Gemeinheit. Denn, wenn man nach Angebot und Nachfrage geht, ist das Leben das Billigste auf der Welt. Es gibt nur eine bestimmte Menge Wasser, Erde und Luft. Aber das Leben, das geboren werden will, ist unbegrenzt. Die Natur ist eine Verschwenderin. Schauen Sie die Fische an, mit ihren Milliarden von Eiern. Denken Sie an mich oder an sich selbst. In unseren Lenden liegt die Möglichkeit für Milliarden von Leben. Hätten wir nur Zeit und Gelegenheit, auch das letzte Stückchen des in uns ruhenden ungeborenen Lebens auszunützen, wir könnten Ahnherren von Nationen werden und ganze Kontinente bevölkern. Leben! Bah! Es hat gar keinen Wert. Von den billigen Dingen ist es das

Allerbilligste. Überall bietet es sich bettelnd an. Die Natur streut es mit verschwenderischen Händen aus. Wo Platz für ein einziges Leben ist, da sät sie tausend, und das Leben frißt das Leben auf, bis das stärkste und gemeinste übrig bleibt."

„Sie haben Darwin gelesen", sagte ich, „aber Sie haben ihn mißverstanden, wenn Sie glauben, daß der Kampf ums Dasein Ihre mutwillige Zerstörung von Leben rechtfertigt!"

Er zuckte die Achseln. „Sie sind sich im Klaren, daß Sie dies nur in Bezug auf das menschliche Leben meinen, denn Rinder, Geflügel und Fische werden für Sie und mich ebenso zahlreich getötet wie für andere Leute. Doch ist das menschliche Leben, trotzdem Sie es so glauben mögen, nichts wesentlich anderes. Warum sollte ich sparsam sein mit diesem Leben, das so billig und wertlos ist? Es gibt mehr Matrosen als Schiffe auf den Meeren für sie, mehr Arbeiter als Fabriken und Maschinen, an denen sie arbeiten könnten. Sie leben doch auf dem Lande und wissen, daß man die armen Leute in den Elendsvierteln wohnen läßt, sie Hunger und Seuchen preisgibt, und daß es immer mehr und mehr Arme gibt, die in Ermangelung eines Stückchens Brot oder eines Bissens Fleisch (das übrigens durch Zerstörung von Leben gewonnen wird) zugrunde gehen, und somit muß es Ihnen auch klar sein, was Vernichtung des Lebens ist. Haben Sie je die Londoner Dockarbeiter wie wilde Tiere um eine Arbeitsgelegenheit raufen sehen?"

Er ging zur Kajütenstiege, wendete aber noch den Kopf zu einer abschließenden Bemerkung. „Wissen Sie auch, daß der einzige Wert des Lebens der ist, den das Leben sich selbst gibt? Und natürlich wird es überbewertet, da notwendigerweise in eigener Sache entschieden wird.

Nehmen Sie als Beispiel den Mann, den ich da oben hatte. Er klammerte sich an, als hätte er einen hohen Wert, als wäre er ein Schatz, teurer als Diamanten oder Rubine. Für Sie? Nein. Für mich? Keineswegs. Für sich selbst? Ja! Aber ich anerkenne seine Bewertung nicht. Er überschätzt sich maßlos. Es gibt einen Überfluß an Leben, das sich sehnt, geboren zu werden. Wäre er heruntergefallen, und hätte sein Hirn wie Honig aus einer Wabe auf das Deck gespritzt, wäre es für die Welt ein Verlust gewesen? Er ist für die Welt nichts wert. Der Überfluß ist zu groß. Für sich allein war er von Wert. Um Ihnen zu zeigen, wie auch dieser Wert nur in der Einbildung besteht: sobald er tot ist, weiß er nicht, daß er sich selbst verloren hat. Nur er bewertet sich höher als Diamanten und Rubine. Diamanten und Rubine sind vergangen, verspritzt auf Deck, um mit einem Kübel Meerwasser weggeschwemmt zu werden, und er weiß nicht einmal, daß seine Diamanten und Rubine nicht mehr sind, denn mit dem eigenen Verlust verliert er auch das Bewußtsein, etwas verloren zu haben. Verstehen Sie das? Und was sagen sie dazu?“

„Daß Sie zumindest konsequent sind“, war alles, was ich sagen konnte. Ich fuhr mit dem Abwaschen fort.

7. Kapitel

Schließlich gelangten wir nach drei Tagen wechselnder Winde in den Nordostpassat. Ich kam nach guter Nachtruhe, die ich trotz meines verletzten Knies hatte, an Deck, und sah die „Ghost" mit vollen Segeln ausser den Klüvern in einem frisch von achtern wehenden Winde schäumend dahinbrausen. Oh, das Wunder des großen Passatwindes! Den ganzen Tag segelten wir und die ganze Nacht und den nächsten und übernächsten, Tag um Tag, den Wind immer von hinten, gleichmäßig und stark. Der Schoner fuhr von selbst. Es gab kein Heissen und Hahlen von Segeln und Tauen, kein Umlegen von Toppsegeln, keine Arbeit für die Matrosen, ausser zu steuern. Abends, wenn die Sonne unterging, wurden die Segel gelockert; morgens, wenn sie den Tau aus den Takeln verdampft hatten und diese erschlafften, wurden sie wieder gestrafft – das war alles.

Wir fahren abwechselnd mit einer Geschwindigkeit von zehn, zwölf und elf Knoten, und immer bläst der brave Wind aus Nordost und bringt uns von einem Morgengrauen zum anderen auf unserem Kurs um zweihundertfünfzig Meilen weiter. Sie betrübt und erfreut mich gleichzeitig, diese Eile, mit der wir San Franzisko hinter uns lassen und südwärts in die Tropen rauschen. Von Tag zu Tag wird es merklich wärmer. Während der Hundewache kommen die Matrosen nackt an Deck und schütten sich gegenseitig aus Eimern Wasser über den Kopf. Schon sind fliegende Fische zu sehen, und nachts klettern die Wachen an Deck umher, um die an Bord gefallenen aufzulesen. Und morgens, nachdem Thomas Mugridge entsprechend bestochen worden ist, riecht die Kombüse herrlich von Bratenduft, wogegen vorne und achtern Delphinfleisch serviert wird, so oft Johnson diese glänzenden schönen Fische vom Bugspriet aus fängt.

Johnson scheint alle Freizeit dort oben auf den Kreuzbäumen zu verbringen, von wo er die „Ghost“ beobachtet, wie sie das Wasser unter dem Druck ihrer Segel spaltet. In seinen Augen liegt Leidenschaft und Bewunderung. Fast befindet er sich in einem Trancezustand, wenn er voll Verzückung die schwellenden Segel, die schäumenden Wellen und das Auf und Nieder über die flüssigklaren Wasserberge betrachtet, die uns in majestätischem Zuge begleiten.

Die Tage und Nächte sind voll von Wundern und wildem Entzücken, und obwohl ich bei meiner traurigen Beschäftigung wenig Zeit habe, stehle ich mir einige Augenblicke, um voll Verwunderung immer wieder auf die unendliche Pracht zu blicken, von der ich nicht einmal geträumt hatte.

Ich ahnte nicht, daß die Welt Derartiges wirklich besitzt. Der Himmel ist fleckenlos blau – blau wie das Meer selbst, das unter dem Bug Farbe und Schimmer azurblauer Seide annimmt. Rundum am Horizont blasse Schäferwölkchen, die sich nicht bewegen, wie eine silbrige Einfassung für den fehlerfreien türkisfarbenen Himmel.

Nie werde ich die eine Nacht vergessen, während der ich, statt zu schlafen auf dem Vorderdeck lag und hinunterblickte auf das regenbogenfarbene Schaumgekräusel, das der Bug der „Ghost“ zur Seite schob.

Es klang wie das Murmeln eines Bächleins über moosbewachsene Steine in einsam verlassenem Tale. Sein leises Lied trug mich fort, weg von mir selbst, bis ich nicht mehr der Kajütenjunge Hump war, auch nicht Van Weyden, der Mann, der fünfunddreißig Jahre zwischen Büchern geträumt hatte. – Durch von hinten kommende Laute wurde ich in die Wirklichkeit zurückversetzt. Es war unverkennbar Wolf Larsens Stimme, stark wie die unbesiegbare Sicherheit dieses Mannes und doch weich im Klang der Worte, die sie sprach:

„Oh, du leuchtende Tropennacht, mit des Kieles lohender Pracht, die du kühlst des Himmels Glut !
Stetig schnurrt der Bug voran seine sternbesäte Bahn, durch die vom Wal durchrollte Flut.
Die Planken hat die Glut zernarbt, mein Kahn, Tau, gestrafft die Takelung treu.
Denn hinab wir treiben auf altem Kurs, den eigenen Weg getrennter Bahn.
Nach Süd wir sinken auf dem alten Kurs – den Weg, der ewig neu."

„Eh, Hump, wie gefällt Ihnen das?" fragte er nach einer Pause, wie sie durch Worte und Umrahmung geboten schien.

Ich schaute ihm ins Gesicht. Es leuchtete verklärt wie das Meer selbst, und seine Augen glänzten im Widerschein der Sterne.

„Es kommt mir, um die Wahrheit zu sagen, merkwürdig vor, daß Sie Begeisterung zeigen können", antwortete ich kühl.

„Ja, Mann, das ist Leben, das ist Leben!" schrie er.

„Das ein billiges Ding und ohne Wert ist!" schleuderte ich ihm seine eigenen Worte entgegen.

Er lachte, und es war das erstemal, daß ich ehrliche Fröhlichkeit in seiner Stimme hörte.

„Ach, ich kann es Ihnen nicht beibringen, kann es Ihnen nicht in den Kopf hineinhämmern, was dieses Leben ist. Natürlich ist das Leben wertlos, außer für einen selbst. Und ich kann Ihnen sagen, daß mein Leben jetzt sehr wertvoll ist – für mich natürlich. Es ist um keinen Preis zu haben, was Sie als eine furchtbare Übertreibung ansehen werden, woran ich aber nichts ändern kann, denn es ist das Leben selbst, das den Preis festsetzt!"

Er schien nach Worten zu suchen, um die ihm vorschwebenden Gedanken ausdrücken zu können und fuhr schließlich fort:

„Wissen Sie, ich habe einen seligen Auftrieb in mir, ich fühle mich, als ob die Ewigkeit durch mich schallen würde, als ob alle Macht mein wäre. Ich kenne die Wahrheit und das göttliche Gute vom Bösen, das Recht vom Unrecht auseinander. Mein Gesicht ist klar und blickt in die Ferne. Ich könnte beinahe an Gott glauben. Aber" – seine Stimme änderte sich, und der Glanz aus seinen Augen schwand – „was ist das für ein Zustand, in dem ich mich befinde? Diese Lebensfreude? Dieses Frohlocken des Lebens? Diese Begeisterung, wie man es auch nennen könnte? Es ist etwas, das kommt, wenn der Verdauung nichts fehlt, der Magen in Ordnung ist, man guten Appetit hat, und alles gut geht. Es ist eine Aufstachelung des Lebens, Champagner für das Blut, Aufschäumen des Ferments – was manche Menschen veranlaßt, heilige Gedanken zu fassen, andere, Gott zu sehen, oder wenn Sie ihn nicht sehen, sich einen zu schaffen. Das alles ist die Trunkenheit des Lebens, Rühren und Bewegung der Hefe, das Gesetz des Lebens, das im Bewußtsein, zu leben, die Besinnung verloren hat. Und – bah! – Und morgen werde ich dafür bezahlen, so wie der Säufer bezahlt. Und ich werde wissen, daß ich sterben muß, wahrscheinlich auf dem Meere, daß ich aufhören werde, mich aus mir selbst zu bewegen, und daß ich nur noch Bewegung mit dem Schlamm des Meeres sein werde, um aufgefressen zu werden, um Aas zu sein, um meine Kraft und Muskelbewegung aufzugeben, und Kraft und Bewegung in Flossen, Schuppen und Därmen von Fischen zu sein. Bahl Und nochmals bah! Der Champagner ist schon schal. Das Funkeln und Prickeln ist verflogen, und es ist ein geschmackloses Getränk."

Er verließ mich so plötzlich, wie er gekommen war, indem er mit der Behendigkeit eines Tigers aufs Deck sprang. Die „Ghost" pflügte ihre Furchen weiter. Das Gurgeln des Buges klang mir wie ein Schnarchen, und als ich lauschte, schwand allmählich der Eindruck, den Wolf Larsens unvermittelter Umschwung aus höchster Verzückung zu tiefster Verzweiflung auf mich gemacht hatte. Dann erhob ein Hochseematrose von achtern seine kräftige Tenorstimme und sang „Das Lied an den Passatwind“':

„Ich bin der Wind, den der Seemann liebt,
Bin ständig, stark und genau.
Er folgt meinem Weg, wie die Wolke ihn zieht
Durchs unergründliche tropische Blau.

Durch Taglicht und Dunkel verfolg' ich das Boot
Und bleib' wie ein Hund auf der Spur.
Am stärksten zu Mittag, doch nachts auch nicht tot,
Stets bläh' ich die Segel ihm nur.“

8. Kapitel

Manchmal halte ich Wolf Larsen wegen seiner seltsamen Launen und Absonderlichkeiten für verrückt oder zumindest halbverrückt. Zu anderen Malen erscheint er mir als große Persönlichkeit, als ein nie erreichbare! Genie, und schliesslich bin ich wieder überzeugt, daß er der ausgesprochene Typ des Urmenschen ist, genau um tausend Jahre oder Generationen zu spät geboren, und ein Anachronismus in diesem Zeitalter der auf einem Höhepunkt stehenden Zivilisation. Er ist sicher ein Individualist ausgeprägtester Sorte. Und nicht nur das, er ist auch sehr einsam. Es besteht keine geistige Verwandtschaft zwischen ihm und dem Rest der Besatzung; seine unerhörte Männlichkeit und seine Geisteskraft geben ihn einen außergewöhnlichen Vorrang. Sie sind für ihn mehr wie Kinder, selbst die Jäger, und wie Kinder behandelt er sie, indem er auf ihre Stufe herabsteigt und mit ihnen spielt, wie man es mit jungen Hunden tut. Sonst untersucht er sie auch mit der grausamen Hand eines Vivisektors, indem er in ihren Gedankengängen herumwühlt und ihre Seelen durchforscht, als ob er erkunden wollte, aus welchem Material Seelen erzeugt sind. Ich habe ihn etliche Male gesehen, wie er bei Tisch diesen oder jenen Jäger mit kühlen, aufmerksamen Augen und vor allem mit eine gewissen Neugierde beleidigte und dann dessen Handlungen, Antworten oder kleine Wutanfälle mit einer für mich als wissenden Zuseher nahezu lächerlichen Aufmerksamkeit beobachtete. Was seine eigenen Wutausbrüche anlangt, bin ich überzeugt, daß sie nicht echt sind, daß sie manchmal Experimente, aber hauptsächlich Ausfluß einer Pose oder Gewohnheit sind, die er im Verkehr mit seinen Mitmenschen als zweckmässig befunden hat. Ich weiß, daß ich ihn, vielleicht mit Ausnahme des Vorfalles mit dem toten Steuermann, nie wirklich zornig gesehen habe, noch wünsche ich es mir, ihn einmal in wahrer Wut zu sehen, während all seine Kraft zum Ausbruche gelangt.

Was seine Launen anlangt, werde ich Ihnen erzählen, was Thomas Mugridge in der Kajüte erlebte, und damit gleichzeitig den Bericht eines Vorganges vollenden, den ich schon ein- oder zweimal begonnen habe. Ich hatte eines Tages nach dem Mittagessen gerade die Kajüte in Ordnung gebracht, als Wolf Larsen und Thomas Mugridge gemeinsam die Stiege herunterkamen. Obwohl der Koch eine Koje hatte, zu der er durch die Kajüte gehen mußte, wagte er es nie, sich in letzterer aufzuhalten oder sich auch nur darin sehen zu lassen, sondern flitzte ein- oder zweimal täglich wie ein furchtsames Gespenst hin und her.

„Du kannst sicher Nap' spielen", sagte Wolf Larsen mit fröhlicher Stimme. „Ich glaube, daß ein Engländer dies kann. Ich selbst habe es auf englischen Schiffen gelernt."

Thomas Mugridge, dieser Dummkopf, war außer sich vor Freude, daß er sich mit dem Kapitän an einen Tisch setzen durfte. Die herablassende Miene, die er aufsetzte, und die qualvollen Bemühungen, eine ungezwungene Haltung anzunehmen, hätten zum Erbrechen gereizt, wären sie nicht so lächerlich gewesen. Seine blassen, ausgewaschenen Augen erinnerten an trübe Sommerseen, obwohl ich mir nicht denken konnte, welch selige Vorstellungen ihn erfüllten.

„Hol' die Karten, Hump!" befahl Wolf Larsen, als er sich niedersetzte. „Und bring' die Zigarren und den Whisky, die in meiner Koje stehn."

Ich kehrte mit dem Gewünschten gerade noch rechtzeitig zurück, um zu hören, wie der Koch allgemeine Andeutungen machte, daß in ihm ein Geheimnis ruhe, daß er ein danebengeratener Sohn eines Gentleman oder etwas Ähnliches sein müsse. Auch bekomme er Wechsel und werde dafür bezahlt, von England fernzubleiben. „Fein gezahlt, Herr", drückte er sich aus, „fein gezahlt, daß ich meinen Ranzen umgehängt habe und ihn umgehängt behalte."

Ich hatte die üblichen Likörgläser gebracht, doch schüttelte Wolf Larsen den Kopf und winkte mir, Wassergläser zu bringen. Diese füllte er zu zwei Drittel mit purem Whisky – einem „Gentlemangetränk“, wie Thomas Mugridge sich ausdrückte, und sie stießen auf das ruhmreiche Napspiel an, entzündeten Zigarren, begannen die Karten zu mischen und zu teilen.

Sie spielten um Geld, erhöhten ständig die Einsätze und tranken Whisky. Ich weiß nicht, ob Wolf Larsen schwindelte oder nicht – sicher hätte er es gekonnt – aber er gewann ständig. Der Koch machte wiederholt Ausflüge in seine Kajüte, um Geld zu holen. Unter immer ärger werdendem Schwanken legte er diese Kurzreisen zurück, brachte jedoch nie mehr als ein paar Dollar auf einmal. Er wurde rührselig, vertraulich und konnte kaum die Karten sehen oder aufrecht sitzen. Als Vorspiel zu einem neuerlichen Ausflug nach seiner Koje hackte er seinen fettigen Zeigefinger in Wolf Larsen Knopfloch und schrie immer wieder stumpfsinnig: „Ich habe Geld bekommen, ich sage Ihnen, ich habe Geld bekommen, ich bin der Sohn eines Gentleman.“

Wolf Larsen blieb durch den Alkohol vollkommen unberührt, obwohl er Glas um Glas trank, wobei seine Gläser womöglich noch voller waren. An ihm war keine Änderung zu bemerken. Er schien durch die Possen des anderen nicht einmal belustigt.

Schließlich setzte der Koch unter lauten Beteuerungen, daß er wie ein Gentleman verlieren könne, sein letztes Geld ein – und verlor, worauf er seinen Kopf in die Hände stützte und weinte. Wolf Larsen schaute ihn aufmerksam an, als ob er ihn untersuchen oder vivisezieren wollte, dann änderte er seinen Plan, als wäre er sich klar geworden, daß es da nichts zu untersuchen gäbe.

„Hump“, sagte er mit vollendeter Höflichkeit, „seien Sie so gut, nehmen Sie Herrn Mugridge unter den Arm und helfen Sie ihm aufs Deck; er fühlt sich nicht ganz wohl.“

„Und sagen Sie Johnson, er soll ihn mit ein paar Kübeln Salzwasser überschütten“, fügte er leise, nur für mich hörbar, hinzu.

Ich überließ Herrn Mugridge an Deck einer Reihe grinsender Matrosen, die zum angegebenen Zweck geholt worden waren. Herr Mugridge stammelte im Halbschlaf, daß er der Sohn eines Gentleman sei. Als ich aber in die Kajüte hinunterstieg, um den Tisch zu räumen, hörte ich ihn unter dem ersten Kübel Wasser aufjaulen.

Wolf Larsen zählte seinen Gewinn.

„Hundertfünfundachtzig Dollar“, sagte er laut, „genau, wie ich es mir gedacht habe. Der Bettler kam ohne einen Cent an Bord.“

„Und was Sie gewonnen haben, Herr, gehört mir“, sagte ich frech.

Er beehrte mich mit einem spöttischen Lächeln. „Hump, ich habe seinerzeit etwas Grammatik gelernt, und ich glaube, daß Sie die Zeiten verwechselt haben. ‚Gehörte mir’, hätten Sie sagen müssen und nicht ‚gehört mir‘.“

„Das ist eine Frage, die nichts mit der Grammatik, sondern mit der Ethik zu tun hat“, antwortete ich.

Es verging vielleicht eine Minute bevor er sprach.

„Wissen Sie, Hump“, sagte er mit ruhigem Ernst, der einen unbeschreiblichen Hauch von Traurigkeit in sich trug, ich habe jetzt erstmalig das Wort ‚Ethik’ aus dem Munde eines Menschen gehört. Sie und ich sind die einzigen an Bord, die seine Bedeutung kennen.“

„Es gab eine Zeit in meinem Leben“, setzte er nach einer weiteren Unterbrechung fort, „da träumte ich, ich würde einst mit Menschen sprechen können, die eine solche Sprache reden; daß ich mich selbst von der Stufe, auf der ich geboren wurde, würde emporarbeiten und mit Menschen Konversation und Umgang pflegen können, die über Dinge wie Ethik sprechen. Und jetzt ist es das erstemal, daß ich dieses Wort ausgesprochen höre. Und nebenbei, Sie sind im Irrtum, es ist weder eine Frage der Grammatik noch der Ethik, sondern der vollendeten Tatsachen.“

„Ich verstehe“, sagte ich, „vollendete Tatsache ist, daß Sie das Geld haben.“

Seine Miene hellte sich auf. Er schien erfreut über meinen Scharfsinn.

„Aber das geht an der eigentlichen Frage vorbei“, setzte ich fort, „es geht hier um Recht und Unrecht.“

„Ah“, bemerkte er mit einem schiefen Verziehen seines Mundes, „ich sehe, Sie glauben noch immer an solche Dinge wie Recht und Unrecht.“

„Und Sie nicht? – Überhaupt nicht?“ fragte ich.

„Nicht im geringsten. Macht ist Recht. Das ist alles, was dazu zu sagen ist. Schwäche ist Unrecht. Und es bedarf nur eines ganz armseligen Schlusses, um zu wissen, daß es für einen schlecht ist, schwach zu sein – oder noch besser: es ist angenehm, stark zu sein der Vorteile wegen, peinlich, schwach zu sein, wegen der daraus entspringenden Nachteile. Nun ist gerade der Besitz dieses Geldes eine angenehme Sache. Es ist für einen gut, es zu besitzen. Wenn ich fähig bin, es zu besitzen, beginge ich gegen mich selbst und gegen das in mir ruhende Leben ein Unrecht, wenn ich es Ihnen gäbe und die Freude des Besitzes fahren ließe.“

„Aber Sie begehen ein Unrecht an mir, wenn Sie es zurückbehalten“, warf ich ein.

„Absolut nicht. Ein Mensch kann einem anderen kein Unrecht tun. Er kann sich nur an sich selbst vergehen. Nach meiner Meinung tue ich immer Unrecht, wenn ich das Wohl anderer berücksichtige. Sehen Sie das nicht ein? Denn wie können Teilchen von Hefe sich gegenseitig Unrecht zufügen, wenn sie trachten, sich gegenseitig zu verschlingen? Es ist ihre angeborene Veranlagung, danach zu streben, sich gegenseitig zu verschlingen und darauf zu achten, nicht selbst verschlungen zu werden. Wenn Sie davon abgehen, sündigen Sie.“

„Dann glauben Sie nicht an Altruismus?“ fragte ich.

Er faßte das Wort auf, als ob es für ihn einen vertrauten Klang hätte, wog es jedoch nachdenklich ab. „Mir scheint, es hat etwas mit Zusammenarbeit zu tun, nicht wahr?“

„Nun ja, es steht damit irgendwie im Zusammenhang“, antwortete ich, diesmal nicht überrascht über solche Lücken in seinem Wortschatz, der, ebenso wie sein Wissen, die Errungenschaft eines Mannes war, der sich allein gebildet hatte, den niemand bei seinen Studien geleitet, der viel gedacht und wenig oder gar nichts gesprochen hatte. „Eine altruistische Tat ist eine solche, die zum Wohle anderer unternommen wird. Sie ist selbstlos, im Gegensatz zu einer Tat, die man zu eigenem Nutzen setzt, und die daher egoistisch ist.“

Er nickte. „Oh ja, jetzt entsinne ich mich. Ich habe es bei Spencer gelesen.“

„Spencer!“ rief ich, „haben Sie ihn gelesen?“

„Nicht sehr viel“, war sein Eingeständnis. „Ich verstand einen Großteil der ‚Grundprinzipien‘, aber seine ‚Biologie‘ nahm mir den Wind aus den Segeln, und seine ‚Psychologie‘ ließ mich viele Tage in der Flaute treiben. Ich konnte, aufrichtig gesagt, nicht verstehen, worauf er anspielte. Ich führe es auf geistige Unzulänglichkeit meinerseits zurück, habe aber in der Zwischenzeit erkannt, daß mir die Grundlagen zum Verständnis dazu fehlten. Ich hatte keine entsprechende Vorbereitung. Nur Spencer und ich wissen, wie ich mich geschunden habe. Aber aus seinen Daten der ‚Ethik‘ habe ich doch etwas mitgenommen. Dort habe ich das Wort ‚Altruismus‘ gelesen, und ich weiß jetzt auch, welche Bedeutung es bei ihm hatte.“

Ich hätte gerne gewußt, was dieser Mann beim Lesen eines solchen Werkes gewonnen haben konnte. Ich erinnerte mich genug an Spencer, als daß ich nicht gewußt hätte, daß Altruismus zu seinem höchsten sittlichen Ideal gehört. Wolf Larsen hatte offenbar die Lehren des großen

Philosophen gesichtet und entsprechend seinen Bedürfnissen daraus verworfen oder ausgewählt, was ihm passte.

„Was haben Sie noch darin gelesen?“ fragte ich.

Seine Brauen zogen sich bei der geistigen Anstrengung, Gedanken, die er nie zuvor ausgesprochen hatte, in Worte zu fassen, leicht zusammen. Ich fühlte einen geistigen Hochmut. Jetzt tastete ich in seiner Seele herum, wie er gewohnt war, es in der Seele anderer zu tun. Ich erforschte jungfräuliches Land. Eine fremde, unheimlich fremde Gegend entrollte sich vor meinem Auge.

„In möglichst wenig Worten ausgedrückt“, begann er, „sagte Spencer etwa folgendes: zuerst muß der Mensch zu seinem eigenen Wohl handeln – dies zu tun, heißt moralisch und gut sein. Als zweites muß er zum Wohl seiner Kinder handeln und drittens zum Wohl seiner Rasse.“

„Und die höchste und feinste Art der richtigen Handlungsweise“, warf ich ein, „ist die, die gleichzeitig dem Handelnden und auch seinen Kindern und seiner Rasse zum Wohle gereicht.“

„Ich möchte dafür nicht eintreten!“ erwiderte er. „Ich könnte die Notwendigkeit dessen nicht erkennen, noch auch die Vernunftsgründe. Ich schließe die Rasse und Kinder aus. Ich würde dafür nichts opfern. Das ist Unsinn und Sentimentalität. Das müssen Sie wohl einsehen; wenigstens für einen Menschen, der nicht an das ewige Leben glaubt. Hätte ich Unsterblichkeit in Rechnung zu stellen, so wäre Altruismus für mich ein Aktivposten. Ich könnte dann meine Seele zu den höchsten Höhen aufschwingen. Aber mit Aussicht auf keinen anderen Ewigkeitswert als den Tod, der dieser kurzen Zeitspanne eines Gärungsvorganges folgt, würde es für mich unmoralisch sein, irgend einen Akt zu setzen, der ein Opfer beinhaltet. Jedes Opfer, das mich auch nur eine Bewegung oder Wallung versäumen läßt, ist Wahnsinn – und nicht nur Wahnsinn, denn es ist Unrecht gegen mich selbst und daher ein ruchloses Beginnen. Ich darf keine einzige Bewegung oder Wallung versäumen, wenn ich das

Höchste aus dem Gärungsvorgang herausholen will. Auch würde die ewige Bewegungslosigkeit, die über mich kommen wird, nicht leichter oder schwerer sein durch Opfer beziehungsweise Eigensüchtigkeiten aus der Zeit, da ich noch gärte und in Bewegung war."

„Dann sind Sie ein Individualist, Materialist und logischerweise ein Hedonist."

„Grosse Worte", lächelte er. „Aber was ist ein Hedonist?"

Er nickte zustimmend, als ich ihm erklärte, daß dies ein vergnügungssüchtiger Genußmensch sei.

„Und so sind Sie auch ein Mensch", setzte ich fort, „dem man nicht im geringsten trauen dürfte, sobald es eine Möglichkeit gäbe, bei der sein Eigennutz zu Wort kommen könnte."

„Jetzt beginnen Sie zu verstehen", sagte er und wurde heiter.

„Sie sind ein Mensch, der nichts von dem besitzt, was man Moral nennt."

„So ist es."

„Ein Mann, von dem man sich stets fürchten muß..."

„So kann man wohl sagen."

„So wie man sich vor einer Schlange, einem Tiger, einem Hai fürchtet!"

„Jetzt kennen Sie mich", sagte er, „und Sie kennen mich, wie ich allgemein bekannt bin. Andere nennen mich ‚Wolf'."

„Sie sind eine Art Ungeheuer", fügte ich mutig bei, „ein Kaliban, der über Setebos nachgedacht hat, und der so wie Sie in müßigen Augenblicken nach Belieben und Launen handelt."

Seine Stirne verfinsterte sich bei dieser Anspielung. Er verstand nicht, und ich erkannte sofort, daß er die Dichtung nicht gelesen hatte.

„Ich lese gerade Browning", gestand er. „Er ist ziemlich trocken. Ich bin nicht sehr weit gekommen, und wie es schon so vorkommt, ich habe ihm nicht recht folgen können."

Um nicht langweilig zu werden, berichte ich nur, daß ich das Buch aus seiner Kajüte holte und ihm ‚Kaliban' vorlas. Er war entzückt und verstand es vorzüglich, auf primitive Art die Dinge zu betrachten und zu argumentieren. Er unterbrach mich immer wieder mit Erklärungen und Kritiken. Als ich geendet hatte, mußte ich es ein zweites und drittes Mal vorlesen. Wir kamen ins Gespräch über Philosophie, Wissenschaft, Entwicklung und Religion. Er verriet die Ungenauigkeit des Mannes, der sich selbst gebildet hat, besaß aber, wie ich zugestehen muß, die Sicherheit und Zielstrebigkeit des einfachen Geistes. Gerade die Einfachheit der Beweisführung war seine Stärke und sein Materialismus war weit überzeugender als die Spitzfindigkeiten des Gebäudes, mit dem Charley Furuseth seinen Materialismus vertrat. Nicht, daß ich – ein überzeugter, und wie Furuseth dies nannte, ein temperamentvoller Idealist – hätte überzeugt werden können. Aber Wolf Larsen stürmte die letzten Bollwerke meiner Festung mit einer Vehemenz, daß er mir, wenn er mich auch nicht überzeugen könnte, doch Respekt abnötigte.

Der Nachmittag verstrich und die Zeit für das Abendessen stand vor der Tür. Der Tisch war noch nicht gedeckt. Ich wurde unruhig und besorgt, und als Thomas Mugridge krank und mißgestimmt die Kajütenstiege herabkam, wollte ich zu meiner Arbeit eilen. Doch Wolf Larsen rief ihm zu:

„Kocherl, du mußt heute abends mit Hochdruck arbeiten. Ich habe mit Hump zu tun und du mußt schauen, wie du ohne ihn auskommst."

Und wieder war das Noch-nicht-dagewesene zur Tatsache geworden. An diesem Abend saß ich mit dem Kapitän und den Jägern bei Tisch, während der Koch uns bediente und nachher Geschirr abwusch; – eine Laune, eine Kalibans-Grille des Wolf Larsen, und zwar eine, die, wie ich voraussah, mir Unannehmlichkeiten bereiten sollte. Inzwischen sprachen wir in einem fort, sehr zum Missfallen der Jäger, die kein Wort davon verstanden.

9. *Kapitel*

Drei Ruhetage, drei gesegnete Tage voll Ruhe, verlebte ich mit Wolf Larsen. Ich saß am Kajütentisch, diskutierte nur über Leben, Literatur und das Weltall, während Thomas Mugridge, vor Zorn rauchend, meine Arbeit neben der seinen verrichten mußte.

„Paß auf – das ist alles, was ich dir sage“, warnte mich Louis in einer freien halben Stunde an Deck, während Wolf Larsen einen Streit zwischen den Jägern schlichtete.

„Ich weiß nicht, was geschehen wird“, setzte Louis, als Antwort auf meine Bitte um genauere Auskunft, fort.

„Der Mann ist so unbeständig wie die Luft- und Wasserströmungen. Man weiss seinen Weg nicht voraus. Es ist so: wenn du glaubst dies zu können, und ihn in günstigere Berechnungen einsetzt, schlägt er plötzlich um, braust auf dich nieder und legt all deine Schönwettersegel in Fetzen.“

So war ich nicht ganz überrascht, als das von Louis vorhergesagte Unwetter über mich hereinbrach. Wir hatten eine hitzige Wechselrede – über das Leben natürlich –, und übermütig geworden zeichnete ich ein zu scharfes Bild Wolf Larsens und seines Lebens. Tatsächlich vivisezierte ich ihn und analysierte seine Seelensubstanz so scharf und peinlich genau, wie er es bei anderen zu tun pflegte. Es mag vielleicht eine meiner Schwächen sein, an und für sich eine zu scharfe Rede zu führen, doch nun schlug ich alle Zurückhaltung in den Wind und schnitt und schlitzte auf, bis er sich, in allen Fasern zitternd, wand. Die Bronze seines sonnengebräunten Gesichtes wurde rot vor Zorn. Seine Augen flammten. In ihnen war keine Klarheit oder Vernunft mehr – nur die Raserei eines Wahnsinnigen. Es war der Wolf in ihm, den ich nun sah, und noch dazu ein wahnsinniger Wolf.

Er sprang mit einem unterdrückten Brüllen auf mich los und erfaßte meinen Arm. Obwohl ich innerlich zitterte, wollte ich Widerstand leisten. Doch die unbesiegbare Stärke dieses Mannes war zu groß für meinen Mut. Er hatte mich bloß am Oberarm erfaßt, aber als sein Griff sich schloß, sank ich zusammen und schrie laut auf. Meine Beine ließen mich im Stich. Ich konnte einfach nicht mehr stehen und den Druck nicht mehr ertragen. Die Muskeln versagten ihren Dienst. Zu groß war der Schmerz. Meine Muskeln wurden zu Brei gequetscht.

Er schien wieder zu sich zu kommen, denn in seine Augen trat ein Schein, und er ließ mich mit einem kurzen Lachen, das wie ein Grölen klang, aus. Ich fiel zu Boden; mir war sehr schlecht. Er setzte sich, entzündete eine Zigarre und beobachtete mich, wie eine Katze die Maus beobachtet. Als ich mich krümmte, konnte ich in seinen Augen die gleiche Aufmerksamkeit erkennen, die ich so oft an ihm gesehen hatte; diese Neugierde, Verwunderung und Unrast, dieses Forschen und Fragen, wozu dies alles sei. Schließlich raffte ich mich auf und schlich die Treppe hinauf. Die Schönwetterzeit war vorüber, und es blieb mir nichts anderes übrig, als in die Kombüse zurückzukehren. Mein linker Arm war gefühllos, wie gelähmt, und es vergingen Tage, bevor ich ihn wieder gebrauchen konnte, und Wochen, bevor seine Steifheit verging und die Schmerzen schwanden. Dabei hatte er nichts getan, als meinen Arm mit bloßer Hand erfaßt und zusammengedrückt. Es war keine Drehung oder Verrenkung dabei gewesen. Er hatte bloß mit gleichmäßigem Druck seine Hand geschlossen. Was er mir hätte tun können, wurde mir erst am nächsten Tage klar, als er seinen Kopf zur Kombüse hereinsteckte und wie zum Zeichen erneuter Freundlichkeit fragte, wie es meinem Arm gehe.

„Es hätte schlechter sein können", antwortete ich.

Ich schälte Kartoffeln. Er nahm eine aus dem Topf. Sie war groß, fest und ungeschält. Er umschloß sie mit der Hand, und ein feiner Strahl spritzte zwischen seinen Fingern hervor. Die breiigen Überreste warf er in den Topf zurück und ging fort. Ich hatte nun eine klare Vorstellung, wie es mit mir geendet hätte, wenn das Ungeheuer seine volle Kraft an mir ausgelassen hätte.

Aber trotzdem waren die drei Tage Ruhe für mich zuträglich gewesen, denn sie hatten meinem Knie eine Möglichkeit zur Heilung gegeben. Es hatte sich bedeutend gebessert. Die Schwellung war zurückgegangen und auch die Kniescheibe befand sich wieder in normaler Lage. Doch brachten die drei Ruhetage auch die vorausgesehenen Unannehmlichkeiten mit sich.

Thomas Mugridge hatte offenbar die Absicht, mich für diese drei Tage büßen zu lassen. Er behandelte mich gemein, beschimpfte mich unausgesetzt und wälzte seine eigene Arbeit auf mich ab. Er wagte es sogar, seine Faust gegen mich zu erheben, aber ich wurde wie ein Tier und knurrte ihm so ins Gesicht, daß er zurückschreckte. Allein, es ist kein freundliches Bild, das ich von mir heraufbeschwören muß, von mir, Humphrey Van Weyden: in einer Schiffskombüsenecke über die Arbeit gebückt, Angesicht in Angesicht mit der Kreatur, die es darauf abgesehen hatte, mich zu schlagen; meine Lippen in die Höhe gezogen, wie ein Hund knurrend, meine Augen voll Angst und Hilflosigkeit und dem Mut der Verzweiflung. Ich liebe dies Bild nicht. Es erinnert mich zu sehr an eine Ratte in der Falle. Ich denke nicht gerne daran. Doch es hatte seine Wirkung: der angedrohte Schlag fiel nicht.

Thomas Mugridge trat zurück und schaute mich ebenso haßerfüllt und bösartig an, wie ich ihn. Wir waren zwei wilde Tiere, zusammengesperrt und zähnefletschend. Er war ein Feigling und getraute sich nicht, mich zu schlagen, weil ich nicht schon von vornherein gezittert hatte. So suchte er einen neuen Weg, um mich in Furcht und Unruhe zu versetzen. Es gab ein einziges Küchenmesser, das zu allem verwendbar war. Seine Klinge war durch Abnützung in langjährigem Dienst spitz und dünn geworden. Es schaute außerordentlich gefährlich aus, und anfänglich schauderte ich, so oft ich es gebrauchen mußte. Der Koch entlieh sich von Johansen einen Wetzstein und begann, das Messer zu schleifen. Er tat es auffällig und schaute mich dabei bedeutungsvoll an. Er wetzte es den ganzen Tag. Sobald er einen Augenblick frei hatte, nahm er Messer und Wetzstein hervor und wetzte weiter. Der Stahl bekam die Schärfe einer Rasierklinge. Er prüfte sie über Daumenballen oder Fingernagel. Dann begann er wieder mit dem Stein und wetzte und wetzte, bis ich hätte laut auflachen können, so lächerlich war es.

Es war aber auch ernst, denn ich erkannte, daß er imstande war, es zu gebrauchen, daß unter all seiner Frechheit der Mut des Feiglings verborgen lag, der, wie bei mir selbst, ihn zwingen konnte, etwas zu tun, wogegen seine innere Natur sich auflehnte und fürchtete, es zu unternehmen.

„Kocherl schärft sein Messer für Hump!“ wurde unter den Matrosen geflüstert, und manche neckten ihn deshalb. Dies wertete er als Plus, war darüber erfreut und nickte geheimnisvoll und furchteinflößend, bis Georg Leach, der frühere Kajütenjunge, einen groben Witz über die Sache machte.

Nun war Leach zufällig einer der Matrosen gewesen, die nach dem Kartenspiel des Thomas Mugridge mit dem Kapitän den Auftrag erhalten hatten, ersteren zu duschen. Leach hatte seine Aufgabe offenbar mit besonderer Gründlichkeit ausgeführt, die Mugridge nicht verzeihen konnte. Es entstand ein Wortgeplänkel, und auch die beiderseitigen Vorfahren wurden mit Schimpfworten beworfen. Mugridge drohte mit dem Messer, das er für mich geschärft hatte. Leach lachte und überschüttete ihn mit weiteren Unterweltsausdrücken und bevor noch einer von uns es erfaßt hatte, war sein rechter Unterarm vom Ellbogen bis zum Handgelenk aufgeschnitten. Der Koch wich mit einem teuflischen Ausdruck im Gesicht zurück und hielt das Messer zur Abwehr vor sich.

Doch Leach nahm den Vorfall vollkommen gelassen auf, trotzdem das Blut wie aus einem Springbrunnen aufs Deck schoß.

„Ich erwisch' dich schon, Kocherl", sagte er, „und ich krieg' dich ordentlich. Ich hab' Zeit. Du wirst kein Messer haben, wenn ich komm' und dich hol'."

Er ging ruhig nach vorne. Mugridges Gesicht war fahl vor Schreck über seine Tat und Angst vor dem, was er früher oder später von dem Verwundeten zu erwarten hatte. Doch sein Betragen mir gegenüber wurde noch wilder als zuvor. Trotz seiner Angst vor der Abrechnung der er entgegenzusehen hatte, wußte er, daß es für mich eine Probe aufs Exempel gewesen sei, was ihn noch herrschsüchtiger und ausfallender werden liess. Dazu war in ihm durch den Anblick des Blutes ein an Wahnsinn grenzender Rausch erwacht. Er sah überall rot.

Es vergingen mehrere Tage. Noch immer rauschte die „Ghost' im Passatwind dahin, und ich könnte schwören, daß ich den Wahnsinn in den Augen des Thomas Mugridge sah. Ich gestehe, daß ich ängstlich, sehr ängstlich wurde. Messerwetzen, nichts als wetzen, so ging es alle Tage. Der Blick seiner Augen, wenn er die Schneide prüfte und mich dabei anschaute, war wie der eines Menschenfressers. Ich wagte es nicht, ihm den Rücken zu kehren, und wenn ich aus der Kombüse ging, tat ich dies rücklings zur Unterhaltung der Matrosen und Jäger, die in Gruppen beisammenstanden, um Zeugen meiner Flucht sein zu können. Die Spannung wurde ungeheuer. Manchmal dachte ich, mein Geist wolle mich verlassen, auf diesem Schiff voll Wahnsinniger und wilder Bestien eigentlich kein Wunder. Jede Stunde, jede Minute stand mein Leben auf dem Spiel. Ich war in Gefahr, doch gab es vorn und achtern keinen Menschen, der genügend Mitgefühl besessen hätte, mir beizustehen. Manchmal dachte ich, mich Wolf Larsens Barmherzigkeit anvertrauen zu müssen, aber die Vorstellung von dem Teufel in seinen Augen, der das Leben untersuchte und es verhöhnte, überkam mich, und ich hielt mich zurück. Dann erwog ich wieder ernstlich Selbstmord, und es bedurfte der Aufbietung all meiner optimistischen Weltanschauung, um nicht in einer dunklen Nacht über Bord zu springen.

Mehrmals versuchte Wolf Larsen mich in ein Gespräch zu ziehen, doch gab ich ihm nur kurz Antwort und wich aus. Schließlich befahl er mir, meinen Platz am Kajütentisch wieder einzunehmen und den Koch meine Arbeit verrichten zu lassen. Da erzählte ich ihm offen, was ich wegen des Wohlwollens, das er mir drei Tage erwiesen hatte, von seiten Thomas Mugridges erleiden müsse. Lächelnd betrachtete mich Wolf Larsen.

„So. Sie fürchten sich, was?“ spöttelte er.

„Ja“, sagte ich mit offener Ehrlichkeit, „ich fürchte mich.“

„Das ist so eine Sache mit euch Burschen!“ rief er halb ärgerlich. „Gefühlvolles Herumgerede über die Unsterblichkeit eurer Seelen und dann Angst vor dem Tode. Beim Anblick eines scharfen Messers in der Hand eines feigen Cockneys übertönt der Hang zum Leben all eure verbohrten dummen Ansichten. Ihr werdet doch, meine lieben Jungen, ewig leben! Sie sind ein Gott, und Gott kann nicht getötet werden. Kocherl kann Ihnen nichts zuleide tun. Sie sind Ihrer Auferstehung gewiß. Wovor können Sie sich da fürchten? Sie haben ein unsterbliches Leben vor sich. Sie sind ein Millionär in Unsterblichkeit – und ein Millionär, dessen Vermögen nicht verloren gehen kann, dessen Vermögen unvergänglicher ist als die Sterne und ewig dauert wie Raum und Zeit. Es ist unmöglich, Ihr Kapital zu verringern. Unsterblichkeit ist ein Ding ohne Anfang und Ende. Ewigkeit ist ewig. Und wenn Sie auch hier sterben, werden Sie nachher woanders weiterleben; und das alles ist ausgesprochen herrlich, diese Trennung vom Fleisch und die Befreiung des eingekerkerten Geistes. Kocherl kann Ihnen nichts anhaben. Er kann Ihnen nur einen Antrieb geben auf dem Wege, den Sie für eine Ewigkeit zu gehen haben. Wenn Sie aber nicht wünschen sollten, gerade jetzt auf diesem Wege in Bewegung gesetzt zu werden, warum transportieren Sie nicht Kocherl? Nach Ihrer Ansicht muß auch er ein unsterblicher Millionär sein. Sie können ihn nicht bankrott machen. Seine Papiere werden immer zum gleichen Kurs notieren. Sie können die Dauer seines Lebens nicht verkürzen, indem Sie ihn töten, denn es ist ohne Anfang und Ende. Er muß ja irgendwo und irgendwie weiterleben. So befördern Sie ihn doch! Stechen Sie ihm ein Messer hinein und geben Sie seinen Geist frei! Jetzt lebt er doch nur in einem schmutzigen Gefängnis, und Sie würden ihm nur einen Gefallen erweisen, wenn Sie die Gefängnistür öffnen würden. Und wer weiß? – Vielleicht ist es ein sehr schöner Geist, der aus seinem ekligen Kadaver zum Himmel aufsteigt! Befördern Sie ihn weiter, und ich lasse Sie an seinen Platz vorrücken, mit seinem Gehalt von fünfundvierzig Dollar monatlich."

Es war klar, daß ich von Wolf Larsens Seite keine Aussicht auf Hilfe oder Mitgefühl hatte. Was geschehen konnte, mußte ich selbst tun. Und mit einem aus der Angst geborenen Mut beschloß ich, Thomas Mugridge mit seinen eigenen Waffen zu schlagen. Ich entlieh von Johansen einen Wetzstein. Louis, der Bootssteuermann, hatte mich um Kondensmilch und Zucker gebeten. Die Vorratskammer, in der diese Dinge verwahrt wurden, lag unter dem Fußboden der Kajüte. Ich nützte eine Gelegenheit und stahl fünf Dosen Kondensmilch, und als Louis Nachtwache auf Deck hatte, vertauschte ich sie ihm gegen einen Dolch, der genau so dünn und gefährlich aussah wie das Küchenmesser des Thomas Mugridge. Er war rostig und stumpf, aber ich drehte den Schleifstein, während Louis dem Messer die Schneide gab. Ich schlief in jener Nacht viel besser als gewöhnlich.

Am nächsten Morgen, nach dem Frühstück, begann Thomas Mugridge wieder sein ununterbrochenes Wetzen. Ängstlich blickte ich nach ihm, als ich, auf meinen Knien, die Asche aus dem Herd putzte. Nachdem ich sie über Bord geworfen hatte, sprach er bei meiner Rückkehr gerade mit Harrison, dessen ehrliches Tölpelgesicht voll gespannter Bewunderung war.

„Ja“, sagte Mudridge, „und was kann ich dafür bekommen? Höchstens zwei Jahre Zuchthaus. Aber Gott straf mich, wenn mir das was ausmacht. Den anderen Gimpel hab ich vollkommen aufgespießt. Hättest sehen sollen, ein Messer wie das da. Ich hab es hineingesteckt wie in weiche Butter! Er hat geschrien wie ein Zwei Penny-Pfeiferl.“ Er warf einen Blick auf mich, um zu sehen, ob ich es höre, und fuhr fort: „‚Ich hab's nicht so gemeint, Tommy', hat er geschrien, so wahr mir Gott helfe, ich hab's nicht so gemeint. Ich werd dir schon helfen', hab ich gesagt und bin hinter ihm geblieben. Ich hab ihn in Fetzen geschnitten, das hab ich gemacht, und er hat nur gequietscht. Einmal hat er das Messer mit der Hand erwischt und wollt's halten. Ich hab angezogen und bis zu den Knochen durchgeschnitten. Oh, das war ein Bild, ich sage dir's!“

Ein Ruf des Steuermannes unterbrach den blutrünstigen Bericht, und Harrison ging nach achtern. Mugridge setzte sich auf der Schwelle der Kombüse nieder und fuhr mit dem Messerwetzen fort. Ich legte die Kohlenschaufel weg und setzte mich ruhig auf die Kohlenkiste, wobei ich ihn anschaute. Er beehrte mich mit einem gehässigen Blick. Äußerlich ruhig, obwohl mein Herz auf Hochtouren schlug, zog ich den von Louis eingehandelten Dolch heraus und begann, ihn auf dem Stein zu wetzen. Ich war auf irgend eine Explosion von seiten des Koches gefaßt, aber zu meiner Verwunderung schien er gar nicht zu bemerken, was ich machte. Er setzte sein Wetzen fort. Das gleiche tat ich. Und durch zwei Stunden saßen wir da, Angesicht in Angesicht, wetzten, wetzten und wetzten, bis die Neuigkeit sich auf dem Schiff verbreitete und die halbe Schiffsbesatzung sich vor der Kombüse versammelte, um dem Schauspiel beizuwohnen.

Ungebeten wurden Aufmunterungen und Ratschläge erteilt. Jack Horner, der ruhige, einsilbige Jäger, der aussah, als könnte er nicht einmal einer Maus ein Leid antun, gab mir den Rat, den Dolch von unten in den Bauch zu stoßen und der Klinge, wie er sich ausdrückte, eine „spanische Drehung“ zu geben. Leach, der seinen bandagierten Arm auffallend vorstreckte, bat mich, einige Überreste des Koches für ihn zu reservieren, und Wolf Larsen blieb ein- oder zweimal bei der Koje stehen und blickte aufmerksam nach dem, was für ihn die Bewegung und das Gären der Hefe sein mußte, was man auch Leben nennt.

Und ich gestehe, daß jetzt auch für mich das Leben den gleichen schäbigen Wert hatte. Es war nichts Schönes daran, nichts Göttliches – nur zwei sich feige bewegende Wesen, die einander gegenübersaßen und Stahl auf Steinen wetzten, und eine Gruppe anderer sich bewegender Dinge, die zuschauten. Ich bin überzeugt, daß die Hälfte von ihnen darauf brannte, zu sehen, wie wir gegenseitig unser Blut vergießen würden. Es wäre ihnen eine Unterhaltung gewesen, und ich glaube nicht, daß einer dazwischengetreten wäre, wenn wir im Kampfe auf Leben und Tod gestanden hätten.

Auf der anderen Seite war die ganze Angelegenheit lächerlich und kindisch. Wetzen, wetzen und wetzen – Humphrey Van Weyden, in einer Schiffskombüse beim Schärfen eines Messers und dessen Schneide mit dem Daumen prüfend! Von allen erdenklichen Lagen war dies die unfassbarste. Ich glaube, daß meine eigene Familie dies für ganz unmöglich gehalten hätte. Ich wußte nicht, ob ich darauf stolz sein oder mich schämen sollte.

Aber es geschah nichts. Nach zwei Stunden legte Mugridge Messer und Stein beiseite und streckte mir seine Hand entgegen.

Für was soll das gut sein, daß wir uns den Narren zur Schau stellen?“ fragte er. „Sie lieben uns nicht und wären nur herzlich froh, wenn wir uns gegenseitig die Hälse abschnitten. Du bist kein schlechter Kerl, Hump! Du hast Schneid und ich hab dich eigentlich gern! So komm her und schüttle mir die Hand!“

So feig ich auch sein mochte, war ich weniger feig als er. Es war ein entscheidender Sieg, den ich errungen hatte, und ich lehnte es ab, irgend etwas davon aufzugeben, indem ich die dargereichte Hand geschüttelt hätte.

„Nun gut", sagte er ohne Stolz, „nimm sie oder nicht. Ich werd dich deshalb nicht weniger gern haben." Und, um den Schein einer Haltung zu wahren, wendete er sich scharf gegen die Zuschauer: „Schaut, daß ihr weiterkommt von meiner Kombüsentür, ihr verfluchten Idioten!"

Dieser Befehl wurde durch einen Eimer siedenden Wassers unterstrichen, bei dessen Anblick die Matrosen das Weite suchten. Dies war eine Art Sieg für Thomas Mugridge, der es ihm ermöglichte, die ihm von mir zugefügte Niederlage würdevoller zu überwinden, obwohl er freilich keinen Versuch wagte, auch die Jäger zu vertreiben.

Ich hörte, wie Smoke zu Horner sagte: „Ich sehe das Ende von Kocherl."

„Wetten?" war die Antwort. „Von jetzt an führt Hump die Kombüse und Kocherl zieht seine Hörner ein."

Mugridge hörte dies und warf einen flüchtigen Blick auf mich, doch ließ ich nichts davon merken, daß ich der Unterhaltung gelauscht hatte. Nie hätte ich gedacht, daß mein Sieg so weitreichend und vollständig sei, doch war ich entschlossen, nichts von meinem Siege aus der Hand zu geben. Im Laufe der Tage bewahrheitete sich Smokes Vorhersage. Der Koch wurde mir gegenüber unterwürfiger und sklavischer, als er es selbst gegenüber Wolf Larsen war. Ich sagte zu ihm nicht mehr ‚Herr', wusch nicht mehr die fetten Schüsseln und schälte keine Kartoffeln mehr. Ich machte nur meine Arbeit, und zwar, wann und wie ich es für richtig fand. Auch trug ich nach Matrosenart den Dolch in einer Scheide am Gürtel und legte Thomas Mugridge gegenüber eine feste Haltung an den Tag, die aus Herrschsucht, Hohn und Geringschätzigkeit zusammengesetzt war.

10. Kapitel

Meine Vertraulichkeit mit Wolf Larsen vertiefte sich – wenn man mit diesem Worte die Beziehungen bezeichnen kann, die zwischen Herrn und Knecht, oder besser, zwischen König und seinem Hofnarren bestehen können. Ich bin für ihn nicht mehr als ein Spielzeug, und er schätzt mich nicht mehr als Kinder das ihre. Meine Aufgabe ist es, ihn zu unterhalten, und solange ich dies tue, geht alles gut. Aber sobald er Langeweile empfindet oder eine seiner dunklen Launen ihn übermannen sollte, sofort wäre ich vom Kajütendach weg wieder in der Kombüse, sofern ich überhaupt das Glück hätte, mit dem Leben und heiler Haut davonzukommen.

Langsam beginne ich die Einsamkeit dieses Mannes zu verstehen. Es gibt an Bord keinen Menschen, der ihn nicht haßt oder fürchtet, es gibt keinen, den er nicht verachtet. Er scheint sich an der ungeheuren Kraft, die in ihm ruht und nie einen entsprechenden Ausdruck in Arbeit gefunden hat, zu verzehren. Einsamkeit ist an und für sich schlecht genug, aber um sie ihm noch zu verschlimmern, ist er mit der für seine Rasse charakteristischen Schwermut geschlagen. Je besser ich ihn kennen lerne, desto tiefer wird mein Verständnis für die skandinavischen Mythen. Die weißhäutigen, blondhaarigen Wilden waren aus seinem Holz geschnitzt. Er hat nicht teil an der Leichtlebigkeit der lachlustigen Romanen. Wenn er lacht, so geschieht dies aus einer Laune heraus, die nichts anderes als Wildheit bedeutet. Aber er lacht selten. Zu oft ist er schwermütig. Und es ist eine Schwermut, die bis zu den letzten Wurzeln seines Wesens reicht. Sie ist eine Rassenveranlagung, diese Schwermut, die die Rasse nüchtern, rein und phantastisch sittlich geformt hat, und die in letzter Auswirkung in der reformierten Kirche ihren Höhepunkt erklommen hat.

Und tatsächlich war das Hauptergebnis dieser eigentümlichen Schwermut die Religion in ihren trübsten Formen. Aber das Ausgleichende, das in solchen Religionen auch enthalten ist, blieb Wolf Larsen versagt. Sein brutaler Materialismus ließ es nicht zu. So blieb ihm, wenn ihn seine düstere Stimmung überkam, nichts anderes, als teuflisch zu sein. Wäre er nicht ein so furchtbarer Mensch, könnte ich manchmal mit ihm Mitleid haben, wie zum Beispiel vor drei Tagen, als ich unerwartet in seine Kajüte trat, um morgens seine Wasserflasche zu füllen. Er sah mich nicht. Sein Kopf war zwischen den Händen vergraben und seine Schultern zitterten, als ob er schluchzte. Er schien von heftigem Kummer gequält. Als ich mich leise zurückzog, konnte ich hören, wie er stöhnte: „Mein Gott, mein Gott!" Nicht, daß er vielleicht Gott anrief. Es war mehr wie eine nebensächliche Bemerkung, kam aber aus tiefster Seele.

Beim Mittagessen bat er die Jäger um ein Mittel gegen Kopfschmerzen, und abends taumelte dieser riesenhaft starke Mann halb blind in seiner Kabine umher.

„Ich war in meinem Leben nie krank, Hump", sagte er, als ich ihn in seine Kabine geleitete, „noch hatte ich jemals Kopfweh, außer damals, als ich mir mit einer Stange des Ankerspills ein fünfzehn Zentimeter großes Loch geschlagen hatte."

Diese blindmachenden Kopfschmerzen dauerten drei Tage. Er litt, wie ein wildes Tier leidet, wie es auf Schiff üblich schien, ohne Anteilnahme und Mitgefühl, vollkommen allein.

Heute morgen, als ich seine Kabine betrat, um sein Bett in Ordnung zu bringen, fand ich ihn wieder wohlauf und emsig bei der Arbeit. Tisch und Koje waren mit Zeichnungen und Berechnungen übersät. Auf einem großen, durchsichtigen Blatt zeichnete er mit Zirkel und Dreieck eine Art Skala.

„Hallo, Hump", begrüßte er mich fröhlich, „ich beende gerade die letzten Striche. Wollen Sie sehen, wie das funktioniert?"

„Aber was ist es?“ fragte ich.

„Eine arbeitsparende Anleitungen für Seeleute, durch die das Navigieren auf die Einfachheit eines Kinderspieles reduziert wird“, antwortete er freudig. „Von heute an wird ein Kind in der Lage sein, ein Schiff zu führen. Es bedarf keiner langwierigen Berechnungen mehr. Man braucht in einer bewölkten Nacht nur einen einzigen Stern, um sofort zu wissen, wo man sich befindet. Schauen Sie her! Ich lege die durchsichtige Skala auf den Nordpol. Sie brauchen nur die von mir angefertigte Skala auf den Stern zu drehen, die Einteilung zu drehen, bis sie den Ziffern auf der Unterseite der Tafel gegenübersteht, und – fertig, da haben Sie schon den genauen Standort des Schiffes!“

In seiner Stimme lag ein Klang von Triumph, und seine Augen, die an diesem Morgen hell und blau waren wie das Meer, leuchteten fröhlich.

„Sie müssen in Mathematik gut bewandert sein“, sagte ich. „Wo haben Sie die Schule besucht?“

„Nie eine von innen gesehen, leider!“ war die Antwort. „Ich mußte alles selbst ausgraben.“

„Und warum glauben Sie, habe ich dieses Zeug hier gemacht?“ fragte er unvermittelt.

„Um im Sande der Zeit Fußspuren zurückzulassen?“ Er lachte sein furchtbares, höhnisches Lachen. „Gar keine Idee! Um es patentieren zu lassen und Geld damit zu verdienen; um die Nächte durchprassen zu können, während die anderen arbeiten. Das ist mein Zweck; aber ich habe mich auch über die Arbeit gefreut.“

„Die Schaffensfreude“, murmelte ich.

„Ich glaube, so kann es genannt werden. Es ist eine andere Ausdrucksweise für die Freude des Lebens darüber, daß es lebt, für den Triumph des Sieges über die Materie, des Lebens über den Tod; für den Stolz der Hefe, daß sie Hefe ist und sich bewegt.“

Ich schleuderte die Hände hoch, als hilflosen Ausdruck dafür, daß ich seinen Materialismus ablehne, und ging daran, das Bett zu machen. Er fuhr fort, Zeichnungen und Ziffern auf die durchsichtige Skala zu bringen. Es war eine Aufgabe, die im höchsten Maße Genauigkeit erforderte, und ich mußte mich wundern, wie er zu diesem Zwecke seine Kräfte im Zaume hielt.

Als ich das Bett fertig hatte, ertappte ich mich dabei, wie ich ihn fasziniert anschaute. Er war sicher ein schöner Mann. Schön im Sinne der Männlichkeit. Und wieder stellte ich mit neuer Bewunderung fest, daß in seinem Gesicht jeder Zug von Bösartigkeit, Schlechtigkeit oder Lasterhaftigkeit fehlte. Es war das Gesicht eines Mannes, der kein Unrecht tut. In diesem Punkt darf ich aber nicht mißverstanden werden! Was ich meine, ist, daß es das Gesicht eines Menschen war, der nichts entgegen der Stimme seines Gewissens tat, oder der kein Gewissen hatte. Ich neige zu letzterer Annahme. Er war ein Mensch, so ursprünglich, so einfach, der Vertreter des Typs, der zur Welt kam, bevor sich noch eine Moral entwickelt hatte. Er war nicht unmoralisch, er war vollkommen ohne Moral.

Wie gesagt, im männlichen Sinne hatte er ein wunderbares Gesicht. Glattrasiert ließ es jede Linie erkennen. Es war rein und scharf geschnitten. Sonne und Meer hatten die von Natur aus helle Haut mit einem dunklen Bronzeton überzogen, der von Kampf zeugte und das Wilde und Schöne des Gesichtes noch verstärkte. Die Lippen waren voll, besaßen aber doch die Festigkeit, ja nahezu Herbheit, die dünnen Lippen eigen ist. Die Form von Mund, Kinn und Kinnbacken war gleichfalls herb, mit all der Stärke und Unbezwingbarkeit männlichen Geschlechtes – desgleichen die Nase. Es war die Nase eines Menschen, der geboren war, zu siegen und zu befehlen. Sie hätte als griechisch oder römisch bezeichnet werden können, doch war sie für ersteres eine Spur zu stark, für letzteres einen Hauch zu fein. Und während das ganze übrige Gesicht eine Verkörperung von Stärke und Kraft war, schien die in der Tiefe seines Wesens ruhende und ihn bedrückeere Melancholie die Züge um Mund, Augen und Stirn zu veredeln und ihm dadurch Größe und Vollkommenheit zu geben.

So ertappte ich mich, wie ich untätig dastand und ihn studierte. Ich kann gar nicht sagen, wie dieser Mann mich nun interessierte. Wer war er? Was war er? Wie war er so geworden? Alle Macht schien ihm zu gehören, alle Möglichkeit. Warum war er dann nicht mehr als der dunkle Kapitän eines Robbenfangschoners, mit dem Rufe großer Brutalität unter allen mit Robbenjagd Beschäftigten?"

Meine Neugierde schuf sich in einem Redeschwall freie Bahn.

„Wieso haben Sie keine größeren Dinge auf dieser Welt geleistet? Mit der in Ihnen ruhenden Kraft hätten Sie jede Höhe erreichen können. Unbeschwert von Gewissen und moralischen Hemmungen, hätten Sie die Welt beherrschen können. Und da stehen Sie auf der Höhe Ihres Lebens, wo der Abstieg beginnt und der Tod sich nähert, leben ein dunkles, schmutziges Dasein, jagen Robben, um die Eitelkeit und Putzsucht der Weiber zu befriedigen, schwelgen in Schweinerei und Gemeinheit (um ihre eigenen Worte zu gebrauchen). Warum haben Sie mit all dieser wunderbaren Kraft nicht etwas anderes geleistet? Es gab nichts, das Sie daran hätte hindern können. Was fehlte? Mangelte es Ihnen an Strebsamkeit? Erlagen Sie Versuchungen? Was war der Grund? Was war die Ursache?"

Er hatte bei Beginn meines Gefühlsausbruches den Blick erhoben und war mir bis zum Ende aufmerksam gefolgt. Jetzt stand ich atemlos und verstört vor ihm. Er wartete einen Augenblick, wie um nach dem Beginn zu suchen, dann sagte er:

„Hump, kennen Sie das Gleichnis vom Sämann, der hinging, um zu säen? Sie werden sich erinnern, daß manche Samenkörner auf steinigen Grund fielen, wo es nicht soviel Erde gab, so daß sie gleich keimten, da sie nicht tief genug unter der Erde lagen. Als die Sonne aufstieg, welkten sie, und da sie keine Wurzeln hatten, dorrten sie aus. Und einige fielen zwischen Dornen, und die Dornen überwucherten und erstickten sie."

„Na und?" sagte ich.

„Na und?" fragte er halb gekränkt. „Mir war es nicht anders beschieden. Ich war ein solches Samenkorn." Er senkte seinen Kopf über die Zeichnungen und zeichnete weiter. Ich beendete meine Arbeit und hatte schon die Türe geöffnet, um ihn zu verlassen, als er sagte:

„Hump, wenn Sie auf der Landkarte die Westküste von Norwegen absuchen, werden Sie einen Einschnitt finden, genannt Romsdal-Fjord. Im Umkreis dieser Bucht bin ich geboren. Doch nicht als Norweger. Ich bin Däne. Meine Eltern waren Dänen, und ich weiß nicht, wie sie auf dieses rauhe Fleckchen Erde gekommen sind; ich habe es nie erfahren. Ausser dieser Frage gibt es gar nichts Geheimnisvolles. Sie waren arme, ungebildete Leute. Sie stammten seit Generationen von solchen Menschen ab, von Seefahrern, die seit urdenklichen Zeiten ihre Söhne auf die Wogen zu säen pflegten. Mehr gibt es nicht zu erzählen."

„Oh, doch!" widersprach ich. „Es ist mir noch immer nicht klar."

„Was kann ich Ihnen noch erzählen?" fragte er mit wiederauflebender Wildheit. „Von den Kümmernissen des Kindesalters? Von Fischspeisen und kargem Dasein? Davon, daß ich mit dem Boot hinausfuhr, sobald ich kriechen konnte? Von meinen Brüdern, die einer nach dem anderen zur See gingen und nicht wiederkehrten? Von mir selbst, der ich nicht schreiben konnte; im Alter von zehn Jahren Kajütenjunge auf alten Küstenschiffen der näheren Umgebung war? Von grober Kost und noch gröberer Behandlung, bei der Tritte und Schläge Bett und Frühstück ersetzten? Von Furcht, Haß und Schmerzen, die meine einzigen Gemütsbewegungen waren? Ich erinnere mich nicht gerne daran. Es gab Küstenschiffer, zu denen ich, sobald ich meine Manneskraft erlangt hatte, gerne zurückgekehrt wäre, um sie zu ermorden, nur führte mich mein Lebensweg in andere Gegenden. Ich kehrte dann vor nicht langer Zeit zurück, aber leider waren alle Schiffer tot, bis auf einen. Er war früher Steuermann gewesen – war Schiffer, als ich ihn wieder traf und bei meinem Fortgehen war er ein Krüppel, der nie wieder gehen können wird."

„Aber Sie, der Sie Spencer und Darwin gelesen und nie das Innere einer Schule gesehen haben, wie haben Sie lesen und schreiben gelernt?" fragte ich.

„In der englischen Handelsmarine. Kabinenjunge mit zwölf, Schiffsjunge mit vierzehn, Leichtmatrose mit sechzehn, Vollmatrose mit siebzehn – unendlicher Eifer und grenzenlose Einsamkeit, ohne Hilfe und Anteilnahme, habe ich alles allein gelernt – Navigation, Mathematik, Naturwissenschaften, Literatur und alles andere. Und wozu war dies alles? Um Kapitän und Eigentümer eines Schiffes zu sein, auf der Höhe meines Lebens, wie Sie sagen, zu einem Zeitpunkte, da ich wieder abzusteigen und zu sterben beginne. Jämmerlich, nicht wahr? Und als die Sonne stieg, wurde ich ausgedorrt, und da ich keine Wurzeln hatte, verwelkte ich."

„Die Geschichte erzählt von Sklaven, die sich auf den Königsthron schwangen", warf ich ein.

„Und die Geschichte berichtet von Gelegenheiten, die sich den Sklaven boten, und durch die sie sich erst hinaufschwingen konnten", antwortete er bitter. „Kein Mensch kann sich die Gelegenheiten schaffen. Alles, was die großen Männer taten, war, zu erkennen, wann diese sich boten. Der Korse erkannte sie. Ich hatte ebenso große Träume wie der Korse. Ich hätte die Gelegenheit erkannt, aber sie kam nicht. Die Dornen wucherten und erstickten mich. Und, Hump, ich kann Ihnen sagen, Sie wissen von meinem Leben mehr als irgendein anderer Mensch, ausgenommen mein eigener Bruder."

„Was ist er, und wo ist er?"

„Kapitän des Dampfers ‚Macedonia', Robbenjäger", war die Antwort. „Wir werden ihn wahrscheinlich an der japanischen Küste treffen. Die Leute nennen ihn Tod Larsen."

„Tod Larsen!" schrie ich unwillkürlich. „Ist er so wie Sie?"

„Kaum. Er ist ein Stück Vieh ohne jeden Kopf. Er hat alle meine, meine -"

„Wilde Rohheit", ging ich ihm an die Hand.

„Ja, – danke für das Wort, – alle meine wilde Rohheit, aber er kann kaum lesen und schreiben."

„Und er hat nie über das Leben philosophiert", fügte ich hinzu.

„Nein", antwortete Wolf Larsen mit einem erbarmungswürdigen Ausdruck von Traurigkeit. „Und er ist der Glücklichere, da er das Leben lebt. Er ist mit dem Leben zu beschäftigt, um darüber nachzudenken. Mein Fehler war, daß ich jemals Bücher aufschlug."

11. Kapitel

Die „Ghost“ hat den südlichsten Punkt des Bogens erreicht, den sie durch den Pazifik beschreibt, und beginnt jetzt den Kurs nach West und Nord, dem Gerücht nach zu einer einsamen Insel, wo sie vor Beginn der Jagd entlang der japanischen Küste die Wasserbehälter füllen will. Die Jäger haben ihre Gewehre instand gesetzt und erprobt, bis sie damit zufrieden waren. Die Ruderer und Bootssteuermänner haben ihre Sprietsegel hergerichtet, die Ruder mit Leder und Lappen umwunden, damit sie keinen Lärm machen, wenn sie sich an die Robben heranpirschen, kurz, – um den Ausdruck von Leach zu gebrauchen – ihre Boote „auf Draht gebracht“.

Nebenbei bemerkt, ist dessen Arm schon verheilt, trotzdem ihm die Narbe sein Leben lang bleiben wird.

Thomas Mugridge lebt in ständiger Angst vor ihm und wagt es nicht, nach Einbruch der Dunkelheit an Deck zu gehen. Auf dem Vorschiff gibt es mehrere Unstimmigkeiten. Louis erzählt mir, daß Bemerkungen der Matrosen nach außen gedrungen und zwei der Schwätzer von ihren Kameraden tüchtig verprügelt worden seien. Über die Aussichten von Johnson, der in seinem Boot Ruderer ist, schüttelt er bedenklich den Kopf. Johnson hat sich allzu freie Meinungsäußerungen zuschulden kommen lassen und war zwei- oder dreimal mit Wolf Larsen wegen der Aussprache seines Namens zusammengekracht. Johansen hat er in einer der letzten Nächte am Mittschiff verprügelt, seitdem nennt ihn der Steuermann beim richtigen Namen. Aber es kommt gar nicht in Frage, daß Johnson es in ähnlicher Weise mit Wolf Larsen aufnehmen könnte.

Louis hat mir zusätzliche Mitteilungen über Tod Larsen gemacht, die mit der kurzen Beschreibung, wie ich sie vom Kapitän erhalten hatte, im Einklang stehen. Wir werden Tod Larsen wahrscheinlich an der japanischen Küste treffen. „Pass auf, welchen Sturm es da geben wird“ lautete die Vorhersage von Louis. „Denn sie hassen sich wie die Wolfsjungen, die sie auch sind.“ Tod Larsen ist der Kommandant des einzigen Robbendampfers der Flotte, der vierzehn Boote führt, der „Macedonia“. Die übrigen Schoner führen nur sechs. Es gehen wilde Gerüchte von an Bord befindlichen Kanonen, von außergewöhnlichen Fahrten und Expeditionen, die sie angeblich unternehmen sollen, angefangen vom Opiumschmuggel in die Staaten, Waffenschmuggel nach China bis zum Sklavenhandel und offener Seeräuberei. Ich muß Louis glauben, denn ich habe ihn nie bei einer Lüge ertappt, und im übrigen besitzt er die Kenntnisse eines Nachschlagbuches in Bezug auf Robbenjagd und alle damit zusammenhängenden Fragen.

Wie am Vorschiff und in der Kombüse, so ist es im Zwischendeck und achtern auf diesem wahren Höllenschiff. Die Leute streiten und bekämpfen sich wie die wilden Tiere, kämpfen bis aufs Messer. Die Jäger warten jeden Augenblick auf eine Schießerei zwischen Smoke und Henderson, deren alte Feindschaft sich nicht gelegt hat, während Wolf Larsen dezidiert erklärt, daß er den Überlebenden aus dem Streit umbringen werde. Er sagt ganz offen, daß sein Standpunkt mit Moral nichts zu tun habe, und daß seinetwegen sich alle Jäger gegenseitig umbringen und auffressen könnten, wenn er sie nicht für die Jagd lebend brauchen würde. Wenn sie sich bis zum Ende der Jagd zurückhalten, verspricht er ihnen einen königlichen Karneval, bei dem sich all der aufgestapelte Zorn austoben könne. Dann mögen die Überlebenden die Toten über Bord werfen und sich eine Geschichte zusammenreimen, auf welche Art die Fehlenden auf See verunglückten.

Ich glaube, daß selbst die Jäger bei solcher Kaltblütigkeit erschauderten. So verruchte Kerle sie auch waren, vor Larsen hatten sie dennoch Angst.

Thomas Mugridge ist mir gegenüber von einer hündischer Unterwürfigkeit, obwohl ich von ihm geheime Angst habe. Ich fürchte mich vor dein Mut seiner Angst – eine eigentümliche Erscheinung, die ich aus eigener Erfahrung kenne – der jeden Augenblick die Angst bezwingen und ihn dazu treiben könnte, mir das Leben zu nehmen. Mein Knie ist bedeutend besser geworden, obwohl es mir wiederholt durch längere Zeit Beschwerden bereitet, und die Steifheit verläßt langsam meinen von Wolf Larsen gequetschten Arm. Im übrigen bin ich in ausgezeichneter Verfassung und fühle mich entsprechend. Meine Muskeln werden stark und nehmen an Umfang zu. Meine Hände allerdings ergeben einen jämmerlichen Anblick. Sie tragen Brandwunden, haben überstehende Fingernägel, die abgebrochen, verschmutzt und von schwammartigen Gewächsen überwuchert sind. Auch leide ich unter Furunkeln, wahrscheinlich eine Folge der Ernährung, da ich früher nie davon befallen war.

Vor einigen Tagen war ich überrascht, Wolf Larsen in der Bibel lesen zu sehen. Es war ein Buch, nach dem zu Beginn der Fahrt vergeblich gesucht worden war. Ein Exemplar hatte sich dann in der Kiste des verstorbenen Steuermannes gefunden. Ich war neugierig, welchen Nutzen Wolf Larsen daraus ziehen würde. Er las mir laut aus dem Buche des Predigers Salomo vor. Man hätte glauben können, er spreche seine eigenen Gedanken aus, wie er da las. Tief und traurig klang seine Stimme, die mich bezauberte und in ihren Bann schlug, durch die kleine Kajüte. Mochte er auch ungebildet sein, so verstand er es doch, das geschriebene Wort richtig zum Ausdruck zu bringen. Ich höre ihn jetzt, so wie ich ihn immer hören werde, mit dem Klang tiefer Schwermut in seiner Stimme, als er las:

„Ich sammelte mir auch Silber und Gold und teure Schätze von Königen verschiedener Länder, ich beschaffte mir Sänger und Sängerinnen und alle Genüsse der Menschensöhne, Musikinstrumente und sonstige Freuden.

So wurde ich groß und vergrößerte meine Schätze mehr als alle vor mir in Jerusalem.

Dann schaute ich auf alle Werke, die meine Hand geschaffen hatte und auf die Arbeit, die ich darauf verwendet; und merke auf! Nichtig war alles und eitel, und es war kein Gewinn unter der Sonne.

Alle Dinge kommen allen gleicherart zu; es ist da ein Ereignis für die Gerechten und Ungerechten, für die Guten und Reinen und die Unreinen, für den, der opfert, und den, der nicht opfert, den Gerechten und den Sünder, für den, der schwört, und den, der den Eid fürchtet.

Das ist das Übel unter allen Dingen, die unter der Sonne geschehen, daß ein Ereignis allen bevorsteht; und so ist das Herz der Menschensöhne voll des Bösen, und Wahnsinn ist in ihrem Herzen, solange sie leben; und dann gehen sie zugrunde.

Denn für den, der am Leben ist, gibt es Hoffnung: denn ein lebender Hund ist besser als ein toter Löwe.

Denn die Lebenden wissen, daß sie sterben müssen; aber die Toten wissen gar nichts, noch haben sie irgend eine Belohnung, denn ihr Andenken wird vergessen.

Auch all ihre Liebe und ihr Hass und ihr Eifer ist vergangen, und sie haben keinen Anteil an irgend etwas, das unter der Sonne geschieht."

„Da haben Sie es, Hump", sagte er, indem er das Buch schloß und mich anblickte. „Der Prediger, der König über Israel in Jerusalem war, dachte so, wie ich denke. Sie nennen mich einen Pessimisten. Ist das nicht Pessimismus schwärzester Sorte: ‚alles ist nichtig und eitel', ‚es ist kein Gewinn unter der Sonne', ‚es ist ein Ereignis, das allen bevorsteht', dem Narren und dem Weisen, dem Reinen und Unreinen, dem Sünder und dem Heiligen; und dieses Ereignis ist der Tod, und der ist ein Übel, sagte er. Denn der Prediger liebte das Leben und wünschte nicht zu sterben; und er sagte: ‚ein lebender Hund ist besser als ein toter Löwe'. Er zog die Nichtigkeit und Eitelkeit des Lebens der Stille und Bewegungslosigkeit des Grabes vor. Und ebenso ich. Kriechen ist primitiv; aber nicht zu kriechen, Erde und Stein zu sein, der bloße Gedanke ist abscheulich. Er ist schauerlich für das Leben, das in mir ist, das Leben, dessen wesentliches Merkmal die Bewegung ist, die Kraft zur Bewegung. Das Leben ist unbefriedigend, aber auf den Tod vorauszuschauen, ist noch unbefriedigender."

„Sie sind ja noch schlechter als Omar", sagte ich. „Er hat wenigstens nach Überwindung der üblichen Jugendbeschwernisse Zufriedenheit gefunden und aus seinem Materialismus friedvolle Ansichten geboren."

„Wer war Omar?" fragte Wolf Larsen, und ich verrichtete an diesem Tage keine Arbeit mehr, auch nicht am nächsten und übernächsten.

Bei seinem planlosen Lesen war er nicht auf Rubaiyat gestoßen, und so war er für ihn wie der Fund eines Schatzes. Ich konnte viel auswendig, etwa zwei Drittel, und es gelang mir ohne viel Schwierigkeit, den Rest zu ergänzen. Wir plauderten stundenlang über einzelne Strophen, und ich fand, daß er darin eine Reihe schmerzlicher Klagen und ein Aufbäumen las, die ich in meinem Leben nie entdecken konnte. Vielleicht hatte mein Vortrag eine mir eigene, allzu freudige Färbung, denn – sein Gedächtnis war gut, und beim zweiten Vortrag, oft sogar schon beim ersten, wiederholte er einen Vierzeiler – er trug die gleichen Verse vor, erfüllte sie aber mit einer Unrast und einem leidenschaftlichen Aufbäumen, das beinahe überzeugen konnte.

Ich interessierte mich, welche Strophe ihm am besten gefalle, und war nicht überrascht, als er auf eine hinwies, die aus einer augenblicklichen Gereiztheit geboren, ganz im Widerspruch zu der selbstzufriedenen, geruhsamen persischen Philosophie und ihrer freundlichen Lebensanschauung steht:

„Was kommet daher und fragt nicht, von wo? Und rennet davon und fragt nicht, wohin? Oh, bringet mir Wein, auf daß ich werd' froh, Vertreib' diese Frechheit, betäub' meinen Sinn!"

„Großartig“, schrie Wolf Larsen. „Großartig! Das ist der Grundton: Frechheit! Er hätte kein besseres Wort gebrauchen können.“

Vergeblich waren meine Einwendungen. Er überschüttete mich, ertränkte mich mit Argumenten.

„Es ist nicht die Natur des Lebens, anders zu sein. Wenn .das Leben weiß, daß es aufhören muß zu leben, wird es sich immer dagegen aufbäumen. Es kann nicht anders. Der Prediger nannte das Leben und das Lebenswerk nichtig, eitel und ein Übel. Den Tod aber, das Ende der Fähigkeit, nichtig und eitel zu sein, empfand er als noch größeres Übel. Kapitel um Kapitel ist er betrübt über das eine Ereignis, das über alle in gleicher Weise hereinbricht. So tut es Omar, so ich, so Sie, ja selbst Sie, denn Sie bäumten sich gegen das Sterben auf, als Kocherl für Sie ein Messer wetzte. Sie fürchteten zu sterben; das Leben, das in Ihnen ist, das Sie zusammenhält und größer ist als Sie, wünschte nicht zu sterben. Sie sprechen von einem Instinkt der Unsterblichkeit. Ich spreche von dem Instinkt des Lebens, leben zu wollen, und der um so stärker wird, je näher der Tod kommt, und der den sogenannten Unsterblichkeitsinstinkt überwältigt. Er hat ihn bei Ihnen – Sie können es nicht leugnen – überwältigt, nur deswegen, weil ein verrückter Cockneykoch sein Messer wetzte!

Sie fürchten sich auch jetzt vor ihm. Und Sie fürchten mich. Wenn ich Ihre Gurgel fassen würde, so“, – seine Hand griff mir an die Gurgel, und mein Atem stockte, – „und anfangen würde, das Leben aus Ihnen herauszupressen, so und so, würde Ihr Unsterblichkeitsinstinkt erlöschen und Ihr Lebensinstinkt, der nach Leben strebt, aufflammen, und Sie würden kämpfen, um sich zu retten. He? Ich sehe die Todesangst in Ihren Augen. Sie schlagen mit Ihren Armen in der Luft umher. Sie setzen Ihre ganze Kraft für den Kampf ums Leben ein. Ihre Hand erfaßt meinen Arm, leicht fühlt sie sich an, wie ein Schmetterling. Ihre Brust bebt, Ihre Zunge streckt sich heraus. Ihre Haut wird schwarz, Ihre

Augen beginnen zu schwimmen; und Leben! Leben! Leben!' schreien Sie. Und Sie schreien nach dem Leben hier und jetzt – nicht nach dem nachher! Sie zweifeln an Ihrer Unsterblichkeit, he? Haha! Sie sind ihrer nicht ganz sicher. Sie wollen es nicht darauf ankommen lassen. Sie sind nur sicher, daß dieses Leben hier tatsächlich besteht. Ah, es wird dunkel und dunkler.

Es ist die Finsternis des Todes, das Ende des Seins, des Fühlens, der Bewegung, die sich jetzt in Ihnen anhäuft, auf Sie herabsteigt. Sie sehen mein Gesicht nicht mehr, und noch kämpfen Sie unter meinem Griff. Ihre Augen werden starr und glasig. Meine Stimme klingt nur noch schwach und fern. Sie schlagen mit den Beinen. Ihr Körper bäumt sich auf und windet sich wie eine Schlange. Ihre Brust hebt sich auf und nieder. Leben, Leben, Leben!"

Ich hörte nichts mehr. Das Bewußtsein war erloschen in der Finsternis, die er so anschaulich beschrieben hatte. Als ich zu mir kam, lag ich am Boden. Er rauchte eine Zigarre und betrachtete mich nachdenklich mit seinem bekannten, forschenden Blick.

„Nun, habe ich Sie überzeugt?" fragte er. „Da, trinken Sie davon. Ich möchte Sie etwas fragen."

Ich schüttelte verneinend den Kopf am Boden. „Ihre Argumente sind zu zwingend", gelang es mir mit Mühe aus der schmerzenden Kehle herauszubringen.

„Sie werden in einer halben Stunde wieder in Ordnung sein", versicherte er. „Und ich verspreche Ihnen, keine handgreiflichen Argumente mehr zu gebrauchen. Stehen Sie jetzt auf, Sie können auf dem Sessel Platz nehmen."

Und reit dem Spielzeug, das ich für ihn war, wurde die Unterhaltung über Umar und den Prediger wieder aufgenommen. Wir saßen darüber die halbe Nacht beisammen.

12. Kapitel

Die letzten vierundzwanzig Stunden waren Zeugen eines Karnevals der Rohheit. Von der Kajüte bis zur Back schien es wie eine ansteckende Krankheit ausgebrochen zu sein. Ich weiß nicht, wo ich anfangen soll. Wolf Larsen war der eigentliche Urheber. Die Beziehungen zwischen den Leuten waren gespannt und feindselig; sie befanden sich in einem Zustand labilen Gleichgewichtes, und böse Leidenschaften flammten auf und entzündeten sich wie ein Präriebrand.

Thomas Mugridge ist ein Schleicher, Spion und Zuträger. Er versucht immer wieder, die Gunst des Kapitän zurückzugewinnen und sich bei ihm wieder einzuschmeicheln, indem er ihm Gespräche der Matrosen hinterbringt. Ich weiß, daß er eine unvorsichtige Äußerung Johnson Wolf Larsen überbrachte. Johnson hatte scheinbar ein Garnitur Ölzeug aus der Kleiderkiste gekauft. Sie schien von sehr minderer Qualität. Mit dieser Ansicht hielt er nicht hinterm Berg. Die Kleiderkiste ist eine Art Miniaturwarenlager, das sich auf allen Schonern befindet und Waren entsprechend den besonderen Bedürfnissen der Matrosen enthält. Was die Matrosen kaufen, wird von ihrem späteren Verdienst beim Robbenfang einbehalten; denn dies ist bei Jägern, Bootsruderern und Steuermännern gleich. An Stelle einer Heuer erhalten Sie einen Gewinnanteil von den von jedem einzelnen Boot erbeuteten Fellen.

Ich wußte aber nichts von der Unzufriedenheit des Johnson mit seinem Ölzeug, so daß das, was ich nun zu sehen bekam, mich wie ein Blitz aus heiterem Himmel überraschte. Ich hatte gerade die Kajüte in Ordnung gebracht und war von Wolf Larsen zu einer Diskussion über Hamlet, seiner Lieblingsfigur aus Shakespeare, angeregt worden, als Johansen, gefolgt von Johnson, die Kajütentreppe herabstieg. Letzterer nahm nach Matrosenart die Mütze ab und stand respektvoll in der

Mitte der Kajüte, wobei er mit dem Rollen des Schiffes schwankte. Er blickte dem Kapitän ins Auge.

„Schließen Sie die Tür und riegeln Sie zu!“ befahl mir Wolf Larsen.

Als ich gehorchte, merkte ich, dass ein ängstlicher Ausdruck in Johnsons Augen trat, doch war mir die Ursache dafür unbekannt. Ich hatte keine Ahnung, was uns bevorstand, bis es geschah. Er jedoch wußte von Anfang an, was kommen mußte, und erwartete es tapfer. In seiner Haltung sah ich die schlagende Widerlegung von Wolf Larsens Materialismus. Der Matrose Johnson, erfüllt von Ideen, Prinzipien, Treue und Anständigkeit, war im Recht und wußte dies. Er war bereit, falls nötig, für sein Recht zu sterben; er wollte sich selbst in Übereinstimmung mit seinem Gewissen treu bleiben. Es war das Bild des Geistes, der über das Fleisch siegt, der Unbestechlichkeit und sittlichen Größe einer Seele, die keinen Rückzug kennt, sich über Zeit und Materie erhebt, mit einer Sicherheit und Unbezwingbarkeit, die aus nichts anderem geboren wird als aus Ewigkeit und Unsterblichkeit.

Aber um zum Geschehen zurückzukehren. Ich bemerkte den ängstlichen Blick in Johnsons Auge, wertete ihn jedoch irrtümlich als Ausdruck seiner angeborenen Schüchternheit und Verlegenheit. Der Steuermann Johansen stand in einigem Abstand neben ihm, und etwa drei Meter vor ihm saß Wolf Larsen in einem Kajütendrehstuhl. Eine längere Pause trat ein, nachdem ich die Tür geschlossen und abgeriegelt hatte, eine Pause, die ungefähr eine Minute gedauert haben mag. Sie wurde von Wolf Larsen beendet.

„Yonson!“ begann er.

„Mein Name ist Johnson, Herr“, verbesserte kühn der Matrose.

„Gut, Johnson, hol's der Teufel! Kannst du dir denken, warum ich um dich geschickt habe?“

‚Ja und nein, Herr“, lautete des Matrosen langsame Antwort.

„Ich tue meine Arbeit ordentlich. Der Steuermann weiß es, und Sie wissen es, Herr. So kann es darüber keine Beschwerde geben."

„Und ist das alles?" fragte Wolf Larsen schnurrend, mit weicher, sanfter Stimme.

„Ich weiß, dass Sie es auf mich abgesehen haben", setzte Johnson ohne Erregung in schwerfälliger Langsamkeit fort. „Sie können mich nicht leiden, Sie ..., Sie ..."

„Sprich weiter!" munterte Wolf Larsen ihn auf. „Fürchte dich nicht vor meinen Gefühlen!"

„Ich fürchte mich nicht!" gab der Matrose zurück. Leichte Zornesröte erhob sich unter seiner gebräunten Haut.

„Wenn ich nicht so schnell spreche, so deswegen, weil ich noch nicht so lange von meiner Heimat weg bin wie Sie. Sie können mich nicht leiden, weil ich zu sehr Mann bin, das ist der Grund, Herr!"

„Du bist zu sehr Mann für die Schiffsdisziplin, wenn du das meinst, und weißt, woran ich denke", war Wolf Larsens Antwort.

„Ich kann Englisch, und ich weiß, was Sie meinen, Herr", antwortete Johnson und errötete noch mehr bei dieser Anspielung auf seine englischen Sprachkenntnisse.

„Johnson", sagte Wolf Larsen in einer Art, durch die alles bisher Gesprochene nur als Einleitung zu dem nun kommenden Hauptpunkt erschien, „ich höre, daß du mit dem Ölzeug nicht zufrieden bist?"

„Nein, ich bin es nicht. Es ist nicht gut, Herr."

„Und du hast dir dein Maul darüber zerrissen."

„Ich sage, was ich mir denke, Herr", antwortete der Matrose tapfer, wobei er es aber an der auf Schiff üblichen Höflichkeit nicht fehlen ließ, weshalb er dementsprechend stets das „Herr" anhängte.

Ich schaute zufällig auf Johansen. Seine großen Fäuste ballten und öffneten sich, und sein Gesicht war ausgesprochen teuflisch, so böse blickte er Johnson an. Ich gewahrte eine noch deutlich sichtbare Verfärbung unter einem Auge, einen Denkzettel an die Prügelei, die er vor einigen Nächten einstecken mußte. Jetzt begann ich zu ahnen, daß irgend etwas Furchtbares bevorstand -- was, konnte ich mir nicht denken.

„Weißt du, was Leuten geschieht, die das sagen, was du über meine Kleiderkiste und mich gesagt hast?“ fragte Wolf Larsen.

„Ich weiß es, Herr“, war die Antwort.

„Was?“ fragte Wolf Larsen scharf und befehlend.

„Was Sie und der Steuermann im Begriff sind, mit mir zu tun, Herr.“

„Schauen Sie ihn an, Hump“, sagte Wolf Larsen zu mir. „Schauen Sie auf dieses bißchen belebten Staub, diese Verbindung von Materie, die sich bewegt und atmet, die mir Widerstand leisten will, und fest daran glaubt, selbst aus etwas Guten zusammengesetzt zu sein, die von gewissen menschlichen Einbildungen wie Gerechtigkeit und Ehrenhaftigkeit erfüllt ist und für dieselben leben will, ohne Rücksicht auf alle persönlichen Unannehmlichkeiten und Gefahren. Was halten Sie von ihm, Hump? Nun, was denn?“

„Ich glaube, daß er ein wertvollerer Mensch ist als Sie“, antwortete ich, irgendwie von dem Wunsche beseelt, einen Teil des Zornes, der sich über Johnsons Haupt entladen mußte, auf mich abzulenken. „Seine menschlichen Einbildungen, wie Sie es zu nennen belieben, schaffen Edelmut und Männlichkeit. Sie haben keine Einbildungen, keine Träume, keine Ideale. Sie sind ein Bettler!“

Er nickte mit wilder Freundlichkeit.

„Ganz richtig, Hump, ganz richtig! Ich habe keine Einbildungen, die Edelmut und Männlichkeit schaffen; denn ‚ein lebender Hund ist besser als ein toter Löwe’ sage ich mit dem Prediger. Meine einzige Lehre ist die Zweckmäßigkeit und diese strebt nach weiterem Leben. Dieses bißchen Ferment, das sich Johnson nennt, wird, sobald es nicht mehr ein bißchen Ferment ist, sondern nur Staub und Asche, nicht mehr

Edelmut und Männlichkeit besitzen als jeder andere Staub oder jede andere Asche. Ich dagegen werde weiter leben und brüllen."

„Wissen Sie, was ich jetzt tun werde?" fragte er nach einer kurzen Pause.

Ich schüttelte den Kopf.

„Nun, ich werde Ihnen das Recht des Stärkeren vorführen und Ihnen zeigen, wohin Edelmut führt. Passen Sie auf!"

Drei Meter saß er von Johnson entfernt. Er verließ den Sessel, ohne aufzustehen. Er verließ ihn gerade so, wie er darin gesessen war, sprang direkt aus der sitzenden Stellung wie ein wildes Tier, wie ein Tiger, und bewältigte wie ein solcher die dazwischenliegende Entfernung. Es war eine Lawine von Wut, die Johnson vergeblich abzuwehren versuchte. Er senkte einen Arm, um den Bauch zu schützen, hob den anderen, um den Kopf zu decken, aber Wolf Larsens Faust traf zwischen beiden die Brust mit einem krachend widerhallenden Stoß. Johnsons Atem stockte plötzlich, und die Luft zischte laut durch seinen Mund aus den Lungen. Beinahe wäre er kopfüber nach rückwärts gefallen und schwankte hin und her, in dem Bestreben, das Gleichgewicht wiederzufinden, was ihm jedoch nicht gelang.

Ich kann die Einzelheiten der nun folgenden furchtbaren Szene nicht beschreiben. Es war grauenhaft. Jetzt noch werde ich krank, wenn ich daran denke. Johnson kämpfte tapfer, doch war er für Wolf Larsen kein Gegner, noch weniger für Wolf Larsen und den Steuermann zusammen. Es war fürchterlich. Ich hätte nicht gedacht, daß ein Mensch so viel aushalten und dabei noch immer leben und weiterkämpfen kann. Und Johnson tat dies. Freilich gab es für ihn keine Hoffnung, nicht die leiseste, und dies wußte er genau so wie ich; aber bei der ihm innewohnenden Männlichkeit konnte er nicht aufhören, für diese Männlichkeit zu kämpfen.

Ich konnte nicht mehr weiter zuschauen. Ich hatte das Gefühl, den Verstand zu verlieren, und ich rannte die Kajütenstiege hinauf, um die

Türe zu öffnen und an Deck zu entfliehen. Wolf Larsen ließ sein Opfer für einen Augenblick aus, sprang mit einem seiner riesigen Sprünge an meine Seite, erfaßte mich und warf mich in den äußersten Winkel der Kajüte.

„Das Lebensphänomen, Hump", spottete er. „Bleiben Sie hier und beobachten Sie es. Vielleicht können Sie Anhaltspunkte für die Unsterblichkeit der Seele sammeln. Im übrigen können wir, wie Sie wissen, Johnsons Seele nicht verletzen. Es ist nur die vergängliche Hülle, die wir zerstören können."

Es schienen mir Jahrhunderte – wahrscheinlich aber dauerte die Prügelei nicht länger als zehn Minuten. Wolf Larsen und Johansen waren wie wild über dem armen Kerl her. Sie schlugen ihn mit Fäusten, traten ihn mit schweren Schuhen, boxen ihn nieder, rissen ihn hoch, um ihn neuerlich niederzuschlagen. Seine Augen waren geblendet. Blut rann aus Ohren, Nase und Mund, die Kajüte in ein Schlachthaus verwandelnd. Und als er nicht mehr aufstehen konnte, schlugen und traten sie den am Boden Liegenden weiter.

„Aufhören, Johansen, langsam aufhören", sagte schließlich Wolf Larsen.

Aber das Tier im Steuermann war erwacht und raste. Wolf Larsen war gezwungen, ihn mit einer anscheinend ganz, leichten Handbewegung wegzufegen, wodurch Johansen zurückflog wie ein Kork und mit seinem Schädel gegen die Wand schlug, daß es krachte. Er fiel zu Boden, war einen Augenblick halb betäubt, keuchte schwer und blickte blödsinnig drein.

„Mach die Tür auf, Hump", wurde mir befohlen.

Ich gehorchte. Die beiden Bestien hoben den besinnungslosen Mann wie einen Sack Lumpen auf und transportierten ihn über die Kajütenstiege und die enge Türöffnung aufs Deck hinaus. Das Blut schoß aus Johnsons Nase in einem scharlachroten Strahl über die Füße des Mannes am Steuer, es war Louis. Er nahm jedoch keinerlei Notiz davon, tat seine Arbeit weiter und blickte unverwandt ins Kompaßhaus.

Ganz anders war das Benehmen des Georg Leach, des früheren Kajütenjungen. Es gab nichts, das mich mehr hätte überraschen können als sein jetziges Verhalten. Ohne Befehl kam er nach vorn, wo er ihm die Wunden, so gut er konnte, verband und ihn pflegte. Johnson war nicht als Johnson zu erkennen. Nicht nur das, denn sein Gesicht war überhaupt nicht als ein menschliches Antlitz anzusprechen, so verfärbt und angeschwollen war es.

Nun zum Verhalten von Leach: während ich die Kajüte reinigte, hatte er sich Johnsons angenommen. Ich kam an Deck, um frische Luft zu schöpfen und meine überreizten Nerven zur Ruhe kommen zu lassen, Wolf Larsen rauchte eine Zigarre und untersuchte das Patentlog*), welches die „Ghost" gewöhnlich nachschleppte, das aber jetzt aus irgend einem Grunde eingeholt worden war. Plötzlich schlug Leachs Stimme an mein Ohr. Sie klang angestrengt und heiser vor verhaltener Wut. Ich drehte mich um und sah ihn neben der Achternhütte auf der Backbordseite der Kombüse stehen. Sein Gesicht war verzerrt und bleich, seine Augen flammten, seine geballten Fäuste hatte er erhoben.

„Möge Gott deine Seele zur Hölle verdammen, Wolf Larsen! Nur ist die Hölle zu gut für dich, du Feigling, du Mörder, du Schwein!" waren seine wenig freundlichen Begrüßungsworte.

Ich war wie vom Blitz getroffen. Ich erwartete Leachs sofortige Vernichtung. Aber Wolf Larsen war nicht in Stimmung, dies zu tun. Er schlenderte langsam vor, stützte die Ellbogen auf das Kajüteneck und schaute nachdenklich und aufmerksam auf den erregten Burschen hinunter.

---

*) Instrument zur Messung der Fahrtgeschwindigkeit.

Und der Bursche klagte Wolf Larsen an, wie dieser vorher noch nie beschuldigt worden war. Die Matrosen versammelten sich in einer ängstlichen Gruppe gerade vor der Luke, schauten zu und lauschten. Die Jäger stürzten durcheinander aus dem Zwischendeck heraus. Als Leach seine Beschimpfung fortsetzte, zeigten sie keine freudigen Mienen. Selbst sie waren erschrocken. Nicht über die furchtbaren Worte des Knaben, sondern über seinen unerhörten Mut. Es schien ihnen unmöglich, daß irgendein lebendes Wesen ungestraft Wolf Larsen derart reizen konnte. Ich weiß, daß ich selbst starr vor Bewunderung für den Burschen war. Ich sah in ihm die glänzende, unbesiegbare Unsterblichkeit, die sich über das Fleisch und die Furcht des Fleisches erhob wie die Propheten des Altertums, um die Ungerechtigkeit zu verfluchen.

Sein Wüten glich einem Wahnsinn. Seine Lippen waren von Schaum bedeckt, und manchmal gurgelte er und brachte nur unartikulierte Laute hervor. Während dieser ganzen Zeit blickte Wolf Larsen, wie in tiefe Neugierde versunken, ruhig und untätig auf seine Ellbogen gestützt, herab. Dieses wilde Aufbrausen lebender Hefe, dieses furchtbare Aufbäumen, diese Herausforderung von seiten einer lebenden Materie verblüffte und interessierte ihn.

Ich und alle anderen erwarteten, daß Wolf Larsen sich jeden Moment auf den Knaben stürzen und ihn vernichten werde. Aber er war nicht in Laune. Seine Zigarre ging aus und er schaute weiter zu, stumm und neugierig.

Leach hatte sich in eine Ekstase ohnmächtiger Wut hineingeredet.

„Schwein! Schwein! Schwein!“ schrie er immer wieder aus vollem Halse. „Warum kommst du nicht herunter und bringst mich um? Du Mörder! Du kannst es tun. Ich fürchte mich nicht! Es ist niemand da, der dich daran hindert. Verflucht, lieber tot und ausser deiner Reichweite als lebend in deinen Krallen! Komm her, du Feigling! Bring mich um, bring mich um, so bring mich doch um!“

Das Geschrei trieb die ruhelose Seele des Thomas Mugridge auf den Schauplatz der Handlung. Er hatte bei der Kombüsentür gelauscht, kam aber jetzt heraus, als ob er Abfälle über Bord werfen müsse, in Wirklichkeit aber mit der eindeutigen Absicht, der Ermordung, die er mit Sicherheit erwartete, beiwohnen zu können. Er lächelte zu Wolf Larsen hinüber, der ihn aber nicht zu sehen schien. Dann wandte sich der Koch an Leach und sagte:

„Was für Ausdrücke? Es ist entsetzlich!“

Die Wut von Leach war nicht mehr länger zu unterdrücken. Hier war endlich etwas, woran er Hand anlegen konnte. Und das erstemal, seit dem Zwischenfall mit Leach, war der Koch ohne Messer aus der Kombüse gegangen. Kaum waren die erwähnten Worte über seine Lippen gekommen, als er schon von Leach niedergeschlagen wurde. Dreimal sprang er auf und versuchte die Kombüse zu erreichen, wurde aber immer wieder niedergeschlagen.

„Oh, Gott!“ schrie er. „Hilfe! Hilfe! Haltet ihn! Helft! Haltet ihn!“

Die Jäger lachten erleichtert. Die Tragödie war beendet und das Lustspiel hatte seinen Anfang genommen. Kühn rotteten sich jetzt die Matrosen achtern zusammen, um dem Vermöbeln des verhaßten Koches beizuwohnen. Und selbst ich fühlte, wie sich eine große Freude meiner bemächtigte. Ich bekenne, daß ich mich an den Schlägen, die Leach dem Mugridge verabreichte, ergötzte, obwohl sie beinahe ebenso fürchterlich waren wie die Prügel, die Mugridge dem Johnson vermittelt hatte. Der Gesichtsausdruck von Wolf Larsen änderte sich nicht. Er wechselte nicht einmal seine Stellung, schaute jedoch in einem fort aufmerksam herunter. Trotz all seiner unfehlbaren Sicherheit schien er Spiel und Bewegung des Lebens in der Hoffnung zu beobachten, irgend etwas Neues darüber zu entdecken, das ihm bisher entgangen war – den Schlüssel zu seinem Geheimnis, der alles aufhellen und klären würde.

Aber die Schlägerei! – Sie war fast gleich jener, die ich in der Kabine beobachtet hatte. Der Koch suchte vergeblich, sich vor dem rasenden Jungen zu schützen, und vergeblich versuchte er den Schutz der Kombüse zu erreichen. Er kollerte, kroch und flog zu ihr hin, während er niedergeschlagen wurde, doch Schlag folgte auf Schlag mit verblüffender Schnelligkeit. Er wurde wie ein Spielball hin und her geboxt, schließlich, so wie Johnson, noch geschlagen und getreten, als er schon hilflos am Boden lag. Niemand trat dazwischen. Leach hätte ihn umbringen können; aber nachdem seine Rachegelüste befriedigt waren, zog er sich von seinem ausgestreckt daliegenden Feind, der wie ein Hund winselte und wimmerte, zurück, und ging nach vorn.

Eigentlich waren diese zwei Vorfälle nur der Beginn des Tagesprogramms. Am Nachmittag fielen Smoke und Henderson übereinander her, und vom Zwischendeck hörte man eine Schießerei, die eine wilde Flucht der vier anderen Jäger aufs Deck zur Folge hatte. Eine Wolke dunklen Pulverdampfes, wie sie sich immer aus Schwarzpulver entwickelt, stieg aus der Kajütenluke, durch die Wolf Larsen jetzt hinuntersprang.

Wir hörten den Lärm einer wilden Schlägerei und einer Balgerei. Beide Männer waren verwundet, und nun wurden sie noch dazu von Wolf Larsen verprügelt, weil sie seine Anordnungen nicht befolgt und sich vor Beginn der Jagd arbeitsunfähig geschlagen hatten. Tatsächlich waren sie ziemlich schwer verwundet, und nachdem Larsen sie verprügelt hatte, begann er an ihnen auf rauhe Wundarztmanier herumzudoktern und ihre Wunden zu verbinden. Ich fungierte als Assistent, während er die Durchschüsse sondierte und reinigte. Ich staunte, wie die zwei Männer die rauhe Behandlung ohne Betäubungsmittel ertrugen. Ein Glas mit purem Whisky hielt sie aufrecht.

Während der ersten Hundewache kam es zu einer Rauferei am Vordeck. Sie entsprang aus der Angeberei, die Anlaß für die Mißhandlung des Johnson gewesen war. Die eine Hälfte der Vorschiffsbesatzung verprügelte die andere ordentlich.

Die zweite Hundewache und der Tag wurden durch einen Kampf zwischen Johanson und dem yankeeartig aussehenden Jäger Latimer beendet. Er wurde durch Bemerkungen veranlaßt, die Latimer über den von Johansen nachts im Schlaf gemachten Lärm fallen ließ, und obwohl Johansen unterlag, hielt er das Zwischendeck für den Rest der Nacht wach, während er, selig schlafend und träumend, den Kampf immer wieder ausfocht.

Ich selbst wurde von einem Alpdruck heimgesucht. Der Tag war für mich wie ein schrecklicher Traum gewesen. Eine Brutalität hatte die andere abgelöst, flammende Leidenschaft und kaltblütige Grausamkeit die Leute aufgestachelt, sich gegenseitig nach dem Leben zu trachten, sich zu verletzen, zu beleidigen und aufeinander zu schießen. Meine Nerven waren gereizt, meine Sinne verwirrt. All meine bisherigen Tage waren in ziemlicher Unkenntnis menschlicher Brutalität dahingegangen. In der Tat: ich hatte das Leben nur von der geistigen Seite gekannt. Genau genommen hatte ich schon Brutalität mitgemacht, aber es war nur Brutalität der Gedanken, der schneidende Sarkasmus des Charley Furuseth, die rohen Epigramme und gelegentlichen scharfen Witze der Studenten und manche unflätige Bemerkung über die Professoren während meiner Studienzeit.

Das war alles. Aber daß Menschen ihren Zorn aneinander auslassen könnten, indem sie dem anderen die Glieder zerquetschen und Blut fließen lassen, war für mich eine fremdartige und schreckliche Neuigkeit. Als ich mich ruhelos zwischen dem einen und dem anderen Alptraum in meiner Koje herumwarf, dachte ich, nicht umsonst „Sissy“ Van Weyden genannt worden zu sein. Es schien mir, daß meine Unberührtheit von den Tatsächlichkeiten des Lebens wahrlich eine vollständige war. Bitter lachte ich in meinem Inneren und hatte das Gefühl, in Wolf Larsens trauriger Weltanschauung eine zutreffendere Erklärung des Lebens zu finden als in meiner eigenen.

Als ich die Richtung meines Gedankenganges erkannte, erschrak ich. Die ständige Brutalität um mich herum äusserte ihre verderbliche Wirkung. Sie war auf dem besten Wege, in mir alles Schöne und Leuchtende des Lebens zu zerstören. Mein Verstand sagte mir, daß die Schläge, die Thomas Mugridge erhalten hatte, etwas Schlechtes waren, und doch konnte ich um alles in der Welt meine Seele nicht davor bewahren, sich darüber zu freuen. Und obwohl ich mir der Schwere meiner Sünde bewußt und davon bedrückt war – denn eine Sünde war es – kicherte ich in wahnsinniger Verzückung. Ich war nicht mehr Humphrey Van Weyden. Ich war Hump, Kajütenjunge an Bord des Schoners „Ghost“, Wolf Larsen mein Kapitän, Thomas Mugridge und die übrigen meine Genossen, und ich erhielt immer neue Aufdrücke des Stempels, der sie alle gezeichnet hatte.

13. Kapitel

Drei Tage verrichtete ich neben meiner Arbeit auch die des Thomas Mugridge. Ohne mir zu schmeicheln, kann ich sagen, daß ich sie gut erledigte. Ich weiß, daß sie Wolf Larsens Zustimmung fand, und auch die Matrosen strahlten vor Zufriedenheit während der kurzen Zeit meines Regimes.

„Der erste reine Bissen, seit ich an Bord gekommen bin“, sagte mir Harrison bei der Kombüsentür, als er das Geschirr von vorn zurückbrachte.

„Irgendwie schmeckt das von Tommy bereitete Essen stets nach ranzigem Fett, und ich möchte wetten, daß er sein Hemd nicht gewechselt hat, seit er Frisko (San Franzisko) verließ.“

„Ich weiss, dass er es nicht getan hat“, antwortete ich.

„Und ich wette, er schläft auch damit“, fügte Harrison hinzu.

„Und du wirst die Wette nicht verlieren“, stimmte ich zu. „Er hat sein Hemd in all der Zeit nicht ausgezogen.“

Doch drei Tage waren alles, was Wolf Larsen ihm bewilligte, um sich von den Folgen der Schläge zu erholen. Am vierten Tag wurde er lahm und zerschunden, kaum fähig, aus seinen verschwollenen und verpickten Augen zu blicken, von seinem Lager weg am Kragen gepackt und an seinen Arbeitsplatz gestellt. Er jammerte und weinte, doch Wolf Larsen war unerbittlich.

„Und schau dazu, daß du keinen solchen Fraß mehr aufträgst“, war seine Anordnung zum Dienstantritt. „Kein schlechtes Fett und kein Dreck mehr, merk dir das, und gelegentlich ein frisches Hemd, oder wir schleifen dich mit dem Seil hinten nach. Verstanden?“

Thomas Mugridge hinkte jammervoll über den Boden der Kombüse. Ein kurzer Stoß der „Ghost“ ließ ihn straucheln. Beim Versuch, wieder das Gleichgewicht zu erlangen, faßte er nach einer Eisenstange, die den Herd umgab und die Töpfe vor dem Abrutschen bewahrte. Doch er griff daneben, und die Hand, auf die er sich mit dem ganzen Körpergewicht stützte, landete direkt auf der heißen Herdplatte. Das gab ein Zischen, und ein Geruch verbrannten Fleisches stieg, begleitet von einem durchdringenden Schmerzensgeheul, auf.

„Oh Gott, oh Gott, was hab' ich getan?" winselte er, setzte sich auf die Kohlenkiste und schlug mit seinen Händen hin und her, „warum ist all das über mich gekommen? Es macht mich ganz krank und ich hab' doch in meinem Leben niemandem etwas zuleid' getan!"

Die Tränen rollten über seine verschwollenen und verfärbten Wangen, und sein Gesicht war vor Schmerz verzerrt. Ein wilder Ausdruck lag darin.

„Oh, wie ich ihn hasse! Wie ich ihn hasse!" knurrte er.

„Wen?" fragte ich. Doch der arme Teufel weinte wieder über sein Unglück. Es war weniger leicht festzustellen, wen er haßte, als wen er nicht haßte. Denn ich war so weit gekommen, in ihm einen bösen Teufel zu sehen, der ihn zwang, die ganze Welt zu hassen. Manchmal glaubte ich, daß er sogar sich selbst haßte, so aussergewöhnlich hart hatte ihn das Leben angefaßt. In solchen Augenblicken erhob sich in mir ein großes Mitleid, und ich schämte mich, daß ich mit jemals an seinen Schmerzen oder seinem Unglück hatte freuen können. Das Leben hatte ihm von Anfang an böse Streiche gespielt. Welche Möglichkeit hatte er, anders zu werden als er war? Und als ob er meine Gedanken beantworten wollte, wimmerte er:

„Ich hab' nie eine günstige Gelegenheit gehabt noch irgendein Glück. Wer war da, um mich zur Schule zu schicken, mir etwas Warmes für den hungrigen Magen zu geben oder mir die blutige Nase abzuwischen, als ich noch ein Kind war? Wer hat überhaupt je was für mich getan, he? Wer, frag' ich?"

„Sei nicht traurig, Tommy", sagte ich und legte ihm zur Beruhigung meine Hand auf die Schulter. „Beruhige dich, es wird schon alles gut werden. Du hast viele Jahre vor dir und kannst aus dir machen, was du willst."

„Das ist Lüge! Eine gemeine Lüge!" schrie er mir ins Gesicht, indem er gleichzeitig meine Hand wegstieß. „Das ist Lüge und Sie wissen es selbst. Ich bin aus Lumpen und Abfall hervorgegangen. Für Sie ist alles gut, Hump; Sie sind als Gentleman geboren. Sie haben es nie erfahren, was es heißt, hungrig sein, sich selbst in den Schlaf weinen müssen mit hungrigem Magen. Und das kann nicht gut werden! Tät' ich morgen Präsident der Vereinigten Staaten werden, wie könnt' das meinen Magen füllen für die Zeit, da ich ein Kind war und mit leerem Magen herumgelaufen bin?

Wie könnt' dies wohl sein, frag ich. Ich bin zu Weh und Leiden geboren. Mehr Leiden hab ich allein ertragen als zehn Männer zusammen. Mein halbes elendes Leben bin ich im Spital gelegen. Ich hab das Fieber gehabt in Aspinwall, in Havanna und Neu-Orleans. Fast bin ich gestorben an Skorbut und bin davon sechs Monate in Barbados zerfressen worden. Pocken in Honolulu, zwei gebrochene Beine in Schanghai, Lungenentzündung in Unalaska, drei gebrochene Rippen, und alle Eingeweide gequetscht in Frisko, und da bin ich jetzt, schauen's mich an! Schauen's mich an! Meine Rippen neuerlich vom Rücken losgeschlagen! Ich werd noch vor acht Uhr Blut spucken. Ich frag'. wie kann's für mich besser werden? Wer wird das tun? Gott? Ach, Gott muß mich gehaßt haben, wie er mich zur Reise in diese blühende Welt geschickt hat."

Der Jammer über sein Schicksal dauerte eine Stunde oder noch länger, dann kroch er, hinkend und stöhnend, mit einem Ausdruck von Haß in den Augen, an seine Arbeit. Seine Vorhersage war richtig, denn er wurde von mehreren Anfällen, in deren Verlauf er Blut spuckte und große Qualen litt, heimgesucht. Und, wie er sagte, haßte ihn Gott zu sehr, um ihn sterben zu lassen; denn schließlich ging es ihm besser, und er wurde noch boshafter als je zuvor.

Mehrere Tage verstrichen, bevor Johnson wieder an Deck kroch und freudlos an seine Arbeit ging. Er war noch immer ein kranker Mann, und ich beobachtete ihn mehr als einmal, wie er unter Schmerzen zum Toppsegel hinaufkletterte, oder ohnmächtig wurde, wenn er am Steuerrad stand. Aber am übelsten schien mir, daß sein Widerstand gebrochen war. Er war hündisch vor Wolf Larsen und kroch vor Johansen beinahe am Boden. Ganz anders war die Haltung von Leach. Er ging am Deck herum wie ein Tigerjunges und zeigte offen seinen Haß gegen Wolf Larsen und Johansen.

„Ich habe mit dir noch abzurechnen, du plattfüßiger Schwede!" hörte ich ihn eines Nachts an Deck zu Johansen sagen.

Aus dem Dunkel bewarf ihn der Steuermann mit Flüchen, und im nächsten Augenblick traf ein scharfer Schlag die Kombüse. Ich hörte noch einen Fluch und ein höhnisches Lachen. Als es still war, stahl ich mich hinaus und fand ein schweres Messer, das tief im harten Holz der Kombüse steckte. Einige Minuten später erschien der Steuermann, um es zu suchen, tappte aber vergebens umher. Am folgenden Tage stellte ich es heimlich an Leach zurück. Er grinste, als ich es ihm übergab; es war ein Grinsen, das mehr aufrichtigen Dank enthielt als ein Strom üblicher Dankesphrasen, wie sie Angehörigen meiner Klasse geläufig sind.

Im Gegensatz zu allen anderen an Bord lebte ich mit niemandem in Streit und war bei allen beliebt. Vielleicht duldeten mich die Jäger nur, obwohl keiner von ihnen mich haßte. Smoke und Henderson, die, den ganzen Tag unter einer Sonnenplache in Hängematten schaukelnd, ihrer Genesung entgegensahen, versicherten mir, daß ich besser sei als jede Spitalsschwester, und daß sie mich nicht vergessen würden, wenn sie zu Ende der Reise ihre Löhnung erhielten. (Als ob ich auf ihr Geld angewiesen gewesen wäre! Ich, der ich sie alle zusammen mit ihrem Hab und Gut und den Schoner samt seiner Ausrüstung hätte kaufen und vielfach bezahlen können!) Aber ich hatte die Aufgabe, ihre Wunden zu pflegen und sie durchzubringen, übernommen, und ich tat mein Bestes dazu.

Wolf Larsen hatte einen weiteren schrecklichen Anfall von Kopfschmerzen, der zwei Tage dauerte, zu überstehen. Er mußte sehr schwer gelitten haben, denn er rief mich zu sich und gehorchte meinen Anordnungen wie ein kleines Kind. Doch schien mir, daß ich zu seiner Hilfe nichts tun konnte. Immerhin gab er auf meinen Rat das Rauchen und Trinken auf. – Wie ein solch prächtiges Tier wie er Kopfschmerzen haben konnte, war mir ein Rätsel.

„Das ist die Hand Gottes, sag' ich dir", lautete die Ansicht von Louis. „Das ist eine Heimsuchung für seine dunkelherzigen Taten, und es steht noch mehr bevor, und es wird noch kommen, oder sonst ..."

„Oder sonst? ...", forschte ich.

„... schläft der liebe Gott und tut nicht seine Pflicht – trotzdem mir so ist, als dürfte ich das nicht sagen."

Als ich mitteilte, in aller Gunst zu stehen, irrte ich. Thomas Mugridge fährt nicht nur fort, mich zu hassen, er hat sogar einen weiteren Anlaß dazu gefunden. Es dauerte geraume Zeit, bis ich diesen herausbekam, aber schließlich erkannte ich doch den Grund darin, daß ich glücklicher geboren war als er, hochherrlich geboren' – wie er es nannte.

„Und noch immer keine weiteren Toten", neckte ich Louis, als Smoke und Henderson Seite an Seite in freundschaftlicher Unterhaltung ihren ersten Gehversuch an Deck unternahmen.

Louis maß mich mit seinen grauen verschmitzten Augen und wiegte unheilahnend sein Haupt.

„Es wird kommen, ich sag's dir, und alle Mann werden an den Tauen sein müssen, wenn der Sturm losbricht. Ich fühle es schon lange, und ich kann es jetzt so genau fühlen wie die Takelung in dunkler Nacht. Es steht nahe bevor, ganz nahe!"

„Wer geht zuerst", fragte ich.

„Nicht der dicke Louis, das versprech' ich", lachte er, „denn das fühl' ich in meinen Knochen, daß ich nächstes Jahr um diese Zeit in die Augen meiner alten Mutter blicken werde, die müde sind vor lauter Hinausschauen auf das Meer nach ihren fünf Söhnen, die sie ihm hingegeben hat."

„Was hat er ihnen gesagt?" fragte Thomas Mugridge einen Augenblick danach.

„Daß er auf einige Tage heimfährt, um seine Mutter zu besuchen", antwortete ich diplomatisch.

„Ich hatte nie eine", war Kocherls Bemerkung, während er mit matten, hoffnungslosen Augen in die meinen blickte.

14. Kapitel

Es dämmerte mir, daß ich das weibliche Geschlecht nie richtig eingeschätzt habe. Obwohl ich nicht sonderlich liebeshungrig veranlagt bin, war ich bisher doch stets in der Umgebung von Frauen gewesen. Meine Mutter und Schwestern waren immer um mich und ich war ständig bemüht gewesen, ihnen zu entwischen. Denn mit ihrer Sorge um meine Gesundheit und ihren periodischen Einfällen, meine Bude, in der sie mein ordentliches Durcheinander, auf das ich stolz war, in noch größeres Durcheinander und weniger Ordnung zu verwandeln, brachten sie mich zur Verzweiflung, obwohl ihre Arbeit für's Auge recht nett aussah.

Wenn sie gegangen waren, konnte ich nie etwas wiederfinden. Aber wie willkommen wäre mir jetzt das Gefühl ihrer Gegenwart gewesen, das Knistern und Rauschen ihrer Kleider, das ich so aus tiefstem Herzen verabscheut hatte. Ich bin sicher, daß ich, falls ich jemals wieder heimkommen sollte, nie mehr über sie verärgert sein werde. Sie mögen über mich disponieren, morgens, mittags und abends an mir herumdoktern, Staub wischen, kehren und meine Bude den ganzen Tag lang in Ordnung bringen, ich werde mich nur zurücklehnen, dies alles betrachten und dankbar sein, daß ich Mutter und Schwestern habe.

So vieles versetzte mich in Verwunderung. – Wo waren die Mütter dieser verschiedenen auf der „Ghost“ lebenden Männer? Es schien mir unnatürlich und ungesund, daß Männer, zusammengepfercht und gänzlich von Frauen getrennt, durch die Welt segeln sollten. Rohheit und Verwilderung mußten das unvermeidliche Ergebnis sein. Diese Männer um mich sollten Frauen, Schwestern und Töchter haben, dann würden sie zu Sanftmut, Weichheit und Mitgefühl befähigt sein. Es war aber nicht einer von ihnen verheiratet. Jahr um Jahr war keiner von ihnen in Verbindung mit einer guten Frau, stand keiner unter dem Einfluß und der erlösenden Einwirkung, wie sie unweigerlich von solchen Wesen ausstrahlen. Im Leben dieser Männer gab es kein Gleichgewicht. Ihre Männlichkeit hatte sich überentwickelt. Die andere, die geistige Seite ihres Wesens, schrumpfte und verkümmerte schließlich vollständig.

Sie sind eine Gesellschaft von Einsiedlern, die sich heftig aneinander reiben und dadurch täglich noch rauher werden. Es scheint mir manchmal unwahrscheinlich, daß sie je eine Mutter gehabt haben sollten. Es könnte fast den Eindruck erwecken, daß sie eine Art von Halbtieren menschenähnlicher Gattung sind, eine besondere geschlechtlose Art, deren Eier, wie die der Schildkröten, von der Sonne ausgebrütet werden, oder die sich in einer anderen primitiven Weise fortpflanzen, ihr ganzes Leben in Brutalität und Gemeinheit schwelgen und schließlich so lieblos sterben wie sie gelebt haben.

In der vergangenen Nacht sprach ich mit Johansen die ersten überflüssigen Worte seit Beginn der Fahrt. Er verließ Schweden mit siebzehn, ist jetzt achtunddreißig und war in dieser ganzen Zeit nicht ein einziges Mal daheim. Vor einigen Jahren traf er in einem Seemannsheim in Chile einen Landsmann, von dem er erfuhr, daß seine Mutter damals noch am Leben war.

„Sie muss jetzt schon eine ziemlich alte Frau sein“, sagte er, unverwandt ins Kompaßhaus schauend. Ab und zu warf er einen Blick auf Harrison, der am Steuerrad stand und einen Strich vom Kurs abgekommen war.

„Wann hast du ihr das letzte Mal geschrieben?“

„Er führte seine mathematischen Berechnungen laut durch. „Einundachtzig, – nein, zweiundachtzig, – he? Dreiundachtzig – ja, dreiundachtzig. Vor zehn Jahren. Aus einem kleinen Hafen in Madagaskar. Ich fuhr damals auf einem Handelsdampfer.“

„Sehen Sie“, fuhr er fort, als ob er zu seiner alten, verlassenen Mutter über den halben Erdball sprechen würde, „ich wollte jedes Jahr heimfahren. Wozu hätte ich da schreiben sollen? Es dauerte doch nur noch ein Jahr! Und jedes Jahr kam etwas dazwischen, und ich fuhr nicht. Doch nun bin ich Steuermann, und wenn ich in Frisko meine Schulden, etwa fünfhundert Dollar, abgezahlt habe, werde ich auf einem Segler um Kap Horn nach Liverpool fahren, was mir noch Geld eintragen wird, wovon ich dann meine Überfahrt nach Hause zahlen werde. Dann wird sie nicht mehr arbeiten.“

„Aber arbeitet Sie? Jetzt? Wie alt ist sie?“

Ungefähr siebzig“, antwortete er und setzte dann gleichsam prahlend fort: „In unserer Gegend arbeiten wir von der Geburt bis zum Tode. Darum leben wir so lange. Ich werde hundert Jahre alt werden.“

Nie werde ich diese Unterhaltung vergessen. Es waren die letzten Worte, die ich ihn aussprechen hörte, vielleicht waren es überhaupt seine letzten. Als ich hinabstieg, um mich in der Kabine schlafen zu legen, war es mir zu stickig, um unten zu schlafen. Wir hatten eine ruhige Nacht und waren aus dem Passat herausgekommen. Die „Ghost“ fuhr mit kaum einem Knoten stündlich. So nahm ich Decke und Polster unter den Arm und ging an Deck.

Als ich zwischen Harrison und dem Kompaßhaus, welches auf dem Dach der Kajüte aufgebaut war, durchging, merkte ich, daß er diesmal um volle drei Strich vom Kurs abwich. Ich dachte, daß er schlafe und sprach ihn an, um ihm eine Verwarnung oder Ärgeres zu ersparen. Aber er schlief nicht. Seine Augen waren weit geöffnet und starr. Er schien ganz verwirrt und unfähig, mir zu antworten.

„Was ist los?“ fragte ich. „Bist du krank?“

Er schüttelte den Kopf und holte mit einem tiefen Seufzer, als ob er eben erst erwacht wäre, schwer Atem.

„Du solltest lieber auf dem Kurs bleiben“, schalt ich.

Er drehte ein paar Spaken über, und ich bemerkte, wie die Kompaßkarte langsam nach NNW schwang und nach einigen Schwingungen stillstand.

Ich faßte neuerlich mein Bettzeug und wollte weitergehen, als ich durch eine Bewegung rückwärts an der Reling abgelenkt wurde. Eine sehnige, von Wasser triefende Hand umfasste die Reling. Aus der Finsternis tauchte daneben eine zweite Hand auf. Ich schaute gespannt hin. Welchen Gast aus der Tiefe sollte ich da empfangen? Auf jeden Fall wußte ich, daß er über die Logleine heraufgeklettert sein mußte. Ich erblickte einen Kopf, die Haare waren triefend naß, und dann erkannte ich das nicht zu verkennende Gesicht Wolf Larsens. Seine rechte Wange war rot vom Blut, das aus einer Kopfwunde herabrann.

Mit einem Ruck schwang er sich an Bord und stand auf den Beinen, warf einen raschen Blick nach dem Mann am Steuer, als ob er sich überzeugen wollte, wer es sei, und daß von ihm nichts zu befürchten war. Das Salzwasser floß in Strömen an ihm herab. Als er auf mich zukam, schreckte ich instinktiv zurück, da ich in seinen Augen etwas sah, das vom Tode sprach.

„Na, Hump“, fragte er mit leiser Stimme, „wo ist der Steuermann?“

Ich schüttelte den Kopf.

„Johannen?“ rief er leise. „Johannen?“

„Wo ist er?“ fragte er Harrison.

Der junge Bursche schien sich wieder erholt zu haben, denn er antwortete ziemlich ruhig: „Ich weiß nicht, Herr. Ich sah ihn vor kurzem nach vorn gehen.“

„Auch ich ging nach vorn, doch wirst du gesehen haben, daß ich nicht auf dem gleichen Wege zurückkam. Kannst du dir das erklären?“

„Sie müssen über Bord gewesen sein, Herr.“

„Soll ich im Zwischendeck nach ihm suchen, Herr?“ fragte ich.

Wolf Larsen schüttelte das Haupt. „Sie würden ihn nicht finden, aber gehen Sie von mir aus. – Kommen Sie. Machen Sie sich wegen des Bettzeuges keine Sorgen. Lassen Sie es liegen, wo es ist."

Ich folgte ihm. Mittschiffs war alles ruhig.

„Miese verfluchten Jäger!" war seine Bemerkung. „Zu dick und faul, um vier Stunden zu wachen."

Auf der Back fanden wir drei schlafende Matrosen. Er drehte sie um und schaute ihnen ins Gesicht. Sie waren die Deckwache, und es war üblich, bei gutem Wetter die Wache schlafen zu lassen mit Ausnahme des Offiziers, des Rudergastes und des Mannes am Ausguck.

„Wer ist am Ausguck?" fragte er.

„Ich, Herr", antwortete Holyak, einer der Hochseematrosen, mit leichtem Zittern in der Stimme. „Ich bin diesen Augenblick eingeschlafen. Es wird nicht mehr vorkommen."

„Hast du an Deck etwas gesehen oder gehört?"

„Nein, Herr, ich …"

Wolf Larsen ging mit einem missbilligenden Brummen fort und liess den Matrosen zurück, der sich die Augen rieb und erfreut war, so billig davongekommen zu sein.

„Jetzt ruhig", ermahnte mich Wolf Larsen flüsternd. Gleichzeitig bückte er sich und begann die Luke hinabzusteigen.

Bebenden Herzens folgte ich. Ich wußte ebenso wenig, was geschehen sollte, als was vorgefallen war. Aber Blut war vergossen worden, und es war bestimmt nicht eine Laune von Wolf Larsen gewesen, mit aufgeschlagenem Schädel über Bord zu gehen. Außerdem war Johansen abgängig.

Ich war erstmals in die Back hinabgestiegen und werde den Eindruck nicht vergessen, den sie auf mich machte, als ich die Stiege betrat. Direkt in den Rumpf des Schoners eingebaut, hatte sie die Form eines Dreieckes, an dessen Seiten zwölf Kojen in zwei Reihen übereinander eingebaut waren. Sie war nicht größer als eine Schlafkammer auf dem Dachboden eines Hauses des Elendsviertels, und trotzdem waren darin zwölf Leute zusammengepfercht, mußten darin essen, schlafen und alle ihre Lebensbedürfnisse erledigen. Mein Schlafzimmer daheim war nicht groß, aber es hätte ein Dutzend solcher Räume aufnehmen können, und wenn man die Höhe in Betracht zog, noch einmal soviel.

Es roch sauer, und im Schein der schwingenden Seelampe sah ich, daß jeder verfügbare Wandraum bis tief hinunter mit Seestiefeln, Ölzeug, reinen und schmutzigen Kleidern verschiedenster Art behängt war. Dies alles schwankte bei jedem Rollen des Schiffes hin und her und erzeugte ein scheuerndes Geräusch, wie wenn ein Baum gegen ein Dach oder eine Mauer reibt. Irgendwo schlug ein Stiefel in regelmäßigen Abständen laut gegen die Wand. Und obwohl wir eine milde und ruhige Nacht hatten, ertönte doch unausgesetzt ein Choral von knarrenden Balken und Spanten und unergründlichem Geräusch unter den Fussbodenbrettern.

Die Schläfer ließen sich dadurch nicht stören. Es waren ihrer acht – es waren die beiden unten befindlichen Wachen – und die Luft war stickig von ihrer Körperausdünstung, erfüllt vom Lärm ihres Schnarchens, Grunzen und Stöhnens -- Überbleibseln aus der Zeit der Tiermenschen. Aber schliefen sie auch? Alle? Oder hatten sie geschlafen? Das fragte sich offensichtlich Wolf Larsen, um so den herauszufinden, der zu schlafen schien und nicht schlief, oder den, der noch nicht sehr lange schlief, und er ging an die Lösung dieser Frage in einer Art, die mich an Boccaccio erinnerte.

Er nahm die Seelampe von der schwankenden Wand und übergab sie mir. Dann begann er bei den ersten Kojen steuerbords. Oben lag ein Kanake, ein ausgezeichneter Seemann, den seine Kameraden Oofty-Oofty nannten. Er lag im Schlaf aus dem Rücken und atmete so sanft wie eine Frau, einen Arm unter seinem Kopf und den anderen über der

Decke. Wolf Larsen legte Zeigefinger und Daumen um sein Handgelenk und zählte den Puls, wodurch der Kanake erwachte. Er tat dies so sanft, wie er geschlafen hatte, ohne irgend eine Körperbewegung; nur die Augen bewegten sich. Sie blitzten auf, weit geöffnet, groß und schwarz, und schauten uns ruhig an. Wolf Larsen legte den Finger auf die Lippen, um Ruhe zu gebieten, und die Augen schlossen sich wieder.

In der unteren Koje lag Louis, dick und fett, warm und verschwitzt. Er schlief einen unverstellten schweren Schlaf. Als Wolf Larsen sein Handgelenk berührte, bewegten sich seine Lippen und er gab folgende unverständliche Äusserung von sich:

„Für einen Schilling ein Viertel, aber gib die Lampen für ein Dreipennystück oder der Gastwirt wird sie dir um sechs Penny das Stück anhängen."

Dann rollte er sich mit einem tiefen Seufzer zur Seite und sagte:

„Ein Sechspennystück ist ein Tanner[1)] und ein Schilling ist ein Bob[2)], aber was ein Ponny ist, das weiß ich nicht."

Befriedigt von der Tiefe seines Schlafes und jenes des Kanaken schritt Wolf Larsen zu den beiden nächsten Kojen an der Steuerbordseite, die oben und unten mit Schläfern belegt waren, Leach und Johnson, wie wir beim Schein der Seelampe ausnehmen konnten.

Als Wolf Larsen sich zur unteren Koje neigte, um den Puls von Johnson zu umfassen, stand ich aufrecht daneben, hielt die Lampe und bemerkte, wie Leachs Kopf sich verstohlen hob und wie er über den Rand seiner Koje blickte, um zu sehen, was vorging. Er mußte Wolf Larsens Absicht durchschaut haben und der Entdeckung sicher gewesen sein, denn plötzlich wurde mir die Lampe aus der Hand geschlagen,

1) Slangausdruck für Pennystück.
2) Slangausdruck für Einschillingstück.

und die Back tauchte in vollständiges Dunkel. Im gleichen Augenblick muß Leach senkrecht auf Larsen heruntergesprungen sein.

Die ersten Laute waren die eines Kampfes zwischen Stier und Wolf. Ich hörte ein furchtbares, rasendes Gebrüll von Wolf Larsen aufsteigen und von Leach ein Knurren, das verzweifelt klang und mir das Blut in den Adern erstarren ließ. Johnson muß sich sofort mit Leach verbündet haben, so daß sein während der letzten Tage an Deck zur Schau getragenes untertäniges und kriecherisches Benehmen nur absichtliche Irreführung gewesen sein konnte.

Ich war durch diesen Kampf in der Finsternis derart bestürzt, daß ich mich gegen die Stiege lehnte, zitterte und nicht fähig war, hinaufzusteigen. Mich befiel wieder mein altes Übel in der Magengrube, das mich stets beim Anblick körperlicher Gewalttätigkeiten übermannt. Unter den gegebenen Verhältnissen konnte ich nichts sehen, hörte aber dumpfe Schläge und den klatschenden Ton, der entsteht, wenn Fleisch mit Wucht auf Fleisch aufprallt. Es folgte ein krachendes Zusammenstoßen von Körpern, schweres Keuchen und kurzes Aufbrüllen in plötzlichen Schmerzanfällen.

Eine ganze Reihe von Leuten muß bei der Verschwörung, Kapitän und Steuermann zu ermorden, mit im Spiel gewesen sein; denn aus dem Lärm konnte ich entnehmen, daß Leach und Johnson sehr bald beachtliche Verstärkung erhielten.

„Gebt mir ein Messer!“ schrie Leach.

„Hau’ ihm den Schädel ein! Quetsch’ ihm das Hirn aus!“ schrie Johnson.

Nach dem ersten Brüllen gab Wolf Larsen keinen Ton mehr von sich. Erbittert und stumm kämpfte er um sein Leben. Er wurde arg bedrängt. Er war schon im ersten Augenblick zu Boden geworfen worden und es war ihm nicht gelungen, wieder auf die Beine zu kommen. Trotz all seiner fürchterlichen Kraft schien es für ihn keine Hoffnung zu geben.

Eindringlich wurde mir die Wucht des Kampfes vor Augen geführt, denn ich wurde durch die herumwirbelnden Körper zu Boden geschleudert und erlitt starke Quetschungen. Es gelang mir, in eine leere Koje zu kriechen, die ausserhalb des Schlachtfeldes stand.

„Alle Mann her! Wir haben ihn gefaßt!" hörte ich Leach schreien.

„Wen?" fragten die, die tatsächlich geschlafen hatten und jetzt nicht wussten, wieso sie geweckt worden waren.

„Es ist der verfluchte Steuermann!" war Leachs listige Antwort.

Dies wurde mit einem Freudengeheul beantwortet, und sofort waren sieben starke Männer über Wolf Larsen, doch befand sich, wie ich glaubte, Louis nicht unter ihnen. Die Back glich einem wütenden Bienenschwarm, der durch einen Eindringling aufgescheucht worden war.

„Was ist da unten los?" hörte ich Latimer durch die Luke schreien. Er war zu vorsichtig, in das Inferno der Leidenschaft, das unter ihm raste, hinabzusteigen.

„Kann mir niemand ein Messer geben? Ach, gebt mir doch ein Messer!" flehte Leach.

Die große Zahl von Leibern verursachte ein Durcheinander. Sie behinderten sich gegenseitig, während Wolf Larsen, nur ein Ziel im Auge, dieses schließlich auch erreichte: dies war, sich durch den Raum hindurchzukämpfen und zur Stiege zu gelangen. Weil es vollkommen finster war, verfolgte ich den Vorgang mit dem Ohr. Nur ein Riese konnte das vollbringen, was Wolf Larsen tat, als er unten die Stiege erreicht hatte. Stufe um Stufe richtete er sich allein durch die Kraft seiner Arme auf, ungeachtet des Haufens von Männern, die an ihm hingen und sich bemühten, ihn zurück- und niederzureißen, solange, bis er auf den Beinen stand. Und dann arbeitete er sich mit Händen und Füßen Stufe um Stufe weiter – die Treppe hinauf.

Die letzte Phase des Kampfes sah ich. Denn Latimer, der inzwischen eine Laterne geholt hatte, hielt sie so, daß ihr Schein durch die Luke herabfiel. Wolf Larsen war fast oben, doch konnte ich ihn selbst nicht sehen. Alles, was man sehen konnte, war die Menschenmasse, die an ihm hing. Und diese Masse zappelte wie eine ungeheure vielbeinige Spinne mit dem Rollen des Schiffes hin und her. Und immer höher, mit kurzen Unterbrechungen, stieg die Masse höher, Stufe um Stufe. Plötzlich taumelte sie zurück, schwankte, gewann jedoch den verlorenen Halt wieder und stieg weiter empor.

„Wer ist das?“ schrie Latimer.

Im Schein der Laterne konnte ich sein bestürztes Gesicht sehen.

„Larsen“, hörte ich eine gedämpfte Stimme aus dem Haufen.

Latimer streckte die freie Hand hinab. Ich sah, wie plötzlich eine andere Hand hinaufschoß und die seine erfaßte. Latimer zog an, und die nächsten paar Stufen wurden im Schwung genommen. Dann griff Wolf Larsens zweite Hand hinauf und erreichte den Lukenrand. Die Masse schwang zurück, doch hingen die Männer noch immer an dem entfliehenden Feind. Dann begannen sie nacheinander herabzufallen, wobei einige von dem scharfen Lukenrand abgefegt, die anderen durch die jetzt kraftvoll stossenden Beine herabgetreten wurden. Leach fiel als letzter ab. Er stürzte von der Luke kopfüber auf seine krabbelnden Kameraden. Wolf Larsen und Latimer verschwanden. Wir blieben im Dunkel.

15. Kapitel

Das war ein Fluchen und Heulen, als die letzten am Fuß der Stiege wieder auf die Beine kamen.

„Zündet einer ein Streichholz an, mein Daumen ist ausgerenkt", sagte Parsons, ein dunkelhäutiger Mann, Bootssteuermann im Boot des Standish, in dem Harrison Ruderer war.

„Du kannst welche finden, wenn du beim Mastfuß suchst", sagte Leach und setzte sich auf den Rand der Koje, in der ich mich in Sicherheit gebracht hatte.

Man suchte und fand Zünder. Die Seelampe leuchtete auf. Ihr dumpfer Schein fiel auf barfüßige Männer, die ihre Verletzungen und Wunden untersuchten und behandelten. Oofty-Oofty faßte Parsons' Daumen, zog plötzlich an und ließ ihn wieder in seine Normalstellung einschnappen. Dabei bemerkte ich, dass die Finger des Kanaken bis auf den Knochen bloßgelegt waren. Er zeigte die Wunde, ließ bei einem Grinsen seine wunderbar weissen Zähne blitzen und erklärte, daß er sich die Wunde zugezogen habe, als er Wolf Larsen einen Faustschlag auf den Mund versetzte.

„Du warst das, du schwarzer Gauner?" fragte streitlustig Kelly, ein Irisch-Amerikaner, der seine erste Seereise machte und Bootsruderer des Kerfoot war.

Bei dieser Frage spuckte er ein Mundvoll Blut und Zähne aus und hielt dem Oofty-Oofty sein kriegerisches Gesicht entgegen. Der Kanake sprang rücklings in seine Koje, um mit einem zweiten Satz wieder vorzuspringen, wobei er ein langes Messer schwang.

„Ach geh', leg dich nieder; ärgert mich nicht", trat Leach dazwischen. Er war offensichtlich, trotz seiner Jugend und Unerfahrenheit, der Tonangebende in der Back.

„Geh' weiter, Kelly, laß den Oofty in Ruhe. Wie zum Teufel hätte er im Finstern sehen sollen, daß du es warst?"

Kelly gab mit einem Gebrumm klein bei, und der Kanake fletschte mit dankbarem Grinsen die Zähne. Er war ein schönes Geschöpf, beinahe weiblich in den anmutigen Linien seines Körpers, In seinen grauen Augen, die im Widerspruch zu seinem wohlverdienten Ruf eines Streit- und Raufboldes zu stehen schienen, lag Weichheit und Träumerei.

„Wie ist er davongekommen?" fragte Johnson.

Er saß am Rande seiner Koje. Seine ganze Körperhaltung verriet Niedergeschlagenheit und Hoffnungslosigkeit. Er atmete infolge der mitgemachten Anstrengung schwer. Sein Hemd war während des Kampfes vollkommen in Fetzen gerissen worden. Aus einer klaffenden Wunde an der Wange rann Blut über die nackte Brust, zeichnete eine rote Bahn auf seinen weißen Schenkel und tropfte zu Boden.

„Weil er der Teufel ist, wie ich euch schon früher gesagt habe", war Leachs Antwort. Dann sprang er auf die Beine und wütete über den Mißerfolg.

„Und nicht einer von euch hat mir ein Messer gegeben", jammerte er unaufhörlich.

Aber die übrigen hatten große Angst vor den bevorstehenden Folgen und schenkten ihm keine Beachtung.

„Wie will er wissen, wer es gewesen ist?" fragte Kelly und blickte bei den folgenden Worten mordlustig um sich -„ausser einer von uns tratscht."

„Er wird es wissen, sobald er uns nur anschaut", erwiderte Parsons. „Ein Blick auf dich würde genügen."

„Erzähle, daß das Deck hochschnellte und dir die Zähne einschlug", grinste Louis. Er war der einzige, der nicht aus der Koje gewesen war. Er freute sich, daß er keinerlei Verletzung hatte, die seine Teilnahme an der „Nachtarbeit" hätte bekunden können.

„Wartet nur, bis er morgen eure Drecksvisagen sehen wird!“ mekkerte er.

„Wir werden sagen, daß wir ihn für den Steuermann hielten“, sagte einer. Und ein anderer: „Ich weiß, was ich sagen werde: Daß ich einen Lärm hörte, aus der Koje sprang, für meine Bemühungen einen saftigen Schlag ins Gesicht bekam und so in die Rauferei verwickelt wurde. Ich konnte nicht sehen, wer oder was da im Finstern los war, und schlug nur um mich.“'

„Und da hast du natürlich mich getroffen“, stand ihm Kelly bei, und seine Miene erhellte sich einen Augenblick.

Leach und Johnson nahmen an diesem Gespräch nicht teil, und es war deutlich zu sehen, daß ihre Kameraden sie als Leute ansahen, für die das Schlimmste unvermeidlich war, für die es keine Hoffnung gab, und die eigentlich schon tot waren. Eine Weile hörte Leach ihre Befürchtungen und Vorwürfe an, dann platzte er mit ärgerlicher Stimme heraus: „Jetzt hab' ich genug! Ihr seid mir eine feine Gesellschaft! Wenn ihr etwas weniger geredet und ein klein wenig mehr getan hättet, wäre die Sache jetzt erledigt. Warum hat niemand, aber auch kein einziger von euch, mir ein Messer gegeben! Ein Gejammer und Geklage, als ob er euch totschlagen würde, wenn er euch erwischt! Ihr wißt ganz gut, daß er das nicht tun wird. Er kann es sich auch nicht leisten. Es gibt hier keine Heuerbüros und er braucht euch für seine Zwecke, und zwar braucht er euch dringend. Wer würde pullen, steuern, die Segel bedienen, wenn er euch verlöre? Ich und Johnson werden die Zeche bezahlen müssen. Geht jetzt in eure Kojen und haltet den Mund, ich will ein wenig schlafen.“

„Das mag richtig sein“, sagte Parsons, „mag sein, daß er uns nichts tun wird, aber merkt euch meine Worte: von heute an wird die Hölle ein Eiskasten sein im Vergleich zu diesem Schiff.“

Die ganze Zeit überlegte ich die Schwierigkeit meiner Lage. Was würde geschehen, wenn diese Leute meine Anwesenheit entdeckten?

Ich konnte mir niemals den Weg hinaus erkämpfen, so wie dies Wolf Larsen getan hatte. In diesem Augenblick rief Latimer durch die Luke herab:

„Hump, der Alte braucht Sie!“

„Er ist nicht hier“, rief Parsons zurück.

„Oh ja, er ist hier“, sagte ich, kroch aus der Koje heraus, und war bemüht, meine Stimme fest und kühn erscheinen zu lassen.

Die Matrosen blickten erstaunt auf mich. Angst und die Teufelei, die aus derselben entspringt, stand in ihren Gesichtern.

„Nein, du kommst nicht!“ schrie Kelly, indem er sich zwischen mich und die Stiege stellte und sich seine Rechte in eine wahre Würgekralle verwandelte. „Du verfluchter kleiner Schleicher! Ich werde dir dein Maul stopfen!“

„Laß ihn gehen“, befahl Leach.

„Nicht um mein Leben“, war die zornige Erwiderung.

Leach blieb, wie er war, am Rande der Koje sitzen. „Laß ihn gehen, sag' ich!“ wiederholte er; aber diesmal klang seine Stimme metallisch.

Der Ire schwankte. Ich schickte mich an, vorbeizugehen, und er trat zur Seite. Als ich die Stiege erreicht hatte, drehte ich mich um und schaute mir den Kreis brutaler, bösartiger Gesichter an, die mich aus dem Halbdunkel anstarrten. In mir erhob sich plötzlich ein tiefes Mitgefühl. Ich erinnerte mich an die Art, in der Kocherl sich ausgedrückt hatte. „Wie mußte Gott sie hassen, daß sie so gemartert wurden!“

„Ich habe nichts gesehen oder gehört. Glaubt es mir!“ sagte ich ruhig.

„Ich sage euch, der ist in Ordnung“, hörte ich Leach, als ich die Stiege hinaufstieg. „Er liebt den Alten nicht mehr als ihr oder ich.“

Ich fand Wolf Larsen in seiner Kajüte, entkleidet und blutig, auf mich warten. Er begrüßte mich mit seinem seltsamen Lächeln.

„Kommen Sie, Doktor, fangen Sie mit der Arbeit an. Die Vorzeichen sprechen für eine ausgedehnte Praxis auf dieser Reise. Ich weiß nicht, was aus der „Ghost“ ohne Sie geworden wäre, und wenn ich so feiner Gefühle fähig wäre, würde ich Ihnen sagen, daß Ihr Kapitän Ihnen sehr dankbar ist.“

Ich kannte den einfachen Arzneikasten der „Ghost“. Während ich das Wasser auf dem Kajütenofen wärmte und die Sachen zur Wundbehandlung bereitmachte, ging er lachend und plaudernd auf und ab und prüfte mit abwägenden Augen seine Verletzungen. Ich hatte ihn früher nie entkleidet gesehen. Der Anblick seines Körpers benahm mir den Atem. Es war nie meine Schwäche gewesen, das Fleisch zu überschätzen – weit entfernt davon; doch besitze ich genügend Kunstverständnis, um Wunderwerke anzuerkennen.

Ich muß sagen, daß ich durch die vollkommenen Linien seines Körpers und durch das, was ich seine furchtbare Schönheit nennen möchte, fasziniert war. Ich hatte die anderen Männer am Vorschiff betrachtet. So mächtige Muskeln manche von ihnen hatten, irgend einen Mangel wiesen sie alle auf: da eine ungenügende Entwicklung, dort eine unverhältnismäßig starke, dann eine Biegung oder Krümmung, die das Ebenmaß störte, zu kurze oder zu lange Beine, zu stark oder zu wenig hervortretende Sehnen oder Knochen. – Oofty-Oofty war der einzige, dessen Linien in jeder Richtung gefällig waren, doch mußte man sie als weibisch bezeichnen.

Wolf Larsen war der Manntyp, die Männlichkeit schlechthin, und in seiner Vollkommenheit gottähnlich. Wenn er sich bewegte oder die Arme hob, spielten die starken Muskeln unter der seidenartigen Haut. Ich vergaß zu erwähnen, daß der Bronzeton aufs Gesicht beschränkt war. Sein Körper war, dank der skandinavischen Abstammung, weiß wie der der schönsten Frau. Ich erinnere mich, wie ich das Spiel des Bizeps bewunderte, der sich wie ein Lebewesen unter einer weißen Hülle bewegte, als Wolf Larsen seinen Arm hob, um seine Kopfwunde zu befühlen. Es war der gleiche Bizeps, der mich einmal beinahe das Leben gekostet hätte, und den ich so viele betäubende Schläge austeilen gesehen. Ich konnte meinen Blick nicht davon lassen. Regungslos stand ich da, während eine Rolle Verbandszeug, die ich in der Hand hielt, zu Boden fiel.

Er schaute mich an, und da kam mir erst zum Bewußtsein, dass ich ihn angestarrt hatte.

„Gott hat Sie schön geschaffen", sagte ich.

„Ist es wahr?" antwortete er. „Ich habe es mir auch schon gedacht und mich gefragt, warum."

„Notwendigkeit – ?"

„Zweckmässigkeit und Nützlichkeit", unterbrach er mich.

„Dieser Körper ist zum Gebrauch geschaffen. Diese Muskeln sind gemacht, um anzufassen und zu zerreißen, zu zerstören, was immer an Lebewesen sich zwischen mich und das Leben stellt. Haben Sie aber auch an die anderen Lebewesen gedacht? Auch sie haben Muskeln verschiedenster Art, geschaffen zum Greifen, Zerreißen und Zerstören. Und wenn sie zwischen mich und mein Leben treten, so übertreffe ich sie im Zupacken, Zerreißen und Zerstören. Notwendigkeit erklärt dies nicht, wohl aber Zweckmäßigkeit und Nützlichkeit."

„Das ist nicht schön", protestierte ich.

„Das ist nicht schön, meinen Sie?" lächelte er. „Und dennoch sagen Sie, ich sei schön gebaut. Merken Sie den Widerspruch?"

Er spreizte seine Beine und preßte seine Füße auf den Kajütenboden, als ob er sich darin festklammern wollte.

Berge und Täler von Muskeln wölbten sich unter der Haut.

„Fühlen Sie!" befahl er.

Sie waren hart wie Stahl. Ich bemerkte, wie sein Körper sich unwillkürlich zusammengezogen hatte, straff und gespannt, wie die Muskeln sich ebenmäßig über Lenden, Rücken und Schultern hinzogen, die Arme sich leicht hoben und sich dabei die Muskeln ballten und die Finger krümmten, bis die Hände Krallen glichen und selbst die Augen ihren Ausdruck änderten. Aus ihnen sprach jetzt Wachsamkeit und abwägende Kampfbereitschaft.

„Standfestigkeit und Gleichgewicht“, sagte er und entspannte seinen Körper zur Ruhestellung. „Die Füße, um sich mit ihnen im Boden zu verankern, die Beine, um darauf zu stehen und Widerstand zu leisten, während ich mit Armen und Händen, Zähnen und Nägeln zu töten trachte, um nicht selbst getötet zu werden. Notwendigkeit? Ich glaube, Zweckmäßigkeit und Nützlichkeit sind richtigere Ausdrücke!“

Ich widersprach nicht. Ich hatte die Maschinerie des primitiven kämpfenden Tieres gesehen und war so tief beeindruckt, als hätte ich die Maschinenanlage eines großen Schlachtschiffes oder Atlantikdampfers gesehen.

Ich war von der Oberflächlichkeit des Großteils seiner Wunden überrascht, wenn ich die Heftigkeit des Kampfes bedachte. Ich bin stolz auf meine Kunst, denn ich habe die Wunden gut gepflegt. Mit Ausnahme einiger ernster Verletzungen hatte er nur einige mehr oder weniger bedeutungslose Schrammen. Der Schlag, den er erhalten hatte, bevor er über Bord fiel, legte seine Schädeldecke auf mehrere Zentimeter frei. Ich reinigte diese Wunde und nähte sie nach seiner Anweisung zusammen, nachdem ich zunächst die Wundränder rasiert hatte. Ein Bein war nahezu zerfleischt und schaute aus, als ob sich eine Bulldogge darin verbissen hätte. Er erzählte mir, daß einer der Matrosen sich zu Beginn der Schlacht mit den Zähnen daran gehängt habe, und er ihn bis oben auf die Treppe mitschleifen mußte, wo es ihm erst gelang, ihn durch einen Fußtritt abzuschütteln.

„Aber nebenbei, Hump! – Ich habe bemerkt, daß Sie ein brauchbarer Mensch sind“, begann Wolf Larsen, als ich meine Arbeit beendet hatte. „Wie Sie wissen, haben wir keinen Steuermann. Daher sollen

Sie von nun an die Wache übernehmen. Sie erhalten fünfundsiebzig Dollar monatlich und werden vorn und hinten an Deck als Herr Van Weyden angesprochen."

„Ich – ich verstehe, wie Sie wissen, nichts von Navigation", keuchte ich.

„Gar nicht nötig."

„Ich will wirklich nicht auf höherem Posten sein", warf ich ein. „Ich finde das Leben in meiner niederen Stellung schon genug widerwärtig. Ich habe keine Erfahrung."

Er lächelte, als ob alles erledigt wäre.

„Ich will nicht Steuermann auf diesem Höllenschiff sein!" schrie ich verzweifelt.

Ich sah sein Gesicht hart werden und einen erbarmungslosen Ausdruck in seine Augen treten. Er ging zur Tür und sagte:

„Und nun, Herr Van Weyden, gute Nacht."

„Gute Nacht, Herr Larsen", antwortete ich matt.

16. Kapitel

Ich kann nicht sagen, daß der Posten eines Steuermannes mir etwas Erfreulicheres eingetragen hätte, als daß ich nicht mehr Geschirr abzuwaschen brauchte. Ich kannte nicht einmal die einfachsten Obliegenheiten eines Steuermannes, und es wäre mir schlecht ergangen, wenn die Matrosen nicht so zu mir gehalten hätten. Ich wußte nichts von Tauen und Takelung, oder Segeln, und wie man sie setzt. Aber die Matrosen ließen es sich angelegen sein, mich zu leiten – wobei sich Louis als ein besonders guter Lehrer erwies – und ich hatte wenig Scherereien mit meinen Untergebenen.

Mit den Jägern verhielt es sich anders. Mehr oder weniger gut mit dem Meere vertraut, betrachteten sie mich als eine Witzfigur. Und es war wirklich auch in meinen Augen ein Witz, daß ich als ausgesprochene Landratte die Aufgaben eines Steuermannes erfüllen sollte; aber von anderen als Witz aufgefaßt zu werden, war immerhin eine andere Sache. Ich beschwerte mich nicht, aber Wolf Larsen verlangte für mich die peinlichste Einhaltung der Schiffsetikette – viel mehr noch, als sie dem armen Johansen jemals zuteil geworden war, und mit Hilfe einiger Prügel, Ermahnungen und Drohungen brachte er auch die Jäger so weit. Ich war hinten und vorn „Herr Van Weyden", und es kam nur im privaten Verkehr ab und zu vor, daß Wolf Larsen mich als „Hump" anredete.

Es ist unterhaltlich. Wenn zum Beispiel, während wir bei Tisch saßen, der Wind um einige Strich umschlug, und ich den Tisch verließ, sagte er: „Herr Van Weyden, wollen Sie die Güte haben, auf Backbord umzulegen." Und ich rief Louis zu mir, um zu erfahren, was da gemacht werden müsse. Und dann, einige Minuten später, nachdem ich seine Aufklärungen verdaut und das Manöver beendet hatte, ging ich daran, meine Befehle auszugeben. Er rauchte seine Zigarre und schaute ruhig zu, bis die Sache erledigt war, dann ging er nach achtern und stellte sich an meine Seite.

„Hump“, sagte er, – „bitte um Entschuldigung, Herr Van Weyden“, – ich beglückwünsche Sie. Ich glaube, nun können Sie Ihrem Herrn Vater die Beine ins Grab nachwerfen. Sie haben Ihre eigenen entdeckt und auf ihnen zu stehen gelernt. Ein wenig Tauarbeit, Segel setzen, Sturmerfahrung und einige ähnliche Dinge, und am Ende der Reise werden Sie auf jedem Küstenschoner segeln können.“

In dieser Zeitspanne, zwischen dem Tod Johansens und dem Erreichen der Jagdgründe, verlebte ich meine angenehmsten Stunden auf der „Ghost“. Wolf Larsen war rücksichtsvoll, die Matrosen halfen mir, und ich war nicht mehr in aufreibender Berührung mit Thomas Mugridge. Ich bin so offen, zu erklären, daß es Tage gab, an denen ich einen gewissen Stolz auf mich selbst empfand. So phantastisch die Lage war – eine Landratte Kapitänstellvertreter –, so erfüllte ich meinen Aufgabenkreis doch entsprechend. In dieser kurzen Zeit wurde ich selbstsicher und gewann es lieb, das Rollen der „Ghost“ unter meinen Beinen, mit dem sie sich ihren Weg nach Nordwest durch die tropische See bahnte, hin zu der kleinen Insel, auf der wir unsere Wasserbehälter füllen sollten.

Aber mein Glück war nicht unbegrenzt. Es war eine verhältnismäßig weniger schlechte Zeitspanne, die sich zwischen eine Vergangenheit großer Kümmernisse und eine Zukunft nicht unbedeutenden Elends eingeschlichen hatte. Denn die „Ghost“ war, soweit es die Matrosen betraf, ein Höllenschiff schlechtester Sorte. Sie hatten keinen Augenblick Ruhe oder Frieden. Wolf Larsen zahlte ihnen den Angriff auf sein Leben und die Schläge, die er in der Back hatte einstecken müssen, zurück. Am Morgen, zu Mittag, abends und während der Nacht lebte er nur der einen Aufgabe, ihnen das Leben zu vergällen.

Er kannte die Psychologie der Nadelstiche gut, und es waren Kleinigkeiten, mit denen er die Mannschaft bis an den Rand der Verzweiflung trieb. Ich sah, wie Harrison aus seiner Koje gerufen wurde, um einen nicht auf seinem Platz liegenden Pinsel wegzubringen, und wie zwei von der Wache aus tiefstem Schlaf geweckt wurden, um ihn zu begleiten und bei der Ausführung des Befehles zu überwachen. An sich eine bedeutungslose Angelegenheit; da sie sich aber tausendfältig als Schikane eines erfinderischen Geistes wiederholte, kann man sich leicht die seelische Verfassung der Leute in der Back ausmalen.

Selbstredend wurde viel gebrummt, und kleine Explosionen waren an der Tagesordnung. Prügel wurden ausgeteilt, und es gab stets zwei bis drei Mann, die an Wunden litten, die die menschliche Bestie, ihr Kapitän, ihnen zugefügt hatte. Eine gemeinsame Aktion war angesichts des bedeutenden Waffenlagers im Zwischendeck und in der Kajüte nicht möglich. Leach und Johnson waren die beiden besonders ausgewählten Opfer der teuflischen Launen Wolf Larsens. Der Ausdruck tiefster Melancholie, der sich in Johnsons Antlitz und Augen ausdrückte, ließ mein Herz bluten.

Bei Leach war es anders. Er hatte zu viel von der Eigenart eines kämpfenden Tieres. Er schien von unersättlicher Raserei erfaßt zu sein, die für Kummer keinen Platz ließ. Seine Lippen waren zu immerwährendem Knurren verzerrt, das beim bloßen Anblick Wolf Larsens laut wurde, wie ich glaube, ganz unbewußt. Ich beobachtete ihn, wie er Wolf Larsen mit seinen Augen folgte, einem wilden Tier gleich, das seinen Wächter beobachtet, während sich tief in seiner Kehle ein tierhaftes Knurren formte und zwischen den Zähnen hervorkam.

Ich erinnere mich, daß ich ihn einmal auf Deck, bei hellem Sonnenschein, als Einleitung zu einem Befehl an der Schulter berührte. Er stand mit dem Rücken zu mir, und bei der ersten Berührung sprang er mit einem Knurren hoch und von mir weg, wobei er während des

Sprunges seinen Kopf zurückdrehte. Er hatte mich einen Augenblick lang für den verhaßten Kapitän gehalten.

Beide, er und Johnson, hätten Wolf Larsen bei der geringsten Möglichkeit dazu getötet, doch fand sich dazu keine Gelegenheit. Wolf Larsen war viel zu vorsichtig, und außerdem besaßen sie keine entsprechenden Waffen. Mit den bloßen Fäusten hatten sie aber nicht die leiseste Aussicht auf Erfolg. Immer wieder kam es zum Kampfe zwischen Wolf Larsen und Leach, der stets zurückschlug wie eine Wildkatze, mit Zähnen, Nägeln und Fäusten, bis er ausgestreckt vor Erschöpfung oder ohnmächtig auf Deck lag. Und nie scheute er einen neuen Zusammenprall. Das Böse in ihm reizte das Böse in Wolf Larsen. Sie brauchten nur gleichzeitig an Deck zu erscheinen, da lagen sie auch schon fluchend, knurrend und sich schlagend übereinander. Ich sah Leach, wie er sich ohne Herausforderung auf Wolf Larsen stürzte. Einmal warf er sein schweres Messer und verfehlte Wolf Larsens Hals nur um Fingerbreite. Ein anderes Mal ließ er eine spitze Eisenstange von einem Mast herunterfallen. Es war ein schwieriger Wurf auf einem rollenden Schiff, aber die scharfe Spitze der Stange sauste über zwanzig Meter durch die Luft herab und verfehlte nur knapp Wolf Larsens Kopf, als er aus der Luke heraustrat, und bohrte sich handtief in die harten Deckplanken. Dann wieder stahl er aus dem Zwischendeck ein geladenes Gewehr, schlich damit an Deck, wurde aber von Kerfoot ertappt und entwaffnet.

Oft wunderte ich mich, warum Wolf Larsen ihn nicht umbrachte und damit der Sache ein Ende machte. Doch dieser lachte nur und schien sich darüber zu unterhalten. Es schien für ihn ein gewisser Reiz darin zu liegen, so wie ihn Leute empfinden, denen es Spaß macht, wilde Tiere zu zähmen.

„Es ist so ein spannendes Gefühl“, erklärte er mir, „wenn das Leben nur an einem Faden hängt. Der Mensch ist von Natur aus ein Spieler, und das Leben ist der grösste Einsatz, den man zu vergeben hat. Je grösser die Gefahr, desto grösser die Spannung. Warum sollte ich mir selbst die Freude verwehren, Leach bis zur Fieberhitze aufzustacheln? In dieser Hinsicht tue ich ihm einen Gefallen. Er führt ein königlicheres Leben als irgend einer der Leute da vorn, obwohl er es gar nicht weiß. Denn er hat, was diese nicht haben – einen Zweck, irgend etwas zu vollbringen, ein ihn ausfüllendes Ziel, das er zu erreichen sucht, den Wunsch mich zu töten, und die Hoffnung, daß er mich umbringen kann.

Tatsächlich, Hump, er lebt ein tieferes und wertvolleres Leben. Ich glaube nicht, dass er früher je so frisch und schneidig gelebt hat, und, ehrlich gesagt, beneide ich ihn manchmal, wenn ich ihn auf der Höhe seiner Leidenschaft rasen sehe."

„Ach, aber es ist feige, sehr feige!" schrie ich. „Sie haben ja die volle Überlegenheit auf Ihrer Seite."

„Wer ist der größere Feigling von uns beiden, Sie oder ich?" fragte er ernst. „Wenn die Lage unangenehm wird, schließen Sie, bevor Sie darauf eingehen, mit Ihrem Gewissen ein Kompromiß. Wenn Sie tatsächlich groß und sich selbst treu wären, würden Sie Ihre Kräfte mit denen Leachs und Johnsons verbinden. Aber Sie fürchten sich, Sie haben Angst. Sie wollen leben! Das Leben, das in Ihnen ist, schreit, daß es leben müsse, was immer es auch koste. Und so leben Sie unwürdig in Ihren besten Träumereien untreu, versündigen sich gegen Ihre ganzen erbärmlichen Dogmen, und schicken damit, sofern es so etwas überhaupt gibt, Ihre Seele schnurstracks zur Hölle. Ich spiele eine tapfere Rolle. Ich sündige nicht, denn ich bleibe der in mir liegenden Lebensanschauung treu. Ich bin wenigstens, was meine Seele anlangt, aufrichtig, und das sind Sie nicht."

Ein Stachel lag in dem, was er sagte. Vielleicht war ich wirklich ein Feigling. Und je mehr ich darüber nachdachte, um so mehr erschien es mir als meine Pflicht, das zu tun, worauf er hingewiesen hatte; meine

Kräfte mit Leach und Johnson zu vereinigen und auf seinen Tod hinzuarbeiten. Und ich glaube, daß die strenge Auffassung meiner puritanischen Vorfahren von mir Besitz ergriff, mich zum Kampfe gegen schmutzige Taten drängte, und sogar Mord als erlaubte Handlung erklärte. Ich blieb in diesem Gedankengang verfangen. Es mußte die moralischeste Tat bedeuten, die Welt von einem solchen Ungeheuer zu befreien. Die Menschheit würde dadurch glücklicher und das Leben schöner und lieblicher werden.

Ich überlegte es lange, lag schlaflos in meiner Koje und überschaute immer wieder in endloser Reihenfolge die Gegebenheiten meiner Lage; ich sprach mit Johnson und Leach während der Nachtwache, wenn Wolf Larsen unten war. Beide hatten die Hoffnung verloren – Johnson aus Mutlosigkeit, Leach, weil er in vergeblichen Kämpfen zuschanden geschlagen und erschöpft war. Aber eines Nachts erfaßte er mit leidenschaftlichem Griff meine Hand und sagte:

„Ich glaube, daß Sie anständig sind, Herr Van Weyden. Bleiben Sie, wie Sie sind, und halten Sie Ihren Mund. Sagen Sie kein Sterbenswörtchen. Ich weiß, wir sind tote Leute, aber trotzdem werden Sie uns vielleicht, wenn wir sie verdammt notwendig brauchen, eine Gefälligkeit erweisen können."

Am Tage, bevor wir das Wainwight Eiland vor uns erblickten, machte Wolf Larsen eine Prophezeiung. Er nahm Johnson, der von Leach überfallen worden war, in die Arbeit, und hatte gerade beide verprügelt.

„Leach", sagte er, „du weißt, daß ich dich früher oder später, auf die eine oder andere Art umbringen werde, oder nicht?"

Ein Knurren war die Antwort.

„Und was dich anlangt, Johnson, du wirst so lebensüberdrüssig werden, bevor ich noch mit dir so weit bin, daß du selbst über Bord springen wirst. Schau zu, ob du es nicht tust!"

„Das ist Suggestion", äußerte er sich nebenher zu mir. „Ich will mit Ihnen wetten, dass er darauf reagiert."

Ich hatte die Hoffnung gehegt, daß beim Wasserfassen seine Opfer eine Gelegenheit zur Flucht finden würden, doch hatte Wolf Larsen den Ort gut ausgewählt. Die „Ghost" lag eine halbe Meile vor der Brandung, und dahinter lag einsamer Strand, der durch eine tiefe Schlucht mit vulkanischen Felswänden abgeschlossen wurde. Hier füllten die Leute unter seiner persönlichen Aufsicht – er war zu diesem Zweck selbst an Land gegangen – kleine Fässer und rollten sie zum Ufer. Sie hatten keine Gelegenheit, mit einem der Boote in die Freiheit zu entkommen.

Harrison und Kelly unternahmen trotzdem einen Fluchtversuch. Sie bildeten eine Bootsbesatzung und hatten die Aufgabe, zwischen dem Schoner und der Küste hin und her zu fahren, wobei sie stets ein Faß mit sich führen mußten. Gerade vor dem Mittagessen, als sie mit einem leeren Faß an Land ruderten, änderten sie ihren Kurs und bogen nach links ab, um hinter das Vorgebirge zu kommen, welches sich zwischen ihnen und der Freiheit bis zum Meer erstreckte. Hinter seinem schäumenden Fuße lagen die lieblichen Häuser japanischer Kolonisten und freundliche Dörfer, die sich tief ins Innere erstreckten.

Ich hatte bemerkt, daß Henderson und Smoke den ganzen Vormittag an Deck herumlungerten, und erkannte jetzt den Grund hierfür. Sie nahmen ihre Büchsen und eröffneten ein lässiges Feuer auf die Ausreißer. Es war eine kaltblütige Demonstration ihrer Schießkunst. Anfänglich zischten ihre Kugeln zu beiden Seiten des Bootes harmlos über die Wasserfläche. Als aber die Leute weiterfuhren, schlugen die Kugeln immer näher und näher ein.

„Nun paß auf, wie ich Kellys rechtes Ruder nehme", sagte Smoke und zielte sorgfältig. Ich schaute durch das Glas und sah, wie das Ruderblatt durch den Schuß zerschmettert wurde. Henderson tat ein gleiches mit Harrisons Ruder. Das Boot drehte sich. Bald darauf waren auch die beiden anderen Ruder zerschossen. Die Männer trachteten mit den Stümpfen zu rudern, doch wurden sie ihnen aus den Händen geschossen. Kelly riß ein Bodenbrett los und begann damit zu paddeln, ließ es jedoch mit einem Schmerzensschrei fallen, als es durchschossen wurde und die Splitter ihm in die Hände drangen. Dann gaben sie es auf und ließen das Boot treiben, bis ein zweites Boot, das Wolf Larsen vom Strand ausgeschickt hatte, sie ins Schlepptau nahm und an Bord brachte.

Spät am Nachmittag lichteten wir die Anker und fuhren weiter. Vor uns lagen nun drei bis vier Monate Jagd in den Robbengründen. Die Aussichten waren düster, und ich tat meine Arbeit nur schweren Herzens. Eine Grabesstimmung schien sich auf die „Ghost“ gelegt zu haben. Wolf Larsen hatte sich wegen eines Anfalls jener merkwürdigen Kopfschmerzen in seine Koje zurückgezogen. Harrison stand freudlos am Steuerruder und hielt sich dadurch so halbwegs aufrecht; es war, als ob das Gewicht seines eigenen Körpers ihn zu Boden ziehen wollte. Die anderen Leute waren mürrisch und still. Ich stieß bei der Achterluke auf Kelly. Er hatte sich dort in einer Stellung unaussprechlicher Niedergeschlagenheit, den Kopf auf den Knien, und die Arme über dem Kopf verkrampft, niedergekauert. Johnson traf ich der Länge nach auf der Back liegend, wie er den wirbelnden Schaum des Kieles anstarrte. Mit Entsetzen erinnerte ich mich des von Wolf Larsen ausgesprochenen Wortes Suggestion. Sie schien tatsächlich Früchte zu zeitigen. Ich versuchte dem Mann die trüben Gedanken zu vertreiben, indem ich ihn zu mir rief, doch lächelte er mich nur traurig an und weigerte sich, mir zu gehorchen.

Als ich nach achtern zurückkehrte, kam Leach zu mir.

„Ich möchte Sie um eine Gefälligkeit bitten, Herr Van Weyden“, sagte er. „Wenn Sie das Glück haben sollten, jemals wieder Frisko zu sehen, wollen Sie so gut sein, Matt McCarthy aufzusuchen? Er ist mein Alter und lebt auf dem Hügel hinter der Mayfairbäckerei. Er betreibt ein Flickschustergeschäft, das jeder kennt und Sie werden es leicht finden.

Erzählen Sie ihm, daß ich mein Leben in Reue über die Sorgen, die ich ihm bereitete, und über meine anderen Taten verbracht habe, und – und – sagen Sie ihm statt mir, Gott möge ihn segnen."

Ich nickte und sagte: „Wir alle werden nach San Franzisko zurückkehren, und du wirst dabei sein, wenn ich Matt McCarthy aufsuche."

„Ich möchte Ihnen gerne glauben", sagte er und schüttelte meine Hand, „aber ich kann es nicht. Wolf Larsen wird mich erledigen. Ich weiß es und kann nur hoffen, daß er es rasch tun wird."

Als er mich verlassen hatte, empfand ich den gleichen Wunsch. Wenn es geschehen mußte, dann schnell. Die allgemeine Finsternis hatte mich in ihre Arme genommen. Das Schlimmste schien unausbleiblich. Und als ich Stunde um Stunde das Deck abschritt, fand ich mich von Wolf Larsens abstoßenden Gedanken angesteckt. Wozu war dies alles? Wo war die Größe des Lebens, wenn sie solch maßlose Vernichtung menschlichen Lebens zulassen konnte? Es war zumindest eine billige und gemeine Angelegenheit, und je rascher es vorüber war, desto besser! Vorbei und geschehen! Auch ich lehnte mich an die Reling und schaute verlangend ins Meer hinab, mit der sicheren Überzeugung, daß ich früher oder später hinabsinken würde, hinab zu den kühlen grünen Tiefen seiner Vergessenheit.

17. Kapitel

Merkwürdig, trotz der allgemeinen Voraussagen geschah auf der „Ghost“ nichts Außergewöhnliches. Wir fuhren weiter nach Nordwesten, bis wir die japanische Küste erreichten und mit den großen Robbenherden zusammentrafen. Sie kamen, kein Mensch weiß, woher, aus dem unermesslichen Pazifik und wanderten auf ihrer jährlichen Reise nach Norden zu ihren Paarungsplätzen an der Beringsee. Und wir wanderten mit ihnen, tötend und zerstörend, warfen die nackten Robbenkadaver den Haien zu und salzten die Felle ein, auf daß sie später die Schultern schöner Städterinnen zieren mögen.

Es war ein Massengemetzel und alles der Frau zuliebe. Kein Mensch aß etwas vom Fleisch oder Tran. Nach einem guten Jagdtage sah ich das Deck überschwemmt mit Häuten und Tierkörpern, Fett und Blut. Masten, Taue und Reling waren blutbespritzt. Und die Männer taten ihr Geschäft wie Fleischhauer, nackt, die Hände und Arme voll Blut, unermüdlich dabei, mit ihren großen Messern den schönen Seetieren, die sie getötet hatten, die Felle zu rauben.

Es war meine Aufgabe, die Felle, die sie aus den Booten an Bord nahmen, nachzuzählen, das Abhäuten und nachher die Reinigung des Decks und die Wiederherstellung der Ordnung zu überwachen. Es war keine erfreuliche Beschäftigung. Seele und Magen bäumten sich dagegen auf; und doch war diese Arbeit und die Aufsicht über so viele Männer für mich gut. Sie entwickelte meine geringen Fähigkeiten zu führen, und ich bemerkte, daß ich zäher und härter wurde, was für „Sissy Van Weyden“ nur nützlich sein konnte.

Eines begann ich zu fühlen: daß ich nie wieder der werden konnte, der ich gewesen war. Obwohl mein Glauben und Vertrauen in das menschliche Leben noch immer Wolf Larsens destruktiver Kritik standgehalten hatten, verursachte sie doch in kleineren Dingen eine Änderung meiner Persönlichkeit. Sie hatte mir die Welt der Tatsachen eröffnet, von der ich praktisch nichts gewußt und die ich immer gemieden hatte. Ich hatte gelernt: das Leben so zu sehen, wie es wirklich war, zu erkennen, daß es in der Welt Tatsachen gab und es notwendig war, sich von der Herrschaft des Geistes und der Ideen zu befreien und gewissen Wert auf die konkreten Dinge des Daseins zu legen,

Nachdem wir die Jagdgründe erreicht hatten, sah ich Wolf Larsen öfter als zuvor. Denn, wenn das Wetter schön war und wir inmitten einer Herde fuhren, waren alle Mann in den Booten, und nur er, ich und Thomas Mugridge, der nicht mitzuzählen war, blieben an Bord. Das war keine Spielerei. Die sechs Boote fuhren vom Schoner fächerförmig auseinander, bis das äußerste Lee- und Luvboot zwischen sich ungefähr zehn bis zwanzig Meilen Abstand hatten, und dann kreuzten sie über das Meer, bis die Dunkelheit oder schlechtes Wetter sie zurückführten. Es war unsere Aufgabe, die „Ghost" leewärts des letzten Leebootes zu steuern, damit uns alle Boote bei Sturm oder Schlechtwetter mit gutem Winde erreichen konnten.

Es ist, besonders bei steifer Brise, keine einfache Angelegenheit für zwei Mann, ein Schiff wie die „Ghost" zu führen, zu steuern, Ausschau nach den Booten zu halten, Segel zu setzen und einzuholen. So mußte ich lernen, rasch lernen. Das Steuern erfaßte ich leicht. Aber das Klettern in der Takelung, und daß ich nur durch die Kraft meiner Arme mein Körpergewicht emporziehen mußte, fiel mir schwer. Doch auch das lernte ich rasch, denn ich empfand das wilde Verlangen, in den Augen von Wolf Larsen zu bestehen und mein Recht auf das Leben nicht nur in geistiger, sondern auch in körperlicher Hinsicht unter Beweis zu stellen. Ja, es kam die Zeit, da ich Freude am Schwanken der Mastspitze empfand, wenn ich in dieser gefährlichen Höhe mit den Beinen an ihr hing und mit dem Glase das Meer nach den ausgelaufenen Booten absuchte.

Ich erinnere mich eines wunderschönen Tages, an dem die Boote früh hinausfuhren und das Knallen der Flinten immer ferner und schwächer klang, bis es schließlich, je weiter sie sich über das Meer verstreuten, ganz erstarb. Es wehte gerade noch ein ganz leichter Westwind, der sich aber vollkommen legte, als wir die Leeseite des letzten Leebootes erreicht hatten. Ich war auf der Mastspitze und sah ein Boot nach dem anderen hinter der Krümmung des Horizontes verschwinden, wenn es im Zuge der Jagd nach Westen fuhr. Wir lagen auf dem stillen Meer, rollten kaum und waren unfähig, ihnen zu folgen. Wolf Larsen wurde ernst. Das Barometer stand tief, und der Himmel im Osten gefiel ihm nicht. Er beobachtete ihn mit ununterbrochener Aufmerksamkeit.

„Wenn es von dort plötzlich und wild herkommt", sagte er, „und uns auf die Windseite der Boote trägt, kann es ganz leicht im Zwischendeck und in der Back leere Kojen geben."

Gegen elf Uhr war das Meer spiegelglatt. Um Mittag war die Hitze erstickend. Kein Lüftchen regte sich. Es war bedrückend schwül. Ich erinnere mich einer kalifornischen Bezeichnung dafür: Erdbebenwetter. Etwas Unheildrohendes lag darin, und unwillkürlich hatte man das Gefühl, daß das Schlimmste bevorstehe. Langsam füllte sich der ganze östliche Himmel mit Wolken, die sich wie eine schwarze Gebirgsmasse einer Höllenszenerie über uns auftürmten. So deutlich konnte man Schluchten, Täler, Schlünde und deren Schatten ausnehmen, daß man unwillkürlich nach den weißen Brandungslinien Ausschau hielt. Und noch immer schaukelten wir sanft, und kein Wind wehte.

„Das ist keine Böe", sagte Wolf Larsen. „Die alte Mutter Natur geht daran, sich auf die Hinterbeine zu stellen und mit all ihrer Macht loszuheulen, und wir können ewig froh sein, Hump, wenn wir die Hälfte unserer Boote heimbringen. Sie sollten gleich hinauf und die Toppsegel losmachen."

„Wenn es aber losgeht und wir nur zu zweit sind?“ fragte ich mit protestierendem Unterton.

„Wir müssen, so gut wir können, den Beginn des Sturmes ausnützen und unsere Boote erreichen, bevor unsere Segel zerfetzt werden. Für das, was dann geschieht, gebe ich keinen Pfifferling mehr. Die Masten werden es aushalten, und auch Sie und ich werden es tun müssen, obwohl es nicht leicht sein wird.“

Immer noch hielt die Stille an. Wir aßen zu Mittag. Für mich war es eine gehetzte und angstvolle Mahlzeit – wo doch achtzehn Mann draußen auf dem Meere hinter der Erdkrümmung waren, bei diesen himmelhohen Wolkenbergen, die sich langsam an uns hergeschoben. Wolf Larsen schien ganz und gar unbekümmert, obwohl ich, als wir an Deck zurückkehrten, ein leichtes Zittern seiner Nasenflügel und eine gerade noch erkennbare Unruhe seiner Bewegungen feststellte. Sein Gesicht war ernst, seine Züge hart geworden, und doch stand in seinen blauen Augen – sie waren an diesem Tage strahlend hellblau – ein seltsamer Schein, ein helles funkelndes Licht. Es wunderte mich, wie er in einer wilden Art fröhlich war und sich auf den bevorstehenden Kampf freute, in dem Bewußtsein, daß einer der großen Augenblicke im Leben bevorstand, in denen die Ebbe des Lebens zur Flut anschwillt.

Einmal, ohne zu wissen, daß er es tat, lachte er laut, spöttisch und aufreizend dem heranbrausenden Sturm entgegen. Ich sehe ihn jetzt noch vor mir stehen, wie einen Zwerg vor dem ungeheuren Antlitz eines bösartigen Geistes. Er versuchte das Schicksal und fürchtete sich nicht. Er schritt zur Kombüse.

„Kocherl, sobald du Töpfe und Pfannen erledigt hast, wirst du an Deck benötigt. Schau, daß du fertig bist, wenn man dich braucht!“

„Hump“, sagte er, nachdem er den bewundernden Blick, mit dem ich ihn anstarrte, bemerkt hatte, „das ist besser als Whisky, und hier versagt auch Ihr Omar. Ich glaube, der hat überhaupt nur halb gelebt.“

Der westliche Himmel war unterdessen dunkel geworden, die Sonne hatte sich verfinstert und unseren Blicken entzogen. Es war zwei Uhr nachmittags, und ein gespenstisches Zwielicht, unterbrochen von wandernden Purpurlichtern, hatte sich über uns gebreitet. In diesem Purpurschein erglühte das Gesicht Wolf Larsens, und für meine aufgestachelte Phantasie schien es von einem Heiligenschein umgeben. Wir lagen inmitten einer überirdischen Stille, während rund um uns Bilder und Zeichen von nahendem Lärm und Bewegung standen. Die drückende Hitze hatte sich zur Unerträglichkeit gesteigert. Schweiß stand mir auf der Stirn, und ich fühlte, wie er mir über die Nase herabtropfte. Ich war einer Ohnmacht nahe und griff um Halt nach der Reling. Gerade da kam ein zartes Lüftchen aus Osten. Es war kaum ein Hauch und verschwand gleich wieder. Die schlaffen Segel hatten sich nicht gerührt. Nur mein Gesicht hatte es gespürt und war etwas erfrischt worden.

„Kochen", rief Wolf Larsen mit leiser Stimme. Thomas Mugridge erschien mit erbarmungswürdiger Miene. Wolf Larsen gab ihm Weisungen über Segelmanöver, die er auszuführen hatte, und fügte bei: „Und wenn du einen Blödsinn machst, dann war es dein letzter! Verstanden?"

„Herr Van Weyden, halten Sie sich bereit, die Vorsegel zu bedienen. Dann springen Sie zu den Toppsegeln, und ziehen Sie sie auf, so rasch es Gott zulässt – je schneller Sie es machen, desto leichter wird es sein. Und wenn Kocherl nicht flink ist, hauen Sie ihm eine zwischen die Augen!"

Ich schätzte das Kompliment und war froh, daß die Anweisungen nicht von Drohungen begleitet waren. Wir lagen nach Nordwest, und es war Wolf Larsens Absicht, mit dem ersten Windstoß die Segel umzulegen.

„Wir werden die Brise in das Achterschiff bekommen", erklärte er mir. „Nach den letzten Schüssen müssen die Boote südlich gefahren sein."

Er drehte sich um und ging nach achtern zum Rad. Ich ging vor und bezog meinen Posten beim Klüver. Ein weiterer Windhauch folgte, schwand wieder, und noch einer. Die Leinwand schwankte.

„Gott sei Dank, Herr Van Weyden, es kommt nicht alles auf einmal", lautete Kocherls glühender Stoßseufzer.

Auch ich war froh, denn inzwischen hatte ich genug gelernt, um zu wissen, welches Unglück uns in solchem Falle mit allen gesetzten Segeln erwartet hätte, Der Windhauch wuchs zu Windstößen an; die Segel blähten sich; die „Ghost" kam in Bewegung. Wolf Larsen drehte das Steuerrad. Der Wind kam jetzt direkt von achtern, heulte in immer heftiger werdenden Stößen daher, und meine Toppsegel flatterten lustig. Ich sah nicht, was anderwärts vor sich ging, obwohl ich durch das plötzliche Auf und Ab des Schiffes und die gleichzeitige Änderung der Windrichtung das Umschwingen von Fock- und Großsegel wahrnahm. Ich hatte alle Hände voll mit Außenklüver-, Klüver- und Stagsegeln zu tun, und sobald dieser Teil meiner Aufgabe erledigt war, sprang die „Ghost" nach Südwesten um, den Wind im Rücken und alle Segel steuerbords. Obwohl mein Herz vor Anstrengung wie ein Hammerwerk arbeitete, sprang ich ohne Atempause zu den Toppsegeln, und bevor der Wind zu stark geworden war, hatten wir sie ordentlich gesetzt. Dann ging ich nach achtern, um neue Befehle zu holen.

Wolf Larsen nickte beifällig und überließ mir das Rad. Der Sturm nahm ständig zu und die See stieg. Eine Stunde lang, die von Minute zu Minute mehr Schwierigkeiten brachte, steuerte ich. Ich besaß keine Übung, bei so hoher Geschwindigkeit und Wind von achtern zu steuern.

„Jetzt machen Sie mit dem Glas einen Sprung hinauf, und trachten Sie einige Boote zu finden. Wir hatten mindestens zehn Knoten, und jetzt fahren wir mit zwölf oder dreizehn. Das alte Mädel weiß, wie es vorzugehen hat."

Ich begnügte mich mit den vorderen Kreuzbäumen, einige zwanzig Meter über Deck. Als ich den riesigen Wasserstreifen vor mir absuchte, erfaßte ich vollauf, daß Eile nottat, wenn wir auch nur einige unserer Leute entdecken wollten. Tatsächlich begann ich, als ich die schwere See, durch die wir fuhren, betrachtete, daran zu zweifeln, daß überhaupt noch ein Boot auf dem Meere sein konnte. Es schien unmöglich, daßso ein gebrechliches Fahrzeug solch einem Angriff von Sturm und Wellen widerstehen konnte.

Ich war nicht in der Lage, die volle Windstärke zu fühlen, da wir mit dem Winde fuhren. Aber von meinem luftigen Platze sah ich wie von außen auf die „Ghost" hinab, wie sich ihre Formen scharf gegen die schäumende See abhoben und sie diese wie ein Lebewesen durchschnitt. Manchmal hob sie sich und durchkreuzte eine große Woge, wobei die Steuerbordreling, unter Wasser begraben, dem Blicke entschwand, und der kochende Ozean das Deck bis zu den Luken überschwemmte. In solchen Momenten konnte ich beim Rollen des Schiffes mit rasender Geschwindigkeit durch die Luft sausen, als wäre ich am Ende eines verkehrten Pendels aufgehängt, dessen Ausschlag bei stärkerem Rollen bis zu fünfundzwanzig Meter betragen haben muß. Einmal übermannte mich das Entsetzen über dieses schwindelerregende Hin- und Herpendeln, und ich klammerte mich eine Zeitlang mit Händen und Füßen an, matt, zitternd und unfähig, das Meer nach den vermißten Booten abzusuchen oder auf etwas anderes zu achten, als daß es unter mir brüllte und die „Ghost" zu überwältigen drohte.

Doch der Gedanke an die Männer draußen auf dem Meere rüttelte mich auf, und beim Suchen nach ihnen vergaß ich mich selbst. Eine Stunde lang sah ich nichts als das kochende Meer. Doch dann erblickte ich an einer Stelle, wo ein flüchtiger Sonnenstrahl die See traf und seine Oberfläche in schimmerndes Silber verwandelte, einen kleinen schwarzen Punkt, der für einen Augenblick himmelwärts geschleudert und dann verschluckt wurde. Geduldig wartete ich. Wieder sprang einige Strich backbord, Bug voraus, das winzige schwarze Pünktchen im gischtenden Silberschein. Ich versuchte gar nicht zu rufen, sondern teilte Wolf Larsen die Neuigkeit durch Schwingen des Armes mit. Er änderte den Kurs und ich signalisierte Zustimmung, als das Pünktchen gerade voraus war.

Es wurde immer größer, und zwar so schnell, daß ich erstmalig die Größe unserer flugartigen Geschwindigkeit einschätzen konnte. Wolf Larsen gab mir Zeichen, hinunterzukommen, und als ich neben ihm am Rad stand, erhielt ich Anweisungen, wie ich backbrassen *) mußte.

„Machen Sie sich darauf gefaßt, daß die Hölle losbricht", warnte er mich, „aber kümmern Sie sich nicht darum. Sie haben nur Ihre Arbeit zu tun und darauf zu achten, daß Kocherl beim Focksegel steht."

Es gelang mir den Weg nach vorn zu bahnen, wobei es ziemlich gleichgültig war, auf welcher Seite ich dies tat, denn die Luvreling war ebensooft wie die Leereling unter Wasser begraben. Nachdem ich Thomas Mugridge in seine Aufgabe eingewiesen hatte, kletterte ich einige Fuß in die vordere Takelung. Das Boot war jetzt ganz nahe und ich konnte genau sehen, daß es mit dem Bug gegen Wind und Wellen lag, Mast und Segel über Bord geworfen hatte und nachschleifte, um sie als Seeanker zu benutzen. Die drei Männer schöpften Wasser aus. Jede heranrollende Woge entzog mir die Sicht aufs Boot und ich wartete immer wieder mit verzehrender Angst auf sein erneutes Auftauchen. Dann kam es plötzlich mit rasender Geschwindigkeit durch die schäumende Gischt heraufgeschossen, der Bug wies gen Himmel, und man konnte die ganze Länge des Kieles emporsteigen sehen, naß und dunkel, bis das Boot auf dem Heck zu stehen schien. Ein flüchtiger

---

*) Die Segel gegen die Windseite stellen.

Blick eröffnete sich auf die drei Männer, die in rasender Hast Wasser ausschöpften, als auch schon das Boot überschnappte und, Bug voraus in ein gähnendes Tal niederschiessend, seine volle Innenseite sehen ließ, wobei das Heck beinahe über dem Bug stand. Jedesmal war es wie ein Wunder, wenn es wieder auftauchte.

Die „Ghost" änderte plötzlich ihren Kurs und hielt vom Boot ab. Mich durchzuckte der Gedanke, Wolf Larsen gebe die Rettung als unmöglich auf. Dann gewahrte ich, daß er sich zum Beidrehen vorbereitete, und stieg aufs Deck hinab, um parat zu sein. Wir waren jetzt gerade vor dem Wind, das Boot weitab von uns auf gleicher Höhe. Ich fühlte ein plötzliches Stillstehen des Schoners, ein momentanes Schwinden jeden Druckes, gefolgt von einem raschen Ansteigen der Geschwindigkeit. Die „Ghost" hatte sich wie auf einem Absatz herumgedreht und fuhr gegen den Wind. Als wir den rechten Winkel zum Seegang erreichten, erfaßte uns die volle Wucht des Windes, in dessen Richtung wir bisher dahingeeilt waren.

In meiner Unkenntnis wendete ich ihm gerade mein Gesicht zu. Er stieß wie eine Mauer gegen mich und füllte meine Lungen mit Luft, die ich nicht ausatmen konnte. Als ich mich unter Erstickungsanfällen wand, legte sich die „Ghost" einen Augenblick nach vorn über, gerade in den Wind hinein, und ich sah, wie eine riesige Woge sich hoch über mir auftürmte. Ich drehte mich zur Seite; da gelang es mir plötzlich, Atem zu bekommen und aufwärts zu blicken. Die Woge überragte die „Ghost" und ich schaute geradeaus zu ihr auf. Ein Sonnenstrahl berührte den sich kräuselnden Rand und ich sah einen Augenblick ein durchscheinendes Grün mit milchig schäumender Umrahmung.

Dann kam es herab und die Hölle brach los. Alles Folgende geschah innerhalb weniger Sekunden. Ich wurde von einem betäubenden Schlag am ganzen Körper getroffen, verlor den Halt, und mich durchschoß der Gedanke, daß jetzt das Furchtbare, von dem ich erzählen hörte, kommen werde: ich würde über Bord geschwemmt werden. Hilflos wurde mein Körper hin- und hergeschleudert, und als ich den Atem nicht länger anhalten konnte, drang mir beißendes Salzwasser in die Lungen. Aber durch all dies Geschehen hielt mich der eine Gedanke in Bann: ich mußte den Klüver nach Luv bringen. Ich hatte keine Angst vor dem Tode und zweifelte nicht daran, daß ich irgendwie durchkommen würde. Und während der Gedanke, Wolf Larsens Befehl ausführen zu müssen, in meinem Unterbewußtsein fortwirkte, schien es mir, als sähe ich diesen inmitten des wilden Rasens, wie er seinen Willen jenem des Sturmes entgegenstemmte und ihm Widerstand bot.

Hart stieß ich auf etwas, das ich für die Reling hielt, schöpfte Atem und sog wieder die frische reine Luft ein. Ich versuchte mich zu erheben, stieß aber meinen Kopf an und wurde auf Hände und Knie niedergeschleudert.

Durch eine gute Laune des Meergottes war ich direkt unter das Vordeck geschwemmt worden. Als ich auf allen vieren herauskroch, traf ich auf Thomas Mugridge, der als stöhnendes Häufchen dalag. Ich hatte keine Zeit, ich mußte den Klüver nach Luv umlegen.

Als ich dorthin eilte, schien das Ende gekommen zu sein. Allenthalben war Knirschen und Krachen von Holz; Eisen und Leinwand zu hören. Die „Ghost“ war daran, zerrissen und in ihre Einzelteile aufgelöst zu werden. Fock- und vorderes Toppsegel, die beim Manövrieren schlaff geworden waren und in Ermangelung von Leuten nicht rechtzeitig eingeholt werden konnten, zerrissen mit einem Donnerschlag in Fetzen, während der schwere Mast von einer Reling zur anderen flog und zersplitterte. Die Luft war voll von herurnwirbelnden Bruchstücken; losgerissene Taue und Seile zischten und wanden sich wie Schlangen durch die Luft, und durch all dies hindurch krachte die Fockgaffel.

Das umherfliegende Holz konnte mich nur um einige Zentimeter verfehlt haben und brachte mich durch sein Surren wieder zu mir. Vielleicht war die Lage noch nicht hoffnungslos?! – Ich erinnerte mich der Warnung Wolf Larsens. – Er hatte erwartet, daß die Hölle losbrechen werde, und hier war sie jetzt. Doch wo war er? Ich erblickte ihn, wie er beim Großsegel arbeitete, dasselbe mit seinen gewaltigen Muskeln einzog, während das Heck des Schoners hoch in die Luft schoß und sein Körper sich gegen eine vorbeizischende weiße Sturzflut scharf abhob. All dies und noch mehr – eine ganze Welt von Chaos und Trümmern – hatte ich in vielleicht fünfzehn Sekunden gesehen, gehört und erlebt,

Ich hielt mich nicht damit auf, nach dem kleinen Boot auszuschauen, sondern sprang zum Klüver. Er begann zu flattern, blähte sich halb auf und erschlaffte mit scharfem Knall. Aber unter Aufbietung aller Kräfte brachte ich ihn durch Straffen des Tuches langsam wieder zurück. Das weiß ich: ich tat mein Bestes. Ich zerrte, bis ich meine Fingernägel aufgerissen hatte, und während ich hier einholte, wurden Außenklüver und Stagsegel in Fetzen gerissen.

Immer weiter zog ich das Segel ein, wobei ich das jeweils Gewonnene mit einer Doppelschlinge festhielt. Dann gab das Tuch plötzlich nach. Wolf Larsen stand neben mir und zog allein weiter, während ich das Segel aufarbeitete.

„Machen Sie schnell!“ schrie er, „und kommen Sie her!“

Ich folgte und merkte, daß trotz Bruch und Zerstörung noch immer eine gewisse Ordnung herrschte. Die „Ghost“ drehte bei. Sie war noch manövrierfähig. Obwohl die übrigen Segel in Fetzen geflogen waren, hielten der nach Luv zurückgebrachte Klüver und das flach niedergeholte Großsegel die „Ghost“ noch immer mit dem Bug gegen die wütende See.

Ich schaute nach dem Boot aus, und während Wolf Larsen die Bootsseile klar machte, sah ich, wie es sich leewärts auf einer grossen Woge, keine zehn Meter entfernt, emporhob. Und so genau hatte er seine Berechnungen angestellt, daß wir direkt auf das Boot hintrieben und man nur die Seile an beiden Enden einhaken und das Boot an Bord zu heben brauchte. Aber das war leichter gesagt als getan.

Am Bug stand Kerfoot, Oofty-Oofty am Heck, Kelly mittschiffs. Als wir näher an das Boot herankamen, wurde es von einer Woge hochgehoben, während wir in das Wellental sanken und ich, fast senkrecht über mir, die Köpfe der drei Männer über den Bootsrand auf uns herabblikken sah. Dann, im nächsten Augenblick, wurden wir emporgehoben, während sie tief unter uns hinabsanken. Es schien unwahrscheinlich, daß die nächste Woge die „Ghost" nicht auf die kleine Eierschale niederstürzen sollte.

Gerade im richtigen Augenblick warf ich das Seil dem Kanaken zu, Wolf Larsen das seine vorne an Kerfoot. Im Nu waren beide Seile eingehakt, und die drei Männer sprangen, unter geschickter Ausnützung des Rollens, gleichzeitig an Bord des Schoners. Als die „Ghost" ihre Seite aus dem Wasser hob, wurde das Boot an ihrer Bordwand hochgehoben, und bis die Gegenbewegung erfolgte, hatten wir es über die Reling geheisst und kieloben an Deck gebracht. Ich bemerkte, daß von Kerfoots linker Hand Blut rann. Irgendwie war sein Mittelfinger zermalmt worden. Doch äußerte er keinerlei Schmerzen, und mit der rechten Hand half er uns, das Boot an seinem Platze anzuseilen.

„Mach dich fertig, den Klüver herüberzulassen, Oofty!" befahl Wolf Larsen in der gleichen Sekunde, in der wir das Boot fertig hatten. „Kelly, komm nach achtern, und lass das Großsegel locker! Du Kerfoot, geh nach vorn und schau, was aus Kocherl geworden ist! Herr Van Weyden, springen Sie wieder hinauf, und schneiden Sie unterwegs alles lose Zeug, das Ihnen unterkommt, ab."

Nachdem er die Befehle erteilt hatte, begab er sich mit seinen tigerhaften Sprüngen nach achtern zum Rad. Während ich mühsam hinaufkletterte, drehte die „Ghost" langsam ab. Als wir diesmal in das Wellental sanken und Wasser über Bord kam, konnten keine Segel mehr eingeholt werden. Auf dem halben Wege zu den Kreuzbäumen wurde ich von der vollen Wucht des Windes so gegen die Takelung gepreßt, daß es unmöglich gewesen wäre, herunterzufallen. Die „Ghost“ lag fast ganz zur Seite, die Masten liefen parallel mit dem Wasser und ich schaute zum Deck nicht abwärts, sondern beinahe im rechten Winkel zur Fallinie. Aber ich sah das Deck gar nicht, sondern schaute dorthin, wo es sein mußte, denn es war unter wildschäumendem Wasser begraben, aus dem ich – und das war alles – zwei Masten herausragen sah. Für einen Augenblick war die „Ghost“ ganz unter den Wellen verschwunden. Als sie sich mehr und mehr drehte und dadurch dem seitlichen Druck auswich, richtete sie sich langsam wieder auf und tauchte mit ihrem Deck wie ein Walfischrücken aus dem Meere auf.

Dann sausten wir wild über das rasende Meer, während ich wie eine Fliege in den Kreuzbäumen hing und nach den anderen Booten ausschaute. Nach einer halben Stunde erblickte ich das zweite, kieloben, und daran klammerten sich verzweifelt Jack Horner, der fette Louis und Johnson. Diesmal blieb ich oben, und Wolf Larsen gelang es, beizudrehen, ohne weggeschwemmt zu werden. So wie früher, trieben wir direkt auf das Boot zu. Seile wurden festgemacht und den Männern zugeworfen, die wie Affen an Bord kletterten. Das Boot wurde, als wir es an Bord hoben, gegen die Schiffswand geschleudert und zerschmettert, doch wurde das Wrack sicher verwahrt, da es noch ausgebessert und wiederhergestellt werden konnte.

Noch einmal drehte sich die „Ghost“ in den Wind. Diesmal tauchte sie auf mehrere Sekunden so stark unter, daß ich dachte, sie würde nie wieder auftauchen. Selbst das Rad, das ein ziemliches Stück über dem Mitteldeck lag, wurde vom Wasser immer wieder überspült und begraben. In solchen Augenblicken fühlte ich mich allein mit Gott, ganz allein mit ihm, und beobachtete das Chaos seines Zornes. Und dann tauchte das Rad wieder auf und Wolf Larsens breite Schultern, seine Hände, die in die Speichen griffen und den Schoner in den Kurs seines Willens zwangen, er selbst ein irdischer Gott, der den Sturm beherrschte, der die herabstürzenden Wasser von sich schleuderte und auf ihnen, seine eigenen Ziele verfolgend, dahinritt. Oh, welch Wunder! Diese winzigen Menschen konnten leben, atmen, arbeiten und so ein gebrechliches Ding aus Holz und Leinen durch diesen entsetzlichen Kampf der Elemente führen!

Wie früher schwang die „Ghost" aus dem Schlund hervor, hob ihr Deck aus dem Wasser und jagte vor dem heulenden Sturme dahin. Es war jetzt halb fünf Uhr, und eine halbe Stunde später, als der Tag in einem unheimlich trüben Zwielicht zu Ende ging, erblickte ich das dritte Boot. Es schwamm ebenfalls kieloben, und von der Besatzung war nichts zu sehen. Wolf Larsen wiederholte sein Manöver, hielt ab, drehte dann gegen den Wind und ließ sich gegen das Boot treiben. Aber diesmal verfehlte er es um etwa fünfzehn Meter und das Boot blieb hinten.

„Boot Nummer vier!" rief Oofty-Oofty, nachdem er, als es eine Sekunde verkehrt aus dem Schaum aufgetaucht war, mit scharfen Augen die Nummer abgelesen hatte.

Es war Hendersons Boot. Mit ihm waren Holyoak und Williams, ein weiterer Hochseematrose, verloren. Unzweifelhaft waren sie ertrunken. Aber das Boot war da und Wolf Larsen machte einen weiteren verwegenen Versuch, es zu bergen. Ich war an Deck gekommen und sah, wie Horner und Kerfoot vergeblich gegen das Unternehmen protestierten.

„Bei Gott, ich lasse mir mein Boot nicht rauben, auch nicht von einem Sturm, der aus der Hölle heraufbraust", schrie Wolf Larsen, und obwohl wir vier nahe beisammenstanden, um besser hören zu können, war seine Stimme schwach, als käme sie aus weiter Ferne.

„Herr Van Weyden", schrie er, und ich hörte es durch den Tumult wie ein Flüstern, „bleiben Sie mit Johnson und Oofty beim Klüver! Die anderen nach achtern zum Großsegel! Fort! Oder ich fahre mit euch allen ins Jenseits! Verstanden?“

Und als er das Rad scharf überdrehte und die „Ghost“ im Bogen umschwang, blieb den Jägern nichts anderes übrig, als zu gehorchen, um aus der gefährlichen Lage so gut als möglich herauszukommen. Wie groß das Wagnis war, erkannte ich, als ich noch einmal unter dem stampfenden Meer begraben war und mich, um mein Leben kämpfend, an die Nagelbank am Fußende des Fockmastes klammerte. Meine Finger wurden ausgedreht und ich wurde über Bord ins Meer geschwemmt. An Schwimmen wäre nicht zu denken gewesen, doch bevor ich noch untergehen konnte, wurde ich zurückgespült. Eine starke Hand packte mich, und als die „Ghost“ schließlich auftauchte, sah ich, daß ich mein Leben Johnson verdankte. Ich sah ihn besorgt umherblicken und bemerkte, daß Kelly, der im letzten Augenblick nach vorn gekommen war, fehlte.

Diesmal mußte Wolf Larsen, nachdem er das Boot verfehlt hatte, und somit nicht in derselben Stellung wie früher war, ein anderes Manöver durchführen. Wir fuhren mit dem Wind und allen Segeln nach steuerbord. So mußte er weiter und halste backbord zurück.

„Großartig!“ brüllte mir Johnson ins Ohr, als wir erfolgreich durch die zu erwartende Gischt gekommen waren, und ich wußte, daß er nicht die Seemannskunst des Wolf Larsen, sondern die Leistungsfähigkeit der „Ghost“ meinte.

Jetzt war es so dunkel, daß vom Boot nichts mehr zu sehen war. Wolf Larsen aber fuhr durch das schreckliche Getöse, wie von einem unfehlbaren Instinkt geleitet, zurück. Diesmal gab es, obwohl wir ständig halb unter Wasser waren, kein Wellental, in das wir hineingetrieben wurden, und wir fuhren geradewegs auf das verkehrte Boot zu und beschädigten es beim Einholen noch erheblich.

Zwei Stunden schwerster Arbeit folgten, während welcher alle Mann – zwei Jäger, drei Matrosen, Wolf Larsen und ich – den Klüver und das

Großsegel refften. Beigedreht und unter verringerter Segelfläche war unser Deck verhältnismäßig wasserfrei, während die „Ghost“ wie ein Kork auf den Wellen auf und ab tanzte.

Schon zu Beginn der Arbeit hatte ich mir die Finger aufgerissen, und beim Reffen waren mir Tränen über die Wangen gerollt. Als nun alle Arbeit vollbracht war, ließ ich mich gehen und wälzte mich erschöpft an Deck.

Inzwischen wurde Thomas Mugridge wie eine ertrunkene Ratte aus dem Vordeck, wo er sich feige verkrochen hatte, hervorgezogen. Ich sah, wie man ihn nach achtern in die Kajüte trieb, und bemerkte zu meinem Entsetzen, daß die Kombüse verschwunden war. Glattes Deck war dort, wo sie gestanden hatte.

In der Kajüte fand ich alle Mann versammelt, auch die Matrosen. Während auf dem kleinen Ofen Kaffee gekocht wurde, tranken wir Whisky und knabberten Zwieback. Nie im Leben war mir ein Essen so willkommen gewesen, und nie hatte schwarzer Kaffee so gut geschmeckt. So gewaltig schwankte, schaukelte und schlingerte die „Ghost“, daß selbst die Matrosen sich beim Gehen stützen mußten. Und mehrmals wurden wir nach dem Aufschrei: ‚Jetzt ist's gescheh'n' auf die Backbordwand, als wäre sie der Fußboden gewesen, geschleudert.

„Der Teufel soll den Ausguck holen“, hörte ich Wolf Larsen sagen, nachdem wir gegessen und getrunken hatten. „An Bord kann doch nichts mehr gemacht werden. Wenn uns irgend etwas niederrennen wollte, könnten wir doch nichts dagegen unternehmen. Legt euch alle nieder, und schlaft ein wenig!“

Die Matrosen verschwanden nach vorn, setzten die Seitenlichter, während die zwei Jäger zum Schlafen in der Kajüte blieben, da es nicht ratsam schien, die Luke zum Zwischendeck zu öffnen. Wolf Larsen und ich schnitten gemeinsam Kerfoots zerschmetterten Finger ab und vernähten den Stumpf. Thomas Mugridge, der die ganze Zeit, da er Kaffee kochen, auftragen und auf das Feuer schauen mußte, über innere Schmerzen geklagt hatte, schwor jetzt, daß er sich ein oder zwei Rippen gebrochen habe. Bei der Untersuchung stellte sich heraus, daß es drei waren. Doch wurde dieser Fall auf den nächsten Tag verschoben, hauptsächlich deswegen, weil ich nichts von gebrochenen Rippen verstand und erst darüber nachlesen mußte.

„Ich glaube nicht, daß es der Mühe wert war“, sagte ich zu Wolf Larsen, „ein beschädigtes Boot für Kellys Leben.“

„Aber Kelly war nicht viel wert“, gab er zur Antwort. „Gute Nacht.“

Ich hatte geglaubt, daß es nach all den Vorfällen, den furchtbaren Schmerzen in den Fingerspitzen, den drei vermißten Booten, gar nicht zu reden von den wilden Sprüngen, die die „Chost“ vollführte, unmöglich sein werde, schlafen zu können. Aber meine Augen mußten sich in dem Moment geschlossen haben, als mein Kopf den Polster berührte. In schwerer Erschöpfung schlief ich die ganze Nacht, während die „Ghost“, einsam und führungslos, ihren Weg durch den Sturm nahm.

18. Kapitel

Am nächsten Tag studierten Wolf Larsen und ich, während der Sturm sich austobte, Anatomie und Chirurgie und setzten Mugridges Rippen wieder zurecht. Dann, als die Gewalt des Sturmes gebrochen war, kreuzte Wolf Larsen in der Gegend, wo uns das Unwetter heimgesucht hatte, und dann etwas weiter nach Westen. Inzwischen wurden die Boote repariert, neue Segel verfertigt und angeschlagen. Ein Robbenschoner nach dem anderen wurde gesichtet und nach den fehlenden Booten gefragt. Die meisten führten Mannschaften und Boote an Bord, die sie aufgelesen hatten und die nicht zu ihnen gehörten. Denn das Gros der Flotte war westwärts von uns gewesen, und die weit verstreuten Boote waren in wilder Flucht dem erstbesten Zufluchtsort zugestrebt.

Zwei unserer Boote mit wohlbehaltener Mannschaft übernahmen wir von der „Cisco", und zu Wolf Larsens größter Freude und meinem Schmerz erhielt er von der „San Diego" Smoke, Nilson und Leach. So fehlten uns nach fünf Tagen nur vier Mann – Henderson, Holyoak, Williams und Kelly – und wir jagten neuerlich in der Flanke der Robbenherden.

Als wir ihnen nordwärts folgten, gerieten wir in den gefürchteten Seenebel. Tag für Tag wurden die Boote hinabgelassen und vom Nebel verschluckt, noch bevor sie das Wasser berührt hatten, während an Bord das Nebelhorn in regelmäßigen Abständen heulte und wir alle fünfzehn Minuten die Signalkanone abfeuerten. Ständig wurden Boote gefunden und verloren, und es war üblich, daß ein Boot so lange mit einem fremden Schoner mitjagte, bis es wieder von seinem eigenen gefunden wurde. Aber Wolf Larsen, wie dies beim Fehlen eines Bootes nicht anders zu erwarten war, nahm vom erstbesten Besitz, zwang dessen Männer mit der „Ghost" zu jagen und verbot ihnen, auf ihr Schiff zurückzukehren, als wir es sichteten. Ich erinnere mich, wie er dem Jäger und den zwei anderen Männern das Gewehr an die Brust setzte und ihnen befahl, unter Deck zu gehen, als deren Kapitän an uns vorbeifuhr und nach ihnen fragte.

Thomas Mugridge, der so hartnäckig am Leben hing, humpelte bald wieder umher und erfüllte seine doppelten Aufgaben als Koch und Kajütenjunge. Johnson und Leach wurden wie je tyrannisiert und geschlagen, und sie erwarteten, daß ihr Leben mit dem Ende der Jagdzeit abgeschlossen werde. Die übrige Besatzung führte unter der Herrschaft eines erbarmungslosen Gebieters ein Leben wie die Hunde. Ich kam mit Wolf Larsen gut aus, obwohl ich mich von dem Gedanken nicht losmachen konnte, daß die richtige Handlungsweise für mich darin gelegen hätte, ihn umzubringen. Er bezauberte mich, doch fürchtete ich ihn ebenso sehr. Und doch konnte ich mir nicht vorstellen, daß er ausgestreckt, tot auf Deck liegen könnte. Über ihm lag ein Hauch ewiger Jugend, der diese Vorstellung zunichte machte. Ich konnte ihn mir nur lebend, kämpfend, beherrschend und zerstörend, und alles überdauernd, vorstellen.

Für ihn war es eine seiner Zerstreuungen, wenn wir uns mitten in einer Herde befanden, die Rauheit des Meeres aber das Zu-Wasserlassen der Boote nicht zuließ, selbst mit zwei Ruderern und einem Steuermann in ein Boot zu steigen und auszufahren. Er war ein guter Schütze und brachte so manches Fell unter Verhältnissen ein, die die Jäger als unmöglich bezeichneten. Es schien seine Leidenschaft, sein Leben aufs Spiel zu setzen und dann darum unter den größten Widerwärtigkeiten zu kämpfen.

Ich lernte immer mehr von der Navigation, und an einem klaren Tage – diese waren jetzt sehr selten – hatte ich die Genugtuung, die „Ghost“ allein zu führen, steuern und die Boote einholen zu dürfen. Wolf Larsen war wieder von seinen Kopfschmerzen befallen worden, und ich stand von früh bis abends am Rad, kreuzte nach dem letzten Leeboot, drehte bei und hievte es hoch, ebenso die anderen fünf, ohne irgend einen Befehl oder Rat erhalten zu haben.

Hin und wieder kamen Böen auf, denn wir fuhren in einer stürmischen Gegend, und Mitte Juni machten wir einen für mich sehr denkwürdigen und für meine fernere Zukunft bedeutungsvollen Taifun mit. Wir mußten vom Wirbelsturm ungefähr in dessen Mitte erfaßt worden sein, und Wolf Larsen floh nach Südwesten aus ihm heraus, zuerst unter doppelt gerefften Klüvern, schließlich mit gestrichenen Segeln. Ich hatte nie gedacht, daß die See so hoch gehen könne. Die Wogen, die wir bisher erlebt hatten, waren ein Gekräusel im Vergleich zu diesen, die wohl eine halbe Meile Abstand zwischen ihren Kämmen besaßen und nach meiner Überzeugung unsere Mastspitzen überragten. Sie waren so gewaltig, daß nicht einmal Wolf Larsen beizudrehen wagte, so daß wir weit nach Süden und von den Robbenherden abgetrieben wurden.

Wir mußten in die Gegend der transpazifischen Schiffsroute gekommen sein, als der Taifun sich legte, und befanden uns hier zur großen Überraschung der Jäger inmitten von Robben – einer zweiten Herde, einer Art Nachhut, wie sie erklärten. Es hieß „Die Boote über!“ und das Büchsenknallen und grausige Gemetzel währte den ganzen Tag.

Ich hatte gerade das Zählen der Häute beendet und die letzten Boote waren an Bord gebracht, als Leach sich in der Dunkelheit an meine Seite stellte und mit leiser Stimme fragte:

„Können Sie mir sagen, Herr Van Weyden, wie weit wir von der Küste sind, und wo Yokohama liegt?“

Mein Herz hüpfte vor Freude, denn ich wußte, was er beabsichtigte, und gab ihm die Richtung mit Nordnordwest und die Entfernung mit fünfhundert Meilen an.

„Danke Ihnen, Herr“, war alles, was er sagte, als er in der Dunkelheit verschwand.

Am nächsten Morgen fehlte Boot Nummer drei mit Johnson und Leach. Die Wasserbehälter und Eßkisten aller anderen Boote gingen ab, ebenso das Bettzeug und die Seesäcke der beiden. Wolf Larsen war wütend. Er setzte die Segel und fuhr nach Nordnordwest los, zwei Jäger mit dem Glas ständig auf Ausguck, während er selbst wie ein grimmiger Löwe auf Deck auf und ab lief.

Er kannte mein Mitgefühl für die Ausreißer zu gut, um mich auf Ausguck hinaufzuschicken.

Der Wind war günstig, aber unbeständig, und der Plan, dieses winzige Boot in der blauen Unendlichkeit zu finden, schien mir ungefähr so aussichtsreich, wie das Suchen nach einer Nadel in einem Heuschober. Doch er holte alle Geschwindigkeit aus der „Ghost" heraus, um zwischen die Ausreißer und das Land zu kommen. Nachdem er dies erreicht hatte, kreuzte er auf deren vermutlicher Route.

Am Morgen des dritten Tages, kurz nach acht Uhr, ertönte Smokes Ruf vom Ausguck, daß das Boot in Sicht sei. Alle Mann standen an der Reling.

Eine scharfe Brise wehte aus Westen und ließ hinter sich noch mehr Wind erwarten. Und dort, leewärts, im zitternden Silberschein der aufgehenden Sonne, tauchte ein schwarzer Punkt auf.

Wir fuhren darauf zu. Mein Herz war schwer wie Blei. In Vorausahnung des Kommenden wurde mir übel. Als ich noch dazu in Wolf Larsens Augen den Triumph leuchten sah, begann es vor meinen Augen zu schwimmen, und ich fühlte den fast unwiderstehlichen Zwang, mich auf ihn zu stürzen. Ich war bei dem Gedanken an die Leach und Johnson bevorstehenden Mißhandlungen so nervös, daß mich mein Verstand verließ. Ich weiss noch, daß ich in meinem Taumel ins Zwischendeck schlüpfte und eben mit einer geladenen Büchse in den Händen hinaufstieg, als ich den überraschten Ausruf hörte:

„Es sind fünf Mann im Boot!"

Ich stützte mich zitternd an die Luke und hörte, daß die Beobachtung von den übrigen bestätigt wurde. Dann versagten meine Knie, ich sank nieder und war wieder zu mir gekommen. Schrecken überkam mich, als ich erkannte, was zu tun ich bereit gewesen. Nachdem ich das Gewehr weggelegt hatte und an Deck zurückgeschlichen war, wurde ich zufrieden.

Niemand hatte meine Abwesenheit bemerkt. Nun war das Boot nahe genug, um erkennen zu lassen, daß es größer als ein Robbenjägerboot und von anderer Bauart war. Als wir näher kamen, wurden die Segel eingezogen und die Masten umgelegt. Ruder wurden sichtbar, und die Insassen erwarteten offenbar, daß wir beidrehen und sie an Bord nehmen würden.

Smoke, der aufs Deck heruntergekommen war und jetzt neben mir stand, begann merkwürdig zu kichern. „Was ist denn los?“ fragte ich ihn.

Er kicherte wieder. „Sehen Sie nicht, dort, im Bleck, am Boden? Nie wieder will ich eine Robbe schießen, wenn das nicht eine Frau ist!“

Ich schaute genauer hin, war mir aber nicht im klaren, bis von allen Seiten gleichartige Ausrufe ertönten. Das Boot enthielt vier Männer und der fünfte Insasse war sicher eine Frau. Wir alle, bis auf Wolf Larsen, waren in ungeheurer Aufregung. Er war offensichtlich enttäuscht, daß es sich nicht um sein eigenes Boot mit den beiden Opfern seiner Niedertracht handelte.

Wir ließen den Aussenklüver herab, holten den Klüver nach Luv und ließen das Großsegel flach. So kamen wir in den Wind. Die Ruder tauchten ins Wasser, und mit ein paar Schlägen lag das Boot längsseits. Jetzt erblickte ich die Frau zum erstenmal richtig. Wegen der Morgenkühle war sie in einen langen Ulster eingehüllt. Ich konnte nur ihr Gesicht sehen und ihr üppiges hellbraunes Haar, das unter dem Seemannshut hervorquoll. Ihre Augen waren groß, braun und strahlend, der Mund süss und fein, das Gesicht selbst, ein zierliches Oval, durch Sonne und salzigen Wind scharlachrot verbrannt.

Sie schien wie ein Wesen aus einer anderen Welt. Ich fühlte, daß es mich zu ihr hinzog wie einen verhungerten Menschen zu einem Stück Brot. Ich hatte doch so lange keine Frau mehr gesehen. Ich weiß, daß ich so große Bewunderung, ja beinahe Betäubung empfand – das war also eine Frau? –, daß ich mich selbst und meine Pflichten als Steuermann vergaß und mich daran beteiligte, den Neuankömmlingen an Bord zu helfen. Dann, als einer der Matrosen sie in Wolf Larsens herabgestreckte Arme hob, schaute sie in unsere neugierigen Gesichter und lächelte so anmutig und süß, wie nur eine Frau lächeln kann.

„Herr Van Weyden!"

Wolf Larsens Stimme brachte mich rasch wieder zu mir.

„Wollen Sie die Dame hinunterbringen und für ihre Bequemlichkeit sorgen? Richten Sie die freie Backbordkoje her. Ziehen Sie Kocherl heran. Und sehen Sie, was Sie für ihr Gesicht tun können. Sie ist häßlich verbrannt."

Er drehte sich von uns ab und begann die Neuankömmlinge auszufragen. Ihr Boot war wild herumgeworfen worden, obwohl einer dies bei solch Küstennähe als „blutige Schande" bezeichnete.

Ich fühlte mich gegenüber dieser Frau, die ich jetzt nach achtern brachte, seltsam befangen. Auch war ich feige. Mir schien es, daß ich erstmals erkannte, welch feines und gebrechliches Geschöpf eine Frau ist. Und als ich ihren Arm erfaßte, um ihr über die Kajütentreppe hinabzuhelfen, erschrak ich über seine Zierlichkeit und Zartheit. Sie war tatsächlich eine besonders zarte und schlanke Frau, aber für mich war sie es in nahezu ätherischem Ausmaß, so daß ich fast fürchtete, ihr Arm würde unter meinem Griff zerbröckeln. Ich erzähle all dies ganz offen, um meinen ersten Eindruck von einer Frau im allgemeinen und von Maud Brewster im besonderen, nach einer so langen Zeit von Entbehrungen, zu schildern.

„Sie brauchen sich wirklich nicht so um mich zu bemühen“, protestierte sie, als ich sie in Wolf Larsens Lehnstuhl setzte, den ich rasch aus dessen Kajüte geholt hatte. „Die Männer haben heute morgens jeden Moment erwartet, die Küste zu erblicken, und das Schiff wird wohl am Abend dort sein. Glauben Sie nicht?“

Ihr Vertrauen in die unmittelbare Zukunft erschreckte mich. Wie konnte ich ihr die Situation und den seltsamen Mann erklären, der wie das Schicksal über das Meer schritt, all das, wozu ich Monate gebraucht, um es zu begreifen? Aber ich antwortete ehrlich:

„Wenn es nicht unser, sondern irgendein anderer Kapitän wäre, würde ich sagen, daß Sie morgen in Yokohama sein werden. Aber unser Kapitän ist einseltsamer Mann, und ich bitte Sie, auf alles gefaßt zu sein – verstehen Sie mich? – Auf alles!“

„Ich -- ich gestehe, dass ich es kaum fasse“, antwortete sie mit einem beunruhigten, aber keineswegs ängstlichen Ausdruck ihrer Augen. „Oder bin ich im Irrtum, wenn ich annehme, daß Schiffbrüchigen jedes Entgegenkommen erwiesen wird? Das ist doch eine Kleinigkeit, wo wir so nahe an der Küste sind!“

„Ehrlich gesagt, weiß ich es nicht“, trachtete ich sie zu beruhigen. „Ich wollte Sie nur auf das Schlechteste vorbereiten, für den Fall, daß es eintreffen sollte. Dieser Kapitän ist ein Scheusal, ein Dämon, und man weiß nie, was seine nächste phantastische Handlung sein wird.“

Ich wurde aufgeregt, doch unterbrach sie mich: „Oh, ich bin im Bilde.“ Ihre Stimme klang matt und Nachdenken bedeutete für sie offenbar eine Anstrengung. Sie stand knapp vor einem körperlichen Zusammenbruch.

Sie fragte mich nicht weiter, und ich hielt mich nur an Wolf Larsens Befehl, für ihre Bequemlichkeit zu sorgen. Ich bemühte mich um sie in der Art einer Hausfrau, verschaffte ihr milderndes Hautwasser für ihren Sonnenbrand, holte eine Flasche Portwein, die ich in Wolf Larsens

Privatvorrat wußte, und wies Thomas Mugridge zum Herrichten der freien Kajüte an. Die Windstärke steigerte sich und die „Ghost" neigte stark zur Seite. Als die Kajüte fertig war, fuhren wir mit ansehnlicher Geschwindigkeit dahin. Ich hatte schon ganz auf Leach und Johnson vergessen, als plötzlich wie ein Donnerschlag über die offene Kajütenstiege der Ruf ertönte: „Boot ahoi!" Es war unverkennbar Smokes Stimme, die vom Mast herabschrie. Ich warf einen raschen Blick auf die Frau, die sich mit geschlossenen Augen vollkommen erschöpft im Sessel zurückgelehnt hatte. Ich glaubte, daß ihr der Ruf nicht zum Bewußtsein gekommen war, und wollte verhindern, daß sie Zeugin der Brutalitäten werde, die der Gefangennahme der Flüchtlinge folgen mußten. Sie war müde. Nun gut. Sie sollte schlafen.

An Deck ertönten rasche Kommandos, Laufen und Lärmen, und die „Ghost" drehte sich in den Wind. Als sie sich überdrehte, begann der Lehnsessel über den Fußboden zu gleiten, und ich sprang gerade noch rechtzeitig dazu, um die gerettete Frau vor dem Umstürzen zu bewahren.

Ihre Augen waren zu schwer, um mehr als einen Blick schläfriger Überraschung zu tun, als sie mich erblickte, dann ließ sie sich von mir, halb strauchelnd, halb wankend, zu ihrer Koje führen. Thomas Mugridge grinste mich an, doch wies ich ihn hinaus und zu seiner Küchenarbeit zurück. Er revanchierte sich, indem er unter den Jägern die Kunde verbreitete, als welch ausgezeichnetes Stubenmädchen ich mich entpuppt habe.

Sie lehnte sich schwer gegen mich, und ich glaubte, daß sie auf dem Wege vom Lehnstuhl zur Kajüte wieder eingeschlafen war. Ich bemerkte dies, als sie bei einem plötzlichen Stoß des Schiffes beinahe in die Koje gefallen wäre. Sie erwachte, lächelte schlaftrunken und war schon wieder in Schlaf gefallen. Und schlafend ließ ich sie zurück, unter zwei schweren Seemannsdecken, ihren Kopf auf einem Kissen, das ich mir aus Wolf Larsens Koje geholt hatte.

19. Kapitel

Als ich an Deck kam, fuhr die „Ghost“ mit dem Wind auf ein voraus liegendes wohlbekanntes Sprietsegel zu. Alle Mann waren an Bord, denn man wußte, daß irgend etwas geschehen werde, wenn Leach und Johnson an Bord kommen würden.

Es war vier Uhr, und Louis kam nach achtern, um das Steuerrad zu übernehmen. In der Luft lag Feuchtigkeit, und ich bemerkte, daß er sein Ölzeug angelegt hatte.

„Was werden wir erleben?“ fragte ich ihn.

„Einen Sturm, gerade stark genug, um unsere Kragen zu nässen, nicht mehr.“

„Zu dumm, daß wir sie gesehen haben“, meinte ich, als der Bug der „Ghost“ durch eine große Woge aus dem Kurs geworfen wurde und das Boot einen Augenblick hinter dem Klüver in unserem Blickfelde lag.

Louis drehte das Rad und wich mit der Antwort aus „Ich glaube, sie hätten doch nie das Land erreicht.“

„Glaubst du nicht?“ fragte ich.

„Nein, Herr. Fühlen Sie das?“ (Ein Windstoß hatte den Schoner gefaßt, und er mußte das Rad scharf drehen, um die „Ghost“ aus dem Wind heraus zu halten.) „In einer Stunde ist keine solche Eierschale mehr auf dem Wasser, und es ist für sie ein Glück, daß wir hier sind, um sie aufzunehmen.“

Wolf Larsen kam vom Mittelschiff, wo er mit den Geretteten gesprochen hatte, nach achtern. Das katzenartig Sprunghafte in seinem Gange war jetzt noch etwas ausgeprägter als gewöhnlich, und seine Augen waren hell und schelmisch.

„Drei Heizer und ein vierter Maschinist“, war seine Begrüßung. „Aber wir werden aus ihnen Matrosen machen oder mindestens Bootsruderer. Na, was ist mit der Frau?“

Ich weiß nicht, warum, aber ich verspürte es in meinem Herzen wie einen Messerstich, als er sie erwähnte, und ich hielt es für einen dummen Stolz meinerseits, aber der Schmerz hielt an, und ich zuckte zur Antwort nur die Achseln.

Wolf Larsen spitzte die Lippen zu einem langen Pfiff. „Wie heißt sie denn?“ fragte er.

„Ich weiß es nicht“, antwortete ich. „Sie schläft. Sie war sehr müde. – Ich erwarte, von Ihnen Neuigkeiten zu erfahren. Welches Fahrzeug war es?“

„Postdampfer“, antwortete er kurz. „City of Tokio, von San Franzisko nach Yokohama. Im Taifun manövrierunfähig geworden. Eine alte Kiste, oben und unten wie ein Sieb. Und wissen Sie, wer und was sie ist? Ein Mädchen, Frau oder Witwe? Gut, gut!”

Er schüttelte höhnend mit lachenden Augen den Kopf.

„Sind Sie...“ begann ich. Es lag mir auf der Zunge zu fragen, ob er gewillt sei, die Schiffbrüchigen nach Yokohama zu bringen.

„Ob ich was bin?“ fragte er.

„Was beabsichtigen Sie mit Leach und Johnson zu tun?“

Er schüttelte sein Haupt. „Tatsächlich, Hump, ich weiß es nicht. Sie sehen, daß ich mit dieser Neuerwerbung alle Leute habe, die ich brauche.“

„Die haben vom Entfliehen vollkommen genug“, sagte ich. „Warum ihnen nicht eine andere Behandlung angedeihen lassen? Nehmen Sie sie an Bord und gehen Sie mit ihnen anständig um. Was immer sie getan haben, sie sind dazu getrieben worden.“

„Durch mich?“

„Durch Sie“, antwortete ich fest, „und ich warne Sie, Wolf Larsen, ich könnte die Liebe zu meinem eigenen Leben vergessen, in dem Wunsch, Sie zu töten, wenn Sie in der Mißhandlung dieser armen Teufel zu weit gehen!“

„Bravo!“ schrie er. „Sie machen mich stolz, Hump! Sie haben Ihre Beine ganz tüchtig gefunden. Sie sind ein ganzer Mann. Sie haben das Unglück gehabt, Ihr Leben früher in angenehmer Lage zu verbringen, aber Sie entwickeln sich, und darum habe ich Sie gern.“

Seine Stimme und sein Ausdruck änderten sich, sein Gesicht wurde ernst. „Glauben Sie an Versprechungen?“ fragte er. „Sind das für Sie heilige Dinge?“

„Natürlich“, antwortete ich.

„Dann habe ich einen Vorschlag“, fuhr er – hervorragender Schauspieler, der er war – fort. „Wenn ich Ihnen verspreche, nicht Hand an Leach und Johnson zu legen, versprechen Sie mir dafür, keinen Versuch zu unternehmen, mich zu töten?“

„Oh, nicht vielleicht, daß ich mich vor Ihnen fürchte, nicht, daß ich mich vor Ihnen fürchte“, beeilte er sich hinzuzufügen.

Ich traute meinen Ohren nicht. Was war über den Mann gekommen?

„Einverstanden?“ fragte er ungeduldig. „Einverstanden“, antwortete ich.

Er streckte mir seine Hand entgegen, doch als ich sie schüttelte, hätte ich schwören können, einen Schein des boshaften Teufels in seinen Augen aufblitzen zu sehen.

Wir begaben uns zur Leeseite. Das Boot war jetzt zum Greifen nahe und befand sich in einem verzweifelten Zustande. Johnson steuerte, Leach schöpfte. Wir überholten sie mit einer Geschwindigkeit von zwei zu eins. Wolf Larsen deutete Louis, etwas seitwärts zu halten, und wir zischten knapp fünf Meter in Luv an dem Boot vorbei. Die „Ghost“ hielt die beiden zum Narren. Das Sprietsegel erschlaffte, und das Boot richtete sich hoch auf, was die beiden Männer zwang, rasch ihre Plätze zu wechseln. Das Boot blieb stehen, und als wir auf eine hohe Woge gehoben wurde, kippte es um.

In diesem Augenblicke schauten Leach und Johnson in die Augen ihrer Kameraden, die mittschiffs die Reling säumten. Es gab keine Begrüßung. Sie waren in deren Augen tot und zwischen ihnen lag die Kluft, die Leben und Tod trennt.

Im nächsten Augenblick befanden sie sich gegenüber der Ruff, wo Wolf Larsen und ich standen. Wir fielen ins Wellental, sie wurden auf den Kamm gehoben. Johnson blickte mich an, und ich merkte, daß er Qualen litt und ausgeschunden war. Ich winkte ihm mit der Hand, und er dankte für den Gruß mit einem Winken, das hoffnungslos und verzweifelt war. Ich sah nicht in Leachs Augen, denn dieser schaute mit dem alten unversöhnlichen Haß auf Wolf Larsen.

Dann waren sie achtern. Plötzlich füllte sich das Sprietsegel mit Wind, und das schwache offene Fahrzeug hing so über, daß es aussah, es müsse unbedingt kentern. Eine Sturzsee schäumte darüber hinweg und brach sich über ihm mit schneeweißem Gischt. Dann tauchte es wieder auf, halbvoll mit Wasser, das Leach ausschöpfte, während Johnson, weiß und voll Angst, sich am Steuerruder festhielt.

Wolf Larsen lachte mir ins Ohr und ging zur Luvseite der Achterhütte. Ich erwartete, daß er Befehl zum Beidrehen geben würde, doch die „Ghost“ hielt ihren Kurs bei, und er gab kein Zeichen. Louis stand unbeweglich am Rad, doch bemerkte ich, daß die vorne in Gruppen stehenden Matrosen entsetzt auf uns herblickten. Die „Ghost“ fuhr immer weiter, bis das Boot nur noch ein kleines Pünktchen war. Dann befahl Wolf Larsen nach Steuerbord zu wenden.

Wir fuhren zurück – über zwei Meilen in Luv der mit den Wellen ringenden Nußschale. Der Außenklüver wurde herabgeholt und der Schoner drehte bei. Die Robbenboote sind nicht zur Fahrt gegen den Wind gebaut.

Ihre Möglichkeit liegt nur darin, in Luv zu bleiben, so daß sie vor dem Wind zum Schoner eilen können, wenn es zu blasen beginnt. Doch in dieser wilden Einöde gab es für Leach und Johnson keine Zuflucht außer der „Ghost“, und so begannen sie entschlossen gegen den Wind anzukämpfen. Es ging bei der schweren See nur langsam vorwärts. Jeden Augenblick konnten sie von den schäumenden Sturzseen überschüttet werden. Immer wieder, unzählige Male, sahen wir das Boot in die riesigen Wellenberge aufluven und zurückgeschleudert werden wie einen Kork.

Johnson war ein ausgezeichneter Seemann und wußte von kleinen Booten ebensoviel wie von Schiffen. Nach ein und einer halben Stunde befand er sich beinahe längsseits und beabsichtigte, uns bei der nächsten Wendung zu erreichen.

„So habt ihr's euch überlegt?“ hörte ich Wolf Larsen murmeln, halb zu sich selbst, halb zu ihnen, als ob sie es hätten hören können. „Ihr wünscht an Bord zu kommen, he? Nun gut, versucht es nur!“

„Hart Steuerbord das Rad!“ befahl er Oofty-Oofty, dem Kanaken, der in der Zwischenzeit Louis am Rad abgelöst hatte.

Befehl folgte auf Befehl. Als der Schoner abfuhr, wurden Fock- und Großsegel wegen des steifen Windes gelockert. Wir lagen vor dem Wind und sprangen über die Wogen, als Johnson, sein Segel unter Lebensgefahr lockernd, fünfzig Schritte entfernt, unser Kielwasser kreuzte. Wieder lachte Wolf Larsen und forderte sie durch eine Handbewegung auf, zu folgen. Es war offenbar seine Absicht, mit ihnen zu spielen – ich faßte es als einen Denkzettel an Stelle der Schläge auf – ein sehr gefährlicher Denkzettel, denn das gebrechliche Fahrzeug stand in dauernder Gefahr, von der hochgehenden See überspült zu werden.

Johnson wendete sofort und folgte uns.

Er konnte nichts anderes tun. überall lauerte der Tod und es war nur eine Frage der Zeit, daß eine dieser riesigen Sturzseen das Boot überrollen würde.

„Denen sitzt die Todesangst schon im Nacken", murmelte Louis mir ins Ohr, als ich nach vorn ging, um das Einholen von Außenklüver und Stagsegel zu überwachen.

„Ach, er wird bald beidrehen und sie an Bord nehmen", antwortete ich frohgemut. „Er hat es darauf abgesehen, ihnen eine Lehre zu erteilen. Das ist alles."

Louis schaute mich über die Schulter an: „Glauben Sie wirklich?" fragte er.

„Sicherlich!" antwortete ich. „Sie nicht?"

„Ich denke jetzt an nichts als an meine eigene Haut", war seine Erwiderung. „Und ich bin neugierig, wie das da ausgeht. Der in Frisko getrunkene Whisky hat mich in eine schöne Sache hineingebracht. Ach, ich weiß, Sie sind ein lustiger Narr!"

„Wie meinst du das?" fragte ich.

„Wie ich das meine?" schrie er. „Und Sie fragen mich noch? Ich glaube gar nichts, aber Wolf Larsen! Der Wolf habe ich gesagt, der Wolf!"

„Wenn ich in Not komme, wirst du mir beistehen?" fragte ich erregt, denn er hatte meine eigene Befürchtung zum Ausdruck gebracht.

„Helfen? Dieser alte fette Louis hilft nur sich selbst, wenn er in Gefahr ist. Das ist erst der Anfang, sag' ich Ihnen, der bloße Beginn."

„Ich hätte nicht gedacht, daß du so ein Feigling bist", höhnte ich.

Geringschätzig blickte er auf mich: „Ich habe nie einen Finger für diese armen Narren gerührt."

Er wies nach achtern auf das winzige Segel. „Glauben Sie, daß ich nach einem gebrochenen Hals hungere, für eine Frau, die ich bis heute noch nicht gesehen habe?"

Ich wendete mich verächtlich ab und ging nach achtern.

„Holen Sie lieber diese Toppsegel ein, Herr Van Weyden", sagte Wolf Larsen, als ich zur Achterhütte kam.

Ich fühlte mich, wenigstens was die zwei Männer anlangte, erleichtert. Es war klar, daß er nicht zu weit von ihnen fortfahren wollte. Ich schöpfte bei diesem Gedanken Hoffnung und führte den Befehl gleich aus. Kaum hatte ich den Mund zu den nötigen Anordnungen geöffnet, als auch schon die Leute eifrig in die Takelung sprangen und hinaufstürmten. Dieser Eifer wurde von Wolf Larsen mit einem grimmigen Lächeln quittiert.

Wir verlängerten unser Senkblei, und als das Boot achtern, einige Meilen entfernt, aufgetaucht war, drehten wir bei und warteten. Alle verfolgten sein Näherkommen, selbst Wolf Larsen. Er war der einzige Mensch an Bord, der unbewegt blieb. Louis schaute gespannt. In seinem Gesicht spiegelte sich Enttäuschung, die er nicht ganz verbergen konnte.

Das Boot kam immer näher und näher. Es sprang wie ein Lebewesen durch die grüne Flut. Auf und ab über die ungeheuren Wogenkämme, schien es bald in den Abgrund hinunterzuschießen und dann wieder gegen den Himmel hinaufgeschleudert zu werden. Es schien unmöglich, so etwas zu überleben, doch immer wieder gelang es ihm mit schwindelerregendem Schwung! Eine Regenböe zog vorbei, und aus dem sich verziehenden Naß tauchte das Boot dicht neben uns auf.

„Hart Steuerbord, jetzt!" schrie Wolf Larsen, wobei er selbst an das Steuer sprang und es drehte.

Wieder sprang die „Ghost" weg und jagte vor dem Wind, und volle zwei Stunden folgten uns Johnson und Leach. Wir drehten bei und segelten davon, und immer hinter uns nach das kämpfende Segel, das bald himmelwärts geschleudert wurde und dann wieder in die dahinrauschenden Wellentäler niederstürzte.

Es war eine Viertelmeile entfernt, als eine dicke Regenwolke es unseren Blicken entzog. Einen Augenblick glaubte ich, den Kiel des Bootes schwarz aus dem Schaum einer Sturzsee herausragen zu sehen.

Mehr konnte ich nicht feststellen. Das war alles. Johnson und Leach hatten ihren Kampf ums Dasein beendet.

Die Männer blieben in Gruppen mittschiffs stehen. Keiner war hinuntergegangen, und keiner sprach ein Wort. Auch keine Blicke wurden gewechselt. Alle Mann schienen wie betäubt – sie sannen nach, was geschehen war, konnen sich darüber nicht klar werden und versuchten, sich das Geschehene zu vergegenwärtigen. Wolf Larsen gab ihnen wenig Zeit nachzudenken. Er brachte sofort die „Ghost" auf ihren Kurs – einen Kurs, der auf die Robbenherden zuführte, nicht nach Yokohama. Doch die Männer waren bei der Tauarbeit nicht mehr eifrig, und ich hörte sie untereinander fluchen. Mit den Jägern verhielt es sich anders. Smoke, der Unentwegte, erzählte eine Geschichte, und sie stiegen mit schallendem Gelächter hinab ins Zwischendeck.

Als ich auf meinem Wege nach achtern leewärts vorbeiging, wo die Kombüse gestanden hatte, näherte sich mir der Maschinist, den wir gerettet hatten. Sein Gesicht war bleich, seine Lippen zitterten.

„Mein Gott, was ist das für ein Fahrzeug?" rief er ängstlich aus.

„Sie haben selbst Augen und Sie haben ja gesehen", antwortete ich brutal, so erregt war ich.

„Ihr Versprechen?" fragte ich Wolf Larsen.

„Ich habe nicht daran gedacht, sie an Bord zu nehmen, als ich das Versprechen gab", antwortete er. „Und auf jeden Fall müssen Sie zugestehen, daß ich nicht Hand an sie gelegt habe."

„Weit entfernt, weit entfernt!" lachte er einen Augenblick danach.

Ich antwortete nicht, – war nicht in der Lage zu sprechen, so verwirrt war ich. Diese Frau, die jetzt in der Reservekajüte schlief, bildete für mich ein Objekt, für das ich mich verantwortlich fühlen mußte, und der einzige vernünftige Gedanke, der mir kam, war, daß ich nichts übereilen durfte, wenn ich für sie eine Hilfe bedeuten wollte.

Zweiter Teil

20. Kapitel

Der Rest des Tages verging ohne besondere Ereignisse. Der Wind legte sich allmählich. Der vierte Maschinist und die drei Heizer wurden nach einer erhitzten Debatte mit Wolf Larsen aus der Schiffskiste ausgerüstet. Sie erhielten ihre Plätze unter den Robbenjägern in den verschiedenen Booten zugewiesen, wurden zu den Wachen eingeteilt und nach vorn in die Back geschickt. Sie gingen und protestierten, aber nicht laut. Sie waren durch das, was sie von Wolf Larsen gesehen hatten, schon eingeschüchtert, während das, was sie in der Back von ihm noch hörten, ihnen die letzte Lust zu Widerstand benahm.

Miß Brewster – wir hatten ihren Namen inzwischen vom Maschinisten erfahren – schlief noch immer. Beim Abendessen bat ich die Jäger, leise zu sprechen, und so wurde sie nicht gestört. Erst am nächsten Morgen erschien sie. Ich hatte die Absicht, ihr das Essen getrennt auftragen zu lassen, aber Wolf Larsen widersetzte sich. Wer sie denn sei, daß sie zu gut für den Kajütentisch und die Kajütengesellschaft wäre, war seine Frage.

Ihr Erscheinen bei Tisch hatte etwas Unterhaltliches. Die Jäger wurden stumm wie Fische. Nur Jack Horner und Smoke waren unbefangen, warfen dann und wann verstohlene Blicke nach ihr und beteiligten sich selbst an der Unterhaltung. Die anderen hefteten ihre Blicke auf die Teller, kauten ständig und mit gedankenvoller Gewissenhaftigkeit, während ihre Ohren sich bewegten und im Takte der Kinnladen wippten, wie es die Ohren mancher Tiere tun.

Wolf Larsen sprach anfänglich auch nicht viel und gab nur Antwort, wenn er angesprochen wurde. Er war nicht etwa verlegen; weit entfernt!

Diese Frau war für ihn nur ein anderer Typ, von anderer Art, als er solche bisher kennengelernt hatte, und er war neugierig. Er studierte sie, und seine Augen ruhten ständig auf ihrem Gesicht, außer wenn er die Bewegung ihrer Hände oder Schultern beobachtete. Auch ich studierte sie, und obwohl ich die Unterhaltung aufrecht hielt, war ich ein wenig schüchtern und hatte mich nicht in der Hand. Er war dagegen die Ruhe selbst, das Selbstvertrauen in Person, und eine Frau konnte ihn nicht mehr und nicht weniger aufregen als Sturm und Kampf.

„Und wann werden wir in Yokohama sein?“ fragte sie ihn, wobei sie sich ihm zuwandte und ihm gerade in die Augen schaute.

Dies war eine klare Frage. Die Kiefer stellten das Kauen ein, die Ohren wippten nicht mehr, und obwohl die Blicke auf die Teller geheftet blieben, wartete jedermann begierig auf Antwort.

„In vier Monaten, vielleicht in drei, wenn die Jagdsaison früh endet“, sagte Wolf Larsen.

Sie schöpfte nach Luft und stammelte: „Ich – ich glaube – man hat mir gesagt, daß Yokohama nur eine Tagesreise entfernt ist. Dies –“ Hier machte sie eine Pause und blickte in der Runde auf die unsympathischen Männer, die den Blick auf die Teller gesenkt hatten. „Dies ist nicht richtig!“ schloß sie.

„Das ist eine Frage, die sie hier mit Herrn Van Weyden klären müssen“, erwiderte er und nickte mir mit einem Augenzwinkern zu. „Herr Van Weyden ist das, was Sie als eine Art Autorität in Rechtsfragen bezeichnen können. Ich als einfacher Seemann mag die Situation etwas anders beurteilen. Für Sie mag es immerhin ein Unglück sein, daß Sie bei uns bleiben müssen, für uns dagegen bedeutet es sicher einen Glücksfall.“

Er schaute sie lächelnd an. Ihre Augen senkten sich vor seinem Blick, doch sie hob sie wieder, trotzig in die meinen blickend. Ich las darin die unausgesprochene Frage: „Was ist Recht?“ Doch hatte ich mich entschlossen, die Rolle des Unbeteiligten zu spielen, weshalb ich nicht antwortete.

„Was glauben Sie?“ fragte sie.

„Daß es ein Unglück wäre, insbesondere wenn Sie irgendwelche bindenden Vereinbarungen für die nächsten Monate abgeschlossen haben sollten. Aber da Sie gesagt haben, daß Sie nur gesundheitshalber nach Japan reisen wollten, kann ich Ihnen versichern, daß Sie sich nirgends besser erholen werden als an Bord der ‚Ghost‘.“

Ich sah, wie ihre Augen aufblitzten, und diesmal schlug ich die meinen nieder und fühlte, daß ich unter ihrem Blick errötete. Es war feige, aber was konnte ich anderes tun?

„Herr Van Weyden spricht mit dem Gewichte der Autorität“, lachte Wolf Larsen.

Ich nickte, und sie hatte sich nun wieder in der Hand und wartete gespannt.

„Nicht, daß er schon viel davon sprechen könnte“, fuhr Wolf Larsen fort, „aber er hat sich wunderbar erholt. Sie hätten ihn sehen sollen, als er an Bord kam! Ein jämmerlicheres Menschengebilde hätte man schwerlich auftreiben können. Ist es nicht so, Kerfoot?“

Kerfoot, auf solche Art unmittelbar angesprochen, erschrak so, daß er sein Messer zu Boden fallen liess, wobei es ihm gerade noch gelang, zustimmend zu grunzen.

„Er hat sich beim Kartoffelschälen und Geschirrabwaschen so entwickelt. Eh, Kerfoot?“

Wieder grunzte dieser merkwürdige Mensch.

„Schauen Sie ihn jetzt an. Er ist ja nicht gerade das, was man muskulös nennen könnte, aber er hat Muskeln, mehr als damals, als er an Bord kam. Auch hat er jetzt Beine, auf denen er stehen kann. Sie würden es, wenn Sie ihn jetzt anschauen, nicht glauben, aber er war anfänglich dazu vollkommen unfähig.“

Die Jäger kicherten; aber sie schauten mich mit solchem Mitgefühl an, daß die Gemeinheiten des Wolf Larsen dadurch aufgewogen wurden. Und so lange war mir kein Mitgefühl mehr entgegengebracht worden, daß ich weich und von diesem Augenblick an ihr gehorsamer Diener wurde. Ich war wütend auf Wolf Larsen. Er reizte mit seinem Frotzeln meine Männlichkeit und forderte die Beine heraus, auf denen ich, wie er sich ausdrückte, zu stehen gelernt hatte.

„Ich habe vielleicht gelernt, auf meinen Beinen zu stehen", erwiderte ich, „aber noch nicht, auf denen anderer herumzutrampeln."

Er schaute mich herausfordernd an. „Dann ist Ihre Erziehung erst halb beendet", sagte er trocken und wendete sich an sie.

„Wir sind auf der ‚Ghost' sehr gastfreundlich. Dies hat auch Herr Van Weyden entdeckt. Wir tun alles, um unsere Gäste sich wie daheim fühlen zu lassen, eh, Herr Van Weyden?"

„Selbst bis zum Kartoffelschälen und Tellerabwaschen", antwortete ich, „gar nicht davon zu reden, daß man ihnen aus purer Freundschaft den Hals umdreht."

„Ich bitte Sie, sich von Herrn Van Weyden über uns nicht falsch informieren zu lassen", warf er mit gespielter Ängstlichkeit dazwischen. „Sie werden bemerkt haben, Miss Brewster, daß er einen Dolch in seinem Gürtel trägt, – hm – ein höchst ungewöhnliches Ding für einen Schiffsoffizier. Obwohl er sehr ehrenwert ist, ist Herr Van Weyden manchmal – wie soll ich mich ausdrücken? – na – ein wenig streitsüchtig, und man muß dagegen scharfe Maßnahmen ergreifen. In seinen ruhigen Momenten ist er durchaus vernünftig und anständig, und da er jetzt ruhig ist, wird er es nicht leugnen, daß er mir gestern nach dem Leben trachtete."

Ich war beinahe am Ersticken, und meine Augen glühten. Er beobachtete mich und fuhr fort:

„Schauen Sie ihn doch an. Kaum, daß er sich in Ihrer Gegenwart beherrschen kann. Er ist Gesellschaft von Frauen nicht gewöhnt. Ich werde mich bewaffnen müssen, bevor ich mich mit ihm an Deck wage."

Er schüttelte traurig das Haupt und murmelte: „Sehr schlecht, sehr schlecht", während die Jäger in ein brausendes Gelächter ausbrachen.

Die rauhen Stimmen dieser Männer hallten durch den engen Raum und schufen eine wilde Atmosphäre. Alles war wüst und als ich die fremde Frau anschaute, wurde mir zum erstenmal bewußt, wie wenig sie in diese Gesellschaft hineinpaßte, und gewahrte gleichzeitig, wie sehr ich selbst zu dieser Gesellschaft gehörte. Ich kannte diese Männer und ihre Gedankengänge, ich selbst war einer von ihnen, ich lebte ihr Robbenjägerleben, aß ihr Essen, dachte ihre Gedanken. Für mich war es nichts Fremdes, die rauhe Kleidung, die groben Gesichter, das wilde Gelächter, die schwankenden Kajütenwände und die schwingenden Seelampen.

Als ich mir ein Butterbrot strich, blickte ich auf meine Hand. Die Knöchel waren abgeschunden und entzündet, die Finger geschwollen, die Nägel schwarz umrandet. Ich fühlte auf meinem Kinn den struppigen Bart wachsen, bemerkte, daß ein Ärmel meiner Jacke zerrissen war und ein Knopf meines blauen Hemdes fehlte. Der von Wolf Larsen erwähnte Dolch hing in einer Scheide an meiner Seite. Es war ganz natürlich, daß ich ihn da trug – erst jetzt kam mir diese Selbstverständlichkeit ganz zum Bewußtsein, als ich es mit ihren Augen ansah und erkannte, wie seltsam ihr aber dies und alles andere noch vorkommen mußte.

Doch erriet sie den Spott, der in Wolf Larsens Worten lag, und warf mir wieder einen mitfühlenden Blick zu, der jedoch auch Bestürzung verriet. Da es sich um Spott handelte, wurde die Lage für sie noch verwirrender.

„Vielleicht kann ich durch irgendein vorbeifahrendes Schiff aufgenommen werden", schlug sie vor.

„Es wird keine anderen vorbeifahrenden Schiffe geben außer Robbenschonern“, gab Wolf Larsen zur Antwort.

„Ich habe keine Kleider und auch sonst nichts“, warf sie ein. „Sie denken wohl nicht daran, mein Herr, daß ich kein Mann und an Herumstreichen nicht gewöhnt bin, auch nicht an das rauhe Leben, das Sie und Ihre Leute zu führen scheinen.“

„Je rascher Sie sich daran gewöhnen, desto besser“, sagte er.

„Ich werde Ihnen Stoff, Nadel und Zwirn geben“, fügte er bei. „Ich glaube, daß es für Sie keine allzu schwierige Aufgabe sein wird, sich ein oder zwei Kleider zu nähen.“

Sie verzog den Mund, wie um ihre Unkenntnis im Schneidern kundzutun. Daß sie überrascht und bestürzt war, dies aber tapfer zu verbergen suchte, schien mir offenkundig.

„Ich glaube, Sie sind ebenso wie dieser Herr Van Weyden gewöhnt, daß alle Sachen für Sie gemacht werden. Nun denke ich, werden Sie kaum aus dem Leim gehen, wenn Sie selbst ein paar Dinge für sich tun. – Übrigens, wovon leben Sie?“

Sie schaute ihn mit unverhohlenem Erstaunen an.

„Ich will Sie durchaus nicht beleidigen, glauben Sie mir. Die Menschen müssen essen, sich daher mit dem Notwendigen versorgen. Diese Männer hier schießen Robben, um leben zu können. Aus dem gleichen Grunde führe ich den Schoner und Herr Van Weyden verdient jetzt sein Brot, indem er mir hilft. Und was tun Sie?“

Sie zuckte die Achseln.

„Ernähren Sie sich selbst? Oder ernährt Sie jemand anderer?“

„Ich fürchte, daß mich einen Großteil meines Lebens ein anderer ernährt hat“, lachte sie und versuchte auf den witzelnden Geist Wolf Larsens einzugehen, obwohl ich in ihren Augen wachsende Angst aufsteigen sah, wenn sie Wolf Larsen betrachtete.

„Ich glaube, jemand anderer macht Ihnen Ihr Bett?“

„Ich habe mein Bett gemacht“, antwortete sie. „Sehr oft?“

Mit gespielter Reue schüttelte sie ihr Haupt.

„Wissen Sie, was man in den Vereinigten Staaten mit Leuten macht, die, so wie Sie, nicht für ihren Lebensunterhalt arbeiten?“

„Ich bin sehr unwissend“, gestand sie. „Was tut man mit den armen Leuten, die so sind wie ich?“

„Man sperrt sie ein. Das Vergehen, seinen Lebensunterhalt nicht zu verdienen, wird in ihrem Falle ‚Landstreicherei‘ genannt. Wenn ich Herr Van Weyden wäre, der ständig Fragen über Recht und Unrecht nachhängt, würde ich fragen, mit welchem Recht Sie leben, wenn Sie nichts tun, um Ihren Lebensunterhalt zu verdienen.“

„Da Sie aber nicht Herr Van Weyden sind, brauche ich Ihnen nicht zu antworten. Nicht wahr?“

Sie sah ihn mit ihren angstvollen Augen an, und das Rührende dieses Blickes schnitt mir ins Herz. Ich mußte irgendwie die Unterhaltung unterbrechen und in andere Bahnen lenken.

„Haben Sie jemals durch Ihre eigene Arbeit einen Dollar verdient?“ fragte er triumphierend und war sich der Antwort im voraus sicher.

„Ja, das habe ich“, antwortete sie langsam, und ich hätte über sein verlegenes Gesicht laut lachen können. „Ich erinnere mich daran, daß mir mein Vater, als ich ein kleines Mädchen war, einen Dollar gab, dafür, daß ich fünf Minuten vollkommen still war.“

Er lächelte nachsichtig.

„Aber das ist lange her“, setzte sie fort, „und Sie werden kaum fordern, daß ein neunjähriges Mädchen sich selbst seinen Lebensunterhalt verdient.“

„Gegenwärtig aber“, setzte sie nach einer weiteren kurzen Pause fort, „verdiene ich jährlich ungefähr achtzehnhundert Dollar.“

Mit einem Schlage lösten sich alle Blicke von den Tellern und richteten sich auf sie. Eine Frau, die achtzehnhundert Dollar jährlich verdient, war wert, angeschaut zu werden. Auch Wolf Larsen gab seiner Verwunderung offen Ausdruck.

„Gehalt oder Stücklohn?“ fragte er. „Stücklohn“, antwortete sie rasch.

„Achtzehnhundert“, rechnete er, „das sind hundertfünfzig Dollar monatlich. Nun, Miß Brewster, auf der ‚Ghost‘ haben wir keinen Mangel. Betrachten Sie sich während des Aufenthaltes bei uns als mit dem gleichen Gehalt angestellt.“

Sie äußerte sich nicht. Sie war die sonderbaren Einfälle des Mannes noch zu ungewohnt, um sie mit Gleichmut hinzunehmen.

„Ich vergaß“, fuhr er freundlich fort, „Sie über die Art Ihrer Beschäftigung zu fragen. Was brauchen Sie dazu? Welches Werkzeug und Material benötigen Sie?“

„Papier, Tinte und eine Schreibmaschine“, sagte sie.

„Sie sind Maud Brewster“, sagte ich langsam und sicher, als ob ich sie eines Verbrechens beschuldigen würde.

Neugierig richtete sie die Augen auf mich: „Wieso wissen Sie das?“

„Sind Sie es nicht?“ fragte ich.

Sie gab es mit einem Nicken zu erkennen. Nun war die Reihe, verblüfft zu sein, an Wolf Larsen. Der Name und sein Zauber war für ihn kein Begriff. Ich war stolz darauf, daß er für mich etwas bedeutete, und zum erstenmal seit geraumer Zeit kam mir wieder meine Überlegenheit über ihn zum Bewußtsein.

„Ich erinnere mich, eine Kritik über ein kleines Werk geschrieben zu haben ...“ begann ich liebenswürdig, doch sie unterbrach mich.

„Sie!“ rief sie aus, „Sie sind...“

Sie schaute mich mit grossen Augen verwundert an.

Jetzt nickte ich zustimmend zu meiner Persönlichkeit.

„Humphrey Van Weyden“, schloß sie und fügte mit sichtbarer Erleichterung, ohne zu achten, daß sie dies vor Wolf Larsen tat, hinzu: „Ich bin so froh!“

„Ich kann mich an die Kritik erinnern“, fuhr sie rasch fort, als sie sich der Eigenartigkeit ihrer Bemerkung bewußt geworden war, „an diese allzu schmeichelhafte Kritik.“

„Absolut nicht“, verneinte ich rasch.

„Sie erniedrigen meine nüchterne Beurteilung und vermindern den Wert meiner Kritik. Übrigens waren meine Kritikerkollegen ganz auf meiner Seite. Zählte nicht Lang Ihren ‚Geduldeten Kuß‘ zu den vier schönsten Sonetten, die von Frauen in englischer Sprache geschrieben wurden?“

„Aber Sie nannten mich die amerikanische Mrs. Meynell!“

„War es unrichtig?“ fragte ich.

„Nun“, antwortete sie, „nicht, daß ich beleidigt gewesen wäre.“

„Wir können das Unbekannte nur am Bekannten messen“, antwortete ich in feinster akademischer Art.

„Als Kritiker oblag es mir, Sie zu werten und einzureihen. Nun sind Sie selbst zum Maßstab geworden. Die Zeit ist nicht mehr fern, da in England sich irgend eine Unbekannte erheben wird und die Kritiker sie als englische Maud Brewster bezeichnen werden.“

„Sie sind wirklich zu nett“, murmelte sie. Und gerade das Konventionelle in Wort und Stimme, verbunden mit einer Unmenge von Erinnerungen an das Leben auf der anderen Seite dieser Welt, die dadurch wachgerufen wurden, ließen mich erbeben – vor überreichem Andenken, aber auch stechendem Heimweh.

„Sie sind also Maud Brewster“, sagte ich feierlich und schaute zu ihr hinüber.

„Und Sie sind Humphrey Van Weyden“, sagte sie und schaute mit der gleichen feierlichen Andacht auf mich.

„Merkwürdig; ich kann es gar nicht verstehen. Sicher werden wir nicht lange auf eine wildromantische Seegeschichte aus Ihrer Feder zu warten brauchen?“

„Nein, ich kann Ihnen versichern, daß ich keinen Stoff sammle“, lautete meine Antwort. „Ich habe weder Fähigkeit noch Neigung zu Romantik.“

„Sagen Sie mir, warum haben Sie sich immer in Kalifornien begraben?“ fragte sie mich als nächstes. „Es war nicht nett von Ihnen. Wir im Osten haben so wenig von Ihnen zu sehen bekommen.“

Ich verbeugte mich und lehnte das Kompliment ab. „Fast hätte ich Sie einmal in Philadelphia getroffen. Können Sie sich erinnern, dass Sie dort über Browing oder etwas anderes lasen? Mein Zug hatte vier Stunden Verspätung.“

Und dann vergaßen wir ganz, wo wir waren, und ließen Wolf Larsen stumm und allein inmitten der Flut unseres Redestromes. Die Jäger verließen den Tisch und gingen an Deck, und immer noch sprachen wir. Nur Wolf Larsen blieb. Plötzlich wurde ich seiner gewahr, wie er zurückgelehnt dasaß und unseren fremdartigen Gesprächen über eine Welt, die er nicht kannte, lauschte.

Mitten im Satz brach ich ab. Die Gegenwart und all ihre Schrecken und Gefahren traten mir mit lähmender Angst vor Augen. In gleicher Weise erging es Miß Brewster. Namenloses Entsetzen spiegelte sich beim Anblick Wolf Larsens in ihren Augen wider.

Er erhob sich und lachte befangen. Es klang metallisch.

„Oh, lassen Sie sich durch mich nicht stören“, sagte er mit einer wegwerfenden Handbewegung. „Ich zähle nichts. Fahren Sie fort, sprechen Sie weiter. Ich bitte Sie darum.“

Doch der Redestrom war abgerissen und auch wir erhoben uns und lachten befangen.

21. Kapitel

Der Ärger, der über Wolf Larsen gekommen war, als er von Maud Brewster und mir beim Tischgespräch unbeachtet blieb, mußte irgendwie seine Folgen zeitigen. Es war Thomas Mugridges Los, als Opfer auserkoren zu werden. Er hatte weder die Kochgewohnheiten noch sein Hemd gewechselt, obwohl er behauptete, es bei letzterem getan zu haben. Das Kleidungsstück selbst bestätigte seine Behauptung nicht. Ebensowenig waren die Fettablagerungen auf Ofen, Töpfen und Pfannen ein Beweis seiner Reinlichkeit.

„Ich habe dich gewarnt, Kocherl“, sagte Wolf Larsen, „und jetzt wirst du deine Medizin bekommen.“

Mugridges Gesicht wurde unter der Schmutzschicht weiß. Als Wolf Larsen nach einem Tau und einigen Mann rief, floh der erbarmungswürdige Cockney wild aus der Kombüse und sprang an Deck, während ihn eine gröhlende Horde verfolgte. Nichts hätte ihnen mehr Spaß bereiten können, als ihn ein wenig ins Schlepptau zu nehmen, denn er hatte miserable Speisen ins Zwischendeck geschickt. Die äußeren Umstände begünstigten das Unternehmen. Die „Ghost“ fuhr nur mit drei Meilen pro Stunde, und das Meer war ziemlich ruhig. Mugridge hatte wenig Gusto auf ein Tauchunternehmen. Vielleicht hatte er schon früher gesehen, wie Leute ins Schlepptau genommen worden waren. Außerdem war das Wasser eiskalt, und er war alles eher als abgehärtet.

Wie gewöhnlich, wenn es Aussicht auf Unterhaltung gab, kamen die Robbenjäger und Wachen von unten aufs Deck. Mugridge schien eine verzweifelte Angst vor dem Wasser gepackt zu haben, denn er entwikkelte eine Gewandtheit und Schnelligkeit, die wir ihm nicht zugetraut hätten. In dem Winkel zwischen Kombüse und Achterhütte in die Enge getrieben, sprang er wie eine Katze aufs Kajütendach und rannte nach hinten. Seine Verfolger kamen ihm zuvor, jetzt sprang er zurück über die Kajüte, die Kombüse und erreichte über die Zwischendeckluke das Deck. Er rannte geradeaus weiter, den Bootsruderer Harrison in immer geringerem Abstand auf den Fersen. Nun machte Mugridge einen plötzlichen Sprung und zog sich am Klüverbaum hoch. Dies gelang ihm im Bruchteil einer Sekunde. Er hielt sich mit den Armen fest und schwang mit beiden Beinen aus den Hüften erst kräftig vor und dann zurück. Der Tritt traf den heranstürmenden Harrison gerade in die Magengrube. Er brüllte auf, taumelte und stürzte rücklings aufs Deck.

Händeklatschen und brüllendes Gelächter begleiteten diesen Angriff, während Mugridge die eine Hälfte seiner Verfolger am Vormast zurückließ und sich durch die andere, wie ein Aussenstürmer bei einem Fußballmatch nach achtern rennend, hindurchschlängelte. Er rannte längs der Achterhütte zum Heck. Seine Geschwindigkeit war so groß, daß er vor der Kajüte ausrutschte und hinfiel. Nilson stand beim Rad. Der niedersausende Mugridge streifte dessen Beine. Beide stürzten, doch nur Mugridge erhob sich. Durch eine unglückliche Hebelwirkung hatte sein schwächlicher Körper das Bein des starken Mannes wie ein Pfeifenrohr geknickt.

Parson trat ans Rad, und die Verfolgung ging weiter. Rund ums Deck ging es dahin. Mugridge in wahnsinniger Angst, die Matrosen, sich gegenseitig Anweisungen zuschreiend, wurden durch die Jäger mit brüllendem Gelächter weiter aufgestachelt. Mugridge ging, drei Mann über sich, auf der Vorderluke zu Boden, entwand sich jedoch wie ein Aal, aus dem Munde blutend und das Hemd in Fetzen, und sprang zur Haupttakelung. Und hinauf gings geradeaus bis zum Grossmasttopp.

Ein halbes Dutzend Matrosen stürmte bis zu den Kreuzbäumen nach, wo sie zurückblieben, während nur zwei – Oofty-Oofty und Black (der Latimers Bootsruderer war) – über die dünnen Stahltrossen weiterkletterten und sich höher und höher hantelten.

Es war ein gefährliches Unternehmen. Denn bei einer Höhe von über dreißig Metern, nur auf den Halt ihrer Hände angewiesen, konnten sie sich nur schwer von Mugridges Beinen schützen. Und Mugridge trat wie ein Rasender, bis der Kanake, sich nur mit einer Hand haltend, mit der anderen ein Bein des Cockney erwischte. Einen Augenblick danach gelang das Gleiche dem Black. Dann hingen die drei in einem schwebenden Knäuel zusammen, kämpften, schwankten und fielen in die Arme ihrer Kameraden auf den Kreuzbäumen.

Die Luftschlacht war beendet, und Thomas Mugridge wurde wimmernd und stöhnend, mit blutigem Schaum vor dem Mund, aufs Deck geschleppt. Wolf Larsen knotete eine Bugleine und legte ihm die Schlinge unter den Armen um die Brust. Dann wurde er nach achtern geschleift und ins Meer geworfen. Vierzig, fünfzig, sechzig Meter Leine wickelten sich ab, bis Wolf Larsen „Festmachen!" rief. Oofty-Oofty machte eine Schlinge um einen Pfahl, die Leine spannte sich, und durch die Fahrtgeschwindigkeit der „Ghost" wurde der Koch an die Oberfläche gezerrt.

Es war ein jammervoller Anblick. Obwohl er nicht untergehen konnte und ein zähes Leben besaß, mußte er doch die Qualen eines Ertrinkenden erdulden. Die „Ghost" fuhr langsam, und wenn sich ihr Heck auf einer Welle hob, zog es den armen Teufel an die Oberfläche, und er konnte einen Augenblick Atem schöpfen. Aber dann senkte sich das Heck wieder, und während der Bug die nächste Welle erklomm, erschlaffte die Leine und der Koch ging wieder unter.

Ich hatte die Anwesenheit Maud Brewsters vergessen und blickte daher erschrocken auf sie, als sie jetzt mit leisem Schritt neben mir auftauchte. Sie war, seit sie an Bord gekommen war, das erstemal an Deck.

Totenstille begrüßte ihr Erscheinen.

„Was ist der Anlaß der Unterhaltung?" fragte sie.

„Fragen Sie Kapitän Larsen“, sagte ich gelassen und kühl, obwohl mir innerlich das Blut kochte bei dem Gedanken, daß sie Zeugin einer solchen Brutalität sein sollte. Sie wollte meinem Rate folgen, drehte sich um, und ihr Blick fiel auf Oofty-Oofty, der mit geschmeidiger Eleganz die Tauschlinge hielt.

„Fischen Sie?“ fragte sie.

Er gab keine Antwort. Seine Augen, die nach hinten auf das Meer gerichtet waren, blickten plötzlich starr.

„Hai, ahoi, Herr!“ schrie er.

„Hol ein! Schnell, alle Mann!“ rief Wolf Larsen und sprang als erster an die Leine.

Mugridge hatte den Warnungsschrei des Kanaken gehört und brüllte jetzt wie ein Wahnsinniger. Ich konnte die Schwanzflosse eines Haies mit größerer Geschwindigkeit, als der Mann eingezogen wurde, das Wasser durchschneiden sehen. Es war ein Rennen mit gleichen Chancen – ob der Hai oder wir ihn zuerst erreichen konnten. Als Mugridge gerade unter uns war, sank das Heck in das Tal einer vorüberflutenden Welle, wodurch der Hai einen Vorsprung gewann. Die Flosse verschwand und der Haifisch tauchte in einer plötzlichen Aufwärtsbewegung auf. Beinahe ebenso schnell war Wolf Larsen. Seine ganze Kraft legte er in einen gewaltigen Ruck. Der Körper des Cockney wurde in letzter Sekunde aus dem Wasser emporgerissen. Der Koch zog die Beine hoch, der menschenfressende Riesenfisch schien eines davon knapp zu berühren und fiel dann klatschend ins Wasser zurück. In diesem Moment stieß Mugridge einen Schrei aus. Dann kam er hinauf, wie ein frischgefangener Fisch an der Angel, flog elegant über die Reling, schlug mit Händen und Knien aufs Deck.

Ein Blutstrom ergoß sich aufs Deck. Der rechte Fuss fehlte – wie am Knöchel amputiert. Ich schaute auf Maud Brewster. Ihr Gesicht war weiß. Ihre Augen weiteten sich vor Entsetzen. Sie schaute nicht auf Thomas Mugridge, sondern auf Wolf Larsen, und dieser gewahrte es, denn er sagte mit kurzem Lachen:

„Männerspiel, Maud Brewster. Etwas rauher, als Sie es bisher gewohnt gewesen sein mögen, aber immerhin – Männerspiel. Der Hai war nicht in Rechnung gestellt. Es …"

Bei dieser Bemerkung erkannte Thomas Mugridge, der den Kopf gehoben hatte, die Schwere seines Verlustes, kroch übers Deck und verbiss sich in Wolf Larsens Bein. Ruhig bückte sich Wolf Larsen und drückte mit Daumen und Fingern von hinten die Kinnladen Mugridges unterhalb der Ohren zusammen. Widerstrebend öffnete sich der Kiefer und Wolf Larsen war frei. „Wie gesagt", fuhr er fort, als ob nichts Ungewöhnliches passiert wäre, „der Hai war nicht in Rechnung gestellt. Er war – hm, – na, sollen wir ‚Vorsehung' sagen?"

Sie ließ nicht merken, daß sie es gehört hatte, obwohl sich der Ausdruck ihrer Augen zu unsagbarem Ekel wandelte, als sie sich zum Gehen wandte. Sie kam aber nicht weit, wankte und streckte matt die Hand nach mir aus. Ich konnte sie gerade rechtzeitig erfassen, um sie vor dem Hinfallen zu bewahren, und half ihr, sich in der Kajüte niederzusetzen.

„Herr Van Weyden, wollen Sie eine Aderpresse holen?" rief mir Wolf Larsen zu.

Ich zögerte. Ihre Lippen bewegten sich, und obwohl sie kein Wort hervorbrachte, bat sie mich mit den Augen inständig, dem Unglücklichen zu helfen. „Bitte", konnte sie mit Mühe flüstern, und ich mußte gehorchen.

Mit der Zeit hatte ich mir eine solche Fertigkeit in Chirurgie angeeignet, daß Wolf Larsen mich allein meiner Aufgabe überlassen konnte, die ich unter Assistenz einiger Matrosen durchführte. Er machte sich inzwischen zur Rache an dem Hai auf. Ein schwerer Wirbelhaken, mit einem fetten Stück Pökelfleisch als Köder, wurde über Bord geworfen, und während ich die verletzten Venen und Arterien versorgte, holten die Matrosen singend das räuberische Ungeheuer ein. Ich selbst konnte es nicht sehen, doch verließen mich meine Assistenten fallweise, um mittschiffs zu laufen und zu sehen, was dort vorging. Sie berichteten, daß der über fünf Meter lange Hai in die Haupttakelung aufgezogen und ihm das Maul weit aufgerissen worden war. Eine beiderseits zugespitzte Eisenstange wurde so in den Rachen hineingestellt, daß sie sich in den Kiefer bohren mußte, wenn er das Maul zu schließen versuchte. Nachdem dies geschehen war, wurde der Angelhaken herausgeschnitten. Der Hai fiel ins Meer zurück, hilflos und doch bei vollen Kräften, verurteilt, langsam zu verhungern – ein lebender Toter, eine Strafe, die weniger er, als vielmehr der Mann, der sie verhängt hatte, verdient haben würde.

22. Kapitel

Ich wußte, um was es sich handelte, als Maud jetzt auf mich zukam, denn ich hatte sie zehn Minuten lang ernst mit dem Maschinisten reden sehen. Ich deutete ihr, zu schweigen, und zog sie außer Hörweite des Mannes am Ruder. Ihr Antlitz war weiß und entschlossen, ihre großen Augen, die noch grösser waren als gewöhnlich, sahen durchdringend in die meinen. Ich· hatte ein ängstliches Gefühl, denn sie war gekommen, um Herrn Van Weydens Seele zu untersuchen, und Herr Van Weyden hatte, seitdem er auf die „Ghost" gekommen war, nichts geleistet, worauf er hätte besonders stolz sein können.

Wir schlenderten zur Achterhütte, wo sie sich zu mir wandte und mir in die Augen blickte. Ich schaute herum und vergewisserte mich, daß niemand in Hörweite war.

„Was ist los?" fragte ich sanft, doch wich der entschlossene Ausdruck nicht aus ihrem Gesicht.

„Ich kann verstehen", begann sie, „daß das, was sich heute morgen abspielte, im wesentlichen ein Zufall war, doch habe ich mit Herrn Harkins gesprochen, der mir erzählte, daß an dem Tage, an dem man uns rettete, zwei Menschen ertränkt, absichtlich ertränkt – ermordet wurden."

In ihrer Stimme lag eine Frage, und sie schaute mich an, als wäre ich für den Tod verantwortlich oder zumindest mitverantwortlich.

„Diese Mitteilung ist vollkommen richtig", antwortete ich. „Zwei Männer wurden ermordet."

„Und Sie haben es zugelassen!" schrie sie.

„Ich war nicht in der Lage, es zu verhindern, wäre die bessere Formulierung", antwortete ich, noch immer freundlich.

„Aber haben Sie wenigstens versucht, es zu verhindern?"

Der Ton lag auf dem Worte ‚versucht', und ihre Stimme war flehend.

„Oh, Sie haben es nicht getan", fuhr sie fort, da sie meine Antwort erriet. „Aber warum taten Sie es nicht?"

Ich zuckte die Achseln. „Sie müssen daran denken, Miss Brewster, daß Sie ein neuer Bewohner dieser kleinen Welt sind, und daß Sie noch nicht die Spielregeln kennen, die in ihr Geltung besitzen. Sie bringen gewisse Begriffe von Menschlichkeit und Ähnlichem mit, doch werden Sie feststellen müssen, daß dies alles hier nicht gilt. Ich habe es schon begriffen", fügte ich mit einem unwillkürlichen Seufzer hinzu.

Sie schüttelte ungläubig ihr Haupt.

„Was würden Sie mir dann raten?" fragte ich. „Daß ich ein Messer, ein Gewehr oder eine Hacke nehmen und diesen Menschen ermorden sollte?"

Sie wich zurück.

„Nein, das nicht."

„Was sollte ich dann tun? Mich selbst umbringen?"

„Sie sprechen von einem rein materialistischen Standpunkte aus", warf sie ein.

„Aber es gibt so etwas wie sittlichen Mut, und sittlicher Mut ist nie wirkungslos.

„Ah", lachte ich. „Sie raten mir weder, ihn zu töten, noch mich selbst umzubringen, sondern mich von ihm um die Ecke bringen zu lassen." Ich erhob meine Hand, als sie sprechen wollte. „Denn sittlicher Mut ist auf dieser kleinen schwimmenden Welt etwas vollkommen Wertloses. Leach, einer der beiden Männer, die ermordet wurden, hatte sittlichen Mut in ganz außergewöhnlich hohem Maße, ebenso Johnson. Er hat ihnen nur nichts genützt, sondern sie sogar vernichtet. Und so würde es mir ergehen, wenn ich den geringen sittlichen Mut, den ich besitze, gebrauchen wollte.

Sie müssen verstehen, Miss Brewster – und dies wirklich verstehen – daß dieser Mensch ein Ungeheuer ist. Er hat kein Gewissen, nichts ist ihm heilig und nichts so schrecklich, daß er es nicht tun würde. Es war nur eine Laune von ihm, daß ich zunächst an Bord zurückgehalten wurde, und seiner Laune verdanke ich es, daß ich noch am Leben bin. Ich tue nichts, kann nichts tun; denn ich bin ein Sklave dieses Ungeheuers, gerade so wie auch Sie jetzt seine Sklavin sind; denn ich wünsche zu leben, wie auch Sie leben wollen, und ich kann ihn nicht bekämpfen und besiegen, gerade so wenig, wie Sie ihn bekämpfen und besiegen können."

Sie wartete darauf, daß ich fortfahren würde.

„Was bleibt da übrig. Ich befinde mich in der Rolle des Schwächeren. Ich schweige und dulde die Schmach, wie auch Sie schweigen und dulden werden. Und es ist gut so. Es ist das beste, was wir tun können, wenn wir leben wollen. Die Schlacht endet nicht immer zu Gunsten des Stärkeren. Wir haben nicht die Kraft, mit diesem Mann zu kämpfen. Wir müssen heucheln, um zu gewinnen; gewinnen durch Verschlagenheit. Wenn Sie von mir einen Rat annehmen wollen, so handeln Sie dementsprechend. Ich weiß, daß meine Lage gefährlich ist; und die Ihrige ist, das kann ich ruhig sagen, noch gefährlicher. Wir müssen in einem geheimen Bündnis zusammenhalten, ohne daß jemand etwas merkt. Ich werde Ihnen nicht offen beistehen können, und was immer für Unwürdigkeiten mir zugefügt werden sollten, müssen Sie in gleicher Weise schweigen. Sie dürfen keine Szenen mit diesem Manne heraufbeschwören und dürfen seinen Willen nicht durchkreuzen. Wir müssen lachende Mienen bewahren und zu ihm freundlich sein, so widerlich dies uns scheinen mag."

Sie fuhr sich verwirrt mit der Hand über die Stirn und sagte: „Noch kann ich es nicht begreifen."

„Sie müssen tun, wie ich's Ihnen sage", unterbrach ich sie befehlend, denn ich sah, wie Wolf Larsens Blick auf uns fiel, während er mit Latimer mittschiffs auf und ab ging. „Tun Sie, wie ich Ihnen sage, und Sie werden sehen, daß ich recht habe."

„Was soll ich also tun?" fragte Sie, nachdem sie den ängstlichen Blick gewahrte, den ich auf den Gegenstand unserer Unterhaltung geworfen hatte.

„Lassen Sie allen sittlichen Mut beiseite", sagte ich rasch. „Reizen Sie nicht die Unberechenbarkeit dieses Mannes. Seien Sie freundlich zu ihm, sprechen Sie mit ihm, plaudern Sie mit ihm über Literatur und Kunst – er liebt solche Dinge. Sie werden in ihm einen aufmerksamen und verständnisvollen Zuhörer finden. Und zu Ihrem eigenen Wohle: trachten Sie, nach Möglichkeit, die auf diesem Schiffe vorfallenden Brutalitäten nicht mitansehen zu müssen. Es wird Ihnen das Spielen Ihrer Rolle erleichtern."

„Ich soll also lügen!" erwiderte sie mit Empörung. „Mit Worten und mit Taten lügen?"

Wolf Larsen hatte sich von Latimer getrennt und war auf dem Wege zu uns.

„Bitte, bitte, verstehen Sie mich doch", sagte ich rasch mit leiser Stimme.

„All Ihre Erfahrungen über Menschen und Dinge sind hier wertlos. Sie müssen von vorne anfangen. Ich weiß – ich habe dies erkannt – Sie waren früher gewohnt, Menschen mit Ihren Augen zu beeinflussen, indem Sie Ihren sittlichen Mut daraus sprechen ließen. Sie haben mich bereits mit Ihren Augen beherrscht und mir mit diesen Befehle erteilt. Aber versuchen Sie es nicht bei Wolf Larsen. Ebensogut könnten Sie es bei einem Löwen versuchen. Er würde ... – Ich bin immer stolz darauf gewesen, daß ich ihn entdeckt habe", sagte ich, indem ich das Gesprächsthema wechselte, als Wolf Larsen zu uns auf die Achterhütte trat. „Die Herausgeber fürchteten sich vor ihm, und die Verleger mieden jede Verbindung mit ihm. Aber ich erkannte ihn und sein Genie und mein Urteil wurde gerechtfertigt, als er den wunderbaren Erfolg mit seiner ‚Schmiede' errang."

„Und es war ein Zeitungsgedicht", sagte sie schlagfertig.

„Es erschien in einer Zeitung", erwiderte ich, „aber nicht, weil die Herausgeber von Zeitschriften es nicht angeschaut hätten."

„Wir sprechen über Harrison", sagte ich zu Wolf Larsen.

„Oh, ja", nahm er zur Kenntnis, „ich kann mich an die ‚Schmiede' erinnern. Voll von schönen Gefühlen und einem mächtigen Glauben an menschliche Illusionen. übrigens, Herr Van Weyden – Sie sollten lieber nach Kocherl schauen. Er jammert und ist unruhig."

So wurde ich von der Achterhütte verwiesen, um Mugridge – in ruhigem Schlafe vorzufinden – ich hatte ihm ja kurz zuvor eine Morphiuminjektion gegeben. Ich beeilte mich nicht, an Deck zurückzukehren, und als ich dies tat, war ich froh, Miß Brewster in angeregter Unterhaltung mit Wolf Larsen anzutreffen. Sie hatte also meinen Rat befolgt. Und doch durchfuhr mich ein leiser Schmerz, daß sie fähig war, das zu tun, worum ich sie gebeten, und was sie offensichtlich verabscheut hatte.

23. Kapitel

Günstige Winde trieben die „Ghost“ nordwärts in die Robbenherden. Wir trafen sie etwa auf dem vierundvierzigsten Breitengrad, in einer rauhen, stürmischen See, über die der Wind in ewigem Fluge Nebelbänke fegte. Einmal konnten wir mehrere Tage weder die Sonne sehen noch sonstige Beobachtungen machen. Dann reinigte ein Sturm die Atmosphäre, die Wellen kräuselten sich schimmernd, und wir konnten feststellen, wo wir waren. Jetzt mochte ein klarer Tag folgen, vielleicht drei oder vier Tage, dann aber legte sich der Nebel, scheinbar noch dicker als zuvor, wieder über uns.

Das Jagen war gefährlich. Dennoch wurden die Boote Tag für Tag zu Wasser gelassen, im grauen Dunkel verschlungen und bis zum Einbruch der Nacht, manchmal auch noch länger, nicht mehr gesehen. Wie Meeresungeheuer tauchten sie dann eines nach dem anderen aus dem Grau auf. Wainwight – der Jäger, den Wolf Larsen mit Boot und Mannschaft gestohlen hatte – machte sich die verschleierte See zunutze.

Eines Morgens verschwand er mit seinen zwei Männern im umliegenden Nebel, und wir sahen sie nicht wieder, erfuhren aber einige Tage später, daß sie von Schoner zu Schoner gerudert waren, bis sie schließlich unter großen Strapazen ihren eigenen wieder erreicht hatten.

Es war nicht Aufgabe des Steuermannes, in den Booten auszufahren, und trotzdem ich schlau darauf hinarbeitete, erteilte mir Wolf Larsen nie die Bewilligung. Wenn er dies getan hätte, würde ich irgendwie versucht haben, Miß Brewster mitzunehmen. So aber näherten sich die Dinge einem Stadium, an das ich mich nur mit Grauen erinnere. Ich wies den Gedanken daran zurück, doch erhob sich dieser immer wieder wie ein Spuk und wich nicht von mir.

Seinerzeit hatte ich Seegeschichten gelesen, in denen das einsame Weib zwischen Schiffsbesatzungen als Selbstverständlichkeit vorkam.

Doch erst jetzt kam mir zum Bewußtsein, daß ich nie die tiefere Bedeutung einer solchen Situation – von Dichtern so vielfältig besungen und so gründlich ausgeschrotet – erfaßt hatte. Und hier war sie jetzt, und ich stand ihr Angesicht in Angesicht gegenüber. Und damit sie möglichst lebendig gestaltet würde, bedurfte es nicht mehr, als daß die Frau eben Maud Brewster war, die mich, wie sie es früher durch ihre Werke getan hatte, jetzt persönlich in ihren Bannkreis zog.

Man hätte sich nichts vorstellen können, was weniger in diese Umgebung gepaßt hätte als gerade sie. Sie war ein zartes ätherisches Geschöpf, geschmeidig, mit anmutigen Bewegungen. Nie hatte ich das Gefühl, daß sie ging; wenigstens nicht so wie andere Sterbliche. Sie trat zu einem heran wie ein Vogel, der auf geräuschlosen Schwingen herniederstreicht.

Sie war wie ein Stück Meißner Porzellan, und ich hatte stets den Eindruck, sie sei zerbrechlich. So wie seinerzeit, als ich ihren Arm ergriff, um ihr hinunterzuhelfen, fürchtete ich jedesmal, daß sie durch zu grobes Anfassen zerbrechen könnte. Nie habe ich eine derart vollkommene Harmonie zwischen Geist und Körper gesehen. Lesen Sie einmal die Beschreibung ihrer Verse, wie sie von den Kritikern besungen wurden – so erhaben und durchgeistigt – und Sie haben eine Beschreibung ihres Körpers. Er schien als ein Teil ihrer Seele die gleichen Eigenschaften zu besitzen und nur mit zartesten Ketten an das irdische Dasein gefesselt zu sein.

Sie stand in krassem Gegensatz zu Wolf Larsen. Keiner von diesen beiden Menschen besaß etwas, das dem anderen eigen war, und keine Eigenschaft des einen fand sich beim anderen. Ich beobachtete beide eines Morgens, als sie zusammen übers Deck schritten wie die Gegenpole menschlicher Entwicklung; – er der Höhepunkt aller Wildheit, sie das vollendete Produkt der Zivilisation.

Wolf Larsen besass einen aussergewöhnlichen Verstand, doch zielte dieser nur auf Befriedigung seiner wilden Instinkte. Dieser ließ ihn also dadurch noch furchtbarer werden als einen Wilden. Er war sehr muskulös, und obwohl er mit der Sicherheit und Festigkeit eines Bullen auftrat, haftete keine Schwere an seinem Schritt. Er ging wie auf Katzenpfoten. Er glich einem Tiger, einem Raubtier voll Wildheit und in seinen Augen leuchtete manchmal derselbe Glanz auf, wie ich ihn in den Augen gefangener Leoparden gesehen habe.

An dem Tage, an dem ich die beiden auf und ab gehen sah, bemerkte ich, daß sie den Spaziergang beendete. Sie kamen in die Nähe des Kajüteneinganges, wo ich stand. Obwohl sie es durch kein äußeres Zeichen verriet, empfand ich doch, dass sie sich in grösster Erregung befand. Sie schaute mich an, machte eine nebensächliche Bemerkung und lachte unbekümmert. Dann aber sah ich, wie ihre Augen zu den seinen zurückkehrten – unwillkürlich, wie fasziniert – wie sie den Blick dann zu Boden schlug, aber nicht schnell genug, um das Entsetzen zu verbergen, das in ihm stand.

Die Ursache ihrer Erregung entdeckte ich in seinen Augen. Für gewöhnlich grau, kalt und hart, waren sie jetzt warm, weich und golden, ganz erfüllt von winzigen tanzenden Flämmchen, die erlöschten, um wieder aufzuleuchten, bis sie die Augen mit einem glühenden Schein erfüllten. Vielleicht stammte von ihnen der goldene Schimmer. Seine Augen waren verführerisch und beherrschend, gleichzeitig lockend und zwingend und verlangend, was keine Frau, am wenigsten Miß Brewster, mißverstehen konnte. Ihr Entsetzen griff auf mich über, und in diesem Augenblick der Furcht – der schrecklichsten, die ein Mann ausstehen kann – erkannte ich, daß mir diese Frau unsagbar lieb war. Die Erkenntnis, daß ich sie liebte, kam zugleich mit der Angst über mich.

Beide Gefühle legten sich auf mein Herz, ließen mein Blut erstarren und gleichzeitig heiß aufwallen. Von einer übernatürlichen Kraft wurde ich gezwungen, nochmals in Wolf Larsens Augen zu blicken. Doch hatte er sich nun wieder in der Hand. Das goldene Leuchten und die tänzelnden Flämmchen waren verschwunden. Kalt und grau funkelten seine Augen, als er sich rauh abwandte und fortging.

„Ich fürchte mich“, flüsterte sie mit einem Schaudern. „Ich fürchte mich so!“

Auch ich war erschrocken und erregt über die Entdeckung, daß sie mir so viel bedeute, doch gelang es mir, vollkommen ruhig zu antworten:

„Es wird alles gut werden, Miß Brewster. Glauben Sie mir, es wird gut werden!“

Sie antwortete mit einem dankbaren Lächeln, das mein Herz höher schlagen liess, und ging die Kajütentreppe hinunter.

Lange blieb ich dort stehen, wo sie mich verlassen hatte. Ich mußte zunächst meine Fassung wiedererlangen, um mir der Bedeutung der geänderten Verhältnisse klar zu werden. Jetzt war sie endlich gekommen, die Liebe, da ich sie am wenigsten erwartet hatte, und unter den ungeeignetsten Voraussetzungen.

Und nun war es geschehen! Maud Brewster! Meine Erinnerung flog zurück zu dem dünnen, kleinen Bändchen auf meinem Schreibtisch und ich sah sie zum Greifen nahe, die Reihe der kleinen Bände auf meinem Bücherbrett. Wie hatte ich jedes von ihnen mit Freuden begrüßt! Jedes Jahr war eines davon erschienen, und jedes war für mich das Ereignis des Jahres gewesen. Meine Gedanken flogen zurück zu einer kleinen biographischen Bemerkung in dem roten Bändchen „Wer ist wer?“ und ich erinnerte mich: „Sie wurde in Cambridge geboren und ist siebenundzwanzig Jahre alt.“ Und dann: „Siebenundzwanzig Jahre alt und noch immer frei?“ Aber, wie konnte ich wissen, daß sie wirklich frei war? Doch die neu auflebende Eifersucht schlug alle Zweifel in die

Flucht. Es gab keinen Zweifel. Ich war eifersüchtig, und die Frau, die ich liebte, war Maud Brewster.

Ich, Humphrey Van Weyden, war verliebt! Und wieder befielen mich Zweifel. Nicht, daß ich abgeneigt gewesen wäre, mich zu verlieben, im Gegenteil. Als ausgesprochener Idealist hatte ich die Liebe immer als das Höchste auf der Welt anerkannt und gepriesen: als Ziel und Streben jedes Lebewesens, als höchstes Glück, das das Leben bieten kann. Jetzt aber, da sie über mich gekommen war, konnte ich es nicht glauben. Es war zu schön, zu schön, um wahr zu sein. Symons Zeilen fielen mir ein:

„Durch eine Welt von Frau'n irrt' einsam ich
Viel lange Jahre – und suchte – dich!“

Und dann hatte ich zu suchen aufgehört. Ich hatte beschlossen, daß es nichts für mich sei, dieses größte Gefühl auf der Welt. Furuseth sollte recht behalten: ich war abnormal, ein „jeder Gemütsbewegung unfähiges Ungeheuer“, ein Bücherwurm, „bloß befähigt zu geistigen Genüssen“. – In einer Art Ekstase verließ ich meinen Platz bei der Luke und schritt übers Deck, wobei ich mir die wundervollen Verse von Elisabeth Browing vormurmelte:

„Statt Männern und Frauen gesellten sich mir
Durch Jahre Ideen zu Gefährten.
Sie waren mir lieb und gedachte ich schier,
Als herrlichstes Lied sie zu werten.“

Doch nun erklang mir eine süßere Melodie, und ich war blind und taub für alles um mich. Die scharfe Stimme Wolf Larsens rüttelte mich wach:

„Zum Teufel, was treiben Sie hier?“ fragte er.

Ich war nach vorn gegangen, wo die Matrosen beim Anstreichen waren, und fast hätte mein Fuß einen Farbtiegel umgeworfen.

„Schlafwandeln, Sonnenstich – was?“ brummte er.

„Nein, Verdauungsstörung“, gab ich zurück und setzte meinen Spaziergang fort, als ob nichts Ungewöhnliches passiert wäre.

24. Kapitel

Zu den bleibenden Eindrücken meines Lebens zählen die Ereignisse, die sich auf der „Ghost“ innerhalb der vierzig Stunden nach Entdeckung meiner Liebe zu Maud Brewster abspielten. Ich, der ich mein Leben still und geruhsam durch fünfunddreißig Jahre verlebt hatte, nur um in diesem Alter in eine Reihe unwahrscheinlichster Abenteuer verwickelt zu werden, habe nie innerhalb von vierzig Stunden so viele und so spannende Erlebnisse gehabt.

Es begann damit, daß Wolf Larsen den Jägern beim Mittagessen mitteilte, daß sie in Zukunft im Zwischendeck zu essen hätten. So etwas war auf einem Schoner noch nicht dagewesen, da die Jäger inoffiziell als Offiziere behandelt werden. Larsen gab keine Begründung, doch waren seine Gründe offensichtlich genug. Homer und Smoke hatten begonnen, Miß Brewster den Hof zu machen, was an und für sich lächerlich und für Miß Brewster nicht störend, doch ihm wohl unangenehm war.

Die Mitteilung war mit tiefem Schweigen aufgenommen worden, obwohl die vier anderen Jäger bedeutungsvoll auf die zwei Männer schauten, die die Ursache der Verbannung waren. Jack Horner blieb ruhig, aber über Smokes Stirne schoß das Blut dunkelrot, und er öffnete seinen Mund, um zu sprechen. Wolf Larsen beobachtete ihn und wartete, ein gefährliches Leuchten in seinen Augen, doch schloß Smoke seinen Mund wieder, ohne etwas gesagt zu haben.

„Eine Bemerkung angenehm?“ fragte Wolf Larsen angriffslustig.

Es war eine Herausforderung, doch ging Smoke darauf nicht ein.

„Worüber?“ fragte er so unschuldig, daß Wolf Larsen außer Fassung geriet, während die anderen lachten.

„Oh nichts“, sagte Wolf Larsen friedfertig. „Ich dachte nur, Sie wollten einen Fusstritt registrieren.“

„Wofür?“ fragte der unerschütterliche Smoke.

Smokes Kameraden lachten jetzt ungeniert. Sein Kapitän hätte ihn umbringen mögen, und ich zweifle nicht, daß Blut geflossen wäre, wäre Miß Brewster nicht anwesend gewesen. Ihre Anwesenheit ermöglichte Smoke sein Vorgehen. Er war viel zu vorsichtig, Wolf Larsens Zorn zu einer Zeit heraufzubeschwören, da sich dieser anders als in Worten hätte entladen können. Ich fürchtete dennoch, daß es zum Streit kommen würde, als ein Ruf des Rudergängers die Situation rettete.

„Rauch ahoi!“ kam der Ruf die offene Kajütentreppe herunter.

„Welche Richtung?“ rief Wolf Larsen hinauf. „Gerade achtern, Herr.“

„Das kann ein Russe sein“, meinte Latimer.

Seine Worte riefen einen Ausdruck des Schreckens auf den Gesichtern der anderen Jäger hervor. Ein Russe – konnte nur ein Kreuzer sein. Obwohl die Jäger den Standort des Schoners nur beiläufig kannten, wußten sie doch, daß sie in der Nähe des verbotenen Jagdgebietes waren, und daß Wolf Larsen allgemein als Wilderer galt. Aller Augen richteten sich auf ihn.

„Wir sind vollkommen sicher“, meinte er lachend. „Diesmal gibt es keine Salzminen, Smoke. Aber ich werde euch etwas sagen, – ich will fünf gegen eins wetten, daß es die ‚Macedonia‘ ist.“

Niemand ging auf das Angebot ein, worauf er fortfuhr:

„In welchem Falle ich zehn zu eins wette, daß es zu einem Wirbel kommt.“

„Nein, danke“, sagte Latimer offen. „Ich habe nichts dagegen, mein Geld zu verlieren, aber ich will dafür wenigstens auch etwas sehen. Es ist noch nie dagewesen, daß es keinen Krach gab, wenn Sie und Ihr Bruder zusammenkamen, und darauf will ich selbst zwanzig zu eins setzen.“

Ein allgemeines Gelächter folgte, in das auch Wolf Larsen einstimmte. Das Mittagessen ging fröhlich weiter, dank meiner Anwesenheit; denn nun behandelte er mich niederträchtig, spottete und reizte mich, bis ich vor unterdrückter Wut zitterte. Doch bedachte ich, daß ich mich Miß Brewster zuliebe beherrschen mußte, und wurde dafür belohnt, wenn unsere Augen sich in einem flüchtigen Blick trafen und die ihren mir so deutlich wie mit Worten zuriefen: „Sei tapfer, halte durch!“

Dann erhoben wir uns und stiegen an Deck, denn ein Dampfer in Sicht war eine willkommene Unterbrechung unseres eintönigen Lebens auf See, wobei die Überzeugung, daß es sich um Tod Larsen und die „Macedonia“ handle, unsere Aufregung noch steigerte. Die schwere See hatte sich beruhigt und die steife Brise, die sich am vergangenen Nachmittag erhoben hatte, war vormittags abgeflaut, so dass die Boote zur Nachmittagsjagd herabgelassen werden konnten. Die Jagd versprach besonders erfolgreich zu werden. Wir waren seit Morgengrauen an vereinzelten Robben vorbeigesegelt und liefen jetzt mitten in die Herde hinein.

Der Rauch war noch immer achtern, holte uns aber, während wir unsere Boote herabließen, rasch ein. Die Boote scherten aus und fuhren nordwärts über das Meer. Dann und wann sahen wir ein Segel niedergehen, hörten das Krachen der Flinten, dann ging das Segel wieder hoch. Als wir ausliefen, um uns in Lee des letzten Bootes zu bringen, fanden wir das Meer geradezu mit schlafenden Robben bedeckt. Sie lagen rund um uns herum, dichter als ich es je zuvor gesehen hatte, zu zweit, zu dritt und in ganzen Rudeln, der Länge nach ausgestreckt, fest schlafend wie junge Hunde.

Unter der sich nähernden Rauchsäule wurden jetzt Rumpf und Aufbau des Dampfers immer deutlicher. Es war die „Macedonia“. Ich las ihren Namen durchs Glas, als sie uns, kaum eine Meile steuerbord, überholte.

Wolf Larsen blickte wild nach dem Schiff, während Miß Brewster neugierig umherschaute.

„Was ist mit dem Wirbel, den Sie so sicher erwarteten, Kapitän Larsen?“ fragte sie belustigt.

Er blickte freundlich zu ihr und für kurze Zeit wurden seine herben Züge weicher.

„Was haben Sie erwartet? Daß er an Bord kommen würde, um uns die Hälse abzuschneiden?“

„Etwas Ähnliches“, gestand sie. „Sie müssen verstehen, die Robbenjäger sind für mich etwas Fremdartiges.“

Er nickte. „Ganz richtig. Ihr Fehler liegt nur darin, daß Sie nicht das Schlimmste erwartet haben.“

„Was kann denn noch schlimmer sein, als wenn einem der Hals abgeschnitten wird?“ fragte sie überrascht, mit anmutiger Naivität.

„Wenn man uns den Geldbeutel aufschneidet“, antwortete er. „Die Menschheit ist heute so eingestellt, daß die Lebensfähigkeit des einzelnen von seinem Geldbesitz abhängt.“

„‚Wer mir den Geldbeutel stiehlt, stiehlt Plunder‘,“ zitierte Sie.

„Wer mir den Geldbeutel stiehlt, stiehlt mir mein Lebensrecht“, war die Entgegnung. „Denn er stiehlt mir Brot, Fleisch und Bett und gefährdet dadurch mein Leben. Sie wissen, daß es nicht so viele Armenausspeisungen gibt, an die man sich halten könnte, und wenn die Menschen nichts im Beutel haben, dann sterben sie gewöhnlich, sterben elend – außer sie sind in der Lage, ihren Geldbeutel sehr rasch auffüllen zu können.“

„Aber ich kann nicht einsehen, warum dieser Dampfer es auf Ihren Geldbeutel abgesehen haben sollte.“

„Warten Sie, und Sie werden es erfahren“, antwortete er grimmig.

Wir brauchten nicht lange zu warten. Nachdem die „Macedonia“ unsere Bootslinie passiert hatte, ging sie daran, ihre Jägerboote zu Wasser zu lassen. Wir wußten, daß sie vierzehn Boote besaß, wir dagegen nur fünf. (Wir hatten durch die Flucht des Wainwright um eines weniger.) Sie begann damit weit leewärts unseres letzten Bootes, setzte die weiteren über unserem Kurs ab, und endete weit in Luv unseres ersten Luvbootes. Für uns war die Jagd zunichte gemacht worden. Hinter uns waren keine Robben mehr und vor uns fegte die Reihe der vierzehn Boote wie ein riesiger Besen die Herde vor sich her.

Unsere Boote jagten noch die zwei oder drei Meilen Wasserfläche ab, die zwischen ihnen und der Linie lag, in der die „Macedonia" ihre Boote abgesetzt hatte, dann kehrten sie zurück. Der Wind war eingeschlafen, das Meer wurde immer ruhiger, was einen idealen Jagdtag ergeben hätte. Eine wütende Schar von Männern: Bootsruderer, Steuerer und Jäger, kletterte über die Reling. Jeder einzelne Mann empfand, daß er bestohlen worden war. Die Boote wurden unter Flüchen eingeholt, von denen jeder einzelne, wenn Flüche in Erfüllung gehen würden, Tod Larsen für alle Ewigkeit versorgt hätten. „Tod und Verdammnis für ein Dutzend von Ewigkeiten", erklärte Louis und zwinkerte mir zu, als er sich nach dem Einholen des Bootes ausrastete.

„Hören Sie ihnen zu und Sie werden sehen, ob es schwer ist, das ihre Seelen am tiefsten Bewegende zu erkennen", sagte Wolf Larsen.

„Treue? Liebe? Oder hohe Ideale? Das Gute? Das Schöne? Wahrheit?"

„Ihr angeborener Gerechtigkeitssinn wurde verletzt", sagte Maud Brewster, an dem Gespräch teilnehmend.

Sie stand einige Schritte entfernt, hielt mit einer Hand die Haupttakelung und ließ ihren Körper geschmeidig mit dem Rollen des Schiffes mitschwingen. Sie hatte nicht laut gesprochen, und doch war ich durch den hellen Glockenton ihrer Stimme überrascht. Ach, wie süß klang er mir ins Ohr! Kaum wagte ich, sie anzublicken, aus Angst, mich zu verraten. Auf ihrem Köpfchen sag eine Matrosenmütze, und ihr hellbraunes, duftig und locker herabfallendes Haar umrahmte in der Sonne ihr Gesicht wie ein Heiligenschein.

„Sie sind sentimental", höhnte er, „so wie Herr Van Weyden. Diese Männer fluchen, weil ihre Wünsche durchkreuzt wurden. Das ist alles. Welche Wünsche? Sie sehnen sich nach gutem Fraß, weichen Betten, einer guten Bezahlung, wenn sie an Land kommen – nach Weibern, Saufereien und Gelagen. Was sie von ihren Gefühlen merken lassen, ist wahrhaftig kein erhabener Anblick, und doch ist es ein Beweis dafür, wie tief sie berührt wurden; denn Hand an ihren Geldbeutel zu legen, ist gleichbedeutend mit einem Angriff auf ihre Seelen."

„Doch Sie selbst benehmen sich kaum so, als ob Ihr Geldbeutel angegriffen worden wäre", sagte sie lachend.

„Es kann sein, daß ich mich anders benehme; aber sowohl mein Geldbeutel als auch meine Seele wurden angegriffen. Bei den gegenwärtigen Fellpreisen auf dem Londoner Markt hat die „Ghost" Felle im Werte von beiläufig fünfzehnhundert Dollar verloren."

„Sie sprechen so ruhig – –" begann sie.

„Aber ich bin durchaus nicht ruhig. Ich könnte den Mann, der mich beraubt hat, umbringen", unterbrach er. „Ja, ja, ich weiß, dieser Mann ist mein Bruder – noch eine Sentimentalität mehr! Bah!"

Sein Gesicht änderte sich plötzlich, seine Stimme klang weniger rauh, aber ehrlich, als er sagte:

„Sie müssen eigentlich glücklich sein, mit Ihren Sentimentalitäten, voll und wahrhaftig glücklich, wenn Sie träumen und die Dinge für gut befinden und sich selbst für gut halten, weil alles andere auch gut ist. Doch nun sagen Sie mir: halten Sie beide mich für gut?"

„Sie sind gut anzuschauen – gewissermaßen", urteilte ich.

„In Ihnen liegen alle Kräfte zum Guten", war Maud Brewsters Antwort.

„Da haben Sie's", rief er ihr fast ärgerlich zu. „Nichtssagende Worte. Sie haben nichts Klares, nichts Bestimmtes in Ihrem Gedanken ausgesprochen. Man kann es nicht erfassen. In Wirklichkeit ist es gar kein

Gedanke, es ist nur ein Gefühl, eine Empfindung, etwas, das auf Illusionen aufgebaut und durchaus kein Ergebnis des Verstandes ist."

Als er fortfuhr, wurde seine Stimme weich und nahm einen vertraulichen Ton an. „Wissen Sie, daß ich mich manchmal bei dem Wunsche ertappe, auch blind zu sein für die Tatsachen des Lebens und nur Phantasien und Illusionen zu kennen. Sie sind alle falsch, grundlegend falsch und widersprechen der Vernunft. Doch wenn sie mir gegenübertreten, sagt mir die Vernunft, wenn sie auch falsch und noch so falsch sind, daß es eine größere Befriedigung sein müsse, zu träumen und in Illusionen zu leben. Und schließlich ist Ihre Befriedigung doch das Entgelt, das das Leben gewährt. Ohne diese ist das Leben wertlos. Ohne Lohn zu arbeiten ist schlechter als der Tod. Der sich am meisten freut, lebt am meisten, und Ihre Träumereien und Unwirklichkeiten stören Sie weniger und geben Ihnen mehr Befriedigung, als es meine Tatsachen mir gewähren."

Er schüttelte nachdenklich den Kopf.

„Oft und oft bezweifle ich den Wert der Vernunft. Träume müssen befriedigender sein. Gefühlsmäßige Freude füllt mehr aus und hält länger an als verstandesmäßige. Ausserdem muß man die Augenblicke der verstandesmäßigen Freude mit Schwermut bezahlen, während die gefühlsmäßige bloß von ermatteten Empfindungen abgelöst wird, die sich aber rasch erholen. Ich beneide Sie, beneide Sie!"

Er hielt plötzlich inne. Seine Lippen verzogen sich zu einem spöttischen Lächeln, als er fortfuhr:

„Mit dem Verstande beneide ich Sie, nehmen Sie das zur Kenntnis, nicht mit dem Herzen. Der Neid ist ein Produkt des Verstandes. Ich gleiche einem Mann, der einen Betrunkenen betrachtet, seiner Nüchternheit überdrüssig ist und auch betrunken sein möchte."

„Oder wie ein Weiser, der Narren sieht, und den Wunsch hat, auch verrückt zu sein", lachte ich.

„Ganz richtig“, sagte er. „Sie sind ein Paar gesegneter, hoffnungsloser, bankrotter Narren, ohne jeglichen Wert in Ihrem Vermögen.“

„Und doch geben wir das Geld ebenso freigiebig aus wie Sie“, warf Miss Brewster ein.

„Noch freigiebiger, denn es kostet Sie nichts.“

„Und weil wir auf die Ewigkeit zeichnen“, gab ich zurück.

„Ob Sie es tun, oder bloß glauben, es zu tun, bleibt sich gleich. Sie geben etwas aus, was Sie nie erworben haben, und erhalten dafür mehr als ich für das, was ich durch Schweiß verdiente.“

„Warum ändern Sie dann nicht die Grundlagen Ihrer Währung?“ fragte sie ihn hänselnd.

Er warf einen raschen, halb hoffnungsvollen Blick auf sie und sagte dann bedauernd:

„Zu spät. Ich würde es vielleicht gerne tun, aber ich kann nicht. Mein Einlagebuch lautet auf die alte Währung, und ich kann mich nicht dazu entschließen, einen anderen Wert anzuerkennen.“

Er sprach nicht mehr. Geistesabwesend wanderte sein Blick an ihr vorbei und verlor sich auf dem ruhigen Meer. Die alte, angeborene Schwermut ergriff von ihm Besitz, und er überließ sich ihr. Er hatte sich in einen Katzenjammer hineingeredet, und wir mußten damit rechnen, dass in wenigen Stunden der Teufel in ihm erwachen werde. Ich erinnerte mich an Charley Furuseth und dachte an dessen Schwermut, die der Materialist stets für seinen Materialismus zu entrichten hat.

25. Kapitel

Sie waren an Deck, Herr Van Weyden", sagte Wolf Larsen am nächsten Morgen beim Frühstückstisch. „Wie sieht es draußen aus?"

„Ganz schön", antwortete ich und blickte auf den Sonnenschein, der durch die offene Kajütenluke hereinfiel.

„Frischer Westwind, der, wenn die Voraussage von Louis stimmt, zu einer steifen Brise anzuwachsen verspricht." Er nickte befriedigt. „Anzeichen von Nebel?"

„Dichte Nebelbänke im Norden und Nordwesten."

„Was ist mit der ‚Macedonia'?"

„Nicht gesichtet", antwortete ich.

Ich hätte schwören können, dass sich sein Gesicht jetzt verfinsterte, doch konnte ich den Grund der Enttäuschung nicht erraten.

Ich sollte es jedoch bald erfahren. „Rauch ahoi!" kam der Ruf vom Deck, und sein Gesicht hellte sich auf.

„Gut", rief er, stand auf, ging gleich an Deck und dann ins Zwischendeck, wo die Jäger ihr erstes Frühstück in der Verbannung einnahmen.

Miß Brewster und ich berührten kaum die uns vorgesetzten Speisen, wir schauten uns nur gegenseitig ängstlich an, während wir noch Wolf Larsens Stimme hörten, die durch das Schott aus dem Zwischendeck herüberdrang. Lange sprach er, und das Ende der Rede wurde mit einem wilden Beifallsgeschrei begrüßt. Das Schott war zu dick, als daß wir seine Worte hätten verstehen können. Jedenfalls hatten sie den Jägern voll und ganz zugesagt.

Aus den Geräuschen an Deck entnahm ich, daß die Matrosen hinausstürmten und sich daranmachten, die Boote hinabzulassen. Miß Brewster begleitete mich an Deck, doch verließ ich sie bei der Achterhütte, von wo sie die Vorgänge betrachten konnte, ohne von diesen betroffen zu werden. Die Matrosen mußten erfahren haben, was geplant war. Die freudige Eile, mit der sie ihr Werk taten, zeigte ihre Begeisterung. Die Jäger kamen mit ihren Büchsen und Munitionskästen an Deck und – eine ganz ungewöhnliche Sache – mit ihren Kugelgewehren. Letztere wurden nur selten in die Boote mitgenommen, denn eine auf weite Entfernung mit dem Kugelgewehr geschossene Robbe versank unweigerlich, bevor noch das Boot sie erreichen konnte. Aber heute hatte jeder Jäger sein Kugelgewehr und einen reichen Munitionsvorrat. Ich bemerkte, daß sie jedesmal befriedigt grinsten, wenn sie nach dem Rauch der „Macedonia" blickten, der höher und höher stieg, je mehr diese sich vom Westen näherte.

Die fünf Boote gingen wie der Blitz über Bord, breiteten sich wie am vergangenen Nachmittag fächerförmig mit nördlichem Kurs aus, während wir folgten. Ich schaute ihnen eine Weile aufmerksam nach, konnte jedoch in ihrem Gehaben nichts Außergewöhnliches entdecken. Sie ließen die Segel nieder, schossen Robben, setzten die Segel wieder und fuhren weiter, wie ich es bei ihnen stets gesehen hatte. Die „Macedonia" wiederholte ihr gestriges Manöver „schweinischer Seeräuberei", indem sie ihre Bootslinie vor die unsere und quer über unseren Kurs legte. Vierzehn Boote benötigten für bequeme Jagd eine ausgedehnte Wasserfläche, und nachdem sie uns vollkommen abgeschnitten hatten, dampfte sie nach Nordwesten und setzte immer noch Boote aus.

„Was haben Sie vor?" fragte ich Wolf Larsen, unfähig, meine Neugierde weiter zu beherrschen.

„Kümmern Sie sich nicht darum", antwortete er barsch. „Sie werden keine tausend Jahre brauchen, um es zu erfahren, inzwischen beten Sie bloß um günstigen Wind."

„Nun gut, übrigens habe ich gar nichts dagegen, es Ihnen zu erzählen", sagte er im nächsten Augenblick. „Ich bin dabei, meinem Bruder eine Kostprobe seiner eigenen Medizin zu verabreichen. Ich gehe daran, ihn selbst zu berauben, und zwar nicht nur für einen Tag, sondern für den ganzen Rest der Robbenfang-Saison – wenn wir Glück haben."

„Und wenn wir keines haben" fragte ich.

„Kommt nicht in Frage", lachte er. „Wir müssen einfach Glück haben – oder es ist aus mit uns."

Er stand am Rad, und ich ging nach vorn in mein Lazarett in der Back, wo die zwei Verwundeten – Nilson und Thomas Mugridge – lagen. Nilson war in so guter Verfassung als man es nur erwarten konnte, denn sein gebrochenes Bein heilte vorzüglich. Doch war der Cockney hoffnungslos melancholisch, und ich empfand großes Mitgefühl für den unglücklichen Menschen. Es war ein Wunder, daß er noch immer lebte und am Leben hing. Die Grausamkeiten von Jahren hatten seinen schwächlichen Körper zu einem Wrack zerschlagen, und doch glühte in ihm der Lebensfunke so hell wie nur je. „Mit einem künstlichen Fuß – und es gibt ganz ausgezeichnete –, wirst du bis ans Ende in Schiffskombüsen herumlaufen können", versicherte ich ihm freundlich.

Doch seine Antwort war ernst, ja feierlich.

„Ich weiß nicht, ob es richtig ist, was Sie sagen, Herr Van Weyden, aber eines weiß ich, daß ich nie glücklich sein werde, bis ich diesen blutigen Höllenhund nicht tot vor mir sehe! Er kann nicht so lange leben wie ich. Er hat kein Recht zu leben, und wenn das Sprichwort sagt, ‚er wird sicher sterben müssen', sage ich: ‚Amen und außerdem verdammt bald!'"

Als ich an Deck zurückkehrte, fand ich Wolf Larsen, nur mit einer Hand steuernd, während er mit der anderen das Fernglas hielt und die Lage der Boote studierte, wobei er der „Macedonia" besondere Aufmerksamkeit schenkte. Die einzige an unseren Booten feststellbare Veränderung war, daß sie dicht am Wind lagen und einige Strich Nordwest fuhren. Noch immer konnte ich den Zweck des Manövers nicht erkennen, denn noch war ihre Verbindung zum offenen Meer durch fünf Luvboote der „Macedonia“, die sich ihrerseits auch dicht an den Wind gelegt hatten, abgeschnitten. So wichen sie langsam nach Westen aus und vergrößerten immer mehr den Abstand zwischen den restlichen Booten ihrer Bootslinie. Unsere Boote segelten und ruderten hinzu. Selbst die Jäger pullten, so daß die Boote mit je drei zusätzlichen Ruderpaaren rasch – ich kann ihn wohl so nennen – den Feind überholten.

Der Rauch der „Macedonia“ war bis auf einen trüben Fleck am nordöstlichen Horizont zusammengeschrumpft. Vom Dampfer selbst war nichts zu sehen. Wir hatten bisher gebummelt und die halbe Zeit unsere Segel im Winde schlagen lassen, und zweimal hatten wir kurz beigedreht. Aber jetzt war das Bummeln zu Ende. Die Segel wurden gesetzt, und Wolf Larsen brachte die „Ghost“ auf volle Fahrt. Wir jagten an unserer Bootslinie vorbei und hielten auf das erste Luvboot der fremden Linie.

„Herunter den Außenklüver, Herr Van Weyden“, befahl Wolf Larsen, „und halten Sie sich bereit, den Klüver umzulegen.“

Ich rannte nach vorn und hatte das Einholen des Außenklüvers in Eile beendet, als wir an dem Boot in etwa hundert Meter Entfernung vorbeizischten. Die drei Männer schauten mißtrauisch auf uns. Sie wußten, daß sie uns die Jagd verdorben hatten, und kannten jedenfalls Wolf Larsens Ruf. Ich bemerkte, daß der Jäger, ein riesiger Skandinavier – er saß im Bug – ein Kugelgewehr griffbereit über den Knien liegen hatte. Es hätte eigentlich an seinem Platz im Gestell sein sollen. Als wir sie gerade hinter unserem Heck hatten, begrüßte sie Wolf Larsen mit Händewinken und rief:

„Kommt auf einen Schmäh an Bord.“

„Schmäh“ ist bei den Robbenjägern die Bezeichnung für „Besuch“ oder „gemütliche Plauderei“. Es ist der Ausdruck der Schwatzhaftigkeit auf See und eine beliebte Unterbrechung des eintönigen Lebens. Die

„Ghost“ drehte sich in den Wind. Rasch beendete ich meine Arbeit vorne und rannte sofort nach achtern, um beim Großsegel zu helfen.

„Sie werden wohl so freundlich sein, an Deck zu bleiben, Miß Brewster“, sagte Wolf Larsen, als er nach vorn ging, um seine Gäste zu empfangen. „Und Sie auch, Herr Van Weyden.“

Das Boot hatte die Segel herabgelassen und langsam beigedreht. Der Jäger, ein Mann mit einem Bart wie ein Seekönig, kam über die Reling und sprang an Deck. Trotz seiner kraftvollen Riesengestalt konnte er eine gewisse Angst nicht unterdrücken. Deutlich ließ sein Gesicht Zweifel und Mißtrauen erkennen. Es war trotz des bärtigen Schildes ein offenes Antlitz, das sofort Entspannung erkennen ließ, als er von Wolf Larsen auf mich blickte, dann auf seine zwei Leute, die ihm gefolgt waren, und als er feststellte, daß wir nur zu zweit waren. Sicherlich hatte er wenig Ursache, ängstlich zu sein. Er überragte Wolf Larsen wie ein Goliath. Er war zwei Meter zwanzig groß und wog, wie ich später erfuhr, zweihundertundvierzig Pfund.

Neuerlich ließ er Mißtrauen erkennen, als Wolf Larsen ihn bei der Luke einlud, nach unten zu kommen. Er versicherte sich durch einen Blick, den er auf seinen Gastgeber hinabwarf: an und für sich ein starker Mann, doch ein Zwerg neben diesem Riesen. Er zögerte nicht mehr, und die beiden stiegen in die Kajüte hinab. Inzwischen waren seine zwei Männer, nach Seemannsbrauch, vorne ins Zwischendeck gegangen, um ihrerseits dort einen Besuch abzustatten.

Plötzlich ertönte aus der Kajüte ein furchtbares, durch Mark und Bein gehendes Gebrüll, dem der Lärm eines wütenden Kampfes folgte. Es war ein Kampf zwischen Leoparden und Löwen, und das Gebrüll stammte vom Löwen.

Wolf Larsen war der Leopard.

„Sie sehen die Heiligkeit des Gastrechtes“, sagte ich zu Miß Brewster.

Sie nickte, und ich gewahrte in ihren Zügen den gleichen Ekel über den Lärm des rasenden Kampfes, wie ich ihn während meiner ersten Woche an Bord der „Ghost“ empfunden hatte.

„Sollten Sie nicht lieber nach vorn gehen, vielleicht zur Zwischendeckluke, bis es vorüber ist?“ schlug ich ihr vor.

Sie schüttelte den Kopf und schaute mich mitleiderregend an. Sie war nicht erschreckt, sondern entsetzt über solche unter Menschen mögliche Bestialität.

„Sie werden es verstehen“, nahm ich die günstige Gelegenheit wahr, „welche Stellung immer ich zu diesen Vorgängen beziehe, ich muß sie so nehmen, wie sie kommen – wenn Sie und ich jemals wieder lebend aus dieser Hölle herauskommen wollen.“

„Es ist nicht schön für mich“, fügte ich hinzu.

„Ich verstehe“, sagte sie mit schwacher Stimme, und ihre traurigen Augen sagten mir, daß sie mich verstanden hatte.

Bald danach erstarb unten das Getöse. Dann kam Wolf Larsen allein an Deck. Unter der Bronze seiner Haut lag eine leichte Röte, doch wies er sonst keinerlei Zeichen des Kampfes auf.

„Schicken Sie die zwei Männer nach achtern, Herr Van Weyden“', sagte er.

Ich gehorchte, und in ein oder zwei Minuten standen sie vor ihm.

„Holt euer Boot“, sagte er ihnen. „Euer Jäger hat sich entschlossen, einige Zeit an Bord zu bleiben, und er will nicht, daß es längseits zerquetscht wird.“

„Holt euer Boot ein, habe ich gesagt“, wiederholte er, diesmal in scharfem Ton, als sie zögerten, seinem Befehl nachzukommen.

„Wer weiss, vielleicht werdet ihr einige Zeit mit mir fahren“, sagte er mit einem leichten Drohen, das im Widerspruch zur jetzt weich klingenden Stimme stand, als sie langsam gehorchten. „Und darum scheint es mir wohl am besten, wenn wir uns gleich von Anfang an gut verstehen. Jetzt flott! Tod Larsen läßt euch besser springen, als ich es jetzt tue. Und ihr könnt es !"

Unter seiner Anleitung wurden ihre Bewegungen merklich schneller, und als das Boot an Deck gehievt worden war, schickte er mich vor, um den Klüver hochzuziehen.

Wolf Larsen, selbst am Rad, steuerte die „Ghost" auf das zweite Luvboot der „Macedonia" zu.

Unterdessen hatte ich gerade nichts zu tun und widmete meine Aufmerksamkeit den Booten. Das dritte Luvboot der „Macedonia" wurde durch zwei unserer Boote angegriffen, das vierte durch die drei anderen, während das fünfte gewendet hatte, um bei der Verteidigung des nächstliegenden Bootes zu helfen. Das Gefecht war auf breiter Linie entbrannt, und ununterbrochen krachten die Schüsse. Das Meer wurde durch den Wind aufgepeitscht, was ein sicheres Zielen erschwerte. Da und dort sahen wir beim Näherkommen die Kugeln ins Wasser einschlagen.

Das von uns verfolgte Boot hatte ausgeschert und wollte uns mit günstigem Winde entfliehen, um gleichzeitig in seiner Fluchtrichtung an der Abwehr unseres Großangriffes teilzunehmen.

Da ich beim Lavieren die Segel zu bedienen hatte, blieb mir wenig Zeit, auf anderes zu achten, doch war ich gerade zufällig bei der Achterhütte, als Wolf Larsen den beiden fremden Matrosen befahl, nach vorne in die Back zu gehen. Sie gingen widerstrebend. Dann befahl er Miß Brewster, hinunterzugehen, und lächelte über den plötzlichen Schrecken, der aus ihren Augen sprach, weil sie schon ahnte, was kommen würde.

„Sie werden da unten nichts Grausiges finden", sagte er, „nur einen unverletzten Mann, der sicher an den Ringbolzen festgemacht ist. Es werden wahrscheinlich Kugeln über Bord fliegen, und ich wünsche nicht, daß Sie getötet werden, wissen Sie."

Während er noch sprach, gellte eine Kugel zwischen seinen Händen an einer messingüberzogenen Speiche des Rades ab und zischte luvwärts.

„Sehen Sie“, sagte er. Dann zu mir: „Herr Van Weyden, wollen Sie das Rad übernehmen?“

Maud Brewster war in die Kajütenluke gestiegen, so daß nur ihr Kopf herausschaute. Wolf Larsen hatte ein Gewehr erfaßt und schob jetzt eine Patrone in den Lauf. Ich bat Maud mit den Augen, hinunterzugehen, doch sie lächelte und sagte:

„Mögen wir auch schwache Landgeschöpfe sein, wir werden Kapitän Larsen zeigen, daß wir mindestens so tapfer sind wie er.“

Er warf ihr einen bewundernden Blick zu.

„Nun schätze ich Sie um hundert Prozent höher ein“, sagte er. „Bücher, Verstand – und Tapferkeit. Sie sind durchaus würdig, das Eheweib eines Piratenhäuptlings zu werden. Na gut, darüber werden wir ja später noch reden“, lächelte er, als eine Kugel in die Kajütenwand einschlug.

Ich sah, wie seine Augen beim Sprechen aufleuchteten und gleichzeitig in den ihren Entsetzen aufstieg.

„Wir sind tapfer“, beeilte ich mich zu sagen. „Wenigstens, was mich selbst anlangt, weiß ich, daß ich tapferer bin als Kapitän Larsen.“

Er wollte wissen, ob ich mich über ihn lustig machte. Ich drehte das Rad um drei oder vier Speichen weiter, um einem Seitwärtsdrehen der „Ghost“ gegen den Wind entgegenzuwirken, und machte es dann fest. Wolf Larsen wartete noch immer auf eine Erklärung, und ich deutete auf mein Knie hinab.

„Sie werden da“, sagte ich, „ein leichtes Zittern wahrnehmen. Es kommt davon, daß ich mich fürchte, weil mein Fleisch sich fürchtet, weil meine Seele sich fürchtet, und ich nicht zu sterben wünsche. Doch mein Geist meistert das zitternde Fleisch und die Seelenangst. Ihnen kostet es keine Überwindung, der Gefahr zu begegnen, ja es macht

Ihnen sogar Freude. Sie mögen unerschrocken sein, Herr Larsen, aber Sie müssen zugestehen, daß die Tapferkeit auf meiner Seite ist."

„Sie haben recht", bestätigte er sofort. „Ich habe das bisher nie von diesem Standpunkte aus betrachtet. Doch, trifft auch das Gegenteil zu? Wenn Sie tapferer sind als ich, bin ich deswegen feiger als Sie?"

Wir lachten über diese Absurdität. Er sprang aufs Deck hinab und legte das Gewehr auf der Reling auf. Die Kugeln, welche uns getroffen hatten, waren fast eine Meile weit geflogen. Inzwischen hatte sich unser Abstand auf die Hälfte verringert. Er feuerte drei wohlgezielte Schüsse ab. Der erste schlug nicht ganz zehn Schritte luvwärts des Bootes, der zweite längsseits ein. Beim dritten ließ der Bootssteuermann das Ruder aus und sank auf dem Boden des Bootes zusammen.

„Ich glaube, die sind unschädlich gemacht", sagte Wolf Larsen, während er sich erhob. Auf den Jäger durfte er nicht schießen, doch ist anzunehmen, daß der Ruderer nicht steuern kann, und der Jäger kann nicht gleichzeitig steuern und schießen.

Seine Vermutung war gerechtfertigt, denn das Boot drehte sich sogleich aus dem Wind, und der Jäger sprang nach achtern, um den Platz des Bootssteuerers einzunehmen. Bei uns wurde nicht mehr geschossen, doch knallten bei den anderen Booten die Büchsen lustig weiter.

Dem Jäger war es gelungen, das Boot wieder in den Wind zu bringen, doch liefen wir mit mindestens doppelt so großer Geschwindigkeit darauf zu. Als wir ungefähr auf hundert Schritte herangekommen waren, sah ich, wie der Bootsruderer dem Jäger ein Gewehr reichte. Wolf Larsen ging mittschiffs und nahm eine Taurolle vom Haken. Dann schaute er über die Reling und hob dabei das Gewehr. Zweimal sah ich, wie der Jäger eine Hand vom Steuerruder löste, nach dem Gewehr griff und zögerte. Dann waren wir neben ihnen und rauschten vorbei.

„Hier, du!" schrie Wolf Larsen plötzlich dem Bootsruderer zu, „nimm die Schlinge."

Gleichzeitig warf er ihm das Tauende zu. So genau traf er, daß es den Mann fast zu Boden schleuderte, doch er gehorchte nicht. Er schaute auf den Jäger und wartete auf Befehle. Der Jäger überlegte kurz. Zwischen seinen Knien stand das Gewehr, doch wenn er das Steuerruder losließ, um zu schießen, würde das Boot herumgedreht werden und mit dem Schoner zusammenprallen. Auch sah er Wolf Larsens Gewehr auf sich gerichtet und wußte, dass er erschossen werden würde, bevor er sein Gewehr auch nur in Anschlag bringen konnte.

„Nimm das Tau", sagte er leise zum Ruderer.

Der Ruderer gehorchte und band das Tau an die vordere Ruderbank. Das Boot drehte sich seitwärts, und der Jäger brachte es, einige Meter entfernt, parallel zur „Ghost".

„Jetzt lass' das Segel herunter und komm' längsseits!" befahl Wolf Larsen.

Ständig hielt er das Gewehr in der Hand und warf mit der anderen das Tau hinab. Als Bug und Heck des Bootes festgemacht waren und die beiden überrumpelten Männer sich bereit machten, an Bord zu kommen, nahm der Jäger sein Gewehr auf, als ob er es in Sicherheit bringen wollte.

„Wegwerfen!" schrie Wolf Larsen und der Jäger ließ es fallen, als ob es glühend gewesen wäre.

An Bord gekommen, holten die beiden Gefangenen das Boot ein und brachten auf Wolf Larsens Weisung den verwundeten Bootssteuerer in die Back hinunter.

„Wenn unsere fünf Boote es so gut machen wie Sie und ich, werden wir eine ganz nette Besatzung zusammenbringen", sagte Wolf Larsen zu mir.

„Der Mann, den Sie getroffen haben, ist – ich hoffe – –" sagte Miß Brewster zitternd.

„Nur an der Schulter getroffen!" antwortete er.

„Nichts Ernstes. Herr Van Weyden wird ihn in drei bis vier Wochen wieder gesund machen."

„Es scheint mir, daß er die Burschen dort drüben nicht mehr auf die Beine bringen wird", fügte er hinzu und wies auf das dritte Boot der „Macedonia", auf das ich jetzt zusteuerte, und das beinahe auf gleicher Höhe mit uns war. „Das ist das Werk von Horner und Smoke. Ich habe ihnen gesagt, daß wir lebende Männer brauchen und keine Leichen. Doch die Freude, ins Schwarze zu treffen, ist zu reizvoll, wenn man erst einmal schießen gelernt hat. Haben Sie es jemals versucht, Herr Van Weyden?"

Ich schüttelte den Kopf und betrachtete das schaurige Werk. Es war tatsächlich blutig gewesen, und die Männer hatten schon abgedreht, um sich unseren anderen drei Booten bei deren Angriff auf die restlichen zwei des Feindes anzuschließen. Das zurückgelassene Boot lag in einem Wellental, hüpfte wie trunken über jede Schaumwelle, das lose Sprietsegel, rechtwinkelig herausgefetzt, flatterte im Winde. Jäger und Ruderer lagen hilflos am Boden, der Steuermann quer über dem Schandeck und halb über der Bordwand, wobei seine Arme im Wasser nachschleiften und der Kopf von einer Seite zur anderen rollte.

„Schauen Sie nicht hin, Miß Brewster, bitte schauen Sie nicht hin", bat ich und freute mich, daß sie gehorchte, und von diesem unerfreulichen Bild verschont blieb.

„Steuern Sie gerade in den Haufen hinein, Herr Van Weyden", lautete Wolf Larsens Befehl.

Als wir näherkamen, hörte das Schießen auf, und wir sahen, daß der Kampf beendet war. Die restlichen zwei Boote waren von unseren fünf gekapert worden, und alle sieben lagen nun beisammen und warteten, von uns aufgenommen zu werden.

„Schauen Sie das an", rief ich unwillkürlich und deutete nach Nordost.

Eine Rauchfahne zeigte an, daß die „Macedonia“ wieder auftauchte.

„Ja, ich habe es schon gesehen“, antwortete Wolf Larsen ruhig. Dann maß er die Entfernung zur Nebelbank und stand einen Augenblick ganz still, um mit der Wange die Windstärke zu schätzen. „Ich glaube, wir werden es schaffen. Aber Sie können sicher sein, daß mein lieber Bruder unser Spielchen durchschaut hat und gerade auf uns losgeht. Schauen Sie nur!“

Die Rauchfahne wurde rasch größer und war kohlschwarz.

„Ich werde dich trotzdem schlagen, mein lieber Bruder“, kicherte er. „Ich werde dich schlagen und wünsche dir nichts Schlechteres, als dass du deine alte Kiste zu Tode marterst und mit ihr in Fetzen fliegst.“

Als wir beidrehten, kamen die Boote gleichzeitig von beiden Seiten zum Schiff. Kaum waren die Gefangenen über die Reling gekommen, wurden sie schon von den Jägern nach vorn in die Back geschafft, während die Matrosen die Boote einholten, diese an Deck warfen, ohne sich mit dem Festmachen aufzuhalten. Schon waren wir wieder unterwegs, alle Segel waren gesetzt und gebläht, als das letzte Boot aus dem Wasser gehoben wurde und in den Seilen hing.

Eile tat auch not. Die „Macedonia“, schwärzesten Rauch aus ihrem Schornstein ausstoßend, jagte aus Nordosten auf uns zu. Unter Verzicht auf die ihr verbliebenen Boote hatte sie ihren Kurs geändert, um uns zuvorzukommen. Sie lief nicht direkt auf uns zu, sondern auf einen Punkt vor uns. Die Fahrtrichtung der beiden Segler lief wie ein Schenkel eines Winkels zusammen, dessen Scheitelpunkt am Rande der Nebelbank lag. Dort oder nirgends konnte die „Macedonia“ hoffen, uns fangen zu können. Die Rettungschance für die „Ghost“ lag darin, diesen Punkt einige Zeit vor der „Macedonia“ zu erreichen.

Wolf Larsens Augen funkelten und blitzten. Jetzt kontrollierten sie das Meer in Luv nach Anzeichen, ob der Wind sich legen oder stärker werden würde, dann richteten sie sich auf die „Macedonia", erfaßten jedes einzelne Segel, und er befahl, da eine Leine etwas zu lockern, dort eine andere nachzuspannen, bis er aus der „Ghost" alle Geschwindigkeit herausgeholt hatte. Alle Fehden und Streitigkeiten waren vergessen, und ich wunderte mich über die Dienstbeflissenheit, mit der die gleichen Leute, die bisher seine Brutalitäten zu erdulden hatten, jetzt seinen Befehlen nachkamen. Merkwürdig: ich mußte, während wir uns mit dem Schiff in rasender Fahrt hoben und senkten, an den unglücklichen Johnson denken und bedauerte, daß er nicht mehr lebte; hatte er doch die „Ghost" so geliebt und sich an ihrer Seetüchtigkeit begeistert!

„Nehmt lieber eure Gewehre, Burschen!" rief Wolf Larsen unseren Jägern zu, und die fünf Männer stellten sich mit schußbereiten Waffen an die Reling und warteten.

Die „Macedonia" war jetzt nur noch eine Meile entfernt. Ihr schwarzer Rauch stieg rechtwinkelig aus dem Schlot, so raste sie mit ihren siebzehn Knoten durch das Wasser, während wir nicht mehr als neun zurücklegten. Doch die Nebelbank war nicht mehr fern.

Eine Rauchwolke erhob sich vom Deck der „Macedonia", wir hörten einen lauten Knall, und schon wies unser Großsegel ein rundes Loch auf. Sie schossen mit einer ihrer kleinen Kanonen auf uns. Unsere Männer, die mittschiffs beisammen standen, schwangen ihre Mützen und ein Hohngelächter erhob sich. Nochmals gab es eine Rauchwolke und einen lauten Knall. Diesmal schlug die Kugel kaum zehn Schritt achtern in Luv ins Wasser.

Gewehrfeuer erhielten wir keines, da ja die Jäger entweder draußen in den Booten oder als Gefangene in unseren Händen waren. Als die beiden Fahrzeuge nur noch eine halbe Meile Abstand von einander hatten, schoß die dritte Kanonenkugel ein zweites Loch in unser Hauptsegel. Dann fuhren wir in den Nebel hinein. Er legte sich um uns, hüllte uns ein und versteckte uns in seinen dichten, feuchten Schleiern.

Der plötzliche Übergang wirkte erschreckend. Einen Augenblick zuvor waren wir, über uns den blauen Himmel, in hellem Sonnenschein gefahren, während ein Rauch, Feuer und Eisen speiendes Schiff wie wahnsinnig auf uns losfuhr. Und jetzt plötzlich war die Sonne ausgelöscht, es gab keinen Himmel mehr, selbst unsere Mastspitzen waren außer Sicht, und unser Blickfeld war so eingeengt, als ob wir durch tränengefüllte Augen geblickt hätten. Der graue Nebel trieb an uns wie Regen vorbei. Jeder Faden unserer Kleidung, jedes einzelne Haar auf dem Kopf war wie mit Kristallen bedeckt. Die Segel waren naß, aus der Takelung fielen schwere Tropfen, und an der Unterseite der Spieren reihten sich die Wassertropfen dicht aneinander, und bei jedem Heben des Schiffes in der Dünung lösten sie sich und wurden gleich Regenschauern aufs Deck geschleudert. Mir war zumute, als müßte ich ersticken.

Es war unheimlich. Ich schaute nach Miß Brewster und erkannte, daß sie gleichermaßen betroffen war. Dann betrachtete ich Wolf Larsen, konnte jedoch in seiner Verfassung nichts Besonderes feststellen. Seine ganze Aufmerksamkeit galt den unmittelbaren Erfordernissen der Gegenwart.

„Gehen Sie nach vorn. Und: hart leewärts. Aber ohne jeden Lärm“, sagte er leise zu mir. „Rollen Sie zuerst die Toppsegel ein. Stellen Sie an jedes Segel einen Mann. Keinen Lärm, verstanden, keinen Lärmt“

Als alles fertig war, wurde der Befehl: „Hart nach Lee!“ von Mann zu Mann übermittelt und die „Ghost“ drehte sich geräuschlos um Backbord herum. Das Flattern von Segeln, das Krachen einer Rolle in ein oder zwei Blöcken wurde geisterhaft von der uns umgebenden schweren Hülle zurückgeworfen.

Kaum war das Manöver durchgeführt, schien der Nebel sich plötzlich zu lichten, und wir befanden uns wieder im hellen Sonnenschein, vor uns das weite Meer. Nichts war auf seiner Oberfläche zu sehen. Keine wütende „Macedonia“ durchfurchte seine Oberfläche oder verdüsterte mit ihrem Rauch den Himmel.

Wolf Larsen drehte sogleich im rechten Winkel ab und sein Schiff lief am Rande der Nebelbank entlang. Sein Trick leuchtete mir ein. Er war in Luv des Dampfers in den Nebel gefahren und, während dieser blindlings in den Nebel einlief, um uns zu fangen, war Larsen aus dem Versteck herausgekommen.

Wir zogen Fock- und Großsegel auf, setzten wieder die Toppsegel und tauchten in den Nebel ein. Als wir gerade in diesen hineinfuhren, hätte ich schwören können, einen schwarzen Körper gesehen zu haben, der aus dem Nebel auftauchte. Rasch blickte ich auf Wolf Larsen. Wieder hatte uns der Nebel verschluckt. Er nickte. Auch er hatte es gesehen. Die „Macedonia“ hatte sein Manöver durchkreuzt und wäre ihm beinahe zuvorgekommen. Doch bestand kein Zweifel, wir waren ungesehen entkommen.

„Er kann die Suche nicht fortsetzen“, sagte Wolf Larsen. „Er wird umkehren müssen, um nach den anderen Booten zu suchen. Schicken Sie einen Mann zum Rad, Herr Van Weyden. Halten Sie vorläufig diesen Kurs und stellen Sie auch die Wachen auf, denn heute nacht werden wir keine Ruhe haben.“

„Ich möchte fünfhundert Dollar dafür geben“, fügte er hinzu, „nur um fünf Minuten an Bord der ‚Macedonia‘ sein und die Flüche meines Bruders hören zu können.“

„Und jetzt, Herr Van Weyden“, sagte er, nachdem er beim Steuerrad abgelöst worden war, „müssen wir diese Neuankömmlinge begrüßen. Lassen Sie den Jägern viel Whisky servieren, und schauen Sie, daß auch ein paar Flaschen nach vorn kommen. Ich möchte wetten, daß jeder bis morgen auf meiner Seite ist, und ebenso gern für Wolf Larsen jagen wird, wie er es für Tod tat.“

„Aber werden sie nicht entfliehen, wie es Wainwright tat?“ fragte ich.

Er lachte verschmitzt. „Nicht, so lange unsere alten Jäger dabei etwas mitzureden haben. Ich werde mit ihnen für jedes Fell, das die neuen Jäger schiessen, einen Dollar teilen. Mindestens die Hälfte ihrer heutigen Begeisterung ist darauf zurückzuführen. Oh nein, keiner wird fliehen, wenn sie dabei etwas mitzureden haben. Und jetzt wäre es gut, wenn Sie zu Ihren Lazarettaufgaben nach vorn gingen. Dort muß schon viel Arbeit auf Sie warten."

26. Kapitel

Wolf Larsen nahm mir die Verteilung des Whiskys aus der Hand, und der Reihe nach erschienen die Flaschen, während ich den neuen Schub von Verwundeten in der Back in Arbeit nahm. In den Clubs hatte ich Whisky und Whisky mit Soda trinken sehen, aber nie so, wie diese Männer ihn tranken: aus Konservenbüchsen, Krügen und Flaschen – in langen Zügen, von denen jeder einzelne für sich schon Alkoholmißbrauch war. Doch sie begnügten sich nicht mit einem oder zwei Schlucken. Sie tranken und tranken, und ständig gingen Flaschen nach vorn – und sie tranken weiter.

Jedermann trank, auch die Verwundeten und Oofty-Oofty, der mir assistierte. Nur Louis beherrschte sich, benetzte bloß seine Lippen, aber stimmte in ihr Gebrüll ein, als wäre er der am stärksten Betrunkene. Schreiend besprachen sie die Kämpfe des Tages, stritten über Einzelheiten oder schlossen Freundschaft mit Männern, die sie bekämpft hatten. Gefangene und Sieger fielen sich um den Hals, rülpsten und schwuren sich Zuneigung. Sie malten sich weinend die Mühsale der Vergangenheit und die Bedrängnisse aus, die auf sie unter der eisernen Herrschaft Wolf Larsens noch warteten, und alle fluchten auf ihn und erzählten grausige Geschichten von seiner Brutalität.

Es war ein schrecklicher Anblick – der kleine, von Kojen umgrenzte Raum, Boden und Wände schwankend, das trübe Licht, das die tanzenden Schatten unheimlich verlängerte oder kürzte, die rauchgeschwängerte, von Schweiß und Lysoform stinkende Luft und die erregten Gesichter der Menschen – besser gesagt Halbmenschen! Ich beobachtete Oofty-Oofty, wie er, das Ende einer Bandage haltend, das Schauspiel betrachtete. Seine samtartigen Augen glänzten im Lichtschein wie die eines Rehs; ich jedoch kannte den Teufel, der in seiner Brust lauerte und alle beinahe frauenartige Weichheit und Zartheit der Züge und Gestalt Lügen strafte. Und ich blickte in Harrisons Knabengesicht – sonst ein gutes Gesicht, aber jetzt das eines Dämons –, leidenschaftlich verkrampft, als er den Neuankömmlingen von dem Höllenschiff erzählte, auf das sie geraten waren, und Flüche auf Wolf Larsens Haupt niederprasseln ließ.

Wolf Larsen war es und immer wieder Wolf Larsen, der brutale Unterdrücker seiner Matrosen, die dazu verurteilt waren, seine Brutalitäten zu erdulden und vor ihm im Staube zu kriechen, die sich nur betrunken oder heimlich gegen ihn aufzulehnen wagten. Vor Zorn und Entschlossenheit knirschte ich mit den Zähnen, bis mein Patient unter meiner Hand zusammenzuckte und Oofty-Oofty mich neugierig betrachtete. Ich fühlte mich plötzlich mit Riesenkräften ausgestattet. Durch meine neuentdeckte Liebe wurde ich zum Giganten. Ich fürchtete nichts. Ich war bereit, meinen Willen durchzusetzen, trotz Wolf Larsen und meiner fünfunddreißig hinter Büchern zugebrachten Jahre. Ich war überzeugt, daß alles gut ausgehen würde. Und so aufgestachelt, im Hochgefühl meiner Kräfte, wendete ich dem Höllenlärm den Rücken und stieg an Deck, wo der Nebel gespenstisch durch die Nacht trieb, und die Luft rein und still war.

Das Zwischendeck war ein Spiegelbild der Back, außer, daß da nicht auf Wolf Larsen geschimpft wurde. Erleichtert stieg ich wieder an Deck und ging nach achtern in die Kajüte. Das Nachtmahl war aufgetragen, und Wolf Larsen wartete mit Maud auf mich.

Während die ganze Schiffsbesatzung sich so rasch wie möglich betrank, blieb er nüchtern. Nicht ein Tropfen kam über seine Lippen. Er wagte es unter den gegebenen Umständen nicht; denn er hatte nur mich und Louis, auf die er sich verlassen konnte, und letzterer stand jetzt am Rad. Wir segelten weiter durch den Nebel, ohne Ausguck und ohne Lichter. Daß Wolf Larsen Dämon Alkohol auf seine Leute losließ, hatte mich gewundert, doch war ihm jedenfalls deren Trunksucht bekannt gewesen und die Art, wie man am besten ein mit Blutvergießen begonnenes Unternehmen in Freundschaft beenden kann.

Sein Sieg über Tod Larsen schien auf ihn besondere Wirkung zu haben. Am vergangenen Abend hatte er sich in einen Katzenjammer hineingeredet, und jeden Augenblick hatte ich einen seiner charakteristischen Wutausbrüche erwartet. Aber es war nichts geschehen, und jetzt befand er sich in glänzender Laune. Vielleicht hatte sein Erfolg bei der Gefangennahme so vieler Jäger und Boote der üblichen Reaktion entgegengewirkt. Auf jeden Fall war der Katzenjammer vergangen, und die befürchtete Niedergeschlagenheit war nicht in Erscheinung getreten. So dachte ich damals. Doch ach! Ich kannte ihn noch zu wenig und wußte nicht, daß uns etwas bevorstand, was schrecklicher sein sollte als alles bisher Erlebte.

Wie gesagt, als ich die Kajüte betrat, fand ich ihn in glänzender Laune vor. Durch Wochen hatte er keine Kopfschmerzen mehr gehabt, seine Augen waren klar und blau wie der Himmel, seine Bronzehaut strotzte vor Gesundheit. Während man auf mich wartete, hatte er Maud in eine angeregte Diskussion verwickelt. Das angeschnittene Thema behandelte die Versuchung.

„Denn, sehen Sie“, sagte er, „nach meiner Ansicht handelt ein Mensch gemäß seinen Wünschen. Er hat verschiedene Wünsche. Er kann danach streben, einem Unglück auszuweichen, oder am Erdulden desselben erstarken. Aber was immer er unternehmen mag, er tut es nur, weil er es zu tun wünscht.“

„Aber nehmen Sie an, daß er zwei sich widersprechende Wünsche hat, von denen der eine den anderen nicht zuläßt?“ unterbrach ihn Maud.

„Gerade darauf wollte ich hinaus“, sagte er.

„Und gerade zwischen solchen zwei Wünschen offenbart sich die Seele des Menschen“, fuhr sie fort. „Ist es eine gute Seele, wird sie die gute Tat wünschen und vollbringen, und das Gegenteil davon, wenn es eine schlechte ist. Die Seele entscheidet."

„Quatsch und Unsinn", rief er unwillig aus. „Der Wunsch entscheidet. Da ist ein Mensch, der – sagen wir, sich betrinken will. Gleichzeitig aber will er sich nicht betrinken. Was wird er tun? Und wie wird er es tun? Er ist eine Puppe. Er ist nichts als der Sklave seiner Wünsche, und im Banne von zwei Wünschen gehorcht er dem größeren, das ist alles. Seine Seele hat damit gar nichts zu tun. Wie kann er gleichzeitig versucht sein, sich zu betrinken und diesem Wunsche entgegenhandeln? Wenn der Wunsch, nüchtern zu bleiben, Oberhand gewinnt, so deswegen, weil dieser der stärkere war. Versuchung spielt dabei so lange keine Rolle –" er machte eine Pause und griff einen neuen Gedanken auf – „bis er der Versuchung erliegt, nüchtern zu bleiben."

„Haha", lachte er. „Wie denken Sie darüber?"

„Daß dies Haarspaltereien sind", sagte ich.

„Die Seele des Menschen sind seine Wünsche. Oder wenn Sie wollen, die Summe seiner Wünsche bildet seine Seele. Diesbezüglich sind Sie beide im Irrtum."

„Immerhin", setzte ich fort, „hat Miß Brewster recht, wenn sie sagt, daß Versuchung Versuchung bleibt, gleichgültig, ob man ihr erliegt oder sie überwindet. Feuer wird durch den Wind angefacht, bis es lichterloh brennt. So ist es auch mit dem Wunsch."

Ich war stolz, als wir uns zu Tische setzten. Meine Worte hatten den Ausschlag gegeben. Zumindest hatten sie die Diskussion beendet.

Wolf Larsen schien aufgeräumt und redelustig zu sein, wie ich ihn noch nie gesehen hatte. Es war, als ob er vor strotzender Kraft, die einen Ausweg suchte, zerspringen müßte. Unvermittelt begann er eine Diskussion über die Liebe. Wie gewöhnlich vertrat er die rein materialistische Seite, Maud die idealistische. Ich selbst nahm außer gelegentlichen kurzen Bemerkungen und Einwürfen daran nicht teil.

Er brillierte, aber desgleichen auch Maud, und für einige Zeit wurde ich von der Unterhaltung abgelenkt, als ich ihr Gesicht während des Sprechens studierte. Es war ein Gesicht, das sonst selten Farbe annahm, doch an diesem Abend war es gerötet. Sie empfand am Wortgeplänkel gleiche Freude wie Wolf Larsen. So versunken war ich in die Bewunderung von Mauds entzückendem Antlitz, daß ich den weiteren Lauf der Debatte nicht mehr erfaßte und erst in die Wirklichkeit zurückkehrte, als Louis seinen Kopf zur Kajütentür hereinsteckte und flüsterte: „Still! Der Nebel hat sich gelichtet, und eben ist das Backbordlicht eines Dampfers vor unserem Bug zu sehen.“ Wolf Larsen sprang so schnell an Deck, daß er, als wir ihm folgten, schon den Lukendeckel des Zwischendecks über dem Gebrüll der Betrunkenen geschlossen hatte und eben nach vorne eilte, um auch die Back abzuschließen. Obwohl der Nebel dicht wie zuvor über uns lag, die Sterne verdunkelte und die Nacht rabenschwarz machte, hatte er sich etwas gehoben. Genau vor uns konnte ich ein rotes und ein weißes Licht sehen und das Arbeiten von Dampfmaschinen hören. Ohne Zweifel war es die „Macedonia“.

Wolf Larsen war zur Achterhütte zurückgekehrt, wo wir still beisammenstanden und die Lichter beobachteten, die rasch vor unserem Bug vorbeiglitten.

„Ein Glück, daß er keine Scheinwerfer besitzt“, sagte Wolf Larsen.

„Was wäre, wenn ich jetzt einen Schrei ausstoßen würde?“ fragte ich flüsternd.

„Es wäre aus und geschehen“, antwortete er. „Haben Sie aber auch bedacht, was unmittelbar danach geschehen würde?“

Bevor ich meinem Wunsch, dies zu erfahren, aussprechen konnte, hatte er mich mit einem Gorillagriff an der Gurgel erfaßt, und durch ein leises Zittern seiner Muskeln – es war bloß eine Andeutung – ließ er mich ahnen, wie er mir das Genick brechen würde. Im nächsten

Augenblick ließ er mich los, und wir schauten wieder auf die Lichter der „Macedonia“.

„Was wäre, wenn i c h schreien würde?“ fragte Maud.

„Ich liebe Sie zu sehr, um Sie zu verletzen“, sagte er weich – ja, in seiner Stimme lag solche Zärtlichkeit, daß ich zusammenzuckte. „Aber unterlassen Sie es dennoch lieber, denn ich würde dann sicher Herrn Van Weyden das Genick brechen.“

„Dann hat sie meine Einwilligung, zu schreien“, sagte ich trotzig.

„Ich glaube kaum, daß Sie einen der grössten Literaturkritiker der Welt opfern würden“, spöttelte er.

Wir sprachen nicht mehr. Als das weiße und rote Licht verschwunden waren, kehrten wir in die Kajüte zurück und setzten das unterbrochene Nachtmahl fort.

Sie begannen wieder zu argumentieren, und Maud trug Dowsons Gedicht „Impenitentia ultima“ vor. Wunderbar deklamierte sie, doch beachtete ich jetzt nicht sie, sondern Wolf Larsen. Ich wurde durch den faszinierenden Blick, den er ihr zuwarf, beunruhigt. Er war ganz außer sich, und ich bemerkte, wie er unbewußt die Lippen bewegte, als er jedes von ihr gesprochene Wort sofort nachformte. Bei folgenden Zeilen unterbrach er sie:

„Möge einst ihrer Augen Glanz mir leuchten, wenn das
Licht versinkt,
Und ihrer Stimme Bratschenton zuletzt noch mir im Ohr erklingt.“

„In Ihrer Stimme erklingen Bratschen“, sagte er ungeschickt und seine Augen leuchteten.

Ich hätte vor Freude über die Selbstbeherrschung Mauds jauchzen mögen.

Ohne sich unterbrechen zu lassen, setzte sie die Deklamation fort und lenkte dann die Unterhaltung in minder gefährliche Bahnen. Die ganze

Zeit saß ich wie halbbetäubt da. Der Lärm aus dem Zwischendeck drang durch das Schott, und der Mann, den ich fürchtete, unterhielt sich mit der Frau, die ich liebte. Der Tisch wurde nicht abgeräumt. Der Mann, der Mugridges Platz eingenommen hatte, war offenbar in Gesellschaft seiner Kameraden in der Back.

Wenn Wolf Larsen jemals den Höhepunkt des Lebens erreicht hatte, so war dies jetzt der Fall. Von Zeit zu Zeit vergaß ich meine eigenen Gedanken, um den seinen zu folgen. Ich tat dies in Bewunderung, wie gebannt durch seinen bemerkenswerten Scharfsinn und den Zauber seiner Leidenschaft. Denn er predigte die Leidenschaft der Aufbäumung. Es war unvermeidlich, daß Miltons „Lucifer" herangezogen wurde, und die Schärfe, mit der Wolf Larsen dessen Charakter zergliederte, enthüllte sein unterdrücktes Genie. Er erinnerte mich an Taine, doch wußte ich, daß er nie etwas von diesem glänzenden und doch gefährlichen Denker gehört hatte.

„Er vertrat eine verlorene Sache und fürchtete sich doch nicht vor Gottes Strafgericht", sagte Wolf Larsen. „In die Hölle gestürzt, blieb er doch ungeschlagen. Ein Drittel der Engel Gottes hatte er mit sich genommen, und sofort bewog er die Menschen, sich gegen Gott aufzulehnen, und gewann den Großteil aller Menschengeschlechter für sich und die Hölle. Warum wurde er aus dem Himmel vertrieben? Weil er weniger tapfer war als Gott? Weniger stolz? Weniger ehrgeizig? Nein! Und tausendmal nein! Gott war der Stärkere. Luzifer war ein freier Geist. Dienen war für ihn gleichbedeutend mit: ersticken müssen. Er zog ein Leiden in Freiheit allem Glück einer bequemen Knechtschaft vor. Er wollte Gott nicht dienen. Er wollte niemand untertan sein. Er war kein Spielball anderer. Er stand auf eigenen Beinen. Er war eine Persönlichkeit."

„Der erste Anarchist", lachte Maud und erhob sich, um sich in ihre Kajüte zurückzuziehen.

„Dann ist es gut, Anarchist zu sein“, schrie Larsen. Auch er hatte sich erhoben und stand ihr nun bei der Kajütentür, wo sie stehen geblieben war, Angesicht in Angesicht gegenüber. Er fuhr fort:

„Hier endlich können wir frei sein; hier hat der Allmächtige keinen Einfluß mehr; von hier wird er uns nicht vertreiben; hier können wir ungestört herrschen; und bei meinem Wunsch, zu herrschen, entscheide ich mich für die Hölle: lieber in der Hölle herrschen, als im Himmel dienen!“

Dies war der trotzige Schrei eines mächtigen Geistes. Die Kajüte hallte noch von seinen Worten wider, als er so dastand, im Rollen des Schiffes schwankend, mit strahlend bronzefarbenem Gesicht, das Haupt hoch und stolz, erhoben. Seine Augen golden und männlich, männlich und unwiderstehlich, als sie Maud, die in der Tür stand, anblickten.

Wieder trat ein Entsetzen in ihre Augen, als sie hauchte: „Sie sind Luzifer.“

Die Tür schloss sich, und sie war fort. Er starrte ihr etwa eine Minute lang nach, dann kam er wieder zu sich.

„Ich werde Louis beim Rad ablösen“, sagte er kurz, „und zu Mitternacht Sie rufen lassen, um mich abzulösen. Es wird zweckmäßig sein, wenn Sie sich jetzt niederlegen und etwas schlafen.“

Er zog ein Paar Fausthandschuhe über, setzte seine Mütze auf und stieg die Kajütenstiege empor, während ich seiner Aufforderung, schlafen zu gehen, nachkam.

Aus einem nicht erklärlichen Grunde, wie einem geheimen Zwange folgend, hatte ich mich nicht entkleidet, sondern voll angezogen zu Bett gelegt. Eine Zeitlang lauschte ich dem Lärm im Zwischendeck und wunderte mich über die Liebe, die mich in ihren Bann geschlagen hatte. Auf der „Ghost“ war mein Schlaf gesund und tief geworden, so daß sich meine Augen bald schlossen und mein Bewußtsein in den Halbtod des Schlummers hinabsank.

Ich weiß nicht, was mich geweckt hatte, plötzlich stand ich vollkommen wach vor meiner Koje, ich erzitterte in der Vorahnung einer Gefahr. Ich riß die Tür auf. Die Kajütenlampe brannte düster. Ich sah Maud, meine Maud, wie sie wild um sich schlug, während Wolf Larsen sie in eiserner Umklammerung an sich preßte. Ich sah ihre verzweifelten Anstrengungen, wie sie ihren Kopf gegen seine Brust stemmte, um sich loszureißen. Im gleichen Augenblick, als ich dies alles sah, sprang ich auch schon hinzu.

Mit der Faust schlug ich ihm ins Gesicht, als er gerade seinen Kopf hob, doch war es für ihn nur ein belangloser Hieb. Er brüllte auf wie ein wütendes Tier und versetzte mir einen Stoß. Ich fiel gegen die Tür der Kajüte, die Mugridge früher bewohnt hatte, wobei die Türfüllung zersplitterte. Ich taumelte, befreite mich mit Mühe aus den Türtrümmern und achtete nicht auf meine Verletzungen. Ich war von grenzenloser Wut erfüllt. Ich glaube, daß ich auch brüllte, als ich das Messer zog und Larsen ein zweitesmal ansprang, um ihn zu Boden zu zwingen.

Ich war jetzt mit erhobenem Messer über ihm, zögerte jedoch mit dem Zustoßen. Maud lehnte an der Wand und stützte sich mit einem Arm. Wolf Larsen torkelte. Seine Linke preßte er gegen die Stirn und verdeckte dabei die Augen, mit der Rechten griff er wie suchend ins Leere.

Nun erfaßte mich wieder die Wut. In aller Klarheit erschien all das mir zugefügte Unrecht, die Demütigungen, alles, was ich und andere unter ihm erlitten hatten. In blindwütendem Zorn sprang ich auf ihn los und stieß ihm das Messer in die Schulter. Dann erhob ich ein zweitesmal das Messer gegen ihn.

Maud hatte mein erstes Zustechen gesehen und schrie: „Tun Sie es nicht, bitte, nicht!“

Ich ließ meinen Arm einen Augenblick sinken, doch nur einen Augenblick. Wieder erhob ich das Messer, und es wäre um Wolf Larsen geschehen gewesen, wäre Maud nicht dazwischengetreten. Ihr Arm streifte mein Gesicht. Mein Puls raste.

„Mir zuliebe!“ bat sie.

„Ihnen zuliebe möchte ich ihn töten!“ schrie ich und versuchte meinen Arm freizumachen, ohne sie zu verletzen.

„Ruhig!“ sagte sie und legte ihren Finger zart auf meine Lippen. „Bitte, bitte“, bat sie und entwaffnete mich durch die Kraft ihrer Worte.

Ich löste mich von ihr, wich zurück und steckte das Messer in die Scheide. Ich blickte auf Wolf Larsen. Noch immer drückte er seine linke Hand gegen die Stirne. Sie bedeckte auch seine Augen. Er schien wie gelähmt. Sein Körper knickte in den Hüften zusammen, seine breiten Schultern fielen nach vorne.

„Van Weyden“, rief er heiser und mit Furcht in der Stimme. „Ach, Van Weyden, wo sind Sie?“

Ich schaute auf Maud. Sie sagte nichts, sondern nickte nur.

„Hier bin ich“, lautete meine Antwort, und ich ging auf ihn zu. „Was wünschen Sie?“

„Helfen Sie mir auf einen Sessel“, sagte er mit der gleich heiseren und ängstlichen Stimme.

„Ich bin ein kranker Mann, ein sehr kranker Mann, Hump“, und er sank aus meinem stützenden Arm auf den Sessel nieder.

Sein Kopf fiel nach vorn auf den Tisch, und er vergrub ihn in den Händen. Von Zeit zu Zeit schüttelte er ihn hin und her, so, als ob er Schmerzen hätte. Als er ihn einmal halb erhob, sah ich große Schweißperlen auf der Stirn.

„Ich bin ein kranker Mann, ein sehr kranker Mann“, wiederholte er immer wieder.

„Was ist denn los?“ fragte ich und legte ihm die Hand auf die Schulter. „Kann ich Ihnen helfen?“

Er schlug mit einer gereizten Bewegung meine Hand weg, ich blieb aber ruhig neben ihm. Maud schaute ihn erschrocken an. Wir konnten nicht erraten, was ihm zugestoßen war.

„Hump“, sagte er schließlich, „ich muß in meine Koje. Reichen Sie mir die Hand. Ich werde bald wieder in Ordnung sein. Es sind diese verfluchten Kopfschmerzen, glaube ich. Helfen Sie mir in meine Koje!“

Als ich ihn in seine Koje gebracht hatte, vergrub er neuerdings sein Gesicht in den Händen und bedeckte seine Augen. Wie ich mich zum Gehen wandte, hörte ich ihn wieder murmeln: „Ich bin ein kranker Mann, ein sehr kranker Mann.“

Maud schaute mich fragend an, als ich herauskam. Ich schüttelte den Kopf und sagte:

„Irgend etwas ist ihm zugestoßen. Ich weiß nicht, was. Ich glaube, er ist das erstemal in seinem Leben hilflos. Es muß passiert sein, bevor er den Messerstich erhielt, der ja nur eine oberflächliche Wunde verursachte. Sie müssen doch gesehen haben, was geschah.“

Sie schüttelte den Kopf. „Ich habe nichts wahrgenommen. Auch mir ist es ein Rätsel. Plötzlich ließ er mich los und torkelte. Aber was werden wir tun? Was soll ich tun?“

„Bitte, wollen Sie warten, bis ich zurückkomme?“ antwortete ich.

„Ich ging an Deck. Louis war am Rad.

„Du kannst nach vorn gehen und dich niederlegen“, sagte ich und übernahm von ihm das Steuer.

Er gehorchte sofort, und ich war allein an Deck der „Ghost“. So leise wie möglich ließ ich die Außenklüver und Stagsegel herab, legte die Klüver nach Back um und nahm das Großsegel aus dem Wind. Dann ging ich zu Maud hinunter, hob den Finger an die Lippen, um ihr Ruhe zu gebieten, und ging in Wolf Larsens Kabine. Er befand sich in gleicher Stellung wie ich ihn verlassen hatte, sein Kopf wackelte noch immer hin und her.

„Kann ich etwas für Sie tun?“ fragte ich.

Er gab zunächst keine Antwort, und erst auf meine nochmalige Frage erwiderte er:

„Nein, nein. Ich bin in Ordnung. Lassen Sie mich bis morgen allein.“

Als ich mich zum Gehen wandte, bemerkte ich, daß sich sein Kopf wieder so seltsam bewegte. Maud wartete geduldig auf mich.

„Wollen Sie sich mir für einen Ausflug von etwa sechshundert Meilen anvertrauen?“ fragte ich.

„Sie meinen – –?“ fragte sie, und ich wußte, daß sie richtig geraten hatte.

„Ja, eben das meine ich“, antwortete ich. „Uns bleibt nichts übrig als die Flucht im offenen Boot.“

„Sie denken an mich“, sagte sie, „denn was Sie anlangt, sind Sie hier gewiß so sicher wie bisher.“

„Nein, es bleibt uns keine andere Wahl als das offene Boot“, wiederholte ich. „Wollen Sie sich, bitte, gleich so warm wie möglich anziehen und alles, was sie mitzunehmen wünschen, in ein Bündel zusammenschnüren.“

„Und beeilen Sie sich“, sagte ich, als sich Maud ihrer Kajüte zuwandte.

Der Vorratsraum liegt direkt unterhalb der Kajüte. Ich öffnete die Falltüre, nahm eine Kerze mit und durchsuchte die Vorräte. Ich wählte hauptsächlich Konserven aus, und als ich fertig war, streckten sich von oben bereits willige Hände herab, um das in Empfang zu nehmen, was ich ihnen zureichte.

Wir arbeiteten leise. Ich versorgte mich auch mit Decken, Fausthandschuhen, Ölzeug, Mützen und dergleichen aus der Vorratskiste. Es war kein leichtes Unternehmen, sich in einem kleinen Boot der stürmischen See anzuvertrauen, und es war unbedingt erforderlich, daß wir uns gegen Kälte und Nässe schützten.

Wir arbeiteten fieberhaft, das gestohlene Gut an Deck zu bringen und mittschiffs aufzustapeln, so fieberhaft, daß Maud, die keine großen Körperkräfte besaß, erschöpft aufgeben und sich bei der Achterhütte niedersetzen mußte. Es war mir klar, daß wir auch Waffen brauchten. So ging ich neuerlich in Wolf Larsens Kajüte, um mir ein Gewehr und eine Schrotflinte zu beschaffen. Ich sprach ihn an, aber er gab keine Antwort.

„Leb' wohl, Luzifer!" flüsterte ich unhörbar, als ich die Türe schloß.

Das nächste, was ich mir holen mußte, war Munition – eine leichte Aufgabe, obwohl ich dazu in die Laufbrücke mußte. Dort verwahrten die Jäger die Munitionskisten, die sie in die Boote mitnahmen, und hier, nur wenige Schritte von ihrem lärmenden Gelage, eignete ich mir zwei Kisten an.

Dann mußte ich das Boot zu Wasser lassen. Keine leichte Aufgabe für einen einzelnen Mann. Nachdem ich die Befestigungstaue gelöst hatte, zog ich zunächst das Bugtau, dann das Hecktau, bis das Boot über die Reling schwang. Ich ließ es hinab, abwechselnd das eine und dann das andere Tau bedienend, so daß es bald an der Seite des Schoners knapp über dem Wasserspiegel hing. Ich überzeugte mich noch, daß es die notwendige Ausrüstung an Ruderzeug und Segeln enthielt. Auf Wasser mussten wir besonders bedacht sein, und so stahl ich aus allen an Bord befindlichen Booten die Wasserfässer. Da neun Boote an Bord waren, dachte ich, daß wir genügend Wasser und auch Ballast hätten, obgleich anderseits die Gefahr in Betracht gezogen werden mußte, das Boot zu überlasten, wenn wir alle anderen Dinge noch mitnahmen.

Während Maud mir das Gepäck zureichte und ich es im Boot verstaute, kam ein Matrose aus dem Zwischendeck an Bord. Er stand einige Zeit bei der Luvreling (wir luden bei der Leereling ein), schlenderte dann langsam mittschiffs, wo er neuerlich stehen blieb und sich vom Wind anblasen ließ, während er uns den Rücken zeigte. Ich konnte mein Herz schlagen hören, als ich mich im Boot duckte. Maud hatte sich an Deck niedergeworfen und lag, wie ich wußte, bewegungslos im Schatten der Reling. Der Mann drehte sich zum Glück nicht um, streckte seine Arme in die Luft, gähnte laut und lenkte seine Schritte zur Zwischendecksluke, wo er verschwand.

In wenigen Minuten war das Beladen beendet, und ich ließ das Boot zu Wasser. Als ich Maud über die Reling half und ihren Körper nahe dem meinen fühlte, mußte ich mich beherrschen, um nicht auszurufen: „Ich liebe dich! Ich liebe dich!“ Tatsächlich, Humphrey Van Weyden ist endlich verliebt, dachte ich mir, als ich sie ins Boot hinabließ und sich dabei ihre Hand um die meine klammerte. Ich hielt mich mit einer Hand an der Reling fest, stützte sie mit der anderen und war in diesem Augenblick unsagbar stolz. Ich fühlte in mir Kräfte, wie ich sie noch einige Monate zuvor nicht erträumt hatte, an jenem Tage zum Beispiel, als ich Charley Furuseth Lebewohl sagte, um auf der „Martinez“ nach San Franzisko zu fahren.

Als das Boot von einer Welle hochgehoben wurde, berührte Maud mit den Füßen dessen Boden und ich ließ ihre Hand aus. Dann machte ich die Taue frei und sprang ihr nach. Noch nie in meinem Leben hatte ich gerudert, trotzdem legte ich die Ruder aus, und unter Aufbietung aller Kräfte brachte ich das Boot von der „Ghost“ klar. Dann versuchte ich es mit dem Segel.

Oft hatte ich die Bootssteuerer und Jäger beim Setzen ihrer Sprietsegel beobachtet, jetzt nun war es mein erster Versuch. Wozu jene vielleicht zwei Minuten benötigten, dazu brauchte ich zwanzig, doch schließlich hatte ich es geschafft, und, mit dem Steuerruder in Händen, lag ich im Winde.

„Dort liegt Japan“, erklärte ich. „Geradeaus vor uns.“

„Herr Van Weyden“, sagte sie, „Sie sind ein tapferer Mann.“

„O nein“, sagte ich. „Sie sind eine tapfere Frau.“

Wir drehten uns nach achtern, um einen letzten Blick auf die „Ghost“ zu werfen. Ihr niederer Rumpf hob und senkte sich; ihre Segel flatterten; das festgemachte Rad ächzte. Dann waren wir allein auf dem dunklen Meer.

27. Kapitel

Grau und frostig brach der Tag an. Das Boot lag in einer frischen Brise und der Kompaß zeigte an, daß wir den Kurs auf Japan halten konnten. Obwohl ich mir sogleich die Fausthandschuhe übergezogen hatte, schmerzten meine Finger von der Kälte und vom Halten des Steuers. Meine Füße brannten vor Kälte und inständig hoffte ich, daß mich die Sonne bald wärmen möge. Vor mir, auf dem Boden des Bootes, lag Maud. Ihr war es wenigstens warm, denn sie lag in Decken eingehüllt. Die oberste hatte ich übers Gesicht geschlagen, um es vor der rauhen Nachtluft zu schützen. So konnte ich nur undeutlich die Umrisse ihrer Gestalt und ihr hellbraunes Haar sehen, das aus der Umhüllung hervorlugte und vom Morgentau wie mit Juwelen übersät war.

Plötzlich wurde die Decke zurückgeschlagen, und sie lächelte mich mit schlaftrunkenen Augen an.

„Guten Morgen, Herr Van Weyden. Haben Sie schon Land gesehen?"

„Nein", sagte ich, „aber wir nähern uns ihm mit einer Geschwindigkeit von sechs Meilen pro Stunde.

Sie machte ein enttäuschtes Gesicht.

„Aber das macht hundertvierzig Meilen in vierundzwanzig Stunden", fügte ich aufmunternd hinzu.

„Ihr Gesicht hellte sich auf.

„Und wie weit müssen wir fahren?"

„Sibirien liegt in dieser Richtung", sagte ich und wies nach Westen. „Aber im Südwesten, etwa sechshundert Meilen entfernt, liegt Japan. Wenn dieser Wind anhält, werden wir es in fünf Tagen schaffen."

„Und wenn Sturm aufkommt? Das Boot könnte es durchhalten?"

„Es müßte sehr arg stürmen", antwortete ich zögernd.

„Und wenn es sehr arg stürmte?"

„Wir können jeden Augenblick von einem Robbenschoner aufgefischt werden. In diesem Gebiet sind viele unterwegs.“

„Mein Gott. Sie sind ja völlig durchgefroren“, rief sie. „Da schauen Sie her. Es schüttelt Sie ja. Leugnen Sie nicht! Sie zittern. Und ich liege hier warm wie in einem Backofen.“

„Ich sehe nicht ein, was es mir helfen sollte, wenn auch Sie aufstehen und frieren würden“, lachte ich.

„Ich werde es dennoch tun, wenn ich steuern gelernt habe, was ja sicher bald der Fall sein wird.“

Sie setzte sich auf und begann ihre einfache Toilette. Sie schüttelte ihr braunes Haar, daß es wie eine Wolke herabfiel und Gesicht und Schultern verdeckte. O, du liebes, duftendes braunes Haar! Ich hätte es küssen, durch meine Finger laufen lassen, mein Gesicht darin vergraben mögen und betrachtete es verzückt, bis das Boot in den Wind lief und mich das flatternde Segel an die vernachlässigte Pflicht gemahnte.

„Warum tragen die Frauen ihr Haar nicht immer aufgelöst?“ fragte ich. „Es ist so bedeutend schöner.“

„Wenn es nur nicht so schrecklich unordentlich wäre!“ lachte sie. „Ach, jetzt habe ich eine meiner wertvollen Haarnadeln verloren!“

Und wieder vernachlässigte ich das Boot und ließ das Segel im Winde flattern, so begeistert folgte ich jeder ihrer Bewegungen, als sie die Decken nach der Nadel durchsuchte.

Mit einem reizenden Ausruf fand sie die Nadel, und ich wendete meine Aufmerksamkeit wieder ganz dem Steuer zu. Immer wieder versuchte ich, das Steuerruder festzubinden und zu verkeilen, bis das Boot auch ohne mein weiteres Zutun gut am Winde lag.

„Und jetzt wollen wir frühstücken“, sagte ich, „doch zunächst müssen Sie sich warm anziehen.“

Ich holte ein aus der Kleiderkiste stammendes neues Hemd aus Deckenstoff hervor.

Ich wußte, daß es dicht gewebt war, dadurch dem Regen widerstehen konnte und auch nach Stunden keine Nässe durchließ. Als Maud es über den Kopf gezogen hatte, vertauschte ich ihre Knabenmütze gegen eine Männerkappe, die so groß war, daß sie auch ihre Haare bedeckte, und die, wenn die Klappen heruntergezogen wurden, Ohren und Nacken vollständig einhüllte.

In diesem Augenblick traf uns ein stärkerer Windstoß. Das Boot wurde von ihm erfaßt, als es gerade über einen Wellenkamm glitt. Gerade so weit legte es sich über, daß der Bootsrand das Wasser berührte und etwa ein Eimer voll hineinlief. Ich war dabei, eine Dose mit den Zähnen zu öffnen und konnte gerade noch rechtzeitig aufspringen, um das Segel herumzuwerfen. Es schlug und flatterte, aber das Boot kam wieder frei.

In wenigen Minuten hatte ich es wieder auf seinem Kurs und kehrte zur Frühstückbereitung zurück.

„Es scheint mir ausgezeichnet zu funktionieren, obwohl ich in Schiffahrtsfragen wenig bewandert bin“, sagte sie und nickte beifällig zu meiner Steuermethode.“

„Aber es wird uns nur helfen, wenn wir mit dem Winde segeln“, erklärte ich. „Wenn der Wind seitlich kommt oder wir zum Kreuzen gezwungen sind, werde ich steuern müssen.“

„Ich muß sagen, daß ich von den technischen Einzelheiten nichts verstehe. Sie können aber nicht Tag und Nacht ständig steuern. Ich hoffe, nach dem Frühstück meine erste Lektion zu erhalten, und dann werden Sie sich zu einem Schläfchen niederlegen. Wir werden Wachablöse einführen, genau so wie auf anderen Schiffen.“

„Ich weiß nicht, wie ich es Ihnen beibringen soll“, protestierte ich. „Ich selbst lerne erst. Sie haben zu wenig bedacht, als Sie sich mir anvertrauten, daß ich mit kleinen Booten überhaupt keine Erfahrung besitze. Ich bin heute das erstemal in einem solchen.“

„Dann, mein Herr, werden wir gemeinsam lernen. Und da Sie schon eine Nachtfahrt hinter sich haben, werden Sie mir zeigen, was Sie gelernt haben. Und jetzt zum Frühstück. Die Luft macht Appetit!“

„Kein Kaffee“, sagte ich zu ihr bedauernd, während ich ihr Schiffszwieback und ein Stück Zungenkonserve reichte. Und es wird keinen Tee, keine Suppe und nichts Warmes geben, bis wir irgendwo Land erreichen.“

Nach dem Frühstück, dem eine Schale kaltes Wasser die Krönung verlieh, nahm Maud ihre erste Lehrstunde in Schiffahrtskunde. Während ich sie unterrichtete, lernte ich selbst mit, wobei mir meine Kenntnisse zugutekamen, die ich mir beim Führen der „Ghost“ und durch Beobachtung der Bootsruderer beim Segeln in den Booten angeeignet hatte. Sie war ein gelehriger Schüler und lernte rasch den Kurs zu halten, in den Windstößen nach Luv zu drehen und bei Zwischenfällen die Segel zu reffen.

Als sie dabei offensichtlich müde wurde, überließ sie mir das Ruder. Ich hatte die Decken zusammengelegt, doch breitete sie sie jetzt wieder am Boden aus. Nachdem sie die Decken ausgebreitet hatte, sagte sie:

„Jetzt, mein Herr, zu Bett! Und Sie werden bis zum zweiten Frühstück schlafen – bis zu Mittag“, verbesserte sie sich, als sie sich der Zeiteinteilung auf der „Ghost“ erinnerte.

Was konnte ich tun? Sie bestand darauf und sagte: „Bitte, bitte“, worauf ich ihr das Steuer übergab und gehorchte. Ich empfand ein wunderbares Gefühl, als ich in die von ihren Händen bereitete Liegestatt kroch.

Ich sah auf meine Uhr. Es war eins. Sieben Stunden hatte ich geschlafen! Und Maud hatte sieben Stunden gesteuert! Als ich das Steuerruder übernahm, mußte ich zunächst ihre verkrampften Finger lösen. Ihre Kräfte waren erschöpft, und sie konnte sich nicht einmal mehr von ihrem Platze erheben. Ich mußte das Segel locker lassen, bis ich ihr in die Schlafstelle aus Decken hineingeholfen und ihre Hände warmgerieben hatte.

„Ich bin so müde", sagte sie mit einem Seufzer und ließ ihren Kopf sinken.

Doch im nächsten Augenblick hob sie ihn schon wieder: „Aber jetzt brummen Sie nicht, wagen Sie es ja nicht zu brummen", rief sie mit gespieltem Trotz.

„Ich glaube nicht, daß ich böse dreinschaue", sagte ich ernst, „denn ich kann Ihnen versichern, daß ich es nicht im geringsten bin."

„Nein", antwortete sie, „Sie schauen nur vorwurfsvoll drein."

„Dann habe ich ein ehrliches Gesicht, das nur ausdrückt, was ich fühle. Sie waren unfair, sowohl sich selbst als auch mir gegenüber. Wie kann ich Ihnen je wieder vertrauen?"

Sie sah ganz zerknirscht aus. „Ich werde brav sein", sagte sie wie ein unartiges Kind. „Ich verspreche – –"

„Zu gehorchen, wie ein Matrose seinem Kapitän gehorcht?"

„Ja", antwortete sie. „Es war dumm von mir. Ich sehe es ein."

„Dann müssen Sie noch etwas anderes versprechen", verlangte ich.

„Gern."

„Daß Sie nicht zu oft bitte, bitte' sagen werden, denn wenn Sie dies tun, können Sie sicher sein, meine Autorität zu untergraben."

Sie lächelte belustigt und zustimmend. Auch sie hatte die Wirkung ihres wiederholten „bitte" erkannt.

„Es ist ein schönes Wort –" begann ich.

„Aber ich werde es nicht übertreiben", fiel sie ein.

Dann lächelte sie müde und ihr Kopf sank wieder zur Brust. Ich verließ das Steuer, um ihr rasch die Decken um die Füße zu wickeln und ihr mit einer davon das Gesicht einzuhüllen. Oh, sie war nicht kräftig! Mit Besorgnis blickte ich nach Südwest und gedachte der sechshundert Meilen, die mit allen Mühsalen vor uns lagen – ach, wenn uns nur nichts Ärgeres als Mühsale bevorstand. In diesem Teil des Meeres konnte sich jeden Augenblick ein Sturm erheben und uns vernichten. Dennoch war ich nicht ängstlich. Ich hatte wenig Vertrauen in die Zukunft, war im Gegenteil voller Zweifel, und doch fühlte ich keine Angst. „Es muß gut ausgehen, es muß gut ausgehen", redete ich mir immer wieder ein.

Nachmittags frischte der Wind auf, die See wurde unruhig und stellte große Anforderungen an das Boot und mich, doch der Ballast der Lebensmittel und der Wasserbehälter befähigte das Boot, Wind und Wellen zu trotzen, und ich ließ das Segel gesetzt, solange ich es verantworten zu können glaubte. Dann holte ich es ein.

Am späten Nachmittag sah ich in Lee den Rauch eines Dampfers. Es war vielleicht ein russischer Kreuzer oder noch wahrscheinlicher die „Macedonia", die noch immer die „Ghost" suchte. Die Sonne hatte den ganzen Tag nicht geschienen, und es war bitter kalt. Als die Nacht hereinbrach, wurden die Wolken schwarz, der Wind frischte weiter auf, so daß Maud und ich beim Nachtmahl unsere Fausthandschuhe anbehielten und ich beim Steuern nur zwischen den Windstößen einige Bissen zu mir nehmen konnte.

Inzwischen war es dunkel geworden. Wind und See waren zu unberechenbar für das Boot. Ich holte die Segel ein und machte mich daran, einen Schlepp- oder Seeanker herzustellen. Ich hatte das von den Jägern und Ruderern gelernt, und es war einfach durchzuführen. Ich holte das Segel ein, band es ordentlich an Mast, Baum, Spriet und zwei Paar Reserveruder fest und warf alles über Bord. Es schwamm am Wasserspiegel, war dem Wind daher nicht ausgesetzt und trieb langsamer als das Boot, mit dessen Bug es durch eine Leine verbunden war. Infolgedessen hielt es das Boot mit dem Bug gegen Wellen und Wind – die Stellung, in der man am ehesten der Gefahr, durch Sturzwellen zu kentern, begegnen konnte.

„Und jetzt?“ fragte Maud fröhlich, als diese Aufgabe beendet war und ich die Fausthandschuhe anlegte.

„Und jetzt fahren wir nicht mehr in der Richtung gegen Japan“, antwortete ich. „Wir werden nach Südosten oder Südsüdosten getrieben, mit einer Geschwindigkeit von mindestens zwei Meilen pro Stunde.“

„Das sind nur vierundzwanzig Meilen“, betonte sie, „wenn der Wind die ganze Nacht anhält.“

„Ja, und nur einhundertundvierzig Meilen, wenn er es drei Tage und drei Nächte tut.“

„Aber er wird nicht anhalten“, sagte sie mit froher Zuversicht. „Er wird sich drehen und günstig wehen.“

„Die See ist die große Treulose.“

„Aber der Wind!“ wendete sie ein. „Ich habe gehört, wie Sie den prächtigen Passatwind lobten.“

„Ich wünsche, ich hätte daran gedacht, Wolf Larsens Chronometer und Sextanten mitzunehmen“, sagte ich kleinlaut. Nach einer Richtung zu segeln, nach der anderen abgetrieben werden, gar nicht zu reden von der Strömung, führt zu einem Resultat, das man mit primitiven Berechnungen nicht ermitteln kann. „Bald werden wir unseren Standort nur mit einer Toleranz von etwa fünfhundert Meilen feststellen können.“

Dann bat ich sie um Entschuldigung und versprach, nicht mehr mutlos zu sein. Auf ihren Wunsch überließ ich ihr um neun Uhr die Wache bis Mitternacht. Ich schlug sie in Decken ein und warf das Ölzeug über sie, bevor ich mich niederlegte. Ich schlief unruhig. Das Boot hüpfte über die Wellenkämme, ich konnte das Wasser vorbeirauschen hören, und ständig wurde Gischt ins Boot geschleudert. Trotzdem ist es keine schlimme Nacht, dachte ich mir, – nichts im Vergleich zu den Nächten, die ich an Bord der „Ghost“ mitgemacht hatte; vielleicht nichts im Vergleich zu dem, was wir möglicherweise noch in dieser

Nußschale durchzumachen hatten. Die Planken hatten eine Stärke von etwa eineinhalb Zentimetern. Zwischen uns und dem Meeresgrund lag nur soviel Holz.

Und dennoch – ich muß es immer wieder betonen – hatte ich keine Angst. Den Tod, den mich Wolf Larsen und Thomas Mugridge fürchten gelehrt hatten, ich fürchtete ihn nicht mehr. Das Auftauchen von Maud Brewster in meinem Leben schien mich geändert zu haben. Ich kam zur Überzeugung, daß es besser und schöner sei, zu lieben, als geliebt zu werden, wenn die Liebe einem etwas so wertvoll machen konnte, daß man nicht davor zurückschreckt, dafür zu sterben. Ich vergaß mein eigenes Leben, in der Liebe zum Leben eines anderen Menschen. Und doch – darin lag der Widerspruch – empfand ich nie so sehr den Wunsch zu leben, als in dem Augenblick, da ich mein eigenes Leben so gering einschätzte. Dann verkürzte ich die Zeit bis zum Einschlafen mit dem Versuch, die Dunkelheit nach der Richtung zu durchdringen, wo, wie ich wußte, Maud zusammengekauert in den Heckplachen saß, auf das schäumende Meer blickte und mich rufen würde, sobald es die Umstände erforderten.

28. Kapitel

Es würde zu weit führen, alle Leiden zu schildern, die wir in dem kleinen Boot zu erdulden hatten, als wir vier Tage lang planlos über den Ozean getrieben wurden. Der Sturm aus Nordwesten wehte vierundzwanzig Stunden. Dann legte er sich und schlug nach Südwesten um. Dies ging uns zwar gegen den Strich, aber ich holte den Seeanker ein, setzte das Segel, legte das Boot an den Wind und schlug Richtung Südsüdwest ein. Ebenso gut hätte ich Westnordwest wählen können, was der Wind auch zugelassen hätte, doch die wärmere Luft, die im Süden zu erwarten war, bestimmte meinen Entschluß.

Nach drei Stunden – es war, wie ich mich genau erinnern kann, Mitternacht, und so finster, wie ich es auf See noch nicht erlebt hatte – wuchs der Wind, der noch immer aus Südwesten wehte, zu großer Stärke an, und ich war neuerlich gezwungen, den Seeanker auszuwerfen.

Das Morgengrauen fand mich leichenblaß und ermattet auf dem weißgischtenden Meer, während das Boot, mit dem Bug am Schleppanker befestigt, mit dem Heck in die Höhe ragte. Wir waren in Gefahr, von den Sturzwellen umgeworfen zu werden. Gischt und Schaum kamen in solchen Mengen über Bord, daß ich unausgesetzt schöpfen mußte. Außer Maud war alles naß. Eingehüllt in Ölzeug, Gummistiefel und Südwester, war sie bis auf Gesicht, Hände und einen Strähn ihres Haares trocken. Manchmal löste sie mich beim Schöpfen ab.

Alles ist relativ. Es handelte sich nicht um mehr als eine steife Brise, doch für uns, die wir in einer zerbrechlichen Nußschale um unser Leben kämpften, bedeutete sie einen gewaltigen Sturm. Durchfroren und deprimiert, während Wind und Wasser uns ins Gesicht peitschten und die Meereswogen vorüberdonnerten, kämpften wir den ganzen Tag mit den Elementen. Die Nacht brach herein, aber wir schliefen nicht. Es wurde wieder Tag, und noch immer peitschte der Wind unser Gesicht und brausten die weißen Wogen an uns vorüber. In der zweiten Nacht schlief Maud vor Erschöpfung ein. Sie war verhältnismäßig trocken, aber starr vor Kälte. Ich fürchtete sehr, daß sie die Nacht nicht überleben würde. Wieder brach ein Tag an, kalt, trostlos, mit dem gleichen bedeckten Himmel, peitschenden Winden und rasendem Meer.

Vierundzwanzig Stunden lang hatte ich nicht geschlafen. Ich war vollkommen durchnäßt, fror bis ins Mark und war schon mehr tot als lebendig. Mein Körper war steif vor Kälte. Jede Bewegung verursachte die schrecklichsten Qualen. Und die ganze Zeit wurden wir immer weiter nach Nordost getrieben, fort von Japan – in die öde Beringsee hinein.

Und immer noch lebten wir, hielt unser Boot aus und blies der Wind mit unverminderter Stärke. Am Abend des dritten Tages nahm diese sogar noch zu. Der Bug tauchte unter einen Wogenkamm, und das Boot füllte sich zu einem Viertel mit Wasser. Ich schöpfte wie ein Wahnsinniger. Die Gefahr, von einer zweiten solchen Welle überrollt zu werden, war durch das eingedrungene Wasser, das das Boot niedergedrückt und ihm seine Tragfähigkeit nahm, noch größer geworden. Eine zweite solche Welle musste das Ende bedeuten. Als ich das Boot wieder leer hatte, war ich gezwungen, Maud die Teerplache, mit der ich sie zugedeckt hatte, wegzunehmen, um sie über dem Bug zu befestigen. Dies erwies sich als notwendig, denn sie bedeckte das Boot fast zu einem Drittel und wehrte, als wir in den nächsten Stunden dreimal mit dem Bug untertauchten, das überlaufende Wasser ab.

Mauds Verfassung war jämmerlich. Zusammengekauert saß sie am Boden des Bootes; ihre Lippen waren blau, ihr Gesicht grau, und deutlich drückte es die Qualen aus, die sie peinigten. Aber stets blickte sie tapfer zu mir und war immer noch zuversichtlich.

In der vergangenen Nacht muß der furchtbarste Sturm gewütet haben. Ich hatte wenig davon gemerkt. Ich war im Hecksitz zwischen den Plachen, so wie ich dagesessen war, zusammengesunken und eingeschlafen. Am vierten Morgen ließ der Sturm bis zu einem leisen Säuseln nach, die See beruhigte sich, und die Sonne schien wieder auf uns herab. Oh, diese gesegnete Sonne! Wie badeten wir uns in ihrer köstlichen Wärme. Wir lachten wieder, scherzten und besprachen hoffnungsfroh unsere Lage. Tatsächlich aber war sie schlechter als je zuvor. Wir waren von Japan weiter entfernt als in jener Nacht, in der wir die „Ghost“ verlassen hatten. Dabei konnte ich unseren Standort nur annähernd schätzen. Bei Annahme einer Treibgeschwindigkeit von zwei Meilen pro Stunde hatten wir während der siebzig Stunden, die der Sturm dauerte, ungefähr hundertfünfzig Meilen nach Nordost zurückgelegt. Aber war die Geschwindigkeit richtig geschätzt? Es konnten auch vier statt zwei Meilen pro Stunde gewesen sein, wobei wir um weitere hundertfünfzig Meilen vom Ziele abgekommen sein mußten.

Wo wir uns befanden, wußte ich nicht, obwohl es sehr wahrscheinlich war, daß wir wieder in der Nähe der „Ghost“ trieben. Um uns gab es Robben, und ich war gefaßt, jeden Augenblick einen Robbenschoner auftauchen zu sehen. Am Nachmittag, als der Nordwestwind wieder auffrischte, sahen wir einen Schoner, der jedoch bald wieder hinter dem Horizont verschwand und uns auf der unendlichen See allein ließ.

Es folgten Tage mit Nebel, an denen auch Mauds Stimmung herabsank und keine frohen Worte mehr über ihre Lippen kamen. Sie wechselten mit Tagen der Windstille, an denen wir auf der Unermeßlichkeit des Meeres dahintrieben, bedrückt von dessen Größe und voll des Staunens über das Wunder des uns verbliebenen winzigen Lebens. Denn noch lebten wir und kämpften um unser Leben. Es folgten Tage mit Hagel, Wind und Schneegestöber, an denen wir uns nicht erwärmen konnten, oder Tage mit Nebelreißen, an denen wir unsere Wasserbehälter mit dem Tropfwasser aus den Segeln füllten.

Was mich an Maud besonders überraschte, war das Fehlen von Angst und Furcht. Das schreckenerregende Meer, das gebrechliche Boot, die Stürme und Leiden, die Einsamkeit – alles, was eine selbst robuste Frau entmutigt hätte – schien keinen Eindruck auf sie zu machen, die das Leben bisher nur von der angenehmsten Seite kennengelernt hatte.

Es kamen stürmische Tage, Tage und Nächte mit Sturm, an denen uns der Ozean mit seinen brüllenden Wogen bedrohte und der Wind unser schwankendes Boot mit Titanenfäusten schüttelte. Und immer noch wurden wir weiter nach Nordosten getrieben. Während eines solchen Sturmes, es war der ärgste, den ich je erlebte, warf ich einen zufälligen Blick nach Lee. Was ich erblickte, konnte ich zunächst kaum fassen. Zweifellos hatten die sorgenvoll schlaflosen Tage und Nächte meinen Geist getrübt. Ich schaute zurück auf Maud, um mich davon zu überzeugen, daß ich nicht träume. Wieder wendete ich meinen Blick nach Lee, und neuerlich sah ich ein Vorgebirge, schwarz, kahl und steil aufragend, die wütende Brandung an seinem Fuße, die unzugängliche Küstenlinie, die sich nach Südosten erstreckte und von einem mächtigen weißen Schaumgürtel umgeben war.

„Maud", sagte ich. „Maud!"

Sie wendete den Kopf und erblickte das geschilderte Bild.

„Es wird doch nicht etwa Alaska sein?" rief sie.

„Natürlich nicht", antwortete ich und fragte sie: „Können Sie schwimmen?"

Sie schüttelte den Kopf.

„Ich auch nicht", sagte ich. „So müssen wir zusehen, durch eine Schlucht zwischen den Felsen, durch die wir mit dem Boot durchkommen, an Land zu gelangen. Aber wir müssen schnell sein, sehr schnell und vorsichtig."

Ich sprach mit einer Zuversicht, die ich, wie ich wußte, selbst nicht besaß. Sie schaute mich mit ihren ruhigen Augen an und sagte.

„Ich habe mich noch nicht bedankt für all das, was Sie für mich getan haben, aber –“

Sie stockte, als ob sie überlegte, wie sie am besten ihre Dankbarkeit in Worte kleiden sollte.

„Was?“ fragte ich grob, denn ich war nicht erfreut davon, daß sie mir danken wollte.

„Sie könnten mir helfen“, lächelte sie.

„Ihre Verpflichtungen anzuerkennen, bevor Sie sterben? Gar nicht daran zu denken. Wir werden nicht sterben. Wir werden auf dieser Insel landen und geborgen sein, bevor noch der Tag zur Neige geht.“

Ich sprach hoffnungsvoll, glaubte jedoch selbst kein Wort davon. Nicht aus Angst wurde ich zum Lügen getrieben. Ich fühlte keine Angst, obwohl ich nahezu sicher war, in dieser kochenden Brandung zwischen den Felsen, denen wir uns rasch näherten, den Tod zu finden. Es wäre unmöglich gewesen, das Segel zu setzen und von dieser Küste wegzukommen. Der Sturm hätte das Boot sofort zum Kentern gebracht, die See mußte es sofort verschlingen, sobald es in ein Wellental kam, und außerdem schleppten wir das Segel mit den Reserverudern zusammengeschnürt als Seeanker mit uns.

Wie gesagt, ich fürchtete mich nicht, dem Tode dort, einige hundert Schritt leewärts, zu begegnen, doch erstarrte ich bei dem Gedanken, daß Maud sterben sollte. Meine erregte Phantasie sah sie, wie sie gegen die Felsen geschleudert und zerschmettert wurde, und dies war zu furchtbar. Ich zwang mich zu dem Gedanken, daß wir wohlbehalten landen würden und so sagte ich nicht das, was ich glaubte, sondern das, was ich zu glauben wünschte.

Instinktiv rückten wir auf dem Boden des Bootes enger zusammen. Ich fühlte, wie ihre im Fausthandschuh steckende Hand nach der meinen griff, und so warteten wir stumm auf das Ende. Wir waren nicht weit von der Linie entfernt, in der der Wind die westliche Spitze des

Vorgebirges schnitt, und ich beobachtete diese in der Hoffnung, daß irgend eine Strömung uns vorbeitreiben könnte, ehe wir die Brandung erreichten.

„Wir werden an Land kommen", sagte ich mit einer Zuversicht, die weder sie noch mich täuschen konnte.

„Wir schaffen es", schrie ich fünf Minuten später.

Ich hatte hinter der äußersten Spitze des Vorgebirges eine Halbinsel erblickt, und bei genauer Beobachtung konnten wir immer deutlicher die Umrisse einer tief eingeschnittenen Bucht sehen. Gleichzeitig drang ein unausgesetztes Gebrüll an unser Ohr. Es hatte die Stärke eines entfernten Donnerrollens, kam direkt aus Lee und übertönte das Tosen der Brandung. Als wir um das Vorgebirge fuhren, lag die ganze Bucht vor uns, halbmondförmig, mit weißer Sandküste, auf der sich eine mächtige Brandung brach, und die mit Tausenden von Robben bedeckt war, von denen das ungeheuere Gebrüll stammte.

„Ein Nistplatz", schrie ich. „Jetzt sind wir tatsächlich geborgen. Hier muß es Leute und Kreuzer geben, welche die Tiere vor den Robbenjägern schützen. Vielleicht ist an dieser Küste sogar eine Siedlung."

Als ich aber die Brandung, die gegen die Küste schlug, näher betrachtete, sagte ich:

„Wenn uns die Götter gnädig sind, werden wir beim Entlangtreiben längs der Küste vielleicht auf einen vollkommen geschützten Strand treffen, wo wir trockenen Fusses an Land gehen können."

Und die Götter waren uns gnädig. Die erste und zweite Landzunge lagen genau in der Richtung des Südwestwindes. Als wir aber um die zweite herumgekommen waren, erblickten wir die dritte Landzunge, die in der gleichen Richtung der beiden vorigen lag. Und die ersehnte Bucht lag da! Sie schnitt tief ins Land hinein, und die jetzt einsetzende Flut trieb uns hinein. Hier war die See bis auf eine Grunddünung ruhig. Ich zog den Seeanker ein und begann zu rudern. Von der Landspitze aus zog sich das Gestade in einem Bogen nach Südwesten, bis sich plötzlich eine zweite Bucht in der Bucht öffnete, ein kleiner, von Land umschlossener, idyllisch gelegener Hafen.

Hier gab es überhaupt keine Robben. Der Vordersteven des Bootes rieb sich am harten Geröll. Ich sprang heraus und reichte Maud die Hand. Im nächsten Augenblick stand sie an meiner Seite. Gleich darauf taumelte sie und drohte in den Sand zu fallen. Wir waren so lange auf der sich ständig bewegenden See gewesen, daß die erste Berührung mit dem Festland wie eine heftige Erschütterung auf uns wirkte.

„Ich muß mich hinsetzen", sagte Maud mit einem müden Lächeln und ließ sich in den Sand nieder.

Ich sicherte das Boot und setzte mich neben sie. So landeten wir auf der Mühsalinsel, landkrank infolge des langen Aufenthaltes auf dem Meere.

29. Kapitel

Narr", schrie ich laut. Ich hatte das Boot ausgeladen und dessen Inhalt hoch auf den Strand hinaufgebracht, wo ich mich daranmachte, ein Feldlager zu bauen. An der Küste gab es, wenn auch nicht viel, Treibholz, und der Anblick einer Dose Kaffees, die ich aus der Vorratskammer der „Ghost" mitgenommen hatte, brachte mich auf die Idee, ein Feuer zu machen.

„Verflixter Idiot", sagte ich zu mir selbst.

Maud sagte mit leichtem Vorwurf: „Pst, pst" und dann fragte sie, warum ich ein Idiot sei.

„Keine Streichhölzer", stöhnte ich.

„Nicht ein einziges Streichholz habe ich mitgenommen. Und jetzt werden wir keinen Kaffee, keine Suppe, keinen Tee und überhaupt nichts Warmes haben!"

„War es nicht – na – Crusoe, der Stäbchen aneinander gerieben hat?" überlegte sie.

„Ich habe Beschreibungen einer Reihe von Schiffbrüchigen gelesen, die es versucht, vergeblich versucht haben", antwortete ich. „Ich denke an Winters, einen Journalisten, der Alaska und Sibirien bereiste. Ich traf ihn einmal in Bibelot, und er erzählte uns, wie er mit einer Reihe von Stäbchen Feuer zu machen versuchte. Er erzählte es sehr lustig, doch war es die Geschichte eines Fehlschlages. Ich erinnere mich an den Schluß. Seine schwarzen Augen leuchteten, als er sagte: Meine Herren, die Südseeinsulaner mögen es können, die Malayen auch, doch ich gebe Ihnen mein Wort: es übersteigt die Fähigkeiten eines Weißen!'"

„Na gut, wir haben es bisher ohne Feuer ausgehalten", sagte sie fröhlich, „und ich sehe nicht ein, warum wir es nicht weiterhin tun können!"

„Aber denken Sie an den Kaffee!“ schrie ich. „Es ist doch vorzüglicher Kaffee. Ich nahm ihn aus Wolf Larsens Privatvorrat. Und schauen Sie auf dieses schöne Holz.“

Ich gestehe, daß ich mich schon sehr nach einer Tasse Kaffee sehnte. Nicht lange danach erfuhr ich, daß auch Maud eine Schwäche für dieses Getränk besaß. Außerdem waren wir so lange auf kalte Kost angewiesen gewesen, daß uns, die wir innerlich und äusserlich erstarrt waren, etwas Warmes äußerst willkommen gewesen wäre. Doch jammerte ich nicht weiter und machte mich daran, aus dem Segel ein Zelt für Maud zu bauen.

Ich hatte dies als eine Leichtigkeit betrachtet, da ich ja Ruder, Mast, Baum, Bugspriet und vor allem eine Menge Leinen besaß. Da mir aber jede Erfahrung fehlte, jede Kleinigkeit zum Experiment wurde und jeder Erfolg Erfindungsreichtum voraussetzte, verging der ganze Tag, bevor das Zelt stand. In der Nacht begann es zu regnen, Maud wurde durch das eindringende Wasser in das Boot zurückgejagt.

Am nächsten Morgen zog ich einen Wassergraben um das Zelt, eine Stunde später erfaßte ein Fallwind, der über die hinter uns liegende Felswand gebraust kam, das Zelt und schleuderte es dreißig Meter weit in den Sand.

Maud lachte über mein entsetztes Gesicht, und ich meinte: „Sobald sich der Wind legt, werde ich wieder ins Boot steigen und die Insel erforschen. Es muß irgendwo eine Siedlung mit Menschen geben. Und eine Station muß von Schiffen angelaufen werden. Irgend eine Regierung muß diese Robben schützen. Ich will aber, daß Sie es bequem haben, bevor ich abfahre.“

„Ich möchte mit Ihnen gehen“, war alles, was sie daraufhin sagte.

„Sie sollten lieber hier bleiben. Sie haben genug Mühsale erlebt. Es ist ein Wunder, daß Sie es überstanden haben. Es wäre für Sie nicht angenehm, bei dem regnerischen Wetter im Boot zu rudern und zu segeln. Sie brauchen Ruhe, und ich möchte, dass Sie zurückbleiben und sie genießen."

„Ich möchte lieber mit Ihnen gehen", sagte sie leise mit bittendem Unterton.

„Ich kann Ihnen vielleicht ein –" ihre Stimme zitterte, „– ein wenig helfen. Und denken Sie daran, daß ich allein hier zurückbleiben müsste, wenn Ihnen etwas zustoßen sollte."

„Ich will sehr vorsichtig sein", antwortete ich, „und ich werde nicht weit gehen. Nur so weit, daß ich vor Einbruch der Nacht wieder hier bin. Ich halte es für das beste, wenn Sie bleiben, schlafen, ausruhen und nichts weiter tun."

Aber sie wendete sich wieder zu mir und blickte mir sanft in die Augen.

„Bitte, bitte", sagte sie.

Ich nahm mir vor, fest zu bleiben und schüttelte den Kopf. Noch immer wartete sie und blickte mich an. Ich versuchte, meine Abweisung in Worte zu kleiden, begann jedoch zu wanken. Ich sah, wie ihre Augen aufleuchteten und wußte, daß ich unterliegen würde. Es war mir unmöglich, nein zu sagen.

Am Nachmittag legte sich der Wind, und wir planten, am nächsten Morgen aufzubrechen. Es bestand keine Möglichkeit, von unserer Bucht aus auf dem Landwege in das Innere der Insel vorzustoßen, denn die Felswände stiegen nach allen Seiten bis weit ins Meer hinaus senkrecht in die Höhe.

Der Morgen brach trüb und grau, aber windstill an, und ich war schon frühzeitig auf und hatte das Boot bereitgemacht.

„Narr, Idiot, Kamel!" schrie ich, als ich meinte, daß es Zeit sei, Maud zu wecken. Aber diesmal schrie ich fröhlich und tanzte in gespielter Verzweiflung am Strand herum.

Ihr Kopf erschien unter einem Zipfel des Segels.

„Was ist denn los?“ fragte sie schlaftrunken und doch neugierig.

„Kaffee!“ schrie ich. „Was sagen Sie zu einer Tasse Kaffee? Heißem Kaffee? Brennheißem?“

„Mein Gott!“ murmelte sie. „Sie machen mir Gusto. Sie sind grausam. Ich hatte mich schon ganz darauf eingestellt, keinen zu haben, und da regen Sie mich mit solchen Phantastereien auf.“

„Passen Sie auf“, sagte ich.

Ich sammelte aus Felsspalten unter den Wänden einige trockene Prügel, spaltete sie sorgfältig in Späne, riß aus meinem Notizbuch eine Seite heraus und nahm aus der Munitionskiste eine Patrone. Mit dem Taschenmesser entfernte ich das Blei aus der Hülse und schüttete das Pulver auf einen flachen Felsen. Dann löste ich das Zündhütchen aus der Patronenhülse und legte es in die Mitte des ausgestreuten Pulvers auf den Felsen. Alles war bereit. Maud schaute vom Zelt aus zu. In der Linken hielt ich das Papier und schlug mit einem Stein, den ich in der Rechten hielt, auf das Zündhütchen. Es gab einen Knall, ein weisses. Rauchwölkchen flog auf, ein Aufflammen – und eine Ecke des Papiers brannte.

Maud klatschte freudig in die Hände. „Prometheus!“ schrie sie.

Ich war zu beschäftigt, um auf ihre Verzückung achten zu können. Das schwache Flämmchen mußte gepflegt werden, wenn es Kraft und Leben erlangen sollte. Ich nährte es mit einem Span um den anderen, dann mit kleinen Ästen, bis es schließlich die kleineren Prügel und zuletzt das grobe Holz erfaßte. Ich hatte nicht damit gerechnet, auf eine einsame Insel verschlagen zu werden, so daß wir ohne Kessel und Kochgerät waren. Ich behalf mir mit einer Büchse, die zum Ausschöpfen des Bootes gedient hatte, und später, als wir unsere Konserven verbraucht hatten, hatten wir eine ganz stattliche Menge von Kochtöpfen.

Ich kochte das Wasser, und Maud bereitete den Kaffee. Wir herrlich der war! Mein Beitrag bestand in Fleischkonserven, Schiffszwieback und Wasser. Das Frühstück war ein Hochgenuß, und wir saßen um das Feuer, viel länger, als unternehmungslustige Forscher dies getan hätten, schlürften den heißen Kaffee und besprachen unsere Lage.

Ich war sicher, daß wir in einer Bucht eine Ansiedlung finden würden, denn ich wußte, daß die Nistplätze in der Beringsee geschützt wurden. Allein Maud vertrat die Ansicht – ich glaube, um mich auf eine Enttäuschung vorzubereiten – dass wir einen unbekannten Nistplatz entdeckt hätten. Dennoch war sie sehr gut gelaunt und wollte nichts davon wissen, daß wir uns in einer schwierigen Lage befänden.

„Wenn Ihre Ansicht zutrifft“, sagte ich, „müssen wir uns darauf gefaßt machen, hier zu überwintern. Unsere Lebensmittel würden nicht ausreichen. Es gibt aber Robben. Sie verschwinden im Herbst wieder, weshalb wir sofort beginnen müßten, einen Fleischvorrat anzulegen. Dann müßten wir Hütten bauen und Treibholz sammeln. Für Beleuchtungszwecke müßten wir Robbentran auslassen. Jedenfalls hätten wir alle Hände voll zu tun, wenn die Insel unbewohnt wäre. Doch weiß ich, daß dies nicht der Fall ist.“

Sie hatte aber recht. Wir segelten die Küste entlang, suchten sie mit unseren Gläsern ab und landeten an mehreren Stellen, ohne ein Zeichen menschlichen Lebens vorzufinden. Und dennoch entdeckten wir, daß wir nicht die ersten waren, die auf der Insel gelandet waren. Hoch oben am Strand der zweiten Bucht fanden wir das zersplitterte Wrack eines Bootes – eines Robbenjägerbootes, denn die Riemen waren mit Stroh umflochten, an der Steuerbordseite befand sich ein Gewehrgestell, und in weißer, verblichener Schrift war zu lesen: „Gazelle Nr. 2“. Das Boot mußte schon lange Zeit hier liegen, denn es war zur Hälfte mit Sand gefüllt, und das Holz zeigte alle Zeichen der Verwitterung. In den Achtersegeltüchern fand ich eine verrostete Flinte und ein zerbrochenes Matrosenmesser, das der Rost zernagt hatte. Ein beklemmendes Gefühl beschlich mich.

„Sie sind von hier weggekommen“, sagte ich fröhlich, fühlte jedoch, wie mir das Herz stockte, denn ich ahnte irgendwo an der Küste das Vorhandensein gebleichter Knochen.

Ich wollte nicht, daß Mauds gute Laune durch einen solchen Anblick getrübt werde, wendete daher unser Boot wieder seewärts und umfuhr die Nordspitze der Insel. An der Südküste gab es keinen Strand. Nachmittags umschifften wir das schwarze Vorgebirge und beendeten so die Umseglung des Eilandes. Ich schätzte seinen Umfang auf fünfundzwanzig Meilen, seine Breite auf zwei bis fünf Meilen, während ich bei vorsichtiger Schätzung die an der Küste lebenden Robben mit zweihunderttausend bezifferte. Das Eiland erreichte an seiner äußersten Südwestspitze die größte Höhe. Von dort fiel das Gebirge gleichmäßig nach Nordosten ab, bis es sich nur noch wenige Fuß über den Meeresspiegel erhob. Mit Ausnahme unserer kleinen Bucht erstreckten sich die übrigen Einschnitte etwa eine halbe Meile landeinwärts und bildeten, wie ich es bezeichnen möchte, eine Art Felsenwiesen, die da und dort mit Tundragras bewachsen waren. Hier trieben sich die Robben umher. Die alten Bullen bewachten ihren Harem, während die Jungen unter sich blieben.

Mehr als diese kurze Beschreibung verdient die Mühsalinsel nicht. Feucht und sumpfig war sie überall da, wo sie nicht rauh und felsig war. Wind, Wetter und das wilde Meer brausten darüber weg. In der Luft lag ständig das dröhnende Brüllen von zweihunderttausend Robben. Es war ein trauriger und jammervoller Erdenwinkel. Maud, die mich auf die Enttäuschung vorbereitet und den ganzen Tag fröhlich und lustig gewesen war, brach zusammen, als wir in unserer kleinen Bucht landeten. Tapfer bemühte sie sich, es vor mir zu verbergen, doch wußte ich, daß sie, während ich ein neues Feuer entfachte, im Zelt ihr Schluchzen unter den Decken zu ersticken suchte.

So war nun die Reihe, den Fröhlichen zu spielen, an mir, und dies gelang mir so gut, dass ihre lieben Augen bald wieder lächelten und Gesang von ihren Lippen kam. Abends sang sie mir vor dem Schlafengehen etwas vor. Es war das erstemal, daß ich sie singen hörte. Ich lag am Feuer und lauschte verzückt, denn ihre Stimme war wundervoll süß.

Ich schlief noch immer im Boot und lag in jener Nacht lange wach, blickte zu den Sternen auf und überdachte unsere Lage. Wolf Larsen hatte vollkommen recht gehabt. Ich war auf den Beinen meines Vaters gestanden. Meine Anwälte und Prokuristen hatten sich um mein Geld gekümmert. Ich hatte keinerlei Verantwortung getragen. Dann hatte ich auf der „Ghost" gelernt, für mich selbst zu sorgen. Und jetzt war ich das erstemal in meinem Leben für eine andere Person verantwortlich.

30. Kapitel

Kein Wunder, daß wir sie Mühsalinsel nannten. Wir mühten uns zwei Wochen damit ab, eine Hütte zu bauen. Maud bestand darauf, mitzuhelfen, und ich hätte über ihre zerschundenen Hände weinen können. Und doch war ich gerade deshalb stolz auf sie. Es lag etwas Heroisches in dieser zarten Frau, wie sie unsere ungeheuren Beschwernisse ertrug und sich mit ihren schwachen Kräften Aufgaben unterzog, die selbst einer Bäuerin schwergefallen wären. Sie sammelte einen Großteil der Steine, die ich zum Bau der Hütte benötigte, und hatte taube Ohren, wenn ich sie bat, davon abzustehen. Schließlich ging sie aber doch einen Kompromiß ein, indem sie die leichtere Arbeit des Kochens übernahm und Holz und Moos für den Winter sammelte.

Die Hüttenwände entstanden ohne Schwierigkeit, und alles ging in Ordnung, bis ich der Frage des Daches gegenüberstand. Was nützten mir die vier Wände ohne Dach? Und woraus konnte ich ein Dach anfertigen? Es ist richtig, dass die Reserveruder da waren. Sie konnten als Dachsparren dienen. Aber womit sollte ich es decken? Moos war nicht geeignet. Auch Tundragras konnte ich -nicht gebrauchen. Das Segel benötigten wir für das Boot und die geteerte Plache ließ bereits Wasser durch.

„Winters benützte Walrosshäute für seine Hütte“, sagte ich.

„Hier gibt es dafür Seehunde“, meinte sie.

So begann am nächsten Tag die Jagd. Ich konnte nicht schießen, doch ging ich daran, es zu erlernen. Und nachdem ich etliche dreissig Patronen für drei Robben verschossen hatte, erkannte ich, daß die Munition verbraucht sein würde, bevor ich mir die nötige Zielsicherheit erworben hatte. Ich hatte acht Patronen zum Feuermachen verwendet, bevor ich auf die Idee kam, die glühende Asche mit feuchtem Moos zu bedecken und auf diese Weise die Glut zu hüten, so daß nur noch hundert Patronen in der Kiste waren.

„Wir müssen die Robben mit einem Knüppel erschlagen“, kündigte ich an, nachdem ich mich von meinen armseligen Schießkenntnissen überzeugt hatte. „Ich habe die Matrosen darüber sprechen gehört.“

„Die Seehunde sind aber so niedliche Tiere“, wendete sie ein. „Ich darf nicht daran denken, daß man so etwas tun könnte. Es ist brutaler, als wenn man sie erschießt.“

„Das Dach muß gedeckt werden“, antwortete ich grimmig. „Der Winter steht vor der Tür. Das Interesse an unserem eigenen Leben steht vor jedem an diesen Tieren. Es ist ein Unglück, daß wir nicht genügend Munition haben, ich glaube aber, dass die Robben weniger leiden, wenn sie erschlagen, als wenn sie erschossen werden.“

„Das eben ist es“, begann sie eifrig und brach dann plötzlich verwirrt ab.

„Natürlich“, nahm ich das Gespräch wieder auf, „wenn Sie es vorziehen …“

„Aber was soll ich tun?“ unterbrach sie mich mit ihrer Weichherzigkeit, der man nicht widerstehen konnte.

„Brennholz sammeln und Essen kochen“, antwortete ich leichthin.

Sie schüttelte den Kopf.

„Es ist zu gefährlich für Sie, allein auf die Jagd zu gehen.“

„Ich, ich weiß“, winkte sie meinen Einspruch ab, „ich bin nur ein schwaches Weib, aber gerade meine kleine Hilfe könnte es Ihnen ermöglichen, einem Unglück zu entkommen.“

„Aber das Erschlagen?“ warf ich ein.

„Das werden freilich Sie besorgen. Ich werde wahrscheinlich schreien. Ich werde wegschauen, wenn …“ „… wenn die Gefahr am größten ist!“ lachte ich.

„Ich werde schon richtig entscheiden, wann ich hinschauen muß und wann nicht“, antwortete sie großtuerisch.

Das Ergebnis der Unterredung war, dass sie mich am nächsten Morgen begleitete. Ich ruderte in die anschließende Bucht. Hier gab es rund um uns Robben, und das Gebrüll von Tausenden weiterer Robben, die an der Küste lagen, zwang uns zu schreien, wenn wir uns einander verständlich machen wollten.

„Ich weiß, daß man sie mit Knüppeln erschlagen kann“, schrie ich, wie um mich selbst darin zu bestärken, als ich zweifelnd einen gewichtigen Bullen betrachtete, der sich, keine zehn Meter entfernt, auf seine Flossen erhoben hatte und mich aufmerksam beobachtete. „Doch die Frage: Wie erschlägt man sie?“

„Sammeln wir lieber Tundragras und decken wir damit das Dach“, sagte Maud.

Sie war durch den Anblick des Bullen ebenso erschreckt wie ich und hatte auch allen Grund dazu, wenn sie aus der Nähe die furchterregenden Zahnreihen und das hundeartige Maul betrachtete.

„Ich dachte, daß sie sich vor den Menschen fürchten“, sagte ich.

„Wieso glaube ich, dass sie sich nicht fürchten?“ fragte ich einen Augenblick später, als ich das Boot um einige Ruderschläge der Küste genähert hatte.

„Vielleicht würden sie, wenn ich kühn an Land ginge, vor mir fliehen, und ich könnte nicht einen erwischen.“

Trotzdem zögerte ich.

„Ich hörte einmal von einem Mann, der in Nistplätze von Wildgänsen eindrang“, sagte Maud.

„Sie haben ihn getötet.“

„Die Gänse?“

„Ja, die Gänse. Mein Bruder hat es mir erzählt, als ich noch ein kleines Mädchen war.“

„Aber ich weiß, daß man Robben erschlagen kann“, erwiderte ich hartnäckig.

„Ich glaube, daß das Tundragras ein recht gutes Dach abgeben würde“, sagte sie.

Entgegen ihrer Absicht stachelten mich ihre Worte erst recht auf.

Ich stieg aus und näherte mich tapfer einem langmähnigen Bullen, der zwischen seinen Weibchen lag. Ich war mit einem Knüppel bewaffnet, wie ihn die Bootsruderer zum Erschlagen der verwundeten Robben, die dann von den Jägern ins Boot gezogen werden, verwenden. Er war nur einen halben Meter lang, und in meiner vollkommenen Unkenntnis dieser Dinge ahnte ich nicht, daß der an Land benützte Knüppel etwa die dreifache Länge haben mußte. Die Robbenkühe watschelten mir aus dem Wege, und der Abstand zwischen mir und dem Bullen verminderte sich. Plötzlich erhob sich der Bulle gereizt auf die Flossen. Wir waren noch etwa vier Meter voneinander entfernt. Ich ging weiter vor, in der Erwartung, dass er Fersengeld geben werde.

Als ich nur noch zwei Meter entfernt war, kam mir der furchtbare Gedanke: was, wenn er nicht flüchtet? Na, dann werde ich ihn erschlagen, sagte ich zu mir selbst. In meiner Angst hatte ich vergessen, daß ich gekommen war, um den Bullen zu erlegen und nicht, um ihn in die Flucht zu schlagen. Im selben Augenblick schnaubte dieser auf und stürzte sich knurrend auf mich. Seine Augen blitzten, und das Maul war weit aufgerissen. Daraus leuchteten grausig weiß die Zähne. Ohne Scham gestehe ich, daß nun ich kehrt machte und davonlief. Das Tier verfolgte mich. Nur noch zwei Schritte trennten es von mir, als ich ins Boot stolperte. Mit dem Ruder wehrte ich die Robbe ab, wobei sich dessen Zähne tief ins Ruderblatt bohrten und das harte Holz wie eine Eierschale zermalmten. Maud und ich staunten.

Einen Augenblick danach war der Bulle unter das Boot getaucht, hatte den Kiel mit dem Maul erfaßt und schüttelte das Boot heftig hin und her.

Maud seufzte: „Schauen wir, daß wir weiterkommen.“

Ich schüttelte den Kopf. „Was andere können, kann ich auch. Ich weiß, daß man Robben erschlagen kann, die Bullen werde ich künftig in Ruhe lassen.

„Lassen Sie es lieber", sagte sie.

„Sagen Sie jetzt nicht bitte, bitte", schrie ich ärgerlich. Sie erwiderte nichts, mein Ton mußte sie verletzt haben.

„Ich bitte um Entschuldigung", sagte, oder richtiger, schrie ich, um mich bei dem Gebrüll der Tiere verständlich machen zu können. „Wenn Sie es wünschen, werde ich umkehren. Aber ehrlich gesagt, ich möchte lieber bleiben."

„Aber sagen Sie jetzt nicht, daß Sie das davon haben, weil sie eine Frau mitnahmen", sagte sie lächelnd.

Um meine Nerven zu beruhigen, ruderte ich einige hundert Schritt an der Küste entlang und ging dann wieder an Land.

„Seien Sie vorsichtig", rief sie mir nach.

Ich nickte und ging daran, einen Flankenangriff auf den nächstgelegenen Robbenharem zu unternehmen. Alles ging gut, bis ich einen Schlag gegen den Kopf einer seitwärts liegenden Kuh führte. Ich schlug zu kurz. Sie schnaubte und versuchte fortzuwatscheln. Ich sprang näher und führte einen zweiten Schlag, der statt den Kopf die Schulter des Tieres traf.

„Achtung!" hörte ich Maud rufen.

In meiner Aufregung hatte ich vergessen, auf die Umgebung zu achten. Als ich aufblickte, sah ich den Herrn des Harems auf mich zustürzen. Wieder floh ich, scharf verfolgt, zum Boot, aber diesmal machte Maud nicht den Vorschlag, daß wir umkehren sollten.

„Ich glaube, es ist besser, wenn Sie die Herden in Ruhe lassen und Ihre Aufmerksamkeit einzelnen Robben widmen", sagte sie. „Ich glaube, darüber in einem Buch von Dr. Jordan etwas gelesen zu haben. Es gibt Bullen, die noch nicht alt genug sind, um sich einen eigenen Harem zu halten. Er nannte sie Holluschicki oder so ähnlich. Wenn es uns gelingen würde herauszufinden, wo sie sich aufhalten, scheint es mir ..."

„Mir scheint, Ihre kämpferischen Instinkte sind erwacht", lachte ich.

Sie errötete. „Ich gebe zu, daß ich mich ebensowenig wie Sie geschlagen geben möchte, obwohl ich andererseits den Gedanken, diese schönen Tiere zu erschlagen, durchaus nicht gutheißen kann."

„Schön?" fragte ich verächtlich. „Ich habe nichts besonders Hübsches an diesen Biestern mit ihren geifernden Mäulern bemerkt, als ich von ihnen angegriffen wurde."

„Das liegt an Ihrem Gesichtspunkt", lachte sie. „Es fehlt – die Perspektive. Wenn Sie nicht so nahe an die Tiere herangehen ..."

„Jetzt hab' ich's!" schrie ich. „Was ich brauche, ist ein längerer Knüppel. Und dazu haben wir gerade das gebrochene Ruder zur Hand."

„Eben fällt mir ein", sagte sie, daß Kapitän Larsen erzählte, wie sie die Nistplätze angreifen. Sie treiben die Robben in kleinen Herden eine kurze Strecke landeinwärts, bevor sie sie erschlagen."

„Ich habe keine Lust, eine ganze Herde zu bewachen", warf ich ein.

„Aber da sind doch die Holluschicki", sagte sie. „Die Holluschicki leben unter sich, und Dr. Jordan schreibt, daß zwischen den Weibchenherden Wege freigelassen sind und die Holluschicki von den Haremsbesitzern unbelästigt bleiben, solange sie sich genau an diese Wege halten."

„Da ist gerade einer", sagte ich und wies auf einen jungen Bullen im Wasser. „Wir werden ihn beobachten und ihm folgen, wenn er an Land geht."

Er schwamm direkt zur Küste und kroch zwischen zwei Robbenharems an Land. Die beiden Haremsbesitzer stießen Warnrufe aus, griffen ihn jedoch nicht an. Wir beobachteten, wie er langsam landeinwärts watschelte, wobei er sich zwischen den Harems hindurchschlängelte.

„Jetzt geht's los", sagte ich und sprang aus dem Boot. Ich gestehe, daß mir bei dem Gedanken, mitten durch diese ungeheure Herde hindurchgehen zu müssen, das Herz bis zum Halse klopfte.

„Ich glaube, es wäre gut, das Boot festzumachen", sagte Maud.

Sie war an meiner Seite ausgestiegen, und ich betrachtete sie mit Bewunderung.

Sie nickte entschlossen. „Ja, ich gehe mit Ihnen, weshalb Sie am besten das Boot festmachen und auch mir einen Knüppel geben."

„Gehen wir lieber zurück", sagte ich mutlos. „Ich glaube, schließlich wird es mit Tundragras ja auch gehen."

„Sie wissen, dass es nicht gehen würde", war ihre Entgegnung. „Soll ich vorausgehen?"

Mit einem Achselzucken, doch voll Bewunderung für diese Frau, gab ich ihr das zerbrochene Ruder und nahm mir ein anderes mit. Mit Bangen unternahmen wir die ersten Schritte unseres Jagdganges. Einmal stieß Maud einen Schreckensschrei aus, als eine Kuh mit der Schnauze ihren Fuß beschnüffelte, und wiederholt mußte ich aus dem gleichen Grunde meine Schritte beschleunigen. Aber außer warnendem Bellen von beiden Seiten erlebten wir keine Zeichen von Feindseligkeiten. Es war ein Nistplatz, der noch nie von Jägern heimgesucht worden war, weshalb die Robben vor uns keine Angst hatten.

Im Mittelpunkt der Herde war der Lärm entsetzlich. Fast hätte man schwindlig werden können. Ich blieb stehen und lächelte Maud ermutigend zu, denn ich hatte das seelische Gleichgewicht rascher wiedererlangt als sie. Ich bemerkte, daß sie noch immer sehr verängstigt war. Sie kam nahe an mich heran und schrie:

„Ich fürchte mich entsetzlich!"

Ich fürchtete mich nicht mehr. Obwohl es mir neu war, hatte das friedfertige Verhalten der Robben meine Bedenken zerstreut. Maud zitterte.

„Ich fürchte mich, und ich fürchte mich nicht“, sagte sie unter Zähneklappern. „Es ist mein erbärmlicher Körper, nicht ich.“

„Es ist alles in bester Ordnung, es ist schon gut“, versicherte ich ihr und legte schützend meinen Arm um sie.

Ich werde nie vergessen, wie sehr ich mir in diesem Augenblick meiner Männlichkeit bewußt wurde. Am meisten fühlte ich mich als Beschützer meiner Geliebten. Sie lehnte sich gegen mich, leicht wie eine Lilie, und in dem Maße als ihr Zittern nachließ, stiegen meine Kräfte. Ich war nun zum Kampfe mit dem stärksten Bullen der Herde bereit.

„Jetzt bin ich wieder ruhig“, sagte sie und blickte mich dankbar an. „Gehen wir weiter.“

Nach etwa einem halben Kilometer trafen wir auf die Holluschicki – gewandte, junge Bullen, die hier die Einsamkeit ihres Junggesellendaseins verlebten und Kräfte sammelten für die Tage, an denen sie sich den Weg zur Würde von Haremsbesitzern erkämpfen sollten.

Jetzt lief alles wie am Schnürchen. Es schien, als ob ich genau wüßte, was und wie ich es zu tun hätte. Ich schrie, machte mit dem Knüppel drohende Bewegungen und versetzte den faulen Tieren sogar Stöße. Auf diese Art hatte ich bald etwa zwanzig junge Bullen von ihren Begleitern getrennt. So oft einer von ihnen versuchte, mir in das Wasser zu entwischen, schnitt ich ihm den Weg ab. Maud beteiligte sich eifrig am Treiben und war mit ihrem Schreien und dem Schwingen des abgebrochenen Ruders eine beachtliche Hilfe. Ich bemerkte, daß sie dann und wann, wenn ein Seehund erschöpft war, diesen durchschlüpfen ließ, andererseits aber, wenn einer kampflustig durchzubrechen versuchte, sie tüchtig mit dem Knüppel auf ihn einschlug.

„Ist das aufregend“, schrie sie, als sie vor Erschöpfung aussetzen mußte. „Ich glaube, ich muß rasten.“

Ich trieb die kleine Herde einige hundert Schritte weiter, und Maud kam nach, als ich das Gemetzel beendet hatte und mich ans Abhäuten machte. Eine Stunde später gingen wir stolz den Weg zwischen den Harems zurück. Noch zweimal gingen wir den Weg mit Häuten beladen hinunter, bis ich annahm, es werden genug sein, um die Hütte zu dekken. Dann setzte ich das Segel, fuhr aus der Bucht hinaus und landete in unserem kleinen geschützten Hafen.

„Es ist wie eine Heimkehr", sagte Maud, als ich das Boot am Strand auflaufen liess.

„Mir kommt vor, als hätte ich schon immer dieses Leben gelebt. Die Welt der Bücher ist so unrealistisch, sie gleicht mehr einem Traum als der Wirklichkeit. Ich habe sicher mein ganzes Leben gejagt und gekämpft, und auch Sie scheinen ein Bestandteil meines Lebens zu sein und Sie …" Ich war knapp daran, zu sagen: „… sind meine Frau, mein Weib", überlegte es mir aber und sagte: „… Sie haben die Schwierigkeiten hervorragend gemeistert."

Mein Stocken war ihr nicht entgangen. Sie warf mir einen flüchtigen Blick zu.

„Nein, nein, Sie wollten sagen ...?"

„Dass die Mrs. Meynell aus Amerika das Leben einer Wilden führt und dies ganz ausgezeichnet versteht", sagte ich leichthin.

„Oh", war alles, was sie antwortete. Doch hätte ich schwören mögen, dass ein Anflug von Enttäuschung aus ihrer Stimme klang.

„Meine Frau, mein Weib", klang es mir den Rest des Tages und noch viele Tage im Ohr. Doch klang es nie lauter als an jenem Abend, da Maud die Moosdecke vom Rest der Glut nahm, das Feuer entfachte und das Nachtmahl kochte.

31. Kapitel

Es wird stinken“, sagte ich, „aber es wird jedenfalls die Wärme speichern und Schnee und Regen abhalten.“

Wir musterten das fertige Dach aus Seehundfellen.

„Es ist plump, erfüllt aber seinen Zweck, und das ist die Hauptsache“, setzte ich fort und hoffte, von Maud Lob zu ernten.

Sie klatschte in die Hände und sagte, daß sie außerordentlich befriedigt sei.

„Aber hier drinnen ist es ja dunkel“, sagte sie im nächsten Augenblick und zog in unwillkürlichem Erschaudern die Schultern hoch.

„Sie hätten die Notwendigkeit eines Fensters erwähnen müssen, als die Mauern aufgerichtet wurden“, sagte ich. „Die Hütte wurde für Sie gebaut, und Sie hätten die Wichtigkeit einer Fensteröffnung erkennen müssen.“

„Ich weiß, daß ich nie an das Nächstliegende denke“, erwiderte sie lächelnd.

„Übrigens brauchen Sie ja nur ein Loch in der Wand auszubrechen.“

„Ganz richtig. Daran habe ich gar nicht gedacht“, erwiderte ich und wiegte mein weises Haupt. „Aber haben Sie daran gedacht, das Fensterglas zu bestellen? Rufen Sie doch gleich im Geschäft an – B 4451 glaube ich – und sagen Sie, welche Größe Sie wünschen.“

„Das heißt ...?“ begann sie.

„Kein Fenster!“

Unsere Hütte war dunkel und häßlich, in einem zivilisierten Lande gerade noch als Schweinestall verwertbar, doch für uns, die wir die Nachteile eines offenen Bootes kennengelernt hatten, bedeutete sie ein kleines gemütliches Heim. Wir begannen den Bau einer zweiten

Hütte und besorgten daneben Fleisch für den Wintervorrat: Jetzt war es eine einfache Sache, in der Frühe aufzubrechen und zu Mittag mit einer Bootsladung Robben heimzukehren. Während ich die Hütte baute, liess Maud den Speck aus und sorgte für das Feuer. Das Fleisch hing, in dünne Streifen geschnitten, im Rauch und wurde herrlich geselcht.

Die zweite Hütte war einfacher zu errichten, denn ich baute sie an die erste an und benötigte deshalb nur drei Wände. Aber es war dennoch eine schwierige Arbeit. Maud und ich arbeiteten von der Morgendämmerung bis in die Nacht hinein, bis an die Grenze unserer körperlichen Leistungsfähigkeit, so daß wir, wenn die Nacht hereinbrach, kaum in unsere Liegestatt kriechen konnten und vor Erschöpfung in einen tierähnlichen Schlaf fielen. Trotzdem erklärte Maud, daß sie sich in ihrem Leben nie wohler und kräftiger gefühlt habe. Ich hatte bei mir dieselbe Feststellung gemacht, fürchtete aber, dass Maud einmal zusammenbrechen werde. Denn die Anstrengungen überstiegen bei weitem ihre Kräfte.

An dem Abend, an welchem das Dach fertiggeworden war, hielten wir einen Festtagsschmaus in meiner Hütte.

Es war tatsächlich ein netter Abend. Wir waren fröhlich und hatten uns nicht nur mit dem bevorstehenden strengen Winter abgefunden, sondern uns auch auf ihn vorbereitet. Da wir nun das Notwendigste beisammen hatten, konnten die Robben ruhig ihre rätselvolle Reise nach dem Süden antreten. Auch die Stürme bedeuteten für uns keinen Schrecken mehr. Wir hatten es nicht nur trocken und warm und waren vor dem Wind geschützt, sondern besaßen auch die weichsten Matratzen, die man aus Moos anfertigen kann. Dies war Mauds Einfall gewesen, und sie hatte selbst das ganze Moos gesammelt. Es sollte meine erste Nacht auf einer solchen Matratze sein.

Als Maud aufstand, um zu gehen, wendete sie sich in ihrer rätselhaften Art zu mir und sagte:

„Es wird irgend etwas geschehen. Ich weiß nicht, was, aber es kommt.“

„Etwas Gutes oder Schlechtes?“ fragte ich.

Sie schüttelte den Kopf. „Ich weiß es nicht, aber etwas ist dort irgendwo.“

Sie wies in der Windrichtung gegen das Meer.

„Sie fürchten sich doch nicht etwa?“ fragte ich, als ich ging, um ihr die Tür zu öffnen.

„Fühlen Sie sich wohl, vollständig wohl?“

„Besser als je“, war ihre Antwort.

Wir sprachen noch eine Weile, bevor sie ging. „Gute Nacht, Maud“, sagte ich.

„Gute Nacht, Humphrey“, sagte sie.

Die Gewohnheit, uns beim Vornamen zu nennen, war uns etwas ganz Selbstverständliches.

32. Kapitel

Als ich erwachte, bedrückte mich ein eigenartiges Gefühl. In meiner Umgebung schien etwas zu fehlen. Die Bedrückung schwand, nachdem ich einige Sekunden wach gelegen hatte und merkte, daß mir der Wind fehlte. Ich war in einem Zustand von Nervenanspannung eingeschlossen, in den man durch fortwährenden Lärm oder ständige Bewegung fällt.

Es war seit Monaten die erste Nacht, die ich unter Dach verbracht hatte. Ich lag noch einige Minuten unter den Decken, die endlich einmal nicht mehr von Nebel und Gischt durchnässt waren, überdachte die plötzlich eingetretene Windstille und genoß dann das Gefühl, daß ich auf einer von Mauds Hand angefertigten Matratze ruhte. Als ich mich ankleidete und die Türe geöffnet hatte, hörte ich die Wellen noch immer gegen den Strand schlagen. Es war ein klarer Tag, und die Sonne schien. Ich hatte lange geschlafen und ging aus der Hütte, um als Bewohner der Mühsalinsel die versäumte Zeit einzubringen.

Draußen blieb ich plötzlich stehen. Ich traute meinen Augen nicht: Da lag an der Küste, keine zwanzig Schritte entfernt, der entmastete schwarze Rumpf eines Schiffes. Masten und Bäume, verstrickt in Leinen, Taue und zerfetzte Segel hingen durcheinander über Bord. Da war die selbstgezimmerte Kombüse, die mir wohlbekannte Achterhütte, die niedere Kajüte, die sich kaum über die Reling erhob: Es war die „Ghost".

Welches Spiel des Zufalls hatte sie hierher verschlagen – gerade hierher, an diesen Punkt? Ich schaute auf die schwarzen, unzugänglichen Felswände in meinem Rücken und empfand tiefe Verzweiflung. Es bestand keine Hoffnung zu entkommen; darüber war kein Zweifel. Ich dachte an Maud, die dort in der von uns erbauten Hütte schlief, mir kam ihr „Gute Nacht, Humphrey“ in Erinnerung, „Meine Frau, mein Weib“ klang es mir im Ohr, doch jetzt, mein Gott, war es wie das Läuten einer Totenglocke! Dann wurde es mir schwarz vor den Augen.

Vielleicht war es nur der Bruchteil einer Sekunde, bis ich wieder zu mir kam. Da lag die „Ghost“, den Bug gegen die Küste, der zersplitterte Bugspriet ragte über den Sand hinaus, und ein Gewirr von Tauen, Hölzern und Segeln rieb im Takte des Wellenschlages an der Schiffswand. Irgend etwas mußte geschehen, mußte unternommen werden.

Plötzlich fiel mir auf, daß sich an Bord nichts regte. Vielleicht war, vom nächtlichen Kampfe mit den Naturgewalten erschöpft, die ganze Mannschaft noch in den Kojen. Mein nächster Gedanke war, daß Maud und ich vielleicht noch fliehen könnten. Wenn es uns gelingen würde, das Boot zu erreichen und um das Vorgebirge herumzukommen, bevor noch jemand erwachte? Ich wollte sie rufen und sofort aufbrechen. Schon lag meine Hand auf der Tür ihrer Hütte, als ich die geringe Ausdehnung der Insel bedachte. Wir konnten uns vor den Männern der „Ghost“ wohl kaum verbergen! Es blieb uns zur Flucht der weite, rauhe Ozean. Ich dachte an unsere gemütlichen kleinen Hütten, unseren Vorrat an Fleisch, Öl, Moos und Brennholz, und wußte, daß wir niemals die bevorstehenden Winterstürme auf dem Meer überleben konnten.

Zögernd stand ich vor ihrer Tür. Es war unmöglich, unmöglich! Ein entsetzlicher Gedanke kam mir: in ihre Hütte zu stürzen und sie zu töten, während sie noch schlief. Dann aber überlegte ich eine andere Lösung. Die gesamte Mannschaft schlief. Warum nicht an Bord der „Ghost“ gehen – ich kannte Wolf Larsen Kabine – und ihn im Schlafe töten? Dann – nun, dann würden wir das Weitere schon sehen. Wenn er tot war, gab es Zeit und Möglichkeiten zu weiteren Plänen; und außerdem, welche Lage immer daraus entstand, sie konnte nicht schlechter sein als unsere jetzige.

Mein Messer hing im Gürtel an der Hüfte. Ich ging in meine Hütte, um die Büchse zu holen, überzeugte mich, daß sie geladen war, und stieg zum Strand hinab. Mit einiger Schwierigkeit und bis zu den Hüften durchnässt, kletterte ich an Bord. Die Backluke war geöffnet. Ich blieb stehen, um nach dem Atem der Mannschaft zu lauschen. Nichts war zu hören. Was, wenn die „Ghost" verlassen war? Ich horchte angestrengt. Ich hörte keinen Ton. Vorsichtig stieg ich die Treppe hinunter. Da roch es muffig wie in einem längere Zeit unbewohnten Raum. Überall lagen hastig ausgezogene Kleidungsstücke, alte Seestiefel und durchlöcherte Ölhäute umher.

„In Eile verlassen", war meine Schlussfolgerung, als ich wieder an Deck stieg. Ich fühlte wieder Hoffnung in mir und blickte um mich. Das Zwischendeck sprach die gleiche Sprache wie die Back. Die Jäger hatten ihre Habseligkeiten mit derselben Hast zusammengepackt. Die „Ghost" war verlassen. Sie gehörte Maud und mir. Da fielen mir die Vorratskammer und die Apotheke unter der Kajüte ein, und ich wollte Maud mit einem guten Frühstück überraschen.

Die Reaktion auf meine Angst und der Gedanke, daß ich die furchtbare Tat, deretwegen ich an Bord gekommen war, nicht auszuführen brauchte, rief in mir kindliche Fröhlichkeit hervor. Zwei Stufen gleichzeitig nehmend, sprang ich zur Laufbrücke hinauf und hoffte, daß Maud so lange schlafen werde, bis das Überraschungsfrühstück für sie bereitstand. Als ich die Kombüse betrat, empfand ich große Befriedigung beim Anblick all der wunderbaren Kochgeräte. Ich sprang auf die Achterhütte und sah – Wolf Larsen. Er stand auf der Laufbrücke. Nur Gesicht und Schultern waren sichtbar, und er blickte mich an. Seine Hände ruhten auf der halbgeöffneten Schiebetür. Er machte keine Bewegung – stand nur da und schaute mich an.

Ich begann zu zittern. Ich griff mit einer Hand nach der Kajütenwand, um mich zu stützen. Meine Lippen waren plötzlich ausgetrocknet. Nicht einen Augenblick wendete ich die Augen von ihm. Keiner von uns sprach. Sein eisiges Schweigen und die Bewegungslosigkeit ließen Furchtbares ahnen. All meine alte Furcht vor ihm kehrte wieder und wurde durch eine neue, tausendfach größere, vermehrt. Und immer noch standen wir einander gegenüber und starrten uns an. Ich spannte beide Hände und hob die Büchse gegen ihn. Wenn er sich bewegt oder versucht hätte, von der Laufbrücke herabzuspringen, hätte ich ihn erschossen.

Aber er stand bewegungslos und starrte mich an. Und als ich ihn so anschaute, die erhobene Büchse in zitternden Händen, fiel mir auf, wie abgehärmt und ausgezehrt er war. Es hatte den Anschein, als ob eine heftige Gemütsbewegung sein Gesicht verzerrte. Die Wangen waren eingefallen. Müdigkeit und Sorgenfalten lagen auf der Stirn. Seine Augen waren fremdartig, nicht nur in ihrem Ausdruck, sondern auch in ihrer stofflichen Beschaffenheit, als ob die Sehnerven gelitten hätten.

Ich ließ die Büchse sinken und ging zum Kajütendeck, in erster Linie, um meine Nerven zu entspannen, und dann, um Wolf Larsen näher zu sein. Wieder hob ich die Büchse. Er war kaum eine Armlänge von der Mündung entfernt. Es gab keine Hoffnung mehr für ihn. Ich war entschlossen. Es war unmöglich, ihn zu verfehlen, mochte ich auch ein noch so schlechter Schütze sein.

„Na?“ fragte er ungeduldig.

Vergeblich bemühte ich mich, den Finger zu krümmen und abzudrücken. Vergeblich versuchte ich etwas zu sagen.

„Warum schießen Sie nicht?“ fragte er.

Ich räusperte mich, um die Rauhheit, die mir in der Kehle lag, zu beseitigen.

„Hump“, sagte er langsam, „Sie können es nicht. Nicht, dass Sie sich fürchten. Sie sind unfähig. Ihre Moralanschauungen sind stärker als Sie. Sie sind der Sklave der Ansichten und Meinungen jener Leute, unter denen Sie gelebt und deren Schriften Sie gelesen haben. Deren

Gesetze wurden Ihnen von der Zeit an, da Sie zu sprechen anfingen, in Ihren Kopf hineingehämmert. Sie können einen unbewaffneten, wehrlosen Menschen nicht umbringen."

„Ich weiß es", antwortete ich heiser.

„Und Sie wissen, daß ich einen wehrlosen Menschen ebenso leicht umbringen würde, wie ich mir eine Zigarre anzünde!" setzte er fort. „Sie wissen, wie ich bin – kennen meinen Wert für die Welt, von Ihrem Standpunkt aus eingeschätzt. Sie haben mich Schlange, Tiger, Hai und Ungeheuer genannt. Und doch sind Sie, Sie lächerliche Marionettenfigur, unfähig, mich zu töten, so wie sie eine Schlange, einen Hai oder einen Tiger töten würden, nur deswegen, weil ich Hände, Füße und einen Körper besitze, der dem Ihren etwas ähnlich ist. Bah! Ich hätte von Ihnen mehr erwartet, Hump!"

Er verließ die Laufbrücke und kam auf mich zu.

„Legen Sie die Büchse weg. Ich werde einige Fragen an Sie stellen. Ich hatte noch keine Gelegenheit, mich umzusehen. Was für ein Ort ist das? Wie liegt die ‚Ghost'? Wieso sind Sie naß? Wo ist Maud – bitte um Entschuldigung – Miß Brewster – oder muß ich Mrs. Van Weyden sagen?"

Ich war vor ihm zurückgetreten und hätte beinahe über meine Unfähigkeit zu schießen, weinen mögen, war aber doch nicht so unvorsichtig, die Büchse abzusetzen. Ich hoffte verzweifelt, daß er irgend einen Angriffsakt unternehmen, einen Versuch machen würde, mich zu schlagen, denn ich wußte, daß er mich nur so dazu bringen konnte, zu schießen.

„Das ist die Mühsalinsel", sagte ich. „Noch nie gehört", erwiderte er.

„Wenigstens wir nennen sie so", verbesserte ich. „Wir?" fragte er. „Wer ist wir?"

„Miß Brewster und ich. Und die ‚Ghost' liegt, wie Sie selbst sehen können, mit dem Bug an Strand."

„Hier gibt es Robben“, sagte er.

„Sie weckten mich mit ihrem Gebrüll, sonst würde ich noch schlafen. Ich hörte sie, als ich in der vergangenen Nacht hier angetrieben wurde. Sie verkündeten mir, dass ich in Lee einer Küste zutrieb. Es ist ein Nistplatz, wonach ich seit Jahren gesucht habe. Dank meinem Bruder Tod bin ich auf einen Schatz gestoßen. Es ist eine Goldgrube. Wo liegt die Insel?“

„Keine Ahnung“, sagte ich.

„Aber Sie müssen es annähernd wissen. Was waren Ihre letzten Beobachtungen?“ Er lächelte unergründlich, antwortete aber nicht.

„Wo ist die Mannschaft?“ fragte ich.

„Wieso sind Sie allein?“

Ich erwartete, daß er meiner Frage wieder ausweichen würde, und war über die Bereitwilligkeit, zu antworten, überrascht.

„Mein Bruder erwischte mich innerhalb von achtundvierzig Stunden, obwohl ich keinen Fehler machte. Er kam an Bord, während nur die Wachen an Deck waren. Die Jäger ließen mich im Stich. Er versprach ihnen höhere Löhnung. Ich hörte, wie er sie ihnen anbot. Er machte es unmittelbar vor mir. Selbstverständlich verließ mich auch die Besatzung. Das war zu erwarten. Alle Mann gingen von Bord, und da stand ich nun allein, ausgesetzt auf meinem eigenen Schiff.“

„Aber wieso haben Sie die Masten verloren?“ fragte ich.

„Gehen Sie hinüber, und schauen Sie die Taljenreeps an“, sagte er und wies dorthin, wo die Kreuztakelung hätte sein sollen.

„Sie wurde mit einem Messer durchschnitten!“ erklärte er.

„Nicht vollständig“, lachte er. „Es war feine Arbeit. Schauen Sie es genauer an.“

Die Taljenreeps waren soweit durchschnitten, daß sie durch die Wanten gerade noch gehalten wurden, solange sie keiner größeren Beanspruchung ausgesetzt waren.

„Kocherl hat das gemacht“, lachte er neuerlich. „Ich weiß es, obwohl ich ihn nicht dabei ertappt habe. Seine Art, die Rechnung zu begleichen.“

„Ganz gut für Mugridge!“ rief ich aus.

„Ja. Das gleiche dachte ich mir, als alles über Bord war, nur sagte ich es in etwas anderem Ton!“

„Aber was haben Sie gemacht, als dies alles geschah?“, fragte ich.

„Sie können sicher sein: alles, was ich nur tun konnte; doch unter den gegebenen Verhältnissen war es nicht viel.“

Ich wandte mich um, um Thomas Mugridges Werk nochmals zu betrachten.

„Ich werde mich etwas sonnen“, hörte ich Wolf Larsen sagen.

In seiner Stimme lag eine Andeutung von Schwäche, und dies war so außergewöhnlich, dass ich ihm einen raschen Blick zuwarf. Seine Hände fuhren nervös übers Gesicht, als ob er Spinnweben wegwischen wollte. Ich war bestürzt. Dies alles war dem Wolf Larsen, den ich gekannt hatte, so unähnlich!

„Wie geht es Ihnen mit Ihren Kopfschmerzen?“ fragte ich.

„Sie plagen mich noch immer“, gab er zur Antwort. „Ich fürchte, daß ich gerade wieder einen Anfall bekomme.“

Er ließ sich niedergleiten, bis er am Boden lag. Dann wälzte er sich auf den Planken. Sein Kopf ruhte am Oberarmmuskel, während er mit dem Unterarm seine Augen vor dem Sonnenlicht schützte. Verwundert schaute ich ihn an.

„Jetzt haben Sie Gelegenheit, Hump“, sagte er. „Nützen Sie sie!“

„Ich verstehe Sie nicht“, log ich, obwohl ich ganz gut verstand.

„Oh, nichts“, erwiderte er, wie im Halbschlaf. „Jetzt haben Sie mich so weit, wie Sie es wünschen.“

„Das stimmt nicht“, erwiderte ich, „denn ich wünschte Sie einige tausend Meilen fort von hier.“

Er kicherte und sprach nicht mehr. Als ich an ihm vorbei zur Kajüte ging, bewegte er sich nicht. Ich öffnete die Falltüre im Kajütenboden und blickte dann zur Apotheke hinab. Ich zögerte hinunterzusteigen. Wie, wenn sein Anfall nur eine Finte war, um mir eine Falle zu stellen? Ich stieg leise zur Laufbrücke hinauf und schaute nach ihm.

Er lag so, wie ich ihn verlassen hatte. Wieder kletterte ich hinab. Aber bevor ich in die Apotheke hinabstieg, ließ ich zuerst vorsichtshalber die Tür hinunterklappen. So hatte die Falle wenigstens keinen Deckel. Doch meine Vorsicht war unnötig. Ich kehrte mit einem Vorrat an Marmelade, Schiffszwieback, Fleischkonserven und Ähnlichem – soviel ich tragen konnte – in die Kajüte zurück und schloß die Falltüre wieder.

Ein Blick auf Wolf Larsen zeigte mir, daß er sich nicht gerührt hatte. Mir kam ein guter Gedanke. Ich stahl mich in seine Kabine und nahm seine Revolver an mich. Es waren keine weiteren Waffen mehr zu finden, obwohl ich auch die drei anderen Kabinen gründlich durchsuchte. Um ganze Arbeit zu leisten, ging ich durch Zwischendeck und Back zur Kombüse. Daraus nahm ich alle Messer mit. Dann fiel mir das große Matrosenmesser ein, das Larsen stets bei sich trug. Ich näherte mich ihm, sprach ihn zuerst leise, dann lauter an. Er rührte sich nicht. Ich beugte mich über ihn und zog es ihm aus der Tasche. Dann atmete ich befreit auf. Nun besaß er keine Waffen, mit denen er mich angreifen konnte, während ich bewaffnet war und mich wehren konnte, wenn er mich mit seinen fürchterlichen Gorillaarmen packen wollte.

Ich füllte eine Kaffeekanne und eine Bratpfanne mit einem Teil meiner Beute, nahm etwas Porzellan aus der Kajütenkredenz, ließ Wolf Larsen in der Sonne liegen und ging an Land.

Maud schlief noch. Ich fachte die Glut an (noch hatten wir unsere Winterküche nicht eingerichtet) und kochte eiligst das Frühstück. Als ich damit fast fertig war, hörte ich, daß Maud in ihrer Hütte Toilette machte. Als gerade alles fertig und der Kaffee eingeschenkt war, öffnete sich die Tür, und sie trat heraus.

„Das ist unfair von Ihnen", war ihre Begrüßung. „Sie bemächtigen sich meiner Vorrechte. Sie wissen doch, daß Sie sich damit einverstanden erklärten, daß ich kochen sollte …"

„Aber nur dieses eine Mal", bat ich.

„Wenn Sie versprechen, es nicht wieder zu tun", lächelte sie. „Außer natürlich, Sie haben von meinen armseligen Bemühungen genug."

Zu meiner Beruhigung warf sie keinen Blick nach der Küste, und der Spaß gelang mir so gut, daß sie, ohne es zu merken, den Kaffee aus der ungewohnten Porzellantasse trank, Pommes frites aß und Marmelade auf den Zwieback strich. Zuerst fiel ihr der Porzellanteller auf, von dem sie aß. Sie schaute über den Frühstückstisch und betrachtete einen Gegenstand nach dem anderen, dann schaute sie mich an, und ihr Gesicht wendete sich langsam der Küste zu.

„Humphrey!" sagte sie.

Das mir bekannte Entsetzen spiegelte sich in ihren Augen.

„Ist – er …" stammelte sie.

Ich nickte.

33. Kapitel

Wir erwarteten den ganzen Tag, daß Wolf Larsen an Land kommen würde. Es war eine unerträgliche Zeit voll ängstlicher Spannung. Ununterbrochen beobachteten wir die „Ghost". Doch er kam nicht. Er erschien nicht einmal an Deck.

„Vielleicht sind es seine Kopfschmerzen", sagte ich. „Ich ließ ihn, bei der Achterhütte liegend, zurück. Vielleicht ist er dort die ganze Nacht gelegen. Ich glaube, ich werde nachschauen gehen."

Maud sah mich flehend an.

„Es ist ungefährlich", versicherte ich ihr. „Ich nehme die Revolver mit. Sie wissen, daß ich alle Waffen von Bord an mich genommen habe."

„Aber er hat seine Arme, seine Hände, seine fürchterlichen, fürchterlichen Hände!" gab sie zu bedenken. Dann schrie sie: „Oh, Humphrey, ich fürchte mich vor ihm! Gehen Sie nicht, bitte, gehen Sie nicht!"

Flehend legte sie ihre Hand in die meine und brachte damit mein Blut in Wallung.

„Ich werde mich keiner Gefahr aussetzen", sagte ich.

„Ich werde nur vorsichtig über den Bug blicken."

Ernst drückte sie meine Hand und ließ mich gehen. Der Platz, wo ich ihn an Deck liegen gelassen hatte, war leer. Offenbar war er hinuntergegangen. In der folgenden Nacht schliefen wir abwechselnd und hielten die übrige Zeit Wache, denn man konnte nicht wissen, was Wolf Larsen in den Sinn kam. Er war sicher zu allem fähig.

Am nächsten Tag warteten wir; auch am folgenden; noch immer gab er kein Lebenszeichen.

„Seine Anfälle von Kopfschmerzen", sagte Maud am Nachmittag des vierten Tages. „Vielleicht ist er krank, schwerkrank. Vielleicht sogar tot?"

„Oder liegt im Sterben?“ fügte sie bei, nachdem sie einige Zeit auf eine Äußerung von mir gewartet hatte. „Um so besser!“ antwortete ich.

„Aber bedenken Sie, Hump, ein Mitmensch in seiner letzten, einsamen Stunde!“

„Vielleicht!“ erwiderte ich.

„Ja, vielleicht“, gab sie zu. „Aber wir wissen es nicht. Ich könnte es mir nie verzeihen. Wir müssen etwas tun.“ „Vielleicht“, meinte ich wieder.

„Sie müssen an Bord gehen, Hump, und nachschauen“, sagte sie. „Und wenn Sie über mich lachen wollen, haben Sie meine Zustimmung und gleichzeitig Verzeihung dafür.“

Ich erhob mich, um ihrem Wunsche nachzukommen, und ging an den Strand.

„Seien Sie vorsichtig“, rief sie mir nach.

Ich winkte ihr von der Back zu und stieg aufs Deck. Ich ging nach achtern zur Kajütenluke, wo ich mich damit begnügte, hinunterzurufen. Wolf Larsen antwortete, und als er daranging, die Stiege heraufzukommen, spannte ich den Abzug meines Revolvers. Ich tat es ganz offen, während wir miteinander sprachen, Larsen nahm davon keine Notiz. Körperlich war er in der gleichen Verfassung wie das letztemal, jedoch sehr schweigsam. Die wenigen Worte, die wir wechselten, können kaum als Gespräch bezeichnet werden. Ich fragte ihn nicht, warum er nicht an Land, er fragte mich nicht, warum ich nicht an Bord gekommen sei. Seine Kopfschmerzen seien vergangen, meinte er, daraufhin verließ ich ihn wieder ohne viel weiteres Reden.

Maud nahm meinen Bericht mit sichtlicher Erleichterung entgegen, und der Rauch, der etwas später aus der Kombüse aufstieg, brachte sie in bessere Laune. Am nächsten und am übernächsten Tage sahen wir abermals den Rauch aus der Kombüse aufsteigen, und manchmal zeigte sich Wolf Larsen einen Augenblick auf der Achterhütte. Er unternahm keinen Versuch, an Land zu kommen. Dies wußten wir, da wir noch immer Nachtwache hielten. Wir erwarteten, daß Larsen etwas unternehmen werde; seine Untätigkeit war unerklärlich und beunruhigend.

So verging eine Woche. Wir hatten an nichts anderem Interesse als an Wolf Larsen. Seine Anwesenheit lastete mit solcher Schwere auf uns, daß wir nicht in der Lage waren, auch nur die geringste der geplanten Kleinigkeiten zu erledigen.

Gegen Ende der Woche stieg der Rauch nicht mehr aus der Kombüse auf, und Wolf Larsen zeigte sich nicht mehr auf der Achterhütte. Ich bemerkte, daß Mauds Besorgnis wieder erwachte, obwohl sie – ich glaube aus Stolz – eine Wiederholung ihrer Bitte vermied.

Ich sah, daß wir Kondensmilch und Marmelade benötigten, und sagte, daß ich an Bord gehe, um dies zu holen.

Als ich die Back erreicht hatte, zog ich die Schuhe aus und schlich geräuschlos auf Strümpfen nach achtern. Diesmal rief ich nicht von der Brücke aus hinunter. Ich stieg vorsichtig hinab und fand die Kajüte leer. Die Tür zur Kabine war geschlossen. Vorsichtig, jedes Geräusch vermeidend, öffnete ich die Falltüre im Boden. Sowohl die Vorräte als auch die Bekleidungskiste wurden in der Apotheke verwahrt, und ich nahm die Gelegenheit wahr, mir einen Vorrat an Unterwäsche zu besorgen.

Als ich aus der Apotheke heraufgestiegen war, hörte ich Laute in Wolf Larsens Kabine, duckte mich und lauschte. Die Klinke knarrte. Ich schlich hinter den Tisch, zog meinen Revolver und entsicherte ihn. Die Türe öffnete sich, und Wolf Larsen trat heraus. Noch nie habe ich solche Verzweiflung gesehen, wie sie jetzt auf seinem Gesichte lag – im Gesichte des Wolf Larsen, des Kämpfers, des starken Mannes, des Unbesiegbaren! Hilflos erhob er seine geballten Fäuste und stöhnte. Eine Faust öffnete sich und die offene Handfläche wischte über die Augen, als wollte er Spinngewebe wegwischen.

„Mein Gott, mein Gott“, stöhnte er.

Es war entsetzlich. Ich zitterte am ganzen Körper, fühlte, wie es mir kalt und heiß über den Rücken lief, Schweiß trat mir auf die Stirn.

Plötzlich bekam sich Wolf Larsen durch Aufbietung seiner ganzen Willenskraft wieder in die Gewalt. Sein ganzer Körper zitterte bei diesem Kampfe mit sich selbst. Er glich einem Menschen, den die Kräfte verlassen.

Jetzt begann ich, mich zu fürchten. Die offene Falltüre lag auf seinem Wege und musste mich unweigerlich verraten. Ich erhob mich plötzlich und nahm, wie ich mich erinnere, unbewußt eine herausfordernde Haltung an, er bemerkte mich jedoch nicht. Auch die offene Falltüre sah er nicht. Er ging geradewegs zur Luke. Mit einem Fuß trat er plötzlich ins Leere. Aber in dem Augenblick, als sein Fuß den festen Boden verlor, war er wieder der alte Wolf Larsen. Seine Geschmeidigkeit ließ den fallenden Körper noch während des Sturzes über die Lukenöffnung fliegen, so daß er sich mit Brust und ausgestreckten Armen fing. Im nächsten Augenblick hatte er seine Beine hochgezogen und ließ sich abrollen.

Sein Gesicht verriet, daß er die Situation sofort erfaßt hatte, und bevor ich noch seinen Gedankengang erraten konnte, hatte er schon die Falltür geschlossen. Er nahm an, daß ich unten sei. Er war blind, vollkommen blind. Ich beobachtete ihn und atmete unhörbar, damit er mich nicht hören konnte.

Rasch ging er in die Kabine. Ich sah, wie seine Hand die Klinke um einige Zentimeter fehlte, nach ihr tastete und sie dann fand. Auf den Zehenspitzen lief ich durch die Kajüte und die Stiege hinauf. Larsen kehrte mit einer schweren Seemannskiste zurück, die er auf die Falltür stellte. Damit noch nicht zufrieden, holte er eine zweite Kiste und stellte sie auf die erste. Als er heraufkam, zog ich mich leise zurück und stieg geräuschlos auf das Kajütendach.

Er schob die Schiebetür halb zurück und stützte sich mit den Armen darauf. So stand er in der Laufbrücke. Seine Haltung war so, als blicke er über das Schiff nach vorn. Seine Augen waren starr, und seine Lider bewegten sich nicht. Ich stand nur zwei Schritte von ihm entfernt vor ihm. Es war unheimlich.

Zu meinem Leidwesen entdeckte Larsen bei der Back meine Schuhe und trug sie in die Kombüse. Ich sah, wie er Feuer entfachte und mit dem Kochen begann. Nun schlich ich in die Kajüte, um meine Marmelade und Unterwäsche zu holen, dann zurück, an der Kombüse vorbei, und kletterte barfuß an Land, um Maud Bericht zu erstatten.

34. Kapitel

Es ist zu dumm, daß die ‚Ghost' ihre Masten verloren hat, denn sonst könnten wir mit ihr fortsegeln. Glauben Sie nicht, Humphrey?"

Erregt sprang ich auf und ging nachdenklich auf und ab.

Hoffnungsfreudig folgte mir Maud mit den Augen. Sie hatte solches Vertrauen zu mir! Und der Gedanke daran gab mir Kraft. Ich erinnerte mich an Michelots Ausspruch: „Für den Mann ist die Frau das, was die Erde ihrem sagenhaften Sohne war: Er braucht nur niederzufallen und ihre Brust zu küssen, um wieder stark zu sein." Zum erstenmal erkannte ich die wunderbare Wahrheit dieser Worte. Maud bedeutete das Gleiche für mich: eine unversiegbare Quelle von Kraft und Mut. Ich brauchte sie nur anzublicken oder an sie zu denken, um wieder stark zu sein.

„Es kann möglich gemacht werden", dachte ich und versicherte laut. „Was andere getan haben, kann ich auch; und wenn es niemand vor mir vollbracht hat, so kann ich es trotzdem."

„Was, um Himmelswillen?" fragte Maud.

„Was wollen Sie tun?"

„Wir können es tun", verbesserte ich. „Nichts anderes, als die Masten wieder in die ‚Ghost' einzusetzen und fortzusegeln."

„Humphrey", rief sie aus.

Ich war auf meinen Plan so stolz, als wäre er bereits ausgeführt.

„Aber wie kann dies durchgeführt werden?" fragte sie.

„Ich weiß es nicht", war meine Antwort. „Ich weiß nur, daß ich jetzt fähig bin, alles zu wagen."

Stolz lächelte ich sie an, zu stolz, denn sie schlug die Augen nieder und schwieg einen Augenblick.

„Aber da ist Kapitän Larsen", war ihr Einwand.

„Blind und hilflos", antwortete ich sofort und fegte ihre Bedenken wie einen Strohhalm beiseite.

„Aber seine entsetzlichen Hände! Sie wissen, wie er sich über die offene Apothekerluke hinüberschnellte."

„Und Sie wissen, wie ich davonkroch und ihm entkam", ging ich fröhlich darauf ein.

„Sie haben dabei Ihre Schuhe verloren."

„Sie können schwerlich erwarten, daß diese vor Wolf Larsen davonlaufen, wenn meine Füße nicht darin stecken!"

Wir lachten beide und gingen daran, ernsthaft den Plan auszuarbeiten, wie wir die Masten in die „Ghost" einsetzen und in die zivilisierte Welt zurückkehren konnten. Ich muß gestehen, daß mich, nachdem wir zur „Ghost" hinuntergegangen waren, der Anblick der großen, im Wasser liegenden Masten fast entmutigte. Wo sollten wir beginnen? Wenn wenigstens noch ein Mast gestanden wäre, an dem wir Blöcke und Taue hätten befestigen können!

Da war der Hauptmast, an seinem jetzigen Ende vierzig Zentimeter dick, noch immer über zwanzig Meter lang und, wie ich ungefähr berechnete, mindestens dreitausend Pfund schwer. Dann kam der Fockmast, der noch stärker war und sicher dreitausendfünfhundert Pfund wog. Wo sollte ich anfangen? Maud stand still an meiner Seite, während ich über den Bau einer bei den Matrosen „Schere" benannten Vorrichtung nachdachte. Obwohl sie jedem Matrosen bekannt war, mußte ich sie hier auf der Mühsalinsel erst erfinden. Indem ich die Enden zweier Spieren kreuzte, am Schnittpunkt festband und sie dann in Form eines verkehrten V aufstellte, erhielt ich über dem Deck einen Punkt, an dem ich meine Aufzugsseile befestigen konnte. Falls nötig, konnte ich noch weitere daran festmachen, und die Winde war da!

Maud erkannte, daß ich eine Lösung gefunden hatte, und freute sich darüber.

„Was werden Sie machen?“ fragte sie.

„Das Durcheinander klarbringen!“ antwortete ich und wies auf die verfilzten Wracktrümmer im Wasser.

Ach, diese Entschlossenheit! Schon der bloße Klang der Worte tat meinem Ohr wohl! „Das Durcheinander klarbringen!“

Stellen Sie sich eine solche, eines alten Seebären würdige Ausdrucksweise aus dem Munde eines Humphreys Van Weyden einige Monate früher vor!

Meine Haltung und Stimme muß etwas Theatralisches gehabt haben, denn Maud lächelte.

„Ich glaube, ich habe dies schon einmal in irgend einem Buche gelesen“, murmelte sie belustigt.

Ihre Hand streckte sich plötzlich der meinen entgegen. „Es tut mir leid“, sagte sie.

„Gar nicht nötig“, schluckte ich. „Es geschah mir recht. Ich habe noch zu viel von einem Schuljungen an mir. Wir müssen jetzt, sage und schreibe, das Durcheinander klarbringen. Wenn Sie mit mir ins Boot kommen wollen, können wir mit der Arbeit beginnen.“

Mauds Aufgabe war es, das Boot in der richtigen Lage zu halten, während ich das Gewirr aufarbeitete. So ein Durcheinander! Falle, Segel, Halteseile, Leinen, Wanten, Verspreizungen, alles, von der See verfilzt, verknotet und verstrickt! Ich durchschnitt nicht mehr, als unbedingt nötig war. Vom Durchziehen der feuchten Seile unter den Masten und Bäumen und um diese herum, dem Entwirren der Segel und Leinen im Boot war ich bald bis auf die Haut durchnässt.

Die Segel mußten einige Male durchgeschnitten werden, und das vor Nässe triefende Segeltuch nahm meine Kräfte arg in Anspruch. Vor Einbruch der Nacht hatte ich alles am Strand zum Trocknen ausgebreitet. Wir waren beide todmüde, als wir zum Nachtmahl gingen, und hatten gute Arbeit geleistet.

Am nächsten Morgen ging ich mit Maud, meiner tüchtigen Gehilfin, unter Deck der „Ghost“, um die Maststümpfe zu entfernen. Kaum hatten wir mit der Arbeit begonnen, als mein Klopfen und Schlagen Wolf Larsen herbeirief.

„Hallo, da unten!“ rief er durch die offene Luke.

Seine Stimme ließ Maud schutzsuchend an meine Seite rücken. Während wir sprachen, hielt sie meinen Arm umfaßt.

„Hallo, dort oben!“ gab ich zurück. „Guten Morgen wünsch’ ich.“

„Was machen Sie da unten?“ fragte er. „Wollen Sie mein Schiff abwracken?“

„Ganz im Gegenteil. Ich repariere es“, war meine Antwort.

„Aber was zum Teufel reparieren Sie?“ fragte er erstaunt.

„Na, ich bereite alles vor, um die Masten wieder einzusetzen“, antwortete ich leichthin, als wäre es das einfachste Ding der Welt.

„Es scheint, daß Sie fest auf Ihren eigenen Füßen stehen, Hump“, hörten wir ihn sagen. Dann schwieg er einige Zeit.

„Ich sage Ihnen, Hump“, rief er herab, „Sie können es nicht.“

„Oh ja, ich kann es“, erwiderte ich, „eben bin ich dabei.“

„Aber das ist mein Schiff, mein alleiniges Eigentum. Was, wenn ich es Ihnen verbiete?“

„Sie vergessen“, widersprach ich, „daß Sie nicht mehr der Stärkere sind. Sie waren es einmal und damals fähig, mich aufzufressen, wie Sie sich auszudrücken beliebten. Darin ist eine Änderung eingetreten, und jetzt bin i c h in der Lage, Sie zu fressen.“

Er gab ein kurzes Lachen von sich. „Ich sehe, Sie schlagen mich mit meiner eigenen Philosophie. Aber begehen Sie nicht den Fehler, mich zu unterschätzen. In Ihrem eigenen Interesse warne ich Sie.“

„Seit wann sind Sie Menschenfreund geworden?“ fragte ich. „Geben Sie zu, daß Sie sehr inkonsequent sind, wenn Sie mich in meinem Interesse warnen.“

Er ging über meine sarkastischen Bemerkungen hinweg und sagte: „Nehmen Sie an, ich schlösse jetzt die Luke, Sie könnten mich nicht zum Narren halten, wie Sie es in der Apotheke taten."

„Wolf Larsen", sagte ich, indem ich ihn zum erstenmal mit seinem vollen Namen ansprach, „ich bin nicht fähig, einen unbewaffneten, hilflosen Menschen zu erschießen. Sie haben dies zu meiner und Ihrer Befriedigung erprobt. Aber jetzt warne ich Sie, und zwar nicht so sehr in Ihrem, als vielmehr in meinem Interesse. In dem Augenblick, da Sie eine feindselige Handlung begehen, werde ich Sie erschießen. Ich kann Sie jetzt erschießen, so wie ich da stehe, und wenn Sie wollen, gehen Sie hin und versuchen Sie, den Lukendeckel zu schließen!"

„Trotzdem verbiete ich es Ihnen. Ich verbiete Ihnen ausdrücklich, an meinem Schiff herumzupfuschen."

„Aber, mein lieber Mann", sagte ich vorwurfsvoll. „Sie führen den Umstand, daß es Ihr Schiff ist, ins Treffen, als ob Sie daraus ein moralisches Recht ableiten könnten. Sie haben in Ihren Handlungen anderen gegenüber nie moralische Rechte berücksichtigt. Sie können doch nicht einmal im Schlafe glauben, daß ich solche Rechte respektieren werde!"

Ich war in die offene Luke getreten, so daß ich ihn sehen konnte. Die Ausdruckslosigkeit seines Gesichtes wurde durch die starr ins Leere blickenden Augen noch erhöht. Es war kein angenehmer Anblick.

„Und niemand, nicht einmal Hump, ist so armselig, ihm Achtung zu zollen", höhnte er.

„Wie geht es Ihnen, Miß Brewster?" fragte er nach einer kleinen Pause.

Ich war verwundert. Sie hatte keinen Ton von sich gegeben, hatte sich nicht einmal bewegt.

War ihm vielleicht doch ein Schimmer verblieben? Oder gewann er sein Sehvermögen zurück?

„Guten Tag, Kapitän Larsen“, antwortete sie. „Wieso wußten Sie, daß ich hier bin?“

„Habe Sie natürlich atmen gehört. Ich sage Ihnen, Hump macht sich. Glauben Sie nicht auch?“

„Ich weiß nicht“, antwortete sie, wobei sie mir zulächelte. „Ich habe ihn nie anders gekannt.“

„Na, dann hätten Sie ihn früher sehen sollen.“

„Ich möchte Ihnen nochmals sagen, Hump“, äußerte er drohend, „lassen Sie diese Dinge lieber in Ruhe.“

„Aber haben Sie nicht ebenso Interesse wie wir, von hier fortzukommen?“ fragte ich ihn verwundert.

„Nein“, antwortete er. „Ich möchte hier sterben.“

„Wir wollen es aber nicht“, beendete ich das Gespräch und begann wieder zu hämmern.

35. Kapitel

Am nächsten Tage – die Mastschuhe waren nun frei – gingen wir daran, die beiden Großmasten an Bord zu bringen. Der Großmast war gegen zehn Meter lang, der Fockmast etwas kürzer. Aus diesen beiden wollte ich die Schere machen. Ich befestigte das eine Ende eines starken Seiles an der Winde und das andere am Fuß des Fockmastes und begann aufzuwinden.

Wir waren erstaunt, wie leicht die Spiere sich heben ließ. Es war die Wirkung des Flaschenzuges, der uns das an Kraft vermittelte, was wir benötigten, um das lange, schwere Tau einzuholen. Das Tau zog gewaltig über die Reling, wobei der Zug sich noch verstärkte, als das Holz aus dem Wasser auftauchte.

Als aber das Ende des Fockmastes in Höhe der Reling war, mussten wir einhalten.

„Ich hätte es wissen können“, sagte ich ärgerlich. „Jetzt müssen wir von vorne beginnen.“

„Kann man nicht das Tau in der Mitte des Mastes befestigen?“ schlug Maud vor.

„Das hätte ich eben von Anfang an machen sollen“, antwortete ich, sehr unzufrieden mit mir selbst.

Ich ließ eine Windung nach, ließ den Mast ins Wasser zurück und befestigte das Tau im ersten Drittel des unteren Mastteiles. Nach einer Stunde, die mit dieser Arbeit und kurzen Ruhepausen während des Aufwindens ausgefüllt war, hatte ich den Mast so hoch gehoben, daß es nicht mehr weiter ging. Acht Fuß des Stammes waren über der Reling, und ich war weiter denn je davon entfernt, ihn an Deck zu bringen. Ich setzte mich nieder und überlegte. Es dauerte nicht lange, da sprang ich auf.

„Jetzt hab' ich's!" rief ich. „Ich muß das Seil am Schwerpunkt befestigen. Und was wir jetzt gelernt haben, wird uns bei jeder künftigen Hebearbeit von Nutzen sein."

Noch einmal war all meine Arbeit vergeblich, denn ich mußte den Mast wieder ins Wasser lassen. Dann berechnete ich den Schwerpunkt falsch; so daß sich beim Heben die Spitze anstatt des Stammendes aus dem Wasser hob. Maud schaute verzweifelt drein, doch ich lachte und meinte, es werde schon gehen.

Ich wies Maud an, wie sie die Seilschlinge zu halten und bereit zu sein hatte, sie auf mein Zeichen loszulassen, faßte mit beiden Händen nach dem Mast und versuchte ihn über die Reling an Bord zu ziehen. Als ich glaubte, daß es mir gelungen sei, rief ich ihr zu, nachzulassen. Doch der Baum richtete sich trotz all meiner Anstrengung wieder senkrecht auf und fiel ins Wasser zurück. Wieder hob ich ihn bis zu seiner früheren Lage, denn jetzt hatte ich eine andere Idee. Ich erinnerte mich an eine Vorrichtung, die aus einem kleinen doppelten und einem einfachen Block bestand, und holte dieses Gerät.

Als ich gerade dabei war, sie zwischen der Mastspitze und der gegenüberliegenden Reling anzubringen, erschien Wolf Larsen. Wir wechselten nur einen Gutenmorgengruß, und obwohl er nichts sehen konnte, setzte er sich zur Reling und verfolgte meine Arbeit mit dem Gehör.

Wieder wies ich Maud an, die Winde auf mein Zeichen nachzulassen und ging daran, den kleinen Flaschenzug zu betätigen. Langsam schwang der Mast herein, bis er über der Reling hing. Und dann merkte ich zu meiner Verwunderung, daß Maud nicht nachzulassen brauchte.

Das Gegenteil war erforderlich. Ich machte den Flaschenzug fest, drehte die Winde weiter und brachte den Mast Zoll für Zoll herbei, bis sich seine Spitze aufs Deck neigte und er schließlich der Länge nach auf den Schiffsplanken lag.

Ich schaute auf die Uhr. Es war zwölf. Mein Rücken schmerzte heftig. Ich war sehr ermüdet und hungrig. Und an Deck lag ein einziger Balken als Ergebnis der Arbeit eines ganzen Vormittags. Zum erstenmal erfaßte ich so richtig die ganze Größe der vor uns liegenden Arbeit. Doch ich hatte viel hinzugelernt. Der Nachmittag mußte erfolgreicher verlaufen. Und dies war auch der Fall.

Um ein Uhr kehrten wir, ausgerastet und durch ein kräftiges Mittagmahl gestärkt, zurück. In weniger als einer Stunde hatte ich den Großmast an Deck und ging an die Konstruktion der Schere. Ich band die beiden Masten zusammen, wobei ich ihre ungleiche Länge berücksichtigte, befestigte an der Verbindungsstelle einen Doppelblock aus der Takelung, den ich mittels der dazugehörigen Taue mit einem Einzelblock verband. Damit besaß ich eine Hebevorrichtung. Um die Enden der Bäume am Abgleiten zu hindern, nagelte ich einige Klampfen fest. Nun befestigte ich eine Leine am Schnittpunkt der Schere und führte diese direkt zur Winde. Ich hatte zu letzterer Vertrauen gefaßt, denn sie leistete mir über alle Erwartung gute Dienste. Wie gewöhnlich hielt Maud die Schlinge, während ich die Winde bediente. Die Schere hob sich in die Luft.

Nun entdeckte ich, daß ich die Haltetaue vergessen hatte. Dies zwang mich, zweimal auf die Schere hinaufzuklettern, um erstere vorn und hinten und zu beiden Seiten anzubringen. Noch bevor ich damit fertig war, brach der Abend herein. Wolf Larsen, der den ganzen Nachmittag dabeigesessen war, gelauscht, aber nie den Mund geöffnet hatte, war in die Kombüse zum Nachtmahl gegangen. Mich schmerzte mein Rücken derart, dass ich mich nur mit Mühe und unter Qualen aufrichten,, konnte. Mit Stolz blickte ich auf meine Arbeit. Das Werk bekam ein Gesicht. Ich sehnte mich, gleich einem Kinde, das ein Spielzeug erhalten hat, unbändig danach, mit meiner Schere irgendetwas aufzuwinden.

„Ich wünschte, daß es noch nicht so spät wäre, sagte ich, „um sehen zu können, wie es funktioniert."

„Seien Sie kein Vielfraß, Humphrey", schalt Maud. „Denken Sie an morgen. Jetzt sind Sie so ermüdet, daß Sie kaum stehen können."

„Und Sie?" fragte ich besorgt.

„Sie müssen sehr müde sein. Sie haben hart gearbeitet. Ich bin stolz auf Sie, Maud."

„Nicht halb so sehr, als ich es auf Sie bin, und nicht mit halb so viel Grund", antwortete sie und schaute mir einen Augenblick in die Augen, wobei ich in den ihren ein flackerndes Licht tanzen sah, das ich nie zuvor gesehen hatte, und das in mir eine Welle der Verzückung hervorrief. Dann senkte sie eine Sekunde lang den Blick, um ihn lachend wieder zu erheben.

„Wenn unsere Freunde uns sehen könnten", sagte sie. „Schauen Sie uns an. Haben Sie je einen Augenblick darauf verwandt, über unser Aussehen nachzudenken?"

„Ja, ich habe das Ihre sehr oft beobachtet", erwiderte ich, verwirrt über das, was ich in ihren Augen gesehen hatte, und über die plötzliche Änderung des Gesprächsthemas.

„Um Himmels willen!" rief sie. „Und wie sehe ich aus, wenn ich um Auskunft bitten darf?"

„Es tut mir leid – wie eine Vogelscheuche", antwortete ich. „Schauen Sie doch nur zum Beispiel Ihren schmutzigen Rock an, betrachten Sie die Risse. Und diese Bluse! Es bedarf keines Sherlock Holmes, um festzustellen, daß Sie über einem Lagerfeuer gekocht haben, gar nicht zu reden vom Auslassen des Robbentrans! Und um allem die Krone aufzusetzen: diese Kopfbedeckung! Und das ist die Frau, die den ‚Erduldeten Kuß' geschrieben hat!"

Sie machte einen vollendeten Hofknicks und sagte: „Was Sie anlangt, mein Herr …"

Während der fünf Minuten des nun folgenden Scherzens klang doch ein gewisser Ernst mit, den ich nur mit dem eigenartigen Ausdruck ihrer Augen in Verbindung bringen konnte. Was war es? War es möglich, daß unsere Augen über die Grenze dessen, was wir mit dem Munde zu sagen gewillt waren, hinausgingen?

Meine Augen hatten, dessen war ich mir bewusst, gesprochen, bis ich deren Vergehen bemerkt und sie zum Schweigen gezwungen hatte. Das war einige Male geschehen. Aber hatte Maud den Ruf meiner Augen verstanden? Und hatten auch ihre Augen so zu mir gesprochen? Was konnte dieser Ausdruck sonst bedeutet haben – dieses tanzende, zitternde Leuchten, und noch etwas, das man mit Worten nicht beschreiben kann? Dies waren meine Gedanken, während wir uns über unser Aussehen lustig machten und inzwischen zur Küste kamen, wo wir über andere Dinge zu sprechen hatten.

„Schade, dass wir, nachdem wir den ganzen Tag geschuftet haben, nicht einmal eine ungestörte Nachtruhe genießen können“, beklagte ich mich nach dem Abendessen.

„Aber jetzt kann doch keine Gefahr mehr drohen? Er ist doch blind“, sagte sie.

„Ich werde ihm nie trauen können“, beharrte ich auf meiner Ansicht, „und noch viel weniger jetzt, wo er blind ist. Ich glaube vielmehr, daß seine jetzige teilweise Hilflosigkeit ihn nur noch boshafter machen wird. Ich weiß, was ich morgen als erstes tun werde: einen Anker auswerfen, und den Schoner von der Küste entfernt verankern. Und jeden Abend, wenn wir mit dem Boot an Land kommen, wird Wolf Larsen als Gefangener an Bord zurückbleiben. Es wird also die letzte Nacht sein, in der wir Wache stehen müssen.“

Früh waren wir wieder auf und hatten bei Morgengrauen unser Frühstück bereits beendet.

„Oh, Humphrey!“ hörte ich Maud plötzlich bestürzt ausrufen.

Ich schaute sie an. Sie blickte nach der „Ghost". Ich folgte der Richtung ihrer Augen, konnte aber nichts Ungewöhnliches wahrnehmen. Dann schaute sie auf mich, fragend sah sie mich an.

„Die Schere", sagte sie mit zitternder Stimme und verzweifeltem Blick.

Ich hatte nicht mehr daran gedacht und schaute jetzt nach ihr aus, ohne sie entdecken zu können. „Wenn er ..." knirschte ich wütend.

Teilnehmend legte sie ihre Hand auf die meine und sagte: „Sie werden von vorne anfangen müssen."

„Oh, glauben Sie mir, mein Zorn hat nichts zu bedeuten; nicht einmal einer Fliege könnte ich ein Leid zufügen", lächelte ich bitter. „Und das Böse an der Sache ist, daß er dies weiß. Sie haben recht. Falls er die Schere zerstört hat, werde ich nichts anderes tun, als wieder von vorne anfangen."

Aber ich werde in Zukunft an Bord bleiben und wachen", platzte ich einen Augenblick später heraus, „und wenn er mir in die Quere kommt ..."

„Aber ich traue mich nicht, die ganze Nacht allein an Land zu bleiben", sagte Maud, als ich mich wieder beruhigt hatte. „Es könnte so nett sein, wenn er zu uns freundlich wäre und uns helfen würde. Wir könnten so angenehm zusammen an Bord leben."

„Wir werden es", versicherte ich, und eine neue Zorneswelle packte mich, denn die Zerstörung meiner geliebten Schere hatte mich schwer getroffen. „Sie und ich werden an Bord leben, ob es Wolf Larsen beliebt oder nicht."

„Es ist kindisch", lachte ich später, „daß er solche Sachen macht und daß ich mich darüber aufrege."

Es gab mir einen Stich im Herzen, als wir an Bord gingen und ich die von ihm angerichteten Zerstörungen sah. Die Schere war vollständig verschwunden, die Haltetaue waren durchschnitten. Auf allen Seiten waren die von mir gespannten Seile zerschnitten. Larsen wußte, dass ich nicht spleißen konnte. Plötzlich kam mir ein Gedanke. Ich rannte zur Winde. Sie war unbrauchbar. Er hatte sie zerbrochen. Bestürzt schauten wir uns an. Dann rannte ich an die Reling. Die Masten, Bäume und Gaffeln, die ich klargemacht hatte, waren nicht mehr da.

In Mauds Augen standen Tränen, die wohl mir galten. Ich hätte selbst weinen können. Was war aus unserem Plan, die Masten der „Ghost" aufzurichten, geworden? Wolf Larsen hatte ganze Arbeit geleistet. Ich setzte mich auf die Luke und ließ in dumpfer Verzweiflung meinen Kopf hängen.

„Er verdient zu sterben", rief ich aus, „und ich bedaure nur, daß ich nicht Mann genug bin, dies zu vollbringen."

Maud stand an meiner Seite, fuhr mir wie einem Kinde mit der Hand durch die Haare und sagte. „Komm, komm, es wird alles gut werden. Wir haben das Recht auf unserer Seite, und es wird siegen."

Ich erinnerte mich an Michelet und lehnte meinen Kopf an sie; und tatsächlich wurde ich dadurch wieder gefaßter. Dieses herrliche Weib war für mich ein unversiegbarer Kraftborn. Was hatte das Unglück schon zu bedeuten? Nur einen Aufschub, eine Verzögerung. Die Ebbe konnte die Masten nicht sehr weit hinausgetragen haben, es war ja windstill gewesen. Es bedeutete nur etwas Mehrarbeit, sie zu suchen und zurück zum Schiff zu bringen. Und nebenbei war es eine gute Lehre gewesen. Nun wußte ich, auf was ich gefaßt sein musste. Er hätte auch zuwarten und unser Werk viel wirksamer stören können, wenn die Arbeit weiter fortgeschritten gewesen wäre.

„Da kommt er jetzt", flüsterte sie.

Ich blickte auf. Wolf Larsen schlenderte längs der Back nach achtern.

„Beachten Sie ihn nicht", flüsterte ich. „Er kommt, um zu sehen, wie wir es aufnehmen. Lassen Sie ihn nicht merken, daß wir es schon entdeckt haben. Diese Befriedigung können wir ihm vorenthalten.

Ziehen Sie Ihre Schuhe aus – so ist es recht –, und tragen Sie sie in der Hand.“

Und dann spielten wir mit ihm Blindekuh. Kam er an Backbord, huschten wir nach Steuerbord, und von der Achterhütte aus beobachteten wir ihn, wie er sich wendete und uns suchte.

Er mußte irgendwie bemerkt haben, daß wir an Bord waren, denn er sagte „Guten Morgen“ und wartete auf unseren Dank. Dann ging er nach achtern, während wir ihm nach vorne entschlüpften.

„Oh, ich weiß, daß Sie an Bord sind“, rief er aus, und ich sah, wie er angestrengt nach diesen Worten lauschte.

Er erinnerte mich an die große Schreieule, die, wenn sie den Jagdschrei ausgestoßen hat, die Bewegungen der aufgescheuchten Opfer belauscht.

36. Kapitel

Zwei Tage durchkreuzten Maud und ich die See und suchten die Küste vergeblich nach den verlorenen Masten ab. Erst am dritten Tage fanden wir sie alle, auch die Schere, und zwar an der gefährlichsten Stelle, inmitten der tosenden Brandung des schroffen Vorgebirges. Wie wir arbeiteten! Am ersten Tage kehrten wir erst bei Einbruch der Dunkelheit vollkommen erschöpft in unsere kleine Bucht zurück und schleppten hinter uns den Hauptmast nach. Noch dazu mußten wir, da vollkommene Windstille herrschte, jeden Zoll des Weges durch harte Ruderarbeit zurücklegen.

Der nächste Tag sah uns nach mühseliger und gefährlicher Arbeit mit den zwei Marsstengen heimkehren. Am folgenden Tag band ich alle noch verbliebenen Hölzer zusammen. Der Wind war günstig, und ich hoffte, sie unter Segel zurückbringen zu können. Aber es folgten nur noch wenige Windstöße, dann trat Flaute ein, und wir kamen mit Rudern nur im Schneckentempo vorwärts. Es war eine zermürbende Arbeit.

Die Nacht begann hereinzubrechen, und um unsere Lage weiter zu verschlechtern, erhob sich ein Gegenwind. Jetzt wurden wir auch noch in die See hinausgetrieben. Ich ruderte, bis ich nicht mehr konnte. Die arme Maud, die ich nie davon abhalten konnte, bis an die äußerste Grenze ihrer Leistungsfähigkeit zu arbeiten, lag vollkommen erschöpft in den Heckplachen. Meine geschwollenen Hände konnten sich nicht mehr über den Rudergriff schließen. Die Handgelenke und die Arme schmerzten mich unerträglich, und obwohl ich zu Mittag tüchtig gegessen hatte, war ich infolge der schweren Arbeit ganz schwach vor Hunger.

Ich zog die Riemen ein und beugte mich zu der Leine, die das aus den restlichen Hölzern angefertigte Floß im Schlepptau hielt. Aber Mauds Hand streckte sich abwehrend aus.

„Was wollen Sie machen?“ fragte sie scharf.

„Es abhängen“, sagte ich, während ich eine Windung der Leine nachliess.

Ihre Finger umfaßten die meinen.

„Bitte, tun Sie es nicht“, flehte sie.

„Es ist vergeblich“, gab ich zur Antwort. „Die Nacht ist da, und der Wind bläst uns vom Lande weg.“

„Aber bedenken Sie doch, Humphrey: Wenn wir mit der ‚Ghost‘ nicht wegfahren, müssen wir Jahre auf dem Eiland bleiben – vielleicht sogar unser ganzes Leben lang. Wenn es bisher nicht entdeckt wurde, wird es vielleicht nie entdeckt werden.“

„Sie vergessen das Boot, das wir an der Küste fanden“, erinnerte ich sie.

„Es war ein Robbenjägerboot“, antwortete sie, „und Sie wissen ganz genau, daß die Leute, wenn sie von der Insel weggekommen wären, sicher zurückgekehrt sein würden, um aus dem Nistplatz ihren Gewinn zu schlagen. Folglich wissen Sie auch, daß sie nicht entkommen sind!“

Ich schwieg betreten.

„Außerdem“, fügte sie unnachgiebig hinzu, „war es Ihre Idee, und ich will deren erfolgreiche Vollendung sehen.“

Jetzt faßte ich mich wieder. So oft sie es mit Schmeicheleien versuchte, zwang mich mein Ehrgefühl, ihr zu widersprechen.

„Besser Jahre auf der Insel, als heute nacht sterben oder erst morgen oder übermorgen – in diesem offenen Boot. Wir sind nicht vorbereitet, der See zu trotzen. Wir haben keine Lebensmittel, kein Wasser, keine Decken, nichts. Überhaupt können Sie ohne Decken die Nacht nicht überleben. Ich weiß, wie stark Sie sind. Sie zittern ja schon.“

„Das ist nur Nervosität“, antwortete sie.

„Ich fürchte mich, daß Sie, trotz meiner Bitten, die Masten losmachen könnten.“

„Ach, bitte, bitte, Humphrey, tun Sie es nicht“, bettelte sie einen Augenblick später.

Es endete mit den Worten, von denen sie wußte, daß sie über mich unbesiegbare Kraft besaßen. Jämmerlich froren wir während der ganzen Nacht. Hin und wieder schlief ich ein, doch immer wieder weckte mich die beißende Kälte. Wie Maud dies überstehen konnte, begreife ich nicht. Ich war zu ermüdet, um meine Arme zu bewegen und mich zu erwärmen, ab und zu fand ich die Kraft, Mauds Hände und Füße zu reiben und dadurch den Blutkreislauf zu beleben. Und noch immer bat sie mich, die Masten nicht loszumachen. Um etwa drei Uhr wurde sie von einem Krampf befallen. Nachdem ich sie durch Massage davon befreit hatte, wurde sie ganz still. Ich war erschrocken. Nun legte ich die Ruder aus und ließ Maud rudern, obwohl sie so schwach war, daß ich bei jedem Ruderschlag fürchtete, sie würde in Ohnmacht fallen.

Der Morgen brach an. Beim Hellwerden schauten wir lange nach unserem Eiland aus. Schließlich zeigte es sich als kleiner schwarzer Punkt am Horizont, gut fünfzehn Meilen entfernt. Mit dem Glas suchte ich das Meer ab. Im Südwesten konnte ich einen dunklen Streifen über dem Wasser entnehmen, der sich immer mehr vergrößerte.

„Günstiger Wind!“ schrie ich mit heiserer Stimme, die ich gar nicht mehr als die meine erkennen konnte.

Maud versuchte zu antworten, war jedoch nicht fähig, zu sprechen. Ihre Lippen waren blau vor Kälte, ihre Augen umflort.

Wieder begann ich, ihre Hände und Füße zu reiben und ihre Arme zu bewegen, bis sie es schließlich selbst konnte. Dann brachte ich sie dazu, aufzustehen. Obwohl sie ohne meine Unterstützung umgefallen wäre, veranlasste ich sie, einige Schritte auf und ab zu gehen und schliesslich zu hüpfen.

„Oh, Sie tapfere Frau“, sagte ich, als ich endlich wieder Farbe in ihr Gesicht treten sah. „Wußten Sie, dass Sie tapfer sind?“

„Ich war es nie“, antwortete sie, „bevor ich Sie kennen lernte. Sie haben mich tapfer gemacht.“

„Auch ich war es nicht, bevor ich Sie kennen lernte“, antwortete ich.

„Es muss an den Umständen liegen“, sagte Maud schmunzelnd.

Plötzlich erhob sich der Wind. Ein günstiger Wind, und das Boot arbeitete sich durch schwere See dem Eiland entgegen. Um halb vier Uhr nachmittags passierten wir das südwestliche Vorgebirge. Wir waren nicht nur ausgehungert, sondern litten auch Durst. Unsere Lippen waren aufgesprungen, und wir konnten sie nicht mehr mit der Zunge benetzen. Dann legte sich allmählich der Wind. Gegen Abend war es vollkommen windstill, und wieder war ich gezwungen, zu rudern. Um zwei Uhr früh fuhr der Bug unseres Bootes auf den Strand unserer inneren Bucht auf und ich wankte heraus, um die Leine festzumachen. Maud konnte nicht stehen, ich besaß nicht mehr die Kraft, sie zu tragen. Ich fiel mit ihr in den Sand. Als ich mich wieder aufgerafft hatte, fasste ich sie unter dem Arm und schleifte sie über den Strand zur Hütte.

Am nächsten Tage verrichteten wir keine Arbeit. Wir schliefen bis drei Uhr nachmittags, wenigstens ich tat es, denn als ich erwachte, war Maud schon beim Kochen des Mittagessens. Es war unglaublich, wie schnell sie ihre Kräfte wiedergewonnen hatte.

„Sie wissen, daß ich meiner Gesundheit wegen nach Japan reiste“, sagte sie, als wir nach dem Mittagessen das süße Nichtstun genossen. „Ich war nicht sehr stark, ich war es nie. Die Ärzte rieten zu einer Seereise, und ich habe mir die allerlängste gewählt.“

„Sie hatten wenig Vorstellung davon, was Sie sich wählten“, lachte ich.

Als der kurze Tag sich neigte, kamen wir auf Wolf Larsens Blindheit zu sprechen. Sie war unerklärlich. Daß sie unheilbar war, entnahm ich seiner Erklärung, daß er beabsichtige, zu bleiben und auf der Mühsalinsel zu sterben. – Wenn dieser starke Mann mit seinem unbändigen Lebenswillen an den Tod dachte, war es klar, daß er nicht nur an Blindheit litt. Er hatte die furchtbaren Kopfschmerzen, und wir waren uns einig, daß er bei seinen Anfällen Schmerzen erduldete, die über unser Vorstellungsvermögen hinausgingen.

Während wir über seinen Zustand sprachen, bemerkte ich, daß sich Mauds Mitgefühl ihm immer mehr und mehr zuwandte. Ich konnte ihr dies nicht verübeln. Sie stimmte mir zu, daß wir Larsen mit äußerster Härte behandeln mußten, wenn wir Wert darauf legten, von hier fortzukommen, obwoh! sie vor dem Gedanken zurückschreckte, daß ich vielleicht einmal gezwungen sein könnte, ihn zum Schutze meines Lebens – oder, wie sie verbesserte, „unseres Lebens" – zu töten.

Am nächsten Morgen frühstückten wir zeitig und waren, als der Tag anbrach, schon bei der Arbeit. Im vorderen Packraum fand ich einen leichten Wurfanker. Mit einiger Anstrengung brachte ich ihn an Deck und ins Boot. Mittels einer langen Leine befestigte ich ihn am Heck und ruderte eine ziemliche Strecke in unserer Bucht hinaus, wo ich den Anker ins Wasser warf. Kein Lüftchen regte sich. Die Flut war hoch, und der Schoner schwamm frei. Bloß durch die Kraft meiner Arme – die Winde war ja gebrochen – brachte ich ihn hinaus, bis er nahe am Anker lag, der viel zu schwach gewesen wäre, ihn bei der leichtesten Brise zu halten. Dann ließ ich den großen Steuerbordanker, der eine hinreichende Stabilität gewährleistete, hinab. Nachmittags arbeitete ich an der Winde.

Drei Tage hielt ich mich damit auf. Ich war alles eher als ein Mechaniker. Wozu ein Maschinist nur Stunden gebraucht hätte, nahm bei mir ebensoviel Tage in Anspruch. Ich mußte zunächst lernen, mit dem Werkzeug umzugehen, und jedes einfache mechanische Gesetz, das ein solcher Mann im kleinen Finger hatte, musste von mir erst entdeckt werden. Endlich hatte ich nach drei Tagen eine Winde, die schlecht und recht arbeitete. Niemals bot sie mir das, was die erste geleistet hatte, aber sie funktionierte und machte meine weitere Arbeit erst möglich.

In einem halben Tag hatte ich die Marsstangen an Bord, die Schere wie ehedem aufgerichtet und Haltetaue befestigt. Die folgende Nacht schlief ich neben meinem Werk an Deck. Maud, die sich geweigert hatte, allein an Land zu bleiben, schlief in der Back. Wolf Larsen war, während ich an der Winde gearbeitet hatte, lauschend daneben gesessen und hatte mit mir und Maud über nebensächliche Dinge gesprochen. Auf keiner Seite fiel ein Wort über die Zerstörung. Auch sagte er nichts mehr davon, daß ich sein Schiff in Ruhe lassen sollte. Aber noch immer fürchtete ich mich vor ihm und ließ bei der Arbeit nie seine starken Arme in meine Reichweite gelangen.

Während ich in dieser Nacht unter meiner geliebten Schere schlief, wurde ich durch das Geräusch seiner Tritte auf Deck geweckt. Es war eine sternhelle Nacht, dunkel konnte ich seine Umrisse erkennen. Ich rollte mich aus meiner Decke und schlich Larsen geräuschlos nach. Er hatte sich eine Ziehklinge aus dem Werkzeugkasten geholt und schickte sich an, damit die Seile, die ich wieder an der Schere befestigt hatte, zu durchschneiden. Er betastete sie mit den Händen und stellte fest, dass ich sie nicht gestrafft hatte. Deshalb genügte eine Ziehklinge nicht, weshalb er die Seile anzog und festmachte. Dann ging er daran, sie mit der Ziehklinge zu durchschneiden. „Ich würde es nicht tun, wenn ich an Ihrer Stelle wäre“, sagte ich ruhig.

Er hörte das Spannen des Abzughahnes meiner Pistole und lachte.

„Hallo, Hump“, sagte er. „Ich wußte die ganze Zeit, daß Sie hier sind. Sie können meine Ohren nicht täuschen.“

„Das ist eine Lüge, Wolf Larsen“, sagte ich ebenso ruhig wie zuvor. „Aber ich suche nach der Notwendigkeit, Sie umzubringen, also setzen Sie Ihr schändliches Werk ruhig fort!“

„Diesen Vorwand haben Sie immer“, lachte er höhnisch.

„Vorwärts, schneiden Sie!“ befahl ich.

„Ich möchte Sie lieber enttäuschen“, lachte er, drehte sich auf seinem Absatz um und ging nach achtern.

„Es muß etwas geschehen, Humphrey“, sagte Maud am nächsten Morgen, nachdem ich ihr den nächtlichen Vorfall erzählt hatte. Wenn er frei ist, kann er alles mögliche tun. Er kann das Schiff versenken oder es in Brand stecken. Wir müssen ihn gefangen setzen.

„Aber wie?“ fragte ich mit einer hilflosen Gebärde. „Ich wage es nicht, in die Reichweite seiner Arme zu kommen, und er weiß, daß ich ihn, solange sein Widerstand passiv bleibt, nicht erschießen kann.“

„Es muss eine Möglichkeit geben“, beharrte sie. „Lassen Sie mich nachdenken.“

„Es gibt eine Möglichkeit“, sagte ich grimmig. Ich erhob einen Robbenknüppel.

„Er würde ihn nicht töten“, sagte ich. „Und bevor er wieder zu sich kommt, hätte ich ihn festgebunden.“

Erschaudernd schüttelte sie ihr Haupt. „Nein, das nicht. Es muß einen weniger rohen Weg geben. Warten wir noch.“

Doch brauchten wir nicht lange zu warten, die Frage löste sich von selbst. Am Vormittag fand ich nach einigen Versuchen den Schwerpunkt des Fockmastes und befestigte mein Aufzugsseil einige Fuß oberhalb desselben. Maud stand an der Winde und ließ diese auslaufen, während ich hochhob. Wenn die Winde in Ordnung gewesen wäre, hätte es keine solchen Schwierigkeiten bereitet, doch so mußte ich bei jedem Zoll all meine Kraft in Anspruch nehmen und mein ganzes Gewicht einsetzen. Oft musste ich rasten. Wenn ich ehrlich bin, waren die Pausen länger als die Arbeitszeit. Nach einer Stunde gerieten der einfache und der Doppelblock an der Spitze der Schere aneinander. Ich konnte nicht mehr weiter heben. Und noch war der Mast nicht vollständig an Bord hereingeschwungen. Das untere Ende spreizte sich gegen die

Außenseite der Backbordreling, während die Spitze weit jenseits der Steuerbordreling über dem Wasser schwebte. Meine Schere war zu kurz. Alle Arbeit war umsonst gewesen. Aber ich war deshalb nicht verzweifelt wie früher einmal. Ich gewann immer mehr Vertrauen zu mir und zu den mit Winde, Schere und Hebeseil erzielbaren Erfolgen. Es gab einen Weg, wie man es erreichen konnte, nur mußte ich ihn erst herausfinden. Es würde natürlich schwer sein.

Während ich das Problem überdachte, erschien Wolf Larsen an Deck. Sofort bemerkten wir etwas Seltsames. Die Zaghaftigkeit und Schwäche seiner Bewegungen war noch ausgeprägter als bisher. Als er an der Backbordseite der Kajüte vorbeikam, wankte er. Bei der Achterhütte taumelte er, hob eine Hand zu den Augen, um wieder die Bewegung des Wegwischens zu machen, fiel – wobei er sich allerdings noch auf den Beinen halten konnte – über die Stufen auf das Hauptdeck herunter und taumelte, mit den Händen Halt suchend, stolpernd und strauchelnd dahin. Bei der Laufbrücke blieb er einen Augenblick benommen stehen, bäumte sich plötzlich auf, seine Beine rutschten unter ihm weg, und er brach zusammen.

„Einer seiner Anfälle“, flüsterte ich Maud zu.

Sie nickte, und warmes Mitgefühl trat in ihre Augen.

Wir gingen zu ihm. Er schien ohnmächtig zu sein und atmete nur stoßweise. Maud nahm sich seiner an, hob den Kopf hoch und schickte mich um einen Polster in die Kajüte. Ich brachte auch Decken, und wir betteten Larsen darauf. Ich fühlte seinen Puls. Er schlug gleichmäßig und in normaler Stärke. Dies wunderte mich. Ich schöpfte Verdacht.

„Was dann, wenn er nur simuliert?“ fragte ich und hielt weiter sein Handgelenk.

Maud schüttelte mit einem vorwurfsvollen Blick den Kopf. Im gleichen Augenblick schnellte sein Handgelenk zurück und schloß sich wie ein Schlageisen um meinen Unterarm. In Todesangst stieß ich einen unartikulierten Schrei aus. Nur kurz erblickte ich sein triumphierendes Gesicht, dann umfaßte sein zweiter Arm in entsetzlicher Umklammerung meinen Leib und zog ihn zu sich hinab.

Larsen ließ jetzt meinen Unterarm frei, doch umklammerte er dafür meinen Rücken und hielt gleichzeitig meine beiden Arme fest, so daß ich mich nicht rühren konnte. Seine freie Hand faßte nach meiner Kehle. Warum hatte ich mich in Reichweite seiner furchtbaren Arme gewagt? Ich fühlte andere Hände an meiner Kehle. Es war Maud, die sich vergeblich bemühte, den Würgegriff zu lockern. Sie gab es wieder auf, und ich hörte sie schreien, daß es mir ins Herz schnitt. Es war der Angstschrei eines Weibes im Augenblick größter Verzweiflung. Ich hatte so etwas bisher nur beim Untergang der „Martinez“ gehört.

Ich konnte, da mein Gesicht gegen meines Feindes Brust gepreßt war, nichts sehen, doch hörte ich, wie Maud sich abwendete und übers Deck eilte. Alles ging blitzartig. Noch war ich bei vollem Bewusstsein. Es erschien mir wie eine Ewigkeit, bis ich ihre Schritte wieder hörte. Im selben Augenblick spürte ich, wie Wolf Larsens Muskeln erschlafften. Luft schoß aus seinen Lungen, denn unter meinem Gewicht wurde sein Brustkorb zusammengepreßt. Die Hand an meiner Kehle lockerte sich. Ich schnappte nach Luft.

Mauds Tritte waren ganz nahe gewesen, als seine Hand zum letzten Male zuckte und dann meine Kehle losließ. Ich rollte übers Deck und blieb, nach Atem ringend, am Rücken liegen. Maud war bleich, aber gefasst. Nach der durchgemachten Aufregung blickte sie mich jetzt erleichtert an. Mein Blick fiel auf einen schweren Robbenknüppel in ihren Händen ...

„Geliebtes Weib!“ schrie ich, während ich mich erhob.

Im nächsten Augenblick lag sie in meinen Armen und weinte an meiner Schulter, während ich sie an mich zog. Ich beugte mich nieder und küßte zart ihr Haar, so zart, daß sie es gar nicht bemerkte.

„Jetzt war es ein wirklicher Anfall gewesen“, sagte ich. „Ein Nervenzusammenbruch wie jener, der ihn erblinden ließ. Zuerst simulierte er, und dadurch wurde der Anfall ausgelöst.“

Maud war schon wieder dabei, seinen Polster zu richten.

„Nein“, sagte ich. „Tun Sie es nicht. Jetzt, da er hilflos ist, soll er hilflos bleiben. Von heute ab werden wir in der Kajüte wohnen, Wolf Larsen soll im Zwischendeck hausen.“

Ich erfaßte ihn unter den Armen und schleppte ihn zur Luke. Auf meine Weisung brachte Maud einen Strick, den ich unter seinen Armen durchzog. Damit schleifte ich ihn über die Schwelle und ließ ihn über die Stiege auf den Boden hinunter. Ich konnte ihn nicht allein in eine Koje heben, doch mit Mauds Hilfe hob ich zuerst Schultern und Kopf, dann seinen Körper und wälzte ihn schließlich über die Kante in eine untere Koje. Als wir Larsen verließen, lag er an Händen und Füßen gefesselt da. Seit vielen Tagen atmete ich zum erstenmal wieder frei.

37. Kapitel

Gleich übersiedelten wir an Bord der „Ghost“, bezogen unsere alte Kajüte und kochten in der Kombüse. Die Gefangennahme Wolf Larsens war zu einem für uns äußerst günstigen Zeitpunkt erfolgt, denn nun setzte regnerisches und stürmisches Wetter ein. Bald hatten wir es uns gemütlich eingerichtet.

Jetzt, da wir Wolf Larsen in Fesseln gelegt hatten, hätten wir dies gar nicht mehr gebraucht! Dem ersten Anfall folgte bald ein zweiter, der von einer Lähmung begleitet war. Maud machte diese Entdekkung, als sie ihm nachmittags etwas zu essen geben wollte. Er hatte Anzeichen wiedererlangten Bewußtsein erkennen lassen, jedoch auf ihre Anrede keine Antwort gegeben. Nun lag er mit Schmerzen auf der linken Seite.

Mit einer heftigen Bewegung drehte er seinen Kopf herum und hob dabei das linke Ohr vom Polster, in den es gepreßt gewesen war. Sofort hörte er Maud und antwortete ihr, worauf sie mich holte.

Ich drückte den Polster gegen sein linkes Ohr und fragte ihn, ob er mich höre, er gab keine Antwort. Ich entfernte den Polster, fragte wieder, und sofort bejahte er.

„Wissen Sie, daß Sie am rechten Ohr taub sind?“ fragte ich.

„Ja“, antwortete er mit leiser Stimme. „Und das ist noch nicht das Schlimmste. Meine ganze rechte Seite scheint eingeschlafen zu sein. Ich kann weder Arm noch Bein bewegen.“

„Simulieren Sie wieder?“ fragte ich verärgert.

Er schüttelte den Kopf, und sein Mund verzog sich zu einem verzerrten Lächeln.

„Dies war der letzte Auftritt des Wolfes. Nun bin ich gelähmt. Nie wieder werde ich gehen können … Oh, nur auf der anderen Seite“, fügte er hinzu, als hätte er den mißtrauischen Blick erkannt, den ich auf sein linkes Bein warf.

„Es ist ein Unglück“, setzte er fort. „Gern hätte ich Sie vorher erledigt, Hump, und ich dachte, daß noch soviel Kräfte in mir wären.“

„Aber warum?“ fragte ich halb entsetzt, halb neugierig.

Wieder verzog sich sein Mund zu einem verzerrten Lächeln, als er sagte:

„Ach, eben nur um lebendig zu sein, zu leben und etwas zu tun. Aber auf solche Art zu sterben!“

Er zuckte die Schulter, besser gesagt, er versuchte es nur, denn bloß die linke Schulter bewegte sich.

„Aber wie können Sie sich das Ganze erklären?“ fragte ich. „Wo ist der Sitz Ihres Leidens?“

„Das Gehirn“, sagte er sofort. „Dieses hat auch die verfluchten Kopfschmerzen verursacht. – Es gibt keine Erklärung dafür. Ich war nie im Leben krank. Irgend etwas ist im Gehirn nicht in Ordnung. Ein Geschwür, ein Tumor oder etwas Ähnliches – ein Ding, das zerstört. Es greift mein Nervensystem an, frißt es auf, Stück für Stück, Zelle um Zelle.“

„Auch die Bewegungszentren“, warf ich ein.

„Es scheint so. Und das Verfluchte an allem ist, daß ich hier liegen muss, mit vollem Bewusstsein. Ich sehe nichts mehr, Gehör und Gefühl verlassen mich, und bald werde ich auch nicht mehr sprechen können.“

Er brach in ein höhnisches Gelächter aus und drückte sein linkes Ohr gegen den Polster, zum Zeichen, dass er keine weitere Unterhaltung wünsche. Maud und ich gingen an unsere Arbeit, bedrückt von dem schauerlichen Schicksal, das ihn ereilt hatte. Es hatte etwas von der Bitternis der Vergeltung an sich. Unsere Gedanken waren ernst, und wir sprachen miteinander nur im Flüsterton.

„Sie können die Handschellen entfernen", sagte Larsen, als wir abends neben ihm standen und über seinen Zustand berieten. Ich bin jetzt gelähmt. Nun erwartet mich noch das Wundliegen."

Er lächelte sein verzerrtes Lächeln, Maud wandte sich entsetzt ab.

„Wissen Sie, daß Ihr Lächeln ganz verzerrt ist?" fragte ich, denn Maud mußte ihn pflegen, und ich wollte ihr so viel Unannehmlichkeiten als möglich dabei ersparen.

„Dann werde ich nicht mehr lächeln", sagte er ruhig. „Ich dachte mir, daß irgend etwas nicht stimmt. Meine rechte Wange ist schon den ganzen Tag gefühllos. Ja, ich war während der letzten drei Tage schon darauf vorbereitet worden: abwechselnd schlief meine rechte Seite ein, bald Arm oder Hand, dann Bein oder Fuß."

„So ist also mein Lächeln verzerrt?" fragte er eine Weile später. „Nun gut. Denken Sie ab jetzt, dass ich innerlich lächle – mit meiner Seele, wenn es Ihnen beliebt – mit der Seele. Denken Sie, daß ich jetzt lächle!" Und einige Minuten lag er da, seinen grotesken Gedanken nachhängend.

Sein Wesen war unverändert. Es war der alte, unbezwingbare, fürchterliche Wolf Larsen geblieben.

Als ich ihm die Handschellen schließlich abnahm, trauten wir seinem Zustand nicht ganz. Unser Gefühl sträubte sich dagegen. Für uns war er noch gefährlich. Wir wußten nicht, was wir als nächstes von ihm zu erwarten hatten, welch furchtbare Tat er ausführen konnte, falls sein Geist noch einmal Oberhand über den Körper gewinnen sollte. Unsere Erfahrungen berechtigten uns zu dieser Befürchtung, und in drückender Angst gingen wir an unsere Arbeit.

Ich hatte inzwischen das Problem gelöst. Mit Hilfe eines neu angefertigten kleinen Flaschenzuges zog ich das Ende des Fockmastes über die Reling und ließ ihn an Deck nieder. Dann hievte ich mit der Schere den Hauptmast an Bord. Mit Hilfe einer zweiten Talje, die ich an der

Schere befestigt hatte, brachte ich den Mast in fast waagrechte Lage, senkte dann das starke Ende aufs Deck, wo ich, um ein Abgleiten zu verhindern, große Klampen darum befestigte. Den Einzelblock meiner ersten Scherentalje hatte ich am anderen Ende des Mastes festgemacht. Auf diese Art konnte ich, indem ich dieses Seil zur Winde führte, die Spitze des Mastes nach Belieben heben und senken, während das untere Ende fixiert blieb. Mittels der Seile konnte ich ihn auch seitlich bewegen. Als diese ganze Vorrichtung fertig war, konnte ich mich nur über die Kraft und die vielen Möglichkeiten, die sich mir boten, wundern.

Freilich benötigte ich zwei Tage, um diesen Teil meiner Arbeit zu bewältigen, und erst am Morgen des dritten Tages ging ich daran, den Stamm des Fockmastes zu bearbeiten, um ihn einzusetzen. Dabei war ich recht ungeschickt. Ich sägte, hackte und stemmte in das verwitterte Holz, bis es aussah, als hätte eine Riesenmaus daran geknabbert. Aber es paßte.

„Es wird funktionieren, ich weiß, daß es funktionieren wird", schrie ich. „Kennen Sie Dr. Jordans letzte Vertrauensprobe?" fragte Maud.

Ich schüttelte den Kopf und bemühte mich, die mir in den Kragen gefallenen Holzspäne zu entfernen.

„Können wir ihm unser Leben anvertrauen? – Das ist der Prüfstein!"

„Jordan ist Ihr Liebling", sagte ich.

„Als ich mein altes Pantheon zerstörte und daraus Napoleon, Cäsar und ihresgleichen hinausgeworfen hatte, errichtete ich sofort ein neues Phanteon", sagte sie gewichtig, „und stellte darin als ersten Dr. Jordan auf."

„Ein moderner Held."

„Und um so größer, weil er aus unserer Zeit stammt", fügte sie bei. „Wie können Sie die Helden der Vergangenheit mit den unsrigen vergleichen?"

Ich schüttelte den Kopf. Wir waren in zu vielen Dingen gleichen Sinnes, um darüber zu debattieren. Unsere Ansichten um Lebensanschauung zumindest waren vollkommen gleich.

„Als ein Paar von Kritikern passen wir eigentlich wunderbar zusammen“, lachte ich.

„Und als Schiffbrüchiger und dessen tüchtige Assistentin“, lachte sie zurück.

Doch die Zeit war nicht zum Lachen angetan. Einerseits hatten wir schwere Arbeit, andererseits lastete der traurige Anblick des lebendigen Toten auf uns.

Larsen hatte einen neuerlichen Schlaganfall erlitten und war daran, seine Stimme zu verlieren. Nur noch ab und zu konnte er sprechen. Wie er sich ausdrückte, glichen seine Leitungen einer Telephonanlage. Bald waren sie verbunden, bald unterbrochen. Gelegentlich sprach er so wie früher, wenn auch langsam und schwer. Oft verließ ihn plötzlich die Sprache inmitten eines Satzes und wir mußten manchmal Stunden warten, bis wir mit ihm wieder in Verbindung treten konnten. Er klagte über arge Kopfschmerzen. Damals vereinbarten wir eine Verständigungsart für den Zeitpunkt, wo er die Sprache ganz verloren haben würde – ein Druck der Hand für „ja“ und zwei für „nein“. Es war gut, daß dies besprochen worden war, denn gegen Abend hatte er die Sprache verloren. Nun beantwortete er unsere Fragen durch Händedruck, und wenn er uns sonst etwas mitteilen wollte, kritzelte er es mit der linken Hand, gerade noch lesbar, auf ein Stück Papier.

Der rauhe Winter war gekommen. Ein Sturm folgte dem anderen, mit Schnee, Hagel und Regen. Die Robben hatten ihre große Reise nach Süden angetreten, und der Nistplatz war verlassen. Ich arbeitete fieberhaft. Trotz des widrigen Wetters und der Stürme, die meine Arbeit besonders beschwerlich machten, war ich von Morgengrauen bis zum Dunkel der Nacht an Deck, und die Arbeit machte wesentliche Fortschritte.

Ich hatte mir die bei Errichtung der Schere erhaltene Lehre – ich mußte damals nachträglich hinaufklettern, um die Haltetaue zu befestigen – wohl gemerkt. Jetzt befestigte ich gleich an der Spitze des Fockmastes Takelung, Stags und Falle. Wie gewöhnlich hatte ich die dazu erforderliche Arbeitszeit unterschätzt und benötigte zwei volle Tage. Und es blieb noch so viel zu tun, wie zum Beispiel das Abändern der Segel, die vollkommen umgearbeitet werden mußten.

Während ich mich damit abplagte, den Fockmast aufzurichten, nähte Maud an den Segeln, stets bereit, alles fallen zu lassen und mir zu Hilfe zu eilen, wenn mehr als zwei Hände erforderlich waren. Das Segeltuch war hart und schwer, und bald waren ihre Hände von Blasen bedeckt, doch werkte sie tapfer weiter, verrichtete nebenbei die Küchenarbeit und betreute den Kranken.

„Was gilt die Wette?“ fragte ich Freitag morgens. „Dieser Mast wird heute fertig.“

Alles war dazu vorbereitet. Ich führte das am Mast befestigte Tau zur Winde und hob damit den Mast beinahe klar. Dann fixierte ich das Tau und zog mit der Winde das durch die Schere laufende Seil (das mit dem Ende des Mastes verbunden war) an, und mit wenigen Umdrehungen hatte ich den Mast waagrecht und frei schwebend.

Maud klatschte in die Hände, als sie mir einen Augenblick nicht zu helfen brauchte, und schrie:

„Es klappt, es klappt! Wir werden ihm unser Leben anvertrauen!“

Dann schaute sie plötzlich traurig drein.

„Er ist nicht über dem Loch“, sagte sie. „Werden Sie jetzt von vorne anfangen müssen?“

Ich lächelte überlegen, ließ eine Leine nach und zog eine andere an, so daß der Mast direkt mitten aufs Deck schwang.

Nach einigen kleinen Zwischenfällen war der Mast endlich eingesetzt.

Ich stieß einen Freudenschrei aus, und Maud lief unter Deck, um das Werk zu betrachten.

Im gelben Lampenlicht blickten wir auf unsere Arbeit. Dann schauten wir uns an: beide hatten wir feuchte Augen vor Freude über den Erfolg.

„Eigentlich ist es ganz leicht gegangen“, bemerkte ich. „Alles so wie geplant.“

„Und doch wundere ich mich, daß wir es vollbracht haben“, fügte Maud bei. „Ich kann kaum glauben, daß dieser große Mast tatsächlich aufgerichtet ist und in der Haltevorrichtung steckt, daß Sie ihn aus dem Wasser gehoben, durch die Luft gehievt und hier, wo er hingehört, eingesetzt haben. Es ist das Werk von Titanen.“

„Und diese haben dabei eine Reihe von Erfindungen gemacht“, begann ich fröhlich, hielt aber plötzlich inne und zog die Luft prüfend ein.

Rasch blickte ich nach der Laterne. Sie rauchte nicht. Wieder schnupperte ich.

„Es brennt etwas“, sagte Maud.

Wir rannten beide zur Treppe, ich sauste an ihr vorbei an Deck. Eine dichte Rauchschwade stieg aus der Zwischendeckluke.

„Der Wolf ist noch nicht tot“, sagte ich mir, als ich durch den Qualm sprang.

In dem engen Raum war der Qualm so dicht, daß ich mir den Weg tastend suchen mußte; und in meiner Vorstellung war Wolf Larsens Zauberkraft noch so mächtig, daß ich erwartete, der hilflose Riese werde seinen würgenden Griff um meinen Hals legen. Ich zögerte, und der Wunsch, umzukehren und an Deck zu eilen, wollte mich übermannen. Dann dachte ich an Maud. Ihr Bild, wie ich es zuletzt geschaut, als sie vor mir stand, ihre Augen, feucht vor Freude, stand plötzlich vor mir, und ich wußte, daß ich nicht umkehren durfte. Maud war sonst rettungslos verloren.

Ich erstickte beinahe, als ich Wolf Larsens Koje erreichte. Ich tastete nach seinen Händen. Bewegungslos lag er da, zuckte jedoch, als ich ihn berührte. Kein Feuer konnte ich hier entdecken. Und doch mußte der Rauch, der mir die Sicht nahm, von hier kommen. Einen Augenblick war ich verwirrt und rannte planlos im Zwischendeck umher. Der Zusammenprall mit einem Tisch brachte mich wieder zu mir. Ich überlegte, daß der hilflose Mann das Feuer nur in der Nähe seines Lagers entfacht haben konnte.

Ich kehrte zu Wolf Larsens Koje zurück. Dort traf ich Maud.

Wie lange sie schon in diesem raucherfüllten Raum war, weiß ich nicht.

„Gehen Sie da hinaus!“ befahl ich.

„Aber Humphrey ...“ widersprach sie mit rauher Stimme.

„Gehen Sie!“ sagte ich barsch.

Nun gehorchte sie. Dann dachte ich: „Wenn sie die Treppe nicht findet?“ Ich rannte ihr nach. Am Fuße der Treppe hielt ich an. Vielleicht war sie schon oben. Als ich überlegte, hörte ich sie leise rufen:

„Ach Humphrey, ich habe mich verirrt.“

Ich fand sie, wie sie sich vorwärtszutasten versuchte und zog sie über die Stufen an Deck. Wie Nektar erschien uns die reine Luft. Maud war etwas benommen. Ich ließ sie an Deck liegen und eilte wieder nach unten.

Der Ausgangspunkt des Rauches mußte unmittelbar bei Wolf Larsen sein – dies war meine Überzeugung, und ich ging direkt auf seine Koje zu. Als ich seine Decken kontrollierte, fiel mir etwas Heißes auf den Handrücken. Jetzt war es mir klar. Durch die Bodenritzen der oberen Koje hatte er an deren Matratze Feuer gelegt. Dazu reichte die Bewegungsfähigkeit seines linken Armes noch aus. Das feuchte Stroh der Matratze, von unten entzündet, ohne genügenden Luftzutritt, hatte die ganze Zeit nur geschwelt.

Als ich die Matratze aus den Koje zog, schien sie in ihre Bestandteile zu zerfallen, während gleichzeitig Flammen aus ihr schlugen. Ich trat die brennenden Reste in der Koje aus, dann stürzte ich, nach frischen Luft schnappend, an Deck.

Einige Eimer Wasser genügten, um das Feuer zu löschen. Nach zehn Minuten, als der Rauch sich verzogen hatte, gestattete ich Maud, herunterzukommen. Wolf Larsen war ohnmächtig, doch brachte ihn die frische Luft in wenigen Minuten wieder zu sich. Wir waren mit ihm noch beschäftigt, als er nach Papier und Bleistift verlangte.

„Bitte stören Sie mich nicht", schrieb er mit einem Endschnörkel. „Ich kann klarer denken als jemals im Leben. Meine Konzentration ist vollkommen. Ich bin voll und ganz hier und noch mehr als das."

Es glich einer Botschaft aus dem Grabe.

38. Kapitel

Ich glaube, auch meine linke Seite wird gelähmt“, schrieb Wolf Larsen am Morgen nach seinem Versuche, das Schiff in Brand zu stecken. „Das taube Gefühl verstärkt sich. Kaum kann ich noch die Hände bewegen. Sie müssen lauter sprechen.“

„Haben Sie Schmerzen?“ fragte ich.

Ich mußte meine Frage laut wiederholen, bevor er antwortete:

„Nicht ständig.“

Die linke Hand tastete langsam und mühevoll über das Papier, und nur mit größter Anstrengung konnte ich das Gekritzel entziffern. Es war wie eine „Geisterschrift“, die bei spiritistischen Seancen gegen einen Dollar abgegeben wird.

„Aber ich bin noch immer hier, vollkommen hier“, kritzelte die Hand noch langsamer als vorher.

Der Bleistift entfiel ihm, und wir mußten ihm diesen wieder in die Hand legen.

„Wenn ich keine Schmerzen habe, empfinde ich vollkommenen Frieden und Ruhe. Ich habe nie so klar gedacht. Ich kann über Leben und Tod urteilen wie ein weiser Hindu.“

„Und die Unsterblichkeit?“ fragte Maud, ihm die Frage ins Ohr schreiend.

Dreimal versuchte die Hand zu schreiben, griff jedoch hilflos umher. Der Bleistift fiel zu Boden. Vergebens versuchten wir, ihn wieder in die Hand Larsens zu legen. Er konnte seine Finger nicht mehr schließen. Dann drückte Maud die Finger um den Bleistift zusammen und hielt sie fest. Nun schrieb seine Hand in großen Buchstaben und so langsam, daß Minuten vergingen:

„U-n-s-i-n-n.“

Es war Wolf Larsens letztes Wort. „Unsinn." Er blieb skeptisch und unbesiegt bis zum Ende. Arm und Hand erschlafften. Der Leib zitterte leicht, dann erstarb jede Bewegung. Maud ließ die Hand los. Die Finger spreizten sich, und der Bleistift rollte davon.

„Hören Sie mich noch?" schrie ich und wartete auf den Händedruck, der „ja" bedeuten sollte. Es folgte keine Antwort. Die Hände waren tot.

„Ich habe bemerkt, daß sich die Lippen leicht bewegten", sagte Maud. Ich wiederholte die Frage. „Ja", übermittelte mir Maud. Erwartungsvoll blickten wir uns an.

„Was könnten wir ihn noch fragen?" meinte ich. „Ach, fragen Sie ihn –"

Sie überlegte.

„Fragen Sie ihn etwas, worauf er mit nein antworten muß", schlug ich vor. „Dann sind wir sicher."

„Sind Sie hungrig?" schrie sie.

Die Lippen bewegten sich unter ihren Fingern, und sie antwortete: „Ja."

„Wollen Sie Fleisch?" lautete die nächste Frage. „Nein", verdolmetschte Maud.

„Fleischbrühe?"

„Ja, er will Fleischbrühe", sagte sie ruhig und schaute zu mir auf. „Solange sein Gehör noch funktioniert, werden wir uns mit ihm verständigen können. Und dann –"

Sie schaute mich seltsam an. Ich bemerkte, dass sie zitterte und ihr Tränen in die Augen traten. Sie taumelte und ich fing sie in meinen Armen auf.

„Ach, Humphrey", schluchzte sie. „Wann wird all dies enden? Ich bin so furchtbar müde."

Sie preßte ihren Kopf an meine Schulter. Ihr zarter Körper erbebte in einem Weinkrampf. Wie eine Feder lag sie in meinen Armen, so leicht.

„Nun ist sie doch zusammengebrochen“, dachte ich. „Was werde ich ohne ihre Hilfe anfangen?“

Ich beruhigte und bestärkte sie, bis sie sich tapfer zusammenriss.

„Eigentlich sollte ich mich vor mir selbst schämen“, sagte sie und fügte dann mit einem geheimnisvollen Lächeln, das ich bewunderte, hinzu: „Aber ich bin ja auch bloß ein kleines Frauchen.“

Dieser Ausdruck „ein kleines Frauchen“ traf mich wie ein elektrischer Schlag. Es waren meine eigenen Worte, mein Kosename für sie.

„Woher haben Sie diesen Ausdruck?“ fragte ich mit einer Unmittelbarkeit, die wieder sie seltsam berührte. „Welchen Ausdruck?“ fragte sie.

„Ein kleines Frauchen.“

„Stammt er von Ihnen?“ fragte sie.

„Ja“, antwortete ich. „Er gehört mir. Ich habe ihn geprägt.“

„Dann müssen Sie im Schlaf gesprochen haben“, lächelte sie.

Das tänzelnde, zitternde Licht stand wieder in ihren Augen. Die meinen, das wußte ich, sprachen mehr, als ich zu sagen gewillt war. Ich neigte mich zu ihr wie ein ins Winde schwankender Baum. In diesem Augenblick waren wir uns ganz nahe, doch sie schüttelte den Kopf, wie man es beim Erwachen aus einem Traum tut, und sagte:

„Ich habe diesen Ausdruck mein ganzes Leben gekannt. Es war Vaters Bezeichnung für meine Mutter.“

„Es war aber doch auch mein Ausdruck“, sagte ich hartnäckig.

„Für Ihre Mutter?“

„Nein“, antwortete ich, und sie fragte nicht weiter, obwohl ich hätte schwören mögen, daß ihre Augen einige Zeit einen belustigten Ausdruck zeigten.

Nachdem nun der Fockmast stand, schritt die Arbeit flott vorwärts. Ohne besondere Anstrengung hatte ich den Hauptmast gesetzt. In wenigen Tagen waren alle Stags und Wanten angebracht und alles verspannt.

Toppsegel wären für eine nur aus zwei Mann bestehende Besatzung überflüssig, ja gefährlich gewesen, weshalb ich die Toppmasten an Deck hob und dort festband.

Noch einige Tage benötigten wir, um die Segel zu flicken und zu befestigen. Wir hatten nur drei: Klüver-, Fock- und Großsegel. Geflickt, verkleinert und aus der Form gebracht, boten sie einen lächerlichen Anblick für ein so stolzes Fahrzeug wie die „Ghost".

„Aber es wird funktionieren", jubelte Maud, „wir werden es in Bewegung setzen und ihm unser Leben anvertrauen."

Von all meinen neuen Berufen eignete ich mich sicher am wenigsten zu einem Segelmacher. Besser verstand ich sie zu gebrauchen als herzustellen, und ich zweifelte nicht daran, fähig zu sein, den Schoner in irgendeinem nordjapanischen Hafen an Land zu setzen. Schließlich hatte ich Navigation aus einigen an Bord gefundenen Büchern studiert und besaß Wolf Larsens Sternskala, eine so einfache Vorrichtung, daß ein Kind damit umgehen konnte.

Was ihren Erfinder anlangt, war, bis auf die fortschreitende Taubheit und die ständig schwächer werdenden Lippenbewegungen, kaum eine Veränderung in Larsens Befinden eingetreten. An dem Tage aber, als wir die Befestigung der Segel beendeten, hörte er uns das letztemal, und die letzte Bewegung seiner Lippen starb dahin, nachdem ich ihn gefragt hatte: „Sind Sie noch ganz hier?" und seine Lippen mit „ja" geantwortet hatten.

Die letzte Verbindung war gelöst.

39. Kapitel

Der Tag unserer Abreise brach an. Nichts konnte uns weiter auf der Mühsalinsel zurückhalten. Die Masten der „Ghost“ waren wieder eingesetzt, ihre Segel befestigt.

„Ich habe es geschafft! Ich habe es vollbracht! Mit meinen bloßen Händen habe ich es geschafft!“ hätte ich am liebsten hinausgeschrien.

Maud und ich hatten eine eigene Art, unsere Gedanken auszutauschen, und so sagte sie, als wir darangingen, das Großsegel aufzuziehen:

„Wenn man daran denkt, Humphrey, dass Sie dies alles mit Ihren blossen Händen gemacht haben ...!“

„Aber da gab es noch zwei andere Hände“, antwortete ich. „Zwei kleine Händchen – und sagen Sie jetzt nicht, daß dies auch ein Ausdruck Ihres Vaters war.“

Sie lächelte, schüttelte den Kopf und betrachtete ihre Hände.

„Ich werde sie nie wieder rein bekommen“, klagte sie, „und nie wieder werden sie weiß und weich sein.“

„Dann werden Schmutz und Wetterbräune Ihr Ehrenzeichen sein“, sagte ich, während ich ihre Hände hielt, und trotz all meiner guten Vorsätze hätte ich diese zwei teuren Händchen geküßt, wenn sie sie nicht schnell zurückgezogen hätte.

Unsere Kameradschaft begann zu wanken. Lang und erfolgreich hatte ich meine Liebe unterdrückt, doch jetzt übermannte sie mich. Maud hatte eigenwillig meine Augen zum Sprechen gebracht und gewann jetzt Macht über meine Zunge und Lippen, denn diese brannten wie wahnsinnig danach, diese zwei kleinen Händchen zu küssen, die so treu und hart gearbeitet hatten. In meinem Inneren ertönte ein Posaunenruf, der mich zu ihr befahl. Und ein Wind wehte mich an, dem ich nicht widerstehen konnte, bis ich mich, ohne es zu wollen, zu ihr hinneigte. Sie mußte es erkannt haben, da sie schnell ihre Hand zurückzog, es aber doch nicht lassen konnte, mir einen forschenden Blick zuzuwerfen, bevor sie ihre Augen abwandte.

Mit Hilfe der Decktaljen hatte ich die Falle zur Winde geschafft und zog jetzt gleichzeitig Großsegel und Piek auf. Bald waren auch die Focksegel gesetzt und flatterten im Winde.

„Wir können hier den Anker nie klar bekommen, sagte ich, „wir müssen zuerst aus den Klippen heraus."

„Was werden Sie machen?" fragte sie.

„Ich werde die Ankertrosse kappen", war meine Antwort. „Und wenn ich dies tue, müssen Sie Ihre erste Arbeit an der Winde antreten. Ich werde dann gleich zum Steuerrad laufen, gleichzeitig müssen Sie den Klüver setzen. Dieses Auslaufmanöver hatte ich mindestens zwanzigmal durchgedacht. Und ich wußte, daß Maud imstande war, dieses allerwichtigste Segel zu setzen, da ja die Klüverleine mit der Winde verbunden war. Ein frischer Wind blies in die Bucht herein, und obwohl das Wasser noch ruhig war, mußten wir rasch handeln, um heil herauszukommen.

Als ich den Bolzen herausgeschlagen hatte, rasselte die Kette durchs Klüsgat ins Wasser. Ich rannte nach achtern und warf das Ruder herum. Die „Ghost" schien zum Leben erwacht zu sein, als sie sich bei der ersten Blähung ihrer Segel in Bewegung setzte. Der Klüver stieg hoch. Mit seinem Anschwellen schwang der Bug der „Ghost" herum, und ich mußte das Rad um einige Speichen nachdrehen, um sie auf Kurs zu halten.

Ich hatte eine automatische Klüverschot erdacht, die den Klüver von selbst umlegt, so daß Maud nicht darauf zu achten brauchte. Sie hatte den Klüver noch nicht ganz hochgezogen, als ich das Steuer wendete. Es war ein höchst gefährlicher Augenblick, denn die „Ghost" fuhr, nur noch einen Steinwurf entfernt, direkt auf die Küste zu. Doch gehorsam drehte sie sich in den Wind. Ich hörte ein heftiges Flattern und Schlagen der Segel und Taue, das meinen Ohren wohltat, dann füllten sie sich.

Maud hatte ihre Aufgabe beendet und war nach achtern gekommen, wo sie neben mir stand, eine kleine Kappe auf ihr windzerzaustes Haar gepreßt, die Wangen vor Anstrengung gerötet, die Augen groß und strahlend, während die Nasenflügel zitternd die frische Seeluft einsogen. Ihre braunen Augen erinnerten an die eines aufgescheuchten Rehs. In ihnen lag ein scheuer Blick, wie ich ihn bisher nie gesehen hatte, ihre Lippen öffneten sich und ihr Atem stockte, als die „Ghost" in Richtung auf die Felswand an der Einfahrt zur inneren Bucht brauste, in den Wind kam und mit geblähten Segeln ins sichere Fahrwasser rauschte.

Ich verließ die innere Bucht, schlug einen großen Bogen längs der Küste der äusseren Bucht, dann hatte die „Ghost" die offene See erreicht. Es war trübe und bedeckt gewesen, nun brach als gutes Vorzeichen die Sonne durch die Wolken und beschien die Küste, an der wir die Robbenbullen gereizt und die Holluschicki erschlagen hatten. Die ganze Mühsalinsel war von Sonnenlicht überflutet. Selbst das rauhe Vorgebirge schien weniger unheimlich, und an mancher Stelle, wo der Gischt es benetzte, strahlte und glitzerte es in der Sonne.

„Immer werde ich mit Stolz daran zurückdenken", sagte ich.

Wie eine Königin warf sie ihr Haupt zurück:

„Du teure Mühsalinsel! Ich werde dich ewig lieben!"

„Auch ich werde es tun", war meine rasche Antwort. Es folgte eine Stille, die ich beinahe erhaben nennen möchte. Schliesslich brach ich sie, indem ich sagte: „Sehen Sie diese schwarzen Wolken in Luv? Sie wissen, dass ich Ihnen gestern sagte, das Barometer sei zurückgegangen."

„Und die Sonne ist verschwunden", fügte sie hinzu, die Augen noch immer auf unser Eiland geheftet, wo wir unser Schicksal gemeistert hatten.

„Und mit geblähten Segeln geht es nach Japan“, schrie ich frohgemut. „Ein günstiger Wind, die Segel gebläht, was wünscht man sich mehr?“

Dann machte ich das Rad fest, rannte nach vor, ließ Fock- und Hauptsegel locker, zog die Mastverspannung fest und bereitete alles zum Empfang des Windes vor. Es war eine frische, sehr steife Brise. Ich entschloß mich, so lange zu segeln, als ich es nur wagen konnte. Leider war es bei solcher Fahrt nicht möglich, das Rad festzumachen, so daß mir eine durchlaufende Nachtwache bevorstand. Maud beharrte darauf, mich abzulösen, mußte jedoch bald erkennen, daß sie nicht die nötige Kraft besaß, bei so schwerem Seegang zu steuern. Ihr blieb genug andere Arbeit, insbesondere das Spannen der Taue. Außerdem mußte das Essen in der Kombüse gekocht und Wolf Larsen gepflegt werden, schließlich beendete sie ihr Tagewerk mit einem Großreinemachen von Kajüte und Zwischendeck.

Die ganze Nacht stand ich bei wachsendem Sturm und schwerem Seegang ununterbrochen am Steuer. Um fünf Uhr früh brachte mir Maud heißen Kaffee und selbstgebackenen Kuchen, um sieben Uhr gab mir ein ausgiebiges Frühstück neue Lebenskraft.

Den ganzen Tag verstärkte sich langsam, aber stetig, der Sturm. Brav schäumte die „Ghost“ weiter, brachte Meile um Meile hinter sich und erreichte schließlich eine Geschwindigkeit von elf Knoten. Bei Anbruch der Nacht war ich vollkommen erschöpft. Trotz meiner glänzenden körperlichen Verfassung war ich nach sechsunddreißigstündiger Arbeit am Steuerrad am Rande meiner Kräfte angelangt. Außerdem bat mich Maud, beizudrehen, und ich wußte, daß dies, wenn Wind und See wie bisher weitertobten, bald nicht mehr möglich sein werde. So begann ich bei Sonnenuntergang widerstrebend die „Ghost“ beizudrehen.

Ich hatte aber nicht bedacht, welch ungeheure Aufgabe es für einen einzelnen Mann bedeutet, drei Segel zu reffen. Während wir mit dem

Winde liefen, hatte ich dessen Stärke nicht richtig eingeschätzt. Als wir jedoch den Kurs änderten, erkannte ich zu meinem Schrecken seine volle Wucht. All meine Anstrengungen waren vergebens; der Sturm riß mir die Leinwand aus den Händen und zerstörte jetzt all das, was ich in zehn Minuten schwersten Ringens erreicht hatte. Bis acht Uhr war mir nicht mehr geglückt, als das zweite Reff ins Focksegel zu schlagen, und um elf Uhr war ich auch noch nicht weiter. Aus allen Fingerspitzen tropfte Blut, die Fingernägel waren eingerissen. Vor Schmerz und Erschöpfung weinte ich in der Dunkelheit heimlich, dass Maud es nicht sehen sollte.

Dann gab ich verzweifelt den Versuch, das Großsegel zu reffen, auf, und entschloß mich, es zu wagen, bloß mit gerefftem Focksegel beizudrehen. Drei weitere Stunden benötigte ich, um Großsegel und Klüver zu beschlagen, und um zwei Uhr früh – ich war halbtot und alle Lebenskraft war geschwunden – war ich gerade noch genügend bei Bewußtsein, um festzustellen, daß der Versuch geglückt war. Das gereffte Focksegel tat seinen Dienst. Die „Ghost" lag dicht am Wind und zeigte keine Neigung, sich quer zum Seegang zu stellen.

Ich war ausgehungert, aber vergeblich versuchte Maud, mich zum Essen zu bringen. Mit vollem Munde schlief ich ein. Während ich einen Bissen zum Munde führte, hatte mich der Schlaf übermannt. So fest eingeschlafen war ich, dass Maud mich auf dem Sessel festhalten mußte, sonst hätten mich die Schiffsbewegungen zu Boden geschleudert.

An den Gang aus der Kombüse in die Kajüte erinnere ich mich nicht. Maud hatte einen Schlafwandler geführt und gestützt. Ich habe keine Erinnerung bis zu der Zeit, da ich ohne Schuhe in meiner Koje erwachte.

Ich hatte keine Ahnung, wie lange ich geschlafen hatte. Es war dunkel. Ich war steif, und alle Glieder schmerzten mich. Als meine Fingerspitzen das Bettzeug berührten, schrie ich vor Schmerzen auf.

Offenbar war es noch nicht Morgen; so schloß ich meine Augen und schlief wieder ein. Ich wußte es nicht, daß ich einen ganzen Tag geschlafen hatte und es wieder Nacht geworden war.

Wieder erwachte ich. Ich entzündete ein Streichholz und schaute auf die Uhr. Sie zeigte Mitternacht. Ich hatte doch erst um drei Uhr das Deck verlassen!? Dann fand ich des Rätsels Lösung: Ich hatte einundzwanzig Stunden geschlafen. Eine Weile lauschte ich den Bewegungen der „Ghost“, dem Rauschen der See und dem über Deck brausenden Sturm, dann drehte ich mich zur Seite und schlief bis zum Morgen.

Als ich um sieben Uhr aufstand, sah ich kein Zeichen von Maud und nahm an, daß sie in der Kombüse das Frühstück bereite. An Deck stellte ich fest, dass die „Ghost“ mit ihren gerefften Segeln vorbildlich ihre Pflicht tat. In der Kombüse brannte Feuer und brodelte Wasser, doch war auch Maud hier nicht zu finden.

Endlich entdeckte ich sie in Wolf Larsens Koje. Ich betrachtete ihn, den Mann, der von der höchsten Spitze des Lebens herabgeschleudert worden war, in das Schicksal, lebendig begraben zu sein. Sein ausdrucksloses Gesicht war völlig entspannt. Maud blickte mich an, ich verstand.

„Sein Leben ist während des Sturmes erloschen“, sagte ich.

Dann nahm ich sie an der Hand und führte sie an Deck. In der folgenden Nacht legte sich der Sturm. Am nächsten Morgen nach dem Frühstück, als ich Wolf Larsens Leiche zum Begräbnis an Deck brachte, blies der Sturm noch immer heftig, und die See ging hoch. Das Deck wurde ständig überflutet. Eine plötzliche Böe erfasste den Schoner, er legte sich seitlich, bis die Leereling unter Wasser stand und das Sausen in der Takelung zu einem schrillen Pfeifen anschwoll. Bis zu den Knien reichte uns das Wasser, als ich das Haupt entblößte.

„Ich entsinne mich nur eines Teiles der Bestattungszeremonie, und zwar: Und der Leichnam möge ins Meer geworfen werden.“

Überrascht und betroffen schaute mich Maud an. Doch die Erinnerung an einen Vorgang, den ich miterlebt, erwachte in mir und veranlaßte mich, Wolf Larsen das Begräbnis zu geben, das er einst einem anderen bereitet hatte. Ich hob den Rand des Lukendeckels, und der in Segeltuch gehüllte Leib glitt, die Füße voraus, ins Meer. Das Eisengewicht zog ihn hinab.

„Leb' wohl, Luzifer, stolzer Geist!" flüsterte Maud so leise, dass die Worte vom Brausen des Sturmes verweht wurden; ich sah aber die Bewegung ihrer Lippen und verstand sie.

Als wir uns, an der Leereling angeklammert, den Weg nach achtern erkämpften, schaute ich zufällig leewärts. Die „Ghost" lag in diesem Augenblick auf einem Wogenkamm, und deutlich sah ich, ein bis zwei Meilen entfernt, einen kleinen Dampfer, der rollend und stampfend gegen die See ankämpfte und direkt auf uns zudampfte. Er war schwarz gestrichen, und aus den Erzählungen und Beschreibungen der Jäger erkannte ich, daß es sich um einen Zollkutter der Vereinigten Staaten handelte. Ich machte Maud auf ihn aufmerksam, dann brachte ich sie rasch in die Achterhütte in Sicherheit.

Ich wollte zum Signalflaggenschrank hinunterlaufen, da fiel mir ein, daß ich beim Auftakeln der „Ghost" die Flaggenleine nicht befestigt hatte.

„Wir brauchen kein Notsignal", sagte Maud. „Sie brauchen uns nur zu sehen."

„Wir sind gerettet", sagte ich erleichtert und feierlich. Und dann in einem Freudenausbruch: „Ich weiß nicht, ob ich mich freuen soll oder nicht."

Ich blickte sie an. Unsere Augen trafen sich. Wir beugten uns zueinander, und bevor ich es wollte, hatten sie meine Arme umfaßt.

„Ist es erforderlich, daß ich spreche?" fragte ich.

Und sie antwortete: „Es ist nicht nötig.

Ihre Lippen preßten sich auf die meinen, und – ich weiß nicht, durch welch merkwürdige Gedankenverkettung – es tauchte die Szene auf der „Ghost“ in meiner Erinnerung auf, als sie mir die Finger leicht auf die Lippen gelegt und gesagt hatte: „Komm, komm!“

„Mein Weib, mein kleines Frauchen“, sagte ich, und meine freie Hand streichelte ihre Schulter, wie alle Verliebten es tun, obgleich sie es nie in der Schule gelernt haben.

„Mein Mann“, sagte sie, strahlte mich einen Augenblick mit zitternden Augenlidern an. Ihr Blick verschleierte sich, als sie mit einem glücklichen Seufzer ihren Kopf an meine Brust legte.

„Einen Kuß, teure Geliebte“, flüsterte ich. „Noch einen Kuß, bevor sie kommen.“

„ ... und uns vor uns selbst retten“, setzte sie mit einem rätselhaften Lächeln fort.

Ende